GOLDMANN

Willi Heinrich, geboren 1920 in Heidelberg, ist einer der erfolgreichsten deutschen Autoren. Aus eigenem Erleben schrieb er schonungslos harte Kriegsbücher, von denen »Das geduldige Fleisch (Steiner I)« seinen Ruhm begründete, und kritische, an die Tabus unserer Gesellschaft rührende Zeitromane. Seine Werke haben eine Gesamtauflage von mehr als 20 Millionen Exemplaren erreicht.

Außer dem vorliegenden Band sind von Willi Heinrich als Goldmann-Taschenbücher erschienen:

Alte Häuser sterben nicht. Roman (6537)
Eine Handvoll Himmel. Roman (8355)
Ein Mann ist immer unterwegs. Roman (6403)
Ferien im Jenseits. Roman (6529)
In stolzer Trauer. Roman (6660)
Jahre wie Tau. Roman (6558)
Maiglöckchen oder ähnlich. Roman (6552)
Mittlere Reife. Roman (6523)
Schmetterlinge weinen nicht. Roman (3647)
So long, Archie. Roman (6544)
Steiner I: Das geduldige Fleisch. Roman (3755)
Traumvogel. Roman (6840)

WILLI HEINRICH

Die Verführung

ROMAN

GOLDMANN VERLAG

Ungekürzte Ausgabe

Der Goldmann Verlag
ist ein Unternehmen der Verlagsgruppe Bertelsmann

Made in Germany · 1. Auflage · 6/88
© 1986 by F. A. Herbig Verlagsbuchhandlung,
Berlin, München und Wien
Umschlagentwurf: Design Team München
Umschlagfoto: Robert Farber / The Image Bank, München
Druck: Elsnerdruck, Berlin
Verlagsnummer: 9071
MV · Herstellung: Sebastian Strohmaier
ISBN 3-442-09071-7

Am späten Abend hatte es zu schneien angefangen. Zuerst mit einzelnen Flocken, die im aufkommenden Wind wie unschlüssig über die schlafende Stadt segelten, dann immer dichter und schließlich so heftig, daß die kleinen Reihen-Bungalows der einseitig bebauten Straße vom gegenüberliegenden Waldrand aus nur noch schemenhaft zu erkennen waren. In kaum mehr als vierzig Minuten lagen ihre flachen Dächer und die kleinen Vorgärten unter einer zentimeterdikken Schneedecke begraben. Von den Bewohnern der Straße wurde sie nicht wahrgenommen. Die meisten der Rolläden waren geschlossen, und dort, wo sie es nicht waren, brannte zu dieser Stunde hinter den Fenstern kein Licht mehr. Auch das Licht der wenigen Straßenlaternen, eingehüllt von Kaskaden tanzender Flocken, die sich auf ihren windwärts gelegenen Scheiben festsetzten, schien in dem Flockenwirbel allmählich zu erlöschen und drang kaum mehr bis dorthin, wo Linden seinen Warteposten unter den Bäumen am Waldrand bezogen hatte. Den Waldrand säumte ein Radweg, der jetzt genauso verlassen lag wie der Fußgängerweg jenseits der Straße.

Obgleich Robert Linden die Möglichkeit, er könnte zur nächtlichen Zeit von einem zufälligen Augenzeugen beobachtet werden, als sehr gering einschätzte, kam ihm der unerwartete Schneefall für einen reibungslosen Ablauf des schwierigsten Teils seines Vorhabens nicht ungelegen. Sorgen bereitete ihm jedoch seine anhaltende Heftigkeit. Eine längere Autofahrt, wie sie von ihm vorgesehen war, könnte dadurch erschwert und der sorgfältig berechnete Zeitplan in Frage gestellt werden. Zumal sich das Eintreffen von Doris Neuhagen gegenüber seinen Erwartungen bereits um über eine Stunde verzögert hatte. Dies konnte ebenso mit den derzeitigen Straßenverhältnissen wie mit anderen Umständen zu tun haben, die sich trotz seiner vorangegangenen wochenlangen Recherchen bei einem Unternehmen dieser Art mit letzter Sicherheit nicht ausschließen ließen.

Unter den Bäumen machte sich der Wind, der jetzt eisig über die Straße fegte, glücklicherweise nicht so unangenehm bemerkbar wie dort. Allerdings hätte Linden sich einen etwas dickeren Mantel und festeres Schuhwerk gewünscht. Auch ein Paar Handschuhe wären unter den gegebenen Umständen von Nutzen gewesen. Der nochmalige Wintereinbruch zu einer Jahreszeit, in der sich die Menschen hierzulande eher auf den Frühling als auf eine Rückkehr arktischer Witterung eingestellt hatten, gehörte eben mit zu jenen unvorhersehbaren Komplikationen, gegen die auch ein Mann wie er nicht gefeit war. Während er sich hin und wieder den Schnee vom Mantel und aus den Haaren klopfte und in immer kürzeren Zeitabständen einen ungeduldigen Blick auf das Leuchtzifferblatt seiner Armbanduhr warf, überschlug er in Gedanken die mit einer denkbaren Verschiebung des geplanten Vorhabens verbundenen Nachteile. Sie erschienen ihm nach gründlicher Abwägung und angesichts der bereits getroffenen Vorbereitungen als so gravierend, daß er bald davon abkam. Schließlich war sein Unternehmen auch ohne den unerwarteten Schneefall mit zu vielen Unabwägbarkeiten und Risiken verbunden, als daß ein zusätzliches Erschwernis noch entscheidend ins Gewicht gefallen wäre. Seit er sich erstmals gedanklich damit beschäftigt hatte, war genügend Zeit verflossen, um jedes Für und Wider gegeneinander abzuwägen.

Für eine Weile rief er sich mit geschlossenen Augen das Gesicht von Doris Neuhagen ins Gedächtnis. Keine andere Frau hatte in den vergangenen Monaten seine Gedanken und seine Empfindungen so oft und so nachhaltig beschäftigt wie sie. Sie faszinierte ihn ebenso sehr, wie er sie gleichzeitig verabscheute. Vielleicht lag es nicht zuletzt an diesem Zwiespalt seiner Gefühle für sie, daß er sich so leicht über seine anfänglichen Bedenken und Skrupel hinweggesetzt hatte. Es war, seit er sich endgültig für dieses riskante Unterfangen mit seinem völlig ungewissen Ausgang entschieden hatte, in keiner Phase seiner Vorbereitungen mehr die Frage gewesen, ob er es tatsächlich versuchen wollte oder nicht; es ging immer nur um die Frage des richtigen Zeitpunktes und der besten Gelegenheit, und nun, da er beides gewählt hatte, wäre er eher in der kalten Schneenacht erfroren als im letzten Augenblick kleinmütig umgekehrt. Es sei denn, sie käme heute überhaupt nicht oder in Begleitung eines Mannes nach Hause, aber daran mochte er nicht glauben. Seit sie sich von ihrem Mann getrennt hatte, gab es keine privaten Männerbekanntschaften in ihrem Leben. Linden wußte mehr über sie als die Leute, mit denen sie tagtäglich beruflich zusammenkam und die er nicht weniger verabscheute als sie. Er wußte, in welchem Teil des Bungalows ihr Schlafzimmer und das Badezimmer lagen. Er kannte den Grundriß ihres Hauses wie den seines eigenen. Er wußte sogar, wie sie aussah, wenn sie sich ohne Bikini an einem Badestrand fotografieren ließ. Und vielleicht wären ohne dieses Wissen seine Empfindungen ihr gegenüber etwas weniger zwiespältig gewesen.

Als ihr Wagen am Ende der im Schnee verschwimmenden Laternenlichter in die Straße einbog, hatte er über eine Stunde auf sie gewartet. Er beobachtete mit unwillkürlich angehaltenem Atem, wie er sich langsam näherte. Daß eine Frau ihres Formats einen VW älteren Jahrgangs bevorzugte, hatte bei ihr weniger mit wirtschaftlichen als mit politischen Rücksichten zu tun. Auch darin unterschied sie sich von den meisten Frauen, die den gleichen oder einen ähnlichen Beruf ausübten wie sie.

Um zu vermeiden, daß sie ihn im Scheinwerferlicht ihres Wagens bemerkte, trat er noch einige Schritte unter die Bäume zurück und sah zu, wie sie das Lenkrad einschlug und auf den Gehweg der anderen Straßenseite fuhr. Sie stieg aus, schloß das Garagentor neben dem Bungalow auf, öffnete es, schaltete das Licht ein und setzte sich wieder in den Wagen. Während er jede ihrer Bewegungen beobachtete und widerwillig feststellte, daß allein schon ihre Nähe seinen Pulsschlag beschleunigte, führte er ein Gespräch mit sich selbst, in dessen Verlauf er sich dazu aufforderte, die Ruhe zu bewahren. Er wartete noch, bis der Wagen in die Garage rollte, dann überquerte er rasch die Straße, betrat die Garage und zog das Tor hinter sich zu. Dies geschah etwa in dem Augenblick, als sie die Wagentür öffnete, die langen, sehenswerten Beine herausstellte, sich vom Sitz erhob und beim Geräusch des Garagentors mitten in ihrer Bewegung erstarrte. Erst als er zu ihr kam, wandte sie ihm langsam das Gesicht zu und blickte ihn, ohne ihre Haltung zu verändern, unverwandt an.

Unzählige Male schon hatte er sie auf Fotos und auf dem Bildschirm gesehen und sich ebenso oft gefragt, ob ihr starker Eindruck auf ihn auch einer persönlichen Begegnung standhielte: Sie sah genauso wie auf den Fotos und wie am Bildschirm aus, vielleicht etwas abgespannter und mit leichten Schatten unter den Augen. Er erinnerte sich, daß sie fünfunddreißig und nicht nur beliebteste Moderatorin von wichtigen Nachrichtensendungen und umstrittenen Talk-Shows war, sondern sich nebenbei auch noch für sozialkritische Reportagen engagierte. Aber auch in ihrem Privatleben fehlte es nicht an angemessenen Engagements: Für einen kompromißlosen Umweltschutz und gegen die Atombewaffnung. Für mehr soziale Gerechtigkeit und gegen den Hunger in der dritten Welt. Für ein liberaleres Ausländerrecht und gegen Tierversuche jeder Art. Sicher gehörte sie hierzulande mit zu den meistbeschäftigten Frauen, und es gab kaum etwas, wofür oder wogegen sie sich nicht engagierte, wobei ihr, um ihre privaten Ansichten – und die ihrer politischen Gesinnungsfreunde – vor allem jenem überwiegenden Teil ihres Publikums eingängig zu machen, der über kein eigenes Urteilsvermögen verfügte, ihre verschiedenen beruflichen Möglichkeiten ebenso dienlich waren wie ihr blendendes Aussehen. Schließlich hatte es auch im Leben von Robert Linden Zeiten gegeben, wo er sich davon hatte beeindrucken lassen, und auch jetzt, da er ihr persönlich gegenüberstand, bereitete es ihm ein paar Augenblicke lang Mühe, sich auf den eigentlichen Zweck seines Hierseins zu besinnen. Erst als sie sich vollends aufrichtete und mit ruhig klingender Stimme fragte: »Wer sind Sie, und was wollen Sie?«, wußte er es wieder. Daß sie schreckhaft und ängstlich reagieren könnte, hatte er von ihr auch nicht erwartet. Zwar wirkte ihr Gesicht im Licht der Garagenbeleuchtung unnatürlich weiß, aber ihr Ton ebenso wie ihre ganze Haltung drückten nur kühle Zurückweisung aus. Sie hatte blondes, bis auf die Schultern fallendes Haar, ihre über die horizontale Augenmittellinie leicht wimpernwärts versetzten Pupillen verliehen ihr jenen Silberblick, der in weniger lyrischer Umschreibung vor allem bei Stammtischrunden die Phantasie beflügelte, wobei auch ihre maskulin klingende Stimme von nicht wenigen Männern angeblich als sexgeschwängert empfunden wurde. Daß sie um etliche Zentimeter größer war, als Linden angenommen hatte, fiel bei ihrem Gesamteindruck auf ihn nicht störend ins Gewicht.

Zu den Details, die ihm von dem Haus bekannt waren, gehörte auch die direkte Verbindungstür von der Garage zur Diele. Ohne ihre Frage zu beantworten, überzeugte er sich davon, daß sie unverschlossen war. Er öffnete sie und sagte: »Sie kennen sich hier besser aus als ich. Gehen Sie voraus.« Und weil sie sich nicht von der Stelle rührte, setzte er in ruhigem Tonfall hinzu: »Ich bin bewaffnet und wesentlich kräftiger als Sie. Wir können uns aber auch hier unterhalten.« Er griff nach seiner Brieftasche, entnahm ihr ein halbes Dutzend Fotos und zeigte sie ihr. Sie betrachtete sie, ohne sie anzufassen, nicht länger als vier oder fünf Sekunden lang. Dann wandte sie ihm wortlos den Rücken zu. Ihr Gesicht war völlig unbewegt geblieben; nur die

Lider mit den langen Wimpern hatten kaum merklich geflattert. Selbst das überraschte ihn. Er folgte ihr in die Diele. Sie zog den Mantel aus, warf ihn über einen Stuhl und öffnete die Tür zum Wohnzimmer. In einem Sessel schlug sie lässig die Beine übereinander und sagte: »Ich nehme an, Sie haben die Fotos von meinem geschiedenen Mann bekommen. Ich wußte nicht, daß er noch welche besaß. Schickt *er* Sie zu mir?«

Ihre Selbstbeherrschung beeindruckte ihn auch jetzt wieder. Er zog den nassen Trenchcoat aus, legte ihn über einen Sessel und antwortete: »Nein. Ich habe diese Fotos nicht von Ihrem Mann bekommen, sondern sie mir aus Ihrem Haus besorgt. Sie waren das zufällige Nebenprodukt einer illegalen Durchsuchung, die dazu diente, mir einen etwas persönlicheren Eindruck von Ihnen zu verschaffen. Darf ich mich setzen?«

»Warum fragen Sie, wo Sie es doch tun werden«, antwortete sie und stand auf. Sie ging in die Diele zurück. Linden war sich seiner Sache jetzt schon so sicher, daß er keine Anstalten traf, ihr zu folgen. Er konnte hören, wie sie die Tür zum Schlafzimmer öffnete. Sie hielt sich nur ganz kurz dort auf und fragte beim Zurückkommen: »Hatten Sie einen Schlüssel für das Haus?«

»Ihr Türschloß taugt nichts«, antwortete er. »Auch war ich nicht selbst hier. Dafür gibt es Leute, die das besser verstehen als ich.«

Sie setzte sich ihm gegenüber und blickte eine kleine Weile prüfend in sein Gesicht. Dann sagte sie: »Die Fotos am Strand hat mein Mann in unserem ersten gemeinsamen Urlaub aufgenommen. Die anderen sind nicht von ihm. Ich nehme an, Sie haben mich, als ich zuletzt dort war, verfolgen und beobachten lassen?«

Er nickte. »Eines würde mich in diesem Zusammenhang interessieren: Welche der Fotos sind Ihnen heute unangenehmer – jene, die Sie ohne Bikini zeigen, oder die anderen mit der hübschen Villa am Meer und dem Luxusschlitten unter den Palmen? Wenn Sie den Luxusschlitten und die Villa verkauften, könnten Sie einige tausend Menschen in Afrika vor dem Verhungern retten.«

Ihre Stimme klang jetzt sehr kühl: »Und was tun Sie dagegen?«

»Das erledigt mein Büro für mich. Ich weiß nicht, was da an Spenden über meinen Schreibtisch läuft. Sicher mehr, als Sie Menschen, wie ich einer bin, offensichtlich zutrauen. Sie haben nichts von mir zu befürchten. Alles, worum ich Sie bitte, ist, daß Sie für einige Tage mit mir verreisen. Sie werden dort, wo wir hinfahren, gut untergebracht sein und einen Brief an Ihr Funkhaus schreiben, worin Sie ihm mitteilen, daß Ihre Entführung als Protest gegen die Art und Weise gedacht ist, in der dort Nachrichten manipuliert, unliebsame Politiker diffamiert und Unternehmer ruiniert werden. Kopien Ihres Briefes werden wir auch der Presse zugänglich machen. Und um Ihre nächste Frage gleich vorwegzunehmen: Falls Sie nicht mitspielen, werden Ihre Fans von einer Ihnen und Ihrem Sender nicht unbedingt wohlgesonnenen Presse einige Details über Sie erfahren, die nicht ganz zu dem Bild einer Frau passen, die seit ihrer Scheidung in einem bescheidenen, schlicht ausgestatteten Miet-Bungalow wohnt, mit einem alten VW zur Arbeit fährt und sich in ihrem Beruf ebenso wie in ihrem Privatleben so leidenschaftlichen Herzens der Unterprivilegierten unseres – in Ihren Augen – korrupten Wohlfahrtsstaates und der Millionen Hungernden auf der ganzen Welt annimmt. Das ist alles, was ich Ihnen für den Augenblick zu sagen habe. Sie entschuldigen: Ich habe, während ich auf Sie wartete, kalte und nasse Füße bekommen.« Er streifte die Schuhe von den Füßen und lächelte: »Gegen einen Cognac hätte ich jetzt nichts einzuwenden. Übrigens besitze ich, wie Sie in Ihrem Schlafzimmer vorhin wohl schon feststellten, noch mehr Fotos von Ihnen und Ihrer hübschen italienischen Villa. Da Sie das Haus, wenn Sie es im Urlaub nicht selbst bewohnen, über einen italienischen Makler vermieten, müssen Sie doch recht ansehnliche Nebeneinnahmen haben. Weiß Ihr Finanzamt davon?«

Sie blickte ihn wieder schweigend an. Dann stand sie auf und machte sich an einem Büfett zu schaffen. Sie kehrte mit zwei Gläsern zurück und sagte: »Der Mercedes und das Haus waren das Hochzeitsgeschenk meines Mannes. Ich arbeitete schon damals fürs Fernsehen. Wir hatten vereinbart, daß ich nach der Heirat weiterarbeiten würde. Davon wollte Bernd, so heißt mein geschiedener Mann, dann aber nichts mehr wissen.«

»Was ich gern glaube«, sagte er. »Schließlich gehört er zu den Männern, die ihr Geld lieber für einträgliche Dinge als für hungernde Menschen ausgeben.«

Sie setzte sich ihm gegenüber in einen Sessel und fragte: »Warum tun Sie das alles? Werden Sie dafür bezahlt?«

»Im Gegensatz zu Ihnen und Ihren tüchtigen Kollegen ist mein persönliches Engagement nur mit Unkosten und Risiken verbunden. Sie werden offensichtlich dafür bezahlt, Ihren gutgläubigen Zuschauern und Zuhörern den Eindruck zu vermitteln, in einem Staat zu leben, der von bestechlichen und unfähigen Politikern, von skrupellosen Geschäftemachern und Steuersündern beherrscht wird. Vielleicht gehörte Ihr Mann auch zu den von Ihnen befehdeten Steuersündern. Haben Sie sich deshalb von ihm scheiden lassen?«

Sie gab keine Antwort. Er beobachtete, wie sie ihr Glas mit einem Zug leerte und es dann auf den Tisch stellte. »Wie lange soll das Ganze dauern?« fragte sie. »Acht Tage, oder noch länger?«

Obwohl er sich seiner Argumente und ihrer Wirkung einigermaßen sicher gewesen war, hatte er mit einem so reibungslosen Verlauf des Gesprächs und mit ihrem raschen Einlenken nicht gerechnet. Er sagte: »Es liegt in meinem eigenen Interesse, Sie so bald wie möglich wieder loszuwerden. Nehmen Sie mit, was Sie für eine Woche brauchen.«

»Und womit soll ich nach meiner Rückkehr begründen, weshalb ich mich auf Ihr Verlangen eingelassen habe?«

Er zuckte mit den Schultern. »Das ist Ihr Problem. Nehmen Sie meinen Hinweis, daß ich bewaffnet bin, als Denkanstoß. Wenn es darum geht, sich pauschale Verdächtigungen gegen Ihnen unbequeme Leute einfallen zu lassen, haben Sie ja auch keine Schwierigkeiten. Auf Ihre Gesundheit!« Er prostete ihr zu und betrachtete dann das Mobiliar im Wohnraum. »Eigentlich hatte ich Ihnen einen etwas weniger kleinbürgerlichen Geschmack zugetraut. Aber richtig – als Sie sich von Ihrem Mann trennten, haben Sie den Bungalow samt Inventar gemietet. Von einer Dame, die es vorzog, in ein Altenheim überzusiedeln. Dies wäre jedoch kein triftiger Grund, sich nicht etwas zeitgemäßer einzurichten. Auch wenn Sie monatlich keine acht- und noch mehr tausend Mark wie manche Ihrer Abteilungsleiter verdienen, so müßten Ihre verschiedenen Einkünfte doch ausreichen, um diesen alten Plunder an ein Asylantenheim abzugeben. Damit täten Sie sogar noch eines jener guten Werke, zu denen Sie Ihr andächtiges Publikum fast täglich zu überreden versuchen.«

»Ich höre Ihnen gerne zu«, sagte sie. »Wollen Sie, bevor wir wegfahren, hier noch übernachten?«

Er lächelte. »Ich warte nur noch auf Sie. Sobald Sie Ihren Koffer gepackt haben, steht unserer Abreise nichts mehr im Weg. Dies nur zu Ihrer Beruhigung.«

»Sie haben mich keinen Augenblick lang beunruhigt«, sagte sie und verließ das Zimmer. Weil er wußte, daß in ihrem Schlafzimmer kein Telefon stand, folgte er ihr nicht. Während er auf sie wartete, massierte er mit beiden Händen seine noch immer kalten Füße. Er zog die feuchten Socken aus und hängte sie über den Heizkörper unter dem Fenster. Auf bloßen Füßen ging er mit dem leeren Glas zum Büfett und füllte es aus der Flasche nach. Er fühlte sich wie ein Mann, der sich seit vielen Wochen auf ein ungewisses Abenteuer eingelassen und jetzt erst die Gewißheit gewonnen hatte, daß seine gelegentlichen Zweifel an der selbstgestellten Aufgabe unbegründet waren. Auch wenn er nicht mehr damit erreichte, als ein Zeichen zu setzen und eine breite Öffentlichkeit auf Mißstände hinzuweisen, mit denen zu leben sie sich schon längst abgefunden hatte, so war er doch davon überzeugt, daß es nicht ohne Auswirkungen auf die Unbefangenheit jener bliebe, die ihre gutdotierten Positionen dazu mißbrauchten, gesellschaftliche und politische Veränderungen an einem System zu bewirken, dessen Nutznießer sie mit an erster Stelle waren.

Weil es ihm irgendwann zu lange dauerte und aus dem Schlafzimmer kein einziges Geräusch zu hören war, zog er Socken und Schuhe an und ging hinüber, um nach Doris zu schauen. Sie lag ausgestreckt auf dem Bett. Umgezogen hatte sie sich bereits; sie trug jetzt ein einfaches, graues Kostüm. Der große Koffer neben der Tür war gepackt; er stellte es fest, als er ihn kurz vom Boden abhob. Auch eine Hutschachtel stand bereit. »Worauf warten Sie noch?« fragte er.

Sie wandte ihm das Gesicht zu. »Ich habe einen anstrengenden Tag hinter mir und wollte mich ein wenig ausruhen. Wohin bringen Sie mich?«

»An einen Ort, wo niemand Sie erkennen wird; ich habe ein Ferienhaus gemietet.«

»Unter Ihrem Namen?«

Er mußte lachen. »Vorsorglich natürlich nicht.«

Sie musterte ihn wie mit plötzlich erwachtem Interesse. »Ich habe Sie schon einmal gesehen; ich weiß nur nicht, wo. Vielleicht fällt es mir noch ein. Werden Sie die Fotos behalten?«

Er zog einen Stuhl neben das Bett und setzte sich. »Welche Garantien hätte ich sonst, daß Sie der Polizei eine Personenbeschreibung Ihres Entführers geben, die sie auf eine falsche Fährte lenkt? Zumal es durchaus möglich ist, daß Sie mich auch in Zukunft wieder einmal sehen werden. Eines wundert mich ein wenig: Sie haben bisher noch keinen einzigen Versuch gemacht, sich zu rechtfertigen. Darf ich das so verstehen, daß Sie dem, was ich sagte, insgeheim zustimmen?«

»Es kommt nicht auf die Mittel, sondern auf ihr Ergebnis an«, sagte sie. »Ich, und nicht nur ich, wir wünschen uns eine andere Regierung.«

»Mit den Politikern von gestern?«

»Im Augenblick haben wir es in unserer Regierung mit Politikern von vorgestern zu tun«, sagte sie. »Genauso, wie auch Sie ein Mann von vorgestern sind. Leute wie Sie werden die Zeit und ihre Veränderungen nicht aufhalten. Vielleicht ist sie aber auch noch nicht reif dafür und es kommt der Tag, wo ich in diesem Land nicht länger leben möchte, weil ich nicht mehr öffentlich aussprechen kann, was ich empfinde und denke. Nur für diesen Fall habe ich das Haus in Italien behalten.«

»Sie haben es auch in Italien mit ganz ähnlichen Politikern zu tun, wie Sie sie bei uns auf die Bänke der Opposition verbannen wollen.«

»Italien ist nicht meine Heimat. Dort bin ich emotional nicht engagiert.«

»Das sollten Sie aber sein«, sagte er. »Sie engagieren sich schließlich auch für Dinge, die in Afrika und Südamerika passieren, obwohl diese Länder nicht Ihre Heimat sind.« Er stand auf. »Ich will gar nicht erst versuchen, Sie mit meinen Argumenten zu überzeugen. Was bei solchen Diskussionen herauskommt, dafür liefert Ihr Funkhaus regelmäßig die eindrucksvollsten Muster. Aber ich frage mich, wie inhaltlos Ihr Leben sein muß, wenn Sie es mit Ersatzbefriedigungen ausfüllen, um ihm einen Sinn zu geben. Wenn das Ihre persönliche Art von Selbstverwirklichung ist, möchte ich keinesfalls mit Ihnen tauschen. Mißverstehen Sie mich bitte nicht. Auch ich bin der Meinung, daß vieles nicht in Ordnung und deshalb verbesserungswürdig ist. Was mir jedoch mißfällt, ist Ihre offensichtliche Unfähigkeit, globale Zusammenhänge und Hintergründe zu erkennen. Was Sie und Ihre gleichgesinnten Kollegen in Wirklichkeit fördern, sind private und nationale Egoismen, die uns um keinen Schritt weiterbringen; im Gegenteil. Im übrigen habe ich volles Verständnis für Ihren Wunsch nach einem Hintertürchen, durch das Sie sich, wenn sich Ihre politischen Blütenträume nicht erfüllen, unauffällig in ein nur noch privaten Interessen gewidmetes Dasein zurückziehen können. Für einen ganz ähnlichen Fall, nur unter völlig anderen Vorzeichen, bin auch ich gerüstet. Können wir jetzt gehen?«

Sie stand vom Bett auf. »Was es so schlimm macht, ist nicht, daß Sie so oberflächlich argumentieren, sondern anscheinend auch noch glauben, was Sie sagen.«

»Da haben wir ja sogar ein erstes gemeinsames Problem«, lächelte er. »Mein Wagen steht in der nächsten Querstraße. Bis dorthin benutzen wir Ihren VW. Es wird dann so aussehen, als seien Sie auf der Fahrt zu Ihrem Haus angehalten und in ein anderes Fahrzeug genötigt worden. Vielleicht bringen Sie diesen Umstand jetzt schon gedanklich in die Story ein, die Sie später der Polizei erzählen werden.«

Er griff nach ihrem Koffer und der Hutschachtel. In der Diele half er ihr in den Mantel und in der Garage in den Wagen. Er fuhr ihn auf die Straße, schloß das Garagentor ab und vergewisserte sich mit einem raschen Rundblick, daß sie nicht beobachtet wurden. Obwohl es nicht mehr ganz so heftig schneite wie vorhin, lag der Schnee auf der Straße bereits so hoch, daß beim Anfahren die Antriebsräder durchdrehten. Linden fragte: »Wann, frühestens, wird man Sie vermissen.«

»In drei Wochen«, antwortete sie. »Heute war mein letzter Arbeitstag. Ich hatte vor, übermorgen nach Italien zu fahren.«

»Verflucht!« Er trat so hart auf die Bremse, daß der Wagen ins Schleudern kam. Er hatte ihn jedoch sofort wieder unter Kontrolle und fragte: »Warum haben Sie mir das nicht gleich gesagt?«

»Warum hätte ich es Ihnen sagen sollen? Sie fahren übrigens sehr sicher. Wäre mir das passiert, ich wäre auf dem Gehweg oder an der nächsten Laterne gelandet. Wie macht man das? Einfach gegensteuern, wie Sie es eben getan haben?«

Ihre Kaltblütigkeit, angesichts des schleudernden Wagens noch darauf zu achten, auf welche Weise er die nicht ungefährliche Situation meisterte, zeigte ihm wieder einmal mehr, daß er sie trotz ihrer scheinbaren Bereitwilligkeit, auf seine Wünsche einzugehen, nicht unterschätzen durfte. Weil er jedoch gleichzeitig damit beschäftigt war, die neu geschaffene Lage zu überdenken und die erforderlichen Schlüsse daraus zu ziehen, ließ er ihre Frage unbeantwortet. Er bog in die nächste Querstraße ein, fuhr auf die linke Straßenseite neben einen parkenden Wagen, wendete und stellte den VW unmittelbar vor einer schmalen Garageneinfahrt und hinter dem parkenden

Wagen ab. »Eines ist sicher«, meinte er. »Der Besitzer der Garage wird keine drei Wochen verstreichen lassen, bis er die Polizei verständigt. Damit hätten wir das größte Problem auch schon gelöst. Der Wagen vor uns gehört mir. Aus dieser Richtung kommen Sie doch üblicherweise, wenn Sie nach Hause fahren?«

»Ja«, sagte sie. »Und was weiter?«

Darüber war er sich inzwischen schlüssig geworden. »Sie wurden hier von einem querstehenden Wagen gestoppt. Sein Fahrer setzte sich zu Ihnen und zwang Sie, zu Ihrem Haus zu fahren, damit Sie sich mit dem Nötigsten versorgen konnten. Anschließend fuhr er mit Ihnen hierher zurück, und Sie stiegen in seinen Wagen um.«

»Wäre es nicht plausibler gewesen, wenn wir hier schon in seinen Wagen umgestiegen und damit zu meinem Haus gefahren wären?«

Er nickte. »Im Prinzip ja. Da aber die zu Ihrer Garage führenden tiefen Radspuren, die wir hinterlassen haben, morgen vormittag noch zu sehen sein und sich für jeden halbwegs intelligenten Menschen als die Ihres VWs erweisen werden, ist es klüger, wir wählen meine Version. Sie hatten übrigens während der ganzen Zeit eine Pistole im Rücken. Das dürfte plausibel genug klingen.«

»Haben Sie eine Pistole?« fragte sie. Er griff in die Manteltasche und zeigte sie ihr. Sie betrachtete sie mit gerunzelter Stirn. »Ist sie echt?«

»Der Waffenhändler, bei dem ich sie kaufte, hat es mir jedenfalls zugesichert. Ich gehöre auch zu jenem exklusiven Personenkreis, dem es erlaubt ist, sich notfalls gegen Individuen zur Wehr zu setzen, die sich durch Ihre Sendungen dazu animiert fühlen, Burschen, wie ich einer bin, aus der Welt zu räumen.«

»Sie fangen an, mich neugierig zu machen«, sagte sie.

Er grinste dünn. »Sie mich nicht. Ich hatte mir nie gewünscht, Ihre Aufmerksamkeit zu erregen, obwohl Sie mir seit Jahren hinlänglich bekannt sind; aber in diesem Fall ordne ich die damit verbundenen Nachteile einem höheren Zweck unter.« Er griff nach ihrem Gepäck.

Während sie umstiegen und er die Scheiben vom Schnee säuberte, behielt er die Pistole in der rechten Hand. Sie kam erst darauf zu sprechen, als sie bereits in seinem Wagen saßen und er den Motor startete: »Sie trauen mir nicht?«

Er legte die Pistole in den Handschuhkasten. »Sie sind freiwillig mitgekommen. Für den Fall aber, daß wir aus einem der Häuser beobachtet werden, liegt es in Ihrem wie in meinem Interesse, daß wir einen überzeugenden Eindruck hinterlassen. Schnallen Sie sich an; dies ist ein relativ schnelles Auto, obwohl uns das, fürchte ich, trotz seines Allradantriebs heute nacht nicht viel nützen wird, aber bis über die Grenze werden wir es, hoffe ich, noch schaffen.«

Sie beobachtete, wie er den Gang einlegte und den Wagen vorsichtig anrollen ließ. »Über welche Grenze?«

»Über die französische. Den Fischern in der Bretagne dürfte Ihr reizvoller Anblick bisher vorenthalten geblieben sein, und zu dieser Jahreszeit treiben sich dort noch keine deutschen Badegäste herum. Übrigens wird die Meeresluft Ihrem Teint guttun. Sie sehen blaß aus. Sind Sie sehr wütend auf mich?«

»So wichtig nehme ich Sie nicht. Wie kommen Sie überhaupt darauf, daß unsere Nachrichtensendungen manipuliert seien?«

»Allein schon durch die Auswahl der Themen. Ich habe in meinem Gepäck eine lange Liste all der Dinge, die mir in den letzten zehn Monaten aufgefallen sind. Wir werden sie, zusammen mit Ihrem Brief, ebenfalls der Presse zustellen. Was mich ein wenig erstaunt, ist Ihre Freimütigkeit, sich zu Ihren politischen Ansichten und Absichten zu bekennen. Abgesehen davon, daß ich auch dieses Eingeständnis gegen Sie und Ihre Redaktion verwenden könnte, liefern Sie mir damit für mein Anliegen ein moralisches Argument mehr, obwohl es dessen nicht bedurft hätte. Was haben Sie sich dabei gedacht?«

Sie wandte ihm das Gesicht zu. »Ich erinnere mich nicht, Ihnen gegenüber ein solches Eingeständnis gemacht zu haben. Falls Sie aber die Absicht haben, es gegen mich zu verwenden, so dürfte es Ihnen sehr schwer fallen, dies auch zu belegen.«

»Zugegeben. Ich habe auch nicht die Absicht. Hauptsache, Sie bleiben weiterhin so kooperativ wie bisher. Ich bin sehr zufrieden mit Ihnen.«

Sie schwieg. Erst als sie bereits die Stadt hinter sich gelassen hatten und auf die Autobahn kamen, öffnete sie wieder den Mund: »Das schaffen Sie nicht.«

Tatsächlich vermochte das Bild, das sich ihnen auf den tiefverschneiten Fahrbahnen mit den beinahe im Schrittempo dahinrollenden Pkws und Lastwagen bot, auch Linden nicht fröhlich zu stimmen. Einige der Fahrer hatten bereits aufgegeben und harrten im dichten Schneegestöber auf der Standspur der ersten Räumfahrzeuge. Daß Linden dennoch auf der linken Fahrbahn relativ gut vorankam, war allein dem Allradantrieb seines Wagens zuzuschreiben. Er sagte: »Freuen Sie sich nicht zu früh. Mit diesem Auto fahre ich noch über den Sankt Gotthard, wenn er für den Verkehr bereits gesperrt ist. Mit Schneeketten ginge es noch besser, die habe ich aber leider nicht mitgenommen. Schließlich hatten wir bereits Frühlingsanfang und wollen auch nicht über den Gotthard, sondern in die Bretagne fahren. Dort soll es angeblich erst dann schneien, wenn bei uns nur noch die höchsten Kirchturmspitzen aus dem Schnee ragen.«

Zu seiner Überraschung hörte er sie leise lachen. Sie sagte: »Sie waren vorher wohl noch nie in der Bretagne? Haben Sie einen Namen, oder dürfen Sie auch den nicht verraten?«

»Robert genügt. Ich werde fortan Doris zu Ihnen sagen.«

»Das haben Sie schon einmal getan. Ich denke noch immer darüber nach, wo und in welcher Eigenschaft ich Sie schon einmal gesehen haben könnte. Als Politiker?«

»Schwerlich. Im allgemeinen bin ich etwas produktiver tätig, als dies bei Politikern in der Regel der Fall ist. Ich wüßte auch keinen einzigen, der für seine politische Überzeugung ein so persönliches Risiko einginge wie ich. Zum Glück habe ich eine sehr tüchtige Schwester, die sich, falls ich dabei auf der Strecke bleiben sollte, meiner Hinterlassenschaft annehmen kann.«

Sie blickte von der Seite in sein Gesicht. »Warum nicht Ihre Frau? Oder haben Sie keine?«

»Keine mehr. Und damit Sie sich jetzt nicht einreden, ich gehörte zu denen, die ihrer Ehefrauen überdrüssig geworden sind: Sie ist vor zwei Jahren gestorben.«

Sie äußerte sich nicht dazu.

»Wenigstens bei solchen Anlässen gebrauchen Sie keine Klischees«, sagte er. »Unser größtes Problem ist nicht, daß wir, wie Sie es gerne darstellen, zuwenig für die Entwicklungsländer tun, sondern noch immer keine wirksamen Mittel gegen Krankheiten gefunden haben, die Sie und mich genauso erwischen können wie meine Frau. Die Zeit, die ich früher ihr widmete, stand mir nach ihrem Tod für andere Dinge zur Verfügung. Ich begann mich in zunehmendem Maße für Ungereimtheiten zu interessieren, die mich zwar auch vorher schon hin und wieder beschäftigt hatten, für die ich mich damals aber noch nicht persönlich zuständig fühlte.«

»Dann war es ja vielleicht ganz gut für Sie, daß Ihre Frau gestor...« Sie brach ab und murmelte: »Das war nicht so gemeint.«

»Sie meinen es immer so, wie Sie es sagen. Beispielsweise dann, wenn Sie über die politischen Zustände in Südafrika und Lateinamerika berichten, die Zuchthäuser und Arbeitslager im Osten aber beharrlich ignorieren. Für Ihre politischen Ambitionen mag es nützlich, vielleicht sogar die Voraussetzung gewesen sein, sich von Ihrem Mann zu trennen, auf meine Ehe trifft das nicht zu. Ich habe keinen politischen Ehrgeiz, sonst hätte ich mich auf diese Sache hier gewiß nicht eingelassen.«

»Eines verstehe ich nicht«, sagte sie nach einer Weile, »warum Sie mir nicht zutrauen, aus den gleichen uneigennützigen Motiven zu handeln, wie Sie es angeblich tun? Daß auch ich nur daran interessiert bin, in diesem Land noch Schlimmeres zu verhüten.«

»Die Frage ist nicht, was Sie wollen, sondern was Sie erreichen. In meinen Augen genau das Gegenteil; es wird alles nur noch schlimmer werden.«

»Das ist Ihre Meinung.«

»Auch darüber haben wir uns bereits unterhalten.«

»Sie scheinen es aber gerne zu tun. Warum eigentlich?«

Darüber hatte er noch nicht nachgedacht; aber während er es jetzt tat, wurde ihm bewußt, daß er vom ersten Augenblick an darum bemüht gewesen war, sich ihr gegenüber für seine Verhaltensweise, wenn auch nicht zu entschuldigen, so doch zu rechtfertigen. Er sagte: »Lassen wir das.«

Sie lächelte ein wenig: »Wie Sie meinen, Robert. Sie sind ein recht gut aussehender Mann. Fast tut es mir leid, daß wir so gar nichts gemeinsam haben.«

»Du lieber Gott.« Er lachte verhalten. »Kommen Sie jetzt ja nicht mit dieser Masche. Ich werde mich hüten, mir bei Ihnen gleich doppelt die Finger zu verbrennen.«

Sie musterte ihn amüsiert: »Wieso gleich doppelt?«

Er grinste. »Auf Ihrer Abschußliste stehe ich jetzt ohnehin ganz oben. Womit Sie mich sonst noch bestrafen könnten –«

»Vielleicht möchte ich Sie gar nicht bestrafen«, unterbrach sie ihn.

»Vielleicht möchte ich Sie nur von meinen besseren Argumenten überzeugen. Sie machen auf mich nicht den Eindruck eines Mannes, dem es keine Skrupel bereitet, eine Frau auf diese Weise zu erpressen. Denn etwas anderes ist es ja nicht, was Sie tun. Oder sehe ich das falsch? Ihnen muß doch klar sein, daß ich eine Veröffentlichung der Fotos beruflich nicht überleben würde. Ich rede jetzt nicht von denen mit dem Haus und dem Mercedes. Die könnten auch aufgenommen worden sein, als ich noch verheiratet war.«

»Ich finde die Aufnahmen am Strand sehr hübsch«, sagte er. »Ich könnte mir denken, daß ihre Veröffentlichung Ihnen sogar eine neue, große Karriere ermöglichte, an die Sie bisher vielleicht noch gar nicht gedacht haben. Und was die anderen Aufnahmen betrifft, vor allem jene, die Sie mit dem Mercedes zeigen, so ist gewährleistet, daß Ihr neueres Datum nachgewiesen werden kann. Vielleicht vermieten Sie den auch an Leute, die gut dafür bezahlen?«

»Da muß ich Sie enttäuschen«, sagte sie, in ihren kühlen Ton zurückfallend. »Er steht, wenn ich nicht in Italien bin, in der Garage. Sie sind noch mieser, als ich bisher angenommen hatte. Sie sind der mieseste Mann, der mir jemals begegnet ist.«

Er lachte. »Vor zwei Minuten hörte sich das aus Ihrem Mund noch ganz anders an, aber ich kann Ihnen nachfühlen, wie Ihnen zumute ist und wie sehr Sie mich hassen. Mir ist bekannt, daß die Villa in Italien mit Geldern von einem Schweizer Bankkonto Ihres Mannes bezahlt wurde. Vielleicht ist das der Grund dafür, weshalb Sie sich nach Ihrer Scheidung an keinen anderen Mann mehr gebunden haben. Früher oder später hätten Sie auch ihm von dem Haus erzählen und sich damit der Gefahr aussetzen müssen, von ihm in vielleicht noch schändlicherer Weise erpreßt zu werden, als ich es tue. Ich muß allerdings einräumen, daß es mir an Ihrer Stelle genauso erginge. Ich weiß, daß die Villa früher einem Fabrikanten aus Mailand gehörte, der sie mit dem dazugehörenden Fünftausendquadratmetergrundstück von einer verarmten Familie aus dem italienischen Hochadel erworben hatte. Ihren heutigen Marktwert schätze ich auf über zwei Millionen Mark ein. Die Großzügigkeit Ihres Mannes, die Schenkung an Sie nach der Scheidung nicht zu widerrufen, dürfte mit der illegalen Finanzierung zu tun haben, die ihn für Sie genauso erpreßbar machte, wie Sie es jetzt für mich geworden sind. Ich bewundere so zielstrebige Frauen wie Sie, auch wenn ich mir kaum etwas Schlimmeres vorstellen kann, als mit einer von ihnen verheiratet zu sein. Deshalb dringt mir Ihre abschätzige Meinung über mich auch nicht allzutief unter die Haut.«

»Sie hören sich wohl gerne selbst reden?« fragte sie.

Er mußte wieder lachen. »Sie mich ja auch. Mir fällt allerdings auf, daß Sie sich, gemessen an Ihrer sonstigen Beredsamkeit, in meiner Gegenwart eine befremdliche Zurückhaltung auferlegen.«

Sie blickte durch die Windschutzscheibe mit den sich rasch bewegenden Wischern in das unverändert anhaltende Schneetreiben. »Ich lerne hin und wieder, was Menschen betrifft, ganz gerne etwas dazu, und das tut man am besten, indem man zuhört. Ich habe auch nicht vor, Sie auf eine Abschußliste zu setzen. Solange Sie die Fotos haben, sind mir die Hände gebunden. Wie kamen Sie ausgerechnet auf mich? Sie konnten vorher ja nichts von den Fotos wissen.«

»Von den Fotos nicht. Auf Ihren Bungalow und auf das, was Sie sonst noch vor der Welt verbergen könnten, wurde ich erst neugierig, als ich von Ihren regelmäßigen Italienreisen und von Ihrem dortigen Besitz erfuhr.«

»Das beantwortet meine Frage nicht.«

Er nickte. »Sie haben mir in einer Ihrer einseitig gefärbten Reportagen einmal ganz persönlich auf die Füße getreten.«

»In welcher war das? Oder wollen Sie darüber nicht reden?«

»Sie würden sich doch nicht mehr daran erinnern. Auch ging es damals nicht um meine Person, sondern um eine Sache, die ich allerdings als meine persönliche...« Er brach ab und blickte angestrengt nach vorn. »Läuft da nicht ein Hund!«

Doris hatte ihn fast zur gleichen Zeit bemerkt wie er und sagte laut: »Fahren Sie langsam!«

»Warum schreien Sie so?« wunderte er sich. »Er scheint zu dem Auto vor uns zu gehören. Vielleicht hat der Fahrer ihn am letzten Rastplatz ausgesetzt und dabei übersehen, daß er mit dem Wagen bei diesem Wetter nicht viel schneller vorankommt als das Tier.«

»Er kann auch von einem anderen Fahrer ausgesetzt worden sein und läuft jetzt dem erstbesten Wagen hinterher«, gab sie zu bedenken.

Linden widersprach ihr: »Er beachtet die anderen Wagen gar nicht. Im Fond scheinen welche zu sitzen, die ihn beobachten, aber jetzt wollen sie ihn offensichtlich loswerden.«

Tatsächlich hatte sich der Abstand zwischen dem fremden Wagen und dem Hund plötzlich vergrößert. Es hatte den Anschein, als sei dieser mit seinen Kräften am Ende. Er wurde immer langsamer, blieb unvermittelt stehen und bellte dem davonfahrenden Wagen nach. Linden, der die Geschwindigkeit seines Wagens schon vorher der des Hundes angepaßt hatte, schickte sich an, auf der linken Fahrspur an ihm vorbeizufahren. Dazu kam es jedoch nicht, weil Doris mit einer Hand in das Lenkrad griff und den Wagen wieder nach rechts zog. Um den Hund nicht zu überfahren, trat Linden, während er sich gleichzeitig im Rückspiegel vergewisserte, daß ihnen von hinten für den Augenblick keine unmittelbare Gefahr drohte, notgedrungen und mit der gebotenen Vorsicht auf die Bremse. Bevor er jedoch Zeit fand, seinem Ärger Luft zu machen, hatte Doris die Tür aufgestoßen. Augenblicke später stand sie, umtanzt von großen Schneeflocken, im Scheinwerferlicht neben dem Hund und versuchte, ihn an den Ohren und am Hals auf die tiefverschneite Standspur zu zerren. Auch Linden hielt es jetzt für geraten, den Wagen dorthin zu steuern. Weil dies synchron zu dem geschah, was sich unmittelbar vor der Motorhaube zwischen Doris und dem Hund abspielte, wäre es beinahe doch durch einen plötzlich von hinten aus dem dichten Schneetreiben auftauchenden Lastwagen zu einem Unfall gekommen. Nur die Geistesgegenwart des Fahrers, der sein schweres Gefährt buchstäblich im letzten Augenblick auf die linke Fahrbahn steuerte, verhinderte eine Katastrophe. Sein empörtes Hupen hallte Linden noch in den Ohren, als er die Warnblinkanlage einschaltete und ein paarmal tief durchatmete. Bis dahin saß der Hund bereits hechelnd im Fond und Doris wieder auf dem Beifahrersitz. Sie sagte: »Er ist sehr lieb, er hat mir vor Dankbarkeit sogar die Hände geleckt. Wenn Sie sich beeilen, Robert, holen wir diese Leute noch ein und können sie zur Rede stellen. So einfach kommen die mir nicht davon, das schwöre ich Ihnen.«

Ihre Stimme klang völlig atemlos und noch immer sehr laut. Lindens erster impulsiver Wunsch, sie und das Tier aus dem Wagen zu werfen und ohne sie weiterzufahren, hielt einer nachträglichen und kritischen Überprüfung nicht stand. Ihm fiel nämlich noch rechtzeitig ein, daß seinem eigenen Vorhaben damit wenig gedient sein würde, und weil er ein Mann war, der nur selten die Kontrolle über sich verlor, atmete er wieder tief durch und fragte: »Wissen Sie überhaupt, wie nahe wir eben dem Tod waren?«

»Der Hund wäre, wenn wir ihn nicht ins Auto genommen hätten, auch so gut wie tot gewesen«, sagte sie. »Was regen Sie sich auf? Schließlich ist nichts passiert. Ich möchte diese Leute haben, Robert. Ich möchte endlich einmal einen erwischen, der so etwas tut. Wenn Sie mir dabei nicht helfen, laufe ich Ihnen bei der ersten sich bietenden Gelegenheit davon, und Sie können mit den Fotos dann machen, was Sie wollen. Das ist mein Ernst. Ich gebe Ihnen mein heiliges Ehrenwort, daß das mein Ernst ist.«

Sie mußte einen noch größeren Tick haben, als er bisher angenommen hatte, und so, wie sie es sagte, zweifelte er keinen Augenblick daran, daß es ihr wirklich ernst damit war. Er schaltete die Innenbeleuchtung ein und betrachtete den Hund. Soweit er es beurteilen konnte, handelte es sich um eine Kreuzung zwischen einem Windhund und einer Dogge. Er hatte eine ungewöhnlich lange Schnauze, bernsteinfarbene Augen und ein langhaariges Fell, dessen besondere Beschaffenheit bei Linden den Verdacht aufkommen ließ, daß außer der Dogge und dem Windhund auch noch ein Collie und ein Pointer mit am Werk gewesen sein müßten. Jedenfalls war er sehr groß, seine spitz aufgerichteten Ohren berührten beinahe den Dachhimmel, und sein Blick war unentwegt nach vorne durch die Windschutzscheibe gerichtet. Doris sagte: »Er hält noch immer nach diesen Leuten Ausschau. Er versteht nicht, warum sie ihm das angetan haben.«

»Ich verstehe es schon«, sagte Linden. »Das Auto war ein Golf, und wenn sich mehr als drei Personen darin aufhielten, kann dieses Riesentier ihnen nur auf dem Schoß gesessen haben, oder sie ihm. Sie können sie nicht zur Rede stellen, Doris. Man würde Sie wahrscheinlich sofort erkennen und –«

Sie unterbrach ihn ungeduldig: »Ich habe vorsorglich eine schwarze Perücke mitgenommen. Ich trage sie oft, wenn ich einkaufe und nicht erkannt werden will. Eine dunkle Brille habe ich auch bei mir. Noch nie habe ich ein so schönes Tier gesehen. Ich setze mich zu ihm, damit es sich nicht so einsam und verlassen fühlt.«

Auch diesmal hatte sie die Wagentür schon geöffnet, ehe er Gelegenheit fand, sie daran zu hindern. Gleich darauf hatte sie im Fond einen Arm um den Hund und den Kopf an seinen Hals gelegt. »Du armes Kerlchen«, murmelte sie. »Du armes, armes Kerlchen.«

»Mir kommen gleich die Tränen«, knurrte Linden. Sie fragte rasch: »Was brummen Sie da vor sich hin? Ich habe gute Ohren. Sie mögen wohl keine Hunde?«

»Gleich nach Spinnen und Klapperschlangen«, sagte er. »Wir können ihn unmöglich mit über die Grenze nehmen. Ohne Impfbescheinigung gegen Tollwut lassen sie ihn bestimmt nicht nach Frankreich.«

»Ich habe auch keine Impfbescheinigung gegen Tollwut«, sagte Doris. »Wer weiß, wie lange das arme Tier hinter dem Wagen hergelaufen ist. Wieso machen Sie sich überhaupt seinetwegen Gedanken? Denken Sie lieber an sich selbst. Was tun Sie zum

Beispiel, wenn die Zollbeamten meinen Reisepaß sehen wollen? Ich habe vergessen, ihn mitzunehmen.«

Das war sein Versäumnis; er hätte daran denken müssen. »Auch keinen Personalausweis?« fragte er betroffen.

»Wenn ich einen Reisepaß habe, brauche ich keinen Personalausweis«, belehrte sie ihn. »Ich glaube auch gar nicht, daß wir kontrolliert werden. Von den deutschen Beamten sicher nicht, und die französischen werden wegen Ihres Audis bei diesem Wetter bestimmt nicht ihre warme Stube verlassen. Fahren Sie endlich los, sonst holen wir diese Verbrecher vielleicht gar nicht mehr ein.«

Er blickte auf die Armbanduhr. »Wir haben wegen des Hundes fast eine Viertelstunde verloren; ihr Vorsprung ist schon viel zu groß, als daß wir sie jetzt noch einholen könnten. Auch haben sie bestimmt ein anderes Ziel; sie hatten Skier auf dem Dach. Wenn sie gescheit sind, verlassen sie die Autobahn an der nächsten Ausfahrt. Sie müssen damit rechnen, daß sie wegen des Hundes unseren Verdacht erregt und wir uns das Kennzeichen ihres Wagens gemerkt haben.«

»Haben Sie es sich gemerkt?«

»Dazu war die Entfernung zu groß.«

»Dann hätten Sie eben dichter auffahren müssen. Warum haben Sie es nicht getan?«

Seine Stimme klang zum erstenmal gereizt: »Weil das nur möglich gewesen wäre, wenn ich zuvor den Hund überfahren hätte. Hätte ich es nur getan, verflixt noch mal.«

Sie rief fassungslos: »Dazu wären Sie imstande gewesen? Sie sind ja noch schlimmer als diese Verbrecher. Es ist gut, daß ich das weiß. Ich werde den Hund behalten und ihn, wenn ich Ihren einfältigen Brief geschrieben habe, mit nach Hause nehmen. Eine Kollegin von mir stellt in einer Sendung Tiere vor, die einen Besitzer suchen. Vielleicht bekommen wir bei dieser Gelegenheit aus unserem Zuschauerkreis Hinweise auf den früheren. Der soll sich ja nicht einreden, ungeschoren davonzukommen. Es ist eine Hündin. Ich werde sie Sue Ellen nennen.«

»Warum nicht Doris?« fragte Linden und setzte die Fahrt fort. Nach einer Zufahrt war die Autobahn bereits geräumt; er konnte sein Tempo beschleunigen. Nur noch wenige Fahrzeuge waren unterwegs. Der Schneefall hatte nachgelassen. Die Nacht war ungewöhnlich hell. Beiderseits der Fahrbahnen hoben sich die tiefverschneiten Wälder vom milchigen Himmel ab. Linden sah im Rückspiegel den

Hund dasitzen, noch immer hochaufgerichtet und hechelnd; sein aufmerksamer Blick schweifte unverändert über Lindens Haupt hinweg in unergründliche Fernen. Doris sagte: »Wenigstens macht sie einen gepflegten und gut genährten Eindruck. Um so schlimmer, daß man sie auf diese Weise loszuwerden versuchte. Wo sind wir überhaupt? Schon bald an der Grenze?«

»Ich habe umdisponiert«, sagte er. »Ohne Personalausweis und zusammen mit diesem Hund fahre ich mit Ihnen über keine Grenze. Für den Fall, daß es zu Komplikationen kommen sollte, habe ich noch ein anderes Quartier vorgesehen. Es hat gegenüber jenem in der Bretagne für Sie allerdings den Nachteil, daß Sie es tagsüber nicht verlassen dürfen. Sie könnten sonst gesehen und erkannt werden.«

»Sie haben wirklich an alles gedacht«, sagte sie. »Handelt es sich dabei auch um ein Ferienhaus?«

»Um eine kleine Pension in einem bayerischen Kurort. Unter der Bedingung, daß wir uns selbst versorgen, hat die Inhaberin das ganze Haus an mich vermietet. Im Augenblick macht sie Betriebsferien.«

»Sie kennen sie?«

»Nicht persönlich. Ein Bekannter von mir wohnt öfter bei ihr. Ich habe ihn darum gebeten, die Sache für mich zu arrangieren. Selbstverständlich weiß er nicht, zu welchem Zweck.«

Sie beugte sich zu ihm vor und kam mit dem Kopf nahe an seine Wange. »Und was wäre geschehen, wenn es mir egal gewesen wäre, ob die Fotos publiziert werden würden oder nicht, und ich mich geweigert hätte, mit Ihnen zu kommen? Hätten Sie es dann mit der Pistole versucht?«

Er lächelte. »Selbstverständlich nicht. In diesem Fall hätte ich mich für die kleine Belästigung in Ihrem Haus bei Ihnen entschuldigt und wäre unverrichteter Dinge nach Hause gefahren.«

2

Conrad empfing seinen Besucher, der sich zuvor telefonisch bei ihm angemeldet hatte, in seinem Einfamilienhaus im Süden der Stadt bei guter Laune. Wegen des unfreundlichen, naßkalten Wetters tranken sie den von Frau Conrad servierten Cognac nicht in der gemütlichen Loggia mit Blick auf den Garten, sondern in der gutbürgerlich eingerichteten Wohnstube mit bequemem Sofa und ölgemalten Bildern. Solange auch Frau Conrad bei ihnen war, unterhielten sie sich über den nochmaligen Wintereinbruch und über andere belanglose Dinge. Erst als sie das Zimmer verließ, kam Conrads Besucher auf den eigentlichen Zweck seines Hierseins zu sprechen. Er hieß Ahler und war Conrad nicht nur in seiner Eigenschaft als Stadtrat und Fraktionsgeschäftsführer, sondern auch als langjähriger Parteifreund gut bekannt. Er war ein schmächtig wirkender Mann mit blasser Gesichtsfarbe und abstehenden Ohren, im bürgerlichen Beruf Regierungsrat und Sachgebietsleiter bei einer Finanzbehörde. Conrad schätzte ihn vor allem wegen seiner kritischen Einstellung gegenüber allen Versuchen linksextremer Gruppierungen in der eigenen Partei, sich mit den programmatischen Zielvorstellungen der Grünen zu identifizieren. Nachdem Ahler sich bei Conrad noch einmal für die vormittägliche Störung entschuldigt hatte, erläuterte er ihm in einem längeren Monolog, der nur durch einige knappe Zwischenfragen Conrads unterbrochen wurde, was nicht nur ihm persönlich, sondern auch noch einigen anderen, Conrad ebenfalls namentlich bekannten Parteifreunden, im Augenblick Sorgen bereitete. Er fügte ergänzend hinzu, daß, wenn diese peinliche Angelegenheit publik werden sollte, die Partei alle Hoffnungen auf die Wahl ihres Kandidaten zum Oberbürgermeister begraben könne. Zumal man dabei auf die bereits zugesagte Unterstützung der Grünen angewiesen sei, die, wenn sie Wind von der Sache bekämen, mit an Sicherheit grenzender Wahrscheinlichkeit einen Rückzieher machten. Ein Argument, das Conrad auf Anhieb einleuchtete. Er sagte: »Schlimm genug, daß ihr euch mit diesen Leuten überhaupt eingelassen habt. Ich war vom ersten Augenblick an strikt dagegen.«

Ahler nickte. »Ich genauso, Helmut, aber ohne ihre Hilfe hätten wir auch diesmal nicht die geringste Chance, im Rathaus endlich eine Wende herbeizuführen. Dr. Geßler war der einzige unserer Kandidaten, gegen den die Grünen nichts einzuwenden hatten. Daß er noch relativ jung ist und aus Wiesbaden kommt, stört sie nicht; daß er mit seiner Familie noch immer zur Miete wohnt, bescheiden auftritt, ein umweltfreundliches Auto fährt und in den meisten ökologischen Fragen mit ihnen übereinstimmt, hat ihn für sie diskutabel werden lassen. Er ist auch für uns ein gutes Aushängeschild. Daß wir ihn als jüngsten OB-Kandidaten in der ganzen Republik verkaufen können, wird mit Sicherheit, vor allem auch bei den jungen Wählern, ankommen. Wir haben ihn über ein Jahr lang aufgebaut, und jetzt leistet er sich einen solchen Mist. Besonders unangenehm dabei ist, daß auch Schmidtborn nichts davon erfahren darf. Schließlich war er es, der Geßler zum Kandidaten vorgeschlagen hat, und wenn Schmidtborn jetzt umfällt, dann fällt gleich unsere halbe Basis mit ihm um. So kurz vor der Wahl würden wir es keinesfalls mehr schaffen, einen anderen Kandidaten aufzustellen, der auch bei den Grünen eine Chance hätte.«

Schmidtborn war in seiner Doppeleigenschaft als Fraktions- und zugleich Kreisvorsitzender für Geßlers politische Zukunft der wichtigste Mann. »Geßler ist ein Hornochse«, nickte Conrad. »Ganz abgesehen davon, daß wir es, wenn die Presse Wind davon bekäme, auch mit sämtlichen Hundehaltern und Tierfreunden verdorben hätten. So etwas schlägt auch auf die Partei zurück. Wer, außer denen, die du vorhin nanntest, weiß noch davon?«

»Keiner, auch keiner aus Schmidtborns Lager. Wir haben uns gestern abend bei mir daheim im engsten Kreis zusammengesetzt und uns überlegt, was wir tun könnten. Vorerst wissen wir ja noch nicht einmal, ob Geßlers Befürchtungen begründet sind. Ich habe ihn selbstverständlich gefragt, ob man die Sache nicht so hindrehen könnte, wie er es Schmidtborn gegenüber ursprünglich auch darstellen wollte, nämlich daß der Hund ihm, als er ihn auf dem Autobahnrastplatz einmal aus dem Wagen ließ, davongelaufen sei. Hätte ja sein können, daß er ein Wild oder sonstwas Aufregendes gerochen hat. Damit käme Geßler aber nur dann durch, wenn seine Verfolger nicht beobachtet haben, daß er ihn mit der Leine an einem Baum festgebunden –«

»Offensichtlich nicht fest genug«, warf Conrad ein.

»Geßler erklärt es sich damit, daß er, als er den Wagen wegfahren sah, so heftig an der Leine zerrte, daß ihm das Halsband über den Kopf rutschte. Stell dir nur vor, wie Schmidtborn reagieren würde, wenn ihm das zu Ohren käme. Der Mann ist ja noch mehr mit seinen Hunden als mit der Partei verheiratet. Geßler sagte mir am Telefon, Schmidtborn habe ihm den Hund, damals gerade zehn Wochen alt, förmlich aufgedrängt; er selbst habe ihn nur genommen, weil Schmidtborn sich in der Fraktion und in der Partei so stark für ihn gemacht hat.«

Er beugte sich über den Tisch zu Conrad hinüber und senkte die Stimme: »Was wir wissen sollten, Helmut, ist, wer der Mann und die Frau sind, die den Hund in ihren Wagen genommen und Geßler und dessen Familie bis nach Reit im Winkl verfolgt haben. In diesem Zusammenhang wäre auch wichtig zu erfahren, ob sie auf dem Parkplatz waren, als Geßler den Hund an einen Baum band. Geßler ist sich dessen nicht sicher. Er hält es aber nicht für unmöglich, daß er in seiner Aufregung und bei dem starken Schneetreiben ihren Wagen übersehen haben könnte. Als ich gestern abend mit den anderen darüber sprach, dachten wir sofort an dich. Du wärst genau der richtige Mann dafür. Ob wir es dir allerdings zumuten können...«

»Wie, sagtest du, heißt der Ort?« warf Conrad ein. Ahler lehnte sich erleichtert in seinen Stuhl zurück. »Eschelmoos. Und das merkwürdige daran ist, daß die beiden ganz allein in einer Pension wohnen, die zur Zeit wegen Betriebsferien geschlossen hat.«

»Das ist allerdings merkwürdig«, murmelte Conrad und starrte mit verkniffenem Mund vor sich hin. Ahler ließ ihm Zeit. Er wußte aus ihrer langjährigen Freundschaft, daß Conrad sich entweder selbst für eine Sache entschloß oder die Finger davon ließ. Dazu drängen durfte man ihn auf keinen Fall. Seit seiner Pensionierung war er dicker geworden. Sein rundes, beinahe harmlos wirkendes Gesicht, das schon so manchen Ganoven dazu verleitet hatte, ihn zu unterschätzen, wirkte gesund und ausgeruht. Noch immer bevorzugte er eine sehr kurz geschnittene Bürstenfrisur. Nur waren die Haare seit seiner Pensionierung eisgrau geworden. Daß er in seinem früheren Amt die langjährige Rathausherrschaft der Konservativen ohne Einbußen an Ansehen unbeschadet überstanden hatte, war allein seiner beruflichen Qualifikation zuzuschreiben. Schon in seiner Eigenschaft als Hauptkommissar hatte er sich auch die Achtung seiner politischen Gegner erringen können.

Weil er sich nicht sicher war, ob Conrad bei seinen Überlegungen auch der finanziellen Seite Erwägung schenkte, hielt Ahler es für angebracht, diesen Punkt klarzustellen: »Selbstverständlich entstehen dir keine Unkosten, Helmut. Das ist bereits geklärt. Das Problem liegt vor allem darin, daß wir in dieser Sache nur mit der größten Diskretion vorgehen können. Wir müssen nicht nur die Empfindlichkeiten der Grünen berücksichtigen: Wir haben, von Schmidtborn und seinem Anhang einmal ganz abgesehen, auch noch andere Rücksichten zu nehmen. Die Entscheidung für Geßler war selbst bei uns nicht unumstritten. Manchen Genossen erscheinen seine bisherigen Verdienste für die Partei als nicht groß genug, um ihn zu protegieren. Sie hätten gerne einen gehabt, mit dem sie sich leichter identifizieren können. Es stört sie, daß Geßler offenbar Schwierigkeiten hat, sie mit ›Genosse‹ anzureden.«

Conrad lächelte dünn. »Das stört sie auch bei mir. Als ich damals den Genossen Staatsanwalt wegen plötzlichen Fehlens von Belastungsmaterial gegen einen ihm politisch nahestehenden Tatverdächtigen einvernehmen mußte, gab es sogar Stimmen, die meinen Ausschluß aus der Partei verlangten.«

»Aber das hat sich später doch alles geklärt«, sagte Ahler unbehaglich.

»Die Erinnerung ist mir geblieben«, sagte Conrad. »Ich werde mich der Sache annehmen, Walter. Als erstes muß ich mich mit Geßler und seiner Frau unterhalten. Wo finde ich sie in Reit im Winkl?«

Er notierte die Adresse und stand auf. »Ich fahre noch heute. Die Sache duldet keinen Aufschub. Mir liegt nicht weniger daran als dir und deiner Fraktion, daß der schwarze Augiasstall bei der bevorstehenden Wahl endlich ausgeräumt wird. Daß wir die Grünen dazu brauchen, macht mich nicht gerade froh. Während in konspirativer Absprache mit den Einsitzenden in Stammheim schon wieder Bomben gelegt und Menschen umgebracht werden, haben ihre vollmundigen Wortführer kein größeres Anliegen, als gegen deren angebliche inhumane Isolationsfolter zu protestieren. In welchem Staat leben wir eigentlich?«

»Zehn Prozent politisch Unbelehrbare findest du in jedem Staat«, sagte Ahler und stand erleichtert auf. »Wir sind dir alle sehr dankbar, Helmut. Je früher wir wissen, woran wir mit den beiden in Eschelmoos sind, desto besser. Ich an Geßlers Stelle wäre so kurz vor der heißen Wahlkampfphase nicht mehr in Skiurlaub gefahren. Er will zwar nur acht Tage bleiben, aber auch das sind, in der jetzigen

Situation, genau acht Tage zuviel. Ich habe ihm das am Telefon deutlich zu verstehen gegeben. Ein Glück, daß er mich und keinen anderen von dieser dummen Geschichte verständigt hat.« Er griff unschlüssig nach seiner Brieftasche. »Für den Fall, daß es dir so angenehmer ist, habe ich gleich etwas Geld mitge –«

»Die Spesenabrechnung erledigen wir hinterher«, schnitt Conrad ihm das Wort ab. »Verständige Geßler, daß er mir ein Quartier besorgen und auf mich warten soll. Es kann sehr spät werden, vielleicht sogar nach Mitternacht. Laut Wetterbericht soll es in Bayern noch immer schneien.«

»Wir könnten dir einen Fahrer –«

Conrad ließ ihn auch diesmal nicht zu Ende reden: »Ich bin lieber allein. Das Autofahren bereitet mir in meinen Jahren viel weniger Probleme als das untätige Herumhocken. Grüß die anderen. Sobald ich etwas weiß, melde ich mich.«

Er begleitete ihn noch bis zur Tür. Danach verständigte er seine Frau von der kurzfristig angesetzten Reise, wobei er sie über die Gründe im unklaren ließ. In einer langjährigen Ehe daran gewöhnt, daß er bei schwierigen Aufgaben das Herz nicht auf der Zunge trug, begnügte sie sich mit seinem Hinweis auf politische Probleme und machte sich umgehend daran, seinen Koffer zu packen. Er selbst vertiefte sich in das Studium einer Autokarte, hörte am Telefon noch einmal vorsorglich den Wetterbericht und fuhr schon eine Stunde später auf die Autobahn. Bis München war sie gut geräumt, und weil, je weiter er nach Süden kam, auch die Sonne hin und wieder sich ihrer Frühlingspflichten erinnerte, war er guter Hoffnung, sein Ziel lange vor Mitternacht zu erreichen. Aber schon bald schien die Sonne den Frühling vergessen zu haben und überließ dem ungebärdigen Winter wieder das Feld. Es schneite vom Himmel, was es nur konnte. Obwohl sein Wagen mit Winterreifen ausgerüstet war, nützte ihm das nicht viel, weil ein Großteil der übrigen Straßenbenutzer ihre Winterreifen bereits wieder eingemottet – damit sie ihnen womöglich bis ans Ende ihres Lebens erhalten blieben – oder sich, in blindem Gottvertrauen, erst gar keine zugelegt hatten. Es kam zu den üblichen Auffahrunfällen und den damit verbundenen Verkehrsstaus, und als er schließlich, womit er schon gar nicht mehr gerechnet hatte, nach Reit im Winkl kam, war es zwar noch nicht ganz Mitternacht, aber doch so spät geworden, daß er von der angeblich reizvollen Landschaft kaum mehr etwas mitbekam. Allein mit der

Suche nach dem von Dr. Geßler bewohnten Haus verlor er noch einmal eine halbe Stunde, und als dieser ihm schließlich die Haustür öffnete, war er buchstäblich am Ende seiner Kräfte angelangt und entsprechend schlecht gelaunt. Eine Tasse Kaffee, die Frau Geßler ihm anbot, lehnte er wegen der fortgeschrittenen Stunde ab. Seine Enttäuschung darüber, daß sie ihm nichts Härteres anzubieten hatte, womit er sich etwas beleben und aufwärmen konnte, machte ihn noch mißmutiger. Er ließ sich unaufgefordert in den erstbesten Sessel fallen und sagte: »Dann erzählen Sie mal, was passiert ist. Aufgefallen sind die beiden Ihnen also schon auf der Autobahn?«

»Sie noch nicht, aber ihr Wagen, ein Audi Quattro«, sagte Dr. Geßler. »Ich habe im Rückspiegel gesehen, daß er unsere Anka nicht wie die anderen Autos links überholte –«

»Da war es ja schon gar nicht mehr Ihre Anka«, warf Conrad ein. »Sie können nicht von *Ihrer* Anka reden, wenn Sie den Hund zuvor aus dem Wagen geworfen und an einen Baum gebunden haben. Warum eigentlich? Nur weil er Ihnen plötzlich lästig wurde? Herr Ahler erzählte mir, daß Sie ihn bereits vor über einem Jahr von Schmidtborn geschenkt bekamen. Hatten Sie Sorge, er könnte Ihrer künftigen Karriere als OB im Wege stehen?«

Dr. Geßlers schmales Intellektuellengesicht wurde blaß. »Wenn Sie in diesem Ton mit mir reden –«

»Mein Ton ist meine Privatangelegenheit«, unterbrach Conrad ihn. »In Ihrer derzeitigen Situation können Sie nicht empfindlich sein. Ich habe Ihretwegen einen Scheißtag und eine ebenso beschissene Autofahrt hinter mir. Was Sie jetzt brauchen, ist ein Mann, der Ihnen aus dem Dreck hilft, und keinen, der Ihnen nach dem Mund redet. Das besorgen die anderen, die davon profitieren, wenn Sie zum OB gewählt werden. Ich profitiere nicht davon.«

»Mein Mann hat Sie nicht um Ihre Hilfe gebeten«, schaltete Frau Geßler sich empört ein. Sie war sechsundzwanzig Jahre alt und machte einen resoluten und selbstbewußten Eindruck, wenn Conrad auch fand, daß ihre Nase etwas zu klein und ihr Mund etwas zu breit geraten waren. Von Parteifreunden wußte er, daß sie ihr erstes Kind schon mit achtzehn und das zweite bereits ein Jahr später bekommen hatte. Ob unbeabsichtigt oder im Hinblick auf die politischen Ambitionen ihres Mannes, hätte sich nur spekulativ beantworten lassen. Immerhin konnte der Umstand, daß Geßler verheiratet war und zwei Kinder hatte, in den Augen mancher Wähler auf mögliche Bedenken gegen einen so jugendlichen OB kompensierend wirken. Conrads Abneigung gegen Geßler und seine Frau hatten auch weniger mit ihrem Alter als damit zu tun, daß sie sich beide dazu bereit gefunden hatten, einer Abordnung der Grünen ausführlich Rede und Antwort über die künftige Rathauspolitik nach einem Wahlsieg zu stehen. Auch wenn dieses Gespräch unter strengster Geheimhaltung stattgefunden und Conrad nur aufgrund seiner politischen Verbindungen davon erfahren hatte, so sah er in dieser Liebedienerei gegenüber einer politischen Gruppierung, deren Ziele er mit größtem Argwohn verfolgte, doch eine Geste unwürdigen Verhaltens. Er fragte, seinen Ton etwas mäßigend: »Soll ich das so verstehen, daß Sie auf meine Hilfe verzichten wollen?«

Frau Geßler wechselte einen raschen Blick mit ihrem Mann. »Das habe ich damit nicht zum Ausdruck bringen wollen, Herr Conrad. Es stört mich nur, in welchem Ton Sie mit meinem Mann reden. Als Herr Schmidtborn uns den Hund schenkte, paßte er noch in meine Einkaufstasche. Wir hatten keine Ahnung, wie groß er einmal werden würde. Mein Mann und ich sind viel außer Haus, die Kinder sind tagsüber in der Schule. Jedesmal, wenn wir nach Hause kamen, hatte er etwas angestellt. Entweder Teppiche zerrissen, Möbel angenagt oder so anhaltend gebellt, daß die Nachbarn sich bei uns beschwerten. Mit Rücksicht auf Herrn Schmidtborn konnten wir ihn nicht in andere Hände oder in ein Tierheim geben. Besonders unangenehm war, daß er unsere Besucher anknurrte; wir durften sie keinen Augenblick lang mit ihm allein lassen. Was hätten Sie da an unserer Stelle getan?«

»Ihn gar nicht erst angenommen«, entschied Conrad. »Schmidtborn hätte bestimmt Verständnis für Ihre Gründe gehabt und einen Rassehund wie diesen auch anderweitig...«

Dr. Geßler lachte unfroh auf. »Wenn es wenigstens ein Rassehund wäre! Er wollte ihn und die sieben anderen Welpen vor allem deshalb loswerden, weil seine Hündin auf der Straße von einem Rüden unbekannter Herkunft gedeckt worden war. Das erzählte er uns leider erst später, als Anka schon fast doppelt so groß wie ihre Mutter war. Kommen wir zur Sache, Herr Conrad. Meine Frau und ich sind Ihnen dankbar dafür, daß Sie uns helfen wollen. Mir ist vollkommen klar, welche verhängnisvollen Konsequenzen es hätte, wenn diese Geschichte an die Öffentlichkeit käme. Wir haben Anka nicht, wie Sie es formulierten, aus dem Auto geworfen. Wir haben sie bei

Darmstadt auf einem Rastplatz ausgesetzt, weil wir sicher sein konnten, daß sie dort bald gesehen und von einem anderen Autofahrer mitgenommen werden würde. Vielleicht habe ich mit dem Anbinden an einen Baum so viel Zeit verloren, daß ich den Audi nicht bemerkte. Aufgefallen ist er mir jedenfalls erst, als ich in seinem Scheinwerferlicht Anka hinter uns herlaufen sah und er sie nicht, wie andere Fahrer es taten, auf der linken Fahrspur überholte. Später verlor ich ihn und Anka aus den Augen. Wir sahen sie dann erst in Ruhpolding wieder. Sie müssen uns, ohne daß es uns aufgefallen ist, ständig gefolgt sein.«

»Das kann auch nur einem zukünftigen OB passieren«, brummte Conrad. »Sie wohnen doch hier in Reit im Winkl und nicht in Ruhpolding? Was taten Sie dort?«

»Meine Frau und ich wollten verschiedene Einkäufe erledigen, vor allem ein Geschenk für Klaus, unseren Sohn, der heute Geburtstag hat. Das war auch der Grund, weshalb wir die Kinder zum Einkaufen nicht mit nach Ruhpolding nahmen. Was meine Frau und ich nicht verstehen, ist das merkwürdige Verhalten der beiden.«

»Was finden Sie merkwürdig daran?«

»Nun ja.« Geßler wechselte wieder einen Blick mit seiner Frau. »Wenn sie uns schon in der Nacht zum Freitag nach Reit im Winkl nachfuhren und die Absicht hatten, uns wegen Anka anzusprechen, so verstehe ich nicht recht, warum sie es erst gestern versuchten. Natürlich haben wir uns, als wir ins Haus rannten und bei ihrem Läuten nicht öffneten, ungeschickt benommen –«

»Das war nicht nur ungeschickt, sondern ausgesprochen dumm«, fuhr Conrad ihm dazwischen. »Mir fällt an Ihrer Geschichte auf, daß Sie spät abends in Urlaub fuhren. Weil da auf der Autobahn weniger Verkehr war?«

»Nicht nur deshalb. Es geschah auch wegen Anka. Wir gingen davon aus, daß unsere Chance, sie unauffällig auszusetzen, in der Dunkelheit am größten sei. Auch hofften wir, unsere Kinder würden dann schon so schläfrig sein, daß sie es gar nicht richtig mitbekämen. Sie hingen sehr an dem Hund. Wegen des dichten Schneetreibens kamen wir auf der Autobahn kaum voran. Ich wollte den Hund erst aussetzen, wenn wir schon eine größere Strecke zurückgelegt hatten.«

»Damit er nicht zu seiner Hundemutter und damit auch zu Schmidtborn zurücklief? Sie glauben nicht, wohin und wie weit Hunde schon zurückgelaufen sind. Was ich anerkenne, ist Ihre Geistesgegenwart, den Spieß umzudrehen und Ihren Verfolgern nachzufahren, so daß wir jetzt wissen, wo sie sich aufhalten. Ob sie bemerkt haben, daß sie von Ihnen verfolgt wurden?«

Geßler zögerte mit der Antwort: »Ich bin mir nicht sicher; sie hielten unterwegs, ohne auszusteigen, auf einem Parkplatz einmal für längere Zeit an. Ich machte es natürlich genauso und schaltete die Scheinwerfer aus. Als sie später den Privatweg zur Pension hinauffuhren, konnte ich ihnen nicht mehr folgen; das wäre ihnen ganz bestimmt aufgefallen. Ich setzte mich in ein Gasthaus, bestellte mir ein Abendessen und erkundigte mich bei der Bedienung, ob man in der Pension gut untergebracht sei.«

»Dann haben sie von der Bedienung erfahren, daß die Pension zur Zeit geschlossen und nur von den beiden bewohnt ist?«

»Ja. Sie wußte es von einem Mädchen aus dem Dorf. Es räumt im Auftrag der Pensionsinhaberin den beiden täglich das Zimmer auf.« Er blickte wieder seine Frau an. »Eigentlich war es ihr Einfall, den beiden, als sie mit Anka in ihren Wagen zurückkehrten, nachzufahren.«

»Frauen haben oft die besseren Einfälle«, sagte Conrad.

Frau Geßler quittierte sein Kompliment mit einem kleinen Lächeln. »Ich wollte die Kinder nicht allein lassen, sonst wäre ich mitgefahren. Für sie war diese Sache mit Anka ein echter Schock. Wir hatten Mühe, ihnen begreiflich zu machen, weshalb wir sie weggeben mußten.«

»Nicht weggeben, sondern aussetzen«, korrigierte Conrad sie. Er versank in sekundenlanges Grübeln. Dann hob er ruckartig den Kopf. »Sie müssen damit rechnen, daß die beiden Sie anzeigen oder zumindest den Tierschutzverein verständigen. Daß sie nicht schon früher versucht haben, Sie anzusprechen, dafür kann es auch harmlose Erklärungen geben. Was mir Sorgen bereitet, das ist ihre Hartnäckigkeit, Ihnen von einem Autobahnrastplatz bei Darmstadt bis nach Reit im Winkl zu folgen. Entweder hatten sie nichts Besseres zu tun, oder sie verknüpften Beweggründe damit, die ihnen den Aufwand an Zeit und Mühe als lohnenswert erscheinen lassen. Daß sie zufälligerweise das gleiche Reiseziel gehabt haben könnten, erscheint mir reichlich unwahrscheinlich. Eher steht zu befürchten, daß sie es auf eine Epressung abgesehen haben. Wo haben Sie mir ein Zimmer reservieren lassen?«

»Im ›Unterwirt‹, gleich neben der Kirche. Sie können den Gasthof nicht verfehlen.«

Conrad stand auf. »Ich bin morgen früh gegen acht bei Ihnen. Wir nehmen beide Wagen, damit wir unabhängig voneinander bleiben.« Er gab zuerst Geßlers Frau und dann diesem die Hand. »Es war vernünftig, daß Sie sofort Ahler verständigt haben. Machen Sie sich vorläufig keine Sorgen. Wenn meine Vermutungen zutreffen, schaffe ich Ihnen die beiden so rasch vom Hals, daß sie keine Zeit mehr finden, Ihnen gefährlich zu werden. Gefährlich werden könnten sie Ihnen nur, wenn sie herausfänden, in welch prekärer Situation Sie sich wegen des Hundes befinden, und dazu geben wir ihnen keine Gelegenheit.«

»Wenn sie über unser Autokennzeichen herausbekommen...«, setzte Geßler besorgt an. Conrad winkte ab. »Dem hat Ahler bereits vorgebeugt. Sie werden von der Zulassungsstelle keine Auskunft erhalten. Vielleicht erfahren wir, wenn sie es versuchen, wer sie sind. Ich wünsche eine angenehme Nacht.«

Den Gasthof fand er ohne Mühe. Da er ein Zimmer mit Bad bekam und auch das Bett keinen Anlaß für Beschwerden gab, schlief er zufrieden ein.

3

Daß Doris Neuhagen den von Robert Linden gewünschten Brief an ihre Rundfunkanstalt, adressiert an den Herrn Intendanten persönlich, leichten Herzens schreiben würde, hatte Linden nicht erwartet. Sie hörte auch sehr bald auf damit, lehnte sich im Stuhl zurück und sagte: »Es tut mir leid, aber das ist der größte Schwachsinn, den ich jemals gehört und gelesen habe, Robert. Sie haben ja überhaupt keine Ahnung, wie sich das in einer so großen Institution in Wirklichkeit abspielt. Da gibt es keine vorherigen Absprachen und Konspirationen, wie Sie sich das in Ihrer blühenden Phantasie ausmalen. Da gibt es nur verantwortliche und gewissenhafte Redakteure und Redaktionskonferenzen, bei der jeder ungeschminkt seine Meinung sagen darf. Und wenn einmal zehn Redakteure beisammensitzen, dann gibt es auch zehn verschiedene Meinungen über eine Sache.«

»Wobei man sich, bei aller Meinungsvielfalt, gerade bei Ihrem Sender mit dem linken Auge verständnisinnig zuzwinkert«, sagte Linden. »Wo ist eigentlich der Hund?«

»In meinem Zimmer.« Sie blickte belustigt in sein Gesicht. »Sie ärgern sich doch nur, weil ich mit dem, was ich unter die Leute bringe, so gut ankomme. Übrigens müssen Sie heute nachmittag noch einmal in den Ort hinunter und Fleisch einkaufen. Das von heute früh ist alle.«

»Drei Kilo?« Er starrte sie ungläubig an. »Wollen Sie damit sagen, daß dieses Ungeheuer an einem einzigen Vormittag drei Kilo bestes Rindfleisch verschlungen hat?«

Sie zuckte mit den Schultern. »Er ist eben ausgehungert. Dazu kommt noch der seelische Streß. Vielleicht finden Sie ein Geschäft, wo es auch Hundekuchen und andere –«

»Sagten Sie eben tatsächlich: seelischer Streß?« fiel er ihr ins Wort. Sie erwiderte kühl seinen Blick. »Ja, das sagte ich; auch wenn Sie einem Tier anscheinend nicht zutrauen, daß es Schmerz und Trauer empfindet. Wer aber Schmerz und Trauer empfinden kann, der hat auch eine Seele.«

Er betrachtete sie eine Weile schweigend. Sie waren nach einer anstrengenden nächtlichen Fahrt am gestrigen Vormittag in der

Pension eingetroffen. Seit Doris heute morgen ausgeschlafen aus ihrem Zimmer gekommen war, hatte sie es offensichtlich darauf angelegt, ihn erotisch zu provozieren. Die schwarze, hautenge Lederhose, die sie schon beim gemeinsamen Frühstück und auch beim Mittagessen getragen hatte, ließ ihre langen Beine in den ebenfalls schwarzen, halbhohen Lederstiefeln noch länger erscheinen. Und wenn das Haus auch gut beheizt war, so wirkte ihr hauchdünnes Träger-Shirt angesichts der tiefverschneiten Hochgebirgslandschaft vor den Fenstern auf Linden doch einigermaßen deplaziert. Er erinnerte sich jedoch, daß sie auch bei ihren Reportagen und Talk-Shows mit Vorliebe enge Lederhosen und dünne Shirts trug. Daß es weniger auf politische Inhalte als auf ihre Verpackung ankam, um die Menschen mit Blindheit zu schlagen, hatte sich natürlich auch schon in den Fernsehstudios herumgesprochen.

Seine distanzierte Art, sie zu mustern, schien ihr aufzufallen; sie fragte: »Warum starren Sie mich so an? Paßt Ihnen etwas nicht?«

»*Mir* paßt alles«, antwortete er. »Ob dieser Aufzug auch zu einer Frau in Ihren Jahren paßt, ist nicht mein Problem. Mir ist schon bei einigen Ihrer Sendungen aufgefallen, daß Sie sich durch Ihre äußere Aufmachung gerne bei Ihrem jugendlichen, hauptsächlich linksgestrickten Publikum anbiedern. Haben Sie Sorge, Sie könnten von ihm sonst als schon zu alt empfunden werden?«

»Diese Sorge wäre nur begründet, wenn ich schon so alt wäre wie Sie«, erwiderte sie unbeeindruckt. »Da liegen gut fünfzehn Jahre dazwischen.«

»Vierzehn«, sagte er.

Sie nickte. »Für Männer ein kritisches Alter. Ist das, was Sie hier tun, vielleicht Ihre persönliche Art, damit fertig zu werden? Warum versuchen Sie es nicht auf dem normalen Weg?«

»Mit Ihnen?«

»Vielleicht lasse ich mit mir reden.«

»Obwohl Sie sicher sehr wählerisch sind.«

»Nicht ohne Grund«, sagte sie. »Als ich meinen Mann kennenlernte, hatte ich schon einige hundert Anträge bekommen. Bei ihm kam jedoch hinzu, daß er nicht nur vermögend war, sondern mir auf den ersten Blick gefiel.«

»Welch ein Glück für Sie.«

»Das schien nur so. Später stellte sich nämlich heraus, daß er genauso konservativ ist wie Sie. Es ging nur zwei Jahre gut zwischen uns.

Dann stritten wir uns jeden Tag. Wir lebten schon vor unserer Scheidung getrennt. Als ich zufällig erfuhr, daß er sich bereits von einer anderen Frau trösten ließ, ging ich zu einem Anwalt. Da ich sonst keine Forderungen an ihn stellte und mich mit der Villa in Italien begnügte, verlief die Scheidung problemlos. Das Haus kostete meinen Mann auch keine zwei Millionen, sondern eineinhalb. Er mußte es allerdings für über eine halbe Million renovieren lassen, und die beim Kauf fällige Steuer kostete ihn noch einmal zweihunderttausend. Ohne die Mieteinnahmen könnte ich die laufenden Unkosten, einschließlich der Grundsteuer, nicht bezahlen. Wenn Sie schon so gut über alles informiert sind, dann müßten Sie auch wissen, daß ich die Steuern für diese Einnahmen nur in Italien zu bezahlen und meinen Mann, um die Villa zu behalten, auch nicht zu erpressen brauche. Sie hat nie ihm gehört, auch wenn er sie mit seinem Geld gekauft hat. Wir entdeckten das Haus im Vorbeifahren in unseren Flitterwochen. Am Tor hing eine große Tafel, daß es zum Verkauf ausstand. Wir waren eigentlich nur wegen des schönen Parks neugierig geworden und sahen uns das Haus an. Weil mein Mann merkte, daß es mir auf den ersten Blick gefiel, fuhren wir, um uns nach dem Preis zu erkundigen, zu dem Immobilienmakler, dann eine Woche später zum Grundbuchamt. Dort wurde es auf seinen ausdrücklichen Wunsch hin auf meinen Namen eingetragen. Der Mercedes übrigens auch. Mein Mann hat ihn bei einer italienischen Vertretung für mich gekauft.«

Linden lächelte. »Er muß Sie sehr geliebt haben, aber damals kannte er Sie eben noch nicht so gut.«

»Ich auch ihn nicht. Wenn ich mich auf diese lächerliche Entführung überhaupt eingelassen habe, so nicht nur wegen der Fotos, sondern auch mit Rücksicht auf ihn. Von seinem Konto in der Schweiz wußte sein Finanzamt tatsächlich nichts. Er hat es inzwischen aufgelöst. Wie haben Sie davon erfahren?«

»Das war für meinen Gewährsmann relativ einfach. Er setzte sich unter dem Vorwand, das Haus mieten oder kaufen zu wollen, mit Ihrem Makler in Livorno in Verbindung. Ihr persönlicher Eindruck auf diesen scheint so groß gewesen sein, daß er nicht müde wurde, ihm von Ihnen und von Ihrem Mann zu erzählen. Der Umstand, daß er ihn für einen Schweizer Staatsbürger hielt, legte für meinen Gewährsmann den Schluß nahe, daß die Kaufsumme von einem Schweizer Bankkonto überwiesen wurde. Bei diesem Gespräch erfuhr er auch, daß Sie das Haus zweimal jährlich für einige Wochen an einen bekannten italienischen Couturier vermieten, der an einem stilvollen Rahmen für seine Modeschauen interessiert ist. Wußten Sie von dem Schweizer Bankkonto Ihres Mannes?«

»Ich habe erst nach dem Kauf des Hauses davon erfahren. Es kam deshalb sogar zu einer Auseinandersetzung zwischen uns, aber da war der Kauf schon nicht mehr rückgängig zu machen. Inzwischen bedeutet mir das Haus viel: Unabhängig davon, wie sich meine Ehe später entwickelte, ist es für mich mit Erinnerungen verbunden, die ich nicht missen möchte.«

Sie nahm den erst halbfertigen Brief in die Hand und sagte: »Sie werden damit nichts erreichen. Wollen Sie ihn wirklich absenden? Bis zur Stunde wird man mich noch nicht vermissen, und meinen Wagen vor der fremden Garage könnte ich damit erklären, daß mir das Benzin ausgegangen sei und ich den Rest des Weges zu Fuß zurückgelegt hätte. Auch für alles andere ließe sich eine harmlose Erklärung finden. Niemand außer Ihnen und mir weiß, was wirklich vorgefallen ist, auch die Polizei nicht. Wenn Sie mich dazu zwingen, Ihr Spiel mitzuspielen, wird man mir die Geschichte, die ich erzählen werde, glauben und nach Ihnen suchen. Falls wir, wie Sie es selbst nicht ausschlossen, beobachtet wurden, als wir in Ihren Wagen umstiegen, kann ich keine allzu abweichende Personenbeschreibung geben. Warum begnügen Sie sich nicht mit dem, was Sie schon erreicht haben? Sie haben mir Ihre Meinung über mich gesagt und mir den geplanten Urlaub verdorben. Falls Ihnen das noch immer nicht genügt, bin ich gegebenenfalls bereit, auch noch einen höheren Preis für die Fotos zu bezahlen. Diesen Brief schreibe ich jedenfalls nicht zu Ende. Wenn Sie ihn unbedingt absenden wollen, dann schreiben Sie ihn selbst. Ich bin mir jetzt auch nicht mehr sicher, ob ich Ihr Spiel mitspiele.«

»Wußten Sie das schon, als Sie in mein Auto stiegen?«

»Da kannte ich ja Ihre genauen Absichten und diesen Brief noch nicht. Wenn Sie meine Meinung dazu hören –«

»Mit der haben Sie mich bereits vertraut gemacht«, fiel er ihr ins Wort. »Ich bin nicht unbedingt auf Ihre Mithilfe angewiesen. Der Umstand, daß man Sie, wenn man Ihren Wagen findet, vermissen wird, reicht völlig aus, um dem Brief, wenn ich ihn selbst schreibe, das nötige Gewicht zu verleihen. Ich habe mich gestern nachmittag, als Sie noch schliefen, vergewissert, daß die Pension einen verschließbaren Weinkeller ohne Fenster hat. Ich werde ein Bett hinunterschaffen und es Ihnen dort so bequem wie möglich machen. Alle damit verbundenen Unannehmlichkeiten haben Sie sich selbst zuzuschreiben.«

Sie antwortete erst nach einer längeren Pause, während der sie ihn unverwandt anschaute: »Ist das alles, was Sie auf mein Angebot zu sagen haben?«

»Ich fürchte, ja.« Er stand von seinem Sessel auf und trat an das Fenster. Bis zu den nächstgelegenen Häusern des kleinen Ortes, die sich wie eine Herde weißer Schafe vor dem späten Wintereinbruch im Talgrund eng zusammenkuschelten, waren es etwa vierhundert Meter. Die kleine Pension mit ihren zwölf Gastzimmern stand oberhalb des Ortes an einem steil abfallenden Südhang. Ein vom Schnee nicht geräumter Fahrweg führte in drei Spitzkehren herauf. Das Quartier war schon deshalb für Lindens Zwecke gut geeignet, weil man, um es zu erreichen, den Ort nicht zu durchfahren brauchte, sondern schon vorher von der Kreisstraße auf den zur Pension führenden Weg einbog. Außer der kleinen Pension für betagte Sommergäste, die hier ungestörte und geruhsame Ferien verbringen wollten, gab es im Ort noch zwei Gasthäuser. Für den Wintersport war er wegen der fast senkrecht ansteigenden Berge, die ihn auf drei Seiten einschlossen, wenig tauglich. Auch fehlte es an der erforderlichen Infrastruktur; für die Gemeindekasse ein unlösbares Problem. Hingegen eigneten sich die für den Forstbetrieb angelegten Wege, die neben kristallklaren Bächen talaufwärts führten, im Sommer für bequemes Wandern unter schattenspendenden Kiefern.

Als Doris an seine Seite kam und seine Schulter berührte, wandte er ihr das Gesicht zu und sagte: »Vielleicht bin ich auch in solchen Dingen konservativ. Ich war zwanzig Jahre mit einer Frau verheiratet, die in den meisten Dingen genauso dachte wie ich. Wir haben uns auch außerhalb des Schlafzimmers immer verstanden. Für mich ist das eine genauso wichtig wie das andere. Mit Ihnen zu schlafen und gleichzeitig daran zu denken, wie verschieden wir urteilen und empfinden, dazu wäre ich nicht fähig. Leider genügt es mir jetzt auch nicht mehr, wenn Sie mir versprechen, nicht davonzulaufen. Ich hätte Ihnen den Weinkeller gerne erspart, aber Sie wollen es ja nicht anders.«

»Und ob ich es anders will«, sagte sie. »Ich bin gleich wieder da.« Sie nahm die Hand von seiner Schulter und verließ das Zimmer. Es war, genau wie das ihre und die zehn anderen, mit zwei Betten, einer Sitzgruppe, einem Kleiderschrank und einem Tisch mit zwei Stühlen möbliert. Bei den im Obergeschoß liegenden Zimmern, für die sich Linden entschieden hatte, weil sie größer waren als die unteren und neben einem Badezimmer auch einen Telefonanschluß hatten, befand sich neben dem Fenster noch eine Tür, die auf einen von Trennwänden unterteilten Balkon führte. Die modern eingerichtete Küche lag im Erdgeschoß, und weil es zu Lebzeiten seiner Frau ein gelegentliches Hobby Lindens gewesen war, ihr das Kochen abzunehmen, hatte es ihm auch keine Probleme bereitet, für das gestrige Abend- und das heutige Mittagessen mit den Vorräten, die er mitgebracht hatte, selbst zu sorgen. Ob seine Kochkünste auch die Zustimmung von Doris gefunden hatten, war ihm insofern verborgen geblieben, als sie ihren Teller zwar völlig leer aß, sich jedoch mit keiner Silbe dazu äußerte. Zum Frühstück hatte sie nur ein gekochtes Ei gegessen und ein Glas Orangensaft aus dem Kühlschrank des Hauses getrunken.

Für den Fall, daß sie nach dem jüngsten Gespräch heimlich das Haus verließe, behielt er, während er auf ihre Rückkehr wartete, den zum Ort führenden Weg im Auge. Sein Mißtrauen war jedoch unbegründet, sie blieb kaum länger als eine Minute weg und brachte den Hund mit ins Zimmer. Sie schloß die Tür hinter sich, sagte: »Sitz!«, und der Hund setzte sich gehorsam hin. Er war in Wirklichkeit noch größer, als es Linden auf der Autobahn und dann im Wagen geschienen hatte. Er war so groß, daß seine spitzen Ohren, auch wenn er saß, bis dorthin reichten, wo sich unter dem T-Shirt seiner neuen Herrin unübersehbar die Brustwarzen abhoben. Und was sich daneben sonst noch alles abhob, ließ sich ebenso sehen wie auf den Fotos, die Linden jetzt schon so gut kannte, daß er den Anblick auch noch vor Augen hatte, wenn er die Fotos gar nicht anschaute. Er sagte stirnrunzelnd: »Es war vereinbart, daß Sie ihn in Ihrem Zimmer behalten. Was soll er hier?«

»Ich glaube, Sue Ellen ist auf den Mann abgerichtet«, sagte Doris. Und zu Sue Ellen sagte sie: »Paß auf!« Worauf Sue Ellen das wölfisch anmutende Maul öffnete, Linden das furchteinflößende Gebiß sehen ließ und ein Knurren von sich gab, das ihn an das Grollen einer fernen Lawine gemahnte. Er verfärbte sich und fragte: »Was soll der Unsinn?«

»Ich bin sicher, wenn ich sie auf Sie hetze, springt sie Ihnen sofort an die Kehle«, sagte Doris. »Sie hat in der vergangenen Nacht neben mir im Bett geschlafen und mich ein paarmal aufgeweckt, weil sie mir die Hände und das Gesicht leckte. Als ich heute morgen aus dem Badezimmer kam, hatte sie meine Wäsche vom Stuhl geholt und den Kopf darauf gebettet. Sie liebt mich schon sehr. Ich habe in meinem Zimmer ausprobiert, wie sie reagiert, wenn ich ihr befehle, aufzupassen. Sie knurrte dann jedesmal die Tür an. Falls Sie mich also in den Keller einsperren wollen, dann müssen Sie auch Sue Ellen dort einsperren. Und ob ich Anlaß haben werde, Ihnen davonzulaufen, wird fortan nur noch von Ihnen abhängen. Ich bin es allmählich leid, mir Ihre Unhöflichkeiten und absurden Verdächtigungen anzuhören. Vielleicht werden Sie es noch bereuen, mein großzügiges Angebot so leichtfertig in den Wind geschlagen zu haben. Bei mir gibt es glücklicherweise keine mysteriösen Zusammenhänge zwischen Vorgängen, die sich in völlig verschiedenen Körperregionen abspielen. Statt die Zeit mit Ihrem kindischen Brief zu verplempern, sollten wir zusammen einkaufen gehen. Vielleicht im nächsten größeren Ort, wo wir für Sue Ellen ein Halsband und eine Leine bekommen. Wir brauchen auch frisches Brot und andere Lebensmittel. Ab heute abend werde ich kochen. Was Sie mir gestern abend und heute mittag auf den Tisch stellten, war völlig ungenießbar.«

»Davon war Ihnen beim Essen aber nichts anzumerken«, sagte er ärgerlich. »Im übrigen ist es ausgeschlossen, daß Sie zum Einkaufen mitkommen. Der nächste größere Ort ist Ruhpolding, und wie es dort an einem Samstag, wenn es so schneit wie jetzt, zugeht, kann man sich ausmalen. Sie würden in jedem Geschäft erkannt werden.«

»Nicht, wenn ich meine Perücke und eine Sonnenbrille aufsetze«, ewiderte sie. »Als Sie vorgestern nacht ganz plötzlich Ihr Reiseziel änderten, erzählten Sie mir etwas von einem Kurort in Bayern. Darunter habe ich mir zumindest einen Ort vorgestellt, wo man richtig einkaufen kann. Lieber würde ich auf einen Urlaub verzichten, als ihn hier zu verbringen. Ich ziehe mich jetzt nur noch rasch um.« Zu dem Hund sagte sie: »Komm, Sue Ellen!« Und Sue Ellen machte auf der Stelle kehrt und folgte ihr mit steil erhobener, freudig bewegter Rute aus dem Zimmer. Es fiel Linden auf, daß ihre Hinterläufe, proportional gesehen, genauso lang waren wie Doris' Beine, und auch ihre lässige Art, beim Gehen die schmalen Hüften zu schwenken, wirkte auf Linden, während sie das Zimmer verließen, als versuche sie, sich Doris' Gangart anzupassen.

Er verharrte noch einige Zeit am Fenster und betrachtete die wie andächtig um eine kleine Zwiebelturmkirche versammelten Häuser, ohne sie richtig wahrzunehmen. Später ertappte er sich dabei, daß er wieder Selbstgespräche führte und sich mehrfach dazu aufforderte, endlich etwas zu unternehmen, aber weil er sich nicht darüber schlüssig werden konnte, was zu tun ihm im Augenblick noch bliebe, entschied er sich dafür, vorerst einmal abzuwarten, ob vielleicht von anderer Seite her etwas geschehe, das ihn bei seinem Vorhaben um einen Schritt weiterbrächte. Was ihn mit all den Pannen, die ihm seit vorgestern abend unterlaufen waren, ein wenig versöhnte, war der Gedanke, mit seinem Einfall, ihren VW vor einer fremden Garage zu parken, die Initialzündung für Ereignisse ausgelöst zu haben, die, unabhängig davon, was er fortan selbst unternähme, nicht mehr aufzuhalten waren. Auch war er schon heute vormittag, als er in der kleinen Metzgerei hinter der Kirche für Sue Ellen die sechs Pfund Rindfleisch erstand, zu der Einsicht gekommen, daß weitere Einkäufe in dieser Größenordnung die Neugierde des Personals und das Interesse anderer Dorfbewohner für den einsamen Gast in der Pension »Edelweiß« erregen müßten. Wäre Doris nicht auf die Idee gekommen, ihn nach Ruhpolding zu begleiten, so hätte er keine Bedenken gehabt, sich dort nach besseren Einkaufsmöglichkeiten umzusehen.

Als noch unzumutbarer empfand er jedoch eine Stunde später, daß sie darauf bestand, auch Sue Ellen mitzunehmen. So lange hatte sie nämlich gebraucht, um sich für die Fahrt nach Ruhpolding umzuziehen, und allein der Umstand, daß er eine ganze Weile benötigte, um sich an ihren stark veränderten Anblick zu gewöhnen, hinderte ihn daran, ihrem Vorhaben mit der gebotenen Entschiedenheit zu widersprechen. Manche Frauen wirken bereits dann stark verändert, wenn sie nur eine Brille aufsetzen. Schwarzhaarig und mit einer dunklen Sonnenbrille war Doris Neuhagen ebenso schwer zu identifizieren wie ein als Nikolaus verkleideter Bonner Spitzenpolitiker. Hatte sich das Volk erst einmal über eine längere Zeitspanne hinweg an den Anblick eines Politikers gewöhnt und sich mit ihm abgefunden, so wollte und konnte es ihn auch nicht mehr anders sehen. Ähnlich verhielt es sich auch mit den Nachrichtensprechern und Moderatoren des deutschen Fernsehens, und es war kein Zufall, daß selbst geringfügige Retuschen an ihrem Äußeren zu empörten Protesten der enttäuschten und verwirrten Zuschauer führten. Bei einer Frau wie Doris Neuhagen, die in den Herzen ihres Publikums ebenso einsässig geworden war wie auf dem Bildschirm der Wohnstuben, wog dies um so schwerer, als ihre Bewunderer sich auch in ihr blondes Haar verliebt hatten und eine schwarzhaarige Doris Neuhagen nicht akzeptiert hätten, wenn sie ihnen vorgestellt worden wäre. Hinzu kam, daß sie für die Fahrt nach Ruhpolding die Augenbrauen künstlich verlängert, Lidschatten aufgelegt und den Mund breiter geschminkt hatte, als er von Natur aus gestaltet war. Sie sah jetzt jedenfalls nicht mehr wie Doris Neuhagen, sondern wie eine jener Frauen aus, bei denen sich Linden nie recht schlüssig werden konnte, ob er, wenn er die Möglichkeit dazu hätte, nur mit ihnen plaudern oder auch mit ihnen schlafen würde. Es war jedoch nicht nur ihr ungewohnter Anblick, der ihn daran hinderte, sie von ihrem Vorhaben, Sue Ellen nach Ruhpolding mitzunehmen, energisch abzubringen. Es war auch Sue Ellen selbst, die ihn, kaum daß sie seiner gewahr wurde, die Lefzen fletschend auf eine Weise anknurrte, die ihn schon einmal in dem gutgeheizten Zimmer hatte frösteln lassen. Er wich unwillkürlich einen Schritt zurück und sagte blaßhäutig: »Seit Sie sie vorhin auf mich gehetzt haben, hat sie offenbar vollkommen vergessen, wer ich bin und daß sie ihr Leben eigentlich mir und nicht Ihnen verdankt.«

»Dann erzählen Sie es ihr doch«, sagte Doris. »Ich habe sie auch nicht auf Sie gehetzt, sondern sie nur auf Sie aufmerksam gemacht. Hunde fühlen noch mehr als Menschen, ob man sie mag oder nicht. Sie riechen auch, wenn man Angst vor ihnen hat, weil ängstliche Menschen in Schweiß ausbrechen.«

Tatsächlich stellte Linden fest, daß seine Hände feucht waren; er sagte gereizt: »Ich schwitze kein bißchen, und wenn, dann nur bei dem Gedanken, welche Scherereien wir mit diesem Tier noch haben werden.«

Sie streichelte Sue Ellen beruhigend den großen Kopf. »Ich sehe da keine Probleme. Sie müßten ihr eben einmal zu verstehen geben, daß sie von Ihnen nichts zu befürchten hat.«

»Sie von mir? Ich habe noch keinen Hund gebissen. Wie stellen Sie sich das überhaupt vor! Soll ich sie täglich mit sechs Pfund Rindfleisch füttern?«

»Für ihre Fütterung bin künftig allein ich zuständig«, belehrte sie ihn. »Wenn Sie wieder einmal von ihr angeknurrt werden, dann nehmen Sie einfach eine Demutstellung ein, und sie wird Sie künftig ignorieren.«

Er starrte sie verständnislos an. »Was verstehen Sie unter einer Demutstellung?«

»Wie Hunde es untereinander tun«, sagte sie. »Sie legen sich auf den Rücken und halten dem überlegenen Gegner die Kehle hin. Können wir jetzt fahren? Es wird sonst dunkel, bis wir nach Ruhpolding-kommen.«

Er griff wortlos nach seinem Mantel. Als sie kurz darauf aus dem Haus traten, schneite es schon wieder. Linden schloß die Haustür ab und schob den Schlüssel unter den Schuhabtreter. Dort hatte er, wie verabredet, bei ihrem gestrigen Eintreffen auch gelegen. Doris fragte: »Warum stecken Sie ihn nicht ein?«

»Die Besitzerin der Pension hat eine Angestellte aus dem Dorf damit beauftragt, wenn wir das Haus verlassen, die Zimmer aufzuräumen. Wir sollen durch sie nicht gestört werden.«

»Woher weiß sie, wann wir das Haus verlassen haben?«

»Wenn sie den Schlüssel findet. Sie muß schon einmal hiergewesen sein.« Er deutete auf einige noch frische Fußspuren im Schnee und betrachtete dann den wolkenverhangenen Himmel. »Wenn der Weg heute nicht geräumt wird, schaffe ich bei unserer Rückkehr die steile Auffahrt ohne Schneeketten nicht mehr. Vielleicht kann ich in Ruhpolding ein Paar besorgen.«

Ihre Stimme wurde besorgt. »Kommen wir dann überhaupt noch hinunter?«

»Hinunter immer«, sagte er und öffnete das Garagentor. Sue Ellen sprang sofort wieder auf den Rücksitz. »Sie wird mir noch das Polster kaputtmachen«, sagte Linden. »Ich habe noch keinen anderen Hund mit so großen Krallen gesehen. Das ist schon nicht mehr normal.«

»Sie ist eben ein besonderer Hund«, sagte Doris und nahm auf dem Beifahrersitz Platz. »Vielleicht gehören Sie zu den Autofahrern, die einen Schwerverletzten am Straßenrand liegenlassen, damit ihr kostbares Wagenpolster nicht beschmutzt wird.«

Er sagte: »Vielleicht gehören Sie zu den Frauen, die noch dümmer daherreden, als man es ihnen schlechterdings zutraut.«

»Eins zu null für Sie«, sagte sie lächelnd.

Wenigstens hatte sie für die Ruhpoldinger Reise ihre schwarze Lederhose gegen Stretch-Jeans vertauscht, die jedoch auch keinen Zweifel darüber aufkommen ließen, wo bei ihr die Kurven saßen. Und bei ihrem Pullover schien sich ein ganzes Team von Designern nächtelang den Kopf darüber zerbrochen zu haben, wie sich seine

Inhalte, ohne sie gänzlich bloßzulegen, möglichst unübersehbar herausarbeiten ließen. Daß es, insgesamt gesehen, ein recht ansprechender Anblick war, stand selbst für Linden außerhalb jeder ernstzunehmenden Diskussion. Während er den Wagen langsam auf dem tiefverschneiten Weg durch seine drei Spitzkehren rollen ließ, hatte er im Rückspiegel ständig Sue Ellens großen Kopf vor Augen. Als traute sie seinen Fahrkünsten nicht so recht, verfolgte sie in konzentrierter Aufmerksamkeit jede seiner Bewegungen. Schon auf der Fahrt hierher hatte es ihn gestört, daß sie sich kein einziges Mal hingelegt, sondern die ganze Reise sitzend zurückgelegt hatte. Es störte ihn auch jetzt wieder; er sagte: »Ich habe kaum etwas vom Rückspiegel, weil der Hund mir dauernd den Blick nach hinten versperrt. Können Sie ihn nicht dazu bringen, sich hinzulegen?«

»Sie haben außer dem Rückspiegel noch zwei Außenspiegel«, sagte Doris. »Übrigens habe ich mir gestern abend im Bett noch die Liste angesehen, die Sie dem Brief beilegen wollen. Das sind doch alles alte Hüte. Daß wir einen Parteienfunk und keine politisch unabhängige Anstalten haben, wird schon seit Jahren diskutiert. Wie wollen Sie das ändern, wenn die Mitglieder eines Senders zum Teil über das jeweilige Parlament in den Rundfunkrat kommen? Der Rundfunkrat wählt den Verwaltungsrat, und dieser trifft nicht nur die wichtigsten Personal-, sondern auch die Produktionsentscheidungen.«

»Aber das Programm wird bei Ihrem Sender nun mal hauptsächlich von linkslastigen Schmalspurrevoluzzern gemacht.«

»Bei anderen Anstalten von rechtslastigen Reaktionären. Daß bei uns die meisten verantwortlichen Redakteure und Kommentatoren eher mit den Linken als mit den Konservativen sympathisieren, hat mehr mit intellektueller Redlichkeit als mit anderen Gründen zu tun.«

»Die Kommentatoren kenne ich«, nickte Linden. »Mir hat nie recht eingeleuchtet, wer sie eigentlich dazu ermächtigt, ihre marxistischen Heilslehren auf Kosten des Steuerzahlers unter das Volk zu bringen. Von ihnen stammt auch das Klischee vom strammen Antikommunismus, wobei in Wirklichkeit nur wieder einmal dem politischen Opportunismus das Wort geredet wird. Sie selbst haben Ihren Anpassungsprozeß ja auch schon hinter sich. Wenn ich mich recht entsinne, gab es eine Zeit, wo sich Ihr stark ausgeprägtes Sendungsbewußtsein noch in erträglichen Grenzen hielt, obwohl es auch damals schon Welternährungs- und Umweltprobleme gab, aber da waren Sie noch nicht so up to date wie heute.«

Sie betrachtete die verschneiten Wälder beiderseits der Straße. »Dann halten Sie mich also auch nur für eine Opportunistin?«

»Ob Sie eine sind, das müssen Sie besser wissen als ich«, sagte er. »Vielleicht sind Sie es nur, weil es Ihnen dabei hilft, Ihr schlechtes soziales Gewissen wegen Ihres italienischen Vermögens zu verdrängen. Ich hatte oft Gelegenheit, Ihr Talent zu bewundern, in Ihrer Eigenschaft als Moderatorin vor allem solche Studiogäste einzuladen, bei denen Sie sicher sein können, daß sie Ihnen die passenden Stichworte für Ihre politische Agitation liefern. Was es für einen objektiven Beobachter so ärgerlich macht, ist Ihr Geschick, die Agitation so unter die Leute zu bringen, daß sie erst nachträglich und im Unterbewußtsein wirkt. Dies trifft, um nur zwei Beispiele zu nennen, ebenso auf die manipulierte Berichterstattung Ihrer Anstalt über wichtige Bundestagsdebatten zu, wo die Beiträge der Regierungssprecher auf die weniger eingängigen Passagen beschnitten werden, ohne daß sich daraus eine nachweisbare Absicht ableiten ließe, wie auf das Bemühen Ihrer Anstalt, Querverbindungen zwischen Teilen der Grünen und RAF-Sympathisanten totzuschweigen. Ich habe in meiner Liste noch eine ganze Reihe solcher Beispiele angeführt, und ich hoffe, sie werden einige Leute zum Nachdenken anregen. Daß dies geschieht, ist mir ungleich wichtiger als alles, was Sie mir als Ersatz dafür anzubieten hätten.« Er schätzte sie von der Seite ab. »Wenngleich ich in Ihrem Fall durchaus geneigt bin, Ihre Reize gebührend zu würdigen. Im Gegensatz zu einer Ihrer ebenfalls sehr vielbeschäftigten und stramm nach links ausgerichteten Kolleginnen, die seit dem letzten Regierungswechsel sichtlich gealtert ist, Kummerspeck angesetzt hat und ihren öffentlich-rechtlichen Wahrnehmungen nur noch mit verhärmtem Ernst nachkommt, hat er bei Ihnen noch keine sichtbaren Spuren hervorgerufen. Sie sehen, so ungalant wie Sie mich einschätzen, bin ich gar nicht.«

»Achten Sie lieber auf die Straße«, wies sie ihn zurecht. »Ich könnte Ihnen Sender nennen, die Ihnen sicher näherstehen als der, für den ich arbeite, und bei denen genauso, wenn nicht noch schlimmer, manipuliert wird.«

»Schlimmer geht es gar nicht, vor allem nicht penetranter, als bei Ihnen. Ihre Redakteure verstoßen täglich gegen das Grundgesetz, weil sie bevorzugt Leute zu Wort kommen lassen, deren politische Ziele unvereinbar damit sind. Sie wollen genauso wie die Neonazis eine andere Republik, und Sie und Ihresgleichen unterstützen Sie auch noch dabei. Mich erinnert das, soweit politische Einfalt und Naivität in seinem Stück angesprochen werden, in erschreckendem Maße an Max Frischs Biedermann und die Brandstifter.«

»Von dem haben Sie auch schon gehört?« fragte sie. Er mußte lachen. »Wenigstens haben Sie Humor, auch wenn Sie ihn gerne hinter Zynismus verstecken. Bei den meisten Ihrer Kollegen habe ich den Eindruck, daß Humor und das, was Sie als intellektuelle Redlichkeit bezeichnen, sich gegenseitig ausschließen. Mir macht es in der Tat zu schaffen, Sie einerseits nicht unattraktiv zu finden, mich aber trotzdem von Ihnen eher abgestoßen als angezogen zu fühlen.«

Sie berührte wie erschrocken seinen Oberschenkel: »Wirklich? Sie fühlen sich von mir abgestoßen?«

»Ich sagte: Eher. Das ist nicht dasselbe.«

»Ach so«, sagte sie. »Und warum ist es nicht dasselbe?«

Er blickte auf ihre Hand nieder. Allein schon ihre langen, feindgliedrigen Finger konnten einen Mann alle guten Vorsätze vergessen lassen, und weil er sich zu seinem Verdruß bei dem Wunsch ertappte, sie möge ihre Hand auf seinem Schenkel liegen lassen oder vielleicht sogar noch etwas mehr tun, sagte er grob: »Ich habe Ihnen schon einmal erklärt, daß Sie mit dieser Masche bei mir nichts erreichen. Geben Sie sich keine Mühe.«

»Ich gebe mir noch keine Mühe«, sagte sie. »Wenn ich mir Mühe gäbe, könnte es leicht passieren, daß Sie sich von mir eher angezogen als abgestoßen fühlten. Warum sind Sie plötzlich so aggressiv? Es regt Sie doch nicht etwa auf, wenn ich Sie hier anfasse?«

Es regte ihn, wie er betroffen feststellte, tatsächlich auf. Er griff nach ihrer Hand, nahm sie von dort, wo sie lag, weg, und sagte: »Ich möchte Ihnen nicht unterstellen, daß Sie bisher nur mit solchen Männern zu tun hatten. Sie benehmen sich aber so. Was immer Sie sich auch davon versprechen: Auf diese Art erreichen Sie bei mir nichts.«

»Auf welche sonst?« fragte sie lächelnd. »Sie sind wirklich ein erstaunlicher Mann, Robert. Ob Sie es mir glauben oder nicht: Dies ist sonst nicht meine Art, obwohl sie sich in Ihre vorgefaßte Meinung über mich bestimmt sehr gut einbringen ließe. Auch daß ich mich durch Ihre beleidigenden Worte nicht gekränkt zeige, paßt gut dazu. Für Beleidigtsein besteht jedoch kein Anlaß. In Ihrer etwas schwierigen und nicht undelikaten Situation billige ich Ihnen gerne mildernde Umstände zu. In der Notwehr sind praktisch alle Mittel erlaubt.«

Er runzelte die Stirn. »Wovon reden Sie überhaupt?«

»Dreimal dürfen Sie raten«, sagte sie, ihr Lächeln beibehaltend. »Wie weit ist es noch bis Ruhpolding? Ich kenne es nicht.«

»Ich habe Sie etwas gefragt«, sagte er. »Weichen Sie mir nicht aus.«

»Sie weichen *mir* aus«, sagte sie. »Ich bin sicher, wir werden uns irgendwann einigen. Mit Ihrem Eingeständnis von vorhin, mich nicht unattraktiv zu finden und darunter zu leiden –«

Er ließ sie nicht ausreden: »Das ist Ihre Interpretation.«

»Dann erklären Sie mir, wie Ihre Worte gemeint waren.«

»Ich bedaure, daß ich mich, obwohl ich es vielleicht gerne täte, nicht unbefangen mit Ihnen unterhalten kann.«

Sie wurde ernst. »Dann versuchen Sie es doch einmal mit einem anderen Thema. Seit vorgestern nacht nerven Sie mich beinahe pausenlos mit Ihren politischen Allerweltsweisheiten.«

»Das eine läßt sich vom anderen nicht trennen.«

»Weil Sie es nicht wollen. Bevor ich meinen Mann kennenlernte, war ich mit einem Kameramann befreundet, der in vielen Dingen genauso dachte wie Sie und der deshalb heute beim Bayerischen Rundfunk arbeitet. Mir ist nie aufgefallen, daß er deshalb, wenn ich einmal eine Nacht bei ihm blieb, irgendwelche Probleme gehabt hätte. Wir haben uns eben gegenseitig so akzeptiert, wie wir sind. Warum können Sie das nicht auch?«

»Das habe ich Ihnen bereits erklärt.«

Sie legte, das Bein lässig anwinkelnd, den rechten Fuß auf das linke Knie. Ihre damit verbundene Absicht durchschauend, sagte er: »Ich weiß, daß Sie hübsche Beine haben.«

»Ach ja, die Fotos«, lächelte sie. »Haben Sie sie oft angesehen? Vielleicht brauchten Sie das. Wenn Sie so hohe Ansprüche an sich selbst stellen, werden Sie seit dem Tod Ihrer Frau sicher viel allein gewesen sein.«

»Und wie ist das bei Ihnen? Ich könnte mir denken, daß eine Frau, die so stark erotisch auf Männer wirkt wie Sie, auch selbst nicht unbeeinflußt davon bleibt. Wie lösen Sie dieses Problem? Indem Sie es durch Ihre Arbeit verdrängen? Oder haben Sie einen heimlichen Boyfriend?«

Sie lächelte. »Von einem Versandhaus. Er hat den Vorzug, völlig diskret zu sein.«

»Das glaube ich Ihnen nicht«, sagte er grinsend. »Bei den Ansprüchen, die Sie an einen Mann stellen, dürfte das kaum ein gleichwertiger Ersatz sein.«

»Ein gleichwertiger zwar nicht«, räumte sie ein. »Aber die neueren haben einen viel höheren Wirkungsgrad als die früheren. Wenn ich zuvor ein heißes Bad nehme und ausreichend entspannt bin, reicht es vollkommen aus.«

Aus ihrem Mund klang es so frivol, daß ihm für den Augenblick nichts dazu einfiel. Sie fragte: »Sind Sie jetzt schockiert? Im Vergleich zu dem, was Bernd, mein geschiedener Mann, sich alles hat einfallen lassen, als wir noch zusammenlebten, finde ich überhaupt nichts Anstößiges daran. Ich bin zwar auch in der Liebe nicht konservativ; was er jedoch alles von mir verlangte, das ging selbst mir oft zu weit. Wenn ich mich überhaupt darauf eingelassen habe, so nur, weil ich mich ihm zu Dank verpflichtet fühlte. Seine Geschenke in Italien waren mir damals genauso wichtig wie heute die Fotos.«

Er wandte ihr das Gesicht zu. »Ist das schon wieder eines Ihrer durchsichtigen Angebote?«

Sie lächelte. »Wenn Sie es als solches empfinden. Es geht mir nicht nur um die Fotos, Robert. Ich möchte unter allen Umständen vermeiden, daß auch Bernd in diese Sache hineingezogen wird. Seine Geschäfte gehen seit einiger Zeit nicht mehr gut. Das ist auch der Grund, weshalb er das Schweizer Konto auflösen mußte. Wenn sein Finanzamt Wind davon bekäme, wäre das nicht nur sein geschäftlicher Ruin. Nur deshalb habe ich heute früh, als Sie noch schliefen, die Polizei nicht angerufen.«

Er nickte. »An einer Gerichtsverhandlung, die das alles auf den Tisch brächte, sind Sie begreiflicherweise nicht interessiert. Ich hätte diese Sache erbärmlich schlecht vorbereitet, hätte ich die Möglichkeit, Sie könnten sich an die Polizei wenden, nicht auch einkalkuliert. Selbst in diesem Fall wären die Fotos an die hierfür vorgesehenen Empfänger abgeschickt worden. Sie müssen Ihnen noch wichtiger sein, als ich bisher angenommen habe. Anders kann ich mir den moralischen Striptease, den Sie soeben abgezogen haben und der Sie sicher einige Selbstüberwindung gekostet hat, nicht erklären. Ich glaube auch nicht, daß Sie der Typ für so etwas sind.«

»Warum nicht?« fragte sie. »Was glauben Sie wohl, wieviel Frauen es heute gibt, die sich selbst bedienen? Nur reden sie nicht darüber.«

»Und warum tun *Sie* es? Um mich anzumachen?«

»Ich wollte sehen, wie Sie reagieren. Ist das Schweiß auf Ihrer Stirn?

Zeigen Sie mal her.« Sie berührte mit den Fingerspitzen seine Schläfe und lachte verwundert auf. »Sie schwitzen tatsächlich, Robert. Ist Ihnen bei dem, was ich Ihnen über mich erzählte, so warm ums Herz geworden?«

Nicht nur ums Herz. Jede andere Frau, die ihm eine solche Geschichte erzählte, wäre seiner Geringschätzung anheimgefallen, aber sich ausgerechnet eine Doris Neuhagen bei den von ihr so freimütig geschilderten Manipulationen am eigenen Körper vorzustellen, war doch ein ziemlicher Schock. Und weil er sich der Situation nicht mehr gewachsen fühlte, reagierte er eher unbeholfen als sarkastisch: »Das würde Ihnen wohl so passen, was?«

»Es wäre mir unter den gegebenen Umständen zumindest nicht unangenehm«, räumte sie ein. »Aber vielleicht haben Sie recht, und ich bin wirklich nicht der Typ für so etwas.«

»Und was soll ich Ihnen jetzt glauben?«

»Was Sie wollen. Für einen Mann muß es ziemlich langweilig sein, seine Zeit mit einer Frau zu verbringen, die er schon so gut kennt, wie Sie mich zu kennen glauben. Oder sind Sie sich Ihrer Sache jetzt nicht mehr ganz so sicher?«

»Ist es das, was Sie damit erreichen wollten?«

Sie musterte ihn belustigt. »Ganz so einfach mache ich es Ihnen nun doch nicht. Das müssen Sie schon allein herausfinden.«

»Ich glaube nicht, daß mich das reizt.«

»Um so besser für Sie. Sehen Sie, Robert, meinen Beruf aufgeben zu müssen oder meinem geschiedenen Mann Probleme zu bereiten, ist mir beinahe genauso unangenehm, wie Ihnen bei Ihrem kindischen Vorhaben auch nur indirekt behilflich zu sein. Aber eben nur beinahe, und deshalb hoffe ich noch immer, daß Sie es sich doch noch anders überlegen. Es war nicht gelogen, als ich Ihnen sagte, daß Sie mir gefallen. Sie wären seit meiner Scheidung sogar der erste Mann, bei dem ich auch sonst keine Bedenken zu haben brauchte. Sie wissen alles über mich und werden es, wenn ich Ihnen keinen Anlaß dazu gebe, trotzdem nicht gegen mich oder gegen meinen Mann verwenden. Ich lege Ihnen bestimmt keine Steine in den Weg. Nur den Brief selbst schreiben – das werde ich auf keinen Fall tun. Was ich von Ihnen haben möchte, sind die Fotos und die Sicherheit, daß Sie Ihr Wissen für sich behalten und es keinem weitererzählen, der vielleicht weniger verläßlich ist als Sie.«

»Und dafür würden Sie einen angemessenen Preis zahlen?«

»Das träfe nur zu, wenn es mich Überwindung kostete. Ich glaube, Sie sind viel ansprechbarer, als Sie es sich selbst vorzumachen versuchen.«

In diesem Punkt täuschte sie sich. Nicht etwa, daß sie ihm erotisch gleichgültig war. Sie regte ihn sogar viel stärker auf, als er es für möglich gehalten hätte. Ein Verhältnis mit ihr wäre jedoch nicht nur gegen seine Prinzipien gewesen, er hätte sie auch nicht mehr als Personifizierung all dessen ansehen können, was ihn dazu bewogen hatte, sich auf diese Sache überhaupt einzulassen. Denn sie wäre dann genauso sinnlos geworden wie der Abscheu, den er gegen eine Frau wie Doris Neuhagen und ihresgleichen über Jahre hinweg in seinem Herzen genährt hatte. Er sagte: »Ich mache mir nichts vor. Sie wissen sicher selbst am besten, wie Sie auf einen normalen Mann wirken. Aber in meinen politischen Überzeugungen bin ich ebensowenig käuflich wie Sie. Wenn ich eines Tages überzeugt sein kann, daß Sie mich von Ihrer Abschußliste gestrichen haben, kriegen Sie die Fotos zurück. Meiner Diskretion können Sie sicher sein.«

»Auch der Diskretion des Mannes, der in meinem Bungalow war?«

»Das war ich selbst. Einer der Universalschlüssel, die ich privat und beruflich benutze, paßte in Ihr Haustürschloß. Ich hatte es vorher angesehen und verschaffte mir Zutritt, als Sie zwischen Weihnachten und Silvester in Italien waren. Die Detektei, von der ich Sie über längere Zeit hinweg beobachten ließ, hätte einen solchen Auftrag abgelehnt. Es war auch kein Gewährsmann, der Ihren italienischen Makler aufsuchte und mit ihm sprach. Lassen Sie sich von ihm eine Beschreibung des Mannes geben, der sich für Ihr Haus interessierte, und Sie werden feststellen, daß Sie auf mich zutrifft.«

Sie fragte erst nach einer längeren Pause: »Warum haben Sie mich dann belogen?«

»Ich wußte ja noch nicht, wie die Sache mit Ihnen läuft, und hielt es für klüger, Ihnen den Eindruck zu vermitteln, Sie hätten es nicht allein mit mir zu tun.«

»Das leuchtet mir ein«, sagte sie und wandte ihr Augenmerk wieder Sue Ellen zu, die noch immer in aufrechter Haltung hinter ihnen saß und einmal durch die Windschutzscheibe und dann wieder aus den Seitenfenstern schaute, wobei der Ausdruck ihrer großen, bernsteinfarbenen Augen eher bedenklich als neugierig wirkte. »Ich glaube, sie macht sich Sorgen«, sagte Doris. »Vielleicht befürchtet sie, in dieser ihr völlig fremden Landschaft wieder ausgesetzt zu werden. Sie scheint noch unter einem Schock zu stehen. Vielleicht finde ich jemanden, der sich um sie kümmert, wenn ich beruflich zu tun habe. Schade, daß Sie keine Hunde mögen. Warum eigentlich nicht?«

»Ich hatte nie Zeit für Hunde. Die Häuser rechts unten im Tal gehören bereits zu Ruhpolding.«

Sie betrachtete sie und sagte: »Hoffentlich haben die Geschäfte noch geöffnet. Zumal an einem Samstag.«

»Sie sind hier in Bayern. In den bayerischen Kurorten werden die Leute nicht so streng reglementiert, wie Ihre politischen Freunde das tun, obwohl sie für sich in Anspruch nehmen, mehr Demokratie zu wollen.«

Sie seufzte. »Womit wir schon wieder beim Thema wären.«

»Für uns beide gibt es nun mal kein anderes«, sagte Linden. »Gott sei's geklagt.«

Sie berührte seinen Arm. »Das letzte hat mir sehr gefallen, Robert.«

»War nur ein sentimentaler Ausrutscher«, sagte er.

Vielleicht lag es an dem noch immer aus den dunklen Wolken rieselnden Schnee und den damit verbundenen schlechten Verkehrsverhältnissen, daß sich Lindens Befürchtung, der Ort werde von Touristen übervölkert sein, als unzutreffend erwies. Die Straßen machten eher einen leeren Eindruck. Von Doris darauf angesprochen, sagte er: »Ich wundere mich auch, aber vielleicht sind die meisten heute lieber zu Hause geblieben oder nach Reit im Winkl weitergefahren. Um so besser für uns; dann müssen wir in den Geschäften nicht Schlange stehen.«

Die Einkäufe erledigten sie gemeinsam, während Sue Ellen das Auto hütete. Schon nach der zweiten Besorgung in einem Fleischerladen hatte sich Lindens Erwartung, das Geschäftspersonal und die sonst noch anwesende Kundschaft würden bei einer schwarzhaarigen Doris Neuhagen Tomaten auf den Augen haben, mehr als erfüllt. Dennoch fühlte er sich erleichtert. In einem Souvenirladen erstanden sie für Sue Ellen Halsband und Leine und an einer Tankstelle Schneeketten. Weil Doris, als sie bereits wieder im Wagen saßen, den Wunsch nach einer Tageszeitung äußerte, stieg Linden noch einmal aus. Ein Tabakwarengeschäft führte auch Zeitungen und Zeitschriften. Lindens Aufenthalt dort zog sich so sehr in die Länge, daß Doris bereits ungeduldig geworden war. Noch ehe sie jedoch eine Frage stellen konnte, legte er ihr mehrere Zeitungen auf den Schoß und sagte: »Sie schreiben noch nichts über Sie. Ich bin mir aber sicher, daß der Garagenbesitzer, als er gestern morgen seine Ausfahrt blockiert fand, die Polizei verständigte und Ihren Wagen hat abschleppen lassen.«

»Das konnte er auch tun, ohne die Polizei zu verständigen.«

»Nur wenn er für Falschparker einen entsprechenden Hinweis an der Garageneinfahrt angebracht hätte, was jedoch nicht der Fall war. Die Polizei wird festgestellt haben, daß der Wagen, da er inzwischen zugeschneit war, die ganze Nacht dort stand. Sie wird ermitteln, daß er Ihnen gehört, und versuchen, sich mit Ihnen in Verbindung zu setzen. Haben Sie an Ihrem Arbeitsplatz eine Urlaubsadresse hinterlassen?«

Sie schüttelte den Kopf. »Das tue ich nie. Es würde auffallen, daß ich jedesmal nach Italien fahre.«

»Dann trifft es sich ja ganz gut, daß Sie in Urlaub fahren wollten. Daß Sie es ohne Wagen taten und ihn vor einer fremden Garage stehenließen, muß bei der Polizei sofort Verdacht erregen.«

»Wenn Sie meinen«, lächelte sie.

»Verlassen Sie sich darauf«, sagte er und zündete sich eine Zigarette an.

»Ich dachte, Sie rauchen nicht«, sagte sie. »Es ist das erstemal, daß ich Sie rauchen sehe. Ich habe es mir vor zehn Jahren abgewöhnt.«

»Weil es Ihrem makellosen Teint schaden könnte. Ich rauche auch nicht viel, meistens nur dann, wenn ich Anlaß habe, mit mir zufrieden zu sein, und das geschieht relativ selten. Bevor ich den Brief absende, lassen wir Ihre Fans noch einige Tage zappeln. Er wird dann wie eine Bombe einschlagen.«

»Sie sind ja ein Sadist«, sagte sie. »Haben Sie eigentlich auch einmal daran gedacht, was meine Familienangehörigen dabei empfinden werden?«

»Welche?« fragte er. »Doch nicht etwa Ihre gottesfürchtigen, CDU-nahen Eltern, die jeden Sonntag in der Kirche den Himmel um Vergebung dafür bitten, Sie gezeugt zu haben? Als ich sie besuchte, um –«

Sie blickte ungläubig von den Zeitungen auf. »Sie haben meine Eltern besucht?«

»Selbstverständlich. Schließlich mußte ich wissen, wie es um ihre Gesundheit bestellt ist und ob sie eine Chance hätten, den Schock, den Ihre Entführung bei ihnen auslösen müßte, zu überleben. Als ich mich ihnen als Reporter eines Wochenblattes vorstellte, das einen größeren Bericht über ihre Tochter vorbereite und dabei auch die Eltern zu Wort kommen lassen wolle, schlugen sie mir die Tür vor der Nase zu. Ich fand nicht einmal mehr Zeit, ihnen ins Ohr zu flüstern, daß sie sich, was immer auch mit ihrer Tochter geschähe, keine Gedanken zu machen brauchten. Und Ihr um fünf Jahre jüngerer Bruder ist seit langem für die FDP tätig und war schon immer ein eifriger Befürworter der Wende.«

»Erinnern Sie mich ja nicht an diesen hinterhältigen Meuchelmord«, sagte sie. Er grinste. »Für mich war es schlimmstenfalls eine Leichenschändung, denn als Ihr Cäsar, Helmut Schmidt, den angeblichen Dolch in den Rücken bekam, hatte er schon längst den Giftbecher seiner Höflinge intus. Für seinen designierten Nachfolger werden von einigen Ihrer Parteifreunde auch schon wieder diverse Getränke gemixt.«

Sie sagte, unvermittelt gereizt: »Ich bin in keiner Partei. Auch nicht in der, die Sie mir unterstellen.«

»Ich weiß«, nickte er. »Um so ungenierter können Sie für sie agieren. Ihr Lied wollt ihr zwar alle singen, ihr garstig Kleid aber nicht tragen. Zur Not tut es auch das Parteiabzeichen unter dem Revers und die demonstrativ getragene rote Krawatte. Gewisse politische Biedermänner verzichten sogar auf diese, wenn sie ihren progressiven Wählern –«

Er wurde durch Sue Ellen, die plötzlich heftig zu bellen anfing, mit den Krallen am Heckfenster scharrte und mit dem Kopf gegen den Dachhimmel donnerte, am Weitersprechen gehindert. »Was hat sie nur!« rief Doris aus. »Sie ist ja wie aus dem Häuschen!«

»Gleich ist sie auch aus dem Wagendach«, fluchte Linden. »Sie spuckt mir die ganze Heckscheibe voll. Vielleicht hat sie den Hund ihrer Träume gesehen.«

»Ich sehe keinen Hund auf der Straße«, sagte Doris und versuchte vergeblich, Sue Ellen zu beruhigen. Linden streckte den Kopf aus dem Fenster. Außer einem jüngeren Mann und einer Frau, die im dichten Schneegestöber die Straße überquerten, konnte er weit und breit kein lebendes Wesen entdecken. Dies erschien ihm um so verwunderlicher, als Sue Ellens Bellen jetzt noch aufgeregter klang und etwa im gleichen Augenblick, als das junge Paar in einem Geschäft verschwand, sich in ein herzzerreißendes Winseln verwandelte. Doris,

die das junge Paar auch gesehen hatte, fragte: »Ob diese Leute...?«
Sie brach ab und starrte Linden an. »Das ist doch nicht möglich, Robert!«

»Es soll ja gewisse Leute geben, die in Bayern nichts für unmöglich halten«, brummte er. Er startete den Motor, ließ den Wagen bis zur nächsten Querstraße rollen und fuhr dann den gleichen Weg zurück. Er brachte ihn vor dem Geschäft zum Stehen, und Sue Ellen, die seine verschiedenen Manöver mit gleichbleibend herzzerreißenden Geräuschen begleitet hatte, brach erneut in lautes Bellen aus, wobei sie jetzt nicht mehr das Heck-, sondern das Seitenfenster vollspuckte. Ihr Bellen mußte bis in den Bäckerladen zu hören sein. Es schien auch die Aufmerksamkeit des jungen Paars zu erregen, das, an der Theke stehend, von einem Mädchen mit weißer Schürze bedient wurde. Sie blickten alle drei durch das tief herabreichende Schaufenster auf die Straße, und weil Sue Ellens Bellen in einen sirenenhaft ansteigenden Heulton kulminierte, fuhr Linden etwa zwanzig Meter weiter, trat dann auf die Bremse und sagte: »Vielleicht verwechselt sie die beiden nur mit jemandem.«

»Das glaube ich nicht«, sagte Doris. »So erschrocken, wie die beiden aussahen? Denen stand das schlechte Gewissen doch im Gesicht geschrieben. Die junge Frau ist kreidebleich geworden. Sie hat zu ihrem Begleiter auch etwas gesagt.« Sie fuhr Sue Ellen, die jetzt wieder durch die Heckscheibe heulte, unbeherrscht an: »Sei endlich still, du einfältiges Tier! Auch wenn sie es waren, die dich auf der Autobahn aussetzten –«

»Das steht noch nicht fest«, fiel Linden ihr dazwischen. »Außerdem versteht der Hund Sie nicht. Hören Sie endlich auf damit, ihn wie ein menschliches Wesen zu behandeln. Ich reiße mir den Hintern nicht wegen einer Sache auf, die noch nicht einmal sicher ist.«

»Sie haben mir selbst erzählt, daß die Insassen des Golfs Skier auf dem Wagendach hatten«, sagte Doris. »Warum sollen sie nicht nach Ruhpolding gefahren sein?«

»Weil es im Umkreis von einigen hundert Kilometern Hunderte von Wintersportorten gibt. Im Fond des Golfs saßen noch andere; es waren also mehr als nur zwei Personen. Ich sage Ihnen, der Hund verwechselt sie. Bei den angelaufenen Wagenscheiben und diesem Schneetreiben kann er sie gar nicht richtig gesehen haben. Außerdem wird es schon dunkel. Hunde sehen besser mit der Nase als mit den Augen. Im Auto konnte er keine Witterung aufnehmen.«

»Dann gehen wir mit ihm in den Laden«, sagte sie und schickte sich an, die Wagentür zu öffnen. Linden griff rasch nach ihrem Arm. »Das werden Sie gefälligst sein lassen. Wir warten hier, bis sie herauskommen, und fahren ihnen nach. Vielleicht können wir feststellen, wo sie wohnen. Dort haben sie auch ihr Auto stehen. Mit ihrer Wagennummer läßt sich später herausfinden, wer sie sind. Im Augenblick könnten wir, selbst wenn Ihr Verdacht zuträfe, nichts unternehmen.«

»Und warum nicht?«

Er zwang sich zur Ruhe: »Weil ich nicht daran denke, mir wegen des Hundes alles kaputtmachen zu lassen. Spätestens in zwei Tagen sind Sie die meistgesuchte Person in diesem Land, und nicht nur in diesem. Man wird auch Interpol einschalten.«

Sie nickte. »Einverstanden. Aber ihr Autokennzeichen möchte ich haben, Robert. Bevor ich es nicht weiß, fahre ich nicht in die Pension zurück. Und wenn Sie sich auf den Kopf stellen.«

»Warum, glauben Sie wohl, vertrödle ich hier unsere Zeit? Eines wundert mich von Stunde zu Stunde weniger: Weshalb Ihr Mann so rasch mit der Scheidung einverstanden war. Für ihn muß diese Ehe die reinste Hölle gewesen sein.«

»Das werden Sie noch bereuen«, murmelte sie.

Er bereute es jetzt schon.

Sie brauchten nicht lange zu warten. Linden fiel sofort auf, daß die beiden, als sie aus dem Geschäft traten, vor der Tür stehenblieben und zu ihnen herübersahen. Sie schienen aufgeregt miteinander zu reden. Dann überquerten sie rasch die Straße und setzten ihren Weg in auffälliger Eile fort. Daß der junge Mann mehrfach über die Schulter hinweg zurückschaute, gab auch Linden zu denken. Diesmal fuhr er zum Wenden nicht bis zur nächsten Querstraße. Er steuerte den Wagen zur anderen Straßenseite hinüber, stieß zweimal kurz zurück und fuhr dann hinter den beiden jungen Leuten her. Schon nach etwa fünfzig Metern hatte er sie im Scheinwerferlicht. Er trat auf die Bremse und sagte: »Vielleicht wohnen sie privat. Das würde auch ihre beiden großen Einkaufstaschen erklären. In dieser Richtung gibt es keine Hotels und Gasthäuser mehr. Für wie alt halten Sie die beiden?«

»Ich denke, er wird höchstens dreißig und sie nicht älter als fünfundzwanzig sein. Du mußt doch zugeben, daß sie sich beide verdächtig benehmen.«

Er blickte rasch in ihr Gesicht. »Das passiert mir auch manchmal, aber nicht bei Ihnen.«

»Es ist mir nicht passiert«, sagte sie. »Nach allem, was ich dir schon von mir erzählt habe. . .«

»Aber doch unter einem gewissen Vorbehalt«, sagte er. »Oder gilt der plötzlich nicht mehr?«

»Es kommt nicht darauf an, ob er noch gilt oder nicht, sondern darauf, daß ich es dir überhaupt erzählt habe. Außerdem hast du mich sozusagen zu deiner Komplizin gemacht, und Komplizen duzen sich nun mal.«

»Wie du meinst«, sagte er und beobachtete, wie die beiden jungen Leute neben einem rechts der Straße geparkten Wagen stehenblieben. »Wenigstens bellt der verdammte Hund jetzt nicht mehr.«

»Es ist kein verdammter Hund, verdammt noch mal«, sagte sie. »Siehst du die beiden noch?«

»Ja«, sagte er. »Auch den Golf. Was ist mit deinen Augen?«

»Zum Lesen brauche ich noch keine Brille«, sagte sie. »Du siehst einen Golf?«

»Sie steigen eben hinein. Sie werden ihn, bevor sie ihre Einkäufe erledigten, hier abgestellt haben. Jetzt bin ich fast neugierig, wohin sie fahren.«

»Ich auch«, sagte Doris. Und als sie kurze Zeit später dem Golf folgten und bald darauf eine Straßenkreuzung passierten, fragte sie: »Das ist doch nicht die Richtung, aus der wir kamen?«

»Nein«, sagte er. »Wenn die beiden es sich vorher nicht doch anders überlegen, landen wir in Reit im Winkl. Vielleicht wohnen sie dort und sind nur zum Einkaufen nach Ruhpolding gefahren.«

»Was ist das: Reit im Winkl? Ein Ort?«

Er grinste. »Du hast Glück, daß ich kein Bayer bin. Für den wärst du jetzt so gut wie gestorben.«

»Und wenn schon«, sagte sie. »Wenn ich mir all diese komischen Namen merken sollte, käme ich zu nichts anderem mehr. Eschelmoos, Ruhpolding, Reit im Winkl: Das klingt doch alles wie Weißwurst und Leberknödel. Ob die beiden schon bemerkt haben, daß wir sie verfolgen?«

»Es sieht so aus. Er fährt mit seinem Zweiradantrieb schneller, als ich es an seiner Stelle täte.«

»Vielleicht haben die Leute recht, die in Bayern nichts für unmöglich halten«, sagte sie. »Es ist merkwürdig: Je länger ich darüber nachdenke, desto unwahrscheinlicher kommt es mir vor. Wenn sie es tatsächlich sind, die Sue Ellen ausgesetzt haben, dann nur, weil ich mir so heftig wünschte, daß sie es sind.«

»Du hast dir mit gleicher Heftigkeit auch eine andere Regierung gewünscht und sie nicht bekommen«, erinnerte er sie. »Ich schlage vor, wir überlassen es ihnen selbst, ob sie nach Reit im Winkl wollen oder nicht. Wir fahren so dicht auf, daß wir ihr Kennzeichen lesen können. Mehr wollten wir ja nicht.«

»Doch«, sagte sie. »Ich will es jetzt ganz genau wissen. Ich will wissen, wo sie wohnen, ob sie allein sind oder nicht und ob Sue Ellen sich getäuscht hat. Der Golf kann ein Zufall sein, und für ihr verdächtiges Verhalten gibt es vielleicht harmlose Erklärungen. Vielleicht ist ihnen aufgefallen, daß wir uns für sie interessieren. Bei deinem beachtenswerten Talent, Leute auszuspionieren, wird es dir leichtfallen, herauszufinden, ob Sue Ellen ihnen gehörte. Wenn wir wissen, wo sie wohnen, wirst du dich morgen um sie kümmern. Ich schwöre dir, die Pension in dieser Zeit nicht zu verlassen.«

»Auf deine Schwüre gebe ich so wenig wie auf deine Erzählungen«, sagte er. »Es ist geistig schon nicht mehr nachvollziehbar, was du dir alles einfallen läßt.«

Sie lächelte. »Dieses Thema haben wir bereits ausdiskutiert. Wenn es dir dabei hilft, meinen Schwüren zu glauben, erlaube ich dir nach unserer Rückkehr einen Blick in meine Nachttischschublade.«

»In deinem Bungalow ist mir, außer den Fotos, nichts aufgefallen.«

»Weil ich in Italien war. Wenn man sich erst einmal davon abhängig gemacht hat, will man es auf Reisen und im Urlaub erst recht nicht missen.«

Er glaubte ihr auch jetzt nicht. Sicher spekulierte sie nur darauf, daß es von ihrer Nachttischschublade aus nicht mehr weit bis in ihr Bett war, und sosehr es seinem Ego auch schmeichelte, daß eine Frau wie sie kein Mittel ausließ, ihn auf sie scharfzumachen, so sehr verdroß ihn gleichzeitig ihre Einschätzung seiner Person. Denn der Umstand allein, daß ihre frivolen Worte ihm auch diesmal wieder den Schweiß auf die Stirn trieben, war noch lange kein Indiz dafür, daß sie mit dieser Einschätzung auch recht hatte. Sich nur zu wünschen, mit einer bestimmten Frau zu schlafen, war noch nicht dasselbe, wie es auch zu tun. Dazwischen lagen noch einige Dinge, die ihm zumindest genauso wichtig waren. Nicht zuletzt seine Selbstachtung und all das, was er in neunundvierzig Jahren aus sich gemacht hatte.

Die Straße nach Reit im Winkl mußte vor nicht langer Zeit geräumt worden sein. Obwohl sie sehr kurvenreich durch tiefverschneite Wälder und gebirgiges Gelände führte, bereitete es ihm keine Mühe, den schnell fahrenden Golf nicht aus den Augen zu verlieren. Doris machte ihm wieder ein Kompliment über sein fahrerisches Können und fügte hinzu: »Er fährt aber auch nicht schlecht. Ist es nicht besser, du verkürzt den Abstand?«

»Ist mir zu riskant. Er kam in den Kurven schon zweimal ins Schleudern. Falls er auf der Straße plötzlich quer steht, reicht mir bei einem kürzeren Abstand der Bremsweg nicht.«

»Das leuchtet mir ein«, nickte sie. »Da wir uns jetzt duzen, könntest du mir endlich etwas mehr über dich erzählen. Bist du irgendwo ein großes Tier?«

»Sicher«, sagte er. »Bei mir selbst.«

Sie lächelte.

Als der Wagen vor ihnen die ersten Häuser von Reit im Winkl mit seiner die umliegenden Dächer hoch überragenden Kirche passierte, saßen die Gäste in den Restaurants bereits beim Abendessen. Auf den Parkplätzen standen Omnibusse und Pkws dichtgedrängt. Auch in den engen Straßen erschwerten parkende Wagen die Durchfahrt. Damit er den Golf nicht aus den Augen verlor, verkürzte Linden den Abstand zu ihm auf wenige Meter. Im Scheinwerferlicht seines Wagens konnte er beobachten, daß sich die junge Frau auf dem Beifahrersitz mehrfach nach ihnen umdrehte und auf ihren Begleiter einsprach. Doris sagte: »Siehst du, Robert!« Ihre Stimme klang heiser vor Genugtuung.

»Du hast unterwegs selbst eingeschränkt, daß sie vielleicht auch nur über unser Interesse beunruhigt sein könnten«, sagte er. »Daß wir ihnen bis hierher nachgefahren sind, muß ihnen erst recht Sorge machen. Mich beunruhigt auch etwas: daß sie nirgendwo anhalten. Der Ort ist nicht groß. Wir haben ihn schon fast durchfahren. Wenn sie weiter wollen, passe ich.«

»Ach du großer Schreck«, sagte sie. Dann griff sie hastig nach seinem Arm. »Sie halten, Robert.«

Er hatte es schon selbst gesehen und trat auf die Bremse. Obwohl der Schnee noch immer dicht vom Himmel fiel, konnten sie im Licht einer Straßenlaterne beobachten, wie die beiden ausstiegen und wie unschlüssig zu ihnen herschauten. Gleich darauf kamen aus dem kleinen, einstöckigen Haus, vor dem sie ihren Wagen zum Stehen gebracht hatten, zwei etwa siebenjährige Kinder, ein Junge und ein Mädchen, gelaufen und sprangen, die Arme um ihren Hals schlingend, an ihnen hoch. »Fehlanzeige«, sagte Doris, und diesmal klang ihre Stimme heiser vor Enttäuschung.

»Weshalb?«, fragte Linden.

Sie antwortete ungeduldig: »Das siehst du doch selbst. Das sind Ortsansässige, die zum Einkaufen in Ruhpolding waren. Ihre Kinder hatten sie nicht mitgenommen, weil sie vielleicht noch in der Schule waren.«

»Das klingt logisch«, sagte er. »Weniger logisch ist, daß sie als Ortsansässige einen Wagen mit Wiesbadener Kennzeichen fahren.«

Sie sagte perplex: »Darauf habe ich vorhin in der Aufregung gar nicht mehr geachtet.«

»Vielleicht warst du auch in Gedanken mit anderen Dingen beschäftigt«, sagte er. »Sie haben das Haus für sich und die Kinder gemietet. Ihr Golf hat die gleiche Farbe wie jener auf der Autobahn, und es sind vier Personen, wie ich es auch angenommen hatte. Schau sie dir an und überleg dir gut, ob du diese Familienidylle mit einer Anzeige –«

Sie unterbrach ihn schroff: »Das beeindruckt mich überhaupt nicht; im Gegenteil. Irgendwann haben sie Sue Ellen geschenkt bekommen oder sie auf Drängen der Kinder für diese gekauft. Als sich herausstellte, daß sie ihnen bei einer Urlaubsreise lästig ist, haben sie sie kaltblütig ausgesetzt. Das ist genau der Fall, der mich am meisten aufbringt. Es ist nicht nötig, daß du morgen hierherfährst; ich will jetzt schon wissen, woran ich mit ihnen bin.«

»Was hast du vor?«

»Ich bin nicht kräftig genug, um Sue Ellen, falls sie sie wiedererkennt, festzuhalten. Nimm du sie an die Leine und führe sie zu ihnen.«

»Ich denke nicht daran«, sagte er. Sie sah ein paar Sekunden lang wortlos in sein Gesicht. Dann stieg sie aus dem Wagen, öffnete auch Sue Ellen die Tür und nahm sie an die Leine. Es geschah etwa im gleichen Augenblick, als sich die junge Frau, beladen mit den beiden Einkaufstaschen, der Haustür zuwandte. Die lärmenden Stimmen der Kinder drangen in der stillen Schneenacht bis zu Linden hinüber. Dann spielte sich alles in Sekundenschnelle ab. Linden konnte noch beobachten, wie Sue Ellen sich mit tigerähnlichen Sprüngen in Bewegung setzte, Doris noch etwa zwei Dutzend Meter hinter sich herzerrte und sie dann endgültig abschüttelte. Deren vergebliches Rufen ebenso wie Sue Ellens Freudengeheul hatten zur Folge, daß der junge Mann, die Arme weit ausspannend, Frau und Kinder durch die Haustür schubste und sich selbst, buchstäblich in letzter Sekunde, in Sicherheit brachte. Was dann an der Haustür geschah, konnte Linden nicht genau erkennen. Auch Doris hatte jetzt das Haus erreicht; er sah, wie sie stehenblieb und sich niederbeugte. Als sie sich wieder aufrichtete, schloß er die Wagentüren und fuhr zu ihr hin. Sie hatte Sue Ellen wieder an die Leine genommen und bearbeitete mit zorniger Beharrlichkeit einen Klingelknopf an der Haustür, aber es rührte sich nichts. Auch die Fenster lagen dunkel. Linden stieg aus dem Wagen und sagte: »Selbst wenn sie den Hund hineinließen, würden sie ihn spätestens morgen wieder aussetzen. Willst du das?«

Sie wandte ihm, die Hand noch immer auf der Klingel, ihr blasses Gesicht zu; er stellte fest, daß ihre Perücke nicht mehr korrekt saß, und sagte: »Dein Toupet ist verrutscht.«

Sie nahm die Hand von der Klingel, betastete die Perücke und sagte: »Mit dir rede ich nicht mehr.«

»Vielleicht im Wagen«, schlug er vor. »Worauf wartest du noch? Hier rührt sich nichts mehr.«

»Diese Verbrecher«, sagte sie rauh. »Du hättest sehen müssen, wie Sue Ellen an der Tür hochsprang. Sie hat vor Freude gewinselt, und jetzt sitzt sie da und versteht die ganze Welt nicht mehr.«

»Warum soll es ihr besser ergehen als mir«, sagte er. »Ich verstehe sie schon lange nicht mehr. Sobald wir in Eschelmoos sind und sie ihre sechs Pfund Rindfleisch bekommt, hat sie ihre Rabeneltern wieder vergessen. Komm!«

Sie wandte sich, Sue Ellen hinter sich herziehend, dem Wagen zu. Auf der Rückfahrt verhielt sie sich längere Zeit schweigsam und betrachtete im Scheinwerferlicht die spätweihnachtliche Landschaft. Einmal fragte sie: »Hast du dir das Autokennzeichen gemerkt?«

»Wozu? Du kannst sie ja doch nicht anzeigen.«

Sie starrte ihn sprachlos an.

»Überleg doch mal«, sagte er. »Du verfolgst sie wegen eines ausgesetzten Hundes in Gesellschaft eines Mannes, der dich entführt hat. Wie du das gegenüber der Polizei unter einen Hut bringen willst, könnte sogar mich faszinieren.«

Sie dachte darüber nach. »Wolltest du deshalb nicht mit Sue Ellen zu ihnen gehen?«

»Nicht nur deshalb.«

»Und warum bist du ihnen nachgefahren? Nur weil ich es wollte?«

»Es interessierte mich selbst, ob wir mit unserem Verdacht richtig lagen.«

»Anzeigen werde ich sie trotzdem«, sagte sie. »Wenn es nicht anders geht, dann eben anonym. Daß sie Kinder haben, hält mich jedenfalls nicht davon ab. Hast du auch Kinder?«

Er schüttelte den Kopf. »Das hatte mit der späteren Krankheit meiner Frau zu tun; die Ärzte rieten ihr davon ab. Heute bin ich froh, keine zu haben, die sicher genauso irgendwelchen Rattenfängern nachliefen wie die anderen.«

»Falls das wieder auf mich gemünzt sein sollte...«, sagte sie, ohne den Satz zu beenden.

»Ausnahmsweise nicht«, sagte er. »Der Wurm sitzt schon in den Schulen, wo sie politisch einseitig und gegen ihre Eltern indoktriniert werden.«

»Das ist auch nur wieder so ein Gemeinplatz.«

»Aus der reaktionären Ecke«, grinste er. »Ich räume ja ein, daß sie in Bonn nicht immer eine glückliche Hand haben, wenn sie den intellektuellen Heckenschützen deiner Anstalt auch noch die Munition liefern. Das muß wohl, angesichts des geistigen Zustandes in dieser Republik, eine Art von Todessehnsucht sein.«

»Vielleicht stellen sie deshalb die vielen Atomraketen auf. Da gehe ich ausnahmsweise einmal Hand in Hand mit dir. Und wenn die Russen sich dann bedroht fühlen, wundern sie sich auch noch darüber.«

»Mir tun die Russen ja auch leid«, sagte er. »Ständig in der Furcht zu leben, ihr räuberischer Besitzstand aus dem letzten Krieg könnte ihnen eines Tages genauso verlorengehen wie den Nazis, muß sie bei ihrem schlechten Gewissen und bei dem Horrorgemälde des amerikanischen Beelzebubs, das von dir und deinesgleichen tagtäglich an die Wand gemalt wird, in eine permanente Angstpsychose versetzen. Sie tun mir beinahe genauso leid wie die armen G.I. aus Florida und Arizona, die sich bei unserem europäischen Sauwetter zum Schutze der deutschen Friedensgrenze die Hintern abfrieren, damit wir unsere eigenen unbesorgt wärmen können.«

Sie lächelte. »Da du gerade davon sprichst: Ich fand es in der vergangenen Nacht nicht besonders warm in meinem Zimmer; die Heizung muß sich schon kurz nach zehn Uhr abgeschaltet haben.«

»Du hattest ja Sue Ellen bei dir.«

»Nicht direkt bei mir; sie lag auf dem zweiten Bett. Beinahe wäre ich zu dir hinübergekommen, um dich zu fragen, ob dir auch so kalt ist. Ich ließ es dann aber sein, weil es sicher falsche Erwartungen bei dir geweckt hätte.«

»Erwartungen keinesfalls«, sagte er.

»Dann hätte ich mich bei dir ja ein wenig aufwärmen können«, sagte sie. »Heute nacht, wenn mir wieder so kalt ist – hättest du etwas dagegen, wenn ich zu dir komme?«

»Ich werde vorsorglich die Tür abschließen.«

»Warum vorsorglich? Bist du dir deiner so wenig sicher?«

Er wandte ihr das Gesicht zu: »Was ich dir zu diesem Thema sagte, gilt unverändert.«

»Das ist wirklich erstaunlich«, sagte sie. »Da vorne ist ein Parkplatz. Hältst du bitte mal an?«

»Wozu?«

»Bitte«, sagte sie.

Der Parkplatz wurde von hohen Fichten gesäumt; auf der anderen Straßenseite öffnete sich ein schmales Tal mit einer tiefverschneiten Wiese, und hinter der Wiese versperrte eine kahle Bergkuppe den Horizont. Linden schaltete die Scheinwerfer aus und zündete sich eine Zigarette an. »Du rauchst schon wieder«, sagte Doris. »Was stimmt dich diesmal so zufrieden? Daß du ein erstaunlicher Mann bist?«

»Das war deine Einschätzung.«

»Ich schätze dich auch jetzt noch so ein«, sagte sie. »Einem Mann wie dir bin ich noch nie begegnet. Aber daß du sogar bei meinen Eltern warst, verzeihe ich dir nicht. Ich habe sie seit meiner Scheidung nicht mehr gesehen. Sie machten sich damals die Argumente meines Mannes zu eigen. Vorher hatten sie gegen meine Fernseh-Reportagen und Talk-Shows nichts einzuwenden. Als mein Mann mit seinen Drohungen und Bitten bei mir nichts erreichte, versuchte er es über meine Eltern, damit sie ihren Einfluß auf mich geltend machten. Bis dahin habe ich mich, abgesehen von der Zeit vor meiner Ehe, einigermaßen mit ihnen verstanden und sie gelegentlich auch besucht.«

Er kicherte.

Sie runzelte die Stirn. »Dieses einfältige Kichern paßt nicht zu dir. Ich weiß auch nicht, was es zu kichern gibt. Oder findest du das alles so komisch?«

»Im Gegenteil«, sagte er. »Mich beeindruckt deine Verbohrtheit. Für die beschissene Ideologie, die du deinen Zuschauern verkaufst, nicht nur die Ehe in Brüche gehen zu lassen, sondern sich auch mit der ganzen Familie zu überwerfen, dazu gehört schon einiges.«

»Wenn du das Verbohrtheit nennst«, sagte sie, »dann bist du noch viel verbohrter als ich. Ich frage mich pausenlos, was im Gehirn eines Mannes vorgehen mag, der sich eine solche – entschuldige bitte, aber ich finde kein zutreffenderes Substantiv – Schnapsidee einfallen läßt. Da muß es doch schon vorher einen Knacks in deinem Kopf gegeben haben? Vielleicht als deine Frau starb? Das kling sicher wieder sehr taktlos, aber ich versuche eben, dich zu verstehen und mich in deine Motive hineinzudenken.«

»Leute, die amerikanische Kasernen blockieren, militärisches Eigentum beschädigen, Bomben legen und unbeteiligte Menschen belästigen und behindern, bereiten dir offensichtlich weniger Kopfzerbrechen.«

»Du wirfst da Dinge in einen Topf, die überhaupt nichts miteinander zu tun –«

Er fiel ihr dazwischen: »Sie haben insofern miteinander zu tun, als in allen Fällen bestehende Gesetze gebrochen und persönliche Gewissensgründe dafür in Anspruch genommen werden. Das Schlimme daran ist nicht, daß solche Dinge passieren und sich erwiesenermaßen gegenseitig hochschaukeln, sondern daß es Leute mit deinem Einfluß gibt, die sie moralisch zu rechtfertigen versuchen. Falls dann aber im Lager der gutbürgerlichen Duckmäuser und Opportunisten, die das alles schweigend hinnehmen und zu denen bisher auch ich zählte, mal einer aufsteht und sich aus Gewissensgründen der gleichen oder ähnlicher Mittel bedient, muß er in deinen Augen zwangsläufig einen Knacks haben. Wenn du schon so gut zu trennen vermagst, was sich in verschiedenen Körperregionen abspielt, so vielleicht deshalb, weil du auch deine Fähigkeit zum logischen Denken beizeiten in die untere verlagert hast.«

»Sprich mir nicht von dieser«, sagte sie. »Das macht mich sofort an. Und mich zu ägern, das hast du nur einmal geschafft.«

»Wirklich?« Er nahm den Blick von dem verschneiten Tal jenseits der Straße und heftete ihn in ihr Gesicht. »Wann war das?«

»Das habe ich inzwischen verdrängt«, sagte sie. »Wenn man von seiner Sache so sehr überzeugt ist wie ich, dann hat man es nicht nötig, sie ständig im Mund zu führen, wie du es tust.«

Ihm fiel auf, daß sie den rechten Fuß wieder auf dem linken Knie und die Hände auf dem Schoß liegen hatte. Er sagte: »Mir scheint eher, du machst dich selbst an.«

»Ja«, sagte sie. »Wenn du so überzeugend argumentierst wie eben, hast du eine unheimlich starke erotische Ausstrahlung auf mich. Ich war schon lange nicht mehr so erregt wie jetzt. Ohne meinen kleinen Boyfriend brächte ich heute nacht bestimmt kein Auge zu.«

»Du bist doch das. . .« Er brach ab.

»Das Letzte, meinst du?« fragte sie. »Da du mich ohnehin verabscheust, brauche ich mir, wenn mir danach zumute ist, auch keinen Zwang anzutun. Du mußt ja nicht hinsehen, wenn es dich stört.«

»Ich sehe nichts, was mich stört.«

»Jetzt auch nicht?« fragte sie und schob eine Hand in ihre Jeans.

Daß sie so und nicht anders reagieren und seine Worte zum Anlaß nehmen würde, die Eskalation ihrer Provokationen noch um eine Stufe höherzuschrauben, hätte er eigentlich voraussehen müssen, aber vielleicht hatte dies auch in seiner Erwartung gelegen. Zum erstenmal, seit er ihre Absicht durchschaute, fing er an, Gefallen an ihrem Spiel zu finden, zumal er unverändert davon überzeugt war, ihr selbst dann widerstehen zu können, wenn sie ihn auf noch härtere Proben stellte, wobei seine Neugierde, wie weit eine Frau wie sie fähig war, ihre Mittel auszureizen, seine Skrupel überwog, sich mehr und mehr zum Objekt ihrer Neugierde machen zu lassen. Er antwortete: »Auch jetzt nicht. Ich habe dich schon einmal davor gewarnt, mich zu unterschätzen.«

»Vielleicht ist es das, was mich so aufregt«, sagte sie. »Du glaubst nicht, was ich an Briefen von Männern bekomme, die mir schreiben, ich sei die einzige Frau auf der Welt, der sie nicht widerstehen könnten. Natürlich gibt es auch andere. Einer schrieb mir, Frauen wie ich seien unbefriedigt, frigid und auch sonst nicht ganz normal. Ein anderer ließ mich wissen, er würde jedesmal, wenn ich bei einer politischen Sendung meinen Darm entleerte, vor dem Bildschirm stehend in mein Gesicht pinkeln. Dabei waren diese Briefe, gemessen an sonstigen, noch relativ harmlos. Und was die von dir erwähnten Opportunisten betrifft: Die gibt es auch in unserem Lager. Ein Abteilungsleiter, politisch ähnlich engagiert wie ich, legte mir erst wieder vor einigen Tagen nahe, mich mehr zurückzuhalten, weil man im Rundfunkrat Anstoß an einer meiner Reportagen genommen habe. Bevor ich das tue und genauso werde wie er, werfe ich freiwillig das Handtuch.« Sie beugte sich zu ihm hinüber, stützte das Kinn auf seine Schulter und fragte: »Und es läßt dich wirklich völlig kalt?«

»Ich weiß nicht, wovon du redest«, sagte er.

»Vielleicht solltest du die Innenbeleuchtung einschalten, damit du es besser sehen kannst.«

»Es interessiert mich nicht.«

»Darf ich mich davon vergewissern?«

»Nein«, sagte er rasch. Sie lachte. »Diesen Gefallen werde ich dir auch nicht tun. Du würdest dich wundern, wenn du wüßtest, wie ich wirklich bin.« Sie nahm die Hand aus den Jeans und drehte sich nach Sue Ellen um. »Sie hat sich hingelegt und scheint zu schlafen. Wie weit ist es noch nach Eschelmoos?«

Er blickte auf das Leuchtzifferblatt der Armaturenuhr. »Ich schätze, noch eine halbe Stunde.« Und ohne es eigentlich zu wollen, setzte er hinzu: »Ich würde mich überhaupt nicht wundern. Ich habe dir schon einmal gesagt, daß du nicht der Typ für solche Dinge bist.«

»Genau darauf spielte ich eben an«, sagte sie. »Du würdest dich wirklich wundern.«

Er wußte immer weniger, woran er mit ihr war. Noch schlimmer war, daß er nicht mehr wußte, woran er mit sich selbst war, denn daß sie nicht der Typ dafür sein könnte, hätte ihn möglicherweise und nach Lage der Dinge eher enttäuscht.

Sie sagte: »Etwas fällt mir auf: Du hast eine Ehe ohne Kindersegen geführt, und wenn ich dich richtig verstanden habe, war deine Frau die meiste Zeit krank. Seit ihrem Tod hast du dich mehr mit anderen Dingen als mit Frauen beschäftigt. Ist das dein Problem?«

Er konnte nicht verhindern, daß ihm das Blut in den Kopf schoß. »Ich habe kein Problem. Wenigstens bei anderen Frauen nicht.«

»Also nur bei mir?«

Er schwieg und beobachtete, wie sie das Fenster an ihrer Seite öffnete und, einige Flocken auffangend, die Hand hinausstreckte. »Es erinnert mich an eine Silvesternacht vor achtzehn Jahren«, sagte sie. »Ich war mit einer Schulfreundin auf einem Ball. Als wir zu Fuß nach Hause gingen, schneite es. Wir unterhielten uns über die Zukunft. Sie ist heute verheiratet. Nicht sehr glücklich, glaube ich. Die Geschichte mit dem Kameramann habe ich erfunden. Vor meiner Heirat gab es keinen anderen Mann in meinem Leben, und seit ich geschieden bin, auch nicht. Ich war immer viel zu sehr mit beruflichen Dingen beschäftigt. Männer hätten mich nur davon abgelenkt.

Ich war, auch während meiner Ehe, oft allein. Immer, wenn ich in den vergangenen Jahren versucht habe, daran zu denken, woran ich mich am liebsten erinnere, fiel mir jedesmal der gemeinsame Heimweg mit meiner Freundin ein. So frei und unbeschwert habe ich mich seitdem nie wieder gefühlt. Du bist der erste Mann, dem ich das erzähle.«

»Vielleicht versprichst du dir etwas davon.«

Sie zog ihre Hand zurück, schloß das Fenster und blickte ihn an. »Warum sagst du so etwas?«

Er wußte es selbst nicht genau. Vielleicht, weil er sich noch immer über ihre vorangegangene Unterstellung ärgerte und auch jetzt davon überzeugt war, sie habe nur ihre Mittel, nicht jedoch ihre Absichten geändert. Sie wartete ein paar Sekunden lang auf seine Antwort, und als ihm nichts zu ihrer Frage einfiel, sagte sie: »Wir können jetzt weiterfahren. Du hast mich eben sehr enttäuscht, Robert. Ich möchte, daß du dir das gut merkst.«

»Wozu?«

»Das wirst du noch sehen«, sagte sie.

4

Conrad hatte an der Rezeption darum gebeten, ihn um sieben Uhr zu wecken und das Frühstück in seinem Zimmer zu servieren. Zu seiner unangenehmen Überraschung stellte er bei einem Blick aus dem Fenster fest, daß es noch immer schneite. Das Zimmermädchen mit dem Frühstück erzählte ihm, daß dies nun schon den dritten Tag so gehe und daß die Wetterämter für Bayern noch kein Ende der Schneefälle voraussagten, weil sich vom Atlantik her ein neues, großes Tief den Alpen nähere. Nach dem Frühstück telefonierte er kurz mit Ahler und erfuhr von ihm, daß es zu Hause in Strömen gieße. Als er wenig später zu Geßler fuhr, hatte er erstmals Gelegenheit, sich die Landschaft etwas näher anzusehen. In dem dichten Schneegestöber fand er sie nicht unattraktiv. Geßler erwartete ihn bereits fertig angezogen an der Tür; mit seiner Kniebundhose und den roten Strümpfen wirkte er noch jugendlicher. Conrad sagte: »Ein nicht unbeträchtlicher Teil unserer bürgerlichen Wähler würde Sie in dieser von den Grünen bevorzugten Abgeordnetenkostümierung vielleicht in den deutschen Alpenverein, keinesfalls aber ins Rathaus schicken.«

»Bei den Wahlveranstaltungen trage ich so etwas selbstverständlich nicht«, sagte Geßler. »Sie scheinen die Grünen nicht zu mögen?«

»Sie mögen ja auch uns nicht«, sagte Conrad. »Warum soll ich Ihre Abneigung gegen die SPD mit Sympathie honorieren? Ich fahre hinter Ihnen her; Sie kennen den Weg. Wie lange brauchen wir?«

»Bei diesem Wetter etwa eineinhalb Stunden«, sagte Geßler. Auch seine Frau kam kurz aus dem Haus. Conrad stellte mißbilligend fest, daß sie gleichfalls eine Kniebundhose und rote Strümpfe trug. Er gab ihr nur flüchtig die Hand und setzte sich in seinen Wagen, einen Opel Senator, den er schon vor seiner Pensionierung gefahren hatte. Weil zahlreiche Räum- und Streufahrzeuge unterwegs waren, bereitete es ihm keine Mühe, dem Golf in angemessenem Abstand zu folgen, so daß sie etwas früher, als Geßler angenommen hatte, in Eschelmoos eintrafen. Dort, wo der Weg zur Pension ›Edelweiß‹ von der Straße abzweigte, hielt Geßler an, stieg aus und kam zu Conrad ans Fenster. »Sie scheinen das Haus heute noch nicht verlassen zu haben«, sagte er. »Auf dem Weg sind keine frischen Spuren zu sehen.«

Ist mir auch schon aufgefallen«, sagte Conrad. »Vielleicht schlafen sie noch. Warten Sie hier auf mich; ich gehe zu Fuß hinauf. Mit meinem Wagen schaffe ich das nicht.«

»Ich mit dem Golf auch nicht«, sagte Geßler. »Der Weg scheint gar nicht geräumt zu werden. Sie wollen nicht, daß ich mitkomme?«

»Vorläufig nicht«, sagte Conrad und fuhr in seinen Mantel. Weil er Halbschuhe trug und der Schnee ihm bis weit über die Knöchel reichte, bekam er sofort nasse Füße. Ein kalter Wind peitschte ihm die Flocken ins Gesicht; er mußte öfter stehenbleiben und sich den Schnee aus den Augen wischen. Während er den steilen Weg hinaufstieg, stellte er nun doch Fahrspuren fest. Sie waren aber kaum mehr zu erkennen und vom Wind fast verweht. Conrad vermutete, daß sie noch von gestern abend stammten. Die Pension selbst, ein zweistöckiges Fachwerkhaus mit einem spitzen Giebeldach, das sich an der Vorderseite schützend über den breiten Balkon im Oberge-schoß schob, machte mit ihren geschlossenen Fensterläden einen völlig verlassenen Eindruck auf Conrad. Noch ehe er das Haus erreicht hatte, sagte ihm sein in vielen Dienstjahren geschärfter Instinkt, daß die beiden verdächtigen Bewohner es bereits verlassen hatten. Als er dann das Garagentor offen vorfand und die Garage leer, verzichtete er darauf, an der Haustür zu läuten, und kehrte zu Geßler zurück. Er traf ihn neben dem Wagen und in Gesellschaft einer jungen, weiblichen Person mit Kopftuch und Regenschirm an. Geßler stellte sie ihm als das von der Pensioninhaberin mit der Zimmerpflege beauftragte Mädchen vor und fügte im gleichen Atemzug hinzu, daß die beiden Gäste heute früh ganz plötzlich abgereist seien. Wohin, wisse das Mädchen nicht, das könne man aber von dem Taxifahrer erfahren, der sie abgeholt habe. Auf Conrads direkt an das Mädchen gerichtete Frage, ob die beiden denn nicht im eigenen Wagen hiergewesen seien, nickte es und sagte: »Das schon, aber der Herr hat sich bei mir erkundigt, von wo aus er am schnellsten ein Taxi bekommen könnte. Ich gab ihm eine Adresse in Ruhpolding. Er erzählte mir, er müsse wegen eines Krankheitsfalles in seiner Familie überraschend abreisen. Ich solle noch die Zimmer aufräumen und das Haus abschließen. Ich wollte eben hinaufgehen. Der Herr hier. . .«, das Mädchen blickte Geßler an, »sagte mir, daß Sie mit den Herrschaften verabredet waren?«

»Wenn es die beiden sind, die wir suchen«, schränkte Conrad ein. »Sind Ihnen Ihre Namen bekannt?«

Das Mädchen schüttelte bedauernd den Kopf. »Nein. Die Dame habe ich nie gesehen, und den Herrn nur einmal, als er heute früh gleich nach sieben Uhr zu mir kam und wegen des Taxis fragte. Frau Geißendörfer, so heißt die Pensionsinhaberin, wird sicher wissen, wie er heißt, weil sie ihm die Zimmer vermietet hat. Sie ist zur Zeit auf Teneriffa und kommt erst kurz vor Ostern zurück, wenn die Pension wieder geöffnet wird. Sind die Herrschaften, die Sie suchen, verheiratet?«

Conrad stutzte: »Warum fragen Sie?«

»Mir ist aufgefallen, daß sie getrennt schliefen, aber das hat vielleicht nichts zu bedeuten.«

»Heute wohl nicht mehr«, nickte Conrad. »Sie arbeiten für Frau Geißendörfer?«

»Schon seit drei Jahren. Ich wohne in Eschelmoos und kümmere mich auch um das Haus, wenn Frau Geißendörfer verreist ist. Vielleicht weiß Herr Ludwig, der Taxifahrer, wie der Herr heißt. Er fährt oft für uns, wenn wir Gäste haben. Wollen Sie seine Adresse?«

»Darum wollte ich Sie gerade bitten«, sagte Conrad und griff nach seinem Notizbuch. Er richtete noch einige Fragen an das Mädchen, bedankte sich und beobachtete, wie es durch den tiefen Schnee den steilen Weg hinaufstapfte. Geßler räusperte sich: »Ich finde das alles sehr merkwürdig, Herr Conrad. Auch wenn Frau Geißendörfer ihrem Personal aus irgendwelchen Gründen nicht erzählen möchte, wo sie in Teneriffa wohnt: Wenigstens eine Telefonnummer hätte sie für Notfälle hinterlassen können. So erfährt sie ja nicht einmal, wenn das Haus abbrennt.«

»Vielleicht ist sie gut versichert«, sagte Conrad. Er klopfte sich den Schnee vom Mantel. »Fahren Sie wieder voraus. Hier stinkt etwas.«

»Nach Ruhpolding?«

»Ich muß mit dem Taxifahrer reden. Sie hatten keine Gelegenheit, sich das amtliche Kennzeichen des Audi zu merken?«

»Dafür war es in Ruhpolding und in Reit im Winkl schon viel zu dunkel. Ich hätte es nur gestern abend tun können, als ich ihm nach Eschelmoos folgte, aber dann hätte ich so dicht auffahren müssen, daß –«

»Ist mir klar«, warf Conrad ein. »Auch war ja nicht vorauszusehen, daß die beiden sich so plötzlich absetzten. Die Frau muß schon gestern abend mit dem Audi weggefahren sein und den Hund mitgenommen haben. Hoffentlich treffen wir den Taxifahrer an.«

Sie hatten Glück. Als sie zur Mittagszeit in Ruhpolding an seiner Haustür läuteten, öffnete er ihnen persönlich. Er war ein vierschrötiger Mann mit wettergegerbtem Gesicht und großen Händen. Conrad machte sich mit ihm bekannt und sagte: »Wir hatten Pech, einen Bekannten, mit dem wir in Eschelmoos verabredet waren, nicht mehr anzutreffen. Sie sollen ihn heute morgen dort abgeholt haben. Wir wüßten gerne, wohin Sie ihn gefahren haben.«

»Sie sind doch von der Kripo?« sagte Ludwig. »Oder etwa nicht?«

Conrad fragte mit unbewegtem Gesicht: »Wollen Sie einen Ausweis sehen?«

»Kein Bedarf.« Ludwig winkte ab. »Der Mann kam mir gleich nicht ganz geheuer vor; dafür hat unsereins einen Blick.«

»Erklären Sie mir das etwas näher«, sagte Conrad. »Vielleicht in Ihrem Haus?«

»Das geht nicht«, sagte Ludwig. »Ich werde in einer Stunde in Reit im Winkl erwartet und muß vorher noch essen. Der Mann ist mir aufgefallen, weil er mit Gepäck einstieg, das man normalerweise zusätzlich mitnimmt, wenn man im eigenen Wagen fährt, lose Mäntel und Jacken, die sich im Auto an einen Kleiderhaken hängen lassen, wenn im Koffer kein Platz mehr ist. Und er redete während der ganzen Fahrt kein einziges Wort mit mir und ließ sich an einer Straßenkreuzung absetzen. Mir kam das um so verdächtiger vor, als er nicht wollte, daß ich ihm half, obwohl er das Gepäck und all die anderen Sachen kaum allein tragen konnte. In Eschelmoos hatte er nichts dagegen einzuwenden gehabt. Dort hab' ich ihm geholfen, seine Sachen von der Pension bis hinunter zur Straße zu tragen. Wie der Weg aussah, wäre ich nicht mal mit Schneeketten hinaufgekommen. Mir kam das so spanisch vor, daß ich ihm, ohne daß er es bemerkte, ein Stück weit nachfuhr. Und was glauben Sie wohl, wo er hingegangen ist?«

Er blickte Conrad erwartungsvoll an.

»Sie werden es uns sicher gleich verraten«, sagte dieser. Ludwig nickte: »Offenbar kannte er sich im Ort nicht aus. Er erkundigte sich zweimal nach dem Weg und landete dann in einem Gasthof. Ich finde, das hätte er, wenn er mir gesagt hätte, daß er dort absteigen will, auch einfacher haben können.«

»Da haben Sie nicht ganz unrecht«, meinte Conrad. »Wenn Sie uns jetzt noch erzählen, wie der Gasthof heißt und in welchem Ort er steht, brauchen wir Ihre kostbare Zeit nicht länger in Anspruch zu nehmen.«

Ludwig lachte. »Man merkt, daß Sie ein Kriminaler sind. Der Ort heißt Oberammergau und der Gasthof ›Alte Post‹. War keine billige Fahrt von Eschelmoos dorthin. Als Kundschaft könnte ich jeden Tag zwei von der Sorte brauchen. Wären Sie eine Viertelstunde früher gekommen, so hätten Sie mich noch gar nicht angetroffen.«

»Deshalb kamen wir ja auch eine Viertelstunde später«, sagte Conrad. Er erkundigte sich noch nach der kürzesten Fahrroute, bedankte sich und kehrte mit Geßler zu seinem Wagen zurück. »Sie können jetzt wieder zu Ihrer Familie fahren«, sagte er. »Wenn unser Freund sein gesamtes Gepäck mitgeschleppt hat, so läßt das darauf schließen, daß die beiden sich nicht nur vorübergehend, sondern für längere Zeit getrennt haben. Ich sehe noch keinen rechten Sinn dahinter. Vielleicht komme ich in Oberammergau einen Schritt weiter.«

Sein ernstes Gesicht weckte in Geßler neue Befürchtungen: »Es gefällt Ihnen nicht, daß sie sich getrennt haben?«

»Zumindest erschwert es meine Arbeit«, sagte Conrad. »Es gibt da einige Umstände, die mir zu denken geben. An die Geschichte vom plötzlichen Krankheitsfall in der Familie glaube ich nicht. Ich halte es eher für möglich, daß die beiden Sie bemerkt haben, als Sie ihnen nach Eschelmoos folgten. Aus Gründen, die uns nicht bekannt sind, haben sie es dann vorgezogen, ihren Aufenthalt dort überstürzt zu beenden.«

Geßler lächelte verwirrt. »Entschuldigen Sie, Herr Conrad, aber wenn sie Wert darauf legten, von mir nicht identifiziert oder angesprochen zu werden, dann hätten sie vorgestern abend auch nicht an unserer Haustür läuten dürfen.«

»Stimmt«, nickte Conrad. »Dann gibt es eigentlich nur noch eine Erklärung. Ich nehme an, Ihre Urlaubspläne waren einigen Leuten bekannt und auch, wohin Sie fuhren?«

»Selbstverständlich mußte ich Herrn Schmidtborn und auch Herrn Ahler –«

»Wußten auch die Grünen davon?« fragte Conrad dazwischen.

Geßler starrte ihn verständnislos an. »Wie kommen Sie ausgerechnet auf die Grünen?«

»Sie sind ja schon vor mir auf sie gekommen«, sagte Conrad. »Wer sich mit solchen Leuten an einen Tisch setzt, um ihnen Rechenschaft über seine politischen Ziele als künftiger OB –«

»Das wissen Sie auch schon!« rief Geßler, peinlich berührt.

»In einer solchen Situation muß ich alles über Sie wissen. Ist es möglich, daß Sie bei dem Gespräch mit ihnen auch Ihre Urlaubspläne erwähnt haben?«

Geßler zögerte mit der Antwort. »Ich kann mich nicht entsinnen. Vielleicht habe ich andeutungsweise davon gesprochen. Ich sehe aber keinen Sinn hinter all diesen Fragen.«

»Ich auch nicht«, sagte Conrad. »Es sei denn, die beiden in Eschelmoos waren ebenfalls über Ihre Urlaubspläne unterrichtet und sind Ihnen schon von Wiesbaden aus nachgefahren, um Sie zu beschatten. Und zwar im Auftrag von Leuten, die es heute morgen für richtig hielten, sie zurückzupfeifen, weil sie durch die beiden schon mehr über Sie erfahren hatten, als zu erfahren sie ursprünglich erhofften konnten. Dann bekäme auch das andere einen Sinn: eine rein zufällig aus Wiesbaden stammende Pensionsinhaberin, die während der Betriebsferien ihr Haus an zwei Personen vermietet, dem Personal keine Urlaubsadresse hinterläßt und auch keine Verwandten besitzt, von denen man die Adresse erfahren könnte. Das alles muß kurzfristig vorbereitet und gegen mögliche Pannen abgesichert worden sein. Deshalb sind die beiden auch nicht in Reit im Winkl abgestiegen, wo sie Ihnen vielleicht noch mehr aufgefallen wären. Auch daß sie an Ihrer Haustür läuteten und es dann am nächsten Morgen vorzogen, Ihnen nicht mehr zu begegnen, ergibt einen Sinn, wenn sie nicht aus eigener Initiative handelten, sondern im Auftrag, und wenn sie gestern abend oder heute früh neue Instruktionen bekommen haben, die ihre plötzliche Abreise bewirkten.«

»Aber in wessen Auftrag?« murmelte Geßler betroffen.

»Haben Sie persönliche Feinde?«

»Als Politiker hat man immer persönliche Feinde; das läßt sich nicht vermeiden.«

»Besonders dort, wo man sie oft am wenigsten vermutet.« Conrad nickte. »Vielleicht haben Sie Ihr Examen vor den Grünen doch nicht so gut bestanden, wie Sie das vielleicht glaubten, und jetzt wollten sie wissen, ob Sie im Urlaub genauso anspruchslos und umweltfreundlich leben wie dort, wo Sie als OB-Kandidat auftreten.«

»Sie denken doch nicht etwa...« Geßler versagte die Stimme.

»Ich denke an alles«, sagte Conrad. »Natürlich können auch die Schwarzen dahinterstecken, aber denen traue ich so etwas nicht recht zu. Dazu fehlt es ihnen an der hierfür erforderlichen Phantasie. Sie haben ja auch in Bonn noch keine bewiesen. Wenn Sie offenen Auges verfolgen, welcher Mittel und Einfälle die Grünen sich im allgemeinen bedienen, so liegt der Verdacht, daß sie dahinterstecken, ungleich näher. Wer sich bei ihnen anbiedert, wie Sie das getan haben...«

»Das war Herrn Schmidtborns Einfall, nicht meiner«, sagte Geßler rasch. »Er hat dieses Zusammentreffen vermittelt. Er machte mich schon vorher bei einer Karnevalsveranstaltung mit ihrem Fraktionssprecher, Herrn Diedenhofen, bekannt. Der saß mit Herrn Schmidtborn und dessen Frau an einem Tisch. Herr Westernhagen und seine Frau saßen auch bei ihnen.«

»Westernhagen?« Conrad horchte auf. »Doch nicht etwa unser Westernhagen?«

»Eben der. Und Diedenhofen saß zwischen ihnen.«

Conrad nickte grimmig. »Die Laus im Pelz. Kein Wunder, daß er öfter im Fernsehen erscheint als unsere eigenen Leute. Ich bin jetzt seit bald vierzig Jahren in der Partei und weiß, was ich sage. Der Schmidtborn macht einen Fehler, auch wenn er und Teile der Fraktion und Partei sich für den Augenblick etwas davon versprechen. Steigen Sie jetzt in Ihren Wagen; ich muß losfahren. Mein Gefühl sagt mir, daß sich unser geheimnisvoller Freund auch in Oberammergau nicht lange aufhalten wird.«

Geßler betrachtete unbehaglich den wolkenverhangenen Himmel. »Meine Frau und ich haben uns für Reit im Winkl Schnee gewünscht, aber so viel nun doch nicht. Ich hoffe, Sie haben Glück, Herr Conrad. Besonders unangenehm ist, daß wir jetzt nicht mehr wissen, wo Anka ist.«

Conrad klopfte sich den Schnee vom Mantel. »Dieser Sorge könnten Sie ledig sein; sie hätten ihr gestern abend nur die Haustür aufzumachen brauchen. Diese beiden Typen, der Mann und die Frau – hatten die auch so eine grüne Ausstrahlung?«

»Ich verstehe nicht?« Geßler blickte ihn befremdet an.

»Dieses gewisse Etwas«, sagte Conrad. »Bei manchen Frauen ist es ihr Sex-Appeal, bei den Grünen ihr verängstigtes Wesen. Da sie in der ständigen Furcht vor irgendeiner Umweltkatastrophe leben, wirken sie auf uns Außenstehende meistens etwas unstet und zerfahren. Ich glaube allerdings nicht, daß die beiden auch zu ihnen gehören. Seit sie Diäten und andere Zuschüsse beziehen, können sich sogar die Grünen Privatdetektive leisten. Gute Heimfahrt.«

Er stieg in seinen Wagen. Der Taxifahrer hatte ihm empfohlen, lieber einen Umweg über die Autobahn zu machen, als auf vielleicht ungeräumten Nebenstraßen im Schnee steckenzubleiben. Also fuhr er zuerst nach München und von dort in Richtung Garmisch-Partenkirchen. In München ging der Schnee in Regen über, aber schon in der Gegend von Murnau verwandelte er sich wieder in Schnee, und in Ettal fiel er so dicht, daß Conrad außer einigen Häusern am Straßenrand von beiden Orten kaum etwas zu Gesicht bekam. In Oberammergau bereitete es ihm Mühe, den Gasthof zu finden, weil ein heftiger Wind die Straßen leergefegt hatte und für Auskünfte auch kein Verkehrspolizist zur Verfügung stand. Auskünfte erhielt er erst im Gasthof ›Alte Post‹ von einer freundlichen Dame, die ihm bereitwillig erzählte, daß im Laufe des Vormittags ein gutaussehender Herr mit grauen Schläfen zwar eingetroffen sei, den Gasthof jedoch zusammen mit einer Dame, die zwei Stunden später zu ihm in das Restaurant kam, wieder verlassen habe. Zuvor hätten sie im Restaurant noch einen Kaffee getrunken. Sie bestätigte ihm auch, daß die Dame schwarzhaarig und mindestens einsfünfundsiebzig groß gewesen sei, wenn nicht einsachtzig.

»Dann waren sie es«, sagte Conrad, und seine Enttäuschung klang so echt, daß die Dame ihm einen mitfühlenden Blick schenkte. »Sie waren mit den Herrschaften verabredet?«

»Ja. Ich habe mich wegen des Wetters leider verspätet. Hatte die Dame einen Hund bei sich?«

»Davon ist mir nichts bekannt«, antwortete die freundliche Dame. »Ich kann aber die Bedienung fragen, bei der die Herrschaften den Kaffee bestellt haben.«

»Das wäre überaus reizend von Ihnen«, sagte Conrad. »Vielleicht haben die Herrschaften bei der Bedienung eine Nachricht für mich hinterlassen. Ich heiße Conrad.«

»Ich werde mich bei ihr erkundigen«, sagte die kooperative Dame und ließ ihn für einige Minuten allein. Bei ihrer Rückkehr lächelte sie bedauernd: »Die Dame hatte keinen Hund bei sich. Die Herrschaften haben auch keine Nachricht für Sie hinterlassen, Herr Conrad. Vielleicht ist es für Sie aber von Interesse, daß der Herr, kurz bevor die Dame eintraf, sich ein Taxi bestellte. Ich habe selbst mit der Frau des Taxiunternehmens telefoniert. Ihr Mann war aber noch unterwegs. Sie wollte wissen, wohin die Fahrt gehen solle. Der Herr sagte zu mir, daß er bei Ettal auf die Deutsche Alpenstraße und dann bis zu einer Berghütte in der Nähe der österreichischen Grenze fahren wolle. Wenig später traf dann aber die Dame ein, und der Herr bestellte das Taxi wieder ab.«

»Ettal, da komme ich ja her«, sagte Conrad erfreut. »Dann weiß ich auch, wohin sie gefahren sind. Sie haben mir sehr geholfen. Kann ich bei Ihnen zu Mittag essen?«

»Aber gerne«, sagte die Dame.

Beim Essen hatte er Gelegenheit, auch einige Worte mit der Bedienung zu wechseln; er konnte jedoch von dem Mädchen nur noch erfahren, daß der Herr beim Eintreffen der Dame schon sehr ungeduldig gewesen sei und, bevor er das Taxi bestellte, immer wieder auf seine Uhr geblickt habe. Eine Stunde später saß Conrad wieder in seinem Opel und fuhr über Ettal auf die Deutsche Alpenstraße. Trotz des unverändert anhaltenden Schneefalls hatte er auf der gut geräumten und gestreuten Straße mit seinen Winterreifen keine Probleme. Schon beim Essen hatte er auf seiner Autokarte festgestellt, daß es von Ettal bis zur Grenze nicht mehr als zwanzig Kilometer sein könnten und daß die Straße mitten durch ein Naturschutzgebiet verlief, dessen Reize ihm jedoch, außer den die schmale Straße säumenden Wäldern, wegen der tiefziehenden Wolken und des dichten Schneefalls verborgen blieben. Als angenehm empfand er es, daß sie nach dem ersten Anstieg keine größeren Höhenunterschiede mehr zu überwinden hatte und oft schnurgerade durch den Wald führte. Fahrzeuge begegneten ihm auf der ganzen Strecke keine, er konnte jedoch im Schnee Fahrspuren erkennen, die noch relativ frisch aussahen. Obwohl er die letzten zehn Kilometer zur Grenze, beiderseits der Straße nach einer Hütte Ausschau haltend, mit stark gedrosselter Geschwindigkeit zurücklegte, hätte er sie beinahe doch übersehen, wären ihm nicht ein paar frische Reifenspuren aufgefallen, die auf einen Waldweg rechts der Straße führten. Weil der Schnee dort sehr hoch lag und die Spuren offensichtlich von einem Pkw stammten, war es vorläufig nur seine Neugierde, die ihn anhalten und aussteigen ließ. Zur Grenze waren es von hier aus kaum mehr als fünf Kilometer. Er schätzte, daß die Spuren höchstens eine Stunde alt waren, und viel größer konnte der zeitliche Vorsprung, den die beiden hatten, auch nicht sein. Obwohl er bis über die Knöchel im Schnee versank, folgte er den Spuren etwa hundert Meter weit in den Wald hinein, dann tauchte zwischen den verschneiten Tannen hinter einer Wegbiegung ganz plötzlich die Hütte vor ihm auf. Sie war jedoch viel größer, als er erwartet hatte, ein stattliches, aus schweren Holzbalken errichtetes einstöckiges Haus, dessen rechte Hälfte mit den geschlossenen Fensterläden offenbar als Wohntrakt diente, die linke als Garage. Dort endeten vor einem breiten Holztor auch die Reifenspuren. Das Tor war gegen Eindringlinge mit zwei Schlössern gesichert, und die Fensterläden waren von innen verriegelt. Sie machten, ebenso wie das Tor, einen sehr massiven Eindruck. Eine Tür zum Wohntrakt konnte Conrad nirgendwo entdecken. Er vermutete, daß der Weg dorthin durch die Garage führte. Was ihm als nächstes auffiel, waren die Spuren von zwei Paar Skiern, die von der Hütte dem jetzt steil ansteigenden Waldweg folgten, bis sie weiter oben im dichten Wolkennebel seinem Blick verlorengingen. Und noch etwas fiel ihm auf: die Spuren eines Tieres, die sich zwar wegen des inzwischen gefallenen Schnees nicht mehr identifizieren ließen, aber er zweifelte keinen Augenblick lang daran, daß es die Spuren eines Hundes waren. Eine Weile war er mit dem Versuch beschäftigt, einen Blick in das Innere der Hütte zu werfen. Die enggefugten Balken ließen dies jedoch an keiner Stelle zu, und weil ihm das Wasser bereits in den Schuhen stand, kehrte er zu seinem Wagen zurück, zog Schuhe und Strümpfe aus und trocknete seine Füße mit einem Lappen ab, den er normalerweise zum Abwischen angelaufener Fensterscheiben benutzte. Danach verbrachte er etwa zehn Minuten damit, sich über sein weiteres Vorgehen schlüssig zu werden. Daß die Hütte nur als Ausgangspunkt für kleinere Skiwanderungen dienen könnte, erschien ihm schon deshalb als wenig wahrscheinlich, weil der Kostenaufwand in keiner angemessenen Relation zu ihrem Nutzen stünde. Vielmehr war anzunehmen, daß sie ihrem Inhaber nur als Zwischenstation diente, um den Wagen für längere Zeit sicher abzustellen. Und zu welchem Zweck wohl sonst, als sich auf den Weg zu einer noch höher gelegenen Berghütte zu machen. Unabhängig davon, was die beiden zusammen mit dem Hund in einer hochgelegenen Berghütte zu suchen hatten. Das eine ergab so wenig Sinn wie das andere, und weil er jedes Risiko ausschalten wollte, vielleicht doch an die falsche Hütte geraten zu sein, startete er den Motor und fuhr langsam weiter. Wie er es nicht anders erwartet hatte, stieß er auf den letzten Kilometern bis zur Grenzstation auf keine Hütte und auch auf keine Spuren mehr, die von der nun wieder talwärts verlaufenden Straße in den Wald führten. Von einem deutschen Zollbeamten, der seinetwegen widerwillig die warme Unterkunft verließ und sich Conrads Geschichte, er sei die Strecke nur gefahren, weil er an einem der nächsten Tage mit seiner Frau eine Skiwanderung zu einer der Berghütten unternehmen wolle, gelangweilt anhörte, erfuhr er, daß es in weitem Umkreis für Touristen nur das Brunnenkopf-Haus in fast zweitausend Meter Höhe gäbe. Wenn er mit seiner Frau aber dorthin wolle, müsse er den Weg vom Linderhof über Schloß Linderhof benutzen.

Um ihn etwas gesprächsbereiter zu stimmen, sagte Conrad: »In der Brunnenkopf-Hütte waren wir, glaube ich, schon einmal. Gibt es denn sonst keine andere hier?«

»Nur noch eine Privathütte«, sagte der noch jugendliche Zollbeamte und zog sich, ohne Conrad Gelegenheit zu einer weiteren Frage zu geben, sichtlich ungeduldig in sein warmes Quartier zurück.

Die Rückfahrt gestaltete sich für Conrad trotz der Winterreifen auf den ersten Kilometern als nicht unproblematisch, aber mit etwas Glück und einem gefühlvollen Fuß im Umgang mit dem Gaspedal erreichte er wieder die Höhe. Ein Linderhof war auf seiner Autokarte vermerkt, nur gesehen hatte er ihn in dem dichten Wolkennebel nicht, und weil ihn die von dem Zöllner erwähnte Privathütte ungleich stärker interessierte als die Brunnenkopf-Hütte, verlor er auf seiner Rückfahrt keine Zeit damit, nach dem Linderhof Ausschau zu halten, zumal ein heftiger Wind aufgekommen war und die Sicht in dem dichten Schneetreiben immer schlechter wurde. Er hatte jetzt auch Wichtigeres zu tun. Obwohl er sich noch einiges zutraute: den beiden Skispuren zu folgen, wäre für einen Mann in seinen Jahren, der noch nie in seinem Leben auf Skiern gestanden, geschweige denn eine Berghütte erstiegen hatte, ein Abenteuer von ungewissem Ausgang gewesen. Den Eigentümer der Privathütte ausfindig zu machen, war hingegen eine Sache, die ihm keine Probleme bereitete.

Als er sich eine Stunde später zur angenehmen Überraschung der kooperativen Dame in der ›Alten Post‹ in Oberammergau einquartierte, führte er von seinem Zimmer aus mehrere Telefonate, die unter anderem zur Folge hatten, daß mittels eines Hausdieners Dr. Geßler an das Telefon von Conrads Gasthof in Reit im Winkl gerufen wurde. Er sagte zu ihm: »Es ist zum Auswachsen, daß Sie als unser OB-Kandidat im Urlaub fast genauso schwer zu erreichen sind wie diese Frau Geißendörfer in Eschelmoos. Ich erwarte Sie heute abend hier in Oberammergau. Bringen Sie mit, was Sie für zwei oder drei Nächte brauchen, einschließlich Ihrer Skier und was sonst noch alles mit dazu gehört. Ich benötige auch einige Sachen aus meinem Zimmer beim ›Unterwirt‹: Pyjama, Waschzeug, Rasierapparat. Bringen Sie mir auch ein Paar Schuhe und Socken mit. Ich habe darum gebeten, daß man Sie in mein Zimmer läßt und Ihnen die Tür aufschließt. Hören Sie mir überhaupt noch zu?«

Geßlers Stimme klang brüchig: »Selbstverständlich. Ich war nur etwas überrascht.«

»Sie werden noch mehr überrascht sein, wenn Sie erfahren, weshalb Sie hierherkommen sollen; aber das hat Zeit bis heute abend. Ihre Familie lassen Sie, wo sie ist. Ich hoffe, Sie sind nicht nur ein guter Skifahrer, sondern auch ein guter Bergwanderer. Was hier auf Sie wartet, ist verdammt harte Knochenarbeit.«

»Da können Sie unbesorgt sein«, sagte Geßler. »Ich mache mich sofort auf den Weg zu Ihnen.«

5

Die Tatsache allein, daß Doris es geschafft hatte, den Audi auf dem tiefverschneiten Weg heil von der Garage hinunter zur Straße zu bringen, war schon beachtenswert genug. Daß es ihr dann auch noch gelungen war, mit dem ihr nicht vertrauten Wagen in nächtlicher Alleinfahrt nicht nur München, sondern auch die einsam gelegene Hütte an der Deutschen Alpenstraße zu erreichen, nötigte Linden Respekt ab. Davon ließ er sich jedoch, als sie zu ihm in das Restaurant der ›Alten Post‹ kam, nichts anmerken. Er sagte nur: »Wenn hier einer einen Knacks im Kopf hat, dann bist du es, nicht ich.« Er behielt das Gesicht der freundlichen Bedienung, bei der er für Doris und sich einen Kaffee bestellte, scharf im Auge, hatte aber nicht den Eindruck, daß sie Doris erkannte. Sicher gehörte sie auch nicht unbedingt zu jenem progressiven Publikum, das sich keine ihrer Sendungen entgehen ließ. Daß Doris trotz eines stark aufgetragenen Make-ups und der großen dunklen Sonnenbrille einen übernächtigten Eindruck machte, war ihm schon aufgefallen, als sie das Restaurant betrat. Er entschuldigte sich für eine Minute bei ihr und sagte beim Zurückkommen: »Ich hatte bereits ein Taxi bestellt.«

»Wozu brauchst du ein Taxi?« fragte sie. Er griff ungeduldig in die Tasche, brachte ein zerknittertes Blatt Papier zum Vorschein und sagte: »In dem Brief, den du mir in Eschelmoos hinterlassen hast, schreibst du, daß ich, wenn ich in der ›Alten Post‹ bis zehn Uhr nichts von dir höre, mir ein Taxi nehmen und zu dieser Scheißhütte fahren soll.«

»Drück dich nicht so vulgär aus«, wies sie ihn zurecht. »Es klappte mit dem Telefon nicht, sonst hätte ich schon früher von mir hören lassen. Das ist ein Mistauto, dieser Audi. Mit meinem VW komme ich im Schnee viel besser zurecht als mit dem lächerlichen Allradantrieb. Wir haben ein Problem, Robert. Ein ziemlich großes sogar.«

Er starrte sie wortlos an.

»Tut mir leid«, sagte sie. »Ich wäre gestern abend ja gar nicht weggefahren, wenn du mich daran gehindert hättest. Außerdem hast du es mir schon dadurch leichtgemacht, weil du, als du ins Bad gingst, die Autoschlüssel auf dem Tisch deines Zimmers liegen ließest. Ich wollte dir nur beweisen, daß ich dazu imstande sei. Hast du mich denn nicht aus der Garage fahren hören?«

»Wie sollte ich, wenn ich in der Badewanne liege und das Wasser läuft? Ich hatte nach diesem Dreckstag gestern das Bedürfnis nach einem heißen Bad.«

»An mir lag es bestimmt nicht, wenn du nicht mehr daraus gemacht hast«, sagte sie. »Ich hatte mir die vergangene Nacht auch etwas anders vorgestellt. Bis heute vormittag ging ja alles glatt. Ich habe in der Nacht nur schlecht geschlafen, weil es in der Hütte, obwohl ich nach meinem Eintreffen sofort Feuer im Ofen machte, eiskalt war. Ohne Sue Ellen wäre ich im Bett vielleicht sogar erfroren.« Sie blickte auf die Armbanduhr. »Wir werden erwartet und dürfen uns hier nicht länger aufhalten, Robert.«

»Vielleicht erklärst du mir endlich. . .«, setzte er an. Weil sie jedoch im gleichen Moment aufstand, winkte er der Bedienung und bezahlte den Kaffee. Sein Gepäck brauchte er nur bis auf die Straße zu tragen, wo vor dem Restaurant jetzt sein Audi stand. Auch Sue Ellen war wieder anwesend; sie begrüßte ihn mit einem dumpfen Knurren. »Einfältiger Hund«, sagte er und setzte sich ans Lenkrad. »Skier brauchen wir keine für dich«, sagte Doris. »Aber einen Dreß und passende Stiefel für uns beide. Oder hast du so etwas in deinem Gepäck?«

»Hör mal. . .« Er brach verstimmt ab.

»Ach ja!« Sie schlug sich mit der flachen Hand gegen die Stirn. »Du hattest ja ursprünglich etwas anderes geplant. Ich habe auf der Fahrt hierher ein Geschäft für Sportbekleidung gesehen. Dort decken wir uns ein. Fleisch für Sue Ellen habe ich schon besorgt. Hoffentlich hast du genügend Geld bei dir. Du kannst doch sicher skilaufen?«

Er blickte sie schweigend an.

»Ich weiß, das klingt alles ein wenig konfus«, räumte sie ein. »Ich werde es dir unterwegs erklären. Das Sportgeschäft ist nicht weit von hier.« Sie beschrieb ihm den Weg dorthin, und als sie eine halbe Stunde später auf die Deutsche Alpenstraße fuhren, sagte sie: »Ich hatte es mir ursprünglich so gedacht, daß ich dich im Taxi zu der Hütte kommen lasse. Dort hättest du mich nicht angetroffen und wärst, wenn du lange genug vor der Tür gestanden hättest, mit dem Taxi zur ›Alten Post‹ zurückgefahren. In der Zwischenzeit hätte ich dort telefonisch die Nachricht hinterlassen, daß du dich im Gasthof einquartieren und meinen nächsten Anruf abwarten sollst. Vielleicht hätte ich dich noch ein paarmal mit einem Taxi vergeblich zur Hütte fahren lassen; das wußte ich noch nicht genau. Das wollte ich mir noch gut über –«

»Moment mal!« unterbrach er sie. »Dann hattest du gar nicht die Absicht, nach Oberammergau zu kommen?«

»Nein«, sagte sie. »Das schrieb ich dir nur, um dich schon in Oberammergau auf die Folter zu spannen. Deshalb ja auch mein Zusatz, daß du dir, wenn ich mich sehr verspäte, ein Taxi nehmen und auf der im Brief geschilderten Route zur Hütte fahren sollst. Dein Gesicht, als du gestern abend aus dem Bad kamst und in deinem Zimmer meinen Brief fandest, hätte ich ja gerne gesehen.«

Er blickte sie von der Seite an. »Und wozu das alles?«

»Ich hatte mich gestern auf der Rückfahrt über dich geärgert«, antwortete sie. »Ich habe dir ja gesagt, daß du dir das gut merken sollst. Ich hatte nicht vor, mich endgültig von dir abzusetzen. Ich wollte dir nur einen nachhaltigen Denkzettel verpassen. Eigentlich hatte ich angenommen, du würdest noch am gleichen Abend nach Oberammergau fahren.«

Obwohl dies tatsächlich seine Absicht gewesen und er nur wegen der späten Stunde davon abgekommen war, sagte er: »Wozu, wenn du mich heute vormittag angeblich erst gegen zehn Uhr hier treffen wolltest? Seit wann gehört dir diese Hütte?«

»Sie gehört nicht mir; ich habe nur einen Schlüssel dafür. Da ist aber leider etwas schiefgelaufen, Robert. Es ist für mich genauso unangenehm wie für dich. Damit war aber schon deshalb nicht zu rechnen, weil der Besitzer der Hütte sie sonst nur in den Sommer- und Weihnachtsferien benutzt.«

Linden trat unwillkürlich auf die Bremse. »Du bist ihm in der Hütte begegnet?«

»Ihm nicht, aber seiner Frau. Sie kam herein, als ich mich heute morgen gerade anzog. Da ich ihr noch vor acht Tagen erzählte, daß ich für einige Wochen nach Spanien fahren würde, traute sie natürlich ihren Augen nicht, als sie mich in der Hütte antraf.«

Er fragte verstört: »Wußte sie schon, daß man deinen VW gefunden hat?«

»Nein. Sie dachte zuerst, ich hätte meine Reisepläne geändert und sei statt nach Spanien nach Bayern gefahren. Sie ist die Frau eines meiner Vorgesetzten. Er ist Hauptabteilungsleiter und zuständig für

Politik und Zeitgeschehen. Ich habe kein Verhältnis mit ihm, falls du das jetzt denkst. Er mag mich eben, auch das, was ich fürs Fernsehen mache. Ich war schon ein paarmal bei ihm und seiner Frau eingeladen. Bei einer solchen Gelegenheit kam auch die Rede darauf, wo ich meinen Urlaub verbringe. Ich sagte, daß ich mal dahin und mal dorthin fahre. Darauf erzählten sie mir, daß sie eine Berghütte in der Nähe von Garmisch hätten, die sie aber wegen der langen Anreise neuerdings nur noch gelegentlich benutzten. Falls ich Lust hätte, stünde sie mir in der übrigen Zeit immer zur Verfügung. Vor einem Jahr, da war ich schon längst geschieden, luden sie mich zu Weihnachten ein, mit ihnen zu kommen. Seitdem habe ich einen Schlüssel für die Hütte. Ich habe ihn aber nie benutzt, weil es mich mehr nach Italien als in die bayerischen Alpen zog. Bevor du jetzt etwas sagst: Für seine Frau war diese Begegnung genauso unangenehm wie für mich. Sie war nämlich in Begleitung eines anderen Mannes. Der hat mich aber nicht gesehen. Als sie das Garagentor aufschloß und deinen Wagen stehen sah, ließ sie ihren Begleiter gar nicht erst in die Hütte kommen.«

Linden, der von einem Schreck in den nächsten fiel, fragte benommen: »Was hast du ihr erzählt?«

»Darauf komme ich noch zu sprechen«, sagte sie. »Ich stehe mich ganz gut mit ihr. Sie ist zwanzig Jahre jünger als ihr Mann; er war schon mal verheiratet und ließ sich ihretwegen scheiden. Ich weiß von ihr, daß es wegen seiner Parteizugehörigkeit zwischen ihm und ihrem Vater, der eine eigene Fabrik für Laborbedarf besitzt, zuerst zu Meinungsverschiedenheiten und später sogar zum Bruch gekommen ist. Ich habe ihr natürlich klaren Wein über uns beide eingeschenkt; was hätte ich sonst erzählen sollen? Ich sagte ihr, daß dir in meinem Bungalow sehr kompromittierende Fotos in die Hände gefallen seien. Sie hatte sofort volles Verständnis für meine schwierige Situation. Jetzt erwartet sie uns zum Kaffee in ihrer Berghütte. Ihren Begleiter hat sie mit dem Wagen weggeschickt. Sie lernte ihn in Gegenwart ihres Mannes bei einer Karnevalsveranstaltung kennen. Seitdem ist er ihr heimlicher Boyfriend. Ich glaube nicht, daß sie uns verraten wird. Sie ist auf unsere Verschwiegenheit genauso angewiesen wie wir auf die ihre. Die Begegnung mit ihr war auch der Grund, weshalb ich in der ›Alten Post‹ nicht anrufen konnte und sofort nach Oberammergau gefahren bin.«

Linden schwieg erschüttert.

Sie berührte seinen Arm. »Es war dumm von mir, aber ich war so wütend auf dich, daß ich dich gestern abend sogar hätte umbringen können. – Warum sagst du nichts?«

»Ich denke nach«, murmelte er.

Sie lächelte. »Darin bist du ja ein Experte. Woran denkst du?«

»Daß du den Schlüssel für die Hütte bei dir hattest, obwohl du gar nicht wissen konntest, daß du hierherkommst.«

»Ich hatte ihn nicht bei mir; es gibt an der Rückseite der Hütte zwischen den Balken eine Stelle, wo für Notfälle ein Ersatzschlüssel liegt. Ist das alles, was du denkst?«

Er betrachtete die halbhohen Kiefern beiderseits der Straße, die im anhaltenden Schneegestöber einen verkümmerten Eindruck machten. »Was ist das nur für eine beschissene Gegend«, murmelte er.

»Das ist keine beschissene Gegend, sondern ein Naturschutzgebiet«, belehrte sie ihn. »Herr Westernhagen ist der einzige, der hier im weiten Umkreis eine eigene Hütte hat. Er hat sehr viel Geld hineingesteckt. Auch in den nachträglichen Umbau. Früher war es die Jagdhütte eines Bezirksvorsitzenden der CSU. Als ihn ein Herzinfarkt daran hinderte, seinem schwarzen Geschäft noch länger nachzugehen, inserierte er in einer Frankfurter Zeitung. Er fühlte sich nach seinem Infarkt von seinen Parteifreunden vergessen und wollte nicht, daß die Hütte einem von ihnen in die Hände fiele.«

»Wie alt ist Frau Westernhagen?«

»Fünf Jahre jünger als ich. Heute vormittag erzählte sie mir, ihre Ehe sei eine einzige Enttäuschung für sie.«

»Das mußte sie dir wohl erzählen«, sagte Linden, der sich von seinen verschiedenen Schocks jetzt etwas erholt hatte. »Wenn ihr an ihrer Ehe nicht mehr viel liegt, wäre es eine gottverdammte Dummheit, sich allein auf ihre Verschwiegenheit zu verlassen. Etwas Dümmeres hättest du uns gar nicht einbrocken können. Du bist für sie genauso erpreßbar geworden wie ich.«

»Dich kennt sie ja noch nicht. Willst du, daß ich allein zu ihr gehe?«

»Nein. Ich möchte genau wissen, was zwischen euch gesprochen wurde, und ich möchte es aus ihrem Mund wissen.«

Sie runzelte die schöne, glatte Stirn. »Du traust mir schon wieder nicht?«

»Nach allem, was du dir geleistet hast!« brauste er auf. »Ich sage dir noch einmal: Den Knacks im Kopf hast du. Was habe ich dir gestern abend schon groß getan? Doch nicht etwa deine rote Seele verletzt?«

»Die wirst du nie verletzen«, sagte sie. »Da ging es um etwas ganz anderes.«

»Ich weiß«, sagte er. »Um gekränkte weibliche Eitelkeit, und die soll gefährlicher sein als zwei Dutzend Skorpione im Bett. Wenn ich von der Frau deines Chefs den Eindruck gewinne, daß sie nicht dichthält, wird sie so lange bei uns bleiben, bis der Brief bei deiner Anstalt und bei der Presse eingetroffen ist.«

Sie lachte verwundert auf. »Aber dann hättest du es ja gleich mit zwei Frauen zu tun. Ob das nicht etwas zuviel für dich wird?«

»Wenn es sein muß«, sagte er, »schieße ich auch von ihr ein paar sehr kompromittierende Fotos.«

»Vielleicht zusammen mit mir«, lächelte sie. »Hast du einen Apparat bei dir?«

Er nickte grimmig. »Für den Fall, daß dich deine eigenen Fotos nicht genügend beeindruckt hätten.«

»Dann hättest du selbst welche von mir gemacht?«

»Ich kann auch jetzt noch welche machen.«

Sie legte, wie sie es schon einmal getan hatte, eine Hand auf seinen Schenkel. »Aber, Robert, wie stellst du dir das denn vor?«

»Nimm die Hand da weg«, sagte er. »Wir haben jetzt ganz andere Probleme.«

»Du vielleicht, ich nicht«, sagte sie. »Du willst also Fotos von mir machen? Warum hast du mir das nicht schon in Eschelmoos gesagt? Ich glaube nicht, daß ich dich daran gehindert oder mich dagegen gesträubt hätte. Vielleicht im Bett liegend und so, wie ich es dir gestern im Auto vorgeführt habe. Wenn es aber sehr kompromittierende Fotos sein sollen, müßte ich die Jeans natürlich ausziehen.«

Als er sich anschickte, ihre Hand wegzuschieben, sagte sie: »Das würde ich an deiner Stelle diesmal nicht versuchen, Robert. Wenn eine Frau sich schon zu so etwas hinreißen läßt, kannst du ihr nichts Schlimmeres antun, als sie abzuweisen.«

Ihre Stimme klang so, daß seine Abwehrbewegung wie von selbst ins Stocken geriet, zumal seine Neugierde, wie weit sie ihr Spiel wohl fortsetzte, auch jetzt wieder größer war als seine Bedenken, sich ihr auszuliefern.

»Außerdem«, setzte sie ihre Belehrung fort, »kommt noch hinzu, daß es allein an mir liegt, ob du Gelegenheit haben wirst, dich mit der Frau meines Chefs zu unterhalten. Ohne meine Hilfe wirst du die Hütte auf keinen Fall finden.«

»Da du mir ihre genaue Lage in deinem Brief ausführlich beschrieben...« Er brach ab und blickte auf ihre Hand nieder, die jetzt an der Innenseite seiner Schenkel lag. Sie sagte: »Das ist noch nicht die richtige Hütte; die richtige liegt fünfhundert Meter höher und ist nur in einem über zweistündigen Fußmarsch zu erreichen. Die Hütte, von der ich dir in meinem Brief schrieb, dient zur Unterstellung des Wagens und zum Übernachten für den Fall, daß es nach der Ankunft für einen Aufstieg noch am gleichen Tag schon zu spät geworden ist. Die Frau meines Chefs erwartet uns nicht dort, sondern in der oberen Hütte. Ich hatte ihr zwar vorgeschlagen, unten auf uns zu warten. Das wollte sie aber nicht. Sie meinte, es sei besser, sie stiege schon hinauf, damit sie die Heizung einschalten und sich um den Kaffee kümmern könne. Du hast also ohne meine Hilfe nicht die geringste Chance, sie zu finden.«

Er sagte mit gerötetem Gesicht: »Das ist auch nichts anderes als schäbige Epressung, und ein Scheißspiel dazu.«

»Du hast das Spiel angefangen«, erinnerte sie ihn. »Es darf dich nicht wundern, daß ich jetzt auch ein wenig mitspielen möchte. Oder ist es dir so schrecklich unangenehm, wenn ich das mache?«

Schrecklich unangenehm war es ihm nicht, auch dann nicht, als ihre Hand durch seine Hose hindurch nach seinem erigierten Penis tastete und ihn wie abschätzend umfaßte. Weil ihm nichts Besseres mehr einfiel, flüchtete er sich in Sarkasmus: »Dann viel Spaß.«

»Danke«, sagte sie. »Ich glaube schon, daß es mir Spaß macht, und dir, wenn ich mich nicht sehr täusche, auch schon ein wenig. Außerdem bist du mir für die vergangene Nacht, wo ich so entsetzlich gefroren und kaum geschlafen habe, einen kleinen Spaß schuldig. Ich wußte ja kaum mehr, wie sich so etwas anfühlt.«

Er blickte in ihr Gesicht. »Die Art, wie du damit umgehst, läßt eigentlich ganz andere Schlüsse zu.«

»Oh, so etwas verlernt man als Frau nicht«, sagte sie. »So wenig wie das Autofahren. Ob du es mir glaubst oder nicht: Seit meiner Scheidung war bei mir, was Männer betrifft, der Ofen aus.«

»Und jetzt brennnt er wieder?«

»Bei dir doch auch schon«, sagte sie. »Ich verstehe wirklich nicht, welche Probleme du dir eingeredet hast.«

»Hör auf damit«, murmelte er.

Sie lächelte. »Willst du das wirklich? Das kann ich mir nicht vorstellen.«

Er konnte es auch nicht, und als sie ihre Hand plötzlich zurücknahm, war er nahe vor einem Erguß. Sie sagte: »Du wolltest doch, daß ich damit aufhöre? Oder wolltest du es nicht?«

Sein Ärger war so groß, daß er keinen Ton hervorbrachte.

Sie lächelte wieder. »Schade. Ich fing gerade an, mich wieder daran zu gewöhnen.«

»An meiner grundsätzlichen Einstellung zu dir ändert auch das nichts«, sagte er mühsam.

»Deine grundsätzliche Einstellung zu mir interessiert mich nicht«, erwiderte sie. »Hauptsache, ich weiß jetzt, woran ich mit dir bin. Bei dir scheint ja soweit alles in Ordnung zu sein.«

»Im Gegensatz zu dir«, sagte er. »Oder wozu brauchst du so etwas?«

Sie blickte durch die Windschutzscheibe auf die beinahe schnurgerade durch den Wald führende Straße. »Wir sind gleich bei der Hütte; der nächste Weg auf der rechten Seite.«

»Ich habe dich etwas gefragt«, sagte er.

Sie blickte in sein Gesicht. »Hat es dir nicht gefallen?«

Linden schwieg; er fühlte sich gedemütigt.

Als sie aus dem Wagen stiegen, fiel der Schnee in nassen, schweren Flocken. Linden betrachtete die Hütte und ein Paar Skispuren, die hinter der Hütte den steil ansteigenden Weg hinaufführten. Sie waren nur noch undeutlich zu erkennen. »Sind sie von der Frau deines Chefs?«

»Ja. Diesen Weg müssen wir nachher hinauf.« Sie schloß das breite Holztor auf. »Fahr den Wagen hinein.«

Er gehorchte wortlos. Sue Ellen, die während der ganzen Fahrt geschlafen hatte, richtete sich erwartungsvoll von ihrem Lager auf. »Wir lassen sie im Wagen, bis wir uns umgezogen haben«, sagte Doris. »Sie hat später genügend Gelegenheit, sich Bewegung zu verschaffen.« Sie schloß eine zweite Tür in der Garage auf. Den dahinterliegenden Raum konnte Linden erst sehen, als sie einen der Fensterläden entriegelt und aufgestoßen hatte. Er war rechteckig und mit zwei niedrigen Holzbetten, einem Tisch, vier holzgeschnitzten Stühlen und einem großen Kachelofen ausgestattet. In einer Ecke stand ein bis fast zur Decke reichender Schrank aus Eichenholz. Unter den Fenstern zog sich eine breite Holzbank hin. Der grüne Kachelofen fühlte sich noch warm an; Linden stellte es fest, als er ihn flüchtig berührte. Das Brennholz für den Ofen war in der Garage aufgeschichtet; es füllte dort eine ganze Wandseite aus.

Doris sagte: »Im Schrank liegen Rucksäcke. Wir nehmen einen mit; vielleicht müssen wir oben übernachten. Pack ein, was du brauchst. Vergiß auch den Fotoapparat nicht; vielleicht kann er uns nützlich sein.«

Sie nahm die Perücke und die Sonnenbrille ab, streifte den Pullover über den Kopf und öffnete den Reißverschluß ihrer Stretch-Jeans. Sie ließ sie fallen und wandte sich den beiden Einkaufstaschen aus dem Sportgeschäft zu. Während sie in lange Unterhosen fuhr und ein Wollhemd überstreifte, ließ Linden keinen Blick von ihr. Sie sah in Wirklichkeit noch atemberaubender als auf den Fotos aus. Als sie sich nach ihm umdrehte, blickte er rasch von ihr weg. »Worauf wartest du?« fragte sie.

»Sprich nicht in diesem Ton mit mir«, sagte er, unvermittelt gereizt. »Was vorhin geschehen ist, gibt dir kein Recht dazu. Ich bin nicht dein Gigolo.«

»Mach dich nicht lächerlich«, sagte sie. »Daß es nicht nutzbringender ausgefallen ist, hast du dir selbst zuzuschreiben. Wir werden es irgendwann nachholen.«

»Nicht mit mir«, sagte er und ging in die Garage. Er nahm einen Koffer aus dem Wagen und sagte zu Sue Ellen, die ihn mit argwöhnisch gespitzten Ohren beobachtete: »Du fällst mir genauso auf den Wecker wie sie.« Das war aber nur so dahergeredet, denn sosehr er sich auch gedemütigt fühlte, so sehr erhitzte es ihn auch, daran zu denken, wie es war, bevor sie ihn so nachhaltig demütigte.

Bei seiner Rückkehr lag Doris bereits fertig angezogen und mit im Nacken verschränkten Händen auf einem der beiden Betten. Sie beobachtete, wie er den Koffer öffnete und herausnahm, was er für die Nacht brauchte. »Ich möchte auch die Wäsche wechseln«, sagte er. »Du könntest so lange Sue Ellen Gesellschaft leisten.«

»Es stört mich nicht, wenn du die Wäsche wechselst«, sagte sie. »Oder hast du außer dem, was ich jetzt bereits kenne, vor einer Frau sonst noch etwas zu verstecken?«

»Vielleicht bringe ich dich noch um«, sagte er und zog sich aus.

»Das glaube ich dir jetzt nicht mehr«, sagte sie. »Ich begreife auch gar nicht, weshalb du dich so anstellst. Du siehst doch noch ganz proper aus. Treibst du Sport?«

»Erzähle mir lieber, wie es zu der Begegnung mit der Frau deines Chefs kommen konnte«, sagte er. »Mit so etwas hast du doch rechnen müssen.«

»Eben nicht«, sagte sie. »Da trafen zwei unglückliche Umstände zusammen. Ihr Mann mußte vor acht Tagen zu einer längeren Kur weg, und sie hat sich gestern wegen des nochmaligen Wintereinbruchs dazu entschlossen, mit ihrem Boyfriend hierherzufahren.« Sie richtete sich halb auf. »Würdest du mich gerne küssen?«

»Kein Bedarf«, sagte er und zog über die wollene Unterhose die Skihose an. Sie musterte ihn wohlgefällig. »Du bist wirklich ein gutaussehender Mann. Schade, daß du mich so gar nicht magst. Vielleicht läßt sich das ändern. Wohnen wir zufälligerweise in der gleichen Stadt?«

»Mach dir da ja keine Hoffnungen«, sagte er. »Für meine Schwester bist du und deine Rundfunkanstalt das Ärgste, was dieser Republik passieren konnte.«

»Du stehst unter ihrer Fuchtel?«

»Nicht im geringsten. Da wir jedoch aufeinander angewiesen sind, werde ich es deinetwegen bestimmt nicht mit ihr verderben.«

»Auch nicht ein einziges Mal?« fragte sie. »Ich würde gerne wissen, wie du küßt. Schließt du die Augen, wenn du es tust?«

»Bei dir bestimmt«, sagte er und richtete sich, da er jetzt auch die Stiefel angezogen hatte, aus seiner gebückten Haltung auf. Dann bemerkte er zwei Paar Skier an der Wand neben dem Kachelofen und die dazugehörigen Stöcke. »Ich habe sie schon aus dem Schrank geholt«, sagte Doris, der sein Blick auffiel. »Sie sind für Hausgäste bestimmt. Ich nehme vorsorglich noch eine Hose und einen Pulli mit. Das würde ich auch dir empfehlen; unsere Sachen werden, bis wir oben sind, durchnäßt sein. Vielleicht bringen wir alles in einem Rucksack unter. Auch das Fleisch für Sue Ellen. Dann brauchen wir nicht zwei mitzuschleppen.«

Sie half ihm beim Packen und sagte: »Skifahren habe ich bei meinem Mann gelernt. Wir waren jedes Jahr in Sankt Moritz.«

»Wo auch sonst«, brummte Linden.

Sie lachte. »Du glaubst nicht, wie aufschlußreich das jedesmal für mich war. Wenn du die Typen dort siehst, wirst du schneller zur Linken, als du es vielleicht werden willst.«

»Mir ist nicht aufgefallen, daß dir etwas nicht schnell genug gehen kann«, sagte er und lud sich den Rucksack auf.

Der Aufstieg war auf den ersten zwei Kilometern nicht ganz so schlimm, wie Linden befürchtet hatte. Der Weg war, trotz des dichten Schneefalls, immer gut zu erkennen und schon deshalb nicht zu verfehlen, weil das Gelände auf der rechten Seite steil anstieg und auf der anderen ebenso steil abfiel. Er schien auch Sue Ellen, die einmal hundert Meter voraus- und dann ebensoweit wieder zurücklief, keine Mühe zu bereiten. Manchmal blieb sie stehen und verbellte den aus dem Himmel fallenden Schnee. Von Doris erfuhr Linden, daß der Weg bis zur Hütte und von dort aus auf eine hochgelegene Alm führe und vor allem dem Viehtrieb diene. Sehr steil wurde es erst später, als sie die Baumgrenze erreichten und der Weg sich im dichten Wolkennebel in vielen Serpentinen einen beinahe senkrecht anmutenden kahlen Hang hinaufschlängelte. Hier kamen sie nur noch im Grätschschritt voran. Sue Ellen hielt sich jetzt in ihrer unmittelbaren Nähe und hatte ihr Bellen eingestellt. Sie waren immer öfter gezwungen, kurze Pausen einzulegen, und ihr Atem ging laut und keuchend. Doris sagte: »Dafür ist die Abfahrt um so schöner, aber dann nehmen wir den direkten Weg. Kannst du noch?«

»Wie ist das bei dir?« fragte er zurück.

Sie stützte sich schwer auf den Lederknauf ihrer Stöcke. »Ich bin froh, daß du vorausgehst und daß ich nicht, wie ich es vorhatte, heute morgen allein hinaufgestiegen bin. Als ich damals mit den Westernhagens hinaufstieg, war schönes Wetter und Pulverschnee. Da ist übrigens noch etwas, Robert. Vielleicht ist es nicht wichtig, aber ich erzähle es dir trotzdem. Ich glaube nicht, daß Frau Westernhagen lesbisch ist, sonst wäre sie heute mit einer Freundin gekommen. Ich scheine ihr aber zu gefallen. Als wir damals nach unserer Ankunft gemeinsam in der unteren Hütte übernachteten, schliefen sie und ich in einem Bett. Ich wurde einmal wach, weil sie sich ganz eng an mich preßte.«

»Vielleicht war ihr kalt.«

Sie lachte. »Vielleicht. Aber um ihre Hände zu wärmen, hätte sie auch eine andere Stelle finden können. Sie war am nächsten Morgen auch ziemlich verlegen. Sie muß gemerkt haben, daß ich wachgeworden war; sie vermied es, mir direkt in die Augen zu sehen. Ob uns das etwas nützt?«

»Hat die obere Hütte auch nur zwei Betten?«

»Nein. Dort sind zwei Schlafnischen mit jeweils zwei Betten übereinander. Es ist zwar auch nur ein kombinierter Wohn- und Schlafraum, er ist aber wesentlich größer als der Raum in der unteren Hütte. Werner, so heißt Westernhagen mit Vornamen, hat bei dem nachträglichen Umbau Trennwände für einen Duschraum, eine Kochnische und für eine kleine Diele einziehen lassen. Zum An- und Auskleiden benutzt man den Duschraum. Das Wasser kommt aus einer fünfzig Meter höher gelegenen Brunnenstube. Zu frieren brauchst du dort oben nicht. Die Hütte wird mit Propangas geheizt und hat auch einen offenen Kamin. Der Strom für das Licht kommt aus einem Generatorenhäuschen hinter der Hütte. Von den Fenstern aus hat man einen schönen Blick auf die Ammergauer Alpen. Warum interessiert es dich, wieviel Betten die Hütte hat?«

»Nur allgemein«, sagte er. »Wieso traf Frau Westernhagen heute morgen hier ein? Sind die beiden die Nacht durchgefahren?«

»Nein; sie haben sie in Garmisch verbracht und sind gleich nach dem Frühstück aufgebrochen. Dort wartet jetzt ihr Boyfriend auf sie. Sie hat Mut, so ganz allein aufzusteigen, aber sie kennt den Weg ja auch viel besser als ich. Kannst du ihre Spur noch sehen?«

»Hier nicht mehr; der Wind hat sie verweht.«

Sie streichelte Sue Ellen, die neben ihr stand und sich eng an sie schmiegte, den großen Kopf. »Ich glaube, es ist ihr unheimlich hier. Wird dir der Rucksack nicht zu schwer? Ich könnte ihn dir für eine Weile abnehmen. Für dich ist das Gehen viel anstrengender als für mich. Ich brauche nur in deiner Spur zu bleiben.«

»Vorläufig habe ich keine Probleme«, sagte er und sah sich um. »Der Nebel wird immer dichter. Wie konntest du nur so verrückt sein, diesen Weg allein machen zu wollen? Mir ist überhaupt schleierhaft, von wo aus du telefonieren wolltest. Hat die Hütte Telefon?«

Sie lachte. »Wie stellst du dir das vor? Nein, ich hätte zum Telefonieren jedesmal nach Ettal fahren müssen.«

»Und dann jedesmal diesen Weg wieder hinaufsteigen?«

»Gestern abend hatte ich nicht genügend darüber nachgedacht. Der Weg zur Hütte war mir auch nicht so schlimm in Erinnerung. Wahrscheinlich wäre ich auf halbem Weg umgekehrt und hätte mich im erstbesten Gasthof einquartiert. Ich bin jetzt sehr froh, daß du bei mir bist, Robert. Willst du mich wirklich nicht küssen?«

»Nein«, sagte er.

Sie kam auf ihren Skiern zu ihm und hielt ihm den Mund hin. »Auch nicht, wenn ich dich sehr darum bitte?«

Ihr Gesicht war von der Anstrengung des Anstiegs gerötet, ihr Mund leicht geöffnet. Jedesmal, wenn er sie in einer Großaufnahme am Bildschirm gesehen hatte, war es ihm schwergefallen, sich vorzustellen, daß sie einem Mann, der sie begehrte, willfährig sein könnte. Dazu wirkte sie viel zu überlegen und unnahbar. Auch wenn er ihr konzedierte, daß ihr Verhalten ihm gegenüber nicht mit den üblichen moralischen Maßstäben zu bewerten war und sie es einzig und allein darauf angelegt hatte, ihn, aus welchen Gründen auch immer, zu verführen, so ließ sich die Art, wie sie es getan hatte, doch so wenig in sein vorgefaßtes Bild über sie einbringen, daß er es noch immer nicht ganz begriff. Denn daß sie die Berührung genossen hatte, war deutlich zu erkennen gewesen. Er war noch keiner anderen Frau begegnet, die ihre manuellen Möglichkeiten, einem Mann den Kopf zu verdrehen, mit der gleichen sanften Direktheit einsetzte wie sie, und bei keiner anderen Frau hatte sein Körper so rasch reagiert wie bei ihr.

Nach diesem Erlebnis gab er sich keinen Illusionen mehr hin: er wußte, daß sie künftig nur die Hand nach ihm auszustrecken brauchte und daß er den Augenblick, wo sie es wieder täte, mit jedem Atemzug herbeiwünschte. Nur deshalb antwortete er: »Ich sehe nicht, wozu das nützen soll. Deinen Sapß hast du schon gehabt.«

Sie nahm ihren Mund zurück und blickte ihn eine kleine Weile wie geistesabwesend an. Dann lächelte sie: »Diesmal hast du mich nicht enttäuscht, Robert. Ich weiß jetzt, warum du so etwas sagst, aber damit kommst du nicht weit. Jedenfalls nicht weiter als bis dahin.«

Obwohl sie, während sie das sagte, den Blick auf ihren Schoß senkte, fragte er: »Bis wohin?«

»Bis dahin, wohin ich dich früher oder später haben werde«, antwortete sie und nahm ihre Schneebrille ab. Sie wischte mit dem Ärmel ihres Anoraks die Nässe von den Gläsern, versetzte Sue Ellen einen aufmunternden Klaps und stieg weiter den Berg hinauf. Linden blickte ihr nach, wie sie sich langbeinig, schmalhüftig und von Sue Ellen mit freudigem Gebell umrundet, von ihm entfernte und bald darauf im Wolkennebel verschwand. Dann erst setzte auch er sich in Bewegung.

Der Wind wurde, je höher sie kamen, immer heftiger, und als sie die Kuppe des steilen Hangs erreichten, war er zum Sturm geworden. Schnee in nie gesehenen Mengen verdüsterte den Himmel. Er wurde vom Sturm in dichten, endlos erscheinenden Wolken von Nordosten nach Südwesten gepeitscht. Weil der Weg, der Kuppe des Berges folgend, genau nach Westen führte, hatten sie den Sturm jedoch im Rücken, so daß sie jetzt etwas schneller vorankamen. Später fiel der Weg leicht in ein von kahlen Felswänden gesäumtes Hochtal ab, stieg, dem Talgrund folgend, wieder steil an und überquerte einen Bergsattel mit bizarr geformten Felstürmen. Hinter dem Sattel war er für Linden, der wieder die Führung übernommen hatte, nicht mehr zu erkennen. Was sich seinen Augen darbot, war eine sanft ansteigende, weiße, unübersehbare Fläche. Er blieb unwillkürlich stehen. Weil sie jetzt im Windschatten des Bergsattels waren, machte sich der Sturm hier kaum mehr bemerkbar. Dann fühlte er eine Hand an seinem Arm, und neben ihm sagte Doris: »Wir sind gleich da, Robert. Das ist eine Wiese. Die Hütte steht weiter oben am Fuße eines Berges, dessen Namen ich vergessen habe. Von hier aus können es nicht mehr als fünfhundert Meter sein. Laß mich vorangehen; ich weiß ungefähr die Richtung.«

»Das hoffe ich mit dir«, sagte Linden. »Wir sind schon seit über zweieinhalb Stunden unterwegs. Wo ist Sue Ellen? Ich sehe sie nicht mehr.«

»Eben war sie noch bei mir.« Doris deutete mit dem Stock in den Schnee. »Sind das nicht ihre Spuren?«

Linden nickte. »Dann muß sie weitergelaufen sein. Ist das die Richtung zur Hütte?«

»Ich glaube, ja«, sagte sie zögernd.

»Dann verlasse ich mich lieber auf Sue Ellen als auf dich«, sagte er. »Vielleicht hat sie eine Witterung aufgenommen.«

Seit der Sturm den Wolkennebel aufgerissen hatte, war die Sicht wieder besser geworden. Nur der dichtfallende Schnee schränkte den Blick auf kaum mehr als fünfzig Meter ein. Sue Ellens Spuren folgend, stiegen sie weiter den sanft ansteigenden Hang empor. Minuten später tauchten aus dem dichten Schneegestöber die Konturen der Hütte auf. Doris sagte erleichtert: »Sue Ellen ist direkt auf die Hütte zugelaufen. Kannst du sie sehen?«

»Nein, aber vielleicht sitzt sie mit Frau Westernhagen schon bei einer Tasse Kaffee.« Er blieb stehen und betrachtete die Hütte. Sie schien, wie die untere Hütte auch, aus massiven Holzbalken errichtet und nachträglich mit grüngestrichenen Brettern verkleidet worden zu sein. Hinter einer auf Pfählen ruhenden Terrasse mit einem offenen Geländer konnte er ein rechteckiges Fenster sehen, das sich fast über die ganze Vorderfront der Hütte hinzog. Und hinter der Hütte, auch nur schemenhaft zu erkennen, schien das Gelände sehr steil anzusteigen. Dann sah er auch die Frau. Sie stand plötzlich auf der Terrasse und winkte ihnen mit beiden Händen zu. Gleich darauf waren sie bei ihr. Sie kam ihnen einige Schritte entgegen und sagte lachend: »Ihre Sue Ellen ist schon drinnen. Ich habe ihr eine Schüssel mit Wasser hingestellt.« Sie umarmte Doris, küßte sie auf die Wange und gab Linden die Hand. »Doris hat mich richtig neugierig auf Sie gemacht«, sagte sie. »Ich heiße Irmgard. Hier oben sind wir ganz unkonventionell.«

Ihr erster Eindruck auf ihn war nicht ungünstig. Sie war fast so groß wie Doris, und genauso schlank. In ihrem modischen Overall sah sie jünger als dreißig aus; ihr schmales, längliches Gesicht wirkte etwas derb, aber nicht unschön. Die Skier ließen sie vor der Hütte stehen, in der kleinen, holzgetäfelten Diele wurden sie von Sue Ellen begrüßt. Sie bekam von Doris zur Belohnung für ihre guten Bergführerdienste aus dem Rucksack sofort eine große Portion Fleisch, die sie heißhungrig verschlang. Irmgard sagte: »Ein schönes Tier und so lieb. Wollt ihr euch vorher umziehen?«

»Das ist eine gute Idee«, sagte Doris. Irmgard öffnete ihnen die Tür zum Duschraum und sagte: »Bis ihr umgezogen seid, ist der Kaffee fertig.«

Im Duschraum gab es auch zwei Waschbecken; die Duschkabine war am hinteren Ende des rechteckigen Raumes untergebracht. Gleich neben der Eingangstür stand eine hölzerne Sitzbank. Darüber befanden sich einige Kleiderhaken und ein großer Spiegel. Decke und Wände waren, wie in der Diele auch, holzgetäfelt. Eine zweite Tür gegenüber der Sitzbank führte zu einem WC. Ein kleines Fenster neben der Duschkabine sorgte für Tageslicht und Frischluftzufuhr. Eine eiserne Kurbel neben dem Fenster erregte Lindens Neugierde. Als er an ihr drehte, bewegte sich ein stählerner Rolladen nach unten. Doris sagte: »Vor dem Umbau gab es nur Holzläden, und das Fenster im Wohnraum war nur halb so groß. Werner wollte sichergehen, daß, wenn die Hütte leersteht, nicht eingebrochen wird.«

»Duzt du dich mit ihm?«

»Mit ihm und mit Irmgard«, sagte sie. »Sie haben es mir, als wir zusammen hier waren, angeboten. Dich wird sie sicher auch bald duzen. Ich glaube, du bist ihr Typ. Warum ziehst du dich nicht aus?«

Sie war bereits ausgezogen; ihr tüllstickverzierter Tanga-Slip, der schon seine Aufmerksamkeit erregt hatte, bevor sie die lange Unterhose darüber anzog, war wohl eher für ihre Italienreisen als für einen winterlichen Hüttenurlaub gedacht. Auf den Fotos war sie nur von vorne zu sehen. Daß ihre vom Slip kaum bedeckte Kehrseite bar jeden Gramms überflüssigen Fleisches war, ließ bei einer Frau in ihren Jahren entweder auf Veranlagung oder auf ein unerbittliches Augenmaß für ihre Figur schließen. Er war viel zu sehr in ihren Anblick versunken, als daß ihm aufgefallen wäre, daß sie ihn in dem großen Spiegel beobachtete. Erst als sie fragte: »Soll ich ihn für dich ausziehen?« fuhr er ertappt zusammen. Sie drehte sich nach ihm um, legte einen Arm um seinen Hals, küßte ihn und schob die Hand in seine Hose. Sie behielt sie so lange dort, wie sie ihn küßte. Erst als Irmgard an die Tür klopfte und ihren Namen rief, nahm sie die Lippen von seinem Mund und die Hand aus seiner Hose. Sie streifte das Wollhemd über den Kopf und ging, nur mit dem Slip bekleidet, zur Tür. Sie öffnete sie und sagte zu Irmgard: »Sei nicht böse, aber es dauert noch fünf Minuten. Du siehst, wir sind noch nicht einmal angezogen.«

Irmgard entschuldigte sich: »Dann stelle ich den Kaffee warm. Laßt euch nur Zeit.«

»Bis gleich«, sagte Doris und schloß die Tür. Sie kam zu Linden zurück und sagte: »Sie ist rot geworden. Hast du es gesehen?«

Er blickte sie benommen an.

»Du lieber Gott«, sagte sie. »Was ist schon dabei, wenn ich dich ein wenig küsse. Soll ich dich auch ausziehen oder schaffst du das allein?«

Er zog sich schweigend aus. Bis dahin war sie bereits angezogen. Sie setzte sich mit überkreuzten Beinen auf die Bank und beobachtete, wie er, neben ihr stehend, geistesabwesend im Rucksack wühlte. »Nimm es nicht zu schwer«, sagte sie. »Das würde jedem Mann an deiner Stelle genauso passieren. Mich wundert nur, daß eine Erektion bei dir so lange anhält. Soll ich etwas dagegen tun?«

»Du hast heute schon viel zuviel getan«, murmelte er, noch immer benommen. »Ich muß vor dem Kaffee unter die Dusche.«

»Das könnte nicht schaden«, sagte sie und ließ ihn allein. Er setzte sich eine Weile dorthin, wo zuvor sie gesessen hatte, und dachte über sich nach. Schließlich sagte er laut: »Ist doch alles umsonst« und ging unter die Dusche.

Doris und Irmgard tranken bereits Kaffee, als er zu ihnen kam. Sie saßen an einem Tisch vor dem großen Fenster, hatten die Köpfe zusammengesteckt und tuschelten. Bei seinem Eintreffen brachen sie ab. Neben einer bequemen, lederbezogenen Sitzgruppe brannte in einem offenen Kamin ein Feuer. An den holzgetäfelten Wänden hingen holzgerahmte Bilder mit eindrucksvollen Gebirgslandschaften. Gegenüber vom Kamin an der rechten Längsseite des Raums befanden sich vier Schlafkojen, jeweils zwei Lager übereinander, durch eine Zwischenwand getrennt. Die Betten waren breit genug auch für zwei Personen, ihre Kissen waren bunt bezogen. Auch die Kissen auf den Stühlen und das Polster der Sitzbank unter dem Fenster waren farbenfroh gehalten. Vor dem Fenster tanzten Schneeflocken im Wind; mehr war draußen nicht zu erkennen.

Irmgard hatte für sich und ihren Boyfriend aus Garmisch Kuchen mitgebracht; ihr Kaffee schmeckte ausgezeichnet. Linden machte ihr ein Kompliment. Ihm fiel auf, daß sie jedesmal, wenn sie ihn ansah, ein rasches Lächeln aufsetzte oder Doris die Hand auf die Schulter legte. Ihr schönes, kupferfarbenes Haar trug sie genauso wie diese: schulterlang und mit einer Innenrolle. Sie goß Linden Kaffee ein, legte ihm ein Stück Kuchen auf den Teller und sagte: »Ich mußte ihn erst auftauen; als ich ihn aus dem Rucksack nahm, war er steinhart gefroren. Zum Abendessen gibt es Rührei mit Speck. Ich hoffe, Sie mögen Rühreier, Robert?«

Er nickte und blickte Doris an: »Du willst hier übernachten?«

Sie gab Sue Ellen, die unmittelbar neben ihr saß, ein Stück Kuchen und sagte: »Irmgard hat mir eben vorgeschlagen, daß wir einige Tage hierbleiben. Ich bin einverstanden. Hier sucht mich bestimmt keiner. Wir sind hier sicherer aufgehoben als in Eschelmoos. Den Brief kannst du in Ettal oder in Oberammergau einwerfen.«

»Das finde ich keine gute Idee, Doris«, sagte Irmgard lebhaft. »Viel besser wäre es, er würde über die Grenze fahren und ihn in Österreich einwerfen. Man wird dich bestimmt schon überall suchen, und wenn der Brief in Oberammergau abgestempelt ist –«

»Das ist richtig«, warf Doris ein. »Daran habe ich gar nicht gedacht. Hast du ihn schon geschrieben?« fragte sie Linden. Er schob sich ein Stück Kuchen in den Mund. »Schon längst. Er und die anderen werden, sobald ich es für richtig halte, zur Post gegeben.«

Sie fragte konsterniert: »Wozu hätte ich ihn dann in Eschelmoos noch einmal schreiben sollen?«

»Damit du seinen Inhalt kennenlernst, aber das wolltest du ja nicht.«

Irmgard schaltete sich ein: »Wieso spricht er noch von anderen Briefen? Ich dachte, es ginge nur um den einen an die Rundfunkanstalt.«

»Er will Durchschläge an die Presse senden«, antwortete Doris.

»Ach so.« Irmgard lachte. Linden runzelte die Stirn. »Sie finden das komisch?«

»Nein, nein.« Sie berührte besänftigend seine Hand. »Im Gegenteil. Ich bewundere Sie sehr, Robert. Einem Mann wie Ihnen bin ich noch nie begegnet.«

»Das habe ich ihm auch schon gesagt«, nickte Doris. »Er ist wirklich einmalig. Gefällt er dir?«

»Ja.« Irmgard musterte ihn wohlwollend. »Ich habe mir Männer, die Frauen entführen, immer ganz anders vorgestellt.«

»Ich habe Doris nicht entführt«, sagte Linden. »Sie ist freiwillig mitgekommen.«

»Aber doch nur wegen der Fotos«, sagte Irmgard. »Mein Gott, wenn ich daran denke, was geschähe, wenn Werners Videofilme in fremde Hände fielen. . . Ich hätte sie schon längst verbrannt, aber er hat sie so gut versteckt, daß ich sie nicht finde. Ich könnte mich, solange er sie besitzt, nicht einmal von ihm scheiden lassen, ohne befürchten zu müssen, daß er sie, um sich an mir zu rächen, anderen Leuten vorführt.«

»Sind sie so schlimm?« fragte Doris. Irmgard lachte wieder. »Na hör mal! Wir haben, als die Kamera lief, sämtliche Stellungen ausprobiert. Heute würde ich so etwas nicht mehr mitmachen, aber damals konnte ich ihm noch keinen Wunsch abschlagen. Ich nehme an, dein geschiedener Mann hat für die Fotos einen Selbstauslöser benutzt?«

Doris lächelte. »Was sonst? Wir konnten ja schlecht einen Fotografen kommen lassen. Ich habe mir besonders bei dem einem Foto, wo ich eine Kerze mache und er, hinter mir stehend, meine Beine festhält, beinahe das Kreuz ausgerenkt.«

»Diese Stellung kenne ich noch nicht«, sagte Irmgard, sichtlich angetan. »Darf ich das Foto einmal sehen?«

Linden legte die Gabel mit dem Stück Apfelkuchen, das er sich gerade in den Mund schieben wollte, auf den Teller zurück: »Ich möchte hier eines klarstellen –«

»Er hat die Fotos nicht bei sich«, fiel Doris ihm schnell ins Wort. »Sie liegen alle bei einer Vertrauensperson, die sie, wenn ich nicht spure, an die Redaktionen von Pornozeitschriften versenden wird.«

»Geschickt eingefädelt«, meinte Irmgard beeindruckt.

»Doch, darin ist er große Klasse«, sagte Doris und blickte, während sie das rechte Auge halb zukniff, Linden an. Er zuckte mit den Schultern und aß seinen Kuchen weiter. Irmgard sagte: »Wissen Sie, Robert, ich bin auch gegen manches, was im Fernsehen gebracht wird. Doris hat Ihnen vielleicht erzählt, daß es zwischen meinem Vater und meinem Mann große Meinungsverschiedenheiten gibt. Aber ich bin nun mal mit Werner und nicht mit meinem Vater verheiratet. Als seine Frau versuche ich, auch ihn zu verstehen. Mit den Konservativen kann auch ich nichts anfangen.«

»Aber sicher mit den Grünen«, sagte Linden.

Sie lachte. »Werner findet sie ganz lustig; ich übrigens auch. Sie nicht?«

Linden nickte. »Besonders dann, wenn sie den Russen einen größeren Friedenswillen zutrauen als den Amerikanern. Einige linke Provinz-politiker haben auch schon erkannt, daß wir uns, wenn wir als Nation schon nicht mehr das sind, was wir in der Welt einmal waren, eben etwas Neues einfallen lassen müssen, um sie weiterhin zu beunruhigen. Nach diesem Rezept ist schon so manch einer von ihnen bis nach Bonn gekommen.«

Sie musterte ihn amüsiert. »Sie sind wirklich, wie Doris Sie mir geschildert hat, Robert. Viele Menschen bei uns denken etwas anders darüber als Sie.«

Er nickte wieder. »Ich weiß. Doris gehört ja auch zu ihnen. Keine andere Partei ist so zum Hätschelkind der Massenmedien geworden wie die Grünen. Der Hang zur Selbstzerstörung lag uns Deutschen schon immer im Blut.«

Doris streichelte Sue Ellen, die, weil es keinen Kuchen mehr gab, sich neben ihr am Boden ausgestreckt hatte, den Kopf. »Du übertreibst mal wieder, Robert.«

»Ich hoffe es«, sagte er.

Irmgard lachte. »Laßt uns lieber wieder über Sex reden, solange wir es noch dürfen. Wenn es nach den Schwarzen ginge, müßte alles, was damit zu tun hat, verboten werden. So viele Bücher und Filme wie unter der jetzigen Regierung haben die Staatsanwälte seit dreißig Jahren nicht mehr konfisziert.« Sie blickte, noch immer lachend,

Doris an. »Vielleicht verkehrt Robert sonst nur in solchen Kreisen, wo es unschicklich ist, mit Frauen über Sex zu reden.«

»Das ist möglich«, sagte Doris. »Mir ist jedenfalls aufgefallen, daß er sich, im Gegensatz zu seiner politischen Beredsamkeit, bei diesem Thema immer sehr bedeckt hält. Dein Mann ist ja genauso. Mir sagte er einmal, daß Sexbücher unter seinem Niveau lägen. Dafür schaut er sich gerne Pornofilme an und dreht sogar welche.«

»Aber doch nur mit mir«, lachte Irmgard und richtete das Wort an Linden: »Sie machen so ein finsteres Gesicht, Robert. Sie ärgern sich doch nicht über uns?«

Linden fand, daß sie etwas zu viel und zu laut lachte. Er sagte, ohne es eigentlich zu wollen: »Was mich wirklich ägert, ist, daß ausgerechnet die linken Weiber die schärfsten Titten haben.«

Seine Worte lösten bei Doris und Irmgard schallende Heiterkeit aus. Doris sagte kichernd: »Nicht nur die schärfsten Titten, Robert. Warte nur ab, bis du auch noch den Rest kennenlernst.«

»Kennt der den noch nicht?« fragte Irmgard, atemlos vor Lachen.

»Nein. Ich habe ihn aber schon darauf angespitzt. – Kann ich dir helfen, das Geschirr wegzuräumen?«

»Das erledige ich selbst«, sagte Irmgard und stellte die Tassen und Teller auf ein Tablett. »Setzt euch schon rüber an den Kamin. Wie wär's mit einem Enzian?«

»Keine Bedenken«, sagte Doris.

Daß Doris, als Linden in einen der tiefen Ledersessel am Kamin Platz nahm, sich sofort auf seinen Schoß setzte, ihm in Irmgards Gegenwart die Arme um den Hals legte und ihn wieder küßte, hatte er nicht erwartet. Sie sagte leise: »Du siehst, wir brauchen uns ihretwegen keine Gedanken zu machen. Habe ich wirklich so scharfe Titten?«

»Eines Tages bringe ich dich bestimmt um«, murmelte er.

»Aber bis dahin will ich noch ein bißchen leben«, sagte sie. »Und das gehört auch mit dazu. Wenn sich heute nacht neben dir etwas rührt, dann bin ich es.«

»Nicht in ihrer Gegenwart«, sagte er. Doris blickte über die Schulter hinweg zu Irmgard hin, die sich in der kleinen Kochnische neben der Tür zu schaffen machte. »Warum nicht? Wenn es dunkel ist, sieht sie nichts.«

»Es genügt, wenn sie es hört.«

»Sie wird nichts hören. Ich zeige dir, wie man das macht. Ist dir aufgefallen, daß sie das gleiche Parfüm benutzt wie ich?«

»Mir ist noch mehr aufgefallen«, sagte er. »Du scheinst es ziemlich dick mit ihr zu haben. Jedenfalls viel dicker, als du mir erzählt hast.«

»Auf keinen Fall so dick, wie du denkst«, sagte sie und bewegte sich auf seinem Schoß. »Du bist ja schon wieder da. Wieso eigentlich? Ich tu doch gar nichts.«

»Wenn du deinen aufregenden Hintern an mir reibst...«

Sie verschloß ihm den Mund mit einem langen Kuß.

Irmgard brachte die Gläser und den Enzian. Sie sagte: »Es ist warm hier; ich ziehe mir etwas Leichteres an. Soll ich Licht machen? Draußen wird es schon dunkel.«

»Ich finde es so ganz kuschelig«, sagte Doris. »Ich mache es mir auch etwas bequemer. Sue Ellen nehme ich mit in die Diele. Sie kann dort schlafen, dann stört sie uns nicht.«

Sie rief Sue Ellen zu sich und verließ mit ihr und Irmgard den Raum. Linden stand auf und trat ans Fenster. Es schneite noch immer. Er lehnte die heiße Stirn gegen das kühle Glas und versuchte, an nichts zu denken, aber das ging nicht. Seine Gedanken kamen keinen Augenblick lang mehr von ihr los. Als hätte sie ihn verhext. Sie in seinen Armen zu halten, sich ihren Händen hinzugeben und ihren Körper mit seinen eigenen Händen zu erfahren, erschien ihm für eine kurze Zeit ungleich wichtiger als alles, was ihn mit ihr zusammengeführt hatte. Aber eben nur für eine kurze Zeit. Auch wenn sie diese Runde gewonnen hatte – von seinem eigentlichen Ziel würde sie ihn nicht abbringen. Eine Bettgeschichte mit ihr war eine Sache, den Brief zu schreiben und ihn abzuschicken, war eine andere. Prinzipien waren recht und schön, solange sie sich mit den Realitäten in Einklang bringen ließen, und zu den Realitäten gehörte nun einmal, daß er ihretwegen in der vergangenen Nacht kaum ein Auge zugetan hatte. Er war selbstkritisch genug, seine Niederlage einzugestehen. Einer Frau, die ihre Mittel so bedenkenlos einsetzte wie sie, zu widerstehen, setzte eben mehr voraus als politische Meinungsverschiedenheiten. Man konnte nicht gleichzeitig von ihr fasziniert sein und sich doch abgestoßen fühlen. Das eine schloß das andere aus.

Sie hatten es sich beide bequem gemacht: Irmgard im superkurzen Hausmantel, der gerade noch ihre Blöße bedeckte, und Doris in einem roten Freizeitanzug mit durchgehendem Reißverschluß an der Jacke und knappsitzenden Shorts, die keinen Zweifel darüber aufkommen ließen, wo ihre aufregenden Oberschenkel anfingen oder endeten. Im warmen Schein des knisternden Kaminfeuers wirkte sie auf Linden noch verführerischer. Der Gedanke, daß sie heute nacht zu ihm kommen und ihm zeigen würde, wie man es ohne Geräusche machte, trieb ihm den Schweiß auf die Stirn. Den von Irmgard servierten Enzian goß er mit einem Zug hinunter. Sie sagte: »Wir haben auch einen Mosel hier, aber mit dem warten wir besser bis nach dem Abendessen; zu den Rühreiern gibt es Bier.« Sie hatte sich zu Doris auf die Couch gesetzt und die Beine an den Körper gezogen. Doris sagte: »Sei nicht böse, Irmgard, aber ich muß mich nach dem Essen sofort hinlegen. Ich habe in der vergangenen Nacht so gefroren, daß ich kaum Schlaf fand.«

»Ich habe auch wenig geschlafen«, sagte Irmgard. »Wir legen uns alle früh hin. Wenn es Robert nichts ausmacht, kann er mich morgen rasch nach Garmisch fahren. Ich muß mich kurz um Hans kümmern.«

»Warum bringst du ihn nicht einfach mit?« fragte Doris. »Wenn er und Robert sich einmal über die Grünen aussprechen, könnte es für sie beide interessant werden.«

Irmgard lachte. »Ob Robert das will?«

»Wir können ihn ja fragen«, sagte Doris und blickte Linden an. »Ich erzählte dir schon, daß Irmgard ihn auf einer Karnevalsveranstaltung kennenlernte. Er ist im Rathaus Fraktionssprecher der Grünen.«

»Das soll wohl ein Witz sein?« fragte er konsterniert.

Sie zuckte mit den Schultern. »Wenn Irmgard ihn darum bittet, wird er vielleicht den Mund halten. Er wird es nicht verstehen, wenn sie ihn jetzt nach Hause schickt.«

»Das ist nicht unser Problem.«

Sie widersprach ihm: »In einem gewissen Sinne doch. Hans hat sie in seinem Wagen hergebracht. Wenn sie ihn nach Hause schickt, ist sie auf uns angewiesen. Wir wissen ja nicht, was du noch alles mit mir vorhast und wann du es für richtig findest, die Briefe wegzuschicken. Erst dann, wenn die Zeitungen und der Rundfunk berichten, daß ich vermißt werde?«

»Vorher wäre es witzlos.«

»Und wenn sie nicht darüber berichten oder erst in vier Wochen? Es könnte ja sein, daß die ermittelnden Beamten zuerst einmal abwarten wollen, ob irgendeine Nachricht eintrifft, die ihnen Aufschluß über mein Verschwinden gibt, bevor sie es an die große Glocke hängen. Im Funkhaus wird man mich erst in drei Wochen vermissen, wenn ich mich wieder an meinem Arbeitsplatz melden muß. Vielleicht hast du dir doch nicht alles so gut überlegt, wie du es dir eingeredet hast.«

Er griff nach der Enzianflasche und füllte sein leeres Glas nach. »Ich muß dich enttäuschen. Wenn innerhalb einer Woche nichts in den Zeitungen steht, wird man einen anonymen Hinweis auf dein Verschwinden erhalten.«

Ihm fiel auf, daß sie einen raschen Blick mit Irmgard wechselte. »Von deiner Schwester?« fragte sie.

»Von wem auch immer«, sagte er kurz.

»Du hast wirklich nichts dem Zufall überlassen«, sagte sie und richtete das Wort an Irmgard: »Dann müssen wir uns etwas Neues einfallen lassen. Oder was meinst du?«

»Aber was?« fragte Irmgard und streckte sich, den Kopf auf die Armlehne und die langen Beine über Doris' Schoß legend, bequem auf der Couch aus.

»Mal sehen«, sagte diese.

Linden musterte sie scharf. »Worüber redet ihr?«

»Darüber, was mit Hans geschehen soll«, antwortete sie. »Irmgard würde nämlich gerne bei mir bleiben, bis du mich laufenläßt. Du hast mir nichts davon gesagt, daß sich das länger als acht Tage hinziehen kann.«

Er blickte zuerst Irmgard und dann Doris an. »Soll das eine neue, zwischen euch abgekartete Erpressung sein?«

»So würde ich das nicht sehen«, meinte sie. »Irmgard befürchtet ein wenig, daß sie, wenn sie erst wieder zu Hause ist, vielleicht doch Probleme haben wird, Werner nicht zu erzählen, daß sie mich getroffen –«

»Ich denke, er ist bei einer Kur?« fiel Linden dazwischen.

»Aber doch nur noch für drei Wochen. Ich habe mir etwas überlegt, Robert. Irmgard und ich, wir kennen uns eigentlich schon zu gut, als daß ich es fertigbrächte, sie wegen Hans unter Druck zu setzen. Ich kann doch einer Freundin nicht damit drohen, ihrem Mann von ihrem Boyfriend zu erzählen. Das müßtet du schon selbst tun.«

»Worauf willst du eigentlich hinaus?« fragte er nach einer kleinen Pause.

Sie zuckte mit den Schultern. »Das habe ich dir bereits gesagt. Mir ist es auch lieber, Irmgard bleibt bei uns, bis du mich laufenläßt. Ich nehme an, du hast nicht vor, mich wieder vor meinem Bungalow abzusetzen. Das wäre viel zu gefährlich für dich. Allein möchte ich aber auch nicht nach Hause fahren. Das könnte ich zusammen mit Irmgard tun. Ich stelle es mir so vor, daß du mich bei Nacht und Nebel vor einem Hotel absetzt und dann deine eigenen Wege gehst. Vom Hotel aus könnte ich Irmgard anrufen, damit sie mich mit ihrem Wagen abholen kommt. Ich habe mir auch schon überlegt, was ich der Polizei erzählen werde. Du hast mich auf einem Autobahnrastplatz gefesselt und mir die Augen verbunden. Abgenommen hast du mir die Binde erst in einem kleinen, fensterlosen Keller mit feuchten Wänden und einem einfachen Feldbett, auf dem du dich mehrfach an mir vergangen hast. Auch die Rückfahrt verlief dann wieder mit verbundenen Augen, bis du mich vor dem bereits erwähnten Hotel, noch immer mit verbundenen Augen, aus dem Wagen gestoßen und die Weiterfahrt angetreten hast. Ich finde, das klingt glaubwürdig und läßt sich auch gut an die Presse verkaufen. Oder findest du die Story schlecht?« fragte sie, Irmgard anschauend.

Irmgard lachte. »Im Gegenteil. Besonders das mit dem Feldbett gefällt mir. Ich kann es mir so richtig vorstellen.«

»Er es sich anscheinend leider nicht«, sagte Doris. »Er hat mir ja noch nicht einmal verraten, wer er ist, was er tagsüber so treibt und welche Hobbys er, außer Frauen zu erpressen, hat. Das ist mir bei einem Mann, dem ich schon so nahegekommen bin wie ihm, noch nie passiert.« Sie griff nach einem Zipfel von Irmgards Hausmantel, hob ihn etwas an und befühlte den Stoff. »Ist das Baumwolle?«

»Ja. Warum fragst du?«

»Er gefällt mir«, sagte Dors. »Darf ich ihn mal anprobieren?«

Irmgard lachte. »Tut mir leid, ich habe nichts darunter an.«

»Wirklich?« Doris warf einen Blick unter ihren Hausmantel. »Ist dir das nicht zu kühl?«

»Nicht, wenn ich vor dem Kamin sitze«, sagte Irmgard. »Jemand müßte Holz auflegen. Machen Sie das, Robert?«

Er stand mit gerötetem Gesicht auf. »Was bezweckt ihr mit dieser Show?«

»Mit welcher Show?« fragte Doris. Zu Irmgard sagte sie: »Hast du eine Ahnung, wovon er redet?«

»Nein. Es sei denn, es stört ihn, daß du mich so weit aufdeckst.«

»Aber das ist doch lächerlich«, sagte Doris. »Das wäre etwas anderes, wenn ich dich so aufdeckte.« Sie schlug Irmgards Hausmantel auf, so daß Linden ihr kupferfarbenes Haarwappen sehen konnte. »Oder so«, sagte sie und öffnete ihn auch über ihren Brüsten. »Du hast wirklich scharfe Titten«, sagte sie und berührte mit dem Zeigefinger ihre Warzen. »Habe ich dir schon erzählt, daß er ein Foto von dir machen will?«

Irmgard blickte Linden an, der auf halbem Weg zum Kamin unschlüssig stehengeblieben war und ihren gutgewachsenen, sehnigen Körper betrachtete. »Wozu braucht er das Foto?«

»Um es Werner zu zeigen, falls du ihm von uns erzählst«, sagte Doris. »Wenn es aber genauso kompromittierend werden soll wie jene Fotos, die er von mir hat, brauchen wir noch einen Mann dazu. Ob Hans mitmachen würde?«

Irmgard schüttelte entschieden den Kopf. »Für so etwas gäbe er sich als Fraktionssprecher der Grünen bestimmt nicht her, Doris. Außerdem würde ich mich damit viel zu abhängig von ihm machen.«

»Das ist richtig«, sagte Doris. »Daran habe ich gar nicht gedacht.« Sie richtete das Wort an Linden, der noch immer reglos neben ihnen stand und einmal sie und dann wieder Irmgard anschaute: »Vielleicht genügt es auch, wenn du sie zusammen mit mir fotografierst, Robert. Ich würde mich natürlich auch freimachen.«

Irmgard widersprach ihr: »Das wäre nicht dasselbe wie mit einem Mann, Doris. Jedenfalls nicht so kompromittierend.«

»Auch nicht, wenn ich dich hier anfasse?« fragte Doris und legte die Hand auf ihren Schoß.

Irmgard sagte zweifelnd: »Ich weiß nicht, ob das gut wäre, Doris. Damit würdest du dich doch genauso kompromittieren wie mich.«

»Gemessen an den Fotos, die er schon von mir hat, wäre das noch das harmloseste«, sagte Doris. »Am besten wird sein, wir erledigen es sofort. Dann braucht er sich deinetwegen keine Gedanken mehr zu machen und hätte bestimmt auch nichts dagegen einzuwenden, daß wir zusammen. . .« Sie brach ab und beobachtete, wie Linden zur Tür ging. »Was hast du vor?« fragte sie.

Er gab ihr keine Antwort. Als sie wenig später zu ihm in den Duschraum kam, war er bereits damit beschäftigt, sich umzuziehen. Sie schloß die Tür hinter sich und sagte: »Tu das nicht, Robert. In der Dunkelheit und bei diesem Schneesturm wirst du den Weg hinunter ganz sicher verfehlen.«

»Ich habe nicht vor, hinunterzufahren«, sagte er. »Mir ist nur nach frischer Luft zumute.«

Sie lächelte erleichtert. »Du hast mir vielleicht einen Schrecken eingejagt. Wenn dir nach frischer Luft zumute ist, können wir auch ein Fenster öffnen. Laß das.« Sie ging zu ihm hin, nahm ihm die Skistiefel aus der Hand und zog ihn neben sich auf die Bank. »Wir haben es doch nur für dich getan«, sagte sie. »Wieso gefällt dir so etwas nicht?«

»Es genügt, wenn es dir gefällt«, sagte er. »Mit wem habt ihr das schon geübt? Mit Hans oder mit Werner? Oder mit beiden gleichzeitig?«

»Weder noch«, sagte sie. »Ich habe auch mit Irmgard nichts. Was ich dir von der Nacht mit ihr in der unteren Hütte erzählte, war erfunden. Sie schlief damals nicht in meinem Bett, sondern zusammen mit Werner in dem anderen. Sie hätte bei einer Frau genausowenig davon wie ich. Wir sind sehr gute Freundinnen; das ist alles. Ich möchte, daß sie bei uns bleibt, Robert. Vielleicht möchtest du es auch. Ich hatte vorhin nicht den Eindruck, daß sie dich gleichgültig läßt. Vielleicht wolltest du nur deshalb an die frische Luft?«

»Das war doch ein ganz durchsichtiges Spiel«, sagte er. »Ich fand es zum Kotzen.«

»Wirklich?« Sie berührte seinen Arm. »Eines würde ich gerne wissen: Warum du das mit den scharfen Titten gesagt hast. So etwas paßt überhaupt nicht zu dir. Irmgard hat sich auch darüber gewundert. Es brachte uns überhaupt erst auf den Gedanken, dir etwas vorzuspielen. Sie meinte, solange du ihre Titten nicht gesehen hast, könntest du doch gar nicht beurteilen, wie scharf sie sind.«

»Ich habe es gesagt, weil ich mich über euch geärgert habe.«

»Sie hat das aber anders empfunden. Du gefällst ihr. Sie hätte bestimmt nichts dagegen, einmal mit dir zu schlafen. Da wir beide doch nicht zusammenpassen und uns, wenn du mit deinen Briefen erreicht hast, was du erreichen willst, nie wiedersehen werden, finde ich, daß wir aus unserem notgedrungenen Zusammensein das Beste machen sollen.«

Er sagte schroff: »Ich gehöre nicht zu den Männern, denen zwei Frauen im Bett lieber sind als eine. So gut solltest du mich allmählich kennen.«

»Von Liebesspielen zu dritt habe ich auch nicht gesprochen«, klärte sie ihn auf. »Für so etwas bin ich ebensowenig zu haben wie du. Irmgard übrigens auch nicht. Sie hat eben nur mitgespielt, weil ich sie, als wir uns hier umzogen, darum bat. Sie weiß auch von meinem Haus in Italien. Sie hat mich dort schon ein paarmal besucht. Sie ist der einzige Mensch, zu dem ich volles Vertrauen habe und mit dem ich mich, wenn mir danach zumute ist, hin und wieder aussprechen kann.«

»Dann weiß auch ihr Mann von dem Haus in Italien?«

»Nein. Die beiden sind seit sechs Jahren verheiratet. Daß er sich ihretwegen hat scheiden lassen, hindert ihn nicht daran, auch mit anderen Frauen...«

»Auch mit dir?«

»Er ist nicht mein Typ. Ganz abgesehen davon, daß so etwas innerhalb der Anstalt nicht gerne gesehen wird. Er hat Ehrgeiz und träumt davon, Fernsehdirektor zu werden. Seine Aussichten dafür stehen nicht schlecht. Er ist seit fünfzehn Jahren in der SPD und wird nicht nur von seinen Parteifreunden in den Aufsichtsgremien der Anstalt, sondern auch aus Wiesbaden protegiert. Irmgard weiß, daß er hin und wieder über die Stränge schlägt; sie macht es deshalb genauso wie er. Ob er etwas davon ahnt, kann sie nur vermuten. Es ist jedenfalls merkwürdig, daß er, obwohl ihm bei der Karnevalsveranstaltung, wo sie Hans kennenlernte, nicht entgangen sein konnte, daß Irmgard fast nur mit diesem tanzte, ihn später ein paarmal zu sich nach Hause eingeladen hat. Irmgard gegenüber begründete er es damit, bei solchen Gelegenheiten etwas mehr über die Absichten und Ziele der Grünen zu erfahren. Vielleicht wurde er auch von Schmidtborn dazu angeregt, der bei der Veranstaltung mit dabei war und für die bevorstehende OB-Wahl auf die Unterstützung der Grünen hofft. Kennst du ihn?«

»Ich wohne nicht in Frankfurt.«

Sie lächelte. »Dachte ich es mir doch. Daß Werner Hauptabteilungsleiter wurde, hat er nicht zuletzt Schmidtborn zu verdanken. Er sitzt bei uns im Verwaltungsrat und ist gleichzeitig Kreisvorsitzender und Fraktionsführer im Rathaus. Ich nehme an, daß er auch in meinem Fall nicht ganz untätig war.« Sie stand auf. »Irmgard ist in der Küche und kümmert sich bereits um das Abendessen. Ich habe mich mit ihr darüber geeinigt, wie wir schlafen. Mir ist auch lieber, sie hört uns nicht zu. Wenn ich merke, daß sie schläft, komme ich zu dir. Es ist dir doch recht?«

Statt ihr zu antworten, griff er nach ihrem Arm, zog sie auf seinen Schoß und küßte sie. Als er ihre Brust berührte, hielt sie seine Hand fest und sagte: »Nicht jetzt. Warte bis später. Vor ein paar Stunden wolltest du mich noch nicht einmal küssen.«

»Da hatte ich auch noch meine fünf Sinne beisammen«, murmelte er, mit dem Mund an ihrem Ohr. Sie schob ihn sanft von sich. »Das hast du dir nur eingeredet. In Wirklichkeit wolltest du es in Eschelmoos schon genauso wie ich. Komm jetzt. Wir wollen Irmgard nicht warten lassen.«

An der Tür zur Diele wurden sie von Sue Ellen begrüßt, die an Doris hochsprang, ihr die großen Pfoten auf die Schultern legte und sie zu lecken versuchte. Sie wehrte sie lachend ab und sagte: »Wir nehmen sie bis zum Schlafengehen wieder mit hinein. Sicher hat sie schon die Rühreier mit Speck gerochen und wieder Appetit bekommen. Nach dem Essen muß sie noch einmal hinaus, ihr Geschäft erledigen. Machst du das?«

»Nur unter Protest«, sagte Linden.

Irmgards Rühreier mit Speck fanden auch seinen Beifall. Sie sagte: »Wenn wir länger hierbleiben, müssen wir morgen einkaufen. In Ettal wohnt ein Mann, der uns die Sachen heraufbringen wird. Dann brauchen wir uns nicht selbst damit abzuschleppen. Er kümmert sich während unserer Abwesenheit regelmäßig um die Hütte und sorgt im Sommer für genügend Flaschen Propangas und für den Diesel-Kraftstoff für den Generator. Ganz können wir die Heizung im Winter nicht abschalten, sonst fröre hier alles ein. Wenn Robert mich nach Garmisch fährt, kaufen wir dort ein und geben die Sachen auf der Rückfahrt in Ettal ab. In Garmisch gibt es in den Geschäften größere Auswahl. Ich bin immer noch am Überlegen, was wir mit Hans machen. Ich habe ihm schon so oft von der Hütte erzählt, daß er sie unbedingt kennenlernen wollte. Vielleicht würde es genügen, wenn er sie wenigstens einmal kurz sieht. Ihr beide könntet ja in dieser Zeit etwas anderes unternehmen.«

»Wie ist sein Familienname?« fragte Linden. »Vielleicht habe ich schon einmal von ihm gehört.«

»Diedenhofen«, antwortete Doris für Irmgard. »Er ist von Beruf Lehrer und seit zwei Jahren arbeitslos. Ich habe ihn einmal interviewt und bin sicher, daß er bei der nächsten Landtagswahl auch in Wiesbaden eine Rolle spielen wird. Er ist keiner von den Fundamentalisten. Was er sagt, klingt alles sehr vernünftig und überzeugend.«

»Das hat ja auch Werner so beeindruckt«, sagte Irmgard. »Ihm gefällt auch, daß er sich für den OB-Kandidaten der SPD einsetzen will.« Sie lachte. »Obwohl Werner und ich da sicher etwas nachgeholfen haben. Bist du mit Geßler schon einmal zusammengetroffen?«

Doris schob Sue Ellen mit den Fingern ein Stück Rührei in das bereitwillig geöffnete Maul. »Nein, aber Werner hat mich bereits auf ihn angesprochen. Ich war in den letzten Wochen so oft für Reportagen unterwegs, daß ich noch keine Gelegenheit hatte, ihn kennenzulernen. Welchen Eindruck hast du von ihm?«

»Einen sehr guten«, sagte Irmgard. »Auch seine Frau ist nett. Sie waren beide bei der Karnevalssitzung, wo ich Hans kennenlernte.« Sie blickte Linden an. »Wir langweilen Sie hoffentlich nicht?«

»Im Gegenteil«, sagte er. »Für mich ist das alles hochinteressant.«

»Der Parteienfilz in der Rundfunkanstalt«, lächelte Doris. »Das ist nur noch mehr Wasser auf seine Mühlen. Müßt ihr erst miteinander schlafen oder wollt ihr euch schon vorher duzen?«

Irmgard brach in heftiges Lachen aus. Sie wischte sich mit einer Serviette Rührei vom Mund und sagte prustend: »Du bist wirklich unmöglich, Doris. Frag doch Robert, wie es ihm lieber ist. Ich weiß ja gar nicht, ob er überhaupt mit mir schlafen will.«

»Willst du es?« wandte sich Doris an Linden. Er antwortete nicht.

»Er geniert sich noch ein bißchen«, sagte Doris. »Ich mache dir einen Vorschlag, Irmgard. Wir sollten Hans nicht einweihen; bei seinen politischen Grundsätzen würde er keinesfalls mitspielen. Ihn und Robert trennen nicht nur Welten, sondern Galaxien. Sie würden sich sofort in die Haare geraten. Er darf auch mich nicht sehen. Vielleicht würde er mich trotz der Perücke erkennen. Wenn du ihm unbedingt die Hütte zeigen willst, machst du das am besten morgen. Vorausgesetzt, das Wetter wird bis dahin besser. Robert und ich fahren mit dir nach Garmisch. Dort kümmern wir uns zuerst um die Einkäufe. Danach kannst du Hans abholen und mit ihm hierherfahren. Kann er überhaupt sikfahren?«

Irmgard lachte. »Sonst hätte er bestimmt nicht den Wunsch verspürt, die Hütte kennenzulernen. Aber wie ist das dann mit euch? Was macht ihr in dieser Zeit?«

»Wir werden uns in Garmisch schon etwas einfallen lassen«, sagte Doris. »Wir vereinbaren einen Zeitpunkt, an dem Robert dich, wenn du mit Hans von der Hütte zurückkommst, in dessen Hotel abholst. Was hast du Hans denn gesagt, als du ihn allein nach Garmisch zurückschicktest?«

»Daß Werner die Hütte, ohne es mir zu erzählen, für eine Woche an gute Freunde von uns vergeben hätte, die nicht wissen dürften, daß ich mit einem anderen Mann hier bin.«

»Aber das hätten sie, wenn er dich zur Hütte brachte, doch mitbekommen.«

Irmgard lachte wieder. »Daran habe ich natürlich auch gedacht. Ich sagte ihm, ich hätte ihnen erzählt, daß ich mit einem Taxi gekommen sei, worauf sie mich bedrängt hätten, mit ihnen auf die Hütte zu gehen, weil sie keinesfalls wollten, daß ich nach der langen Anreise ihretwegen darauf verzichte.«

»Das klingt eigentlich ganz plausibel«, wandte sich Doris an Linden. »Was hältst du davon?«

»Auf ein solches Lügengewebe können nur Frauen kommen«, sagte er. »Mir paßt die ganze Sache nicht; sie ist, rein zeitlich gesehen, auch gar nicht zu schaffen.«

Doris widersprach ihm: »Wenn wir morgen früh zeitig hier aufbrechen, können wir gegen zehn Uhr in Garmisch, und Irmgard mit Hans drei Stunden später hier in der Hütte sein. Für die Abfahrt zur unteren Hütte braucht man auf Skiern nicht länger als eine halbe Stunde. Die beiden könnten also, wenn sie sich nicht zu lange aufhalten, gegen vier Uhr wieder in Garmisch sein. Dann bleibt uns noch genügend Zeit, um vor Dunkelwerden wieder oben zu sein. Immer vorausgesetzt, es schneit morgen nicht mehr. Du hast kein Radio hier, um den Wetterbericht zu hören, Irmgard?«

»Werner wollte es nicht. Im Urlaub möchte er völlig abschalten.« Irmgard dachte kurz nach. »Ich glaube, du hast recht. Es müßte zeitlich zu schaffen sein. Wie das Wetter morgen ist, werden wir ja sehen. Etwas schwarz sehe ich allerdings für die Fahrt bis zur unteren Hütte. Hans wird Schneeketten auflegen müssen und kann dann nur sehr langsam fahren, so daß wir mehr Zeit brauchen.«

»Dann nehmt ihr einfach Roberts Wagen«, sagte Doris. »Er hat sicher nichts dagegen. Mit dem habe sogar ich die Fahrt geschafft.«

»Damit bin ich keinesfalls einverstanden«, sagte Linden.

Sie blickten ihn beide schweigend an, Doris mit leicht hochgezogenen Augenbrauen. Er sagte gereizt: »Verdammt noch mal, es geht mir nicht um das Auto. Aber in Garmisch ist die Wahrscheinlichkeit, daß du erkannt wirst, hundertmal größer als in Ruhpolding oder Oberammergau. Was du da vorschlägst, brächte doch mit sich, daß wir uns mindestens fünf Stunden in Garmisch aufhalten müssen. Wenn Irmgard und Hans sich aus irgendwelchen Gründen verspäten, sogar noch länger. Ich denke nicht daran, ein solches Risiko einzugehen.«

»Und ich«, sagte Doris kühl, »denke nicht daran, mich von dir wie eine Gefangene behandeln zu lassen. Wenn dir das nicht paßt, dann gib die Fotos eben an irgendwelche Boulevardblätter, denen sie hinterher ein paar tausend oder zehntausend Mark Schmerzensgeld wert sind. Wenn du schäbig genug bist, so etwas zu tun, dann sollst du deinen Spaß haben. Vielleicht hast du sogar recht und die Fotos eröffnen mir eine völlig neue Karriere, an die ich bisher noch gar nicht gedacht habe.«

Er zwang sich zur Ruhe. »Es ist nicht die Frage, ob ich für so etwas schäbig genug bin. Von den Fotos wurden Reproduktionen angefertigt. Sie stecken genauso in voradressierten Umschlägen wie die Briefe, und sie werden, wenn es sich als erforderlich erweisen sollte, ihre Adressaten erreichen, ohne daß ich selbst einen Finger dazu rühre. Ich könnte es, selbst wenn ich es wollte, nicht einmal verhindern.«

Sie blickte ihn wieder eine Weile schweigend an. Dann sagte sie: »Das glaube ich dir nicht.«

»Glaube, was du willst«, sagte er. »Ich habe diese ganze Sache zwar auf eigenes Risiko angefangen, aber es gibt da noch ein paar Leute, mit denen ich vorher darüber gesprochen habe und die an ihrem Gelingen nicht weniger interessiert sind als ich. Ihre Aufgabe beschränkt sich darauf, die Briefe zur Post zu geben.«

»Dann kennen diese Leute auch die Fotos?«

»Nein. Die Reproduktionen habe ich selbst angefertigt, sie in Umschläge gesteckt und verschlossen weitergegeben.«

»Und warum können Sie das nicht rückgängig machen?« warf Irmgard mit einem bei ihr ungewohnt ernsten Gesicht ein. Er antwortete kurz: »Darauf möchte ich nicht antworten.«

Doris lächelte schon wieder. »Weil du ihnen eine Erklärung dafür geben müßtest, weshalb du plötzlich umgefallen bist? Aber dazu müßtest du über deinen eigenen Schatten springen, und das kannst du wirklich nicht.« Zu Irmgard sagte sie: »Er wird euch seinen Wagen geben, denn er will gar nicht, daß die Fotos abgeschickt werden. Er braucht Hans ja nicht zu begegnen. Wir fahren mit dir zum Hotel und nehmen uns dann ein Taxi. Es kann uns an den Walchensee bringen. Ich war mit meinem Mann einmal dort und weiß ein Restaurant, wo mich mit der Perücke bestimmt niemand erkennen wird. Treffen können wir uns nach eurer Rückkehr bei diesem Mann in Ettal, der uns die Sachen hinaufbringt. Wir fahren mit dem Taxi zu ihm hin und warten in seinem Haus auf dich. Schaffst du es, mit Roberts Wagen allein von Garmisch nach Ettal zu kommen?«

»Ich bin auch schon allein zu dir nach Italien gekommen«, sagte Irmgard. »Roberts Wagen wird sich auch nicht viel anders schalten als mein eigener. Ich schreibe dir morgen die Adresse in Ettal auf.«

»Dann wäre vorläufig alles geklärt«, sagte Doris. »Darüber, was du Hans alles erzählen mußt, haben wir schon gesprochen. Vergiß nichts davon.«

»Was muß sie ihm erzählen?« fragte Linden.

Sie küßte ihn auf die Wange. »Warum er uns nicht kennenlernen darf. Gehst du jetzt mit Sue Ellen ein paar Schritte hinaus? Irmgard und ich räumen noch den Tisch ab und richten schon die Betten her. Du und ich, wir schlafen in den unteren. Irmgard schläft über mir.«

Ihre souveräne Art, vollendete Tatsachen zu schaffen, verschlug ihm auch diesmal die Sprache. Aber weil ihn die Vorstellung, sie in Kürze in seinen Armen zu halten und zu erfahren, ob der von ihr so verheißungsvoll angepriesene Teil ihres Körpers tatsächlich so scharf war, jetzt ungleich stärker beschäftigte als Begebenheiten, die erst für den nächsten Tag zu erwarten waren, schluckte er neuen Protest hinunter und machte sich, nachdem er sich entsprechend angezogen hatte, mit Sue Ellen auf den Weg vor die Hütte. Dort stellte er fest, daß der Sturm nachgelassen und auch der Schneefall völlig aufgehört hatte. Die Nacht war mondhell. Als er einen Blick zum Himmel schickte, konnte er zwischen schnell ziehenden Wolken hier und da sogar einige Sterne sehen. Auch Sue Ellen benahm sich überraschend friedlich und ließ sich von ihm an der Leine um die Hütte zu dem kleinen Generatorenhaus führen, wo sie sich breitbeinig in den Schnee hockte und ihr Geschäft erledigte. Außer dem summenden Geräusch aus dem Generatorenhaus war zwischen Himmel und Erde kein anderes zu vernehmen. Gut sichtbar hoben sich vor dem dunklen Himmel die Konturen der tiefverschneiten Landschaft mit den bizarr geformten Felstürmen auf dem Bergsattel ab, den sie vor einigen Stunden so mühsam erklommen hatten. Nach Süden hin glaubte er die Silhouetten einiger hochragender Berggipfel zu erkennen. Hinter der Hütte, jetzt deutlich zu sehen, stieg das zerklüftete und mit großen Felsbrocken bedeckte Gelände bis zum Fuße einer senkrecht anmutenden Wand von schwindelerregender Höhe steil an. Was sich weiter oben sonst noch alles tat, ließ sich nur erahnen.

Der Gedanke, die Felswand könnte eines Tages auf die Hütte fallen und sie unter sich begraben, beunruhigte Linden nur kurz, weil sein Kopf bereits mit angenehmeren Dingen beschäftigt war. So kehrte er, da auch Sue Ellen nichts dagegen einzuwenden hatte, mit ihr in die warme Hütte zurück, wo sie sich in der Diele sofort am Boden zusammenrollte und nicht einmal mehr an ihre Wasserschüssel ging.

Das Kaminfeuer erlosch langsam. Weil kein anderes Licht brannte und auch das Fenster nicht zu erkennen war, mußten sich seine Augen, als er von der hell beleuchteten Diele den Hüttenraum betrat, erst umstellen. Von irgendwoher hörte er Doris sagen: »Ich habe mich schon hingelegt; du warst lange draußen.«

»Ich habe mich noch etwas umgesehen«, sagte er. »Warum habt ihr kein Licht?«

»Irmgard braucht nicht zu sehen, daß ich nichts anhabe«, sagte sie. »Sie ist im Duschraum. Wo hast du Sue Ellen gelassen?«

»In der Diele. Sie wollte nicht mit hereinkommen. Vielleicht ist es ihr zu warm hier.«

»Ich werde ihr später noch gute Nacht sagen. Komm zu mir.«

Er tastete sich an der Couch vorbei zu ihr. Sie griff nach seiner Hand und zog ihn neben sich auf den Rand des Bettes. »Sobald ich merke, daß Irmgard schläft, komme ich zu dir«, sagte sie. »Bis dahin brennt auch das Feuer nicht mehr. Den Rolladen hat sie heruntergelassen, damit die Wärme länger anhält. Wäre es dir sehr unangenehm, wenn sie etwas mitbekäme?«

»Jetzt nicht mehr«, murmelte er und beugte sich über sie. Er legte den Mund auf ihre Lippen und streichelte, während er sie küßte, ihr Gesicht. Als er jedoch auch ihren Schoß zu streicheln anfing, hielt sie seine Hand fest und sagte: »Laß das. Das mag ich nicht.«

»Warum nicht?«

»Weil ich es nicht mag«, sagte sie. »Das muß dir genügen.«

»Du hast mich auch nicht danach gefragt, ob ich es mag«, sagte er. Und weil sie sich ihm mit einer Drehung ihrer Hüften zu entziehen versuchte, griff er so hart zu, daß sie aufschrie. Unzählige Male hatte er sich in den vergangenen Stunden vorzustellen versucht, wie es sein würde, wenn er ihr Geschlecht berührte und sie genauso erregte, wie sie ihn erregt hatte, und nun, da es soweit war, verlor er jede Kontrolle über sich. Ihr einsetzender Widerstand verstärkte sein Verlangen noch. Er legte sich, mit dem Oberkörper ihre Arme festhaltend, auf sie, und drückte sie, als sie sich rasch aufrichten wollte, in das Kissen zurück. Ihre lautlose Art, sich zu wehren, erinnerte ihn unwillkürlich an ein Tier. Er zwängte ein Knie zwischen ihre sich sträubenden Beine, und er war nur noch besessen von dem plötzlichen Wunsch, ihr alles heimzuzahlen, was sie ihm heute und in den vergangenen Tagen an Demütigungen zugefügt hatte. Weil er den Eindruck gewann, daß ihr Widerstand vor allem ihrem Bemühen entsprang, ihn ihre einsetzende Erregung nicht fühlen zu lassen, ließ er auch nicht von ihr ab, als sie sich mehrmals heftig aufbäumte, mit den Knien nach ihm stieß und die Zähne in seinen Arm grub. Die Ansicht mancher ihrer politischen Gegner, sie sei frigid und zu einem Orgasmus gar nicht fähig, hatte er nie geteilt. Sie reagierte jedoch anders, als er es von Frauen gewohnt war. Sozusagen mit zusammengebissenen Zähnen und auch jetzt keinen Laut von sich gebend. Nur ihr straff gewölbter Leib fühlte sich für ein paar Augenblicke lang wie ein überspannter Bogen und ihr Schoß naß und kühl an.

Eine Weile blieb er, sich nur allmählich auf sich selbst besinnend, mit dem Oberkörper noch auf ihr liegen, unfähig, einen klaren Gedanken zu fassen. Als von irgendwoher Licht in seine Augen fiel und Irmgards Stimme ihn etwas fragte, verstand er nichts. Er richtete sich auf und ging, ohne sie zu beachten, in den Duschraum. Er riß sich die Kleider herunter und stellte sich so lange unter eiskaltes Wasser, bis er am ganzen Körper zu zittern anfing. Als er nach einem Badetuch griff, wurde die Tür geöffnet, und Irmgard kam herein. Sie drückte die Tür hinter sich ins Schloß, lehnte sich mit dem Rücken dagegen und blickte ihn, die Arme vor der Brust verschränkend, wortlos an. Ihr längsgestreiftes Kurznachthemd reichte nur bis knapp über ihren Schoß. Er kümmerte sich nicht weiter um sie und trocknete sich, ohne sich durch ihre Anwesenheit stören zu lassen, am ganzen Körper ab. Als sie zu ihm kam und nach seinem Arm griff, fragte er kurz: »Was wollen Sie?«

»Sie bluten«, antwortete sie. Tatsächlich entdeckte er dort, wo Doris die Zähne in seinen Arm gegraben hatte, etwas Blut. Irmgard wandte sich einem kleinen, an der Wand hängenden Arzneimittelschrank zu und nahm ein Pflaster heraus. Sie klebte es ihm über die Wunde und sagte: »Sie verstehen es großartig, sich bei ihr unbeliebt zu machen. Ich habe sie noch nie so wütend erlebt. Was haben Sie ihr getan?«

»Nichts, was ihr sehr unangenehm hätte sein müssen«, antwortete er und öffnete, ohne sich für ihre Hilfe zu bedanken, den Rucksack. Er zog einen Pyjama an und putzte sich an einem der beiden Waschbek-ken die Zähne. Da er sich von Irmgard unausgesetzt beobachtet fühlte, drehte er sich nach ihr um. Sie hatte sich auf die Bank gesetzt, die sehnigen Beine von sich gestreckt und die Hände über dem Schoß verschränkt. »Ich bin sicher nicht der erste Mann, den Sie im Pyjama sehen«, sagte er.

Sie lachte leise. »Ich habe Sie ja sogar ohne Pyjama gesehen. Eigentlich sollte ich jetzt genauso wütend auf Sie sein wie Doris. Im Gegensatz zu ihr ist es mir egal, wo Sie politisch stehen. Mich hätte das nicht gestört.«

»Wobei nicht gestört?«

»Bei dem, was wir mit Ihnen vorhatten. Sie war davon überzeugt, daß Sie es nicht merkten, wenn ich heute nacht an ihrer Stelle zu Ihnen käme.«

Er blickte sie ein paar Sekunden lang schweigend an. Schließlich fragte er: »Warum erzählen Sie mir das?«

»Weil sie jetzt nicht mehr will, daß ich zu Ihnen komme. So, wie sie im Augenblick auf Sie zu sprechen ist, würde sie es mir nie verzeihen.«

»Und darüber sind Sie wütend?«

Sie musterte ihn belustigt. »Warum nicht? Vielleicht wäre es ganz amüsant geworden. Hätte es Sie nicht auch reizen können?«

Er setzte sich zu ihr auf die Bank. »Daß dies ein abgekartetes Spiel zwischen euch war, hätte auch ein noch Dümmerer als ich gemerkt. Wenn Ihnen schon so viel an Ihrer Freundschaft mit ihr liegt, so wundert es mich, daß Sie überhaupt hier sind. Befürchten Sie nicht, sie könnte auf den Gedanken kommen, Sie holten hier nach, was Sie sich in ihrer Gegenwart nicht mehr getrauen?«

Sie lachte wieder. »Das wäre doch wohl nicht ganz der richtige Ort dafür. Außerdem weiß Doris, daß sie sich auf mich verlassen kann.«

»Wie das unter guten Freundinnen selbstverständlich ist. Sie haben Glück, daß ich nicht neugierig darauf bin, wie sehr sie sich auf Sie verlassen kann.«

»Vielleicht empfinde ich das gar nicht als ein Glück«, sagte sie. »Sie sind wirklich ein erstaunlicher Mann, Robert. Auch wenn ich in den meisten Dingen genauso denke wie Doris, so gehöre ich doch nicht zu den Menschen, die sich einreden, nur weil sie den Linken geistig näherstehen als den Konservativen, intelligenter zu sein als diese. Ich empfinde das als genauso arrogant wie mein Vater, für den sich linke Intellektuelle grundsätzlich als lebens- und praxisfremd darstellen. Auch wenn ich Letzteres nicht unbesehen unterschreiben würde, so versuche ich doch, seinen Standpunkt zu verstehen. Doris ist in dieser Beziehung anders als ich, kompromißloser und vielleicht auch intoleranter. Aber das sind Sie ja auch, Robert. Sie lassen auch keine andere Meinung gelten. Da Sie in dieser Beziehung meinem Vater sehr ähnlich sind, möchte ich fast annehmen, daß Sie eine ähnliche Position bekleiden wie er. Sind Sie Unternehmer? Oder wollen Sie auch mir gegenüber nicht darüber reden?«

»Wo wäre da der Unterschied?« fragte er.

Sie berührte seinen Arm. »Ich werde Doris nichts weitererzählen. Sie gefallen mir, Robert. Sie dürfen ihr auch nicht sagen, daß ich Ihnen unsere Absichten für heute nacht verraten habe. Ich weiß, daß mein Vater auf ihre Rundfunkanstalt genauso schlecht zu sprechen ist wie Sie, obwohl es dort nicht nur linke Redakteure gibt. Die anderen sind zwar in der Minderheit, ich höre aber immer wieder von meinem Mann, daß nicht alles, was unter seiner Verantwortung produziert wird, in den Redaktionen unwidersprochen bleibt. Es gibt auch bei ihm Flügel- und Grabenkämpfe. In Wirklichkeit steht er gar nicht so sehr weit links, wie es manchmal den Anschein hat. Er will es im Sender eben noch ein Stück weiterbringen, und das wollen sie schließlich alle.«

Er nickte. »Hauptsache, er fühlt sich wohl dabei. Gilt das auch für Doris?«

»Für Doris nicht. Sie würde eher alles hinwerfen als irgendwelche Konzessionen zu machen oder auf von ihr als faul empfundene Kompromisse einzugehen. Sie kann sich das, seit sie mit ihrer Familie gebrochen hat, auch eher leisten als ich. Ich bringe so etwas nicht fertig. Unabhängig von den Differenzen zwischen Werner und meinem Vater habe ich noch immer ein gutes Verhältnis zu diesem. Es ist für mich nicht immer leicht, so zwischen den Fronten zu stehen. Was mein Vater sagt, hört sich ebenso logisch an wie das, was Werner und auch Hans sagen. Manchmal frage ich mich, ob die Sache ihren Streit überhaupt noch wert ist. Wie ich es sehe, sind die Verhältnisse bei uns schon so verfahren, daß es keine Rolle mehr spielt, welche Partei an der Regierung ist.« Sie blickte in sein Gesicht. »Warum lächeln Sie?«

»Weil ich mich über Sie wundere.«

Sie zuckte mit den Schultern. »Ziehen Sie wegen Hans keine falschen Schlüsse. Das ist etwas rein Persönliches und hat mit Politik nichts zu tun. Sie sollten es, wenn Doris Ihnen etwas bedeutet, bei ihr genauso halten. Wie ich sie kenne, würde es ihr viel mehr imponieren, wenn Sie ihr sagten, wer Sie sind und was Sie beruflich tun, aber das wollen Sie ja nicht einmal mir verraten, obwohl ich es bestimmt für mich behielte.«

»Versprechen können Sie mir viel«, sagte er.

Sie beugte sich zu ihm hinüber, küßte ihn und sagte: »Vielleicht überzeugt dich das mehr als Worte. Doris hat nichts dagegen, wenn wir uns duzen. Eigentlich habe ich ihr nichts versprochen, und da sie mich im Augenblick viel mehr braucht als ich sie, spielt, wenn dir ein Kuß als Beweis nicht genügt, vielleicht auch der Ort keine Rolle. Oder brauchst du unbedingt ein Bett dafür?«

Obwohl sie ihm immer besser gefiel und sie ihn erotisch auch nicht gleichgültig ließ, sagte er: »Das nicht. Ich erinnere mich noch heute gerne an meine ersten Liebeserlebnisse in einer Jagdhütte meines Vaters in der Nähe von Siegen, wo wir damals auch ohne Bett auskommen mußten. Ich fürchte nur, wir beide sind nicht die richtigen Partner für so etwas. Ganz abgesehen davon, daß ich mir in meiner Situation nicht noch zusätzliche Komplikationen leisten kann.«

»Und abgesehen auch davon, daß du nicht in mich, sondern in Doris verliebt bist«, sagte sie lächelnd.

»Das bin ich nicht«, sagte er rasch.

»Bist du doch«, sagte sie. »Ich bin ja nicht blind, Robert. Wenn es noch eines Beweises dafür bedurft hätte, so hast du ihn mir eben geliefert. Mehr wollte ich für den Augenblick auch gar nicht wissen.«

Sie stand auf und ließ ihn allein. Vielleicht hätte sie, um der Wahrheit näherzukommen, sagen müssen: Mehr wollte Doris für den Augenblick auch gar nicht wissen. Und so gesehen war es vielleicht ein Fehler, daß er sie nicht ernsthaft auf die Probe gestellt hatte. Ihren Kuß jedenfalls meinte er noch zu spüren, als er sich kurze Zeit später wieder im Dunkeln zu den Schlafkojen tastete. Er kroch unter die Decke und wartete auf Doris. Er wartete auch noch nach zwei Stunden auf sie. Dann gab er es auf. Reue empfand er trotzdem nicht. Nur eine schmerzhafte Genugtuung.

6

Daß Dr. Geßler nicht noch am gleichen Abend in der ›Alten Post‹ in Oberammergau, sondern erst in den frühen Morgenstunden dort eintraf, war auf die katastrophalen Straßenverhältnisse zurückzuführen. Conrad, der von seinem Mißgeschick schon beim Frühstück von der kooperativen Wirtin erfahren hatte, wartete bereits mit großer Ungeduld, als Geßler gegen zehn Uhr an die Zimmertür klopfte. Er erkundigte sich sofort, ob er bereits gefrühstückt habe, aber dies war nicht der Fall. Geßler sagte: »Ich bin erst vor einer Viertelstunde wachgeworden und habe nicht mehr als vier Stunden geschlafen. Sobald ich mit dem Frühstück fertig bin, können wir aufbrechen. Worum geht es?«

»Das erzähle ich Ihnen, während Sie frühstücken«, sagte Conrad. Im Restaurant wurden sie von der Wirtin begrüßt. Geßler entschuldigte sich noch einmal für sein spätes Eintreffen und für die damit verbundene nächtliche Störung. Sie sagte lächelnd: »Daran sind wir gewöhnt, Herr Dr. Geßler.«

Da die anderen Hausgäste bereits gefrühstückt hatten, saßen sie allein im Restaurant. Während Geßler seinen Kaffee trank und zu Conrads wachsendem Ärger mit größtem Appetit drei Marmeladenbrötchen dazu verzehrte, berichtete er ihm von seinen gestrigen Recherchen und setzte abschließend hinzu: »Ich habe mich heute früh mit dem hiesigen Einwohnermeldeamt in Verbindung gesetzt und mich nach dem Besitzer der Hütte erkundigt.«

»Sie haben seinen Namen erfahren?«

Conrad nickte grimmig. »Auch wenn Sie jetzt vielleicht vom Stuhl fallen: Sie gehört unserem lieben Parteifreund Werner Westernhagen. Ich dachte, mich laust der Affe.«

»Aber das ist doch nicht möglich«, stammelte Geßler.

»Das war auch mein erster Gedanke«, sagte Conrad. »Aber jeder Zweifel ist ausgeschlossen. Selbstverständlich habe ich sofort versucht, ihn zu erreichen, aber zu Hause war er nicht, und im Funkhaus sagte man mir, er sei zu einer Kur. Eine Adresse habe er nicht hinterlassen. In dringenden Fällen müsse man sich an seine Frau wenden, aber wie, wenn sich in der Wohnung niemand meldet? Was wir jetzt herausfinden müssen, ist, ob der Audi wirklich zu der Hütte oder ob er weiter über die österreichische Grenze gefahren ist. Denn daß die Schwarzhaarige und ihr Begleiter mit Westernhagen unter einer Decke stecken, kann ich mir beim besten Willen nicht vorstellen. Sie erzählten mir doch, Sie hätten bei dieser Karnevalsveranstaltung mit Westernhagen und seiner Frau an einem Tisch gesessen. Dann hätten Sie ihn doch bestimmt erkannt, wenn er der Fahrer des Audi gewesen wäre?«

»Aber selbstverständlich.« Geßler legte das vierte, soeben angebissene Marmeladenbrötchen auf den Teller zurück. »Westernhagen war es auf keinen Fall. Welches Interesse könnte ausgerechnet er daran haben, mir heimlich nachzuspionieren?«

»Bei den Rundfunkanstalten spionieren sie sich heute sogar gegenseitig nach«, brummte Conrad. »Doch Sie haben recht: Es wäre absurd und ergäbe auch keinen Sinn. Vielleicht hat er die Hütte vermietet. Wir müssen jedenfalls herausfinden, wer sie im Augenblick bewohnt. Zum Glück schneit es nicht mehr. Wir fahren mit meinem Wagen; Ihre Skier befestigen wir für die kurze Strecke provisorisch. Ist zwar verboten, aber Ihren Golf kennen die beiden. Ich muß noch tanken und mir Schneeketten besorgen. Die Straße war schon gestern kaum mehr befahrbar; heute wird sie noch schlimmer aussehen. Ich warte bei der unteren Hütte auf Ihre Rückkehr. Von der Wirtin habe ich vorsorglich ein Vesperbrot und eine Thermosflasche heißen Kaffee einpacken lassen. Verlieren wir keine Zeit mehr.«

Geßler trank seine Tasse leer. Das angebissene Brötchen ließ er liegen.

Bis sie das Gepäck umgeladen, Geßlers Skier auf dem Wagendach des Opels befestigt, getankt und Schneeketten bekommen hatten, verging noch eine Stunde. Wie sehr Conrads Vorsorge begründet war, erwies sich schon kurz vor Ettal, als sie auf die Deutsche Alpenstraße kamen, denn obwohl der Himmel sich so weit aufgeklart hatte, daß hin und wieder sogar die Sonne zwischen den Wolken sichtbar wurde, wären sie auf der noch ungeräumten Straße ohne Ketten nicht weit gekommen. Einige tiefe, noch frisch wirkende Radspuren im Schnee gaben Conrad zu der Befürchtung Anlaß, die beiden könnten die Hütte schon wieder verlassen haben, aber da sie sich bei näherem Betrachten als die Spuren von mindestens zwei Fahrzeugen erwiesen, äußerte er die Vermutung, daß sie auch von Zollbeamten stammen könnten, die zum Dienstantritt die Straße benutzen müßten. Allerdings erlebte er dann insofern eine große Enttäuschung, als eine der Spuren tatsächlich aus dem zur Hütte führenden Waldweg kam. Den Opel auf der Straße zurücklassend, folgten sie ihr bis zur Hütte und stellten dort fest, daß sie vor dem breiten Holztor endete. Die Hütte selbst machte einen genauso verlassenen Eindruck wie tags zuvor. Einige Fußspuren neben dem Tor und einige ebenfalls frische Skispuren auf dem hinter der Hütte steil ansteigenden Weg erhärteten Conrads Befürchtung. Er sagte: »Eine Stunde früher, und sie wären uns nicht entwischt.«

»Tut mir leid«, sagte Geßler. »Ich hatte ja keine Ahnung, daß es auf jede Stunde ankommt, sonst hätte ich mich heute früh wecken lassen. Sie hätten es ja auch tun können. Was machen wir? Zum Gasthof zurückfahren?«

Conrad hatte sich bereits entschieden: »Wir warten auf sie. Vielleicht haben sie in der oberen Hütte nicht alles vorgefunden, was sie brauchen. Falls sie vorhaben, länger oben zu bleiben, müssen sie auch den Hund versorgen.«

»Und wenn sie nicht zurückkommen?«

»Kann ich nach Hause fahren, und Sie können es auch, weil Sie dort vielleicht dringender gebraucht werden als in Reit im Winkl. Vorher will ich aber Gewißheit haben. Wenn sie noch einmal zurückkommen, dann haben sie auch wieder den Aufstieg vor sich. Sehr spät brauchen wir also nicht mit ihnen zu rechnen. Wir fahren ein Stück weit die Straße zurück und suchen uns einen Platz, von wo aus wir ihr Eintreffen beobachten können. Ich möchte sie mir zuerst einmal aus einiger Entfernung anschauen. Wenn der Teufel es so will, kenne ich sie vielleicht.«

Geßler war einverstanden. Mit den Schneeketten bereitete es Conrad keine Probleme, den Opel rückwärts auf den Waldweg stoßend, zu wenden. Während sie, langsam auf der Straße fahrend, nach dem nächsten in die Straße mündenden Waldweg Ausschau hielten, fragte Geßler: »Kennen Sie Westernhagen?«

»Nicht persönlich. Bei offiziellen Parteiversammlungen läßt er sich nie sehen. Schmidtborn meint, es sei besser für ihn und für uns, wenn es sich im Funkhaus nicht herumspricht, daß er aktiv für uns tätig ist. Man weiß ja nie, wie die Dinge sich dort noch entwickeln werden.«

»Daß sie sich richtig entwickeln«, sagte Geßler zuversichtlich, »dafür werden sie in Wiesbaden schon sorgen.«

Conrad nickte. »Hoffen wir es.«

Bis zum nächsten Waldweg brauchten sie nicht weit zu fahren. Etwa im gleichen Augenblick, als Conrad auf ihn einbiegen wollte, bemerkte er auf der hier beinahe schnurgerade durch den tiefverschneiten Wald führenden Straße einen ihnen entgegenkommenden Wagen. Die Entfernung zu ihm war jedoch noch zu groß, um Näheres zu erkennen. Er kümmerte sich auch nicht länger um ihn. Erst als er dem Waldweg etwa zwanzig Meter weit gefolgt war, trat er auf die Bremse und stieg rasch aus. Zu Geßler, der den Wagen ebenfalls gesehen hatte, sagte er: »Es ist besser, Sie bleiben sitzen und schauen ihn sich, wenn er vorbeifährt, durch das Heckfenster an. Wenn es unsere Freunde sind, darf man Sie nicht erkennen.«

»Es wird ihnen aufgefallen sein, daß wir hier einbiegen«, gab Geßler zu bedenken.

»Wo sollten wir sonst die Blase leeren?« fragte Conrad. »Doch nicht etwa mitten auf der Straße.« Er stellte sich, halb abgewandt, vor den Opel hin und behielt über die Schulter hinweg die Straße im Auge. Als der langsam fahrende Wagen vorbeikam, drehte er sich rasch um und blickte ihm nach. Das amtliche Kennzeichen konnte er zwar nicht mehr erkennen. Daß es sich jedoch um einen Audi Quattro handelte, war zweifelsfrei. Ihm fiel auf, daß Geßler noch immer aus dem Heckfenster starrte, obwohl es, außer den verschneiten Bäumen jenseits der Straße, nichts mehr zu sehen gab. Er setzte sich wieder hinter das Lenkrad und sagte: »Glück muß der Mensch haben. Haben Sie den Fahrer...« Er brach ab und blickte in das kreideweiße Gesicht Geßlers. »Was ist los, Mann? Sie sehen aus, als hätten Sie gerade gekotzt.«

»So fühle ich mich auch«, murmelte Geßler. »Wissen Sie, wer der Mann am Lenkrad war?«

»Sie kennen ihn?«

»Und ob!« Geßler faßte sich nur mühsam. »Wenn er ihm nicht so ähnlich sieht wie ein Ei dem anderen, war es Diedenhofen.«

Conrad blickte ihn mit schmalen Augen an. »Der Fraktionssprecher der Grünen?«

»Er muß es gewesen sein«, murmelte Geßler, noch immer kreideweiß. »Du großer Gott.«

»Den lassen wir jetzt mal besser aus dem Spiel«, meinte Conrad sachlich. »Sind Sie sich auch ganz sicher?«

Geßler wandte ihm das Gesicht zu. »Wenn er keinen Doppelgänger hat –«

»Das sagten Sie bereits«, schnitt Conrad ihm das Wort ab. »Haben Sie auch die Frau erkannt?«

»Nein; sie wurde von Diedenhofen halb verdeckt, aber sie war rothaarig und nicht schwarzhaarig.«

»So viel habe ich auch gesehen«, sagte Conrad. »Vielleicht bevorzugt sie zum Skifahren eine andere Farbe; kann ja sein. Lassen Sie mich kurz nachdenken.« Er starrte eine Weile mit gefurchter Stirn vor sich hin. Dann hob er rasch den Kopf. »Wenn es Diedenhofen war, hat es keinen Zweck, sie zu verfolgen; er würde Sie erkennen. Ich muß telefonieren, aber vorher vergewissern wir uns noch, ob sie tatsächlich zu der Hütte fuhren. Ist es möglich, daß es in Reit im Winkl und Ruhpolding auch schon Diedenhofen war, der am Steuer saß?«

»Ausgeschlossen.« Geßler schüttelte nachdrücklich den Kopf. »Ich habe zwar das Gesicht des Fahrers in Ruhpolding, als der Audi vor dem Geschäft hielt, wo wir einkauften, nur flüchtig gesehen, aber Diedenhofen hätte ich sofort erkannt. Doch es gibt gar keinen Zweifel, daß der Wagen derselbe wie in Reit im Winkl und Ruhpolding ist. Ich verstehe das alles nicht, Herr Conrad.«

»Verstehen läßt es sich auch nur, wenn es sich tatsächlich so verhält, wie ich befürchte. Ich sagte Ihnen in Ruhpolding schon, daß die beiden in Eschelmoos neue Instruktionen erhalten haben müssen. Deshalb auch ihr plötzlicher Aufbruch von dort. Irgendwo ist dann Diedenhofen zu ihnen gestoßen und hat die Sache persönlich in die Hand genommen. Die Frage ist nur, was ausgerechnet Diedenhofen in Westernhagens Hütte...« Er sprach nicht weiter.

Geßler blickte beunruhigt in sein Gesicht. »Sie haben eine Idee?«

»Ideen habe ich immer«, sagte Conrad. »Die Frage ist nur, ob sie auch Hand und Fuß haben. Sie haben bei dieser Karnevalsveranstaltung doch auch Westernhagens Frau kennengelernt, als sie mit ihrem Mann, Schmidtborn und Diedenhofen an einem Tisch saß. Ist sie rothaarig?«

Geßler reagierte wie auf einen elektrischen Schlag. »Das könnte sie tatsächlich gewesen sein. Mein Gott!«

»Rufen Sie ihn nicht allzuoft an, sonst sind Sie für Schmidtborn die längste Zeit OB-Kandidat gewesen«, sagte Conrad. »Seit die Christdemokraten ihn für sich reklamiert haben, will Schmidtborn nichts mehr von ihm wissen. Vielleicht hat sie bei Ihren früheren Begegnungen mit den beiden eine Perücke getragen. Möglicherweise bin ich nur deshalb auf sie gekommen, weil ich sie in ihrem Haus telefonisch nicht erreichen konnte. Rekapitulieren wir erst einmal: Westernhagen ist zu einer Kur weg, und seine Frau treibt sich mit Diedenhofen in der Berghütte herum. Vielleicht gehört die Hütte sogar ihr und ist nur auf den Namen ihres Mannes eingetragen. Auch wenn Westernhagen als Hauptabteilungsleiter nicht schlecht verdient, so hat sie von ihrem Vater doch bestimmt eine angemessene Mitgift kassiert. Die Frankfurter Villa der beiden hat sicher auch einiges mehr als ein Butterbrot gekostet. Ich kenne sie zwar nicht –«

»Schmidtborn schätzt, daß sie weit über eine halbe Million gekostet hat«, sagte Geßler dazwischen.

»Und das vor sechs Jahren«, nickte Conrad. »Die Abfindung für seine erste Frau dürfte auch keine Kleinigkeit gewesen sein; da kam ihm die Mitgift der zweiten Frau wohl gerade recht. Ich vermute, er hat die Hütte erst nach seiner zweiten Heirat erworben, aber das werden wir noch feststellen. Wäre der Audi nicht, so wäre ich jetzt geneigt, an eine Duplizität der Ereignisse zu glauben, aber so viel Duplizität ist mir in fast vierzig Dienstjahren nicht begegnet. Die Frau Westernhagens mit dem Diedenhofen. Das haut dem Faß den Boden aus.« Er schüttelte verwundert den Kopf. Geßler sagte: »Mich überrascht das eigentlich weniger. Mir wäre es vielleicht nicht aufgefallen, aber meiner Frau: Frau Westernhagen und Diedenhofen haben bei dieser Karnevalsveranstaltung sehr oft miteinander getanzt.«

Conrad feixte. »Das ist auch der Grund, weshalb mich meine Frau seit meiner Pensionierung zu keiner mehr gehen läßt. Mir ist seit längerem bekannt, daß es zwischen uns und den Grünen beiderseitige Bemühungen um eine Annäherung gibt. Daß sie neuerdings sogar bis ins Schlafzimmer gepflegt werden, wußte ich allerdings nicht.«

Trotz seines vorangegangenen Schrecks mußte Geßler unwillkürlich lächeln. »Sie gehören wohl auch zu den Kanalern, Herr Conrad?«

»Weder zu diesen noch zu den anderen. Bestenfalls zu den Realos in der SPD.«

Er startete den Motor und fuhr im Rückwärtsgang auf die Straße. Geßler sagte deprimiert: »Wenn Diedenhofen dahintersteckt, dann weiß auch bald Schmidtborn davon. Am besten wird sein, ich werfe das Handtuch freiwillig und fahre mit meiner Familie gleich nach Wiesbaden zurück. Meine Frau wird es genauso sehen.«

»Damit warten Sie noch ein paar Tage«, beschied Conrad ihn. »Vielleicht läßt sich mit Diedenhofen ein Geschäft machen. Ich glaube nicht, daß Westernhagens Faible für die Grünen so weit geht, daß er sogar die eigene Frau ausspielt. Wenn er von ihren Hüttenorgien mit Diedenhofen nichts weiß, wird der kein Interesse daran haben, es mit einem Mann, der die Grünen im Fernsehen so protegiert wie Westernhagen, zu verderben. Manchmal kommt es mir so vor, als stünde er ihnen politisch näher als der eigenen Partei.«

Geßler widersprach ihm: »Das glaube ich nicht. Da steckt sicher nur wieder Schmidtborn dahinter. Westernhagen weiß, was er ihm alles zu verdanken hat.«

»Möglich, daß er das weiß«, brummte Conrad. »Vielleicht weiß er sogar schon, wie die nächsten Landtagswahlen ausgehen und daß die Grünen, wenn der bisherige Trend anhält, dann mitbestimmen werden, wer in seiner Rundfunkanstalt das Sagen hat. Wissen ist alles, mein lieber Dr. Geßler. Sie wissen für Ihr Alter ja auch schon 'ne Menge, und das nicht nur, weil Sie auf einer Universität waren. Wir kleinen Parteigenossen wissen nicht soviel wie Sie und Schmidtborn. Wir wissen nur, daß wir nicht mehr an der Regierung sind, und wir wissen auch, warum das so ist, aber darüber zu reden steht uns nicht zu. Ich werde mich auch hüten, mir vielleicht wegen Denkmalschändung das Maul zu verbrennen oder es wegen parteischädigenden Verhaltens nach fast vierzig Jahren auf einen Parteiausschluß ankommen zu lassen. Dafür weiß selbst der alte Conrad schon zuviel, auch wenn er nicht alles weiß.«

Sie hatten jetzt den zur Hütte führenden Weg erreicht. Conrad hielt an und betrachtete die frischen Fahrspuren. »Eine Wette hätte ich gar nicht erst einzugehen brauchen«, sagte er. »Wie ich das sehe, müssen Sie im Augenblick noch keinen Bammel haben. Die beiden haben jetzt Wichtigeres zu tun, als Ihnen einen Strick zu drehen, es sei denn, Diedenhofen hätte seiner Fraktion von dort aus, wo sie sich in den letzten Stunden herumgetrieben haben, einen ersten Lagebericht gegeben: aber das werde ich von Ahler erfahren. Haben Sie oder Ihre Frau der Westernhagen einmal wissentlich oder aus Versehen auf die Füße getreten?«

Geßler wehrte entsetzt ab: »Um Gottes willen, Schmidtborn hat mir hundertmal eingeschärft, wie wichtig Westernhagen eines Tages auch für mich werden kann. Ich habe die Frau seit der Karnevalsveranstaltung nicht mehr gesehen, und dort habe ich nur ein paar Dutzend Worte mit ihr gewechselt. Mir ist unbegreiflich, welche

Rolle sie hier spielt. Auch wenn sie mit Diedenhofen ein Verhältnis hat: Welches Interesse könnte ausgerechnet sie daran haben, mir die Kandidatur zu vermasseln?«

Das war genau die Frage, die Conrad am meisten Kopfzerbrechen bereitete. Er sagte: »Daß es in ihrer Ehe nicht mehr stimmt, wissen wir jetzt. Ich gehe einmal davon aus, daß wir es in Eschelmoos mit einem ganz anderen Paar zu tun hatten, das sich nach der überstürzten Abreise in der Hütte mit Diedenhofen getroffen hat, um ihm Bericht zu erstatten. Vielleicht hat er sich vorher mit Frau Westernhagen darüber unterhalten, und weil es sich so glücklich traf, daß ihr Mann zu einer Kur fort ist, hat sie ihm als Treffpunkt die Hütte vorgeschlagen und ist, um das Angenehme mit dem Nützlichen zu verbinden, gleich mit ihm gefahren. Das klingt zwar alles sehr hypothetisch, aber im Augenblick fällt mir nichts Besseres dazu ein. Warten Sie hier.«

Er stieg aus und balancierte, um nicht wieder Schnee in die Schuhe zu bekommen, in den Radspuren zur Hütte. Wie er es nicht anders erwartet hatte, war sie bereits wieder verlassen; die Anzahl der den Weg hinaufführenden Skispuren hatte sich gegenüber seiner vorangegangenen Inspektion verdoppelt. Er kehrte zu Geßler zurück und sagte: »Ich habe es mir anders überlegt. Ich möchte wissen, wo die Hütte genau steht; Sie brauchen nur den Spuren zu folgen. Vielleicht schneit es bis heute abend wieder, dann sind sie weg. Haben Sie eine Sonnenbrille bei sich?«

»Eine Sonnenbrille nicht, aber eine Skibrille. Ich benutze sie hauptsächlich für Langstreckenläufe.«

»Kann ich sie mal sehen?«

Geßler nahm sie aus einem im Fond liegenden kleinen Rucksack. Sie sah wie eine Motorradbrille aus; Conrad betrachtete sie befriedigt. »Auch eine Mütze?« fragte er.

»Eine Pudelmütze«, antwortete Geßler. »Soll ich sie aufsetzen?«

»Tun Sie mir den Gefallen«, sagte Conrad. »Die Brille auch.«

Er beobachtete, wie Geßler Brille und Mütze aufsetzte, und sagte: »In dieser Verkleidung wird Frau Westernhagen, solange Sie ihr nicht zu nahe kommen, Sie bestimmt nicht erkennen. Außerdem werden die beiden auch zu sehr mit sich selbst beschäftigt sein, um darauf zu achten, was sich außerhalb der Hütte abspielt. Vielleicht können Sie einen Blick durchs Fenster werfen. Natürlich mit der gebotenen Vorsicht. Anschließend kommen Sie sofort zurück. Ich habe auch etwas vor und bin in etwa zweieinhalb Stunden wieder hier und warte auf Sie. Sollten Sie vor mir eintreffen, was ich nicht annehme, dann warten Sie auf mich. Treffpunkt ist dieser Weg hier.« Er warf einen besorgten Blick zum Himmel, der sich in der letzten halben Stunde wieder mit schwarzen Wolken bezogen hatte. »Sieht nach weiterem Schnee aus«, sagte er. »Schlimmer hätten wir es nicht erwischen können. Sie müssen sich beeilen.«

Er half Geßler, die Skier vom Wagendach zu nehmen. Ihre aus Schnüren bestehende, durch die spaltbreit geöffneten Fenster unter dem Wagenhimmel gespannte Befestigung, hatte sich schon halb gelöst. »Wir hatten Glück, keiner Verkehrsstreife zu begegnen«, sagte Geßler. Conrad winkte ab. »Sie reden mit einem, der selbst einmal Verkehrsstreife gefahren ist. Das liegt allerdings vier Jahrzehnte zurück. Ich mache mich schon auf den Weg. Anschnallen können Sie die Bretter wohl allein?«

Geßler lächelte gequält.

»Machen Sie sich nicht in die Hosen«, sagte Conrad. »Irgendwie werden wir die Sache schon hinbiegen. Kommen Sie heil zurück.«

Wegen der aufgelegten Schneeketten brauchte er für die Fahrt nach Ettal über eine halbe Stunde. Dort nahm er sie ab und war zehn Minuten später in Oberammergau. In seinem Hotelzimmer telefonierte er sofort mit Ahler, der seinen Bericht mit atemloser Verwunderung entgegennahm. Er sagte mehrmals: »Das kann doch nicht wahr sein, Helmut.« Oder: »Du kriegst die Tür nicht zu.« Schließlich verstummte er ganz, und Conrad mußte sich, bevor er seine Rede fortsetzte, erst vergewissern, ob er noch zuhörte. Ahler sagte: »Und ob ich noch zuhöre, Helmut. Nur: Ich kann mir, trotz allem, keinen Vers darauf machen. Frau Westernhagen weiß doch, wieviel uns an Geßlers Kandidatur liegt. Da hätte man von ihr schließlich erwarten können, daß sie uns oder zumindest ihren Mann von Diedenhofens Machenschaften verständigt. Ich weiß allerdings von Schmidtborn, und der weiß es von Werner, daß sie noch immer stark unter dem Einfluß ihres Vaters steht.«

»Nicht nur unter dessen Einfluß«, sagte Conrad. »Wie sich die Sache mir darstellt, spielt sich zwischen Diedenhofen und ihr was ab. In solchen Fällen handeln Frauen, vorsichtig ausgedrückt, nicht immer vernünftig. Was ist dieser Diedenhofen eigentlich für ein Mensch? Persönlich bin ich ihm noch nicht begegnet.«

»Genau der Typ, auf den so exaltierte Weiber wie die Westernhagen heute fliegen«, antwortete Ahler. »Er ist immer sehr salopp gekleidet, meistens Rollkragenpullover und Cordhosen. Manchmal kommt er auch in Jeans zu den Gemeinderatssitzungen. Auf das Volk scheinen diese Typen eine ähnliche Faszination auszuüben wie weiland unser Schinderhannes. Daneben sehen sich unsere eigenen Leute wie ein Chinese dem anderen ähnlich. Stell dir vor, was passiert, wenn die Grünen eine Pressekonferenz einberufen und den Hund vorführen! Das wäre ja überhaupt nicht auszudenken. Ich muß mit Diedenhofen reden, Helmut, und zwar so rasch wie möglich. Ich fliege noch heute nach München und nehme mir dort einen Mietwagen. Dann kann ich noch im Laufe des Abends bei dir sein und mit Diedenhofen, bevor er noch mehr Unheil anrichtet, Tacheles reden, und mit Frau Westernhagen auch. Ich bin allerdings kein Skifahrer. Wie komme ich zu der Hütte?«

Conrad dachte kurz nach. »Da sehe ich für dich keine Möglichkeit, Walter. Wenn die beiden aber erfahren, daß du in Oberammergau bist und mit ihnen reden möchtest, werden sie sich mit einiger Wahrscheinlichkeit hierher bemühen. Sozusagen in flagranti ertappt, dazu noch von Geßler, werden sie, um Ärgeres zu verhüten, in den sauren Apfel beißen. Geßler wird eben morgen früh noch einmal zu ihnen hinaufsteigen. Es geschieht schließlich in seinem eigenen Interesse.«

»Für Frau Westernhagen wird die Begegnung mit ihm sicher noch viel unangenehmer sein als für Diedenhofen«, sagte Ahler. »Aber du hast recht, anders geht es nicht. Ihren Mann einzuschalten, halte ich nicht für den richtigen Weg. Das wäre eine ebenso delikate wie undankbare Aufgabe. Und Schmidtborn müssen wir, zumindest bis es nicht mehr anders geht, ebenfalls aus dem Spiel lassen. Vorläufig können wir nur hoffen, daß es sich bei Diedenhofens Begleiterin vielleicht doch um eine andere Frau handelt. Daß Frau Westernhagen daheim nicht zu erreichen ist, könnte ja auch damit zu tun haben, daß sie gerade ihren Mann besucht. Ich kümmere mich jetzt sofort um die Flugverbindung und den Mietwagen. Du kannst mir schon ein Zimmer reservieren lassen. Ist dein Gasthof leicht zu finden?«

Conrad gab ihm eine genaue Lagebeschreibung. Danach ließ er sich ein Kännchen Kaffee aufs Zimmer bringen und genoß vom Fenster aus den Blick auf die imposante Bergwelt der Ammergauer Alpen. Für die berühmten Passionsspiele hatte er sich noch nie interessiert. Er wußte nur, daß es sie gab. Auf den Gedanken, das Festspielhaus oder die Kirche zu besichtigen, wäre er höchstens dann gekommen, wenn ihn das bei seinen Ermittlungen im Falle Diedenhofen-Westernhagen um einen Schritt weitergebracht hätte. Tatsächlich fühlte er sich beim bisherigen Stand der Dinge wie ein Mann, der viel erreicht und so gut wie nichts gewonnen hatte.

7

Mit Rücksicht darauf, daß sie und Linden in Garmisch-Partenkirchen in ein Taxi umsteigen und an den Walchensee fahren wollten, hatte Doris sich dazu entschlossen, Sue Ellen nicht mitzunehmen. Irmgard versprach ihr, sich sofort nach ihrem und Diedenhofens Eintreffen in der Hütte um Sue Ellen zu kümmern und sich nicht länger als zwei Stunden dort aufzuhalten. Dies waren jedoch, für Lindens Empfinden, genau zwei Stunden zuviel. Zwar kam ihm die Fahrt nicht gänzlich unwillkommen, weil er Zeitungen kaufen und telefonieren mußte, aber dies hätte sich, nach seinen ursprünglichen Plänen, genausogut in Ettal oder in Oberammergau erledigen lassen, wo das Risiko, Doris könnte von einem Touristen erkannt werden, zu dieser Jahreszeit ungleich geringer war als in Garmisch. Wog dieser Umstand allein schon schwer genug, ihn die gemeinsame Abfahrt zur unteren Hütte und die anschließende Autofahrt nach Garmisch in denkbar schlechter Laune erleben zu lassen, so trug auch Doris wenig dazu bei, ihn heiterer zu stimmen; im Gegenteil. Daß sie ihn schon beim gemeinsamen Frühstück keines Blickes und keines Wortes würdig befunden hatte und sich statt dessen mit Irmgard über so unsägliche Banalitäten wie über den gemeinsamen Friseur und über eine neue Boutique für Lederkleidung in der Fürstenberger Straße unterhielt, hätte er noch hingenommen. Ihre Penetranz jedoch, seine Anwesenheit auch noch auf der Fahrt nach Garmisch zu ignorieren, obwohl sie neben ihm auf dem Beifahrersitz saß, geriet ihm zu einem solchen Ärgernis, daß er sogar direkt an ihn gerichtete Fragen Irmgards, die immer wieder Ansätze unternahm, ihn in das Gespräch mit Doris einzubeziehen, am Schluß nicht mehr beantwortete. Erst als sie das Hotel in Garmisch erreichten und sich dort, unter Zurücklassung des Audis von Irmgard verabschiedeten, öffnete er wieder Mund und sagte: »Wenn ihr nicht pünktlich seid, lasse ich uns ein Taxi kommen. Ich habe keine Lust, in Ettal stundenlang auf euch zu warten.«

»In Anbetracht deiner schlechten Laune«, sagte Irmgard, »werde ich es mir noch gut überlegen, ob wir überhaupt zurückkommen.« Sie ließ sich von ihm die Autoschlüssel geben, küßte Doris auf die Wange und ging rasch in das Hotel. Es stand mitten in der Stadt und glücklicherweise nicht weit vom Bahnhof entfernt, so daß es bis zum nächsten Taxistand nicht mehr als zweihundert Schritte waren. Auf dem Weg dorthin ärgerte sich Linden über die zahlreichen, zünftig gekleideten Touristen, die mit und ohne Skier die Straßen mit ihren zum Teil exklusiven Hotels, Restaurants, Kurhäusern und Sanatorien bevölkerten. Er sagte: »Leute wie ich sitzen normalerweise an einem so gewöhnlichen Werktag an ihrem Arbeitsplatz. Aber eine Fernsehreportage darüber, an wieviel Tagen im Jahr bei uns überhaupt noch gearbeitet wird, paßt natürlich nicht in euer Klischee vom skrupellos ausgebeuteten Lohnabhängigen.«

»Ha, ha«, sagte Doris. Und sonst nichts. Mit Rücksicht darauf, daß sie in Garmisch-Partenkirchen angeblich kein Aufsehen erregen wollte, hatte sie sich in der unteren Hütte umgezogen und trug zu ihrer schwarzen Perücke und der überdimensionalen Sonnenbrille einen schwarzen Wollfilzhut und eine ebenfalls schwarze, zickelfellgefütterte Jacke aus weichem Nappaleder mit großen, aufgesetzten Taschen und raffinierter Ziersteppung. Auch ihre engen Hosen waren aus Nappaleder, und die modischen, halbhohen Lederstiefel hatte sie ihm schon in Eschelmoos vorgeführt, während die Jacke und der Hut seinem Augenmerk bisher entgangen waren. Sie sah aus wie jene Frauen, die in Modejournalen kleine Büromädchen zum Träumen bringen. Daß sich die meisten Passanten, einschließlich der weiblichen, nach ihr umdrehten, schien sie nicht weiter zu stören. An einem Zeitungskiosk neben dem Taxistand deckte Linden sich mit einem halben Dutzend Tageszeitungen ein und blätterte sie auf der Fahrt zum Walchensee ungeduldig durch. Doris sagte: »Irgendwas mit meinem VW scheint schiefgelaufen zu sein. Oder warum bist du so zappelig?«

Seine Enttäuschung darüber, daß nicht einmal die Boulevardblätter etwas von ihrem Verschwinden berichteten, war so groß, daß ihm ihre plötzliche Gesprächsbereitschaft gar nicht auffiel. Er sagte: »Ich bin nicht zappelig. Wenn von uns beiden einer zum Zappeln neigt, dann bist du es.«

Sie wurde tatsächlich rot; er hätte es bei ihr nicht für möglich gehalten. »Darüber reden wir noch«, sagte sie. »Aber nicht hier.«

Weil der Taxifahrer ihr Gespräch mithören konnte, hielt auch Linden es für besser, das Thema für den Augenblick nicht weiter zu vertiefen. Er faltete die Zeitungen zusammen und sagte: »Ich muß telefonieren.«

»Wenn du meinst, Michael«, sagte sie. Er runzelte die Stirn. »Was soll der Unsinn?«

»Irmgard und ich haben uns darauf geeinigt, dich fortan mit Michael anzureden«, sagte sie. »Du erinnerst uns an einen. In Wirklichkeit hieß er mit seinem Rufnamen wie Diedenhofen.«

»Kleist kenne ich zufällig«, sagte er. »Ich erwähne das nur für den Fall, daß dies ein Test auf meine Allgemeinbildung werden soll.«

Sie lächelte nur.

Am Walchensee schneite es wieder. Schon in Garmisch hatte sich der Himmel verdunkelt. Doris sagte: »Da siehst du mal wieder, Michael, wie gut es war, daß Irmgard und Hans mit deinem Wagen gefahren sind. – Ich verstehe ja auch nicht, weshalb der Garagenbesitzer noch nichts unternommen hat. Vielleicht macht er gerade Urlaub wie wir.«

»Das genügt«, sagte er und winkte mit dem Kinn zum Fahrer vor. Sie sagte: »Pardon. Aber du mußt doch zugeben, daß es merkwürdig ist...« Er beugte sich rasch zu ihr hinüber und verschloß ihr den Mund mit einem Kuß. Sie wischte sich mit dem Handrücken den Mund ab und sagte: »In deiner Haut hätte ich gestern abend jedenfalls nicht stecken mögen. Irmgard erzählte mir, sie habe dich dabei überrascht, wie du deiner Erregung selbst Herr zu werden versuchtest. Bist du für so etwas nicht schon etwas zu erwachsen?«

Schlimm genug, daß auch der Fahrer es verstanden haben mußte. Noch schlimmer war, daß dieser einen intelligenten Eindruck machte und sie im Rückspiegel unausgesetzt beobachtete. Linden sagte geistesgegenwärtig: »Ist eben meine Art, Ärger am Küchengeschirr abzureagieren.«

Sie lächelte wieder. »Von allen Umschreibungen, die ich bisher davon hörte, ist das sicher die ungewöhnlichste. Geschirr schon, aber ausgerechnet Küchen...« Sie sprach nicht weiter, weil er sie mit einem neuen Kuß daran hinderte. Diesmal wischte sie sich den Mund nicht ab; sie sagte nur: »Aber doch nicht vor dem Fahrer!«

Zum Glück tauchte jetzt im Schneetreiben das Restaurant auf, von dem sie in der Hütte erzählt hatte. Es stand unmittelbar am Ufer und machte mit seinen großen Fenstern und der seewärts gelegenen Terrasse einen guten Eindruck. Doris sagte: »Als ich mit meinem Mann hier war, konnte man sogar baden und sich anschließend zum Trocknen auf der Terrasse in einem Liegestuhl sonnen. Sie haben auch Zimmer zu vermieten, falls du Lust hast.«

»Mal sehen«, sagte er erschöpft und bezahlte den Fahrer. Dieser lächelte noch, als Linden an der Tür zum Restaurant einen Blick zurückwarf. »Eines ist sicher«, sagte er. »Der Mann wird sich noch in zehn Jahren an deinen ausgeflippten Typ erinnern.«

»Du dich nicht auch?« fragte sie und folgte ihm in das Restaurant. Gäste waren keine anwesend. Eine vollbusige Dame im Dirndlkleid beendete bei ihrem Eintreten an einem Fenstertisch eine Näharbeit und fragte nach ihren Wünschen. Sie hatte rote Bäckchen, ein Doppelkinn und freundliche, blaue Augen, die sie neugierig-wohlwollend musterten. Das blonde Haar trug sie zu einem kunstvollen Kranz geflochten. Ehe Linden antworten konnte, sagte Doris: »Vielleicht kennen Sie uns noch. Wir haben vor sechs Jahren auf unserer Hochzeitsreise bei Ihnen gewohnt.«

Die Dame lächelte bedauernd. »Damals gehörte das Restaurant noch dem früheren Besitzer. Mein Mann und ich haben es erst vor zwei Jahren übernommen.«

»Oh, das ist aber schade«, sagte Doris. »Wir hätten uns nach dem Essen nämlich gerne das Zimmer noch einmal angesehen. Oder vermieten Sie heute keine Zimmer mehr?«

»Selbstverständlich«, sagte die Wirtin. »Es sind zwar nur noch vier, aber wir haben Stammkunden, die jeden Sommer ihre Ferien bei uns verbringen. Wissen Sie noch, welches Zimmer es war?«

»Genau nicht mehr. Ich würde mich aber, wenn ich einen Blick hineinwerfe, bestimmt daran erinnern.«

»Dann zeige ich Ihnen die Zimmer«, sagte die Wirtin. »Wenn das Ihre Hochzeitsreise war, kann ich verstehen, daß Sie es gerne noch einmal sehen wollen. Ich hole nur rasch die Schlüssel.« Sie wandte sich eilfertig der Theke zu. Linden fragte halblaut: »Was soll dieser beschissene Zirkus?«

»Das erkläre ich dir später«, sagte Doris.

Zu den Zimmern mußten sie eine Treppe hinaufsteigen. Doris sagte: »Wenn ich mich recht entsinne, war es ein Eckzimmer mit Blick auf den See.«

»Davon haben wir zwei«, sagte die Wirtin. »Das eine ist etwas größer als das andere.«

»Dann zeigen Sie uns bitte zuerst das größere«, sagte Doris. Und als sie es gleich darauf sah, schlug sie erfreut die Hände zusammen und sagte: »Das war es; ich erinnere mich genau. Hier haben wir eine Woche gewohnt. Es war die schönste unserer ganzen Hochzeitsreise, obwohl wir anschließend noch nach Venedig fuhren. Du erinnerst dich doch auch an das Zimmer?« fragte sie Linden. Er nickte nur. »Wissen Sie«, sagte sie zu der Wirtin, »Venedig hin, Venedig her, aber die Hotelzimmer dort waren lange nicht so gemütlich wie dieses und auch nicht so sauber.«

Die Wirtin lachte. »Das hören wir oft von unseren Gästen, die in Italien waren. Wenn Sie für ein paar Minuten allein sein wollen...«

»Das wäre aber nett von Ihnen, liebe Frau«, sagte Doris. »Oder noch besser: Mein Mann und ich wollen uns hier einige Stunden aufhalten, bis unser Wagen fertig ist. Wir hatten eine Panne und mußten ihn in Garmisch in eine Werkstatt geben. Um uns die Wartezeit zu vertreiben, fuhren wir mit dem Taxi hierher und werden auch wieder abgeholt. Wäre es eine sehr große Zumutung für Sie, wenn Sie uns das Mittagessen und den Kaffee hier servierten? Wir werden das Zimmer für eine Nacht bezahlen. Da wir die Betten nicht benutzen –«

»Wenn Sie das Zimmer für eine Nacht bezahlen«, fiel ihr die Wirtin sichtlich erfreut ins Wort, »können Sie selbstverständlich auch die Betten benutzen. Vielleicht wollen Sie sich nach dem Essen noch etwas hinlegen und sich ausruhen. Hoffentlich ist es nichts Schlimmes mit Ihrem Wagen?«

»Nein, nein«, sagte Doris. »Etwas mit dem Vergaser; ich glaube, er bekam keine Luft mehr.«

»Das hatte mein Mann an seinem Wagen auch schon einmal«, sagte die Wirtin. »Da bekam er auch keine Luft mehr. Ich bringe Ihnen die Speisekarte herauf und sage meinem Mann Bescheid. Er kocht selbst; Personal stellen wir erst zu Ostern wieder ein. Ende März ist immer unsere tote Zeit. Wir waren auch gar nicht mehr auf so viel Schnee eingestellt.«

Bevor sie das Zimmer verließ, drehte sie noch die Heizkörper unter den Fenstern auf und sagte: »Damit die Herrschaften nicht frieren.«

Doris lächelte. »Uns wird allein schon bei den schönen Erinnerungen warm werden. Vielen Dank für Ihre Freundlichkeit.«

»Aber das ist doch selbstverständlich«, wehrte die Wirtin ab und eilte hinaus. Linden ließ sich auf den nächstbesten Stuhl fallen und sagte: »Das waren die peinlichsten Minuten meines Lebens. Du redest dir doch nicht etwa ein, sie hätte auch nur ein Wort deiner rührseligen Geschichte geglaubt?«

Sie legte ihre Jacke und den schwarzen Hut ab. Unter der Jacke trug sie ein saphirblaues, am Kragen offenstehendes Wollhemd und um den Hals eine Kette mit ovalen, schwarzen Steinen. »Gefalle ich dir?« fragte sie. Er sah sie schweigend an.

»Alles noch von meinem Mann«, sagte sie. »Nach unserer Heirat schleppte er mich von einer Boutique in die nächste. Vorher machte ich mir nichts aus Lederkleidung. Durch ihn bin ich erst auf den Geschmack gekommen. Am liebsten hatte er es, wenn ich Leder direkt auf der Haut trug. Wenn er es mir vom Körper streifte, machte er jedesmal eine Orgie daraus.« Sie sah sich in dem rustikal möblierten Zimmer um. »Hier hätte er bestimmt keine Flitterwochen mit mir verbracht. In Venedig wohnten wir im ›Danieli Royal Excelsior‹ und in Paris selbstverständlich im ›Ritz‹. Das Beste war ihm immer gerade gut genug für mich. Hier kehrten wir nur ein, weil es an jenem Tag so schrecklich heiß war und wir Appetit auf eine Tasse Kaffee hatten. Männer wie er sind es, die dir zu dieser Jahreszeit an einem gewöhnlichen Wochentag auch in Garmisch begegnen. Nicht die kleinen Lohnabhängigen. In welcher Welt lebst du eigentlich?«

»Zum Glück nicht in der deinen«, sagte er. Sie legte sich auf eines der Betten, verschränkte die Hände im Nacken und sagte: »Ich fürchte, du bist ein kleiner Spießer, Robert. Was kümmert es dich, was diese Frau von uns denkt? Du wirst an ihrer Rechnung merken, daß sie auch die frische Bettwäsche nicht vergessen hat, unabhängig davon, ob sie sie auswechseln muß oder nicht. Sie wird sie nicht auswechseln müssen, denn ich habe nicht vor, mit dir zu schlafen. Weder hier noch sonstwo. Wenn du wieder mal solche Probleme hast wie gestern abend, dann halte dich an Irmgard. Ich habe ihr, als sie aus dem Duschraum kam, gesagt, daß sie mit dir bumsen kann, wann immer sie Lust dazu verspürt. Das war übrigens kein zufälliges Zusammentreffen mit ihr. Ich habe sie, als du schliefst, gleich von Eschelmoos aus telefonisch zu der Hütte bestellt. Sie war auch in meiner Wohnung, hat dort den Ersatzschlüssel für meinen VW geholt und ihn in meine Garage gefahren. Sie hat einen Schlüssel und kümmert sich immer um das Haus, wenn ich länger verreist bin. Du brauchst also vorläufig keine Zeitungen mehr zu kaufen. Als der Besitzer der Garage seinen Wagen herausholte, war ihm mein VW schon nicht mehr im Weg. Wenn du also etwas in Bewegung bringen willst, mußt du endlich deine Briefe absenden oder eben warten, bis mein Urlaub vorüber ist und ich von meinen Arbeitskollegen vermißt werde.«

Sein Schock war so groß, daß er keinen Laut hervorbrachte. Als die Wirtin an die Tür klopfte, stand Doris rasch auf, öffnete ihr und nahm die Speisekarte entgegen. »Wir wollen mit dem Essen noch eine halbe Stunde warten«, sagte sie. »Wir melden uns bei Ihnen.«

Die Wirtin war einverstanden. » Ich bin in der Gastsstube, wenn Sie mich brauchen.«

Doris bedankte sich. Sie drückte die Tür hinter ihr ins Schloß und sagte: »Ich bin unverändert daran interessiert, daß die Fotos nicht veröffentlicht werden. Irmgard hat mir auch meinen Reisepaß mitgebracht. Falls dir der Boden hier zu heiß wird, fahre ich mit dir in die Bretagne. Wir können aber auch in mein Haus in Italien fahren. Da ich vorhatte, meinen Urlaub dort zu verbringen, ist es zur Zeit nicht vermietet, und wir wären völlig ungestört. Den italienischen Fernsehzuschauern dort bin ich ebensowenig bekannt wie den französischen in der Bretagne. Irmgard wird allerdings mitfahren, auch in die Bretagne. Sie hat Werner gesagt, daß ihr Vater krank geworden sei und sie sich um ihn kümmern müsse. Das war schon ein paarmal der Fall. Seit ihre Mutter nicht mehr lebt, besucht sie ihn noch öfter als früher.«

Linden stand auf. Er trat an eines der Fenster und blickte eine Weile in das dichte Schneegestöber hinaus; vom See war nichts mehr zu erkennen. Als Doris zu ihm kam und ihm die Hand auf die Schulter legte, wandte er ihr das Gesicht zu. Sie sagte: »Warum gibst du diesen Unsinn nicht auf, Robert? Du wirst doch nichts erreichen und dir nur eine Menge Probleme damit einhandeln. Ich mache dir einen Vorschlag: Wir vergessen das alles, fahren nach Italien und verbringen meinen Urlaub gemeinsam. Wenn ich gemeinsam sage, so gilt das ohne Einschränkung. Irmgard eingeschlossen. Über die Osterfeiertage wird es zwischen Ruhpolding und Garmisch von Touristen, auch aus Hessen, nur so wimmeln. Ich habe mir inzwischen auch überlegt, daß es für mich nicht gut wäre, wenn ich von Interpol gesucht werden würde. Schließlich ist der Besitz in Italien unter meinem Namen eingetragen; da könnte es leicht passieren, daß man bei einer Fahndung auf das Haus stößt, und wenn das geschieht, dann kommt es mir auf die paar Nacktfotos auch nicht mehr an. Die könntest du dann meinetwegen ruhig veröffentlichen lassen. Ich kann meinen Job nur einmal verlieren. Was hältst du von meinem Vorschlag?«

Statt ihr zu antworten, sagte er: »Wenn Irmgards Mann bei ihrem Vater anruft, wird er erfahren, daß sie nicht bei ihm ist.«

»Das wird er nicht, weil er seit zwei Jahren nicht mehr bei ihm anruft. Es würde ja genügen, daß sie hin und wieder bei *ihm* anruft. Ob das Gespräch aus Italien, aus der Bretagne oder aus Darmstadt kommt, wo ihr Vater lebt, kann Werner nicht feststellen. Du bist also einverstanden?«

»Ich werde die Sache so rasch durchziehen, daß Interpol gar nicht erst eingeschaltet wird. Das kann ich aber nur, wenn du mir nicht noch mehr Prügel zwischen die Beine wirfst. Was hast du dir überhaupt davon versprochen, als du Irmgard zur Hütte bestelltest? Daß ihr es zu zweit leichter schaffen würdet, mich umzustimmen?«

Sie schüttelte den Kopf. »Darum ging es mir nicht. Als ich sie anrief, wußte ich noch nicht, woran ich mit dir war.«

»Und jetzt redest du dir ein, es zu wissen?«

»Jedenfalls weiß ich es schon etwas besser als noch in Eschelmoos.«

»Und welche Rolle hast du Diedenhofen dabei zugedacht?«

»Das werde ich mir noch gut überlegen«, sagte sie. »Als ich Irmgard am Telefon erzählte, daß du eine Pistole hast, hielt sie es für klüger, ihren Freund in der Nähe zu haben. Du willst also auf meinen Vorschlag nicht eingehen? Warum nicht? Ist dir diese kindische Sache noch immer so wichtig?«

Er nahm ihre Hand von seiner Schulter. »Das ist keine kindische, sondern eine sehr ernste Sache. Dir scheint überhaupt nicht bewußt zu sein, was ihr mit euren einseitig gefärbten politischen Sendungen alles anrichtet. Ich rede jetzt nicht von den Grünen; die wollen es nicht besser wissen. Ich rede davon, daß es in der von dir und deinem Sender favorisierten Partei schon zu viele Leute gibt, die an den abenteuerlichen Vorstellungen der Grünen über einen Abzug der Amerikaner aus Europa immer größeren Gefallen finden, wobei sie den Völkermord in Afghanistan geflissentlich ignorieren. Oder die sich, was genauso schlimm ist, zu der für eine Industrienation, wie wir es sind, selbstmörderischen These versteifen, eine nationale Politik, die soziale Gerechtigkeit, persönliche Selbstbestimmung und ökologische Ziele durchsetzen möchte, müsse sich vom Weltmarkt, wie er heute gegeben ist, selektiv abkoppeln. Im Klartext bedeutet das nicht nur zwei oder drei, sondern zehn Millionen Arbeitslose. Daß intelligente Menschen, zu denen auch du dich zählst, eine solche Ausgeburt von Dummheit unter das Volk bringen, läßt sich eigentlich nur damit erklären, daß ihr euer eigenes Urteilsvermögen vor jeder politischen Sendung an der Garderobe abgebt.«

»Bist du fertig?« fragte sie, als er nicht weitersprach. Er wandte ihr den Rücken zu. Sie griff rasch nach seinem Arm. »Ich will auch nicht, daß die Amerikaner abziehen, und ich kenne keinen einzigen, der anders darüber dächte.«

»Dann unterhalte dich mal mit Diedenhofen darüber.«

»Ich habe die Grünen nicht gewählt.«

»Aber du protegierst sie in deinen Sendungen.«

»Es sind nicht meine Sendungen«, sagte sie, mit leicht erhobener Stimme. »Ich tue nur das, wofür ich bezahlt werde, und ich tue es gern, weil ich davon überzeugt bin, daß sich ganze Generationen von gewissenlosen Geschäftemachern mehr um ihren Profit als um die Umwelt gekümmert haben. Was wir heute erleben, wäre schon beim Wissensstand über Umweltbelastungen vor zwanzig Jahren voraussehbar gewesen. Und was die Russen in Afghanistan tun, das tun die Amerikaner dort, wo ihre eigenen Interessen tangiert werden, schon lange.«

Er nickte. »Das ist genau dieselbe Scheiße, mit der ihr euren politisch unreifen Zuschauern und Zuhörern die Köpfe füllt. Welch ein Glück für dich und mich, daß die Amerikaner ihre Interessen auch schon durch die Nazis tangiert sahen und es nicht allein den Russen überließen, ihnen das Fell über die Ohren zu ziehen. Tu mir einen Gefallen und verschone wenigstens mich mit deinem von keinerlei Geschichtskenntnissen getrübten Weltbild. Mir kommt sonst das große Kotzen.«

Er riß sich von ihr los und ging zur Tür. Im Restaurant traf er die Wirtin wieder bei ihrer Näharbeit an. »Haben Sie schon gewählt?« fragte sie.

»Das erledigt meine Frau«, sagte er. »Wo kann ich ungestört telefonieren? Es ist ein Ferngespräch.«

»Sie können das Telefon hinter der Theke benutzen«, sagte sie. »Ich lasse Sie so lange allein.«

Sie zeigte ihm das Telefon und zog sich diskret zurück. Er meldete sich mit seinem Namen und verlangte seine Schwester. Sie war sofort am Apparat; ihre Stimme klang vorwurfsvoll: »Ich vergehe hier vor Sorge, Robert. Warum rufst du erst heute wieder an? Ist etwas schiefgelaufen?«

»Schief nicht, nur anders«, sagte er. »Ich hatte gestern keine Gelegenheit, dich anzurufen. Hast du heute schon die Zeitungen gelesen?«

»Natürlich habe ich die Zeitungen gelesen«, sagte sie. »Es steht wieder nichts drin, keine Zeile. Wie ist das nur möglich? Die Polizei muß den VW doch längst gefunden und etwas unternommen haben.«

»Falls der Garagenbesitzer sie überhaupt verständigt hat. Und wenn, so wird die Polizei bei der Rundfunkanstalt inzwischen erfahren haben, daß sie zu einem dreiwöchigen Urlaub verreist ist. Sie könnte den VW auch wegen einer Panne stehengelassen und eine Werkstatt gebeten haben, ihn abzuschleppen. Ehe die Polizei nichts Genaues weiß, wird sie keine Mitteilung an die Presse geben. Wir müssen mit den Briefen noch einige Tage warten.«

Sie widersprach ihm entschieden: »Das wäre ein großer Fehler. Wenn es sich so verhält, wie du vermutest, kann es noch Wochen dauern, bis man sie vermißt. Wir waren uns von Anfang an darin einig, daß wir keine Zeit verlieren dürfen. Wenn morgen oder übermorgen wieder nichts in den Zeitungen steht, werde ich, wie besprochen, die Briefe absenden.«

»Das wirst du nicht tun. Du wirst sie absenden, wenn ich es dir sage; keine Stunde früher.«

Ihre Stimme blieb für kurze Zeit weg. Dann sagte sie: »Da stimmt doch etwas nicht, Robert. Was ist anders gelaufen?«

»Sie hat mich erkannt. Sie hat eine der Sendungen über die letzten Tarifverhandlungen gesehen, bei denen ich mitgewirkt habe. Bevor wir die Briefe absenden, will ich ganz sicher sein, daß sie hinterher den Mund hält.«

»Bei deinem ersten Anruf sagtest du mir –«

Er unterbrach sie ungeduldig: »Sie redet heute so und morgen so. Gestern abend meinte sie, vielleicht würden ihr die Fotos sogar zu einer neuen Karriere verhelfen. Ich habe immer mehr den Eindruck, sie hängt gar nicht so sehr an ihrem Job, wie wir es angenommen haben. Wir wollen die Dinge doch sehen, wie sie sind, Margot. Wenn sie hinterher ausplaudert, lande ich für Jahre im Gefängnis. Der Firma wird das nicht schaden; im Gegenteil. Die meisten unserer Geschäftsfreunde denken genauso wie wir. Da du angeblich von alldem nichts wußtest, würdest du nicht nur mit kollegialer Anteilnahme, sondern auch mit neuen Aufträgen überschüttet werden. Das Risiko liegt allein bei mir. Also laß mich diese Sache auf meine Weise erledigen. Es hat den Anschein, als könnte ich sie auch ohne die Fotos dazu überreden, weiter mitzuspielen. Ich scheine ihr nicht ganz gleichgültig zu sein. Wenn ich sie auf meine Seite bringe, brauchen wir uns wegen später keine Gedanken mehr zu machen.«

Ihre Stimme blieb wieder für eine Weile weg. Schließlich sagte sie: »Du mußt den Verstand verloren haben, Robert. Sie spielt dir doch nur etwas vor. Nicht du wirst sie, sondern sie wird dich –«

Er fiel ihr schroff dazwischen: »Ich bin erwachsen genug, um zu wissen, was ich tue. Mir geht es bei dieser Sache um einiges mehr als um ihre Person. Du kannst sie auch als Frau nicht ausstehen. Ich mag sie nur als Moderatorin nicht. Vielleicht setze ich mich mit ihr von hier ab. Der Boden in Eschelmoos wird mir zu heiß. Ich habe zufällig erfahren, daß im Dorf bereits über uns getratscht wird.«

»Wenn du an ihren Reisepaß gedacht hättest –«

»Ich weiß«, unterbrach er sie ungeduldig. »Ich bin nun mal in solchen Dingen kein Profi. Ich melde mich wieder bei dir, sobald ich ein anderes Quartier gefunden habe. Bis dahin bleibt es dabei, daß du die Briefe erst einwirfst, wenn ich dir grünes Licht dafür gebe. Wie immer auch diese Sache ausgeht: Du hast nichts zu befürchten, und mit dem Betrieb wirst du auch ohne mich fertig. Ich stelle jeden Tag mehr fest, wie wenig ich ihn vermisse.«

»Das stellst du schon seit zwei Jahren fest«, sagte sie. »Ein Mann sollte auch mit einer solchen Sache irgendwann einmal fertig werden.«

»Davon verstehst du ausnahmsweise einmal nichts«, sagte er und legte auf. Als er sich umdrehte, sah er Doris an der Tür zum Restaurant stehen. Der Gedanke, sie könnte sein Gespräch mitgehört haben, wirkte ein paar Augenblicke lang lähmend auf ihn. Er fragte rauh: »Seit wann stehst du schon da?«

Statt ihm zu antworten, sagte sie: »Du bist wirklich kein Profi in solchen Dingen. Ist Margot deine Schwester?«

Er sah jetzt erst, daß sie die Speisekarte in der Hand hielt. Sie kam zu ihm, legte die Karte auf die Theke und sagte: »Sie haben keine große Auswahl. Wir können auch hier essen. Ich nehme das Tagesmenü. Wo ist die Wirtin?«

»Ich weiß es nicht«, sagte er und kam hinter der Theke hervor. Er ließ sich an einem Tisch am Fenster nieder und starrte mit verkniffenem Gesicht in das dichte Schneetreiben hinaus. Doris setzte sich zu ihm. Sie griff nach seiner Hand und sagte: »Vielleicht willst du nur noch wegen Margot weitermachen. Ich wußte, daß sie dahintersteckte und keine anderen Leute, wie du es mir und Irmgard vorzumachen versuchtest. Die Art, wie du ein paarmal von ihr gesprochen hast, ließ gar keine anderen Schlüsse zu. Aber du spielst auch ihr gegenüber nicht mit offenen Karten. Sei froh, daß ich mitgehört habe. Jetzt fällt es mir leichter, dich zu verstehen. Ich bin dir gefolgt, als du aus dem Zimmer gingst. Vielleicht solltest du noch einige Tage in Ruhe darüber nachdenken. Wenn du auch dann noch darauf bestehst, die Briefe abzusenden, dann tu es eben. Ich werde dich nicht daran hindern. Ich habe auch nicht vor, dich ins Gefängnis zu bringen. Auch deine Schwester nicht. Ich weiß zwar nicht, warum sie mich als Frau so haßt; vielleicht sehe ich besser aus als sie. Hat sie eine Warze auf der Nase?«

Obwohl ihm nicht danach zumute war, mußte er lächeln. »Sie hatte mit Männern zweimal Pech, befürchtete, sie hätten es nur auf ihr Geld abgesehen. Heute ist sie nur noch mit der Firma verheiratet, für ein Privatleben blieb ihr auch nie die erforderliche Zeit. Wir standen nach dem Tod meines Vaters ein paarmal unmittelbar vor dem Konkurs, hatten uns mit Investitionen übernommen. Daß wir alle Krisen überstanden haben und seit Jahren mit Gewinn arbeiten, ist allein Margots Verdienst. Sie war es, die unsere Firma zu dem gemacht hat, was sie heute ist. Mein eigener Anteil ist eher bescheiden.«

»Hat es mit dem Tod deiner Frau zu tun, daß du den Betrieb heute nicht mehr vermißt und die Geschäfte Margot überläßt?«

»Nicht allein. Da kamen noch einige andere Dinge hinzu. Wem es heute noch Spaß macht, Unternehmer zu sein, der muß dazu geboren sein. Ich bin es offenbar nicht. Es gab auch in unserer Branche mal einen Umweltskandal. Deine damalige Art, darüber zu berichten, mußte bei deinen Zuschauern den Eindruck erwecken, daß wir allesamt zu den von dir vorhin erwähnten gewissenlosen Geschäftemachern gehörten.«

»Wann war das und worum ging es?«

Er winkte ab. »Um das übliche. Vielleicht bin ich dünnhäutiger, als man es als Unternehmer heute noch sein dürfte. Margot ist es jedenfalls nicht. Wir haben den Betrieb von unserem Vater übernommen; er starb vor neunzehn Jahren an den Spätfolgen eines Luftangriffs. Meiner Mutter kostete er das Leben. Die Erinnerung daran war meinem Vater so schrecklich, daß er nicht mehr heiratete. Ich war damals neun Jahre alt, Margot dreizehn. Ihr Geschäftssinn war schon immer stärker ausgeprägt als der meine. Nach dem Tod meines

Vaters übernahmen wir die Firma zu gleichen Teilen. Ich hatte ein Jahr zuvor geheiratet. Zwischen meiner Frau und Margot kam es öfter zu Differenzen. Seit dem Tod unserer Mutter fühlte sie sich, als die Ältere von uns beiden, für mich verantwortlich und in ihrem Einfluß auf mich durch meine Frau eingeschränkt.«

»Also eifersüchtig?«

Da die Wirtin aus der Küche zu ihnen kam, verschob er seine Antwort auf später. Erst als er die Bestellung aufgegeben und Doris gegenüber der Wirtin den Wunsch geäußert hatte, das Essen nun doch im Restaurant und nur den Kaffee auf das Zimmer serviert zu bekommen, griff er ihre Frage wieder auf: »Wir haben uns zu diesem Thema nie ausgesprochen. Nach dem Tod meiner Frau fing sie wieder damit an, mich zu bemuttern. Sie bestand darauf, ihre Eigentumswohnung aufzugeben und zu mir zu ziehen. Ich hatte damals nichts dagegen einzuwenden, weil mir das Haus ohne meine Frau zu groß und zu leer geworden war. Es ist aber nicht so, daß ich unter ihrer Fuchtel stünde, wie du das annimmst. Dieser Einfall mit dir kam auch nicht von ihr, sondern von mir. Ich wußte, daß du jedesmal wie ein rotes Tuch auf sie wirktest; als ich ihr meine Absicht unterbreitete, hatte sie zuerst Bedenken; später willigte sie ein. Wir haben uns schon vorher oft darüber unterhalten, was wir gegen die politischen Manipulationen deines Senders unternehmen könnten. Für die Auskünfte, die wir über dich brauchten, schaltete Margot eine Detektei in Straßburg ein. Dort war man mehr an ihrem Geld als an ihrer Person interessiert. Bei dem Ferienhaus in der Bretagne verhielt es sich genauso ; sie war persönlich dort und hat die Miete unter Hinterlassung einer falschen Adresse vorsorglich für vier Wochen im voraus bezahlt.«

»Sie fängt an, mir zu imponieren«, sagte Doris lächelnd. »Trotzdem habt ihr zwei nicht unwichtige Punkte außer acht gelassen.«

Er nickte. »Meine Wagennummer und die Pension in Eschelmoos. Aber das scheint nur so. Die Pensionsinhaberin ist eine alte Schulfreundin meiner Schwester. Meine Frau und ich haben schon einmal bei ihr gewohnt. Meine Schwester sogar schon öfter; sie liebt diese einsame Landschaft ohne Touristenrummel. Es ist vorgesehen, daß ich nach deiner ›Freilassung‹ dort noch einige Zeit verbringe, bis etwas Gras über die Sache gewachsen ist. Ich darf dich auch daran erinnern, daß unser ganzer Plan auf deiner mehr oder weniger freiwilligen Mitwirkung basierte. Wegen des amtlichen

Kennzeichens meines Wagens brauchten wir uns also keine Sorgen zu machen. Im übrigen handelt es sich um einen Mietwagen.«

»Ach so«, sagte sie.

Die Wirtin brachte das Essen. Auch ihr Mann ließ sich, aus der Küche kommend, kurz bei ihnen sehen und wünschte ihnen einen guten Appetit. Bis dahin war sich Linden darüber klargeworden, daß das Mithören seines Telefonats keine neue Situation geschaffen hatte, auch wenn Doris nun über Hintergründe Bescheid wußte, über die er sie lieber im unklaren gelassen hätte. Jedoch in Anbetracht dessen, was sich innerhalb der letzten achtundvierzig Stunden zwischen ihnen ereignet hatte, kam es darauf jetzt wohl auch nicht mehr an. Weitaus stärker beschäftigte ihn der Umstand, daß er sich immer öfter bei dem Wunsch ertappte, Zeit zu gewinnen. Die Frage war nur, wofür; aber gerade darüber konnte er sich trotz allen Grübelns nicht schlüssig werden. Er ertappte sich dabei, daß er auch beim Essen kaum einmal den Blick von Doris wandte. Auch wenn ihr Geschlecht sich nicht anders anfühlte als das anderer Frauen, so machte es doch einen Unterschied, es einmal erfahren zu haben. Sie im Augenblick des Orgasmus erlebt zu haben und zu wissen, wie heftig ihr Körper auf seine Berührungen reagierte, war nicht dasselbe wie bei jeder anderen Frau. Nicht für ihn; er würde es sein Leben lang nicht vergessen.

Obwohl sie seine unausgesetzten Blicke fühlen mußte, verlor sie kein Wort darüber. Einmal sagte sie: »War doch eine gute Idee, hierherzufahren. Was hätten wir bei diesem Wetter mit der Zeit sonst anfangen sollen? Es macht mich müde. Ich lege mich nach dem Essen eine Stunde hin. Warum sollen wir die Betten nicht benutzen, wenn wir sie schon bezahlen.« Sie erwiderte seinen Blick. »Machst du dir Sorgen, ob Irmgard und Hans rechtzeitig zurückkommen?«

»Der viele Schnee wird ihnen zu schaffen machen.«

»Nicht mehr als gestern uns. Auf Irmgard kann man sich verlassen. Als du heute morgen unter der Dusche warst, habe ich mit ihr verabredet, daß sie uns, wenn sie zurückkommt, hier abholt. Wenn wir schon auf sie warten müssen, dann besser hier als bei diesem Mann in Ettal.«

Er fragte befremdet: »Warum erzählst du mir das erst jetzt?«

»Weil es mir erst jetzt wieder einfiel«, sagte sie und beendete ihre Mahlzeit. Die Wirtin kam zu ihnen und erkundigte sich, ob sie zufrieden seien. Doris sagte: »Doch, es war sehr gut. Sie können uns hier auch gleich den Kaffee servieren. Wir wollen uns vor der Abfahrt noch etwas hinlegen und nicht gestört werden.«

»Wird sofort erledigt«, sagte die Wirtin lächelnd.

Linden blickte ihr nach, wie sie rasch zu ihrem Mann in die Küche ging. »Deutlicher hättest du es ihr nicht zu verstehen geben können«, sagte er. »Es wäre mir egal, was sie von uns denkt, wenn sie wenigstens Anlaß hätte, es zu denken.«

»Wer weiß, vielleicht hat sie Anlaß. Vorausgesetzt, du stellst keine höheren Ansprüche als gestern abend.«

Er blickte sie eine kleine Weile schweigend an. Dann fragte er: »Wofür willst du mich eigentlich bestrafen?«

»Ich hatte nicht den Eindruck, daß du es als Strafe empfunden hättest«, erwiderte sie. »Ich bin dir dafür auch noch etwas schuldig. Falls dir das aber nicht genügt, lassen wir es sein. Was ich vorhin im Zimmer zu dir sagte, gilt unverändert. Es sei denn, du könntest dich dazu entschließen, mit mir nach Livorno zu fahren. Für dort gilt es nicht. Ich habe den Winter und den Schnee allmählich satt.«

»Ist das deine Bedingung?«

Sie lächelte. »Die Bedingungen stellst du. Nicht ich erpresse dich, sondern du mich. Wenn deine Schwester nicht erfahren darf, welche neuen Pläne du mit mir hast, dann könnten wir auch nach Livorno fahren. In diesem Fall dürfte sie die Briefe allerdings erst absenden, wenn wir unseren Aufenthalt dort beenden und schon wieder über der Grenze sind. Gegen einen verlängerten Urlaub hätte ich gar nichts einzuwenden.«

»Und wie stellst du dir das vor?«

»Das überlasse ich dir. Wir könnten ja den Rest meines Urlaubs in Livorno verbringen und dann zu dem Ferienhaus in der Bretagne fahren. Sobald wir dort eintreffen, kannst du deiner Schwester für die Briefe grünes Licht geben. Der Polizei werde ich erzählen, ich sei nach meiner Rückkehr aus dem Urlaub entführt worden, als ich gegen Mitternacht in meine Garage fahren wollte. Wir könnten alles so lassen, wie wir es bereits besprochen haben. Nur eben mit dem Unterschied, daß ich erst nach und nicht schon vor meiner Urlaubsreise gekidnappt wurde. Auf drei Wochen mehr oder weniger kommt es jetzt schließlich auch nicht mehr an. Für mich hätte es den Vorteil, daß mein Urlaub nicht völlig verdorben wäre.«

Er nickte. »Das leuchtet mir ein. Ich sehe nur nicht recht, worin *mein* Vorteil dabei liegen könnte.«

»Darüber haben wir uns bereits unterhalten«, sagte sie. »Wenn du dir aber nicht viel davon versprichst, dann vergiß es. Ich könnte mir zwar vorstellen, daß es angenehmer für uns alle wäre, in Livorno in der warmen Sonne zu liegen, als uns in Irmgards Hütte vollends einschneien zu lassen. Das braucht dich aber nicht zu beeinflussen. Ich meine eben nur: Solange du nicht recht weißt, wann deine Schwester die Briefe absenden soll, könntest du deine Unschlüssigkeit auch in Livorno weiterpflegen. Offen gestanden verstehe ich dein Problem nicht. Wartest du nur auf besseres Wetter? Oder worauf wartest du?«

Daß das Wetter in diesem Falle keine Rolle spielte, wußte er natürlich selbst. Und daß es ihm nur noch darum ging, das Zusammensein mit ihr so lange wir nur möglich hinauszuziehen, mußte er, wenn auch widerstrebend, zugeben. Was er sich allerdings davon versprach und erhoffte, darüber hatte er noch keine letzte Klarheit gewonnen.

Das Eintreffen der Wirtin mit dem Kaffee enthob ihm der Mühseligkeit, Doris eine plausibel klingende Antwort zu geben. Statt dessen kam er, während sie den Kaffee tranken, wieder auf Irmgard und Hans zu sprechen; er sagte: »Wenn ihr Vater wüßte, daß sie sich jetzt auch noch einen Grünen angelacht hat, würde er sicher vollends den Glauben an die Menschheit verlieren. Wie heißt sie mit Mädchennamen?«

»Ludwigsdorff. Kennst du die Firma ihres Vaters?«

»Sie gehört zu den renommiertesten in der Branche. Der Mann muß sich heute fragen, wofür er sein Leben lang gearbeitet hat.«

Sie nahm einen Schluck aus ihrer Tasse. »Hans ist ein netter Kerl und intelligent dazu. Aber ich kann Irmgard verstehen. Einer Frau, die über so viel Geld und Zeit verfügt wie sie, genügt es auf die Dauer nicht, mit einem Mann zusammenzuleben, der nichts anderes als Fernsehprogramme und Produktionskosten im Kopf hat. Ganz abgesehen von seinen gelegentlichen Seitensprüngen. Ihr Vater hatte andere Pläne mit ihr. Er hatte ihr von der Heirat abgeraten. Heute weiß sie, daß es für sie besser gewesen wäre, auf ihn zu hören. Es ist nur ihr Stolz, der sie daran hindert, ihren Fehler einzugestehen und Konsequenzen zu ziehen. Außerdem denkt sie, daß nie etwas Besseres nachkommt. Sie lernt durch Werner eine Menge Leute kennen, gibt oft Parties, und irgendwie schmeichelt es ihr doch, mit einem Mann in seiner Position verheiratet zu sein.«

»Haben sie Kinder?«

»Nein. Er war schon in seiner ersten Ehe nicht an Kindern interessiert und hat es, als sie heirateten, sogar zur Bedingung gemacht, keine zu bekommen.«

Sie trank ihre Tasse leer und stand auf. »Kommst du mit?«

»Vielleicht ist es besser, wenn ich hierbleibe«, sagte er. Sie betrachtete ihn ein paar Augenblicke lang mit zuckenden Mundwinkeln. Dann verließ sie das Restaurant. Er hörte sie die Treppe hinaufsteigen. Seine Worte taten ihm schon leid, noch ehe ihre Schritte verklungen waren. Von irgendwoher drang undeutlich die Stimme der Wirtin an sein Ohr. Es hörte sich an, als unterhielte sie sich in der Küche mit ihrem Mann. Obwohl ihm der Gedanke unangenehm war, sie würde ihn bei ihrer Rückkehr allein antreffen und sich nach der sentimentalen Geschichte, die Doris ihr erzählt hatte, über seine Anwesenheit wundern, konnte er sich zu nichts aufraffen und blieb längere Zeit in peinigender Unschlüssigkeit am Fenster sitzen. Der Schneefall hatte wieder nachgelassen. Er beobachtete einige Wildenten, die weit draußen auf dem See schwammen, sekundenlang untertauchten, um sich dann, die Köpfe mit den langen Schnäbeln schüttelnd, wieder steil aufzurichten. Das jenseitige Ufer war nicht zu erkennen. Dort schien alles eins zu werden: Himmel und Erde, See und Wolken. Außer den Enten gab es nichts, woran sich der Blick noch klammern konnte. Und genauso war ihm auch zumute.

Irgendwann ertrug er es doch nicht mehr, sich noch länger etwas vorzumachen, sich noch länger gegen seine Einsicht zu sträuben, daß sie ihn mit allen Mitteln einer erfahrenen Frau ausgetrickst hatte. Daß der Gedanke an die Briefe und was er mit ihnen erreichen wollte, neben der Erinnerung, wie sich ihre Haut, ihr Haar, wie sich ihr Schoß anfühlte, kein Gewicht mehr besaß. Daß er nur noch besessen war von dem Wunsch, sie in seinen Armen zu halten, ihre Lippen zu schmecken und ihren Körper ganz zu erfahren. Daß er keinen anderen Wunsch mehr hatte neben diesem, und daß er, wenn er ihn sich nicht erfüllte, nie mehr der gleiche sein würde, der er einmal war.

Als er zu ihr kam, lag sie, ihm den Rücken zukehrend und bis zum Hals zugedeckt, in einem der beiden nebeneinanderstehenden Betten. Ihre Lederhose und das saphirblaue Wollhemd hingen über einem Stuhl. Er schloß die Tür hinter sich ab, zog Jackett und Schuhe aus und ließ sich auf das zweite Bett fallen. Er verschränkte die Hände im Nacken und fragte: »Wann willst du nach Livorno fahren? Morgen schon?«

Sie gab keine Antwort, so daß er zuerst dachte, sie schliefe wirklich.

Doch dann drehte sie sich langsam nach ihm um, schob eine Hand zwischen ihre Wange und das Kopfkissen und blickte ihn eine Weile schweigend an. Schließlich sagte sie: »Du bist leicht zu überreden und nicht ganz so unbestechlich, wie ich anfangs dachte. Vielleicht läßt du auch über die Briefe mit dir handeln. Was würden sie denn kosten?«

Ihr Unterhemd hatte sie anbehalten; er sah es, als sie die Hand unter die Wange schob. Er fragte: »Würde es dich enttäuschen?«

»Ja«, sagte sie. »Sogar sehr, denn dann wärst du kein erstaunlicher Mann mehr. Auch bin ich der Meinung, daß das bessere Wissen eines Menschen nicht käuflich sein sollte. Ich habe zwar keine Skrupel, wenn es sich als erforderlich erweist, einen angemessenen Preis für das bessere Wissen eines anderen zu zahlen, aber ich bin, wenn es um mein eigenes geht, nicht käuflich. Eigentlich ist nicht sehr viel von dem übriggeblieben, was du mir anfangs vorgespielt hast. Ich möchte nicht, daß du meinetwegen auch noch deine letzten Prinzipien über Bord wirfst. Im Gegensatz zu dir bin ich durchaus fähig, eine von meiner eigenen abweichenden Meinung wenn auch nicht zu akzeptieren, so doch zu respektieren.«

Jedesmal, wenn er meinte, ihre Absichten und Intentionen durchschaut zu haben, reagierte sie nicht so, wie er es erwartete. Seine Enttäuschung und seinen Ärger nur mühsam unterdrückend, sagte er: »Man könnte es auch anders sehen. Vielleicht hast du dir inzwischen überlegt, daß etwas Publicity um deine Person der von dir vertretenen Meinung nur dienlich sein könnte.«

Sie verzog den Mund zu einem kleinen Lächeln. »Daran hättest du schon denken müssen, bevor du diese Sache angefangen hast. Mir ist noch nicht ganz ersichtlich geworden, wen du eigentlich damit treffen willst. Eine Institution, wie eine Rundfunkanstalt es ist, kannst du mit deinem Brief jedenfalls nicht erschüttern. Man wird ihn bestenfalls zum Anlaß nehmen, den Beweis dafür anzutreten, wie politisch ausgewogen unser Programm in Wirklichkeit ist. Es gibt auch bei uns nicht nur linke Redakteure. Mit einer so pauschalen Unterstellung, wie du sie vorhast, wirst du auch den anderen auf die Füße treten. Wenn es darum geht, ihre angebliche politische Unabhängigkeit zu demonstrieren, sind sie, bei aller Meinungsvielfalt, bis zur Selbstverleugnung solidarisch. Willst du dich nicht ausziehen?«

»Mir steht nicht mehr der Sinn danach.«

»Dem könnte man sicher abhelfen; aber vielleicht ist es besser so. Ich bin solche anstrengenden Skiwanderungen nicht mehr gewohnt und würde am liebsten hier übernachten und morgen vormittag nach Livorno fahren. Leider geht das wegen Sue Ellen nicht, wir müssen sie vorher herunterholen und natürlich unsere Sachen, die wir noch oben haben.«

»Du willst den Hund auch mit nach Livorno nehmen?« vergewisserte er sich ungläubig.

»Selbstverständlich. Was sollen wir sonst mit ihm machen?«

»Das ist unmöglich. Ohne Impfbescheinigung kommt er weder über die österreichische noch über die italienische Grenze. Du wirst ihn entweder zurücklassen oder auf die Fahrt nach Livorno verzichten müssen.«

»Dann müssen wir eben morgen vormittag mit ihr zu einem Tierarzt gehen. Wenn wir ihm sagen, daß sie uns zugelaufen ist —«

Er fiel ihr ungeduldig dazwischen: »Ich hatte schon Mühe, unsere Sachen im Kofferraum unterzubringen. Wenn du noch Irmgard und ihr Gepäck mitnehmen willst, wird es mit dem Hund im Wagen zu eng. In Garmisch gibt es sicher ein Tierheim —«

Diesmal war sie es, die ihn nicht aussprechen ließ: »Kommt überhaupt nicht in Frage. Das wäre nur ein neuer Schock für sie. Vielleicht kann Diedenhofen sie zu sich nehmen, bis ich zurückkomme. Ich spreche mit Irmgard darüber. Wenn sie ihn darum bittet, wird er es ihr bestimmt nicht abschlagen. Sie könnte ihm erzählen, daß wir Sue Ellen herrenlos von der Straße aufgelesen hätten, sie aber nicht behalten könnten und deshalb an ein Tierheim geben wollten. Weil sie selbst Gefallen an ihr gefunden habe, wolle sie Sue Ellen aber für sich behalten. Dann hätte sie auch einen triftigen Grund, ihn mit dem Hund nach Hause zu schicken. Sie braucht ihm nur zu sagen, daß wir sie eingeladen hätten, mit uns in mein Haus nach Italien zu fahren und daß sie Sue Ellen auf dieser Reise nicht mitnehmen könne. Ich bin sicher, er wird das sofort verstehen.«

Linden nickte grimmig. »Wenn er genauso einfältig ist wie ich.«

»Du willst sagen, wenn er in sie genauso verliebt ist wie du in mich? Das ist er bestimmt. Er ist sogar ganz wild nach ihr.«

»Ich erinnere mich nicht...«, setzte er an. Sie legte ihm rasch die Hand auf den Mund. »Sag das lieber nicht. Es könnte dir spätestens in Livorno leid tun. Ist das ein großer Betrieb, der dir und deiner Schwester gehört?«

Obwohl ihm ihre Sprunghaftigkeit in diesem Fall nicht ungelegen kam, sagte er, weil sie noch immer die Hand auf seinem Mund liegen hatte, verdrossen zwischen ihre Finger hindurch: »Jedenfalls nicht ganz so groß wie deine Rundfunkanstalt mit ihren einigen tausend Mitarbeitern. Wäre sie den gleichen marktwirtschaftlichen Bedingungen unterworfen wie mein Betrieb, so hätte sie schon längst Konkurs anmelden müssen.«

»Das ist möglich«, räumte sie ein, »aber wir sind nun mal kein privatwirtschaftlicher Betrieb, und im Gegensatz zu dem, was deine Regierung für unnütze Dinge, einschließlich der Aufrüstung, ausgibt, bieten wir den Leuten wenigstens etwas für ihr Geld. In diesem Fall stimme ich mit den Grünen überein. Man könnte das Geld nutzbringender anlegen. Beispielsweise für den Umweltschutz. Daß es bei uns heute ein sehr weitverbreitetes Problembewußtsein für solche Dinge gibt, haben wir allein den Grünen und nicht dir und deiner Regierung zu verdanken.«

Sie öffnete mit dem Zeigefinger seine Lippen, befühlte seine Zunge und fragte: »Schmeckt er dir?«

»Du großer Himmel«, murmelte er undeutlich und versuchte, ihren Finger aus seinem Mund zu nehmen. Sie schob ihn jedoch nur noch tiefer hinein und sagte: »Wenn du nicht stillhältst, fahren wir nicht nach Livorno. Ich habe dir vorhin gesagt, daß ich dir für gestern abend noch etwas schulde. Entweder du bist damit einverstanden, oder du kannst sehen, wie du in deiner verfahrenen Situation ohne meine Hilfe zurechtkommst. Was ist dir lieber?«

Ihr Finger schmeckte merkwürdigerweise nach Vanille, und weil sie mit der linken Hand gleichzeitig seinen Gürtel öffnete, den Reißverschluß aufzog und ihn genauso aufdeckte, wie sie es am Abend zuvor bei Irmgard getan hatte, vergaß er ihren Finger und hielt unwillkürlich den Atem an. Sie nahm den Finger aus seinem Mund, bettete ihren Kopf auf seine Brust und verfolgte, während sie ihn erregte, seine wachsende Anteilnahme. Als er sie jedoch auf sich ziehen wollte, stieß sie ihn sofort zurück und sagte: »Du hast mich anscheinend nicht verstanden. Willst du, daß ich aufhöre?«

Er wollte es nicht, und trotzdem hörte er sich sagen: »Wenn du nur auf das aus bist, ist es vielleicht besser, du hörst auf.«

»Das kannst du haben«, sagte sie und richtete sich auf. Er beobachtete, wie sie aus dem Bett stieg, nach ihrer Hose griff und sie anzog. Sie sagte: »Allein schon, daß es hier nur Waschbecken und kein eigenes Bad und WC gibt, wäre für meinen Mann und mich Grund gewesen, in diesem Haus keine Flitterwochen zu verbringen. Wo habt ihr die euren verbracht? Auch in Venedig?«

Er sagte rauh: »Daß es hier kein Bad und WC gibt, hast du schon unten gewußt. Vielleicht gehörst du zu den Frauen, die es gerne haben, wenn sie dazu gezwungen werden.«

»Versuch es doch«, sagte sie. Sie beugte sich zu ihm nieder, küßte ihn und lächelte. »Du bist trotzdem ein erstaunlicher Mann. Ich habe es aber nicht gern, wenn man mir vorschreiben will, wie es im Bett ablaufen soll. In Livorno werden wir mehr Zeit haben, um uns aufeinander abzustimmen.«

»Vielleicht fahren wir jetzt nicht mehr nach Livorno«, sagte er und brachte seine Kleidung in Ordnung.

Sie legte sich wieder zu ihm, stützte mit angewinkeltem Arm den Kopf in die Hand und blickte in sein Gesicht. »Das ist deine Entscheidung. Mir hat nicht gefallen, was du vorhin deiner Schwester gesagt hast. Ich lasse mich nicht zu etwas bringen. Ich entschließe mich von selbst dazu oder überhaupt nicht. Wenn sie nicht wäre, könnte es mich vielleicht reizen, dich als Freund zu haben.«

Obwohl er ihr die neue Demütigung noch nicht verziehen hatte, sagte er: »Ich bin nicht mit ihr verheiratet. Außerdem stünde dem noch einiges mehr entgegen als nur meine Schwester.«

»Das gilt nur für dich. Du willst also nicht nach Livorno fahren?«

»Wozu? Um dasselbe zu erleben wie hier?«

Sie küßte ihn wieder und sagte: »Wenn du nicht so ungeduldig gewesen wärst, hätte vielleicht etwas daraus werden können. Beim nächstenmal weißt du es. Ich glaube nicht, daß es außer deiner Schwester sonst noch große Probleme zwischen uns gibt. Ich habe mich nicht deshalb von meinem Mann getrennt, weil er in den meisten Dingen genauso dachte wie du. Hätte er nicht darauf bestanden, daß ich meinen Job aufgebe, so wären wir vielleicht heute noch zusammen. Ich habe seine Ansichten toleriert, solange er sie nicht zu den meinen machen wollte. Nützlichkeitserwägungen haben für mich noch nie eine Rolle gespielt. Auch nicht, als ich ihn heiratete. Er gefiel mir, ich war zum erstenmal in meinem Leben richtig verliebt. Damals hatte er angeblich auch noch nichts gegen meinen Job einzuwenden. Damit rückte er erst heraus, als wir schon einige Zeit verheiratet waren. Auch mit seiner Abneigung gegen Rocker, Popper, Teds, Mods, Punker, Spondis und wie sie sich sonst noch nennen. Vorher behauptete er immer, sie amüsierten ihn. In

Wirklichkeit haßte er sie noch mehr als die Sozialisten. Ich habe immer versucht, diese jungen Menschen wenigstens zu verstehen, ihre spezifischen Probleme, ihren Betroffenheitsvorsprung gegenüber den Älteren, indem sie ihre Umwelt viel stärker auf sich selbst beziehen und sich, im Gegensatz zu diesen, ganz offen zu ihren Ängsten, Sehnsüchten und Hoffnungen bekennen. Warum grinst du?«

Es war ihm nicht bewußt gewesen, daß er grinste. Er sagte: »Weil ich ihnen gegenüber auch einen Betroffenheitsvorsprung habe. Die Betroffenheit darüber, daß mein Leben schon so gut wie gelaufen ist und ich nicht mehr daraus gemacht habe, als es mit geschäftlichen Problemen und Belastungen auszufüllen.«

»Du hast ja schließlich auch etwas davon.«

»Sicher. Ich könnte, wenn ich die Zeit dafür hätte, dreimal im Jahr in Urlaub und jedes Wochenende rasch auf die Balearen fliegen. Leider habe ich diese Zeit aber nicht. Dafür sorgt schon Margot. Da sie, wenn überhaupt, höchstens einmal im Jahr für vierzehn Tage Urlaub macht, hätte ich ihr gegenüber nur ein schlechtes Gewissen. Ich war in den vergangenen zwanzig Jahren, von der Hochzeitsreise mit meiner Frau abgesehen, auch nie länger als zwei Wochen in Urlaub. Und was diese jungen Menschen mit ihrem Betroffenheitsvorsprung angeht, so habe ich ein wenig den Verdacht, daß bei ihnen Egozentrik und Egoismus mit Individualismus verwechselt wird. Statt die ihnen heute gebotenen Möglichkeiten zu ergreifen und für sich das Beste daraus zu machen, vertrödeln sie ihre Zeit damit, sich selbst zu entdecken und zu bemitleiden. Daß sie nicht in Reservaten leben, die sie von den Älteren abgrenzen, merken sie spätestens dann, wenn sie für die Gesellschaft, die sie verachten und verändern wollen, zum Sozialfall werden. Wie beschissen ich mich nach dem letzten Krieg fühlte und welche Meinung ich von der älteren Generation hatte, möchte ich gar nicht erst erörtern. Aber ein Onkel von mir, der jüngere Bruder meines Vaters, war bis zu seinem sechzehnten Lebensjahr bei den katholischen Pfadfindern und, als diese verboten wurden, bis zu seiner unfreiwilligen Selbstauflösung im katholischen Kaufmannsverein. Bald darauf wurde er zum Arbeitsdienst und dann zur Wehrmacht eingezogen. Er fiel in Rußland. Heute gehört er auch zu jenen, an die man sich hierzulande nicht mehr erinnern möchte, weil sie für Hitler kämpften, statt sich wegen Desertion oder Feigheit vor dem Feind erschießen oder aufhängen zu lassen. Ich hoffe für ihn, er ist so rasch gestorben, daß er keine Zeit mehr fand, sich selbst zu bemitleiden.«

Sie lächelte. »So gefällst du mir wieder. Ich bin ja auch froh, daß ich damals noch nicht auf der Welt war. Und dein Onkel gehörte eben mit zu jenen, die für Hitlers Krieg bezahlen mußten, auch wenn sie diesen Krieg nicht gewollt haben. Sogar meine Generation und die noch jüngeren müssen. . .«

Sie sprach nicht weiter, weil an die Tür geklopft wurde; es war die Wirtin; sie sagte: »Ein Gespräch für Sie aus Garmisch. Vielleicht ist Ihr Wagen schon fertig.«

»Das kann nur Irmgard sein«, sagte Doris rasch. »Ich rede mit ihr.«

Ganz offensichtlich gab es sehr viel zwischen ihnen zu bereden, denn sie blieb beinahe eine Viertelstunde weg und sagte beim Zurückkommen: »Sie ist mit allem einverstanden und hofft, Hans dazu überreden zu können, nach Hause zu fahren und Sue Ellen mitzunehmen.« Sie blickte auf ihre Armbanduhr. »Unser Gepäck ist schon im Wagen, Sue Ellen selbstverständlich auch. Im Gegensatz zu dir hatte Hans anscheinend keine Probleme mit ihr. Irmgard sagte, seit er sie oben in der Hütte gefüttert habe, weicht sie kaum mehr einen Schritt von seiner Seite. Irmgard ist übrigens schon unterwegs hierher. Wir haben besprochen, sofort nach Livorno zu fahren. Heute schaffen wir es zwar nicht mehr, aber wenn wir durchfahren, können wir noch vor Hellwerden dort sein. Du bist doch sicher damit einverstanden?«

»Ich höre wohl nicht richtig«, sagte er fassungslos.

Sie legte sich wieder auf das Bett und kreuzte die lederumhüllten langen Beine übereinander. »Vielleicht war es etwas voreilig von mir«, räumte sie ein. »Ich ging aber davon aus, daß wir uns auf Livorno einigen würden und habe mit Irmgard alles arrangiert. Hans bleibt noch bis morgen früh in Garmisch und wird dann mit Sue Ellen nach Hause fahren. Du wirst sicher ebenso froh sein wie ich, nicht noch einmal zur Hütte hinaufsteigen zu müssen. Die Sachen, die wir in Garmisch eingekauft haben, können wir auch in Livorno gebrauchen. Ich denke, das war ein sehr guter Einfall von mir. Findest du nicht?«

Im Prinzip fand er ihren Einfall zwar auch nicht schlecht, zumal er bei der morgendlichen Abfahrt Mühe gehabt hatte, ihr und Irmgard auf den Fersen zu bleiben und ihre oft waghalsigen Abkürzungen über Steilhänge nachzuvollziehen, so daß ihm der Gedanke, die gleiche Abfahrt noch einmal mit ihnen machen zu müssen, mehr Unbehagen eingeflößt hatte als der Gedanke an den ungleich mühevolleren Aufstieg, bei dem er seine gute Kondition und männliche Überlegenheit ausspielen konnte. Was ihn dennoch nicht froh werden ließ, war das Bewußtsein, daß sie ihn schon wieder ausgetrickst und hinter seinem Rücken vollendete Tatsachen geschaffen hatte. Ihre Fähigkeit, seine Reaktionen vorauszusehen und sie in ihre eigenen Dispositionen einzuplanen, wäre allerdings nur dann ungewöhnlich gewesen, wenn er ihr nicht bereits genügend Anlaß gegeben hätte, in seiner Seele wie in einem offenen Buch zu blättern. Noch ehe er sich jedoch auf die neugeschaffene Situation einstellen und ihr antworten konnte, setzte sie hinzu: »Es gibt übrigens noch einen anderen Grund, uns nicht länger hier aufzuhalten. Irmgard erzählte mir, sie und Hans seien auf der ganzen Fahrt nach Garmisch von einem älteren Mann in einem Opel Senator verfolgt worden. Er war ihnen schon auf dem Weg zur unteren Hütte aufgefallen. Er kam ihnen auf der Straße entgegen und bog, bevor sie ihn erreichten, auf einen Waldweg ein.«

Ihre Mitteilung beunruhigte ihn so sehr, daß er sofort fragte: »Kannte sie den Mann?«

»Eben nicht. Hans wollte unterwegs einmal anhalten und ihn zur Rede stellen, Irmgard war aber dagegen. Als sie beim Hotel eintrafen, verloren sie ihn aus den Augen. Jetzt überlegt sie, ob Werner dahinterstecken könnte und ein Detektivbüro damit beauftragt hat, sie zu beobachten. Dann wüßte er jetzt natürlich schon, daß sie nicht bei ihrem Vater, sondern mit Hans auf die Hütte gefahren ist. Irgendwie wäre ihr das doch sehr unangenehm.«

Er lachte nervös auf. »Nicht unangenehmer als mir. Wenn er hinter ihr her ist, hat er vielleicht auch schon Kenntnis von uns beiden. Du mußt sie sofort anrufen. Sie darf auf keinen Fall hierherkommen. Sag ihr –«

»Ich kann sie nicht mehr anrufen«, fiel sie ihm ins Wort. »Sie wollte sofort losfahren und –«

Er ließ sie nicht ausreden: »Versuch es trotzdem. Wenn es sich tatsächlich um einen Privatdetektiv handelt, darf er auf keinen Fall auf uns beide stoßen, sonst kann ich nach Hause fahren und du, wohin du willst.«

»Das wäre mir aber sehr unangenehm«, sagte sie und stand rasch auf. Während sie zum Telefonieren nach unten ging, zündete er sich eine Zigarette an. Er war jedoch so nervös, daß sie ihm nicht schmeckte. Er stand auf und warf sie aus dem Fenster. Als gleich darauf Doris zurückkam, sah er ihr sofort an, daß sie Irmgard nicht mehr erreicht hatte; sie sagte: »Sie war schon weg. Was machen wir nun?«

Ihm fiel auf, daß sie blaß aussah. Irmgards geheimnisvoller Verfolger schien sie jetzt genauso zu beunruhigen wie ihn selbst. Er sagte: »Dann bleibt uns nichts anderes übrig, als abzuwarten. Sollte er ihr auch hierher folgen, dann knöpfe ich ihn mir vor. Das ist vielleicht ein beschissener Tag.«

Er ließ sich erschöpft auf ein Bett fallen. Sie setzte sich neben ihn auf die Bettkante und sagte: »Bis jetzt kann er jedenfalls noch nichts von uns wissen. Und da wir hier keinen Namen angegeben haben...« Sie schwieg einen Augenblick lang und sagte dann: »Ach ja, da ist noch etwas Unangenehmes. Als Irmgard und Hans oben in der Hütte am Fenster einen Kaffee tranken, sahen sie einen Skifahrer, der sich der Hütte näherte. Wegen des dichten Schneetreibens bemerkten sie ihn erst, als er schon ziemlich nahe herangekommen war. Er kam ihnen gleich verdächtig vor, weil er mehrmals stehenblieb und die Hütte betrachtete. Er muß sie dann am Fenster entdeckt haben, denn er machte plötzlich kehrt und verschwand wieder. Irmgard befürchtet, daß er mit dem anderen Mann, der sie nach Garmisch verfolgt hat, zusammenarbeitet. Sie meint, es sei zu dieser Jahreszeit ganz ungewöhnlich, daß sich ein einzelner Skifahrer zu der Hütte verirrt. Wäre das sehr schlimm für dich?«

Es war sogar mehr als schlimm; er brauchte eine ganze Weile, bis er mit dieser neuen Hiobsbotschaft fertig geworden war. Dann kam ihm ein jäher Verdacht. Er stand auf, ging zum Fenster und sagte mit abgewandtem Gesicht: »Vielleicht gehören die beiden auch zu dem zwischen dir und Irmgard abgekarteten Spiel. Falls ihr sie nicht nur erfunden habt.«

Sie kam schnell zu ihm, faßte nach seinem Arm und zwang ihn, sie anzusehen. »Glaubst du das wirklich?«

»Ich weiß nicht mehr, was ich glauben soll«, sagte er. »Dir könnte es doch nur nützlich sein, wenn es sich so verhielte. Mit zwei Verfolgern im Nacken, die jeden unserer Schritte beobachten, wäre die Sache, die ich mit dir vorhatte, gelaufen. Vielleicht hätten meine Briefe bei deiner Anstalt doch etwas mehr bewirken können als das, was du mir einzureden versuchtest.«

Sie sagte mit ruhig klingender Stimme: »Wenn du das denkst, dann können wir sie allerdings beenden. Du scheinst aber völlig zu übersehen, daß, wenn die beiden in meinem und Irmgards Auftrag handelten, für mich das Problem der Fotos damit noch lange nicht aus der Welt geschafft wäre. Oder sehe ich das falsch?«

Ihre Art zu argumentieren, überzeugte ihn; er murmelte: »Entschuldige bitte, aber nach allem, was du schon hinter meinem Rücken getan hast, war auch diese Möglichkeit nicht völlig abwegig. Man müßte wissen, seit wann Irmgard schon verfolgt wird und ob wir zusammen mit ihr gesehen wurden. Das könnte nur heute vormittag geschehen sein, als wir mit ihr nach Garmisch fuhren. Mir ist allerdings kein Opel Senator aufgefallen, weder auf der Alpenstraße noch auf der Fahrt nach Garmisch.«

Sie lächelte erleichtert. »Siehst du!«

»Das besagt vorläufig überhaupt nichts«, erwiderte er. »Laß mich nachdenken.« Er setzte sich an den Tisch und grübelte längere Zeit vor sich hin. Als Doris neben ihn trat, die Hand in seinen Nacken legte und ihn streichelte, hielt er ihre Hand fest und sagte: »So kann ich nicht nachdenken. Ich gehe jetzt einmal davon aus, daß Irmgards Verfolger, auch wenn sie uns schon zusammen mit ihr gesehen haben, nicht wissen, wer du bist. Dann spielt es auch keine entscheidende Rolle, ob sie herausfinden, wer ich bin. Wichtig ist nur, daß wir sie so rasch wie möglich abschütteln. Ich bin damit einverstanden, daß wir nach Irmgards Eintreffen sofort nach Livorno fahren.«

Sie setzte sich auf seinen Schoß. »Wie willst du sie abschütteln, wenn sie Irmgard auch bis hierher folgen?«

Er grinste unfroh. »Der Opel Senator, der meinem Audi auf den Fernsen bleibt, muß erst noch gebaut werden.«

»So gefällst du mir erst recht«, sagte sie und küßte ihn.

8

Auch für Conrad war nicht alles so gelaufen, wie er es sich gewünscht und erhofft hatte. Ganz abgesehen davon, daß er Dr. Geßler einem mehr oder weniger ungewissen Schicksal überlassen mußte, sah er sich auch genötigt, sein abendliches Zusammentreffen mit Walter Ahler im Gasthof ›Alte Post‹ in Oberammergau auf einen späteren Zeitpunkt zu verschieben. Ursache hierfür war die ihn völlig überraschende Rückkehr von Irmgard Westernhagen und Hans Diedenhofen, mit der er frühestens an einem der nächsten Tage gerechnet hatte. Daß sie noch vor Dr. Geßler bei der unteren Hütte eintrafen, war unter Berücksichtigung dessen, was ihnen die Mühe eines Aufstiegs zur oberen Hütte als lohnenswert hätte erscheinen lassen müssen, selbst von einem Mann mit Conrads Erfahrungen nicht voraussehbar gewesen. Erklären ließ es sich eigentlich nur damit, daß Geßler die Hütte entweder gar nicht erst gefunden oder sich auf dem Rückweg in dem anhaltenden Schneetreiben in der Richtung geirrt hatte. Es war auch nur Conrads noch immer ausgezeichnetem Gehör und seiner Geistesgegenwart zuzuschreiben, daß er wenigstens ein Zusammentreffen auf dem zur unteren Hütte führenden Waldweg mit den beiden vermeiden konnte. Als nämlich von dort das Geräusch eines anspringenden Motors an seine Ohren drang und es nach menschlichem Ermessen nur von dem Audi stammen konnte, verlor er keine Sekunde damit, seinen Opel in Bewegung zu setzen. Als nützlich erwies es sich, daß er wegen des tiefen Schnees nicht mehr als zwei Wagenlängen weit auf den Waldweg gefahren war und deshalb auch keine Probleme hatte, ohne Zeitverlust die Straße zu erreichen. Um zu vermeiden, daß sein Opel von den beiden, sobald auch sie auf die Straße kämen, sofort bemerkt werden würde, fuhr er jedoch in Richtung zur österreichischen Grenze weiter. Erst als er im Rückspiegel beobachten konnte, wie der Audi aus dem Waldweg rollte und ihm gleich darauf das Heck zukehrte, trat er auf die Bremse und wartete, bis seine Rückleuchten in dem unverändert anhaltenden Schneetreiben nicht mehr zu sehen waren. Dann wechselte auch er, so rasch wie die enge Straße es zuließ, seine Fahrtrichtung und machte sich an die Verfolgung. Daß er die Rückleuchten des Audis schon viel früher wieder zu Gesicht bekam, als er erwartet hatte, war nicht nur seinen Schneeketten, sondern auch der vorsichtigen Fahrweise Diedenhofens zuzuschreiben. Auch auf die Gefahr hin, dessen Aufmerksamkeit zu erregen, verkürzte Conrad den Abstand so weit, daß er nicht nur das amtliche Kennzeichen lesen, sondern auch den Kopf eines offenbar sehr großen Hundes hinter der Heckscheibe sehen konnte. Sein Anblick löste zwiespältige Empfindungen in ihm aus. Einerseits Genugtuung darüber, nun auch des letzten Zweifels an Diedenhofens Rolle bei dieser heimtückischen Intrige enthoben zu sein, andererseits jedoch bedrückte es ihn, keine Möglichkeit mehr zu sehen, seinen Auftraggebern in dem von ihnen erhofften Sinne noch weiter nützlich zu sein. Im Grunde konnte er spätestens in diesem Augenblick seine Mission als erledigt betrachten. Der Rest war Ahlers Angelegenheit, und er war froh, nicht in dessen Haut zu stecken. Weil es jedoch zu seinen Grundsätzen gehörte, eine einmal begonnene Sache selbst dann nicht vorzeitig abzubrechen, wenn er keine Erwartungen mehr damit verknüpfte, setzte er die Verfolgung auch noch fort, als der Audi auf die Straße nach Garmisch einbog. Wegen der festgefahrenen Schneedecke brauchte er keine Rücksicht auf die Schneeketten zu nehmen und hielt sich, ungeachtet dessen, ob seine Insassen Verdacht schöpften, immer dicht hinter dem Audi. Er folgte ihm bis auf einen Hotelparkplatz in Garmisch, stieg fast gleichzeitig mit ihnen aus und beobachtete, wie sie, den Hund an die Leine nehmend, im Hotel verschwanden. Er ließ noch einige Minuten verstreichen und betrat dann ebenfalls das Hotel. Es gehörte zu jenen Häusern, die er früher nur dienstlich und auf Staatskosten in Anspruch genommen hatte. An der Rezeption äußerte er den Wunsch nach einem Ferngespräch. Ein freundlicher Angestellter verwies ihn in eine Telefonzelle. Er blätterte sein Notizbuch auf und wählte die Rufnummer in Oberammergau. An der Stimme erkannte er die Wirtin im Gasthof ›Alte Post‹ wieder. Er bat sie, Herrn Ahler nach dessen Eintreffen zu bestellen, daß sich seine, Conrads, Rückkehr für unbestimmte Zeit verzögern werde und daß Herr Ahler vorläufig nichts unternehmen, sondern seinen nächsten Anruf abwarten solle. Seine zusätzliche Bitte, einen Taxifahrer damit zu beauftragen, bei Ettal auf die Deutsche Alpenstraße bis zur österreichischen Grenze zu fahren und unterwegs nach Herrn Dr. Geßler Ausschau zu halten, erregte ihre Verwunderung. Sie fragte: »Kann ich dem Fahrer wenigstens sagen, wo genau er nach ihm Ausschau halten soll?«

»Leider nicht«, antwortete Conrad, »aber sicher wird er ihm unterwegs irgendwo auf seinen Skiern entgegenkommen. Er wollte eine größere Wanderung machen; es war zwischen uns verabredet, daß ich ihm mit meinem Wagen entgegenfahren und ihn ins Hotel zurückbringen würde. Ich sitze jedoch mit einer Panne fest und kann von hier aus im Augenblick auch kein Taxi bekommen. Sagen Sie dem Fahrer, daß die Kosten, falls er Herrn Dr. Geßler verfehlen sollte, von mir oder von Herrn Ahler übernommen werden und daß ihre Höhe keine Rolle spielen. Er soll die ganze Strecke zwei- oder dreimal abfahren.«

»Ich werde mich sofort darum kümmern«, sagte die Wirtin. Während er an der Rezeption die Gebühr bezahlte, erkundigte er sich, ob Frau Westernhagen und Herr Diedenhofen im Hotel wohnten. Der Angestellte sah im Gästebuch nach und sagte: »Nur Herr Diedenhofen. Frau Westernhagen ist gestern wieder abgereist. Einen Augenblick bitte.« Er sprach kurz mit einem seiner beiden Kollegen, die außer ihm noch an der Rezeption tätig waren, und sagte zu Conrad: »Ich höre gerade, daß Herr Diedenhofen soeben mit Frau Westernhagen eingetroffen ist. Sie hat ihn auf sein Zimmer begleitet. Wollen Sie sie sprechen?«

Conrad nickte. »Ich muß vorher nur noch einmal zu meinem Wagen. Haben Sie ein Einzelzimmer frei?«

Der Angestellte sah nach. »Im dritten Stock, Südlage mit Balkon. Es ist ein sehr schönes Zimmer.«

»Ich bin gleich wieder hier«, sagte Conrad.

Ob sich eine Sache lohnt oder nicht, stellt sich in der Regel erst hinterher heraus, und in diesem Fall konnte Conrad mit seinem Entschluß, den beiden bis hierher zu folgen, vollauf zufrieden sein. Nicht nur hatte er Gewißheit darüber erhalten, daß es sich bei Diedenhofens Begleiterin tatsächlich um Irmgard Westernhagen handelte, er wußte jetzt auch, daß die beiden schon vor zwei Tagen hier gewohnt hatten. Lediglich darüber, welche weiteren Absichten sie verfolgten, wußte er vorläufig noch nichts, auch wenn der Umstand, daß Frau Westernhagen diesmal kein Zimmer gemietet hatte, die Vermutung nahelegte, daß sie sich nur zu einem kurzen Besuch hier aufhielt. Während er noch überlegte, ob es sinnvoll sei, seiner ersten Eingebung zu folgen und sich im Hotel einzuquartieren, wurde er der Entscheidung durch die Rückkehr Frau Westernhagens zu ihrem Wagen enthoben. Ihm fiel auf, daß sie, bevor sie sich in den

Audi setzte, kurz zu ihm herübersah. Sekunden später fuhr sie vom Parkplatz auf die Straße. Mit der Frage, ob er ihr folgen oder sich besser um Diedenhofen und den Hund kümmern solle, verlor Conrad nicht mehr Zeit, als er brauchte, um den Motor zu starten. Denn was Diedenhofen mit dem Hund vorhatte, bereitete ihm kein Kopfzerbrechen mehr. Auch erschien es ihm als wenig wahrscheinlich, daß dieser das Hotel ohne eigenes Fahrzeug verlassen würde. Was jedoch Frau Westernhagens Absichten betraf, so erhoffte er sich noch einige Aufschlüsse, die ihm etwas mehr über die Hintergründe und Hintermänner dieser, insgesamt gesehen, unverändert mysteriösen Angelegenheit verraten könnten. Wie wenig ihn sein Gefühl auch diesmal wieder getrogen hatte, erkannte er knapp vierzig Minuten später, als der Audi vor einem Gasthaus am Walchensee hielt. Daß seine Fahrerin trotz des Allradantriebs auf der ganzen Strecke keinen Versuch unternommen hatte, ihren Verfolger, der ihr kaum entgangen sein konnte, abzuschütteln, lag vielleicht weniger an ihrer etwas unsicher wirkenden Fahrweise als an der schneeglatten Straße und an dem starken Gegenverkehr, der ein Überholen praktisch unmöglich machte. Auch waren die Sichtverhältnisse bei dem noch immer anhaltenden Schneefall so schlecht, daß selbst Conrad Mühe hatte, an Straßenkreuzungen die Übersicht zu bewahren. Ungeachtet dessen, daß sie auch beim Aussteigen wieder einen Blick zu ihm schickte, bevor sie raschen Schrittes den Gasthof betrat, hielt er seinen Opel kaum zwanzig Meter hinter ihr an, schaltete den Motor ab und zündete sich eine Zigarre an. Seine Geduld wurde auf keine harte Probe gestellt, aber das Erlebnis, Frau Westernhagen in Begleitung der ganz in Leder gekleideten, geheimnisvollen Schwarzhaarigen und ihres großgewachsenen, nicht minder geheimnisvollen Begleiters, auf den Geßlers Beschreibung genauso präzise zutraf wie auf die Schwarzhaarige selbst – auch wenn sie jetzt einen Hut trug –, entschädigte ihn für alles, was er in den vergangenen Tagen an Mühen und Enttäuschungen auf sich hatte nehmen müssen. Er beobachtete, wie sie neben dem Audi stehenblieben und zu ihm herschauten. Es war offensichtlich, daß sie sich über ihn unterhielten, und einmal sah es so aus, als wolle der Begleiter der beiden Frauen zu ihm kommen. Die Schwarzhaarige hinderte ihn jedoch daran, indem sie ihn am Handgelenk festhielt. Je länger Conrad Gelegenheit hatte, sie zu betrachten, desto unsicherer wurde er in seiner Meinung, daß es sich bei ihnen um Privatdetektive handeln müsse. Zwar konnte die extravagante Aufmachung der Schwarzhaarigen, zumal sie zu ihrem modischen Hut auch eine große Sonnenbrille trug, eine beabsichtigte Verkleidung sein, aber ihr Begleiter erweckte in Conrad eher den Eindruck eines erfolggewohnten Geschäftsmannes als den eines Privatdetektivs. Sein langes, hageres Gesicht mit den angegrauten Schläfen sowie seine selbstsichere Art, sich zu bewegen und den beiden Frauen beim Einsteigen behilflich zu sein, erinnerten Conrad an seine dienstlichen Erfahrungen im Umgang mit Männern, die man üblicherweise nur in den obersten Chefetagen anzutreffen pflegte und die ihm wegen seiner politischen Einstellung zu ihnen schon immer ein Ärgernis waren. Er wartete noch, bis sich der Audi in Bewegung setzte; dann startete er den Motor und fuhr ihm nach. Bis kurz vor Benediktbeuren konnte er sich immer dicht hinter ihm halten. Dann überholte der Audi trotz des unverändert starken Gegenverkehrs in einem waghalsigen Manöver einen großen Lastzug, und damit war das Rennen für Conrad gelaufen. Er versuchte gar nicht erst, dem Beispiel des Audifahrers zu folgen. In einer Toreinfahrt am Straßenrand trat er auf die Bremse, schaltete die Innenbeleuchtung ein und studierte seine Autokarte. Bis zur Autobahn nach München konnten es kaum mehr als vierzehn Kilometer sein. Er faltete die Karte zusammen, wartete eine Lücke in dem dichten Feierabendverkehr ab und fuhr auf dem direkten Weg nach Garmisch zurück. Auf dem für Gäste reservierten Hotelparkplatz ließ er den Wagen wieder stehen. Der junge Hotelangestellte an der Rezeption bestätigte ihm, daß das Einzelzimmer noch frei sei. Conrad sagte: »Ich bleibe voraussichtlich nur eine Nacht hier. Ist Herr Diedenhofen in seinem Zimmer? Ich bin ein Bekannter von ihm.«

Der Hotelangestellte bedauerte. »Er hat vor einer halben Stunde das Hotel verlassen. Er hat sich bei uns nach einem Tierarzt erkundigt, weil er seinen Hund impfen lassen wollte.«

»Ach ja, das sagte er mir«, nickte Conrad. Er bedankte sich für die Auskunft, füllte das Anmeldeformular aus und sagte: »Herr Diedenhofen weiß nicht, daß ich hier bin. Ich möchte ihn überraschen. Vielleicht läßt es sich einrichten, daß wir beim Abendessen am gleichen Tisch sitzen. Könnten Sie das veranlassen?«

Der junge Mann warf einen Blick auf das Anmeldeformular und lächelte verbindlich. »Selbstverständlich, Herr Direktor Conrad.«

»Direktor a. D.«, sagte Conrad und schob ihm einen Geldschein zu. »Für den Tischkellner.«

»Gepäck, Herr Direktor?« fragte der Angestellte. Conrad ließ ihn seine Reisetasche sehen. »Was ich für eine Nacht brauche, habe ich hier. Sollte ich längerbleiben, lasse ich das andere nachkommen. Ich möchte mich vor dem Essen noch etwas ausruhen. Rufen Sie mich doch bitte an, sobald Herr Diedenhofen seinen Platz im Speisesaal eingenommen hat.«

»Wird gemacht, Herr Direktor«, sagte der Angestellte und begleitete ihn persönlich bis zum Lift. Von allen Beförderungen, die Conrad in seiner langen Dienstzeit für sich hatte verbuchen können, war jene zum Kriminaldirektor auch für seine Frau die wichtigste gewesen, weil sie bei ihren täglichen Einkäufen dort, wo sie bekannt war, fortan eine noch größere Reputation genoß. In seinem Zimmer ließ er sich sofort mit der ›Alten Post‹ in Oberammergau verbinden und erfuhr von der Wirtin, daß der Taxifahrer bereits auf der Suche nach Herrn Dr. Geßler, Herr Ahler jedoch noch nicht eingetroffen sei. Er gab ihr die Telefonnummer des Hotels und verblieb mit ihr in der Weise, daß beide, sobald sie einträfen, bei ihm anriefen. Danach nahm er ein heißes Bad, legte sich noch eine halbe Stunde hin und dachte darüber nach, was er anders und vielleicht auch besser hätte machen können. Ihm fiel jedoch nichts dazu ein. Als Geßlers Anruf kam, war er bereits zum Abendessen gerüstet. Er sagte erleichtert: »Sie können einen vielleicht schwachmachen, Mann. Was ist denn diesmal schiefgelaufen?«

Geßlers Stimme klang erschöpft: »Beinahe alles, Herr Conrad. Zuerst hatte ich wegen des dichten Schneefalls Mühe, die Hütte zu finden, dann wurde ich von Herrn Diedenhofen und Frau Westernhagen mit großer Wahrscheinlichkeit gesehen, weil sie bei meinem Eintreffen am Fenster saßen, und auf dem Rückweg wollte ich eine Abkürzung nehmen und habe mich so hoffnungslos verfahren, daß ich den ganzen Weg noch einmal zurücklegen mußte. Ein Glück, daß Sie mir das Taxi schickten. Haben Sie sehr lange auf mich gewartet?«

»Etwa eine halbe Stunde«, antwortete Conrad. »Dann tauchten Diedenhofen und Frau Westernhagen bei der unteren Hütte auf.«

»Nein!« rief Geßler fassungslos.

Conrad schilderte ihm in knappen Worten, wie es zu der Begegnung gekommen war und was sich seitdem alles ereignet hatte. Er fuhr fort: »Es tut mir leid, Ihnen sagen zu müssen, daß ich mir keine großen Hoffnungen mehr mache. Am besten wird sein, sie ziehen

Ihre Kandidatur zurück. Unterhalten Sie sich nach Ahlers Eintreffen mit ihm darüber. Falls er sich von einem persönlichen Zusammentreffen mit Diedenhofen trotzdem noch etwas erwartet, kann er ja versuchen, hier mit ihm ins Gespräch zu kommen. Ich befürchte allerdings, daß er bereits morgen früh mit dem Hund nach Hause fahren wird.«

»Dann kommen wir noch heute abend zu Ihnen«, sagte Geßler rasch. »Sobald Herr Ahler hier eintrifft, können wir mit meinem Wagen in etwa einer halben Stunde bei Ihnen in Garmisch sein. Halten Sie es für denkbar, daß Diedenhofen mit sich reden läßt?«

»Je weniger Hoffnungen Sie sich da machen«, sagte Conrad, »desto weniger werden Sie enttäuscht werden.« Er beendete das Gespräch. Augenblicke später läutete das Telefon erneut; der Hotelangestellte teilte ihm mit, daß Herr Diedenhofen vor fünf Minuten in den Speisesaal gegangen sei. »Ihre Leitung war besetzt, sonst hätte ich Sie schon früher angerufen, Herr Direktor«, schloß er. Conrad bedankte sich. Bevor er in den Speisesaal ging, gab er an der Rezeption den Zimmerschlüssel ab und sagte: »Falls zwei Herren nach mir fragen, schicken Sie sie bitte nicht in den Speisesaal, sondern auf mein Zimmer. Sie sollen dort auf mich warten.«

»Ich werde mich persönlich darum kümmern, Herr Direktor«, sagte der junge Angestellte.

Der Speisesaal war nur mäßig besetzt. Conrad wurde bereits an der Tür von einem Kellner in Empfang genommen und an Diedenhofens Tisch geführt. Er hatte ein Glas Bier vor sich stehen. Auch ohne Hilfe des Kellners hätte es Conrad keine Probleme bereitet, ihn zu identifizieren, weil er der einzige Gast war, der ohne Jackett und Krawatte zum Essen gekommen war. Mit seinem grünen Rollkragenpullover und der braunen Cordhose wirkte er in dem mit Kerzenleuchtern und Plüschvorhängen ausgestatteten Speisesaal fast exotisch. Abgesehen jedoch von solchen Äußerlichkeiten war sein erster Eindruck auf Conrad nicht ungünstig. Er hatte einen offenen Blick, blaue Augen und sehr dichtes, braunes Kraushaar. Mit seinen Grübchen in den Wangen und über dem Kinn, der hohen Stirn und seinem für die Jahreszeit erstaunlich sonnengebräunten Gesicht mochte er durchaus jenem Typ von Männern entsprechen, von dem auch verwöhnte Frauen, wie Irmgard Westernhagen eine war, nicht unbeeindruckt blieben. Wie immer, wenn er keine Zeit zu verlieren hatte, kam Conrad sofort zur Sache; er sagte: »Entschuldigen Sie bitte, daß ich Sie anspreche, aber Sie sind mir schon vorhin aufgefallen, als ich zufälligerweise hinter Ihnen her zum Hotel fuhr. Sind Sie nicht Herr Diedenhofen, der Fraktionssprecher der Grünen im Frankfurter Rathaus?«

Diedenhofens anfänglich abweisendes Gesicht hellte sich auf. »Sie sind mir auf der Fahrt hierher auch aufgefallen. Sie kennen mich also?«

»Und ob!« Conrad lachte. »Ich bin selbst Frankfurter und lasse mir als Pensionär, der sehr viel Zeit hat, kaum eine Stadtratssitzung entgehen. Richtig Spaß macht es eigentlich erst, seit Sie den Etablierten dort Dampf in die Hosen machen. Sie sehen in mir einen Ihrer begeisterten Wähler. Auch meine Frau hat Ihnen bei der letzten Kommunalwahl ihre Stimme gegeben.«

»Das freut mich«, sagte Diedenhofen und stand auf. Er reichte Conrad die Hand. »Wollen Sie sich zu mir setzen, Herr...«

»Schmidt«, sagte Conrad. »Wie unser früherer Bundeskanzler. Das tue ich gern, Herr Diedenhofen. Ich freue mich immer, hier in Bayern, wo wir roten Hessen mehr oder weniger als Ausländer angesehen werden, einen Landsmann zu treffen, und bei Ihnen ist mir das sogar eine besondere Freude. Wohnen Sie länger hier?«

Diedenhofen schüttelte den Kopf. »Nur noch bis morgen früh. Dann fahre ich nach Italien weiter.«

»Nein!« Conrad lachte wieder. »So ein Zufall, das habe ich auch vor. Allerdings erst übermorgen, wenn meine Frau hier eintrifft. Sie benutzt unsere Reise zum Besuch einer alten Schulfreundin, die es nach München verschlagen hat. Ich hole sie übermorgen dort ab. Anschließend wollen wir für einige Wochen nach Italien, Rom, Florenz, auch noch weiter in den Süden. Das machen wir jedes Jahr einmal.«

»Dann kennen Sie vielleicht auch Livorno?« fragte Diedenhofen. Obwohl Conrad Livorno nicht kannte und seinen Urlaub in Spanien oder an der Nordsee zu verbringen pflegte, nickte er. »Hübsche Stadt. Meine Frau und ich waren vor Jahren einmal dort. Den Namen des Hotels habe ich allerdings vergessen.«

»Ich bin bei Freunden eingeladen«, sagte Diedenhofen. »Sie besitzen außerhalb von Livorno ein Haus direkt am Meer.«

»Meiner Frau und mir sind damals außerhalb Livornos einige sehr schöne Häuser aufgefallen, die unmittelbar am Strand standen.« Er winkte den diskret abseits stehenden Kellner zu sich und ließ sich die

Speisekarte geben. »Ich habe schon bestellt«, sagte Diedenhofen, als Conrad sie ihm weiterreichen wollte. Conrad entschied sich für ein Menü und ein Glas Bier. Der Kellner fragte: »Darf es ein Pils sein, Herr Direktor?«

»Meinetwegen«, nickte Conrad. Diedenhofen musterte ihn mit neu erwachtem Interesse. »Sie waren vor Ihrer Pensionierung in der Wirtschaft tätig?«

»Bankwesen«, antwortete Conrad. »Ich habe mich allerdings bei vielen meiner früheren Kollegen unbeliebt gemacht, weil ich auf Grund dessen, was ich in vierzig Jahren miterlebt habe, die Meinung vertrat, daß unsere Banken verstaatlicht gehören, daß bei uns das Geld immer in die falschen Kanäle und nicht dorthin gelenkt wird, wo man es am dringendsten benötigt. Daß zu wenig für eine Arbeits-platzbeschaffung und für einen verstärkten Umweltschutz getan wird. Aber das wissen Sie alles selbst am besten, Herr Diedenhofen. Heute bin ich froh, daß ich mich über die Mißwirtschaft, die bei uns betrieben wird, wenigstens beruflich nicht mehr zu ärgern brauche. Meine Frau und ich tragen uns mit dem Gedanken, unseren, wie man so schön sagt, Lebensabend in Italien zu verbringen. Wir sind schon seit zwei Jahren auf der Suche nach einem passenden Haus dort. Natürlich darf es nicht zu teuer sein. Vielleicht finden wir diesmal das Richtige. Livorno könnte uns auch gefallen. In welcher Gegend steht das Haus Ihrer Freunde? Nördlich oder südlich von Livorno?«

»Etwa zwölf Kilometer südlich«, antwortete Diedenhofen. »Man kann es von der Küstenstraße aus allerdings nicht sehen. Es soll völlig versteckt in einem Park liegen.«

Conrad lächelte. »So etwas wäre für meine Frau und für mich sicher um etliche Nummern zu groß. Da haben Sie aber Glück, mit solchen Leuten befreundet zu sein. Sind es Deutsche?«

»Italiener«, antwortete Diedenhofen. »Ich habe die Tochter während eines Studienaufenthalts in Italien kennengelernt. Vor einigen Wochen luden sie mich ein, sie zu besuchen. Was Sie da vorhin sagten, hat mich sehr interessiert, Herr Schmidt. Leider gibt es bei uns nur wenige Männer in Ihrer früheren Position, die genauso denken wie Sie.«

»Weil sie Rücksicht auf ihre Aktionäre nehmen müssen«, sagte Conrad. »Aber das ist ein weites Feld, lieber Herr Diedenhofen. Dazu gehören auch die Forderungen einiger Ihrer Fraktionskollegen, aus der NATO auszutreten, die Amerikaner nach Hause zu schicken und mit den Russen einen Friedensvertrag abzuschließen. Dann brauchten wir auch keine Bundeswehr mehr und könnten mit den vielen Milliarden, die sie uns jährlich kostet, unseren östlichen und westlichen Nachbarn dabei helfen, auch in ihren Ländern etwas mehr für den Umweltschutz zu tun.«

Diedenhofen blickte ihn merkwürdig an, sagte jedoch nichts. Weil jetzt das Essen serviert wurde, spann Conrad sein Garn nicht weiter, sondern wünschte Diedenhofen einen guten Appetit. Während des Essens waren beide ziemlich schweigsam. Plötzlich schob Diedenhofen seinen erst halbleer gegessenen Teller von sich und sagte: »Ich bin wegen meines Hundes etwas in Unruhe. Er ist es nicht gewohnt, so lange allein gelassen zu werden. Ich durfte ihn nicht mit in den Speisesaal nehmen.«

»Sie haben einen Hund bei sich?« fragte Conrad mit gespielter Überraschung. Diedenhofen nickte. »Er begleitet mich auf allen meinen Reisen. Meine italienischen Freunde sind damit einverstanden, daß ich ihn mitbringe.« Er stand auf. »Es hat mich sehr gefreut, Sie kennenzulernen, Herr Schmidt. Vielleicht begegnen wir uns irgendwann wieder.«

Conrad lachte. »Warum nicht? Vielleicht treffen wir uns zufällig in Italien. Ich wünsche Ihnen eine gute Reise, Herr Diedenhofen. Es war mir wirklich eine große Freude, Ihre persönliche Bekanntschaft zu machen.«

»Ganz meinerseits«, murmelte Diedenhofen und gab ihm flüchtig die Hand. Conrad beobachtete grinsend, wie er rasch und ohne sich noch einmal umzudrehen, den Speisesaal verließ. Dann setzte er seine Mahlzeit mit gutem Appetit fort, rauchte hinterher eine Zigarre und erfuhr Minuten später an der Rezeption, daß die beiden von ihm erwarteten Herren bereits eingetroffen und wie gewünscht auf sein Zimmer geführt worden seien.

»Das war sehr brav«, sagte Conrad und schob wieder einen Geldschein über die Empfangstheke.

Ahler und Dr. Geßler standen bei seinem Eintreffen von ihren Plätzen auf. Sie machten beide einen kränkelnden Eindruck auf Conrad. Ahler sagte, noch ehe dieser Zeit fand, sie zu begrüßen: »Du willst, daß Geßler seine Kandidatur zurückzieht, Helmut? Steht es so ernst?«

»Ich will überhaupt nichts«, sagte Conrad. »Ob er sie zurückzieht oder nicht, ist allein deine und seine Sache. Möglicherweise haben wir aber auch wieder etwas Zeit gewonnen. Wenn ich in meinem

Kopf noch einigermaßen richtig bin, will man die Bombe wohl erst unmittelbar vor der Wahl hochgehen lassen. Warum, weiß ich nicht. Vielleicht, um euch keine Gelegenheit zu geben, in letzter Minute noch einen anderen Kandidaten zu benennen. Es fällt mir nicht leicht, es einzugestehen, aber ich schaue da nicht mehr durch. Ich muß zwei Sachen wissen, Walter: Wem der Audi gehört und in welcher Beziehung Frau Westernhagen zu seinem Besitzer steht. Bevor ich das nicht weiß, tappe ich völlig im Dunkeln. Setzt euch wieder hin; ihr werdet's brauchen.«

In der nächsten Viertelstunde gab er einen ausführlichen Bericht und schloß: »Natürlich wäre es nicht uninteressant, auch etwas Näheres über Diedenhofens italienische Freunde zu erfahren. Sie aufzuspüren, dürfte nach allem, was er mir erzählt hat, kein Problem sein. Ob man sich aber in der Sache selbst etwas davon erhoffen kann, ist mehr als fraglich. Da ich kein Wort Italienisch spreche –«

»Ich spreche sehr gut Italienisch«, warf Geßler ein. »Ich wäre auch sofort bereit, mit Ihnen zu fahren, wenn Sie sich etwas davon versprechen.«

»Das finde ich gut«, sagte Ahler blaßhäutig. »Wenn ich es richtig sehe, so handelt es sich hier um ein ganz groß angelegtes Komplott mit Absichten, die vielleicht weit über das hinausreichen, was wir ursprünglich befürchtet haben. Vielleicht soll auch Schmidtborn und damit die ganze Partei in diese Sache hineingezogen werden, indem man ihm unterstellt, er hätte von Geßlers Absicht, den Hund auf diese Weise loszuwerden, schon vorher gewußt. Du mußt unbedingt nach Italien fahren und herausfinden, wer diese Leute sind, Helmut. Den Hund schafft man vielleicht nur deshalb zu Ihnen, weil er dort sicherer aufgehoben ist als in der Berghütte. Sie haben, wie du selbst sagst, inzwischen mitbekommen, daß ihnen jemand auf den Fersen ist. Möglicherweise ist das der Grund, weshalb man ihn von hier weghaben will. Oder bist du anderer Meinung?«

»Solange wir weiterhin nur auf Hypothesen angewiesen sind«, antwortete Conrad, »habe ich keine eigene Meinung mehr. Bei dem Versuch, mir eine zu bilden, bin ich jetzt zweimal auf die Nase gefallen. Das reicht mir. Wenn ich mich überhaupt auf eine Reise nach Livorno einlasse, dann nur, weil ich den Verdacht nicht loswerde, daß es sich bei Diedenhofens italienischen Freunden um die gleichen Leute handelt, mit denen wir es auch hier zu tun haben.«

Ahler und Geßler starrten ihn betroffen an. Geßler fragte: »Doch nicht etwa um die Schwarzhaarige und ihren Begleiter?«

»Es ist vorläufig nur ein Verdacht«, sagte Conrad. »Sollte er sich jedoch bestätigen, so müßte man davon ausgehen, daß auch Frau Westernhagen mit nach Livorno gefahren ist und daß man sich dort mit Diedenhofen wieder treffen will. Vielleicht ist dieser mit einem eigenen Wagen hier. Vier Personen und der Riesenhund hätten in dem Audi für eine größere Reise keinen Platz. Gleichzeitig erwecken sie damit den Eindruck, als hätten sie sich von Diedenhofen getrennt.« Er richtete das Wort direkt an Ahler: »So, wie die Dinge jetzt liegen, muß ich dir von einem Gespräch mit ihm abraten. Selbst wenn deine Vermutung zutrifft, daß es sich um ein großangelegtes, auch gegen Schmidtborn und gegen die Partei gerichtetes Komplott handelt, fehlt Diedenhofen und den anderen bis zur Stunde jeder Beweis dafür, daß Schmidtborn persönlich in die Sache verwickelt ist. Auf diesen Gedanken könnte Diedenhofen jedoch leicht kommen, wenn du dich einschaltest, weil er dann annehmen müßte, es geschähe in Schmidtborns Auftrag. Also laß erst mal die Finger davon.«

Ahler murmelte ratlos: »Aber was können wir sonst tun?«

»Nichts, Walter. Du kannst morgen vormittag mit der nächsten Maschine nach Hause fliegen. Dr. Geßler könnte mir mit seinen italienischen Sprachkenntnissen in Livorno eine Hilfe sein. Ich schlage vor, er kommt morgen früh hierher, läßt auf dem Hotelparkplatz seinen Wagen stehen und fährt mit mir nach Livorno. Etwas Besseres fällt mir im Augenblick auch nicht mehr ein.«

Ahler war einverstanden und versprach, sich in Frankfurt bei der Zulassungsstelle sofort nach dem Besitzer des Audis zu erkundigen. Er legte einen gewichtig aussehenden Briefumschlag auf den Tisch. »Du wirst auf so größere Ausgaben wie auf eine Auslandsreise nicht vorbereitet sein, Helmut. Ich habe vorsorglich Geld mitgebracht. Falls es nicht reicht, genügt ein Anruf bei mir. Ich sehe es kommen, daß dieser verdammte Hund, bis alles ausgestanden ist, uns noch ein Vermögen kostet. Wobei wir noch froh sein können, wenn wir mit einem blauen Auge davonkommen. Offengestanden hätte ich Diedenhofen ein so schäbiges Spiel nicht zugetraut. Auf mich machte er immer den Eindruck eines aufrichtigen und zuverlässigen Mannes, auch wenn ich die meisten seiner Ansichten nicht zu teilen vermag. Für unseren Freund Dr. Geßler, der schon mehrfach persönlich mit ihm verhandelt und unsere gemeinsamen Interessen abgestimmt hat, ist diese Enttäuschung noch viel größer. Wir haben uns auf der ganzen Fahrt hierher über ihn unterhalten.«

Geßler nickte. »Ich verstehe es auch jetzt noch nicht. Schließlich war er es, der sich in seiner Fraktion am stärksten für meine Kandidatur einsetzte. Ich könnte mir nur denken, daß bei dem Rollenverständnis, das dort vorherrscht, seine Position innerhalb seiner Fraktion doch nicht so stark ist, wie ich angenommen habe, und daß er von den Fundamentalos der Basis, die sich gegen meine Kandidatur aussprachen, selbst unter Druck gesetzt wurde.«

»Das glaube ich auch«, stimmte Ahler ihm bei. »Daß er persönlich auf den Gedanken gekommen sein könnte, Sie und Ihre Familie im Urlaub beobachten zu lassen, halte ich für ausgeschlossen.« Er blickte Conrad an, der mit verkniffenem Gesicht an einer Zigarre zog. »Oder siehst du das anders, Helmut?«

Conrad ließ sich mit der Antwort Zeit. »Etwas stimmt an dieser Geschichte nicht«, meinte er schließlich. »Der Schwarzhaarigen traue ich beinahe alles zu; ihrem Begleiter nicht. Das ist nicht der Typ, der, in welchem Zusammenhang auch immer, mit den Grünen zusammenarbeitet. Da steckt etwas ganz anderes dahinter.«

»Aber was?« fragte Ahler unglücklich.

Conrad wandte ihm das große Gesicht zu. »Etwas, woran wir bisher vielleicht noch gar nicht gedacht haben.«

9

Wie immer, wenn er sich für eine Sache entschieden hatte, verlor Linden auch mit der Fahrt nach Livorno keine Zeit, so daß sie, obwohl sie in Mittenwald noch zum Abendessen in einem Restaurant einkehrten, schon vor Mitternacht über dem Brenner waren und drei Stunden später auf den schneefreien italienischen Autobahnen nach Livorno. Weil Doris und Irmgard des Themas über ihren weißhaarigen Verfolger und seines bei der Hütte gesichteten vermutlichen Komplizen bereits in Mittenwald müde geworden waren und es im weiteren Verlauf der Reise über weite Strecken hinweg vorgezogen hatten, sie schlafend zu verbringen, blieb Linden genügend Muße, mit sich selbst ins reine zu kommen. Daß ihm sein ursprüngliches Vorhaben, gemessen an den Erwartungen, die er mit dem Aufenthalt in Livorno verknüpfte, für den Augenblick unwichtig geworden war, bedeutete nicht, daß er es völlig aufgeben wollte; es sei denn, das weitere Zusammensein mit Doris und ihr vorangegangenes Geständnis, es könnte sie, wenn seine Schwester nicht wäre, vielleicht reizen, ihn zum Freund zu haben, führten in Livorno zu einer Situation, in der er sich für das eine oder für das andere entscheiden müßte: für seine ursprünglichen Absichten oder für Doris. Denn selbst die Vorstellung, aus der von ihr erwähnten Freundschaft könnten sich im Laufe der Zeit noch engere Bindungen ergeben, war jetzt kein Tabu mehr für ihn. Sie zur Frau zu gewinnen, und sei es zu dem Preis, ihr jene Freiheiten zu gewähren, zu denen ihr geschiedener Mann sich nicht hatte überwinden können, hatte sich als denkbare Möglichkeit schon so fest in seinem Kopf eingenistet, daß er den Gedanken daran nicht mehr loswurde. Auch unter Berücksichtigung dessen, welche Risiken er damit einginge und welche Selbstverleugnung es ihm abverlangte, mit einer Frau zusammenzuleben, deren politische Ansichten ihm buchstäblich die Haare zu Berge treiben konnten, war die Faszination, die von ihm ausging, schon so groß, daß für Bedenken kaum mehr Raum blieb. Er war ihr, ob er es nun wissen wollte oder nicht, bereits in einem Maße verfallen, daß die Entscheidung darüber, wie es zwischen ihr und ihm weitergehen solle, längst nicht mehr bei ihm allein lag. Und da er ohnehin vorhatte, sich früher oder später gänzlich aus seinen Geschäften zurückzuziehen, wog auch das Problem, daß seine Schwester sich eher mit ihm überwerfen als seine Bindung an eine Frau wie Doris hinnehmen würde, nicht allzuschwer. Auf keinen Fall schwerer als das heiße Gefühl in seinem Herzen jedesmal dann, wenn sie während der nächtlichen Fahrt im Schlaf den Kopf an seine Schulter gebettet oder, zeitweilig wach geworden, mit den Lippen seine Wange berührt hatte. So, wie ihre Lippen seine Wange schon berührt hatten, als er vor Benediktbeuren den Lastzug überholte und den weißhaarigen Verfolger abschüttelte. Auch wenn dieser ihm nicht weniger Kopfzerbrechen bereitete als Doris und Irmgard, so kam ihm die neuerliche Komplikation schon deshalb nicht ungelegen, weil sie ein weiteres Verweilen im bayerischen Raum unmöglich und die Fahrt nach Livorno beinahe zwangsläufig hatte werden lassen, so daß er sich nicht länger mehr mit seinen Skrupeln darüber zu belasten brauchte, sich allzu willig dazu bereitgefunden zu haben.

Es war noch dunkel, als sie nach Livorno kamen. Doris war schon auf der Fahrt durch Pisa wach geworden, als sie die Autostrada vorübergehend verlassen hatten und durch das Stadtzentrum fuhren. Weil er die Strecke nur einmal und damals bei Tageslicht gefahren war, hätte er das Haus ohne ihre Hilfe vielleicht nicht gefunden. Es stand zwar unmittelbar an der landeinwärts von Pinienwäldern gesäumten Küstenstraße, war jedoch wegen einer über drei Meter hohen Oleanderhecke, die ebenso wie der dazugehörige schmiedeeiserne Zaun das Grundstück auf drei Seiten gegen neugierige Blicke und Besucher abschirmte, von dort aus nicht zu sehen. Dies traf ebenso auf die kleine Bucht unterhalb des Grundstücks zu, um die die Küstenstraße in einem Halbkreis herumführte. Aľ Badestrand eignete sich der Küstenabschnitt wegen seiner felsigen Beschaffenheit wenig. Nur dort, wo die Bucht an das Grundstück stieß, gab es einen hufeisenförmigen Strand mit feinkörnigem Sand. Linden hatte ihn besichtigt, als er bei seinem ersten Besuch unerlaubterweise den das Grundstück sichernden Zaun meerwärts umging und an seinem Ende die Küstenfelsen hinabkletterte. Das Haus selbst, ein würfelförmiges, dem ›Petit Trianon‹ in Versailles nachempfundenes Gebäude mit drei Stockwerken zu je fünf Fenstern an der Vorderfront, war um die Jahrhundertwende erbaut worden und hatte seinen in Mailand ansässigen früheren Eigentümern als Sommersitz gedient. Es stand inmitten eines schönen, alten Palmenhains. Die sonstigen Gartenanlagen beschränkten sich auf ein halbes Dutzend zwischen blühenden Oleander-, Jasmin- und Mimosensträuchern verteilten Rundtischen und Sitzbänken aus weißem Marmor, wie er auch für die Fußböden der Zimmer verwendet worden war. Von Doris hatte Linden schon beim Abendessen in Mittenwald erfahren, daß sie die einstmals vorhandenen zahlreichen Blumenbeete, die zumeist völlig verwildert waren, wegen der erforderlichen regelmäßigen Pflege hatte entfernen und an ihre Stelle die anspruchsloseren und von selbst gedeihenden Sträucher anpflanzen lassen. Ein Gärtner aus Livorno kümmerte sich zweimal im Monat um den Park und brachte dann jedesmal eine Frau mit, die das Haus lüftete und sauberhielt. Die bei der Renovation an sämtlichen Fenstern der beiden unteren Stockwerke zum Schutz des Hauses nachträglich angebrachten schmiedeeisernen Fensterkörbe hatten, nach Lindens Einschätzung, allein eine sechsstellige Summe verschlungen, zumal die Fenster im ersten Obergeschoß, wo auch der Wohn- und Schlaftrakt untergebracht war, die gesamte Zimmerhöhe einnahmen. Noch teurer mußte der Einbau einer zentralen Ölheizung und die Modernisierung der drei vorhandenen Badezimmer gekommen sein, aber gemessen an dem großen Grundstück mit seinem alten, wertvollen Baumbestand, an seiner unmittelbaren Meereslage und nicht zuletzt auch gemessen an dem Haus selbst, das mit seinen vier, die Fensterfront unterteilenden protodorischen Säulen und den leicht zurückversetzten Außenflügeln gewiß zu den reizvollsten im Privatbesitz befindlichen Bauwerken an der ligurischen Küste gehörte, wogen die für seine Renovation aufgewendeten Investitionen nicht allzuschwer. Allein schon das Entree, ein hallenartiger, über zwei Drittel des Erdgeschosses einnehmender Raum mit einer anmutigen Galerie, deren Fächergewölb und vergoldetes Maßwerk mit Spiegel hinterlegt waren, war nach heutigen Maßstäben kaum mehr zu bezahlen. Ebenso die kühn geschwungene, zur Galerie hinaufführende Marmortreppe. Hier fanden zweimal jährlich die Veranstaltungen des Couturiers statt, wenn er seine neuen Kreationen einem eigens dafür ausgewähltem und geladenen Publikum aus der internationalen Modewelt vorführte. Neben der Halle standen ihm auch noch die im Erdgeschoß liegenden Toiletten- und Wirtschaftsräume zur Bewirtung seiner Gäste zur Verfügung. Für die Bestuhlung des Raumes sorgte er immer selbst. Auch wenn Doris auf Lindens Frage, ob sich die Vermietung des Hauses für solche Zwecke auch für sie lohne, nur ausweichend antwortete, so gewann er doch den Eindruck, daß dem Couturier ein so stilvoller Rahmen für seine illustren Gäste wichtig genug zu sein schien, um sie aller mit dem Unterhalt des Hauses verbundenen Unkosten zu entledigen. Während sie ihn und Irmgard, die das Haus bereits kannte, von der Galerie aus in die einzelnen Zimmer führte, erzählte sie, von ihrem Makler auch noch andere Angebote für ähnliche Zwecke erhalten zu haben, da die vorzügliche Eignung des Hauses und der große Eindruck, den die Veranstaltungen des Couturiers bei seinen Gästen jedesmal hinterließ, sich schon bis nach Rom und Florenz herumgesprochen hätten. Da sie jedoch bei der Vermietung nichts verdienen und die Nutzung des Hauses für sich selbst nicht auch noch durch andere Mieter einschränken wolle, habe sie solche Angebote immer abschlägig beantworten lassen.

Bei den Zimmern, die sie Linden zeigte, handelte es sich durchweg um sehr schöne, große Räume, die mit ihren Marmorböden und geschmackvollen Tapeten, nicht zuletzt aber auch wegen ihrer hohen, von der Decke bis zum Boden reichenden Fenster, dem eindrucksvollen Entree adäquat waren. Daß sich die einfache Möblierung der beiden Gästezimmer neben ihren eingebauten Schränken auf eine Sitzgruppe mit Tisch und auf zwei Betten beschränkte, erklärte Doris mit der über ein Jahr dauernden Renovation und der Absicht ihres geschiedenen Mannes, das ganze Haus später mit wertvollen Antiquitäten einzurichten, die er gemeinsam mit ihr in entsprechenden italienischen Fachgeschäften aussuchen wollte. Dazu sei es aber nicht mehr gekommen, weil er, als die Arbeiten am Haus abgeschlossen waren, beruflich und finanziell immer stark eingespannt und deshalb nicht mehr in der Lage gewesen sei, mit ihr nach Livorno zu fahren. Als dann die ersten Meinungsverschiedenheiten zwischen ihnen auftraten, habe er sich um das Haus und seine Einrichtung nicht mehr gekümmert. Auch ihr eigenes Schlafzimmer sowie das Speisezimmer wirkten auf Linden nur provisorisch eingerichtet; er sagte: »Trotzdem verstehe ich immer besser, warum du dich von einem solchen Besitz nicht trennen willst. Ich an deiner Stelle täte es auch nicht.«

Sie blickte ihn prüfend an. »Er gefällt dir?«

»Gefallen ist nicht der richtige Ausdruck dafür«, sagte er. »Ein solches Haus auch noch angemessen einzurichten, könnte einer, der das Geld dafür hat, sogar zu seiner Lebensaufgabe machen.«

»Hättest du das Geld?« fragte sie.

Er lächelte. »Wenn ich mir meine Geschäftsanteile von meiner

Schwester ausbezahlen lasse, müßte es nicht nur für die Einrichtung, sondern auch noch für etwas mehr reichen.«

»Für wieviel mehr?« fragte sie. »Um den Rest deines Lebens ohne wirtschaftliche Sorgen zu verbringen?«

»Das möchte ich doch annehmen«, nickte er. Irmgard lachte. »Fall nicht auf ihr Gerede herein, Robert. Sie will sich das Geld ja nicht einmal von mir geben lassen, obwohl ich ihr gesagt habe, daß sie, wenn sie schon darauf besteht, es mir in kleinen Raten zurückzahlen könnte. In diesem Punkt ist mit ihr nicht vernünftig zu reden.«

»Das verstehst du nicht«, sagte Doris. »Es wäre dann nicht mehr mein Haus. Ihr werdet müde sein; ich bin es auch. Einen Zeitplan gibt es hier nicht. Jeder schläft, solange er will. Dein Zimmer habe ich dir schon gezeigt, Robert. Irmgard hat dir noch etwas zu sagen. Eigentlich müßte ich das tun, aber ich fühle mich jetzt nicht mehr dazu imstande, und bis wir aufwachen, ist es vielleicht schon zu spät dafür. Gute Nacht.« Sie küßte ihn auf die Wange, küßte auch Irmgard auf die Wange und wandte sich ihrem Gepäck zu.

Linden fragte: »Was soll das jetzt schon wieder?«

»Gib mir zehn Minuten Zeit«, antwortete Irmgard. »Das ist keine Sache, über die man im Stehen reden kann. Ich komme zu dir, will es mir vorher nur etwas bequemer machen. Nach so langen Autofahrten fühle ich mich jedesmal wie gerädert.«

Er ging in sein Zimmer, zog das Jackett aus und öffnete, weil die Luft stickig war, das große, zweiflügelige Fenster. Er betrachtete das im Mondlicht schimmernde Meer. Die Luft war von dem Duft der blühenden Mimosen- und Jasminsträucher durchtränkt. Er atmete ihn tief in sich hinein. Weil Irmgard auch nach einer Viertelstunde noch nicht zu ihm kam, ging er in das bis zur Decke blaugekachelte Badezimmer. Das Bedürfnis, sich unter die Dusche zu stellen, war so groß, daß er ihm nicht widerstehen konnte. Danach putzte er sich noch die Zähne, schlang sich ein Badetuch um die Hüften und kehrte in sein Zimmer zurück. Irmgard wartete schon auf ihn. Sie lag in seinem Bett, hatte die Hände im Nacken verschränkt und sagte: »Ich habe an die Tür geklopft. Du hast es anscheinend nicht gehört.«

Sie hatte sich bis zur Brust zugedeckt. Er betrachtete ihre nackten Schultern, die ausrasierten Achselhöhlen und sagte: »Wenn das alles ist, was du mir sagen solltest und wozu sie selbst nicht mehr imstande war, können wir es uns ersparen.«

»Es ist nicht alles«, erwiderte sie. »Ich fühle mich jetzt eigentlich genausowenig imstande dazu wie Doris, aber einer von uns beiden muß es dir schließlich sagen. Vielleicht fällt es dir leichter, mir zuzuhören, wenn wir uns im Bett unterhalten. Mir jedenfalls fällt es im Bett leichter, darüber zu reden. Wenn dir hinterher nach nichts anderem mehr zumute ist, gehe ich wieder. Nur hör um Gottes willen damit auf, den starken Mann zu spielen. Bei ihr bist du es schließlich auch nicht.«

Spätestens in diesem Augenblick wurde ihm klar, daß er, als er sich auf diese Fahrt nach Livorno einließ, einen vielleicht nicht wiedergutzumachenden Fehler begangen hatte. Er wandte sich seinem Koffer zu.

Irmgard sagte: »Du kannst nicht einen Pyjama anziehen und gleichzeitig das Badetuch festhalten. Merkst du denn nicht, wie komisch das auf eine Frau, die bereits in deinem Bett liegt, wirken muß?«

Tatsächlich merkte er es jetzt selbst. Er ließ das Badetuch fallen und kroch zu ihr unter die Bettdecke. Er fühlte sich leer und gleichgültig.

»Es hat nichts mit dir zu tun«, sagte er. »Sie hatte es vom ersten Augenblick an darauf abgesehen, mich fertigzumachen. Nun gut, ich bin fertig. Was will sie sonst noch?«

»Ich nehme an, Doris hat sich das auch etwas leichter vorgestellt«, sagte sie. »Es gibt Dinge, über die sie auch mit mir nicht spricht. Du hast es anscheinend geschafft, zu einem Problem für sie zu werden. Das ist viel mehr, als du nach allem, was du mit ihr vorhattest und wie du sie anfangs behandelt hast, für deine Person erwarten konntest. Nicht ich habe ein Verhältnis mit Diedenhofen, sondern sie. Damit wäre das Wichtigste auch schon gesagt. Sie hat ihn unterschätzt; er ließ sich von ihr nicht nach Hause schicken und wird heute im Laufe des Tages hier eintreffen. Für mich wäre er als Mann und Liebhaber eine Nummer zu klein. Zugegeben: Wir haben dir ein nicht sehr faires Theater vorgespielt. Sie kann das noch besser als ich; sie hätte Schauspielerin und nicht Moderatorin werden sollen. Ich bin noch nicht dahintergekommen, ob sie auch als Moderatorin nur schauspielert. Ich habe sie, wenn wir allein waren, auch schon anders reden hören. Sie ist in Wirklichkeit gar nicht so festgelegt, wie sie sich den Anschein gibt. Der Bruch mit ihren Eltern, die Trennung von ihrem Mann, das alles ist nicht ohne Wirkung auf sie geblieben, aber einen Fehler einzugestehen, ist nicht ihre Stärke. Was wirst du jetzt tun? Die Fotos an die Presse schicken? Ich fände das so erbärmlich, daß ich es dir eigentlich nicht zutraue. Du hast in Diedenhofen keinen unüberwindlichen Rivalen. Das Problem ist nur, daß er, von den

Fotos mal abgesehen, genausoviel über sie weiß wie du. Ihr größter Fehler war, ihm von diesem Haus zu erzählen, aber er ist ein guter Hahn, und als sie sich mit ihm einließ, war sie seit zwei Jahren mit keinem Mann mehr im Bett. Wenn es dann plötzlich wieder sprudelt, fängt eine Frau an zu reden, ob sie es will oder nicht.«

Sie richtete sich halb auf und blickte in sein maskenhaft starres Gesicht. »Ein bißchen viel auf einmal, was? Tut mir leid, Robert. Wie ich es sehe, kann alles, was du jetzt tun wirst, sich irgendwann als falsch erweisen, und hinterher ist man ja bekanntlich klüger. Ich weiß auch nicht, ob sie wirklich wünscht, daß ich mit dir schlafe, auch wenn sie mich darum gebeten hat. Vielleicht erhofft sie sich davon, daß du dann leichter damit fertig wirst. Vielleicht will sie dich und deine Empfindungen für sie aber auch nur auf die Probe stellen. Ich werde ihr das erzählen, was war oder was dir lieber ist. Wenn es um so persönliche Dinge geht, bin auch ich mir selbst am nächsten, und zwischen Werner und mir findet nur noch am Wochenende etwas statt, vorausgesetzt, er ist nicht gerade verreist, was aber meistens der Fall ist. So eine kleine Auffrischung täte mir genauso gut wie damals Doris, als Hans ihr zeigte, daß sie nur auf einen Mann gewartet hat.«

»Wann war das?«

Sie beugte sich zu ihm hinüber, küßte ihn und sagte: »Wenigstens hast du deine Sprache wiedergefunden. Vor einem halben Jahr. Sie machte am Tag davor in seiner Wohnung ein Fernsehinterview mit ihm und hatte angeblich versehentlich einen goldenen Kugelschreiber, ein Geschenk ihres Mannes, bei ihm liegenlassen. Als sie ihn holen kam, lud er sie zu einem Glas Wein ein. Schärfere Sachen trinkt er ja aus Überzeugung nicht, er redet sich ein, sie machten einen Mann auf die Dauer impotent. An jenem Abend war er es jedenfalls nicht. Mir erzählte sie, er sei plötzlich über sie hergefallen, und weil er ihr irgendwie leid getan habe, sei ihr Widerstand nicht energisch genug gewesen. Als sie dann aber schon am nächsten Abend wieder zu ihm ging, war von Widerstand keine Rede mehr.«

»Ich werde diese Dreckskerle. . .« Linden brach ab.

Sie blickte ihn verwundert an: »Von wem redest du?«

»Von einer Detektei, der ich insgesamt dreißigtausend Mark dafür bezahlt habe, mir auch Auskunft über ihre Männerbekanntschaften zu geben. Bei den Berichten, die sie mir wöchentlich zustellte, war von Diedenhofen nie die Rede.«

Irmgard lachte: »Sie war immer sehr vorsichtig, wenn sie zu ihm ging. In ihre eigene Wohnung hat sie ihn nie kommen lassen. Wenn sie ihn besuchte, dann meistens auf dem Heimweg nach einer späten Sendung. Sie hat sich auch in der Öffentlichkeit zusammen mit ihm nie sehen lassen. Ihr Verhältnis mit ihm sollte ihr kleines Geheimnis bleiben. Außer mir wußte niemand davon. Von der Karnevalsveranstaltung, bei der Werner und ich Hans persönlich kennenlernten, hat sie dir ja erzählt. Es ist auch richtig, daß er an diesem Abend öfter mit mir tanzte, aber sicher nur, weil er sich im Hinblick auf Werners Position für seine Fraktion etwas davon erhoffte. Im Gegensatz zu Werner, der Gefallen an ihm fand, ihn deshalb auch ein paarmal zu uns nach Hause einlud und Doris zu dem Interview mit ihm anregte, habe ich mich nie für ihn engagiert. Das sind aber alles Dinge, die du gar nicht wissen solltest. Wäre Hans heute, wie ursprünglich vorgesehen, mit Sue Ellen nach Hause gefahren, so hätten wir dieses Spiel mit dir noch für eine Weile fortgesetzt. Was Doris letztlich damit bezweckte, wußte sie vielleicht selbst nicht recht. Oder sie wußte es und hat dann mehr an dir als an dem Spiel Gefallen gefunden.«

Linden nickte. »Okay. Nur eines ist mir dabei unklar: Warum sie ihn zusammen mit dir zu der Hütte kommen ließ.«

»Sie hat ihn nicht kommen lassen, er ist von selbst mitgekommen. Es war zwischen ihnen schon seit Wochen vereinbart, daß sie ihren Urlaub gemeinsam hier verbringen. Sie hat ihm von dem Haus nur erzählt; er kennt es noch nicht. Wäre sie nun plötzlich, ohne ihm eine Nachricht zu hinterlassen, verschwunden, so hätte er Gott weiß was angestellt. Als sie mich nach eurer Ankunft in Eschelmoos anrief und mich bat, zu der Hütte zu kommen, war vorgesehen, daß ich vorher noch kurz bei ihm vorbeifahren und ihm schonend beibringen sollte, daß es mit Livorno nichts würde. Sie hat sich in Eschelmoos eine verrückte Geschichte für ihn ausgedacht, aber die Geschichten, die sie sich ausdenkt, sind ja immer ein wenig verrückt. Stell dich darauf ein, daß du, wenn er hier eintrifft, Bernd Neuhagen heißt und ihr geschiedener Mann bist.«

»Ihr seid alle beide verrückt«, murmelte er erschüttert.

»Was hätte sie ihm sonst sagen können? Sie hat schon längst bereut, ihm von dem Haus erzählt zu haben. Jetzt sieht sie eine Möglichkeit, diesen Fehler zu korrigieren. Du, also ihr geschiedener Mann, steckst in geschäftlichen Schwierigkeiten und willst mit ihrem Einverständnis das Haus verkaufen. Zum Glück hat sie Hans nicht die volle Wahrheit über die Besitzverhältnisse erzählt, so daß sie sich jetzt darauf hinausreden konnte, das Haus gehöre euch beiden. Sie müßte also ihre Einwilligung zu dem Verkauf geben. Um euch darüber zu unterhalten, habt ihr euch zuerst in München getroffen, wo ihr geschiedener Mann heute lebt. Sie hat sich grundsätzlich mit dem Verkauf einverstanden erklärt, wollte aber vorher mit mir, ihrer besten Freundin, darüber reden. Ich schlug ihr deshalb vor, uns in meiner Hütte zu treffen. Später stieß dann auch ihr aus München kommender Mann zu uns: Ihr wollt in Livorno gemeinsam zu einem Makler gehen und ihn mit dem Verkauf beauftragen.«

Sie lachte. »Das ist also die Geschichte, die ich in ihrem Auftrag Hans erzählte; alles andere kannst du vergessen. Leider hat er mir kein Wort davon geglaubt, er bestand vielmehr darauf, sich selbst zu vergewissern, ob sie wahr ist. Hätte ich mich geweigert, ihn mitzunehmen, so wäre er auf eigene Faust nach Livorno gefahren. Er ist wahnsinnig eifersüchtig, weil er Doris in diesen Tagen kein einziges Mal gesehen hat. Ich sagte ihm zwar, daß sie es in einer solchen Situation vermeiden möchte, ihn als ihren Liebhaber mit ihrem Mann bekannt zu machen, aber er befürchtet anscheinend, daß sich zwischen ihr und Bernd eine Versöhnung und ein neues Einvernehmen anbahnen könnte. Nicht ganz unbegründet natürlich, denn er weiß ja, daß ihr beiden, wenn auch unter meiner ›Aufsicht‹, eine Nacht in der Hütte verbracht habt. Deshalb wollte er gestern auch unbedingt mit mir hinaufgehen. Er glaubte mir nicht, daß ihr beiden nicht mehr oben wart, weil ich mit deinem Wagen beim Hotel eintraf. Doris hat das natürlich vorausgesehen und mich damit beauftragt, ihm zu erzählen, sie habe Bernd nach Garmisch in sein Hotel begleitet, um sich unter vier Augen mit ihm auszusprechen. Weil dort Hunde nicht erlaubt seien, habe sie Sue Ellen in der Hütte zurücklassen müssen. Ein wenig habe ich das Gefühl, sie legt es sogar darauf an, Bernd, in diesem Falle also dich, zum Vorwand zu nehmen, Hans loszuwerden. Sein Beharren darauf, mich von Frankfurt zu der Hütte zu begleiten, mehr aber noch seine gestrige Weigerung, allein nach Hause zu fahren und auf den ursprünglich geplanten gemeinsamen Urlaub in Livorno zu verzichten, scheint ihr doch die Augen über ihn geöffnet zu haben. Bisher tat er nämlich immer so, als interessierte ihn ihr übriges Privatleben nicht, aber das gilt ja bei Männern erfahrungsgemäß nur so lange, wie sie sich einer Frau sicher zu sein glauben. Und bevor du jetzt noch wissen willst, was wir ihm über Sue Ellen erzählt haben: Du hast sie Doris in München als

Begrüßungsgeschenk überreicht, weil du wußtest, daß sie sich schon lange einen Hund wünschte. Ihn nach Livorno mitzunehmen, wäre jedoch schon deshalb zu umständlich geworden, weil Doris darauf bestand, daß auch ich sie begleiten sollte. Deshalb ihr Einfall, Hans mit dem Hund nach Hause zu schicken. Daß er ihr diese Bitte abgeschlagen hat und uns heute nachkommen will, hat sie am meisten enttäuscht. Ich glaube, sie ist ziemlich fertig mit ihm, aber bei ihr läßt sich so etwas nie mit absoluter Sicherheit voraussagen. Sie empfindet heute so und morgen so. Warum sie *mich* kommen ließ, das hat sie dir wohl gesagt?«

»Ich weiß nicht mehr, was sie mir alles gesagt hat«, antwortete Linden. »Ich habe in den vergangenen achtundvierzig Stunden so oft umdenken und mir immer neue Lügengeschichten anhören müssen, daß ich Wahrheit und Lüge nicht mehr auseinanderhalten kann. Wenn sie eine gute Schauspielerin ist, so bist du ihr darin ebenbürtig. Du lügst genauso unverfroren und kaltblütig wie sie. Wenn ich das alles richtig mitbekommen habe, hast du Diedenhofen bei eurem Eintreffen an der unteren Hütte, als du allein zu Doris hineingingst und ihn im Wagen warten ließest, schon bei deiner Rückkehr erzählt, daß ihr Mann bei ihr in der Hütte sei?«

Sie lächelte. »Natürlich. Sie war ja auf sein Mitkommen überhaupt nicht vorbereitet und so wütend, daß sie ihn auf keinen Fall sehen wollte. Was hätte sie ihm auch sagen können? Daß sie von dir entführt worden sei? Bis dahin wußte er von mir nur, daß sie sich wegen des Hauses ganz kurzfristig zu dieser Reise hatte entschließen müssen. Mit ihrem nachträglichen Einfall, gemeinsam mit ihrem Mann zu einem Makler nach Livorno zu fahren, hoffte sie, Hans endgültig loszuwerden. Wenn er heute hier eintrifft, wirst du, um ihn zu überzeugen, deine Rolle genauso gut spielen müssen wie Doris und ich es dir gegenüber getan haben. Es wird nicht zuletzt auch an dir liegen, wie lange er hierbleiben wird. Wenn er dich zusammen mit Doris erwischt, wie ihr euch küßt, dürfte sich dieses Problem erledigt haben. Es sei denn, jemand schenkte ihm klaren Wein über dich und das Spiel ein, das hier mit ihm getrieben werden soll. Dann wird er nämlich, wie ich ihn kenne, bestimmt nicht abreisen und es auf eine Kraftprobe mit dir ankommen lassen.«

Linden war nicht recht ersichtlich, warum sie das sagte. »Wer sollte das tun? Doris?«

Sie legte unter der Decke die Hand auf seine Brust. »Bei aller

Freundschaft mit Doris gibt es auch für mich eine Grenze des Zumutbaren. Für dich mag es eine Rolle spielen, ob sie, als sie mich aufforderte, mit dir zu schlafen, dich nur auf die Probe stellen wollte, oder ob sie es ernsthaft meinte. Für mich spielt das keine Rolle. Egal, was sie dir von mir erzählt hat: Ich habe Werner noch nie betrogen. Ich habe zwar oft daran gedacht, es jedoch nie getan. Wenn ich mich aber schon für einen anderen Mann ausziehe und mich uneingeladen in sein Bett lege, dann nicht nur, um einer Freundin einen Gefallen zu tun. Habe ich etwas an mir, das dich abstößt?«

Ihre Hand auf seiner Brust fühlte sich kühl und glatt an. Eine Frau wie sie – dazu noch in seiner Situation – zur Feindin zu haben, wog vielleicht ebenso schwer wie der Gedanke, durch ein Eingehen auf ihr Verlangen sich vollends all dessen zu begeben, was ihm noch vor einigen Tagen für seine Selbstachtung als unerläßlich erschienen war. Wenn er allerdings berücksichtigte, auf welche faulen Kompromisse er sich bereits eingelassen, wie weit er sich schon von seinen ursprünglichen Absichten entfernt hatte, blieb eigentlich kaum mehr viel zu bewahren und vor sich selbst in Schutz zu nehmen. Eigentlich war es nur noch sein Unbehagen darüber, Doris, sollte diese Situation von ihr tatsächlich als eine Bewährungsprobe gedacht sein, wieder einmal einen Beweis mehr für seine rasche Verführbarkeit zu liefern.

Als hätte Irmgard seine Gedanken erraten, sagte sie: »Ich halte es für wenig wahrscheinlich, daß Doris dir mehr Glauben schenken wird als mir. Wenn ich ihr sage, daß es zwischen uns nur bei dem von ihr gewünschten Gespräch geblieben sei, hast du bei ihr nichts verloren, und bei mir auch nicht. Ich sehe auch nicht recht ein, daß du dich nach all den Lügen, die sie dir zugemutet hat, nicht nur einer Probe unterwerfen, sondern sie auch noch bestehen sollst. Vielleicht wird es für dich sogar Zeit, ihr einmal zu zeigen, daß sie nicht alles mit dir machen kann. Du wirst sonst immer nur ein dankbares Objekt für sie bleiben, an dem sie ihre Animositäten, die sie gegen dich und deinesgleichen hegt, abreagieren kann.«

»Es sind auch deine Animositäten«, sagte er.

»Das scheint nur so«, erwiderte sie. »In Wirklichkeit stehe ich meinem Vater in politischen Fragen oft näher als dem Mann, mit dem ich verheiratet bin. Für meinen Vater sind Männer wie Werner gefährliche Zauberlehrlinge, die der Geister, die sie riefen, eines Tages nicht mehr Herr werden. Am schlimmsten findet er, daß es bei uns, auch bei den großen Zeitungen, Redakteure gibt, die ihren Lesern den Eindruck vermitteln, in einem durch und durch korrupten Staat zu leben, für den zu engagieren sich nicht mehr lohnt. Vielleicht hat er damit...« Sie brach ab, weil in diesem Augenblick Doris zur Tür hereinkam. Irmgard wandte ihr das Gesicht zu und sagte: »Das war nicht vereinbart.«

»Tut mir leid«, sagte Doris. »Ich konnte nicht einschlafen. Habe ich euch gestört?«

»Du hättest anklopfen können«, sagte Irmgard und stieg aus dem Bett. »Wenn das ein Sit-in werden soll, hole ich mir rasch etwas zu Rauchen.«

Doris blickte ihr nach, wie sie langbeinig und schmalhüftig zur Tür ging. »Vielleicht ziehst du dir bei der Gelegenheit auch gleich etwas an«, sagte sie. »Du weißt doch, daß ich nicht einschlafen kann, wenn du mir vorher Gelegenheit gibst, mich deinen knackigen Po sehen zu lassen.«

»Und du weißt ja, wo mein Zimmer ist«, sagte Irmgard und schlug die Tür hinter sich zu.

»Jetzt ist sie eingeschnappt«, sagte Doris und setzte sich zu Linden auf das Bett. In ihrem durchsichtigen Negligé wirkte sie auf ihn auch nicht viel angezogener als Irmgard. Sie fragte: »Hat sie dir schon alles erzählt?«

»Ja«, sagte er. »Damit entfällt wohl auch die Möglichkeit, daß es sich bei den beiden Männern von gestern um Privatdetektive gehandelt haben könnte, die sie im Auftrag ihres Mannes beschatteten. Ich frage mich jetzt, in wessen Auftrag sie hinter uns her sind.«

Sie zuckte mit den Schultern. »Welche Rolle spielt das noch? Wir sind sie los; das ist die Hauptsache. Hast du mir sonst nichts zu sagen?«

»Doch«, antwortete er. »Ich weiß nicht mehr, was für eine Frau du bist.«

Sie beugte sich zu ihm nieder, berührte mit den Lippen seine Stirn und sagte: »Ich weiß es oft selbst nicht. Manchmal, wenn ich es nicht weiß, wünsche ich mir, nicht mehr zu leben.«

»Von den Männern, die dich näher kennenlernten, wird dir bestimmt keiner nachweinen«, sagte er.

»Das ist möglich«, sagte sie. »Meinen Eltern und meinem Bruder ergeht es ja genauso. Es gibt keinen Menschen, der mich wirklich liebt.«

»Mir kommen gleich die Tränen«, sagte er. »Wenn ich vorher wüßte, wie oft ich dich bemitleiden muß, würde ich es mir erst recht überlegen, dich zu heiraten.«

Sie blickte ihn ernst an. »Du willst mich heiraten?«

»Das war nur rhetorisch gemeint«, sagte er. »Ich habe zwar keinen Anlaß, auf die Rolle, die ich in deinem beschissenen Spiel übernommen habe, stolz zu sein, aber einen kleinen Rest von Verstand habe ich mir noch bewahren können. Allerdings brauchst du dir auf deinen eigenen auch nichts einzubilden.«

»Das bezieht sich wohl auf Hans?« fragte sie.

Er nickte. »Wenn du schon keinen anderen Mann gefunden hast, der dir einen Versandhausfreund ersparte, so hättest du ihm wenigstens von deinem Haus nichts erzählen –«

»Ich habe es ihm nicht erzählt«, fiel sie ihm dazwischen. »Er fand in meiner Handtasche einen Brief mit der Halbjahresabrechnung meines italienischen Maklers, der für mich die Vermietung des Hauses abwickelt. Ich trage solche Briefe sonst nicht mit mir herum, aber an jenem Tag war ich, als ich den Bungalow verließ, in Eile und steckte die ganze Post, weil ich sie erst in der Mittagspause in der Kantine lesen wollte, in die Handtasche. Abends war ich mit Hans verabredet. Als ich aus dem Badezimmer zurückkam, war er gerade damit beschäftigt, den Brief zu lesen. Er behauptete, er habe neben meiner offenen Handtasche am Boden gelegen. Ich unterstelle ihm nicht, daß er den Brief aus der Handtasche genommen hat. Sie stand neben dem Bett; ich hatte sie vorher einmal selbst geöffnet und vielleicht nicht wieder geschlossen. Trotzdem hätte er den Brief nicht lesen dürfen.«

»Irmgard sagte mir –«

Sie ließ ihn wieder nicht zu Ende reden: »Ich hatte mich damals so sehr über mich selbst geärgert, daß ich ihr sagte, ich hätte ihm von dem Haus erzählt. Vielleicht hat er sich auch schon bei früheren Gelegenheiten mit dem Inhalt meiner Handtasche beschäftigt. Jetzt, da ich weiß, wie eifersüchtig er ist, halte ich es nicht mehr für ausgeschlossen. Ich habe mich in ihm getäuscht. Das kann auch mir einmal passieren. Meinen eigentlichen Fehler hast du vorhin selbst angesprochen. Damals gefiel er mir eben. Auch seine politische Einstellung imponierte mir. Die Begegnung mit ihm fiel in eine für mich krisenhafte Zeit, beruflich ebenso wie privat. Ich konnte ohne Tranquilizer nicht mehr einschlafen. In dieser Verfassung hatte Hans leichtes Spiel mit mir. Zuerst erzählte er mir, wie sehr er mich bewundere und daß er sich keinen meiner Fernsehauftritte entgehen lasse. Ich weiß heute nicht einmal mehr, wie es dazu gekommen ist. Er brauchte mich nur in die Arme zu nehmen, und schon war es passiert. So leicht wie ihm habe ich es noch keinem Mann gemacht. Auch später, als ich ihn...«

Irmgards Rückkehr hinderte sie am Weiterreden. In ihrem schenkelknappen Spitzengewand mit den Spaghettiträgern und dem schmalen Taillenbindegürtel wirkte sie auch jetzt noch mehr aus- als angezogen. Doris fragte: »Wo hast du das her? Von einem Versandhaus? Ich habe ein ganz ähnliches, nur sieht man bei meinem nicht so die Haare hindurch.«

»Du hast ja auch kaum welche«, sagte Irmgard und setzte sich neben sie auf die Bettkante. Sie hielt zuerst ihr und dann Linden die mitgebrachte Zigarettenschachtel hin. Sie lehnten beide ab. »Ihr lebt viel zu gesund«, sagte Irmgard und zündete sich mit einem silbernen Feuerzeug eine Zigarette an. »Habt ihr euch schon ausgesprochen? Ich habe euch extra etwas Zeit gelassen.«

»Das wäre nicht nötig gewesen«, sagte Doris. »Ich habe Robert gerade erzählt, warum ich mich mit Hans eingelassen habe und daß ich vorher ohne Tranquilizer nicht mehr einschlafen konnte.«

Irmgard blies ihr den Rauch der Zigarette ins Gesicht. »Du hättest dich auch an mich wenden können. Für eine gute Freundin ist mir nichts zu viel.«

»Das wäre nicht dasselbe gewesen«, sagte Doris. »Wenn schon Petting, dann nur mit einem Mann. Würde es dich sehr stören, wenn ich für den Rest der Nacht bei ihm bleibe?«

»Ja«, sagte Irmgard. »Es würde mich deshalb stören, weil du vorhin mich gestört hast. Warum können wir nicht beide bei ihm bleiben?«

»Ich wußte nicht, daß dir so etwas liegt«, sagte Doris.

Irmgard zuckte mit den Schultern. »Ich habe es noch nie ausprobiert. Hinterher könnte ich dir sagen, ob es mir liegt oder nicht.«

»Ich glaube nicht, daß mich das interessieren würde«, sagte Doris und stand auf. »Ich lasse euch wieder allein. In einer Stunde wird es hell. Wenn Hans eintrifft, muß ich ausgeruht sein und einen klaren Kopf haben.« Zu Linden sagte sie: »Du wirst auch einen klaren Kopf brauchen. Falls du nicht weißt, wie man ein Shorty auszieht, dann laß es dir von Irmgard zeigen.«

Sie verließ das Zimmer.

Irmgard blickte Linden an. »Hat es dir die Sprache verschlagen?«

»Ein wenig schon«, sagte er.

Sie zuckte wieder mit den Schultern. »Wir sind alle drei erwachsen und aufgeklärt dazu. Daß man in unseren Kreisen auch heute noch über gewisse Dinge nicht redet, schließt ja nicht aus, daß man sie heimlich tut. In einem hat sie allerdings recht: Ich mag sie zwar, aber zu mehr bin ich ebensowenig der Typ wie sie. Ich käme mir sicher ziemlich albern dabei vor, und sie sich auch. Hat sie dir wirklich erzählt, daß sie ohne dieses Zeug nicht mehr einschlafen konnte?«

»Überrascht dich das bei ihr?«

»Ja. Das ist sonst nicht ihre Art. Hans gegenüber hätte sie so etwas nicht über die Lippen gebracht, und einem anderen Mann gegenüber auch nicht. Wir kennen uns jetzt schon seit sechs Jahren, und noch nie waren wir auf den gleichen Mann fixiert. Sie hatte es immer mehr mit Männern wie Willy Brandt, und ich mit solchen wie Helmut Schmidt. In deinem Fall scheinen aber unsere Vorstellungen über einen Mann, der uns gefallen könnte, identisch zu sein.« Sie beugte sich zu ihm nieder, öffnete mit der Zunge seine Lippen und küßte ihn. Dann stand sie auf und sagte: »Wir setzen unser Gespräch ein andermal fort, wenn sie es nicht weiß und auch nicht damit rechnet.«

Obwohl ihr plötzlicher Sinneswandel eher Erleichterung als Mißmut in ihm auslöste, sagte er: »Ich dachte, es ginge nur darum, daß *ich* sie enttäuschen könnte. Was bist du ihr schuldig?«

»Nichts«, sagte sie. »Aber ich wähle mir den Zeitpunkt selbst aus und nicht, wann sie ihn für gekommen hält.«

»Sie hielt ihn auch schon für gekommen, als du dich in der Hütte an ihrer Stelle für sie opfern solltest«, erinnerte er sie.

Sie schüttelte den Kopf. »In der Hütte ging es noch um etwas anderes. Dort war es noch ein Spiel.«

»Und jetzt ist es kein Spiel mehr?«

»Doch«, sagte sie. »Aber in der Hütte war es noch ein Spiel um des Spieles willen. Daran hat sich inzwischen einiges geändert. Schlaf gut.«

Er war sich nicht sicher, ob er nach diesem Gespräch noch gut schlafen konnte. Während er beobachtete, wie sie in dem knappsitzenden Shorty, das kaum ihre straffen Lenden bedeckte, zur Tür ging, hatte er einen trockenen Mund. Daß sie zu jenen selbstbewußten und emanzipierten Frauen gehörte, die nicht nur gut aussehen, sondern auch eine starke erotische Ausstrahlung besitzen, hatte er schon in der Hütte feststellen können. Wäre er ihrem Typ vor einem Vierteljahrhundert begegnet, so hätte es ihm vielleicht Probleme bereitet, sich zwischen ihr und seiner späteren Frau zu entscheiden, aber damals gab es ihren Typ noch nicht, und auch eine Frau wie Doris wäre zu jener Zeit kaum denkbar gewesen. Es war nicht nur ihr Äußeres, das sie von den damaligen Frauen ihres Alters unterschied. Es war auch ihr Selbstverständnis und ihre souveräne Art, von Männern Besitz zu ergreifen oder ihre intimsten Gedanken und Wünsche bloßzulegen. Auch wenn sie noch immer die Ausnahme und für die überwiegende Mehrheit ihrer heutigen Altersgenossinnen kaum mehr als ein fragwürdiges Vorbild waren, so entsprachen sie, wenn er sie mit den jetzt Siebzehn- bis Zwanzigjährigen verglich, doch in etwa deren Frauenbildnis, was allein schon durch die Popularität belegt wurde, die eine Frau wie Doris gerade bei der jungen und heranwachsenden Generation genoß. Bei einem Mann in seinen Jahren, der in gutbürgerlichen Verhältnissen aufgewachsen und noch von dem Frauenbildnis seiner Zeit geprägt worden war, lösten sie zwangsläufig zwiespältige und damit genau jene Empfindungen aus, die ihn vom ersten Augenblick an bei Doris in zunehmendem Maße bewegt und beschäftigt hatten. Aber vielleicht war es eben diese Zwiespältigkeit, die sie ihm von Stunde zu Stunde begehrenswerter erscheinen und auch eine Frau wie Irmgard zu einem Erlebnis werden ließ, das alle seine Prinzipien und moralischen Grundsätze in Frage stellte. Denn daß die beiden, wie Irmgard es – wohl eher taktierend als ernst meinend – angeregt hatte, jetzt nicht sein Bett mit ihm teilten und ihm gemeinsam jene Freuden bescherten, wie sie einem Mann in seiner Stellung sonst nur in gleichnamigen Häusern zuteil wurden, war gewiß nicht sein Verdienst. Zumindest konnte er sich nicht vorstellen, sie ob eines solchen Ansinnens, und wenn es auch der Wunsch von Doris gewesen wäre, des Zimmers verwiesen zu haben.

Irgendwann schlief er dann doch ein, und als er aufwachte, schien die Sonne warm durch das noch immer offenstehende Fenster. Weil Stimmen an sein Ohr drangen, stand er rasch auf und betrachtete vom Fenster aus das Meer, ohne jedoch einen Menschen zu sehen. Er vermutete, daß es die Stimmen von Doris und Irmgard waren und daß sie von dem kleinen Sandstrand kamen, der jedoch, weil das Grundstück dort steil abfiel, vom Haus aus nicht einzusehen war.

Trotz des schönen Frühlingswetters konnte er kein einziges Schiff oder Boot auf dem Meer erkennen; es dehnte sich, so weit das Auge reichte, in blaufarbener Verlassenheit bis zu dem dunstverhangenen Horizont aus. Nach der weißen Winterlandschaft der vergangenen Tage empfand Linden den Kontrast mit einer noch nie erlebten Intensität, und zum erstenmal, seit er sich für diese Fahrt entschieden hatte, betrachtete er sie ohne jede Einschränkung als die unter den gegebenen Umständen beste Lösung.

Die nächste halbe Stunde verbrachte er im Badezimmer. Als Doris nach ihm schauen kam, hatte er gerade Hose und Hemd angezogen; sie fragte: »Willst du nicht ins Wasser? Es ist schon herrlich warm.«

Sie trug nur einen weißen Bademantel, der ihr bis knapp über die Knie reichte. Statt ihr zu antworten, ging er zu ihr hin, nahm sie in die Arme und küßte sie. Sie erwiderte seinen Kuß, schob ihn dann jedoch mit beiden Händen von sich und fragte: »Bedeutet das, daß du die Briefe nicht absenden wirst?«

»Ich bin nicht schizophren«, sagte er. »Hast du Telefon im Haus?«

»Komm mit«, sagte sie und führte ihn über die Galerie in ihr eigenes Zimmer. Der Apparat stand auf ihrem Nachttisch; sie sagte: »Ich hoffe, du weißt, was du tust. Vielleicht wirst du es eines Tages bereuen. Dann mache nicht mich dafür verantwortlich. Wann hast du dich dazu entschlossen?«

Er wußte es selbst nicht mehr. Vielleicht schon oben in der Hütte. Vielleicht aber auch erst, als er sie vorhin in dem weißen Bademantel zur Tür hereinkommen sah und er nicht mehr anders konnte, als sie in die Arme zu nehmen und zu küssen. Er sagte: »Das spielt jetzt keine Rolle mehr. Du hast die Partie gewonnen. Ich fahre noch heute nach Hause zurück. Kann man durchwählen?«

Sie nickte nur. Er setzte sich auf ihr noch ungemachtes Bett, nahm den Apparat auf den Schoß und sagte: »Du kannst hierbleiben und zuhören. Es dauert nicht lange.«

Tatsächlich dauerte das Gespräch nur eine Minute, denn statt seiner Schwester meldete sich deren Sekretärin; sie sagte bedauernd: »Ihre Schwester ist nicht hier, Herr Linden; sie ist vor einer Stunde nach Zürich geflogen und wird erst heute abend zurückkommen. Sie hat leider auch keine Rufnummer hinterlassen, unter der sie in Zürich zu erreichen wäre. Kann ich ihr nach ihrer Rückkehr etwas ausrichten?«

»Nein«, sagte er. »Nein, danke.« Er legte den Hörer auf und blickte Doris an, die die wenigen Worte vom Fenster aus mitgehört hatte. Sie kam zu ihm und fragte: »Was ist los, Robert? Du siehst ja ganz verstört aus. War deine Schwester nicht zu erreichen?«

»Nein«, sagte er. »Sie ist heute früh nach Zürich geflogen.«

»Hat das etwas Unangenehmes zu bedeuten?«

»Ich fürchte, ja«, sagte er. »Wir hatten vorsichtshalber vereinbart, die Briefe in Zürich einzuwerfen. Sie muß bei unserem gestrigen Gespräch den Eindruck gewonnen haben, daß du mich umgedreht hast.«

Sie setzte sich neben ihn auf das Bett und sagte mit blassem Gesicht: »Dann war es ein Fehler, ihr zu sagen, daß du mir nicht ganz gleichgültig seist. Als Frau wird sie das sofort richtig verstanden und ihre Schlüsse daraus gezogen haben. Und daß auch ich dir als Frau nicht gleichgültig bin, hast du ihr ebenfalls zu verstehen gegeben.«

Er nickte. »Ich mache, wenn es um dich geht, anscheinend nur noch Fehler. Es war auch schon ein Fehler, es dazu kommen zu lassen, daß du das Gespräch mithören konntest. Ich war aber mehr auf die Küchentür und die Wirtin als auf dich fixiert.«

»Sei froh, daß ich mitgehört habe«, erwiderte sie. »Ich wüßte sonst noch immer nicht, welche Probleme du mit deiner Schwester hast. Warum sagtest du vorhin, daß du nach Hause fahren willst? Weil du die Absicht hattest, die Briefe nicht abzusenden?«

»Wäre das nicht auch in deinem Sinne gewesen?«

»Ich habe dir Livorno nicht vorgeschlagen, um dich hier loszuwerden«, erwiderte sie ruhig. »Als ich dir sagte, daß ich bereit bin, einen angemessenen Preis für die Briefe zu bezahlen, war es mir ernst damit. Daran hat sich auch nichts geändert. Wenn deine Schwester die Briefe gegen deinen Willen abgeschickt hat, so trifft dich keine Schuld. Ich überlege mir gerade, was wir dagegen tun könnten. Man müßte die Briefe als einen schlechten Scherz hinstellen und. . .«

Sie brach ab, weil er den Kopf schüttelte. »Was gefällt dir nicht daran?«

»Margot würde dann auch die Briefe mit den Fotos abschicken«, sagte er. »Sie sind eine Trumpfkarte, die sie nicht nur gegen dich, sondern auch gegen mich ausspielen kann; und sie weiß, daß auch ich das sehr genau weiß. Um dich dafür zu bestrafen, daß du es geschafft hast, mich anderen Sinnes werden zu lassen, wird sie vor nichts zurückschrecken. Ich muß auf dem schnellsten Weg nach Hause und mit ihr reden. Mit ihr zu telefonieren hätte jetzt keinen Zweck mehr.«

»Du hast mir noch nicht erzählt, ob du auch in Wiesbaden wohnst«, sagte sie. »Der Mietwagen ist in Frankfurt zugelassen.«

»Bekommen habe ich ihn von einer Frankfurter Niederlassung der Firma. Wohnen tu' ich in Wiesbaden, wo sich seit Kriegsende auch das Stammwerk unserer Firma befindet. Es wurde während des Krieges in Frankfurt völlig ausgebombt. Wir haben es in Wiesbaden neu aufgebaut. Heute haben wir auch noch in Darmstadt und Mainz zwei Zweigwerke, die wir mit tüchtigen und zuverlässigen Geschäftsführern besetzt haben. Es geht nicht anders, Doris. Ich muß noch heute mit Margot reden. Den Audi lasse ich hier und fahre mit einem Taxi zum Flughafen in Genua. Wenn es mit den Verbindungen klappt, könnte ich morgen im Laufe des Vormittags wieder hier sein.«

»Dann mußt du wissen, wann von Genua aus eine Maschine nach Frankfurt fliegt?« fragte sie. Er nickte. »Hast du die Rufnummer eines italienischen Reisebüros?«

»Ich erledige es für dich«, sagte sie. »Irmgard fliegt gerne. Wenn ich zusammen mit ihr hier war, sind wir jedesmal geflogen. Du brauchst kein Taxi. Wir bringen dich nach Genua und holen dich dort auch wieder ab.« Sie nahm den Apparat von seinem Schoß und wählte eine Nummer. Während sie telefonierte, setzte sie sich auf das Bett und überkreuzte die Beine. Ihr weißer Bademantel bedeckte nur noch ihren Schoß. Linden ertappte sich dabei, daß er ihre langen, sonnengebräunten Schenkel betrachtete. Ihm fiel auf, daß sie sehr gut Italienisch sprach und kein einziges Mal nach Worten suchte. Sie unterbrach ihr Gespräch und sagte: »Wenn dich eine kurze Zwischenlandung in Zürich nicht stört, kannst du einen Platz für eine Maschine haben, die gegen siebzehn Uhr in Genua abfliegt. Alle früheren Maschinen sind bereits ausgebucht.«

Linden war einverstanden. Sie führte das Gespräch zu Ende und sagte: »Das Ticket bekommst du am Flughafen. Nach Genua brauchen wir auf der Autostrada nicht länger als neunzig Minuten. Wir haben also noch Zeit. Deine Schwester scheint mich noch mehr zu hassen, als ich es deinen Worten bisher entnehmen konnte. Hat sie Angst, ich nehme dich ihr weg?«

»Das kommt jetzt nur noch hinzu. Gehaßt hat sie dich schon immer.«

Sie griff nach seiner Hand, zog ihn neben sich auf das Bett und fragte: »Weil sie mich auch als Frau nicht mag?«

»Als Frau nicht und als Moderatorin nicht«, sagte er. »Für sie bist du eine linke Emanze und damit das Hassenswerteste, was es in ihren Augen auf dieser Welt gibt.«

»War ich das nicht auch für dich?«

»Als Emanze hast du mich nie gestört. Ich erinnere mich an ein Gespräch mit Margot, als wir uns wieder einmal über dich unterhielten. Sie äußerte die Befürchtung, ich könnte mich, ohne es zu wissen, in dich verliebt haben, und mein Einfall, dich zu entführen, diene mir nur als Vorwand, um in deine Nähe zu kommen.«

Sie lächelte. »Das hättest du einfacher haben können.«

»Bei all den Briefen und Anträgen die du bekommst? Ich wußte ja nicht einmal, ob du verheiratet bist. Damals, als dieses Gespräch zwischen Margot und mir stattfand, wies ich ihre Befürchtungen noch weit von mir. Heute bin ich mir nicht mehr sicher, ob sie tatsächlich so falsch damit lag. Den Wunsch, dich persönlich kennenzulernen, hatte ich schon, als ich dich zum erstenmal im Fernsehen sah und von deinem politischen Glaubensbekenntnis noch gar nichts wußte. Das war zu einer Zeit, als meine Frau noch lebte.«

Sie berührte mit den Lippen seine Wange. »Dann hast du dich schon damals in mich verliebt?«

»Na ja, vielleicht so, wie man sich heute als Fernsehzuschauer in eine Joan Collins oder Audrey Landers verlieben kann, wenn man ihren Typ mag. In meiner Position schreibst du einer fremden Frau keine Briefe und schickst ihr auch keine Blumen ins Haus. Der Gedanke, sich nur lächerlich zu machen und sich eine Abfuhr zu holen, wirkt da viel zu abschreckend. Meine Schwester ist eine sehr kluge Frau, und sie kennt mich vielleicht besser, als ich mich selbst. Ich hatte dich falsch eingeschätzt. Auf deine doch sehr direkte Art, einem Mann die Augen über seine wahren Empfindungen und Wünsche zu öffnen, war ich nicht vorbereitet.«

»Im allgemeinen ist das auch nicht meine Art. Ich hatte mich aber wahnsinnig über dich geärgert. Weniger über deine politische Intoleranz als über das überhebliche Wesen, das du an den Tag legtest. Schon als du, bevor wir in Frankfurt in deinen Wagen umstiegen, zu mir sagtest, ich könnte dich nicht neugierig machen, nahm ich mir vor, herauszufinden, wie ernst es dir damit war. Daran, was du sonst noch alles gesagt hast, möchte ich dich gar nicht erst erinnern.«

»Ich habe es auch so nicht vergessen. Ich sagte dir bereits, daß ich dich unterschätzt und mich selbst überschätzt habe. Vielleicht hältst du mir aber zugute, daß ich bei einer Frau, die so aussieht wie du, nicht unbedingt darauf gefaßt zu sein brauchte, daß sie mir kaltblütig in die Hose greift.«

Sie lachte leise. »Warum nicht? Diesen Wunsch habe ich bei Männern schon oft verspürt, du warst aber der erste, bei dem ich ihn mir erfüllen konnte. Vorgestern habe ich dich damit überfahren. Gestern wollte ich nur wissen, wie du reagierst, wenn du nicht überfahren wirst. Dafür, daß ich dich schon einmal zum Stillhalten gebracht hatte, hast du dich im Restaurant sehr tapfer geschlagen. Ehre, wem Ehre gebürt.«

Er nickte. »Mach dich nur über mich lustig; ich habe es nicht anders verdient. Aber den Mann, dem du mit solchen Geschützen kommst und der dir widersteht, möchte ich gerne kennenlernen. Zumal dann, wenn er dir, wider die eigene Vernunft und wider besseres Wissen, insgeheim schon längst verfallen war. Ich weiß nicht, was du dir noch alles ausdenken wirst, bis du das Gefühl hast, mich für meine Überheblichkeit ausreichend bestraft zu haben.«

»Das haben wir jetzt hinter uns«, sagte sie. »Als ich gestern abend Irmgard zu dir schickte, war ich mir noch nicht ganz sicher. Aber nun, da wir sozusagen Verbündete gegen deine Schwester sind, wäre es von mir inkonsequent, dieses Spiel noch länger fortzusetzen. Nur eines mußt du wissen: Ich lasse mich auf einen Mann nicht mehr festlegen. Wenigstens vorläufig nicht. Was ich mit Bernd erlebte und jetzt auch wieder mit Hans erlebe, genügt mir für absehbare Zeit. Ich wollte es dir erst hier und nicht schon früher sagen, weil du dich sonst vielleicht geweigert hättest, mit nach Livorno zu fahren. Solange du die Fotos von mir hast, werde ich nicht mit dir schlafen. Alles andere, ja, aber das genügte dir gestern schon nicht mehr. Außerdem: Ich muß erst Hans loswerden. Ein Dreiecksverhältnis wäre für mich undenkbar.«

»Dann hast du mich also gestern belogen?«

»Den Grund dafür habe ich dir eben genannt«, antwortete sie ruhig.

Er stand auf, trat ans Fenster und blickte eine Weile auf das sonnenüberflutete Meer hinaus. Hinter ihm sagte Doris: »Wenn du es zur Bedingung machst, schlafe ich auch schon jetzt mit dir. Nur wird es dann der Preis für die Fotos und nicht mehr sein. Du mußt wissen, was dir wichtiger ist.«

»Ich glaube dir nichts mehr«, sagte er. Sein Blick fiel, als er sich zurückwandte, in den Park, wo Irmgard neben einem blühenden Oleanderstrauch in einem Liegestuhl unbekleidet ein Sonnenbad nahm und zu ihm heraufschaute. Als ihre Blicke sich trafen, bedeckte sie mit der Hand lächelnd ihren Schoß. Er wandte sich vollends vom Fenster ab und sah Doris auf dem Bett liegen; den weißen Bademantel hatte sie ausgezogen. Er ging langsam zu ihr hin und sagte: »Du weißt genau, was mir wichtiger ist.«

»Dann laß es mich auch fühlen«, sagte sie und streckte die Arme nach ihm aus. Er beugte sich zu ihr nieder, ließ sich von ihr auf das Bett ziehen und küßte sie. Sie erwiderte seine Küsse und murmelte: »Ich brauche noch etwas Zeit. Gibst du sie mir?«

»Wenn es sein muß«, sagte er. »Vielleicht willst du mich nur hinhalten. Ich weiß nur nicht, was du dir davon versprichst.«

Weil im gleichen Augenblick an die Tür geklopft wurde, stand Doris rasch auf, griff nach ihrem Bademantel, streifte ihn über und ging die Tür öffnen. Irmgard trug jetzt einen Bikini; sie musterte Linden mit einem prüfenden Blick und fragte: »Ich habe hoffentlich nicht gestört? Als ich Robert vorhin angezogen am Fenster stehen sah, dachte ich, ihr hättet euch bereits ausgesprochen. Trotzdem habe ich noch fünf Minuten gewartet.«

»Das war sehr rücksichtsvoll von dir«, sagte Doris. »Robert muß noch heute nach Frankfurt fliegen. Wir haben ein Problem mit seiner Schwester.«

»Immer diese schreckliche Schwester«, sagte Irmgard und setzte sich zu ihnen auf das Bett. »Was hat sie denn jetzt schon wieder angestellt?«

Doris erzählte ihr von Lindens Telefonat und von seinen Befürchtungen. »Ach, du großer Schreck«, sagte Irmgard, und sonst vorläufig nichts. Doris fragte: »Wie ist das eigentlich, wenn es wegen dieser Sache zwischen dir und deiner Schwester zum Bruch käme, Robert? Könnte sie dich aus der Firma ausbooten?«

Er schüttelte den Kopf. »Sie gehört uns zu gleichen Teilen. Wenn es wirklich zu einem unheilbaren Bruch käme, würde ich mich aus der Firma zurückziehen und –«

»Was du ohnehin vorhattest«, warf Doris ein. »Wie funktioniert das, wenn du dich von deiner Schwester auszahlen läßt?«

Er mußte lachen. »Nicht so, wie du es dir vielleicht vorstellst. Eine Auszahlung wäre nur mit einem Zugriff auf unser Stammkapital und auf unsere Rücklagen möglich. Das würde uns jedoch bei unserer Hausbank in ein schiefes Licht bringen. Ich werde versuchen, mich mit meiner Schwester und mit unserem Beirat auf eine angemessene Apanage zu verständigen.«

»Was ist das für eine Firma?« fragte Doris. »Oder willst du auch jetzt nicht darüber reden?«

»Dazu besteht kein Grund mehr«, antwortete er. »Wir fabrizieren in drei Niederlassungen Elektro-Haushaltsgeräte, angefangen von Küchenmaschinen bis zu Bügeleisen.«

Doris wechselte einen Blick mit Irmgard. »Es gibt in Wiesbaden eine sehr bekannte Firma namens Linden. Ist sie das?«

Er nickte.

»Dann weiß ich jetzt endlich, wie du heißt«, sagte sie lächelnd. »Als du vorhin und gestern mit deiner Firma telefoniertest, hast du deinen Namen immer nur genuschelt, so daß ich ihn nicht verstehen konnte. Und gesehen habe ich dich bei den letzten Verhandlungen der Tarifkommission des Arbeitgeberverbandes mit der IG-Metall. Wir brachten damals mehrere Fernsehreportagen darüber. Dein Gesicht muß sich mir irgendwie eingeprägt haben. Warum, weiß ich selbst nicht.«

Irmgard lachte. »Sicher hat er dir schon damals gefallen. Ich habe auch einige Küchengeräte von deiner Firma, Robert. Sie muß doch ziemlich groß sein?«

Er zuckte mit den Schultern. »Mit vierzehnhundert Mitarbeitern und einem Jahresumsatz von zweihundertzwanzig Millionen gehören wir immer noch zu den mittelständischen Unternehmen, aber wir haben uns nach dem Krieg einen guten Namen geschaffen und konnten uns mit unseren Geräten auch gegen die fernöstliche Konkurrenz behaupten. Wie ist das nun mit Diedenhofen? Für wann rechnet ihr mit seinem Eintreffen?«

»Keine Ahnung«, antwortete Doris. »Irmgard hat ihm den Weg zum Haus zwar ungefähr beschrieben. Er wird aber trotzdem einige Zeit danach suchen müssen. Wie ich ihn kenne, gehört er auch nicht zu den Frühaufstehern. Vor heute nachmittag bräuchen wir kaum mit ihm zu rechnen.«

»Nachmittag muß bald sein«, sagte Irmgard. »Wir haben noch nicht einmal gefrühstückt. Kümmerst du dich darum, oder soll ich es tun?«

»Du nimmst mir das Wort aus dem Munde«, sagte Doris. Irmgard ließ sie lächelnd allein.

»Falls es mit uns beiden etwas werden sollte«, sagte Doris, »wird es mir nicht erspart bleiben, mich von ihr zu trennen. Als sie hörte, wer du bist, haben ihre Augen richtig geleuchtet. Du scheinst in ihren Kreisen wirklich einen sehr guten Ruf zu genießen. Seit sie mit Werner verheiratet ist, kommt sie kaum mehr mit ihnen in Berührung. Diese Apanage, von der du gesprochen hast: Wie hoch könnte die ausfallen?«

»Wären dir dreißigtausend monatlich zu wenig?«

»Nein«, sagte sie, »dreißigtausend hören sich gut an. Du hast bis jetzt nur vier Zimmer kennengelernt. Das Haus hat, ohne die unter dem Dach liegenden früheren Dienstbotenkammern, insgesamt zwölf. Acht davon stehen vorläufig völlig leer. Sie sind genauso groß wie die anderen. Die früheren Besitzer hatten das Entree mit dem offenen Kamin als Wohnhalle eingerichtet und bei Empfängen auch die Galerie mitbenutzt. Etwas Ähnliches schwebt auch mir vor. Eigentlich ergeht es mir mit diesem Haus ähnlich wie dir mit mir: Ich hasse es ebenso, wie ich es liebe. Es weckt Wünsche und Bedürfnisse in mir, die unvereinbar sind mit dem, was ich sein möchte.«

Er streichelte mit dem Handrücken ihre Wange. »Ich habe dich nie gehaßt. Es ist ein Glück für dich, daß Bernd dir ein solches Haus in Italien und nicht in der Bundesrepublik gekauft hat. Du müßtest sonst damit rechnen, daß es eines Tages von einer mit den Grünen vereinten Linken enteignet und in ein Asylantenheim umgewandelt würde.«

Sie nickte. »Daran habe ich auch schon gedacht. Ich habe hier ein permanentes schlechtes Gewissen, und trotzdem möchte ich das Haus auf keinen Fall missen. Vielleicht habe ich, als ich dich näher kennenlernte, an jemanden gedacht, der mir dabei helfen könnte, mit diesem inneren Konflikt fertig zu werden.«

»Wenn du nicht selbst damit fertig wirst...«

Sie hielt seine Hand an ihrer Wange fest. »Ich weiß. Aber das ist leichter gesagt als getan. Ich sehe noch nicht, wie ich dieses Problem bewältigen soll. Vielleicht fällt mir noch etwas dazu ein. Hans ist mir jedenfalls keine Hilfe dabei. Ich hatte ursprünglich gehofft, sein Verständnis dafür wecken zu können, warum ich mich von dem Haus nicht trennen möchte, aber er ist in solchen Dingen schon genauso festgelegt wie die meisten Grünen. Das bekam ich aber erst im Laufe der Zeit bei unseren Gesprächen mit. Als ich ihm einmal ein Foto des Hauses zeigte, fragte er bissig, ob es nicht noch ein wenig größer hätte ausfallen können. Er legte mir allen Ernstes nahe, Haus und Grundstück zu verkaufen und das Geld in eine Stiftung für Amnesty International einzubringen oder an eines der Hilfskomitees für Nicaragua zu überweisen. Ich möchte Hans rasch und endgültig loswerden. Wenn ich ihn davon überzeugen kann, daß Bernd das Haus verkaufen muß, um sich geschäftlich wieder liquid zu machen, könnte er mich mit dem, was er weiß, auch nicht erpressen. Daß ich in den Verkauf eingewilligt habe, wird er allerdings erst glauben, wenn er uns beide in einem Bett antrifft. Ich habe mit Irmgard bereits besprochen, daß sie ihm das Tor öffnen und ihm sagen wird, daß wir uns zu einer kleinen Siesta in unsere Zimmer zurückgezogen hätten. Er wird sich selbst davon überzeugen wollen.«

Linden schwieg. Erst nach einer Weile fragte er: »Wann hast du dich dafür entschieden? Er hätte uns auch schon in Irmgards Hütte in einem Bett überraschen können.«

Sie nahm seine Hand von ihrer Wange. »Da war ich mir noch nicht ganz sicher. Auch hätte ich in diesem Falle Irmgard zu stark einbeziehen müssen. Es hätte für Hans so ausgesehen, als habe sie uns wieder zusammengebracht und in ihrer Hütte miteinander verkuppelt. Wenn es in meinem eigenen Haus geschieht, kann er nur mich dafür verantwortlich machen. Es ist nicht so, daß er mir nicht leid täte, Robert. Ich habe es in der Politik immer mit den Schwächeren gehalten, und das sind heute nun mal die Grünen und Alternativen. Ich denke und empfinde in vielen Dingen genauso wie sie, aber wenn es um dieses Haus hier geht, bin ich mir selbst im Weg. Wirst du mir helfen?«

»Wann immer ich es kann und du es willst«, sagte er und preßte ihre Hand an seinen Mund.

»Ich habe dich ein paarmal sehr unfair behandelt«, sagte sie. »Daran war auch dieses Haus schuld. Der Gedanke, daß du mich damit erpressen wolltest und ich vielleicht nie mehr unbefangen hierherfahren könnte, hat dich für mich genauso hassenswert gemacht, wie ich hassenswert für deine Schwester bin. Von ihr trennt mich sicher noch viel mehr als von dir, und das nicht nur in der Politik. Ich könnte mir vorstellen, daß sie für einen dieser Frauenvereine der CDU arbeitet?«

Er grinste. »Für so etwas hätte sie gar nicht die Zeit. Außerdem weiß ich, daß sie genau wie ich mehr für die Liberalen ist.«

»Warum nicht für die genauso unternehmerfreundliche CDU?«

»Das ist auch nur so ein linkes Klischee. Meine Schwester und ich haben seit dem Regierungswechsel von dieser Unternehmerfreundlichkeit noch nicht viel mitbekommen; im Gegenteil. Mit der sozialliberalen Koalition, jedenfalls solange Karl Schillers wirtschaftlicher Sachverstand die Politik bestimmte, haben meine Schwester und ich leben können. Seit Schiller von der eigenen Partei in die Wüste geschickt wurde und sie das Feld immer mehr marxistischen Theoretikern und linken Provinzpolitikern überläßt, denen jeder Sinn für wirtschaftliche und politische Realitäten fehlt, sehe ich in der CDU allerdings das kleinere Übel.«

»Ich leider nicht«, sagte sie. »Ich könnte das anhand vieler Beispiele auch begründen, aber ich habe nicht den Ehrgeiz, dich umzustimmen.«

Er lachte. »Das würdest du auch nicht schaffen. Allein schon deshalb nicht, weil der von deiner Anstalt geschürte Antiamerikanismus, mit dessen Hilfe ihr dem Volk ein neues Feindbild aufbaut, für einen liberalen und aufgeklärten Menschen genauso primitiv ist wie der angeblich so primitive Antikommunismus. Ohne die Hilfe der Massenmedien wäre er gar nicht möglich gewesen.«

»Dann sind also nur die Rundfunkanstalten wieder einmal daran schuld?«

Er nickte. »Von einigen politischen Revolverblättern abgesehen. Ohne ihre und eure Protektion wären auch die Grünen nicht das, was sie heute sind. Solange sie als ökologisches Korrektiv wirken, habe ich nichts gegen sie einzuwenden; nur läßt sich das, was sie und wir alle wollen, nicht von heute auf morgen in wirtschaftlich tragbare Formen umsetzen. Was ihnen aber sonst noch an Wirtschafts- und Außenpolitik vorschwebt, kann mich persönlich frösteln machen.«

»Mich nicht«, sagte sie. »Ich finde manches von dem, was sie wollen, sehr vernünftig.«

»Aber auf den Gedanken, eine komplizierte Armbanduhr von einem Klempnermeister reparieren zu lassen, würdest auch du nicht kommen.«

»Da sehe ich überhaupt keinen Zusammenhang«, sagte sie. »Wir wollen uns aber nicht schon wieder streiten; wir haben jetzt andere Probleme. Weißt du schon, was du deiner Schwester sagen wirst, wenn du sie heute abend siehst?«

»Nein. Zuerst muß ich einmal von ihr hören...«

Er sprach nicht weiter und blickte Irmgard an, die diesmal, ohne anzuklopfen, ins Zimmer kam; sie sagte: »Erstens ist das Frühstück fertig, und zweitens ist mir ein Mann aufgefallen, der sich schon seit zehn Minuten mit einem Boot vor der Bucht aufhält und das Haus anscheinend beobachtet. Die Entfernung ist aber zu groß, um zu erkennen, ob er einer der beiden ist, die uns schon gestern verfolgt und beobachtet haben. Du hast kein Fernglas im Haus, Doris?«

»Nein.« Sie blickte Linden an. »Ist es möglich, daß wir ihnen doch nicht entwischt sind und sie uns bis hierher verfolgt haben?«

»Ausgeschlossen. Ich hatte während der ganzen Fahrt ein Auge darauf.« Er stand rasch auf und trat, damit er nicht gesehen wurde, von der Seite ans Fenster. Tatsächlich war die Entfernung zu dem Boot so groß, daß er das Gesicht des Mannes nicht erkennen konnte. Augenscheinlich handelte es sich um ein Ruderboot mit Hilfsmotor, wie es an der Küste von Fischern oder auch von Bootsvermietern benutzt wurde. Daß es völlig unbeweglich im Wasser lag, ließ sich, trotz der Entfernung, ebenso feststellen wie das offensichtliche Interesse seines Insassen für das Haus. Doris, die hinter Linden getreten war und über seine Schulter hinweg das Boot betrachtete, sagte: »Ich kann nur das Boot sehen; den Mann nicht. Vielleicht muß ich nächstens doch mal zu einem Augenarzt. Wie ist das bei dir?«

»Wenn ich mich nicht sehr täusche, beobachtet er das Haus mit einem Fernglas«, antwortete Linden. Er drehte sich nach Irmgard um, die jetzt auch zu ihnen kam. »Kann es sein, daß er dich gesehen hat?«

»Das glaube ich nicht«, sagte sie. »Er ist mir vom Küchenfenster aus aufgefallen. Ich habe es aber nicht geöffnet.«

»Dann hat er dich bestimmt nicht gesehen«, sagte Doris. »Wenn man von der Bucht aus zum Haus schaut, spiegeln sich in den Fensterscheiben die Bäume und der Himmel. Da nützt ihm auch ein Fernglas nichts. Vorhin, als ich mit dir im Wasser war, ist mir das Boot nicht aufgefallen.«

»Mir auch nicht«, sagte Irmgard. Linden nickte. »Ich hätte es auch sehen müssen.« Zu Doris sagte er: »Wo hast du den Mercedes stehen?«

»In der Garage neben dem Haus. Warum fragst du?«

»Wenn wir es wirklich mit den gleichen Leuten zu tun haben wie gestern, ist es besser, sie sehen den Audi nicht. Wir stellen ihn in die Garage und benutzen den Mercedes.«

»Aber erst nach dem Frühstück«, sagte Irmgard. »Der Kaffee wird sonst kalt.«

Sie nahmen das Frühstück in der Küche neben dem Entree zu sich. Um das Boot im Auge zu behalten, rückten sie den Tisch ans Fenster. Doris trank nur eine Tasse Kaffee; sie sagte: »Mir ist der Appetit vergangen. Wer kann es nur auf uns abgesehen haben, Robert? Ich habe überhaupt keine Erklärung dafür.« Sie blickte Irmgard an, die damit beschäftigt war, ein gekochtes Ei zu köpfen. »Könnte nicht doch Werner dahinterstecken?«

Irmgard lachte. »Das würde er sich niemals getrauen. Wenn einer von uns beiden Grund hat, den anderen beobachten zu lassen, dann bin ich es. Bestimmt hat er, wenn er sich etwas besser fühlt, bereits einen Kurschatten gefunden.«

»Was fehlt ihm?« fragte Linden.

»Seine Leber macht ihm Probleme«, sagte Irmgard. »Er war schon zweimal in Bad Kissingen. Solange er aber auf seinen Whisky nicht verzichtet, hilft ihm auch eine Kur nichts. Er trinkt zwar nicht unmäßig, dafür aber regelmäßig; angeblich braucht er das gegen den beruflichen Streß. In den ersten Jahren habe ich noch versucht, ihn davon abzubringen, aber genausogut kannst du an eine Wand hinreden.« Sie wurde ernst. »Ich habe da einen ganz anderen Verdacht, Robert. Vielleicht steckt deine Schwester dahinter? Sie ist doch die einzige, die wußte, daß du mit Doris nach Eschelmoos gefahren bist?«

Er hörte auf zu essen und starrte mit gerunzelter Stirn in ihr Gesicht. Doris sagte lebhaft: »Das stimmt, Robert. Hast du noch nicht selbst daran gedacht?«

Ein solcher Gedanke wäre ihm noch vor zwei Tagen als so absurd erschienen, daß er ihn gar nicht erst in Erwägung gezogen hätte. Seit seinem gestrigen Gespräch mit ihr ließ er sich jedoch nicht mehr von der Hand weisen. Er sagte: »Merkwürdigerweise noch nicht.«

Doris sagte: »Ich bin sicher, daß sie dahintersteckt. Wer sollte sonst ein Interesse daran haben, uns beschatten zu lassen? Deine Schwester wußte nicht nur, daß du mit mir nach Eschelmoos gefahren bist, sie weiß auch, daß ich in Livorno ein Haus habe. Vielleicht läßt sie es schon seit Tagen beobachten. Jetzt, wo sie die Briefe sogar gegen deinen Willen wegschickt, traue ich ihr beinahe alles zu.«

»Was sie jedenfalls nicht weiß, ist, daß du deinen Reisepaß wieder hast«, sagte Linden. »Auf den Gedanken, wir könnten zusammen nach Italien gefahren sein, wird sie schon deshalb nicht kommen.

Ich kann zwar nicht völlig ausschließen, daß sie dahintersteckt, aber so sicher wie du bin ich mir nicht.«

Irmgard legte eine angebissene Scheibe Brot auf den Teller zurück. »Es kann schon gestern, als wir es in Garmisch kauften, nicht mehr ganz frisch gewesen sein. Außerdem verdirbt mir der Gedanke, daß wir uns, solange sich der Spanner da draußen mit seinem Boot herumtreibt, weder vor dem Haus noch am Strand sehen lassen dürfen, den Appetit. Er wird uns noch den ganzen Aufenthalt hier verderben.«

»Der ist bereits verdorben«, sagte Doris. »Falls die Briefe morgen veröffentlicht werden sollten, können wir hier nicht länger bleiben. Ich bin noch immer dafür, daß wir sie als einen schlechten Scherz hinstellen und daß Robert seine Schwester daran hindert, auch noch die Fotos abzusenden. Ich könnte mich ohrfeigen, daß ich sie nicht schon längst weggeworfen oder wenigstens besser versteckt gehalten habe, statt sie in meinem Fotoalbum aufzubewahren. Kann ich jetzt wenigstens die Originale zurückhaben?«

Linden nickte. »Sie sind oben in meinem Gepäck. Ich gebe sie dir, sobald wir die Wagen umgestellt haben.«

»Eines würde auch mich interessieren«, sagte Irmgard. »Wie du die Reproduktionen gemacht hast?«

»Unsere Werbeabteilung hat die erforderlichen Geräte dafür«, sagte Linden. »Ich kann auch damit umgehen. Selbstverständlich werde ich versuchen, meine Schwester am Absenden der Fotos zu hindern. Immer vorausgesetzt, sie gibt sie heraus. Dazu zwingen kann ich sie nicht. Ich weiß ja nicht einmal, wo sie sie aufbewahrt. Das kann ebenso in unserem Haus wie in ihrem Büro der Fall sein.«

»Dann komme ich mit dir«, sagte Doris ruhig. »Du stellst mich ihr als deine zukünftige Frau vor. Mal sehen, ob sie die Fotos auch dann noch absenden wird und will. Irmgard kann solange das Haus hier hüten und Hans, falls er sich nicht wegschicken läßt, Gesellschaft leisten. Wir werden ihm sagen, daß wir wegen des Verkaufs zu einem Makler nach Rom müßten. Wenn wir bis heute abend nicht zurückkommen, reist er vielleicht von allein ab. Wir brauchen uns auch nicht von ihm im Bett überraschen zu lassen. Vielleicht ginge er mit den Fäusten auf dich los; er ist ziemlich kräftig und über zwanzig Jahre jünger als du.«

Sie richtete das Wort an Irmgard: »Ich möchte jetzt nicht mehr, daß er Sue Ellen mit nach Hause nimmt. Nimm du sie in deine Obhut; dich kennt sie ja auch schon.«

Irmgard zündete sich eine Zigarette an. Sie sagte, ohne Doris dabei anzusehen: »Ihr habt euch bereits über Heirat unterhalten?«

Doris lächelte. »Es genügt, wenn seine Schwester es glaubt. Sobald wir die Briefe mit den Fotos haben, kommen wir zurück. Bis dahin kann sich Robert in Ruhe überlegen, ob nicht du besser zu ihm paßt als ich. Es wird auch nicht nötig sein, daß du dich den ganzen Tag im Haus aufhältst. Da der Mann im Boot es sicher nicht auf dich, sondern, wenn überhaupt, auf mich und Robert abgesehen hat, schadet es nichts, wenn er dich sieht. Das trifft ebenso auf Hans zu. Ihn kennt er erst recht nicht. Wenn er euch beide zusammen baden sieht, wird er nicht mehr wissen, woran er ist und –«

»Ich habe nicht die Absicht, zusammen mit Hans zu baden«, schnitt Irmgard ihr das Wort ab. »Ich habe mich, im Gegensatz zu dir, für seinen Typ noch nie erwärmen können. Was du da von mir verlangst, ist eine Zumutung. Dazu habe ich überhaupt keine Lust.«

Doris griff in eine Tasche ihres Bademantels, nahm zwei Schlüssel heraus und gab sie Linden. »Der größere ist für die Garage. Kümmere du dich um die Wagen. Ich möchte unter vier Augen mit Irmgard reden. Kennst du dich mit einem Mercedes aus?«

»Ich bin auch von dieser Welt«, sagte er und ließ sie allein. Er verließ das Haus durch den auf seiner Rückseite liegenden Haupteingang. Weder dieser noch die etwas abgesetzt stehende Garage waren von der Straße aus einzusehen. Den Audi hatte er bei ihrem nächtlichen Eintreffen hinter der Garage stehenlassen. Er schloß die Garage auf und fuhr den Mercedes, ein schon älteres, heute jedoch wieder sehr gesuchtes, cremefarbenes Coupé neben den Audi. Als er zehn Minuten später in das Haus zurückkehrte, waren Doris und Irmgard nicht mehr in der Küche. Er stieg die Treppe zur Galerie hinauf. Weil er aus dem Schlafzimmer von Doris Stimmen hörte, ging er hin und stellte fest, daß die Tür nicht ganz geschlossen war. Er warf einen Blick in das Zimmer. Es geschah etwa im selben Moment, als Irmgard sich zu der vor einem Frisierspiegel sitzenden Doris niederbeugte und sie auf den Mund küßte. Fast gleichzeitig fiel ihm auf, daß diese keinen Bademantel mehr trug. Während Irmgard sie küßte, nahm Doris einen Arm hoch und legte die Hand in Irmgards Nacken. In der anderen hielt sie einen Kamm. Sie hörten mit dem Kuß erst auf, als er an die Tür klopfte. Doris sagte: »Komm nur herein, Robert. Hast du die Wagen schon umgestellt?«

Er öffnete die Tür ganz und sagte: »Ich wollte nicht stören.«

»Du störst nie«, erwiderte Doris. »Wir haben vorhin festgestellt, daß das Boot verschwunden ist. Vielleicht hatten wir es nur mit einem neugierigen Touristen zu tun. Dann hätten wir uns ganz umsonst über ihn aufgeregt.« Zu Irmgard sagte sie: »Du mußt dich jetzt auch anziehen; Hans kann jeden Augenblick am Tor läuten.«

»Ich brauche nicht lange«, sagte Irmgard und blickte Linden an. Ihm fiel auf, daß ihr Gesicht gerötet wirkte. Sie kam in ihrem knappsitzenden Bikini zu ihm und fragte lächelnd: »Nicht blind geworden?«

»Wovon?« fragte er. Statt ihm zu antworten, streifte sie im Vorbeigehen mit den Lippen seine Wange. Er wartete, bis sie draußen war. Dann ging er zum Fenster, überzeugte sich selbst davon, daß das Boot nicht mehr zu sehen war, und setzte sich auf einen Stuhl. »Ich bin mir jetzt nicht mehr sicher, ob es nur Freundschaft ist, die dich mit ihr verbindet«, sagte er.

»Ach, mach dich doch nicht lächerlich«, erwiderte Doris und zog den Kamm durch ihr Haar. Im Sonnenlicht glänzte es wie flüssiges Gold. »Sie hat nun mal eine Schwäche für mich, aber das ist harmlos.«

»Die Art, wie ihr euch küßt...«, begann er.

Sie ließ ihn nicht ausreden. »Sie ist wie eine kleine Naschkatze, der man, wenn sie darum bettelt, hin und wieder einen süßen Brocken hinwerfen muß. Vielleicht wartet sie darauf, daß ich ihr noch etwas mehr entgegenkomme. Sie ist aber viel zu stolz, um den ersten Schritt zu tun, und ich tu' ihn bestimmt nicht.«

Er betrachtete ihre straffen, hochangesetzten Brüste und das dünne Haar an ihrem Schoß. »Auch nicht, wenn du dich nackt von ihr küssen läßt?«

Sie drehte sich ungeduldig nach ihm um. »Sie kam herein, als ich den Bademantel schon ausgezogen hatte und mich kämmte. Daß sie mich gern anschaut, weiß ich schon längst. Als sie Werner kennenlernte, war sie vierundzwanzig und, wie sich das in ihren Kreisen mancherorts heute noch schickt, ohne Männererfahrungen. Ich nehme an, ihre ersten Liebeserlebnisse hatte sie in einem Schweizer Mädchenpensionat, und davon ist bei ihr wohl etwas hängengeblieben. Mir war sie schon sehr oft nützlich. Ich brauche sie auch jetzt wieder für Hans. Das ist mir die Küsserei mit ihr wert.«

»Wie bei allen, die dir nützlich sein können«, sagte er.

»Ja«, sagte sie. »Wie bei allen. Willst du dich nicht auch nützlich machen? Ich habe mich noch nicht überall gekämmt.«

»Vielleicht bist du ein Biest«, sagte er.

»Ja«, sagte sie. »Im Liegen kannst du mich noch besser kämmen.«
Er stand auf, ging zu ihr hin und nahm sie auf die Arme. Er trug sie zum Bett, kämmte ihr das flaumige Haar von den Schamlippen und küßte sie. Während er sie küßte, streichelte sie seinen Nacken und sagte: »Heute nacht werde ich in deinem Haus mit dir schlafen. Kann deine Schwester uns von ihrem Zimmer aus hören?«

»Es liegt in einem anderen Teil des Hauses«, murmelte er.

»Das ist schade«, sagte sie. »Aber vielleicht wird sie vor deiner Tür stehen und lauschen. Eigentlich hätten wir schon von meinem Bungalow aus zu deinem Haus fahren können. Dort wird man mich am wenigsten vermuten. Wenn morgen etwas in den Zeitungen über mich steht, können wir nicht mehr zurück über die Grenze. Vielleicht muß sich deine Schwester auf einen längeren Besuch von mir einstellen. In diesem Fall wird Irmgard in deinem Audi mit Sue Ellen nach Wiesbaden fahren und sie bei uns abliefern. Ich hoffe, Margot mag Hunde.« Sie schob eine Hand zwischen seinen Mund und ihren Schoß. »Du, das genügt. Hörst du mir überhaupt noch zu?«

Er richtete sich benommen auf. »Das hast du dir alles sehr gut ausgedacht. Margot mag Hunde ebensowenig wie dich.«

»Du hast Bedenken?«

»Nein«, sagte er. »Vielleicht ist das sogar die beste Lösung.«

»Du hast mich ganz schön unter Dampf gesetzt«, sagte sie. »Wie ist das mit den Fotos? Hast du sie hier?«

»Sie stecken in meiner Hosentasche.«

Sie nahm sie von dort heraus und schob sie unbesehen unter das Kopfkissen. Dann legte sie wieder die Hände in seinen Nacken, küßte ihn und lächelte. »Du schmeckst aber aufregend.«

»Du auch«, murmelte er.

10

Conrad traf bei seiner Rückkehr Dr. Geßler schlafend in dessen Hotelzimmer an. Er weckte ihn und sagte: »Machen Sie sich fertig. Ich habe dieses verdammte Versteckspiel satt. Die Westernhagen hat sich wieder mit Diedenhofen getroffen.«

Geßler richtete sich schlaftrunken auf. Ihm steckte noch die kräftezehrende gestrige Wanderung zu der Berghütte in den Knochen, und da er in der letzten Nacht vor Aufregung und Sorgen beinahe genausowenig Schlaf gefunden hatte wie in der vorletzten, war er nach Conrads Weggehen, der die Lage zuerst einmal allein sondieren wollte, gegen seinen Willen auf dem Bett eingeschlafen. Conrad hingegen machte einen ausgeruhten Eindruck, obwohl sie eine fünfstündige Autofahrt hinter sich hatten und bereits um sieben Uhr in der Frühe aus Garmisch weggefahren waren. Der Einfall, die Küste von einem Boot aus zu inspizieren, war ihm schon auf der Fahrt hierher gekommen, und er hatte ihn unmittelbar nach ihrem Eintreffen und nach einem hastig eingenommenen Mittagessen sofort in die Tat umgesetzt. Am Hafen von Livorno einen Bootsverleiher zu finden, war ungleich leichter gewesen als das Haus, weil es in der von Diedenhofen angegebenen Richtung und Entfernung eine ganze Reihe ansehnlicher Grundstücke und Häuser gab, von denen jedes einzelne hätte in Betracht kommen können, so daß ihm nichts anderes übriggeblieben war, als sie der Reihe nach vom Boot aus zu beobachten. Es war auch nur Diedenhofens offensichtlichem Bedürfnis nach einem erfrischenden Meeresbad zuzuschreiben, daß Conrad ihn, wenn auch nur mit Hilfe seines Fernglases, am Ende doch noch entdeckte. Seine spätere Rückkehr in ein Haus, das Conrad zwei Stunden zuvor schon einmal, wenn auch ohne jedes Ergebnis beobachtet hatte, überraschte ihn insofern, als es sicher das ansehnlichste zwischen Livorno und Castiglioncello war. Während er Geßler davon erzählte, schüttelte er den Kopf und sagte: »Der reinste Palast; von so etwas kann unsereins nur träumen. Wenn er, wofür im Moment alles spricht, der Frau Westernhagen gehört, kann sie ihn nur von ihrem Vater geschenkt bekommen haben. Für ihren Mann ist er um zehn Nummern zu groß. Ihr Vater muß mit seinen Laborgeräten, oder was er sonst noch alles herstellt, Millionen verdienen.«

Geßler rieb sich die noch immer schlaftrunkenen Augen. »War sie mit Diedenhofen im Wasser?«

»Nein; nur der Hund. Sie sah ich erst, als er sich nach dem Bad in einen Liegestuhl setzte und sie ihm eine Tasse Kaffee servierte. Ich bin mir fast sicher, daß sie die Schwarzhaarige und ihren Begleiter nicht mitgebracht, sondern sie schon in Bayern irgendwo abgesetzt hat und dann allein nach Livorno gefahren ist. Wir haben jetzt das Problem, daß wir nicht wissen, was die Schwarzhaarige und ihr weltläufiger Begleiter inzwischen wieder alles anstellen. Bevor wir uns aber auch darüber noch länger den Kopf zerbrechen, bin ich dafür, diesmal Nägel mit Köpfen zu machen. Wir fahren jetzt mit dem Auto hin, stellen Diedenhofen zur Rede, und wenn die beiden uns dumm kommen, nehmen wir den Hund mit. Ohne ihn können sie Ihnen überhaupt nichts beweisen. Ich nehme doch an, Anka wird Sie sofort wiedererkennen und freiwillig mit Ihnen kommen, so daß wir sie nicht erst zu fesseln und zu knebeln brauchen.« Er lachte.

Es war das erstemal, daß Geßler ihn lachen hörte; er sagte erleichtert: »Das ist eine großartige Idee, Herr Conrad. Anka wird mir bestimmt sofort gehorchen. Sie ist abgerichtet.«

»Von Ihnen selbst?«

»Nein. Weil sie uns anfangs überhaupt nicht gehorchen wollte, haben wir sie für zwei Wochen in eine Hundeschule gegeben. Dort muß sie aber irgendwie verdorben worden sein, denn seitdem knurrte sie, meine Frau, mich und die Kinder ausgenommen, alle Leute an.«

»Den Diedenhofen jedenfalls nicht«, sagte Conrad. »Und mit Frau Westernhagen scheint sie sich auch ganz gut zu verstehen. Verlieren wir keine Zeit. Vielleicht fahren die beiden zum Abendessen nach Livorno in ein Restaurant. Wenn alles klappt, können wir morgen früh die Rückreise antreten. Ahler rufe ich erst an, wenn wir den Hund haben.«

Geßler griff nach seinem Jackett und folgte Conrad aus dem Zimmer. Ihr Hotel stand am Viale Italia unmittelbar am Hafen. Es gehörte nicht zu den besten Häusern, aber die Zimmer waren ordentlich, und über das Essen ließ sich auch nichts Schlechtes sagen. Als sie wenig später durch die Stadt fuhren, vorbei an mehreren eindrucksvollen Denkmälern, Standbildern und Bauwerken, meinte Conrad: »Mich hat Italien merkwürdigerweise noch nie gereizt. Meine Frau auch nicht. Wir waren zwar schon in Rom und Venedig, später hat es uns jedoch nicht mehr hingezogen. Vielleicht haben wir damals das Klima und die lauten Städte nicht vertragen. Ich weiß es heute nicht mehr; es liegt schon fünfzehn Jahre zurück. So widerspruchsvoll es klingt: In Spanien finden wir uns leichter zurecht. Auch das Klima macht uns dort nicht zu schaffen. Sie sprechen Italienisch. Als Anwalt brauchen Sie das doch nicht. Oder täusche ich mich?«

»Ich habe Italienisch als Wahlfach vorsorglich mitgenommen«, antwortete Geßler. »Ursprünglich hatte ich eine eigene Kanzlei im Auge. Der Posten als Syndikus bei der IG-Metall war nur als Übergangslösung gedacht. Da meine Frau und ich aber schon sehr früh auch für den Landesverband tätig waren – ich trat der Partei als Student im ersten Semester bei –, kam eben eines zum anderen. Als Schmidtborn vor einem Jahr in Wiesbaden anfragte, ob man keinen geeigneten OB-Kanidaten wüßte, der noch nicht verbraucht und wenn möglich auch Akademiker sei, wurde ich ihm vom Landesverband empfohlen. Wir verständigten uns schon bei meinem ersten Besuch bei ihm. Sicher ist Ihnen bekannt, daß man sich innerhalb der Partei und Fraktion auf einen anderen Kandidaten nicht einigen konnte, obwohl sie zwei gute Männer hatten.«

Conrad nickte. »War ein Trauerspiel. Beide bekamen nicht genügend Stimmen. Der eine war ihnen zu links- und der andere zu rechtslastig. In einer Volkspartei, die wir einmal waren, sollte für beide Platz sein. Früher war auch ich eher links- als rechtslastig. Das hat sich erst geändert, als wir einen Kurs ansteuerten, der links an der Partei vorbeiführte. Für mich war Schmidt der beste Kanzler, den wir nach unserem Bonner Einstieg hatten.«

Geßler lächelte. »Wir hatten auch schon vor Helmut Schmidt einen guten.«

»Aber nur bis zu dem Zeitpunkt, wo er zurücktreten mußte«, sagte Conrad. »Mir waren die Umstände, die dazu führten, beinahe genauso peinlich wie ihm. Und was später im Zusammenhang mit Schmidt alles hinter den Kulissen gelaufen ist, darüber wollen wir lieber nicht reden. Ich pflege meine Meinung über einen Menschen nur einmal zu ändern, und das habe ich damals zur gegebenen Zeit getan. Als es passierte, war ich noch im Amt. Aus der Sicht eines alten Kriminalisten gibt es sogar in der Politik Dinge, die nicht passieren dürfen, aber geschehen ist geschehen. Was mir heute Sorgen macht, ist der Kurs, den wir einschlagen. Vorläufig sehe ich ihn noch nicht. Mit zwei Pferden, von denen das eine nach links und das andere nach rechts zieht, kriegen wir den Karren nicht von der Stelle. Falls Sie mit Hilfe der Grünen gewählt werden, was ich Ihnen nicht unbedingt wünsche, werden Sie im Rathaus keinen leichten Stand haben.«

»Das weiß ich wohl«, sagte Geßler ernst.

Sie hatten jetzt die Stadt hinter sich gelassen. Die Straße schlängelte sich in vielen Windungen zwischen Küste und pinienbewachsenen Hügeln nach Süden. Conrad drosselte das Tempo und sagte: »Von der Straße aus soll das Haus angeblich nicht zu sehen sein. Achten Sie auf ein größeres, palmenbewachsenes Grundstück.«

Geßler sagte: »Ich frage mich, wie man zu einem solchen Besitz kommt. Mit Geld allein ist das doch gar nicht zu machen; dazu braucht man auch die nötigen Beziehungen.«

»Wer Geld hat, der hat auch Beziehungen«, sagte Conrad.

Sie folgten noch etwa zehn Minuten der Straße, dann trat Conrad auf die Bremse und betrachtete eine hochgewachsene Oleanderhecke, die nur durch ein breites, von zwei Säulen flankiertes, schmiedeeisernes Tor unterbrochen wurde. Er sagte: »Das könnte es sein. Überlassen Sie das Wort vorläufig mir. Wenn es sich vermeiden läßt, möchte ich mit der Tür nicht gleich ins Haus fallen.« Er fuhr den Opel unmittelbar vor das Tor, stieg aus und suchte nach einem Namensschild, fand jedoch nur eine gußeiserne Türglocke. Er betätigte sie und sagte zu Geßler, der ihm nachgekommen war: »Eine Sprechanlage braucht man hier nicht. Dafür haben sie in solchen Häusern ihren Butler, der sich persönlich zum Tor bemüht. Wie fühlen Sie sich?«

Geßler lächelte gezwungen. »Etwas aufgeregt.«

»Ich mich auch«, sagte Conrad. »Das passierte mir früher immer nur dann, wenn ich unmittelbar vor der Lösung eines schwierigen Falls stand, und dieser hier gehört auch nicht zu jenen, die ich meinen Assistenten überlassen hätte. Mal sehen, ob sie oder ob er. . .« Er brach ab und betrachtete durch die Gitterstäbe hindurch eine sich rasch nähernde, schlanke Frau, die unter ihrem offenstehenden Bademantel einen Bikini trug. Geßler sagte: »Das ist sie. Sie sieht noch besser aus, als ich sie in Erinnerung hatte.«

Conrad grinste. »Das macht der Bikini. Ich nehme an, bei der Karnevalsveranstaltung hat sie keinen getragen. Mal sehen, wie sie auf Ihren Anblick reagiert, und ob sie Sie gleich erkennt.«

Tatsächlich erkannte Irmgard ihn und Conrad auf den ersten Blick. Sie sagte fassungslos: »Sie, Herr Dr. Geßler? Wie kommen Sie hierher?«

»Das ist eine lange Geschichte«, antwortete er. »Haben Sie ein paar Minuten Zeit für uns?«

»Worum handelt es sich?« fragte sie.

Daß sie das Tor nicht sofort aufschloß und einen eher bestürzten als erfreuten Eindruck machte und so tat, als habe sie ihn vorher noch nie gesehen, hatte Conrad nicht anders erwartet. Er sagte: »Vielleicht darf ich mich Ihnen vorstellen, gnädige Frau. Mein Name ist Conrad, ich bin ein guter Bekannter von Herrn Dr. Geßler. Es wäre Ihnen ebenso gedient wie uns, wenn wir uns mit Ihnen und Herrn Diedenhofen kurz unterhalten könnten. Wenn möglich in Ihrem Haus, denn ganz so kurz wird unser Gespräch, fürchte ich, vielleicht doch nicht werden.«

Sie hatte sich jetzt von ihrer ersten Überraschung gefaßt und schloß das Tor auf. Sie reichte zuerst Geßler und dann Conrad flüchtig die Hand und fragte: »Woher wissen Sie, daß Herr Diedenhofen hier ist?«

»Wir haben es durch einen Zufall erfahren«, antwortete Conrad. »Sie haben einen wunderschönen Besitz, gnädige –«

»Er gehört einem römischen Couturier, einem guten Bekannten meines Vaters«, sagte sie rasch. »Ich verbringe hier nur meine Ferien.«

Conrad lächelte. »Da kann man Sie zu einer solchen Bekanntschaft nur beglückwünschen, gnädige Frau. Ich hoffe, wir stören nicht allzu sehr. Da Sie Ihre Ferien mit Herrn Diedenhofen verbringen –«

Sie ließ ihn auch diesmal nicht ausreden; ihre Stimme klang kühl: »Herr Diedenhofen ist nur zu Besuch hier. Er ist mit meinem Mann verabredet. Es war ursprünglich vorgesehen, daß das Gespräch in Garmisch stattfinden sollte. Aus gesundheitlichen Gründen mußte mein Mann seine Reise jedoch verschieben und bat mich, Herrn Diedenhofen hier zu empfangen, da ich ohnehin für ein paar Tage hierher wollte. Er selbst wird erst morgen eintreffen.«

»Ich verstehe«, sagte Conrad.

Während sie durch den Park zum Haus gingen, schloß Irmgard ihren Bademantel und sagte: »Ich habe Sie schon gestern gesehen, Herr Conrad, als ich mich mit Freunden aus München in einer meinem Mann gehörenden Berghütte und später wieder in Garmisch traf.

Wäre mir bekannt gewesen, daß Sie sich in Begleitung von Herrn Dr. Geßler befinden, so hätte ich Sie angesprochen. Waren Sie in seinem Auftrag hinter uns her?«

Geßler schaltete sich ein; er sagte unbehaglich: »Wir sind nicht hinter *Ihnen* her, gnädige Frau. Ich weiß, was ich Ihnen und Ihrem Mann verdanke. Es wäre mir sehr unangenehm –«

Conrad fiel ihm ins Wort: »Sie haben keinen Anlaß, sich bei Frau Westernhagen zu rechtfertigen, Herr Dr. Geßler. Wir wollen zuerst einmal hören, was sie selbst zu ihrer Rechtfertigung zu sagen hat.«

»Ich!« Irmgard blieb abrupt stehen; ihr Gesicht rötete sich vor Ärger. »Ihnen ist wohl die Sonne nicht –«

Sie wurde durch Sue Ellen am Weitersprechen gehindert. Sie kam plötzlich in Riesensätzen durch den Park gestürmt, sprang jaulend und winselnd Geßler an, leckte sein Gesicht und bedrängte ihn so heftig, daß er, hätte Conrad ihn nicht rasch festgehalten, rücklings zu Boden gestürzt wäre. Erst als Geßler sie scharf anfuhr, ließ sie von ihm ab, legte sich vor seinen Füßen zu Boden und leckte seine Schuhe. Conrad gab ihm die Wagenschlüssel und sagte: »Bringen Sie sie schon hinaus. Ich komme gleich nach. Hier werden Sie nicht mehr gebraucht.«

Er blickte Irmgard an, die Geßlers stürmische Begrüßung durch Sue Ellen in starrer Verwunderung beobachtet hatte, und sagte: »Es dürfte Ihnen ja bekannt sein, daß der Hund ihm gehört, Frau Westernhagen. Ich hätte jetzt nur noch gerne ein paar Worte mit Herrn Diedenhofen gewechselt. Das erspart es Ihnen und mir, dieses für beide Seiten peinliche Gespräch fortzuführen. Ihre eigene Rolle in diesem doch sehr unerfreulichen Spiel bedarf für mich auch keiner Erläuterung mehr.«

Irmgard schwieg. Sie beobachtete, wie Geßler mit Sue Ellen zum Tor ging und sie in den Opel springen ließ. Dann erst sagte sie: »Warten Sie vor dem Tor; Herr Diedenhofen wird zu Ihnen kommen.«

»Wie Sie wünschen, gnädige Frau«, sagte Conrad.

Sie wandte ihm den Rücken zu und ging ins Haus. In der Küche trat sie an das Fenster und vergewisserte sich, daß Diedenhofen noch immer in seinem Liegestuhl vor dem Haus saß. Sie dachte eine Weile angestrengt nach. Dann kehrte sie zu Conrad zurück. Er erwartete sie vor dem Tor; Geßler hatte sich zu Sue Ellen in den

Opel gesetzt. Irmgard sagte: »Es tut mir leid, aber Herr Diedenhofen ist im Augenblick beschäftigt. Er sieht auch nicht, worüber er sich mit Ihnen unterhalten könnte.«

»Das finde ich nicht sehr klug von ihm«, sagte Conrad verärgert.

Sie lächelte kühl. »Herr Dr. Geßler hat ja bekommen, was er wollte. Sobald Herr Diedenhofen mit meinem Mann gesprochen hat, wird er nach Wiesbaden zurückfahren. Falls Sie ihm noch etwas zu sagen haben, wissen Sie sicher, wo er anzutreffen ist.«

Sie schlug das Tor zu, schloß es ab und entfernte sich rasch. Conrad sah ihr nach, bis sie hinter den hohen Sträuchern seinen Blicken entschwand. Er setzte sich zu Geßler in den Wagen und sagte: »Jedes Wort von ihr war gelogen. Nur eines stört mich: Daß der Hund Sie erkannt hat, scheint sie echt überrascht zu haben.«

»Diesen Eindruck hatte ich nicht«, sagte Geßler. »Auf mich wirkte sie eher erschrocken. Sie war einfach nicht darauf vorbereitet, daß er meine Stimme nicht nur hören, sondern sie auch erkennen würde. Dazu noch über eine so weite Entfernung hinweg. Sie war richtig schockiert.«

Conrad drehte sich nach Anka um. Das freudige Wiedersehen schien sie so sehr erschöpft zu haben, daß sie hechelnd und mit offenem Maul auf dem Rücksitz lag und kein Auge von Geßler ließ. Er sagte: »Sie hängt mehr an Ihnen, als Sie es verdienen. Und was Frau Westernhagen betrifft: Mit Ihrer Menschenkenntnis scheint es nicht weit her zu sein. Ohne sie werden Sie als OB ebenso wie als Anwalt noch einige Male auf die Nase fallen.«

»Das schließe ich nicht aus«, sagte Geßler. »Aber selbst wenn es so wäre, wie Sie sagen: Warum hat sie dann keinen einzigen Versuch gemacht, uns daran zu hindern, Anka mitzunehmen?«

Conrad nickte. »Das ist eine sehr gute Frage. Ich kann es mir nur so erklären, daß sie eine persönliche Begegnung zwischen uns und Diedenhofen unbedingt vermeiden und uns so rasch wie möglich loswerden wollte. Eine längere Auseinandersetzung wegen des Hundes scheint, aus welchen Gründen auch immer, nicht in ihrem Sinne gewesen zu sein. Wenigstens im Augenblick nicht. Ihre letzte Bemerkung, daß ich, falls ich Herrn Diedenhofen noch etwas zu sagen hätte, ihn in Wiesbaden anträfe, klang in meinen Ohren wie eine Kampfansage.«

»Meinetwegen«, sagte Geßler. »Jetzt, wo wir Anka zum Glück wiederhaben –«

»Sind Sie noch lange nicht über dem Berg«, warf Conrad ein. »Die Grünen werden ihrem Fraktionssprecher mehr Glauben schenken als Ihnen. Ganz abgesehen davon, daß Sie es nicht mit ihm allein, sondern auch noch mit Frau Westernhagen und ihren angeblichen Münchner Freunden zu tun haben werden. Dann steht Ihre Aussage gegen die ihren. Ich nehme ja nicht an, daß Sie notfalls bereit wären, Ihre Frau wegen des Hundes einen Meineid schwören zu lassen. Ich bin unverändert der Meinung, daß er bis kurz vor den OB-Wahlen hier versteckt gehalten und dann einem größeren Publikum unter Einschaltung der Medien vorgeführt werden sollte. Für die Grünen wäre das wieder mal eine Riesenreklame – und für uns ein politisches Fiasko. Ich wüßte keine einzige Zeitung, einschließlich der seriösen, die sich eine solche Story entgehen ließe. Mal ganz abgesehen von unseren Fernsehmagazinen, für deren Moderatoren der Sumpf, in dem sie herumwühlen, nicht übelriechend genug sein kann. Aber wenigstens diese prächtige Show haben wir ihnen jetzt vermasselt.«

Geßler, der ihm mit wachsender Sorge zugehört hatte, fühlte sich auch durch seine letzten Worte nicht beruhigt; er sagte: »Immerhin kann es weder Frau Westernhagen noch Herrn Diedenhofen gleichgültig sein, daß Sie und ich jetzt über ihr Verhältnis Bescheid wissen. Sie sind ebenso auf unsere Diskretion angewiesen, wie wir auf die ihre. Die Geschichte mit ihrem Mann, der ausgerechnet hier mit Diedenhofen verabredet sein soll...« Er sprach nicht zu Ende, weil Conrad den Motor startete und auf die Straße zurückfuhr. Dort erst fragte er: »Sie glauben doch auch nicht daran?«

»Natürlich nicht«, sagte Conrad. »Wir dürfen sie aber keinesfalls unterschätzen. Eine Frau, die in einer solchen Situation so kaltblütig lügt wie sie, ist noch zu ganz anderen Dingen fähig. Und was Diedenhofen betrifft, so machen Sie sich bei ihm ja keine Illusionen. Wenn der einen OB-Kandidaten der SPD schlachten kann, landet er früher oder später als Fraktionssprecher in Bonn. Sie glauben doch nicht im Ernst daran, er würde aus Rücksicht auf Frau Westernhagen auf seine Karriere verzichten? Wenn einer von ihnen die Frau eines SPD-nahen Hauptabteilungsleiters des deutschen Fernsehens bumst und dabei vielleicht auch noch für sich in Anspruch nehmen kann, es nur um einer guten Sache willen getan zu haben, in diesem Falle zum Zwecke Ihrer Entlarvung, werden ihn die Grünen zu ihrer Symbolfigur machen.«

Geßler sagte bestürzt: »Das würde aber doch voraussetzen, daß er nur mit Frau Westernhagens Hilfe zu seinen Informationen über Anka gekommen ist.«

Conrad nickte. »Vielleicht ist er es. Warten Sie, bis ich mit Ahler telefoniert habe. Vielleicht kann ich Ihnen dann etwas mehr sagen. Ich habe da einen ganz bestimmten Verdacht.«

Den Rest der Fahrt legten sie schweigend zurück. Erst als sie das Hotel erreichten, sagte Geßler: »Hoffentlich lassen sie Hunde überhaupt zu. Besonders, wenn sie so groß sind wie Anka.«

Seine Sorge war jedoch unbegründet; der ältliche Signore an der Rezeption schien Kummer und auch große Hunde gewohnt zu sein, zumal er Geßler davon unterrichtete, daß kleine Hunde pro Nacht fünfzehn- und große zwanzigtausend Lire kosteten. Seine Mitteilung verschlug Geßler die Sprache. Er fand sie erst auf der Treppe wieder, als er Conrad davon unterrichtete.

»Wieviel ist das nach deutschem Geld?« fragte Conrad.

»Über dreißig Mark«, antwortete Geßler aufgebracht. »Das ist nichts anderes als Nepp der übelsten Sorte.«

Conrad grinste. »Da sehen Sie, wie wertvoll Ihr Hund sogar in Italien eingeschätzt wird, und Sie wollten ihn nicht mehr haben. Regen Sie sich ab; es ist ja nicht Ihr Geld. Die Parteikasse wird auch das verkraften. Sie werden sich um eine Leine und um einen Hundenapf kümmern müssen. Erledigen Sie das am besten gleich und kommen Sie anschließend in mein Zimmer.«

Ein älteres Ehepaar, das ihnen auf der Treppe begegnete, wich bei Ankas Anblick entsetzt zur Seite. Geßler entschuldigte sich bei ihnen und sagte zu Conrad: »Bei den Leuten, die uns zu Hause besuchten, erging es uns genauso.«

»Ich fange an, mich an das Tier zu gewöhnen«, grinste Conrad.

In seinem Zimmer ließ er sofort eine Verbindung mit Ahler herstellen. Während er darauf wartete, zog er das Jackett aus und wusch sich im Bad die Hände. Er war noch damit beschäftigt, als das Telefon läutete und Ahler am Apparat war. Das Gespräch mit ihm wurde das teuerste, das Conrad jemals geführt hatte. Es zog sich über eine halbe Stunde hin. Bei Geßlers Eintreffen war Conrad so tief in Gedanken versunken, daß er ihm erst nach dreimaligem Klopfen die Tür öffnete. Geßler sagte: »Ich habe Sie hoffentlich nicht beim Schlaf gestört, Herr Conrad?«

»Mir war noch nie weniger nach Schlaf zumute als gerade jetzt«, sagte Conrad. »Haben Sie den Hund in Ihrem Zimmer gelassen?«

»Ja. Ich habe ihm auch noch Fleisch besorgt. Als ich aus dem Zimmer ging, kratzte er mit den Pfoten an der Tür. Hoffentlich bellt er nicht.«

»Für dreißig Mark darf er auch mal bellen«, sagte Conrad. »Setzen Sie sich hin; die Sache wird immer verwickelter. Schon mal was von der Firma Linden gehört?«

Geßler blickte ihn unsicher an: »Reden Sie von der, die Haushaltsgeräte herstellt?«

»Von der rede ich«, nickte Conrad und nahm in einem Sessel Platz. »Ahler war sehr rührig. Wir können nach Hause fahren. Hier gibt es doch nichts Neues mehr herauszufinden. Der Audi ist ein Mietwagen. Die Firma wollte Ahler keine Auskunft geben, an wen sie ihn vermietet hat. Zum Glück haben wir auch nach meinem Ausscheiden aus dem Amt noch unsere Leute im Präsidium sitzen. Sie nahmen sich der Sache an und fanden heraus, daß der Audi von einem Robert Linden, Mitinhaber der Haushaltsgerätefirma, gemietet wurde. Und zwar am gleichen Tag, als Sie mit Ihrer Familie in Urlaub fuhren. Jetzt denken Sie gut nach: Haben Sie diesen Mann schon einmal persönlich kennengelernt oder in irgendeiner Verbindung mit seiner Firma gestanden?«

Geßler schüttelte verständnislos den Kopf. »Ausgeschlossen. Daran würde ich mich bestimmt erinnern. Das ist doch eine sehr große Firma. Ihr Name ist in der ganzen Bundesrepublik bekannt.«

»Wenn ich mich recht entsinne«, sagte Conrad, »benutzt meine Frau eine Küchenmaschine dieses Fabrikats. Sie sind sich absolut sicher, daß Sie mit der Firma und ihren Inhabern noch nie in Berührung gekommen sind?«

Geßler stand erregt auf. »Wenn ich es Ihnen sage. Ich wüßte auch gar nicht, in welchem Zusammenhang. Wenn nicht Sie es wären, der mir das erzählte: Ich hielte es für einen schlechten Scherz. Ich kenne die Firma sehr gut. Ihre Fabrik steht nicht weit von meiner Wohnung entfernt.«

»Deshalb fragte ich ja, ob Sie den Mann kennen. Ahler ist bereits tätig geworden und hat sich mit der für Wiesbaden zuständigen Bezirksleitung der IG-Metall in Verbindung gesetzt. Er hat bewußt darauf verzichtet, Ihre eigenen Verbindungen in Anspruch zu nehmen. Der Betriebsratsvorsitzende bei Linden ist ein Mann von uns; Ahler wird sich noch heute abend in Wiesbaden mit ihm treffen, um von ihm etwas Näheres über die Inhaber zu erfahren. Vorläufig wissen wir nur, daß die Firma Robert Linden und seiner Schwester gehört und daß ihre Zusammenarbeit mit dem Betriebsrat im allgemeinen reibungslos verläuft. Robert Linden soll schon mehrfach in die Tarifkommission der Arbeitgeber gewählt worden sein. Ich habe mit Ahler vereinbart, daß wir uns morgen im Laufe des Nachmittags in meiner Wohnung treffen, wo er mich über das Ergebnis seines Gesprächs mit dem Betriebsratsvorsitzenden unterrichten wird. Wir fahren gleich nach dem Frühstück von hier los. Da Ihr Wagen noch in Oberammergau steht, setze ich Sie dort ab. Ich empfehle Ihnen, Ihren Urlaub umgehend abzubrechen und mit Ihrer Familie nach Wiesbaden zurückzufahren. Sie hören dort wieder von uns. Es sieht so aus, als müßten wir völlig umdenken und alles vergessen, was wir bisher an Erklärungen und Möglichkeiten ins Auge gefaßt hatten.«

Geßler setzte sich wieder hin. Er starrte ein paar Sekunden lang vor sich auf den Boden; dann hob er rasch den Kopf. »Es ist doch völlig absurd, daß ein Mann wie dieser Linden sich zum Spitzel der Grünen machen läßt, Herr Conrad. Wissen Sie, ob er verheiratet ist?«

»Noch nicht; das werden wir aber von seinem Betriebsratsvorsitzenden erfahren. Falls er verheiratet und die Schwarzhaarige seine Geliebte ist, hätte er natürlich allen Grund, nicht persönlich in Erscheinung zu treten. Ich hätte mich gleich auf mein Gefühl verlassen sollen, als ich Linden aus dem Restaurant am Walchensee kommen sah. Vielleicht habe ich heute den größten Fehler meines Lebens gemacht.«

Geßler blickte beunruhigt in sein Gesicht. »Wie kommen Sie darauf?«

»Das ist sehr einfach«, sagte Conrad. »Wenn Linden und seine Begleiterin nur zufällig Augenzeuge dessen waren, was sich auf der Autobahn zwischen Ihnen und dem Hund abspielte, konnten sie nicht wissen, mit wem sie es in Ihrem Golf zu tun hatten. Jetzt werden sie es mit Sicherheit von Frau Westernhagen erfahren, und Diedenhofen selbstverständlich auch.«

»Vielleicht haben sie mich schon einmal im Fernsehen gesehen oder ein Foto von mir in der Zeitung«, sagte Geßler, zutiefst besorgt. »Doch dann hätten sie mich schon erkennen müssen, als sie in Ruhpolding vor der Bäckerei hielten, wo meine Frau und ich einkauften.«

Conrad nickte. »Zugegeben. Als sie Ihnen aber bis nach Reit im Winkl nachfuhren, wußten sie noch nicht, wer Sie sind. Ich kann mir auch nicht denken, daß es einen in Wiesbaden ansässigen Unternehmer derart interessiert, wer in Frankfurt Oberbürgermeister wird, daß er sich deshalb sogar zum Komplizen der Grünen macht. Es sei denn, die Schwarzhaarige, bei der es sich, dem Alter nach, kaum um Lindens Schwester handeln dürfte, gäbe eine Erklärung dafür her, aber vorläufig wissen wir ja nicht einmal, wer sie ist. Wir wissen lediglich, daß sie mit Frau Westernhagen bekannt ist und daß deren Vater in Darmstadt einen ähnlich großen Betrieb hat wie Linden in Wiesbaden. Und wenn sie mit Linden bekannt ist, dann dürften auch er und ihr Vater sich kennen.«

»Trotzdem sehe ich keinen Zusammenhang«, murmelte Geßler erschöpft.

Conrad zündete sich eine Zigarre an. Er legte das abgebrannte Streichholz in einen Aschenbecher und sagte: »Es ist sonst nicht meine Art, mir mit unwahrscheinlichen Zufällen aus der Patsche zu helfen, wenn ich nicht mehr weiter weiß, aber nehmen wir einmal an, die Begegnung auf der Autobahn war ebenso ein Zufall wie die Begegnung in Ruhpolding. Als die beiden dann merkten, daß Sie ihnen mit Ihrem Auto bis nach Eschelmoos nachfuhren, bekamen sie aus persönlichen Gründen kalte Füße und brachen ihren Aufenthalt überstürzt ab. Sie verabredeten sich mit Frau Westernhagen in deren Hütte an der Deutschen Alpenstraße, und die brachte, weil sie ihr vermutlich schon am Telefon von dem Hund erzählt hatten, gleich noch ihren Freund Diedenhofen mit. In Garmisch auf mich aufmerksam geworden und weil sie keine Erklärung dafür hatten, wer ich sein könnte, trennten sie sich. Schließlich konnte Linden, falls es sich bei der Schwarzhaarigen tatsächlich um eine Freundin handelt, die er seiner Frau gegenüber zu verheimlichen hätte, an einem Bekanntwerden seines Verhältnisses ebensowenig interessiert sein wie Frau Westernhagen an dem ihren mit Diedenhofen. Und weil ich weiß, daß sich das genauso spekulativ anhört wie alles, was wir uns bisher schon haben einfallen lassen, schlage ich vor, wir warten, bevor wir uns noch länger den Kopf zerbrechen, Ahlers Gespräch mit dem Betriebsratsvorsitzenden ab. An meinem Gefühl, heute den größten Fehler meines Lebens begangen zu haben, ändert das jedoch nichts. Ich fürchte, Sie sitzen ganz schön in der Scheiße, mein lieber Geßler.«

»Genauso fühle ich mich auch«, nickte dieser düster.

11

Von den Ereignissen, die sich nach ihrer und Lindens Abreise in ihrem Haus in Livorno zugetragen hatten, erfuhr Doris noch am gleichen Abend. Ehe Linden Gelegenheit fand, sie auch in den Garten mit dem beheizten Swimmingpool zu führen, äußerte sie den Wunsch, Irmgard anzurufen. In seinem Büro mit den großen Fenstern mit Blick auf den Garten setzte sie sich auf den Schreibtisch, überkreuzte die Beine und fragte: »Hast du ein Faible für Mahagoni?«

»Meine verstorbene Frau«, antwortete er. »Ich war damals in der Firma stark eingespannt und überließ die komplette Einrichtung ihr. Sie erledigte es zusammen mit ihrer unverheirateten Schwester, die schon einige Jahre vor ihr starb.«

Sie griff nach einem auf dem Schreibtisch stehenden Foto in einem schwarzen Holzrahmen und betrachtete das Gesicht einer Frau mit schmalem, blassem Gesicht und dunklen Haaren. Linden sagte: »Es wurde fünf Jahre vor ihrem Tod aufgenommen. Alle anderen Fotos, die aus der Zeit unserer Ehe existierten, habe ich weggeworfen.«

»Das hätte ich auch tun sollen«, sagte Doris. »Hatte sie, außer ihrer Schwester, noch andere Verwandte?«

Linden schüttelte den Kopf.

Sie stellte das Foto auf seinen Platz zurück: »Und wer beerbt dich und deine Schwester, wenn ihr einmal nicht mehr lebt?«

»Darüber sind wir uns noch nicht schlüssig geworden. Vorläufig haben wir uns gegenseitig zum Alleinerben eingesetzt. Was nach uns kommen wird, ist ein Thema, dem sie beharrlich ausweicht. Sie redet nicht gerne über so banale Dinge wie das Sterben. Sie hat einen Horror davor.«

»Da ergeht es ihr genauso wie mir«, sagte Doris. »Deine Frau war sehr schön, Robert. Ich kann dir nachfühlen, wie dir nach ihrem Tod zumute war. Du mußt mir gelegentlich etwas mehr von ihr erzählen. Ist es normal, daß deine Schwester so spät aus ihrem Büro kommt?«

Er blickte auf seine Armbanduhr. »Vielleicht hat sie den Flug nach Zürich zu einem ganztägigen Aufenthalt dort benutzt. Sie liebt die

Stadt. Vielleicht ist es auch nur sentimentale Erinnerung, die sie mit ihr verbindet. Einer der Männer, die in ihrem Leben eine gewisse Rolle spielten, lebte damals in Zürich. Sie lernte ihn durch eine Geschäftsverbindung kennen und flog öfter über das Wochenende zu ihm. Falls sie sich länger in Zürich aufgehalten hat, ist sie bei ihrer Rückkehr mit Sicherheit vom Flughafen aus noch direkt ins Werk gefahren, um einen Blick in die eingegangene Post zu werfen. Das macht sie immer so, wenn sie einmal einen Tag lang nicht in ihrem Büro war.«

»Sie tut mir ja direkt leid«, sagte Doris und griff nach dem Telefon. »Darf ich?«

»Ich kümmere mich inzwischen um das Gepäck«, sagte er. »Hast du dich schon entschieden, in welchem der beiden Gästezimmer du schlafen willst?«

»In keinem«, antwortete sie. »Ich schlafe bei dir.«

Obwohl sie ihm das schon in Livorno angekündigt hatte, war er sich nicht sicher gewesen, ob sie in seinem Haus noch genauso darüber dächte. Er griff nach ihrer Hand, küßte sie und ließ sie dann allein. Sein Schlafzimmer lag im rechten Flügel des um die Jahrhundertwende im Jugendstil erbauten Hauses im Obergeschoß. Ebenso das Schlafzimmer seiner Schwester im anderen Flügel. Dazwischen befanden sich die Gäste- und Badezimmer. Im Erdgeschoß lagen die Küche, der große Wohnraum, eine Loggia und die ehemalige Wohnung für eine Hausangestellte. Letztere wurde jedoch nach dem Tod seiner Frau nicht mehr benutzt, weil Margot sich seitdem selbst um das Haus kümmerte und nur noch zweimal wöchentlich die Hilfe einer Reinmachefrau in Anspruch nahm. Ihre Abneigung gegen mit im Haus wohnendes Personal stammte aus der Zeit, als sie in einer relativ kleinen Eigentumswohnung lebte.

Lindens Schlafzimmer besaß, ebenso wie das seiner Schwester, einen kleinen Erker, der genügend Platz für eine gepolsterte Sitzbank, einen runden Tisch und zwei Stühle bot. Hier pflegte er nach dem Aufstehen gemeinsam mit Margot das Frühstück einzunehmen. Durch die Fenster fiel der Blick auf den mit vielen Blumenbeeten angelegten Garten, und hinter dem Garten über bewaldete Hügel hinweg auf den Rhein. Daß Doris das Haus und seine schöne Lage an der westlichen Peripherie der Stadt gefiel, hatte sie zwar nicht ausdrücklich gesagt, aber ihre leicht geschürzte Unterlippe, als er sie bei einem ersten Rundgang durch die Zimmer führte, zeigte es ihm auch ohne Worte. Weil er sie bei ihrem Telefonat nicht stören wollte, packte er gleich seinen Koffer aus und hängte die Anzüge in den Kleiderschrank. Er war noch damit beschäftigt, als Doris zu ihm kam. Sie setzte sich auf das Bett und blickte ihn schweigend an. Er fragte beunruhigt: »Schlimme Nachrichten?«

»Ja und nein«, sagte sie. »Zu dumm, daß wir nicht länger auf Hans warten konnten. Es wäre besser gewesen, ich hätte selbst mit ihm gesprochen. Wir müssen auf der Fahrt in die Stadt seinem Opel Kadett sogar begegnet sein; er traf kaum zehn Minuten nach unserer Abfahrt bei Irmgard ein. Ist er dir unterwegs nicht aufgefallen?«

»Ich hatte nur Augen für dich«, sagte er. »Wird Irmgard bei ihm bleiben?«

»Sie weiß es noch nicht. Sie hat ihm gesagt, daß uns für den Verkauf des Hauses noch einige Papiere fehlten, die Bernd in seiner Münchner Wohnung vergessen hätte, und daß wir deshalb mit einem Taxi nach Genua gefahren und von dort aus nach München zurückgeflogen seien. Von München aus würde ich ihn morgen im Laufe des Tages anrufen. Bis dahin muß ich mir etwas einfallen lassen, wie ich ihn noch für einige Tage in Livorno festhalten kann.«

»Er könnte auch in Livorno eine deutsche Zeitung in die Finger bekommen, in der von deiner Entführung berichtet wird«, sagte Linden ernst.

Sie nickte ungeduldig. »Ich weiß. Deshalb werde ich, sobald die Zeitungen darüber berichten, bei ihm anrufen und ihm sagen, daß es sich um eine Falschmeldung handle. Bis dahin muß Irmgard auf alle Fälle bei ihm bleiben. Ich habe ihr dafür versprochen, daß wir den gemeinsamen Urlaub in meinem Haus zu einem etwas späteren Zeitpunkt nachholen. Übrigens habe ich Sue Ellen verloren; sie wurde abgeholt. Etwa eine Stunde nach unserer Abreise. Aber damit finde ich mich nicht ab. Hätten wir sie nicht in den Wagen genommen, so wäre sie mit Sicherheit überfahren worden. Auf diese Art kann keiner mit mir umspringen, auch Herr Dr. Geßler nicht.«

Linden setzte sich zu ihr aufs Bett und sagte: »Ich verstehe kein Wort.«

»Im ersten Augenblick habe auch ich es nicht verstanden«, sagte sie. »Der Mann, der Sue Ellen auf der Autobahn ausgesetzt hat, war Dr. Geßler, der OB-Kandidat der SPD in Frankfurt. Den mache ich so fertig, daß er nie mehr für irgendeinen Posten kandidieren wird. Zum

Glück weiß Hans noch nichts davon. Irmgard wollte es ihm nicht erzählen, bevor sie mit mir gesprochen hat. Sie wird ihm auch jetzt nichts davon erzählen; das erfährt er von mir.«

Linden hatte sie so noch nicht erlebt. Ihre Stimme klang kalt und feindselig; auch ihr Gesicht wirkte verändert, maskenhaft starr und mit einem fremden Zug um den Mund. Er griff nach ihrer Hand und sagte: »Erzähle. Ich komme noch immer nicht ganz mit. Hat es etwas mit dem Weißhaarigen zu tun, der zuerst Irmgard und später auch uns verfolgt hat?«

»Der war ebenfalls anwesend, als Geßler am Tor läutete«, antwortete sie und schilderte ihm, was sich im Park zugetragen hatte. Er hörte ihr schweigend zu. Sie schloß: »Was mich am meisten beunruhigt ist, woher sie von meinem Haus erfahren haben. Irmgard wollte sie nicht danach fragen. Sie war stinksauer auf die beiden. Daß Geßler jetzt annimmt, sie betrüge Werner mit Diedenhofen, hat sie am meisten aufgebracht. Sie glaubt auch nicht, daß sie ihn und diesen Conrad davon überzeugen konnte, daß das Haus nicht ihr, sondern einem guten Bekannten ihres Vaters gehöre. Wenn die beiden beim Einwohnermeldeamt in Livorno nachgeforscht haben, wissen sie, daß es auf meinen Namen eingetragen ist.«

Linden schüttelte den Kopf. »Das ist nicht gesagt. Sie waren nur an Sue Ellen und nicht an dem Haus interessiert. Ich kann es mir nur so erklären, daß sie, als wir ihnen entwischten, nach Garmisch zurückfuhren und sich heute morgen von Diedenhofen, ohne daß dieser es merkte, zu deinem Haus lotsen ließen.«

Sie dachte darüber nach. Dann nickte sie erleichtert. »Du hast recht, Robert; eine andere Erklärung gibt es nicht. Ich dachte zuerst an den Mann, der vom Boot aus das Haus beobachtete, aber zu diesem Zeitpunkt war Hans noch gar nicht bei uns eingetroffen. Ich glaube jetzt auch, daß es nur ein harmloser Tourist war, dem das Haus gefiel und der auf seine Bewohner neugierig war. Wir haben ihn ja auch später nicht mehr gesehen.« Sie betrachtete über die Schulter hinweg das breite Bett. »Ist es noch aus deiner Ehe?«

»Nein. Meine Frau schlief in den letzten Jahren nicht mehr hier, sondern dort, wo heute meine Schwester schläft. Sie brauchte Tag und Nacht Pflege. In einem der beiden Gästezimmer hatten wir eine Krankenpflegerin untergebracht. Nach dem Tod meiner Frau ließ ich mein Schlafzimmer neu einrichten. Als meine Schwester einzog, brachte sie ihre eigenen Möbel mit. Ein Teil davon steht unten im

Eßzimmer. Hast du dir schon überlegt, wen du, falls morgen früh etwas in den Zeitungen steht, anrufen wirst?«

»Das erledigt Irmgard für mich. Sie wird Werner in Bad Kissingen anrufen und ihm sagen, daß an der ganzen Geschichte kein wahres Wort ist und daß wir sie zufällig in einer deutschen Zeitung in Florenz gelesen hätten. Da dein Brief an unseren Intendanten gerichtet war und Werner diesen persönlich gut kennt, wird er selbst mit ihm reden und dafür sorgen, daß auch die Nachrichtenagenturen davon erfahren. Er wird sicher verstehen, daß ich keine Lust verspüre, meinen derzeitigen Aufenthaltsort bekanntzugeben und mir damit vielleicht einige Dutzend Presseleute auf den Hals zu ziehen, die unserem Dementi nicht glauben oder die von mir hören wollen, was ich von deinen gegen unseren Sender gerichteten Vorwürfen halte. In vierzehn Tagen werden sie das alles wieder vergessen haben und sich auch nicht mehr dafür interessieren. Bis dahin bleibe ich bei dir.« Sie lächelte. »Vorausgesetzt, deine Schwester bringt mich vorher nicht um. Ist sie für die Küche zuständig?«

»Nur am Wochenende; werktags essen wir in der Kantine. Da sie in der Regel später aus dem Büro kommt als ich, gehe ich einmal in der Woche zum Abendessen in ein Restaurant. An den übrigen Abenden bediene ich mich aus dem Kühlschrank und trinke ein Glas Bier dazu.«

Sie schüttelte verwundert den Kopf. »Ihr lebt ja noch frugaler als ich. Je besser ich dich kennenlerne, desto öfter frage ich mich, was ihr mit euren vielen Millionen anfangt. Stehen sie vielleicht auch auf einem Schweizer Bankkonto?«

Er grinste. »Da muß ich dich enttäuschen. Sie stecken ausnahmslos in der Firma; entweder als Stammkapital oder als Rücklagen. Im Augenblick dürfte es sich dabei um annähernd dreißig Millionen handeln.«

Sie schürzte wieder die Unterlippe. »Die du dir, wenn du aus der Firma ausscheidest, von deiner Schwester auszahlen lassen könntest?«

»Nur den Nominalwert meines eigenen Geschäftsanteils, also die Hälfte des Kapitals. Das wäre aber keine gute Lösung; weder für die Firma noch für mich. Ich hätte in diesem Fall nämlich eine erhebliche Vermögenseinbuße hinzunehmen, weil im Falle einer Abfindung weder die stillen Reserven noch der Firmenwert Berücksichtigung finden. Und die liegen um einiges höher als fünfzehn Millionen.

Etwas anderes wäre es, wenn wir die Firma verkauften. Da wir ein gut florierendes Unternehmen mit einem internationalen Namen und ausgezeichneten Geschäftsverbindungen sind und bei einem Verkauf auch unsere sämtlichen Patente und unser Know-how einbrächten, würde es an zahlungskräftigen Interessenten nicht fehlen, aber Margot würde niemals in einen Verkauf einwilligen. Die Firma ist ihr Leben; ohne sie wüßte sie nichts mehr mit sich anzufangen.«

»Im Gegensatz zu dir«, sagte Doris und küßte ihn auf die Wange. Dann stand sie auf und fragte: »Hast du noch irgendwo Platz für meine Kleider?«

»Einer der Einbauschränke ist völlig leer«, sagte er. Er zeigte ihr den Schrank und fragte: »Kann ich dir helfen?«

»Wenn du beim·Anblick meiner Dessous nicht errötest«, lächelte sie.

Sie waren noch mit Einräumen beschäftigt, als unten die Haustür aufgeschlossen wurde. Doris fragte leise: »Ist sie das?«

Er nickte. »Außer uns beiden hat nur noch die Reinmachefrau einen Schlüssel. Da ich unten das Licht brennen ließ, muß sie schon mitbekommen haben, daß ich hier bin. Wir lassen sie heraufkommen. Wenn sie sieht, wie wir gemeinsam deine Kleider auspacken, brauche ich ihr über unsere Absichten nicht erst einen langen Vortrag zu halten. Wie ich sie kenne, wird auch sie vorläufig kein Wort verlieren, sondern in ihr Zimmer gehen und sich auf den Schreck hin einen Cognac einschenken.«

»In ihrem Schlafzimmer?«

»Das macht sie regelmäßig vor dem Einschlafen. Sie stellt das Glas neben sich auf den Nachttisch, liest noch in einer Zeitung und benutzt den Cognac als Schlaftrunk. Schau nicht hin, wenn sie hereinkommt; ignoriere sie.«

»Das werde ich nicht tun«, sagte Doris. »Ich bin hier, um mit ihr zu reden und nicht, um sie zu ignorieren. Vergiß nicht, daß sie noch die Briefe mit den Fotos hat. Vielleicht ist es doch besser, ich schlafe heute nacht in einem Gästezimmer.«

Er blickte rasch in ihr Gesicht. »Was hat sich seit Livorno geändert?«

»Meine Meinung«, sagte sie. »Ich möchte sie aber davon abhängig machen, wie Margot reagiert, wenn ich versuche, als Frau zu Frau vernünftig mit ihr zu reden. Falls die Fotos veröffentlicht werden, könnte sich das für sie als genauso unangenehm erweisen wie für mich.«

»Nicht nur für dich und sie«, sagte er ruhig.

»Ich weiß«, sagte sie. »Aber du warst ja gegen ein Versenden der Fotos und hast mich sogar vor Margot gewarnt. Also trifft dich auch keine Schuld. Ich nehme doch an, die heute abgeschickten Briefe wurden anonym verfaßt?«

»Selbstverständlich.«

»Dann könnten sie auch von ihr geschrieben worden sein. Was treibt sie nur so lange da unten?«

»Sie wird Zeit gewinnen wollen. Vielleicht ist sie in die Küche gegangen und ißt noch eine Kleinigkeit. Sie kommt sonst nie vor acht Uhr abends nach Hause.«

Doris betrachtete das auf dem Nachttisch stehende Telefon. »Hast nur du einen Apparat in deinem Schlafzimmer oder sie auch?«

»Sie hat ebenfalls einen Anschluß. Warum fragst du?«

»Weil es mich interessiert«, antwortete sie. »Was passiert, wenn du den Hörer deines Apparats abnimmst? Kann sie dann trotzdem telefonieren?«

Er schüttelte den Kopf. »Wir haben nur eine Amtsleitung; ihr Apparat wäre in der Zeit, wo ich telefoniere, blockiert.«

»Mehr wollte ich nicht wissen«, sagte sie und lauschte zur Tür. »Ich glaube, sie kommt die Treppe herauf. Vielleicht schaut sie auch gar nicht zu dir herein und geht sofort in ihr Zimmer.«

»Das glaube ich nicht«, sagte er. Und etwas später, als Margots Schritte unmittelbar vor der Tür zu hören waren und sich gleich wieder entfernten, sagte er: »Du hattest recht. Sie wartet offensichtlich darauf, daß ich zu ihr komme und ihr eine Erklärung für mein Hiersein gebe.«

»Die wird sie von mir bekommen«, sagte Doris. »Warte hier auf mich; ich möchte allein mit ihr reden.«

Er sagte besorgt: »Das wäre sicher ein Fehler, Doris. Überlasse es mir.«

»Es ist nicht meine Art, Dinge, die mich persönlich betreffen, anderen zu überlassen«, sagte sie. »Sie wird sich mit mir unterhalten, ob ihr das paßt oder nicht.« Sie ging zur Tür, öffnete sie und trat auf den Flur hinaus. Margot mußte bereits in ihrem Zimmer sein; das Licht im Flur hatte sie brennen lassen. Als Doris gleich darauf, ohne anzuklopfen, ihr Zimmer betrat, saß sie auf dem Bett und rauchte eine Zigarette. Ihre Kostümjacke hatte sie abgelegt; kurzgeschnittenes Haar mit eingefärbten grauen Strähnen umrahmte das kühle, selbstbewußte Gesicht einer noch immer gutaussehenden Frau, die es gewohnt war, wichtige Entscheidungen zu treffen und Anweisungen zu erteilen, die widerspruchslos ausgeführt wurden. Doris stellte auf den ersten Blick fest, daß sie ihrem Bruder sehr ähnlich sah, sie hatte die gleichen graublauen Augen wie er, und auch ihre Mundpartie mit den schmalen, maskulinen Lippen über dem für eine Frau stark ausgeprägten Kinn erinnerten sie sofort an ihn. Sie mußte fast so groß sein wie er und gehörte jenem Typ von Frauen an, die man sich gut auf Reitpferden und bei anderen sportlichen Betätigungen vorstellen kann. Ihr enger, bis über die Knie reichender grauer Rock ließ sie eher mager als schlank erscheinen, und von einem Busen war unter ihrer bis zum Hals geschlossenen weißen Bluse nicht einmal ein Ansatz zu erkennen. Was Doris als nächstes auffiel, war ihre erstaunliche Selbstbeherrschung. Obwohl sie von ihrem Besuch völlig überrascht sein mußte, war ihrem Gesicht nichts davon anzumerken. Doris sagte: »Guten Abend, Frau Linden. Sie kennen mich ja bereits. Entschuldigen Sie bitte mein Eindringen, aber ich mußte davon ausgehen, daß Sie keinen Wert auf ein Gespräch mit mir legten und mich gar nicht erst hereinkommen ließen. Darf ich mich setzen?«

Sie wartete Margots Antwort nicht ab und nahm in einem neben dem Bett stehenden kleinen Polstersessel Platz. Sie trug noch ihre schwarze Perücke und das betont einfache Kleid, für das sie sich, damit sie im Flugzeug kein unnötiges Aufsehen erregte, vor ihrer Abreise aus Livorno entschieden hatte.

»Es wäre mir lieber gewesen, Sie unter anderen Umständen kennenzulernen«, fuhr sie fort. »Ich werde mich auch ganz kurz fassen. Robert und ich gehen davon aus, daß Sie die Briefe an die Rundfunkanstalt und an die Presse heute abgeschickt haben. Wir haben uns darauf verständigt, sie als einen dummen Scherz auszugeben und die Meldungen über meine angebliche Entführung zu dementieren. Jetzt handelt es sich nur noch um die Fotos. Ich möchte Sie, auch im Namen Ihres Bruders, bitten, sie mir zurückzugeben. Bis etwas Gras über die leidige Geschichte gewachsen ist, werde ich hier bei Ihnen wohnen und sie anschließend als nicht geschehen betrachten. Das dürfte ebenso in Ihrem wie auch in meinem Sinne sein. Ich hoffe, Sie sind mit meinem Vorschlag einverstanden. Ich habe kein Interesse daran, Robert und Sie in Schwierigkeiten zu bringen. Auch wenn keine Entführung stattgefunden hat, so liegt doch ein eindeutiger Fall von Erpressung vor. Falls die Fotos veröffentlicht werden, zwingen Sie mich dazu, über die Umstände zu reden, die zu ihrer Veröffentlichung geführt haben. Das könnte für Sie sehr viel unangenehmer werden als für mich. Haben Sie die Fotos hier?«

Margot griff nach einem Aschenbecher, nahm ihn auf den Schoß und drückte ihre Zigarette aus. Dann blickte sie Doris an und sagte kühl: »Ich habe von dem, was Sie mir da erzählen, kein Wort verstanden. Ich kenne weder Sie, noch weiß ich etwas von einer Entführung, Erpressung oder von Briefen und Fotos. Mein Bruder wird Ihnen bestätigen, daß ich mich für seine Liebschaften noch nie interessiert habe. Ich kann mir auch nicht vorstellen, daß er sich dazu hergäbe, mich mit solchen absurden Dingen zu belasten. Wenn er Sie hier wohnen lassen will, so ist das allein seine Sache. Ich sehe keinen Anlaß, mich dazu zu äußern. Und nun entschuldigen Sie mich; ich habe einen anstrengenden Tag hinter mir.«

Doris stand auf. »Ich habe Sie für klüger gehalten«, sagte sie. »Wenn Sie unbedingt auf einen Skandal aus sind, können Sie ihn haben. Darin bin ich nämlich Expertin.«

»Das ist mir bekannt«, sagte Margot mit Kälte.

Doris lächelte. »Also bin ich Ihnen doch nicht so ganz unbekannt, Margot. Vielleicht fällt Ihnen bis morgen früh noch etwas mehr dazu ein. Ich fände es nicht ganz fair, wenn Sie nun alles auf unseren armen Robert abzuschieben versuchten. Schlafen Sie gut.«

Sie verließ das Zimmer. Im Flur zog sie die Tür hinter sich zu, griff in eine Tasche ihres Kleids, nahm einen Schlüssel heraus und schloß die Tür ab. Als Margot von innen laut dagegenklopfte, war Doris bereits wieder bei Linden, der sie in großer Unruhe erwartet hatte; er fragte sofort: »Was ist das für ein Klopfen?«

»Ich habe Margot eingeschlossen«, antwortete sie. »Der Einfall kam mir, als du mich nach unserem Eintreffen auch in ihr Zimmer führtest. Ich sah den Schlüssel stecken und zog ihn ab, ohne daß du es bemerktest.« Sie ging zu seinem Telefon, hob den Hörer von der Gabel und legte ihn neben den Apparat. »Jetzt kann sie nur noch das Fenster öffnen und um Hilfe rufen«, sagte sie. »Wenn sie es tut, hätte ich mich sehr in ihr getäuscht. Ich finde sie ganz attraktiv, Robert. Irgendwie ist sie mir sogar sympathisch. Ich glaube, sie und ich, wir sind uns, wenn auch nicht in unserer politischen Gesinnung, so doch in unserem Wesen, ähnlich. Bist du sehr enttäuscht, wenn ich es nun doch vorziehe, in einem Gästezimmer zu schlafen? Vielleicht klopft sie heute nacht noch ein paarmal gegen die Tür, und dann käme bei mir doch keine rechte Stimmung auf.«

Bei Linden auch nicht. Der Gedanke, daß sie Margot in ihrem Zimmer eingeschlossen und, bevor sie das tat, sie vielleicht auch noch tödlich gekränkt hatte, wirkte lähmend auf ihn. Er sagte mühsam: »Damit hast du alles nur noch viel schlimmer gemacht. Sie wird dich jetzt noch mehr hassen und zum Äußersten entschlossen sein.«

»Das bin ich auch«, sagte Doris und kehrte auf den Flur zurück. Sie blieb ein paar Sekunden lang lauschend stehen und sagte zu Linden, der ihr gefolgt war: »Sie hat sich schon wieder beruhigt. Morgen früh, wenn ich aufwache, besuche ich sie. Du wirst die Tür hinter mir abschließen und sie erst öffnen, wenn ich rufe. Vielleicht müssen wir sie ein paar Tage lang in ihrem Zimmer einsperren. Solange sie dort festsitzt, kann sie die Fotos nicht absenden, und bis dahin wird sich auch der ganze Presserummel um meine angebliche Entführung gelegt haben. Damit man sie in der Firma nicht vermißt, rufst du morgen früh dort an und sagst, sie hätte sich bei ihrer Reise eine Erkältung geholt und könnte erst nächste Woche wieder ins Büro kommen. Dann fällt es auch nicht auf, wenn du allein in die Firma kommst.«

Er starrte sie ungläubig an. »Du willst allein mit ihr hier im Haus bleiben?«

»Natürlich«, sagte sie. »Wenn ihr beide nicht in die Firma kommt, würde das auffallen. Jemand muß sich auch um das Essen für sie kümmern. Ich glaube nicht, daß sie kräftiger ist als ich und sich den Weg aus dem Haus erzwingen könnte. Es ist aber besser, du gibst mir vorsorglich deine Pistole. Damit könnte ich sie einschüchtern.«

»Das werde ich auf keinen Fall tun«, sagte er entschieden. »Was du da vorhast, kann nicht gutgehen. Ich rede selbst mit ihr. Gib mir den Schlüssel.«

»Ich denke nicht daran«, sagte sie und ging in sein Zimmer. Sie zog sich vor seinen Augen aus, legte sich aufs Bett und sagte: »Du mußt dich jetzt entscheiden, wer dir wichtiger ist: sie oder ich. Ich bin zwar nicht in der Stimmung dafür, wenn es aber die einzige Möglichkeit ist, dich zur Vernunft zu bringen, erledigen wir es am besten gleich. Du machst jedoch einen Fehler, Robert, glaub es mir. Ich habe es mir anders gewünscht und so, daß wir beide etwas davon hätten.«

Er blickte eine Weile schweigend auf sie nieder. Dann legte er sich in seinen Kleidern zu ihr, verschränkte die Hände im Nacken und sagte: »Du brauchst dich nicht zu opfern. Wenn wir es aber so machen, wie du es dir in den Kopf gesetzt hast, dann müssen wir auch an die Reinmachefrau denken.«

Sie nickte. »Ich hätte dich jetzt nach ihr gefragt. Du mußt sie unter irgendeinem Vorwand abwimmeln.«

»Sie kommt erst übermorgen wieder«, sagte er. »Ich lasse das durch meine Sekretärin erledigen. Sie soll ihr sagen, daß meine Schwester mit Fieber im Bett liege und nicht gestört werden wolle. Diesmal bist du es, die an alles gedacht hat. Aber mehr als ein paar Tage Zeit gewinnst du damit auch nicht. Sie wird die Fotos jetzt erst recht absenden, und wenn du sie hinterher anzeigst, wird sie alles ableugnen. Du könntest dich dann nur an mich halten.«

»Ich habe nicht die Absicht, sie anzuzeigen. Was ich vorhin von ihr hörte, läßt darauf schließen, daß sie dich schon genauso haßt wie mich und vielleicht gar nichts dagegen hätte, wenn ich dich ins Gefängnis brächte. Diesen Gefallen werde ich ihr nicht tun. Was ich brauche, ist etwas Zeit. Irgendwann werde ich sie von meinen besseren Argumenten überzeugen, und du kannst mir dabei helfen, indem du mir die Pistole gibst. Wenn ich ihr sage, daß ich sie eher erschießen als zulassen werde, daß die Fotos in Boulevardblättern erscheinen, überlegt sie es sich vielleicht anders. Falls du kein Vertrauen zu mir hast: Es genügt, wenn ich nur die Pistole habe, die Munition kannst du herausnehmen.«

Er wandte ihr das Gesicht zu. »Was hast du ihr gesagt?«

»Nicht viel. Sie weigerte sich, mir überhaupt zuzuhören. Wenn ich morgen früh zu ihr gehe und du die Tür hinter mir abschließt, wird sie mir zuhören müssen. Willst du dich nicht ausziehen?«

»Nein«, sagte er. »Es ist nicht nur wegen dir; ich bin selbst nicht in der Stimmung dazu.«

Sie lächelte. »Dann bist du der erste Mann, für den ich mich schon wieder umsonst ausgezogen habe. Ich hoffte, es würde deiner Stimmung etwas nachhelfen. Doch es ist besser so. Es wäre nicht anders, als würde man sich ohne rechten Appetit zu einer Mahlzeit zwingen, nur weil sie versehentlich zu früh angerichtet wurde. Aber einen Gutenachtkuß bekomme ich doch von dir?«

Er beugte sich zu ihr hinüber, nahm sie in die Arme und küßte sie. »Du bist schön«, murmelte er. »Ich werde schon verrückt, wenn ich dich nur ansehe. Ich weiß nicht, wie ich ohne dich weiterleben soll. Ich weiß es wirklich nicht, Doris.«

»Ich habe dich auch gern«, sagte sie. »Ich wünschte, du könntest mich und meine Arbeit besser verstehen. Es gibt so viele Ungerechtigkeiten, daß mir jedesmal, wenn ich darüber berichte, die Wut hochkommt. Vielleicht bin ich emotional zu sehr engagiert; das streite ich nicht ab, aber Halbherzigkeiten liegen mir nun mal nicht. Entweder ich stehe voll für eine Sache ein, oder ich lasse die Finger davon. Es gibt auch bei den Konservativen Politiker, die mir gefallen und mit deren Motiven ich mich identifizieren kann; nicht alles, was die jetzige Regierung macht, ist so schlecht, wie es von der Opposition hingestellt wird. Manches von dem, was du mir in den vergangenen Tagen gesagt hast, kann ich intellektuell nachvollziehen. Nur eben mit dem Herzen nicht, falls du das verstehst. Das beginnt schon bei den Gewerkschaften; ich bin selbst Mitglied. Da gibt es in der Führung Leute, die stehen mir zu weit rechts, andere zu weit links. Das ändert aber nichts daran, daß ich für und nicht gegen die Gewerkschaften bin. Ich bin auch dagegen, daß wir aus der NATO austreten und die Amerikaner nach Hause schicken. Aber genauso strikt wehre ich mich dagegen, alles, was aus Amerika kommt, einschließlich der Raketen, unbesehen und unkritisch. . .« Sie brach ab und fragte: »Warum lächelst du?«

»Weil diesmal du es bist, die sich zu rechtfertigen versucht«, sagte er. »Es ist das erstemal, daß du dich überhaupt dazu herabläßt, mit mir zu diskutieren.«

»Ich diskutiere nicht mit dir«, sagte sie. »Ich sage nur, was ich denke. Vielleicht hast du sogar recht damit, daß unsere Darstellung mancher innenpolitischen Ereignisse von vielen Jugendlichen als Freibrief empfunden wird, mit Bomben und Terror gegen den Staat vorzugehen. Das liegt aber doch eher an deren politischer Unreife als an unserer Berichterstattung. Ich weiß, daß es Kameramänner gibt, die ihnen mißliebige Politiker ungünstig ins Bild setzen, dafür braucht man nur das geeignete Objektiv und eine entsprechende Aufnahmeperspektive, aber solche Kameramänner findest du nicht nur bei uns, auch passiert da in der Eile so manches, was gar nicht beabsichtigt war. Du und deine Schwester, ihr macht es ja auch nicht anders, wenn ihr Politiker, die nicht in euer Weltbild passen, aus einer für sie unvorteilhaften Perspektive betrachtet.«

»Und wie ist das bei dir?« fragte er.

Sie küßte ihn wieder. »Da liegt eben unser beiderseitiges Problem. Solange es mich aber aufregt, dich aufzuregen, stört mich das nicht. Es ist auch nicht richtig, daß ich nur die Absicht gehabt hätte, dir zu beweisen, wie rasch du, trotz unserer Meinungsverschiedenheiten, zu verführen bist. Hätte ich nicht selbst Gefallen daran gefunden, so wäre es nicht dazu gekommen. Es tut mir leid, daß deine Schwester es uns so schwer macht, Robert. Mir ergeht es genauso wie dir. Ich kann nicht mit dir schlafen und gleichzeitig daran denken, daß sie einige Zimmer neben uns eingesperrt ist und mir vielleicht den Tod wünscht. Wann mußt du ins Büro?«

»Ich telefoniere morgen früh mit meiner Sekretärin und sage ihr, daß ich wegen der Erkrankung meiner Schwester etwas später eintreffen werde. Es genügt, wenn ich gegen zehn Uhr von hier wegfahre.«

»Bis dahin habe ich mit deiner Schwester gesprochen und du kannst die Tür wieder aufschließen. Vergiß nach dem Telefonieren nicht, den Hörer wieder neben den Apparat zu legen. Du brauchst nicht mit mir zu kommen; ich finde den Weg ins Gästezimmer allein.«

»Du kannst auch hier schlafen«, sagte er. »Ich verspreche dir –«

Sie verschloß ihm den Mund mit einem neuen Kuß und sagte: »Dir traue ich zu, daß du dich daran hältst. Mir selbst leider nicht. Gute Nacht, Robert. Du warst mir heute ein guter Freund und der erste Mann, den ich als Freund zu schätzen lernte.«

Sie stand auf, nahm ihr Nachtzeug aus ihrem Koffer und wandte sich der Tür zu. Dort drehte sie sich noch einmal um und sagte: »Du hättest mich schon entführen sollen, bevor ich mich mit Hans einließ. Nicht, daß ich die Zeit mit ihm bereue. Er war einmal sehr wichtig für mich. Um so schwerer fällt es mir jetzt, ihm weh tun zu müssen. Überrascht dich das?«

»Ja«, sagte er. »Ich wußte nicht, daß du auch sentimental sein kannst.«

»Dann hast du mir nie richtig zugehört«, sagte sie und verließ das Zimmer. Das von ihr ins Auge gefaßte Gästezimmer lag unmittelbar neben dem seinen. Zwischen ihm und dem zweiten Gästezimmer befand sich das Bad für die Gäste; es war von beiden Zimmern durch eine Tür direkt zu erreichen. Sie nahm die Perücke ab, setzte sich vor einen Frisierspiegel und kämmte ihr Haar. Danach nahm sie ein heißes Bad und vertrödelte über eine halbe Stunde in der Wanne. Während der ganzen Zeit beschäftigte sie ein Gedanke, der ihr schon in Lindens Zimmer gekommen war. Weil sie sich nicht schlüssig werden konnte, ob es sinnvoll sei, ihn in die Tat umzusetzen, zog sie nach dem Bad den Pyjama an und legte sich schlafen. Der Gedanke ließ sie aber auch jetzt nicht los, so daß sie nicht einschlafen konnte. Schließlich stand sie auf, griff nach Margots Zimmerschlüssel und trat auf den Flur hinaus. Das Gästezimmer schloß sie hinter sich ab und nahm den Schlüssel mit. Sie öffnete Margots Tür, trat rasch ein und drückte sie hinter sich ins Schloß. Fast gleichzeitig wurde eine Nachttischlampe eingeschaltet, und sie sah Margot im rosafarbenen Pyjama aufrecht im Bett sitzen. Offensichtlich hatte auch sie noch keinen Schlaf gefunden und das Geräusch, als Doris die Tür aufschloß, sofort gehört. Sie blickte Doris schweigend an. Auch als diese die Tür verschloß, zum Fenster ging, einen Flügel öffnete und den Schlüssel hinauswarf, verlor sie kein Wort. Doris drehte sich nach ihr um und sagte: »Da wir beide nicht einschlafen konnten, ist es besser, wir sprechen uns aus, statt uns die halbe Nacht den Kopf darüber zu zerbrechen, wie es morgen früh zwischen uns weitergehen soll.«

»Sie müssen den Verstand verloren haben«, sagte Margot kühl. Doris lächelte. »Ein Grund mehr für Sie, mir gut zuzuhören. Ich möchte eines klarstellen, Margot: Bevor ich zulasse, daß die Fotos in die falschen Hände geraten, müssen Sie mich umbringen. Ich hänge an meinem Beruf. Mit den Fotos könnten Sie ihn mir kaputtmachen. Ich werde nicht untätig zusehen, wie Sie das tun. Eher bringe ich *Sie* um. Sie sollten mich in Ihrem eigenen Interesse nicht unterschätzen.«

Margot griff nach einer auf dem Nachttisch liegenden Zigarettenpakkung und zündete sich eine an. »Ist das alles, was Sie mir zu sagen haben?«

»Nein«, sagte Doris und trat zu ihr ans Bett. Sie hob kurzerhand die Bettdecke, legte sich zu ihr und sagte: »Da ich den Schlüssel aus dem Fenster geworfen habe, werden Sie sich damit abfinden, daß ich heute nacht bei Ihnen schlafe. Falls Ihnen das nicht paßt, müssen Sie sich nach einer anderen Schlafgelegenheit umsehen. Sie haben einen großen Fehler gemacht, Margot. Als Sie Robert auf mich ansetzten, hätten Sie daran denken sollen, daß auch er nur ein Mann ist. Oder trauen Sie mir so wenig Erfahrungen im Umgang mit Männern zu, daß Sie mich nicht für fähig hielten, Ihr Spiel zu durchkreuzen?«

»Er war, was Frauen betrifft, schon immer ein Dummkopf«, sagte Margot, unverändert kühl. »Ich wäre jedoch ein noch größerer Dummkopf als er, hätte ich Ihre Wirkung auf Männer falsch eingeschätzt. Im übrigen habe nicht ich ihn auf Sie angesetzt. Der

Einfall kam von ihm. Ich habe alles versucht, ihn davon abzubringen. Erst als ich merkte, daß es zwecklos war, habe ich mich selbst der Sache angenommen. Meine endgültige Einwilligung gab ich jedoch erst, als er mir Ihre Fotos zeigte. Robert hat oft solche fixen Ideen. Als damals die Sache mit Hanns-Martin Schleyer passierte, bewarb er sich um einen Waffenschein und wollte selbst auf Terroristenjagd gehen. Er redete sich ein, nicht länger untätig zusehen zu können, wie dieser Staat von einer Regierung, die Gewalt und Terror aus opportunistischen Gründen verharmloste, zugrunde gerichtet würde. Da Sie ihn schon so gut kennen, wird Ihnen vielleicht auch die Narbe an seinem Rücken aufgefallen sein.«

»Ich habe seinen Rücken noch nicht gesehen«, sagte Doris.

»Dann holen Sie es gelegentlich nach. Er hatte als junger Student ein Schlüsselerlebnis, als er auf dem Heimweg von der Uni von drei jungen Männern überfallen und, als er sich zur Wehr setzte, durch einen Messerstich lebensgefährlich verletzt wurde. Sie nahmen ihm die Uhr und die Brieftasche weg. Allein dem Umstand, daß er bald darauf von zufällig vorbeikommenden Passanten aufgefunden und ins nächste Krankenhaus gebracht wurde, war es zu verdanken, daß er auf der Straße nicht verblutete. Diese jungen Männer waren die gleichen Typen, die heute Bomben legen, Polizisten zu Krüppeln schlagen, Sachschäden in Millionenhöhe anrichten und von Ihnen und Ihrer Anstalt zu beklagenswerten Opfern einer unmenschlichen Gesellschaft hochstilisiert werden. Was sich heute auf unseren Straßen abspielt, ist nicht zuletzt das Ergebnis dessen, was schon in den Schulen gesät und von den Massenmedien herangezüchtet wurde. Fragen Sie diese jungen Leute doch einmal, was ihnen dieser Staat oder die Freiheit, in der sie heute leben, bedeuten. Wenn jede Gesellschaft die Jugend hat, die sie verdient, dann haben wir sie zu Recht. Daß mein Bruder bei dem, was ihm diesmal vorschwebte, ausgerechnet an Sie geriet, war sein persönliches Pech. Ich habe ihn gewarnt. Er schlug meine Warnungen in den Wind; redete sich ein, Ihnen moralisch und intellektuell überlegen zu sein. Vielleicht war er das einmal, bevor seine Frau starb. Seitdem ist er ins Schlingern geraten. Er sah plötzlich keinen rechten Lebensinhalt mehr, suchte nach neuen Aufgaben und wurde auch für mich unberechenbar. Ich werde Ihnen die Fotos zurückgeben, aber erst dann, wenn ich die Gewißheit habe, daß er sich von dieser unheilvollen Bindung an Sie gelöst hat. An Ihrer Seite würde er mit Sicherheit vollends den inneren Halt verlieren. Auch ich bin nicht willens, dem untätig zuzusehen. Wenn Ihnen Ihr Beruf so wichtig ist, so wird es Ihnen leichtfallen, meinen Vorschlag anzunehmen. Das ist alles, was ich Ihnen zu sagen habe. Meine persönliche Meinung über Sie dürfte Sie kaum interessieren.«

Zwei Knöpfe ihres Pyjamaoberteils hatten sich, als sie nach ihren Zigaretten griff, geöffnet, so daß Doris ihre Brüste sehen konnte. Sie waren nicht größer als die eines dreizehnjährigen Mädchens mit kaum erkennbaren Warzen. Um so deutlicher hoben sich ihre Rippen unter der straffen Haut ab. Doris griff zu ihr hinüber, öffnete, ehe Margot ihre Absicht erkannte, auch den dritten Knopf und sagte: »Vielleicht hassen Sie mich deshalb?«

Auch diesmal verlor Margot keine Sekunde lang ihre Selbstbeherrschung. Sie machte sich nicht einmal die Mühe, die Knöpfe zu schließen; sie sagte: »Was Sie von mir denken, interessiert mich nicht. Um Sie zu hassen, müßte ich Sie wichtiger nehmen, als Sie es verdienen. Wenn schon, dann wäre ich bestenfalls dazu imstande, Frauen, wie Sie eine sind, zu bedauern.«

Doris lächelte wieder. »Aber das ist doch immerhin schon etwas, Margot. Und wenn junge, kritisch eingestellte Menschen sich heute mit diesem Staat nicht mehr identifizieren können, so liegt das vielleicht weniger an ihnen als an der Regierung. Im übrigen ist Ihr Angebot, mir die Fotos erst dann zurückzugeben, wenn Robert sich von mir getrennt hat, völlig indiskutabel für mich. Sie werden dieses Zimmer erst wieder verlassen, wenn ich die Fotos habe; keine Stunde früher. Robert wird Ihre Sekretärin davon verständigen, daß Sie sich in Zürich eine fiebrige Erkältung zugezogen haben und für einige Zeit das Bett hüten müssen. Sie mögen mich nicht, und ich mag Sie nicht. Eigentlich mag ich auch Männer wie Robert nicht. Mir gefällt nicht, daß Männer wie er und Frauen wie Sie Macht über andere Menschen haben, die Ihrer Willkür und Ihrem Gutdünken ausgeliefert sind. Ich habe mich in den letzten Monaten sehr oft mit Menschen unterhalten, die ihre Stellung verloren, weil sie ihren Arbeitgebern entweder schon zu alt oder nicht mehr profitbringend genug erschienen. Wenn das nicht unmenschlich ist, weiß ich nicht, was Sie darunter verstehen. Aber nun bin ich müde, und Sie sicher auch. Ich schlage vor, wir setzen unser Gespräch morgen fort. Bis dahin können Sie sich überlegen, ob Sie mir die Fotos nicht doch schon etwas früher zurückgeben wollen. Ihr Bett ist breit genug für uns beide, und auch

Ihr Schlafzimmer gefällt mir. Besser noch als das Ihres Bruders. Ich hatte schon als kleines Mädchen eine Schwäche für blaue Tapeten und weißlackierte Jugendstilmöbel. Schlafen Sie lieber an der Wand- oder an der Außenseite?«

Margot drückte ihre Zigarette aus. »Sie werden auf dem Fußboden schlafen«, sagte sie kalt. »Wenn Sie nicht freiwillig aus meinem Bett gehen, werfe ich Sie hinaus.«

»Wirklich?« Doris mußte lachen. »Und wie wollen Sie das anfangen.«

»Das werden Sie gleich sehen«, sagte Margot und griff mit beiden Händen nach ihren Schultern. In ihrem mageren Körper steckte mehr Kraft, als Doris erwartet hatte, und weil Margot auch ihre Beine zu Hilfe nahm, konnte sie einen Sturz aus dem Bett nur verhindern, indem sie sich an deren Rücken festklammerte. Für eine Weile ergab sich bei ihrem verbissenen Kampf weder für Doris noch für Margot ein Vorteil. Erst als diese einen Arm unter ihren Rücken schob, sich an der Bettkante festhielt und, ihren Arm als Hebel benutzend, sie seitwärts drängte, entschied sich ihr gegenseitiges Kräftemessen immer mehr zu ihren Gunsten, wobei ihr noch zustatten kam, daß sie eine Wand hinter sich hatte und Doris nicht. Weil diese jedoch noch immer ihren Rücken umklammert hielt und sie auch im Sturz nicht losließ, schlugen sie beide am Boden auf, Doris etwas weniger hart als Margot, die einen kleinen Schrei ausstieß und für ein paar Augenblicke lang wie betäubt liegenblieb. Bis dahin hatte sich Doris bereits auf sie geworfen. Sie hielt sie mit dem Gewicht ihres Körpers am Boden fest, preßte einen Arm auf ihre Kehle und sagte atemlos: »Das habe ich Robert abgeschaut. Hören Sie endlich auf mit diesem Unsinn, Margot. Ich bin fast zwanzig Jahre jünger als Sie. Werden Sie jetzt vernünftig sein?«

Statt ihr zu antworten, spuckte Margot ihr mitten ins Gesicht. Ihre Reaktion kam für Doris so unerwartet, daß sie völlig überrascht wurde. Dann beugte sie sich blitzschnell zu ihr nieder, faßte mit den Zähnen nach ihrer Unterlippe und biß so heftig zu, daß Margot aufstöhnte. Doris lockerte ihren Biß erst, als Margot zu wimmern anfing und der Schmerz ihr Tränen aus den Augen trieb. Dann stand sie auf, wischte sich Margots Speichel aus dem Gesicht und ihr Blut von den Lippen und sagte: »Versuchen Sie so etwas nie mehr mit mir, sonst bringe ich Sie wirklich um.«

Sie legte sich ins Bett zurück. Auf dem Nachttisch stand eine

Cognacflasche und ein halbvolles Glas. Sie trank das Glas leer und beobachtete, wie Margot mit an den Mund gepreßter Hand auf die Beine kam, ein paar Augenblicke lang schwankend stehen blieb und sich dann dem Badezimmer zuwandte. Als sie Minuten später mit kreideweißem Gesicht und zwei bräunlichen Jodflecken an der Unterlippe von dort zurückkam, hatte Doris bereits das dritte Glas leergetrunken. Sie goß es wieder voll, hielt es Margot hin, und sagte: »Das wird Ihnen guttun.«

Margot nahm ihr das Glas aus der Hand, kippte den Cognac auf einen Zug hinunter und griff wieder nach ihren Zigaretten.

»Das sollten Sie jetzt besser nicht tun«, sagte Doris. »Sie könnten sich eine Blutvergiftung holen.«

»Was kümmert Sie das«, sagte Margot und zündete sich eine Zigarette an. Sie setzte sich neben Doris auf das Bett und sagte: »Es war dumm von mir, mich auf so etwas einzulassen. Ich hätte wissen müssen, daß Sie in solchen Dingen die größere Erfahrung haben.«

Doris lächelte. »Eigentlich nicht. Sie sind die erste Frau, die mich aus ihrem Bett geworfen hat.«

»Und sicher auch die erste, die Sie nicht dazu eingeladen hat, in ihrem Bett zu liegen«, sagte Margot. »Oder kommen die Einladungen üblicherweise von Ihnen?«

Für einen Herzschlag lang fühlte Doris sich versucht, ihr ins Gesicht zu lachen. Sie tat es jedoch nicht, sondern sagte: »Warum nicht, wenn Sie es bei einer Frau, wie ich eine bin, doch voraussetzen.«

»Aber es scheint Sie nicht zu kränken.«

»Nicht, wenn Sie mich das fragen.«

»Sie sind sehr geschickt«, sagte Margot. »Ich habe mich durch Ihre Unverfrorenheit zu einer unüberlegten Handlung hinreißen lassen. Erreichen werden Sie damit aber nichts. Entweder Sie lassen die Finger von meinem Bruder, oder Ihre Fotos kommen in die Zeitung. Ob das heute oder erst in zwei oder drei Wochen geschieht, ist ohne Belang. Die Firma hat schon öfter ohne mich auskommen müssen. Wir haben in der Geschäftsleitung einige sehr tüchtige Herren sitzen, die auch ohne meine Direktiven wissen, was sie zu tun haben. Ich jedenfalls habe sehr viel Zeit, und ein Urlaub, den ich ausschließlich im Bett verbringen kann, war schon lange mein Wunsch. Wenn Sie nichts dagegen haben, möchte ich jetzt schlafen.«

»Überhaupt nicht«, sagte Doris und rückte näher zur Wand. Margot legte sich zu ihr und schaltete die Nachttischlampe aus. Im Dunkeln sagte sie: »Sie haben schon eine Ehe mit einem Mann hinter sich, dem Robert in vielen Dingen sehr ähnlich ist. Einer Frau wie Ihnen unterstelle ich nicht, daß Sie es auf sein Geld abgesehen hätte. Ich sehe nur nicht, was es sonst sein könnte. Um die Fotos allein scheint es Ihnen nicht mehr zu gehen. Sie hätten sonst meinem Vorschlag zugestimmt. Bleibt also die Möglichkeit, daß Sie sich in ihn verliebt haben könnten. Für so etwas sind Sie jedoch nicht der Typ. Sie gehen keine Kompromisse ein. Sie haben das in Ihrem Leben einmal versucht und sind dabei auf die Nase gefallen. Sie sind auch nicht die Frau, die aus Fehlern nichts lernt. Wenn ich Sie richtig einschätze – und ich habe mir meine Menschenkenntnis im Laufe meines Lebens etwas kosten lassen –, haben Sie Gefallen daran gefunden, Ihre augenblickliche Überlegenheit noch eine Weile auszukosten und meinen Bruder und mich als repräsentative Studienobjekte einer Gesellschaft zu benutzen, die Ihnen schon immer suspekt war. Wenn ich zusätzlich etwas dazu beitragen kann, Sie in Ihrer vorgefaßten Meinung über uns noch zu bestärken, so lassen Sie es mich wissen. Ich bin kein Spielverderber. In Ihren Augen sind wir doch alle degeneriert, korrumpiert und zu echten Empfindungen nicht fähig. Ist es nicht so?«

Sie fing an, Doris zu beeindrucken, und weil sie erstmals neugierig auf sie wurde, sagte sie: »Vielleicht können Sie tatsächlich etwas dazu beitragen. Ich fürchte nur, Sie werden es rasch bereuen und auch in diesem Fall die falschen Schlüsse daraus ziehen.«

»Warum lassen Sie es nicht darauf ankommen?«

»Wie Sie wollen«, sagte Doris. Sie beugte sich zu ihr hinüber, suchte mit dem Mund ihre Lippen und streichelte sie mit der Zunge. Margot hinderte sie nicht daran; sie fragte nur: »Und was sagt Ihnen das über mich?«

»Ich bin noch nicht fertig«, sagte Doris. Sie tastete unter der Decke nach Margots Pyjamahose und schob sie so weit nach unten, bis ihre Finger den Haaransatz berührten. Dort ließ sie die Hand liegen und fragte: »Ist es das, was Sie von einer Frau, wie ich eine bin, erwarten?«

»Ich sehe noch immer nicht, warum Sie das tun«, antwortete Margot. »Wenn ich Sie gewähren lasse, so nur, um es zu erfahren.«

»Nur deshalb?« fragte Doris und streichelte mit den Fingerspitzen leicht ihre Haut. Sie fühlte, wie Margot plötzlich am ganzen Körper erschauerte und rasch nach ihrer Hand griff. Sie hielt sie ein paar Herzschläge lang fest und stieß sie dann von sich.

»Vielleicht wissen Sie es jetzt«, sagte Doris und drehte ihr den Rücken zu. Sie schlief innerhalb weniger Minuten ein und wachte erst wieder auf, als Linden an die Tür klopfte und ihren Namen rief. Auch Margot war durch sein Klopfen wachgeworden. Sie fragte: »Wie spät ist es?«

»Keine Ahnung«, sagte Doris und stieg aus dem Bett. Sie ging zur Tür und sagte laut: »Ja, ich bin hier. Der Schlüssel liegt irgendwo unten im Garten. Er ist mir versehentlich aus der Hand gefallen, als ich das Fenster öffnete.«

Seine Stimme blieb für eine kurze Weile weg. Dann fragte er: »Seit wann bist du da drinnen?«

»Das erzähle ich dir, wenn du die Tür geöffnet hast«, sagte sie und kehrte zu Margot zurück. Diese hatte die Hände im Nacken verschränkt und blickte sie unverwandt an. Doris sagte: »Daß ich schon gestern abend zu Ihnen kam, war zwischen Robert und mir nicht abgesprochen. Versuchen Sie jetzt keine faulen Tricks, Margot. Mir war es mit dem, was ich Ihnen gestern sagte, sehr ernst. Wenn Sie versuchen, das Haus zu verlassen, werde ich Sie mit allen Mitteln daran hindern. Ich werde Sie eher mit Roberts Pistole erschießen, als es zuzulassen.«

»Haben Sie die Pistole?« fragte Margot.

»Er wird sie mir geben. Wenn ich sie gebrauchen muß, wird es nach einem Unfall aussehen. Ich werde der Polizei sagen, Sie hätten versucht, sie mir wegzunehmen, und dabei hätte sich versehentlich ein Schuß gelöst. Wenn Sie tot sind, können Sie auch die Fotos nicht mehr absenden.«

»Dazu sind weder Sie noch Robert fähig«, sagte Margot. »Wenn Sie mich einschüchtern wollen, müssen Sie sich schon etwas Besseres einfallen lassen.«

»Wir werden sehen«, sagte Doris. »Sie haben noch immer nicht begriffen, wie wichtig mir die Fotos sind.«

»Nicht wichtiger als für mich«, sagte Margot. »Robert bedeutet mir viel mehr als Ihnen. Ich habe mich mein Leben lang für ihn verantwortlich gefühlt und werde nicht zulassen –«

»Daß ich ihn zugrunde richte«, fiel Doris ihr ins Wort. »Das haben Sie mir schon einmal zu verstehen gegeben. Vielleicht bedeutet er mir nicht das, was Sie annehmen; ich weiß es noch nicht, und bevor ich es nicht weiß, lasse ich mir von Ihnen nicht vorschreiben, wie ich mich entscheiden soll. Die Zeit, wo Sie mich mit den Fotos erpressen konnten, ist endgültig vorbei. Je früher das in Ihren Kopf geht, desto besser ist es für uns alle. Ich weiß, was Ihnen gestern abend vorschwebte, aber Robert hätte mir mehr geglaubt als Ihnen. Selbst dann, wenn Sie es zum Preis für die Fotos gemacht hätten und ich auf dieses Geschäft eingegangen wäre.«

Margot lächelte dünn. »Daß eine Frau wie Sie sich unwiderstehlich findet, mag an den Männern liegen. Sie sollten es aber nicht übertreiben. Doch gesetzt den Fall: Wäre Ihnen der Preis zu hoch?«

»Das kommt auf Ihre Erwartungen an«, sagte Doris und wandte sich, weil sie Roberts Stimme wieder auf dem Flur hörte, der Tür zu. Als sie gleich darauf neben ihm stand und die Tür hinter sich abschloß, fiel ihr auf, daß er bereits fertig angezogen war. Sie fragte: »Bist du schon lange wach?«

»Seit zwei Stunden«, sagte er und nahm sie in die Arme. Er küßte sie und fragte: »Was soll das alles, Doris? Ich habe mehrfach an die Tür des Gästezimmers geklopft. Warum hast du sie abgeschlossen?«

»Damit du nicht schon früher auf den Gedanken gekommen bist, ich könnte bei deiner Schwester sein«, sagte sie. »Ich wollte in Ruhe mit ihr reden und bin sofort nach dem Aufwachen zu ihr gegangen.«

»Hast du etwas erreicht?«

»Vielleicht«, sagte sie. »Ich bin mir noch nicht ganz sicher. Mußt du schon weg?«

Er blickte auf seine Armbanduhr. »Ich habe mit ihrer Sekretärin telefoniert. Sie sagte mir, daß Margot heute ein gemeinsames Mittagessen mit zwei unserer besten Kunden vorgesehen hatte; jetzt muß ich für sie einspringen und im Anschluß an das Essen unsere Gäste noch durch das Werk führen. Ich fürchte, vor dem frühen Abend werde ich nicht zurück sein. Bist du sicher, daß du allein mit ihr zurechtkommen wirst?«

»Ich kam auch schon gestern abend und vorhin allein mit ihr zurecht«, sagte sie. »Du brauchst dir keine Sorgen zu machen. Ich glaube nicht einmal, daß ich die Pistole benötige. Was habt ihr zum Frühstück im Haus?«

»Du findest alles in der Küche«, sagte er. »Ich habe es dir schon hergerichtet. Bitte, mach keine Dummheiten, Doris. Wir brauchen nichts zu überstürzen. Heute abend rede ich selbst mit ihr. Jetzt habe ich keine Zeit mehr. Unsere Gäste sind bereits im Werk eingetroffen; ich darf sie nicht zu lange warten lassen. Die Haustür schließe ich hinter mir ab. Falls du das Haus einmal verlassen willst: Neben der Tür hängen zwei Ersatzschlüssel.«

»Gibt es noch einen?«

»Margot hat ihn an ihrem Schlüsselbund. Ich bin froh, daß du die Pistole nicht haben willst. Irgendwie war mir, auch ohne Munition, unwohl dabei. Eigentlich sollte ich ihre Tür hinter dir abschließen, wenn du mit dem Frühstück zu ihr gehst, aber dann kommst du selbst nicht mehr heraus.«

»Darüber mache dir keine Gedanken«, sagte sie und begleitete ihn noch bis zur Haustür. Dort nahm er sie wieder in die Arme, küßte sie lange und sagte: »Ich wünschte, du würdest dieses Haus nie mehr verlassen, Doris. Wenn du hierbleibst, wird Margot von alleine gehen.«

»Aber erst, wenn ich die Fotos habe«, sagte sie und ließ sich von ihm einen Haustürschlüssel geben. Sie blieb in der offenen Tür stehen und beobachtete, wie er die kurze Treppe hinabstieg und sich, bevor er sich der Garage zuwandte, noch einmal nach ihr umdrehte und ihr zuwinkte. Wenig später sah sie ihn in einem großen, dunklen Mercedes auf die Straße fahren. Sie war wie die in Frankfurt, an der ihr Bungalow lag, nur einseitig bebaut. Jenseits der Straße war von der Kurverwaltung eine Parklandschaft angelegt worden. Das Gelände dort stieg sanft an und wurde weiter oben von Laubwald begrenzt. Sie fand die Gegend hübscher als ihre eigene in Frankfurt. Auch schien heute ausnahmsweise wieder einmal die Sonne, und in den noch kahlen Bäumen der Parklandschaft sangen Vögel.

Sie schloß die Haustür ab und ging in Roberts Schlafzimmer, wo der Telefonhörer noch neben dem Apparat lag. Sie setzte sich auf das ungemachte Bett und wählte die Nummer ihres Hauses in Livorno. Wider Erwarten meldete sich Irmgard schon nach dem dritten Läuten und fragte sofort: »Bist du es, Doris? Verdammt noch mal, wo steckst du nur? Seit zwei Stunden versuche ich vergeblich, dich anzurufen. Ständig war die Leitung besetzt.«

»Nicht besetzt, sondern blockiert«, korrigierte Doris sie. »Versuch jetzt nicht mehr, hier anzurufen; ich erkläre es dir, wenn du hier bist, Ist Hans noch bei dir?«

»Eben nicht«, antwortete Irmgard. »Er ist schon in aller Frühe stinkbeleidigt nach Hause gefahren, weil du dich gestern abend hier nicht mehr hast sehen lassen.«

»Aber das wußte er doch schon von dir«, wunderte Doris sich.

Irmgards Lachen klang gereizt: »Der glaubte mir doch kein Wort mehr. Als ich ihm gestern abend sagte, daß sich euer Aufenthalt in München noch um einige Tage hinziehen könne, platzte ihm anscheinend der Kragen. Er redete sich nämlich ein, du seist in der Zwischenzeit hier gewesen und hättest heimlich Sue Ellen abgeholt.«

Doris mußte unwillkürlich lachen. »Was für ein hübscher Einfall. Wie hast du ihm denn ihr Verschwinden erklärt?«

»Überhaupt nicht; ich sagte ihm, ich wüßte nicht, wo sie steckt und daß sie vielleicht einen Rüden gerochen habe und ihm nachgelaufen sei. Du, allein bleibe ich keinen Tag länger hier. Ich langweile mich zu Tode.«

»Dagegen weiß ich etwas«, sagte Doris. »Setz dich in den Audi und komme auf dem schnellsten Weg hierher. Bis heute abend schaffst du das spielend. Ich kann hier zwei kräftige Hände noch gut gebrauchen.« Sie gab ihr die genaue Adresse und sagte abschließend: »Bevor du aber losfährst, mußt du noch unbedingt Werner in Bad Kissingen anrufen. Erkundige dich, wie es ihm geht. Ganz nebenbei läßt du dann einfließen, wir seien in Florenz und würden zusammen einen kleinen Ausflug nach Pisa machen.«

»Wie kommst du gerade auf Pisa?« wunderte Irmgard sich.

»Meinetwegen auch nach Rom«, sagte Doris und beendete das Gespräch. Danach kümmerte sie sich um das Frühstück, stellte alles auf ein Tablett und trug es zu Margots Zimmer hinauf. Sie schloß die Tür auf, trat sie mit dem Fuß heftig nach innen und sagte zu Margot, die noch immer im Bett lag. »Das war nur für den Fall gedacht, daß Sie hinter der Tür gestanden hätten. Wollen Sie nicht endlich aufstehen?«

»Wozu?« fragte Margot. »Ich habe mir vorgenommen, die Zeit, die Sie mich hier einsperren, ausschließlich im Bett zu verbringen.«

»Aber zum Frühstück müssen Sie aufstehen«, sagte Doris. Sie schloß die Tür hinter sich ab und servierte das Frühstück in dem kleinen Erker. Margot stieg aus dem Bett und setzte sich mit dem Rücken zu den Fenstern dorthin, wo in Roberts Zimmer die halbrunde Polsterbank stand. In Margots Erker gab es keine Bank, sondern zwei kleine, weiße Stühle im Jugendstil. Auch der zierliche Tisch mit seinen geschwungenen Beinen war im gleichen Stil gehalten. Doris sagte: »Aber unter die Dusche hätten Sie vorher wenigstens gehen können, finde ich.«

»Waren Sie schon unter der Dusche?« fragte Margot. Die oberen Knöpfe ihrer Pyjamajacke standen auch jetzt wieder offen. Doris beugte sich zu ihr hinüber, schloß sie und sagte: »Wenn sie nicht mehr richtig schließen, sollten Sie einen anderen Pyjama anziehen. Tragen Sie den auch, wenn Sie gemeinsam mit Robert in seinem Schlafzimmer frühstücken?«

Margots Hand griff nach der gefüllten Kaffeetasse. Sie hielt jedoch mitten in der Bewegung inne und sagte mit dunkelrotem Gesicht: »Sie werden es nicht schaffen, mich zu provozieren. Mein Bruder weiß, wie ich aussehe. Als ich im vergangenen Jahr auf einer Treppe so unglücklich fiel, daß ich mir eine Hand brach und die andere verstauchte, hat er mich drei Wochen lang aus- und angezogen und mich auch gebadet. Ebenso wie ich ihn gepflegt und gewaschen habe, als er einmal mit einer schweren Grippe im Bett lag.«

Der Umstand, sie, wenn auch nur für den Bruchteil einer Sekunde, erstmals außer Fassung erlebt zu haben, erfüllte Doris mit Genugtuung, wenngleich der Gedanke, sie hätte weniger beherrscht reagiert und ihr den heißen Kaffee ins Gesicht geschüttet, sie nachträglich erschreckte. Sie sagte: »Für diese Arbeit hätten Sie auch eine Krankenpflegerin finden können. Aber vielleicht haben Sie eine physische Abneigung gegen Frauen und wollen in Ihrem Intimbereich keine andere im Haus haben. Ich kenne Robert inzwischen gut genug, um Ihr Verhältnis zu ihm nicht falsch einzuschätzen. Trotzdem glaube ich, daß Ihre Empfindungen für ihn tiefer reichen, als es zwischen Geschwistern im allgemeinen üblich ist. Lieben Sie ihn?«

Ihre direkte Frage trieb Margot zum zweitenmal das Blut ins Gesicht, aber ihre Stimme klang schon wieder kühl: »Sicher nicht so, wie Sie das in Ihrer menschenverachtenden Denkweise offensichtlich annehmen. Bis Sie in sein Leben traten, gab es zwischen uns keine Geheimnisse und auch gegenseitig nichts zu verbergen. Er weiß, daß ich mit Männern eine unglückliche Hand hatte, und ich habe ihm erzählt, warum dies so war. Im übrigen habe ich auch seine Frau gepflegt, als man ihr in der Klinik nicht mehr helfen konnte und sie nach Hause schickte. Ihre Krankenpflegerin, die hier wohnte, taugte nichts. Statt sich regelmäßig um sie zu kümmern, trieb sie sich bei schönem Wetter unten im Garten und im Swimmingpool herum und hörte oft nicht, wenn meine Schwägerin ihr läutete. Sie gehören sicher nicht zu den Frauen, die sich für einen bettlägerigen Mann aufopfern. Dazu ist Ihnen Ihr Beruf und die Möglichkeit zu immer neuer Selbstdarstellung, zu der er Sie verleitet, viel zu wichtig. Ich habe Sie am Bildschirm oft beobachtet. Ihre Selbstgefälligkeit, über andere Menschen zu urteilen, Ihre ätzende Ironie, wenn Sie es mit Andersdenkenden zu tun haben, Ihr missionarischer Eifer, über politische Mißstände in Lateinamerika zu berichten, wurden mir und auch meinem Bruder von Mal zu Mal unerträglicher, zumal Ihre Berichte völlig einseitig ausfallen. Wie es Ihnen gelungen ist, ihn das innerhalb weniger Tage vergessen zu machen, kann ich mir denken. Er hatte nach dem Tod seiner Frau verdrängt, daß er noch immer ein Mann in den besten Jahren ist. In Ihrer Gegenwart ist es ihm wieder bewußt geworden. Nicht jede Frau hätte das an Ihrer Stelle genauso rasch geschafft. An Gelegenheiten, welche kennenzulernen, hat es ihm gewiß nicht gefehlt. Wenn Sie wollen, können Sie das als ein Kompliment betrachten. Er war zuviel allein, hatte sich zu sehr in sich selbst und in seinen Schmerz vergraben.«

»Vielleicht sind auch Sie zuviel allein«, sagte Doris, ohne sie dabei anzusehen. »Daß man als Frau an die falschen Männer geraten kann, habe ich selbst erlebt. Für mich war das jedoch kein Grund, sie fortan zu meiden. Ich liebe meine Unabhängigkeit genauso wie Sie. Ich werde sie auch für Robert nicht aufgeben. Mit Ihrem Geld und mit Ihrem Aussehen könnten Sie sich, wenn Sie schon nicht heiraten wollen, einen akzeptablen Liebhaber leisten. Oder sind Sie diesen Dingen schon so weit entrückt, daß Sie sie nicht mehr brauchen?«

»Darüber bin ich Ihnen keine Rechenschaft schuldig«, sagte Margot. »In meinem Leben gibt es genügend andere Dinge, die mich ausfüllen und befriedigen. Bei einem Zwölf-Stunden-Arbeitstag, wie ich ihn habe, kommt man auf keine dummen Gedanken. Robert steckt jetzt mitten in den kritischen Jahren. Eines Tages wird er ebenso damit fertig werden wie ich.«

»Sind Sie das?« fragte Doris. »Vielleicht reden Sie es sich auch nur ein oder verdrängen es genauso, wie Ihr Bruder es verdrängt hatte. Ich glaube nicht, daß man in Ihren Jahren schon über diesen Dingen steht. Sicher gibt es im Leben fast jeder Frau auch Zeiten, wo man von den Männern genug hat. Mir erging es nach meiner Scheidung so. Wie Sie darüber denken, kann ich mir leicht vorstellen, aber für mich war die Freundschaft mit einer Frau damals genau das Richtige, um wieder zu mir selbst zu finden. Robert weiß davon; er kennt diese Frau sogar. Sie ist die Tochter eines Großindustriellen und mit einem Mann verheiratet, bei dem sie nichts empfindet. Bei mir hat sie etwas empfunden; wenn es nach ihr ginge, wohnten wir heute noch zusammen, aber sie wurde später, als ich mich wieder Männern zuwandte, eifersüchtig. Darum habe ich Schluß mit ihr gemacht. Schmeckt Ihnen mein Kaffee oder ist er Ihnen zu stark?«

Margot nickte. »Doch, er ist richtig. Ich kann mir überhaupt nicht denken, daß man als Frau bei solcher Art von Verhältnissen irgendwas empfindet.«

»Weil Sie es noch nie ausprobiert haben«, lächelte Doris. »Haben Sie als junges Mädchen mit einem Freund nie Petting gemacht?«

»Sie stellen vielleicht Fragen«, sagte Margot mit einem kurzen Auflachen. »Ich hatte schon als junges Mädchen wahrlich wichtigere Dinge im Kopf, als mit einem Freund Petting zu machen. Ganz abgesehen davon, daß es doch ein großer Unterschied ist, ob man eine Frau oder einen Mann zum Partner hat.«

»Das ist auch nur so eine dumme Voreingenommenheit«, sagte Doris und trank zu ihrer Scheibe Knäckebrot einen Schluck Kaffee. »Bei Petting ist es doch völlig egal, ob es ein Mann oder eine Frau ist, die Ihnen Lust bereiten. Daß meine damalige Freundin bei mir etwas empfunden hat und bei ihrem Mann nicht, lag nicht zuletzt daran, daß Frauen sich gegenseitig viel besser kennen und auch wissen, worauf es bei ihnen ankommt. Sie sind geduldiger, einfühlsamer und zärtlicher als ein Mann. Ich bin keine Lesbierin, aber diese drei Monate, in denen ich mit meiner Freundin zusammenlebte, möchte ich nicht missen. Sie waren für meine erotischen Erfahrungen eine echte Bereicherung. Nach der Ehe, die ich geführt hatte, war es wie Frischkost nach jahrelangem Eingemachten.« Sie lachte. »Das war damals ganz ähnlich wie mit den Grünen.«

Margot runzelte die Stirn. »Da sehe ich nicht den geringsten Zusammenhang.«

»Ich schon«, sagte Doris. »Gemessen an unseren etablierten Parteien wirken die Grünen auf mich auch wie Frischkost neben Eingemachtem. Essen Sie zum Frühstück immer nur Knäckebrot? Ich bringe morgens zwar auch nicht viel hinunter, aber Knäckebrot ohne etwas drauf, das ist auch nicht das Gelbe vom Ei. Robert hatte den Schinken und den Käse bereits für uns hergerichtet. Waren sie nicht für Sie bestimmt?«

»Er weiß, daß ich zum Frühstück keinen Schinken und auch keinen Käse mag«, sagte Margot.

»Ich auch nicht«, sagte Doris. »Schinken auf nüchternen Magen, da käme mir ja gleich wieder der Kaffee hoch. Was wollen Sie zum Mittagessen haben? Ich koche nicht schlecht, wenn ich weiß, was gewünscht wird.«

Margot hatte ihr Frühstück beendet und zündete sich eine Zigarette an. Sie lehnte sich in ihrem Stuhl zurück und sagte: »In der Speisekammer neben der Küche stehen genügend Konserven. Ich esse auch mittags und abends nur eine Kleinigkeit, und das meistens in unserer Kantine.«

Doris lächelte wieder. »Das sieht man Ihnen an. Für wen möchten Sie denn so schlank bleiben, wenn Sie von Männern grundsätzlich nichts mehr wissen wollen?«

»Ich verstehe immer besser, warum Sie mit Robert so leichtes Spiel hatten«, sagte Margot. »Bei mir verfangen Ihre Künste aber nicht. Sie sind zwar durchtrieben, für eine Frau mit meiner Lebenserfahrung jedoch leicht zu durchschauen. Wenn ich versuche, aus den gegebenen Umständen für mich das Beste zu machen, so sollte Sie das zu keinen falschen Schlußfolgerungen verleiten. An dem, was ich Ihnen gestern abend sagte, hat sich für mich nichts geändert.«

»Das will ich doch hoffen«, sagte Doris. »Es würde mich sehr enttäuschen, wenn Sie genauso wankelmütig und leicht zu beeinflussen wären wie Ihr Bruder. Übrigens werden wir heute abend noch Besuch bekommen, eine Freundin von mir. Nicht die, von der ich Ihnen eben erzählte. Da Ihnen mein Anblick so unerträglich ist, halte ich es für besser, Ihre Betreuung künftig ihr zu überlassen. Ich selbst werde Ihr Zimmer möglichst meiden und mich mehr Ihrem Bruder widmen. Ich nehme doch an, das ist auch in Ihrem Sinne?«

»Es ist nicht in meinem Sinne, wenn sich hier noch eine Person einquartiert«, sagte Margot mit Schärfe. »Ich lege auch nicht den geringsten Wert darauf, mich hier in meinem Zimmer von ihr besuchen zu lassen oder mich mit ihr zu unterhalten. Wenn es schon sein muß, ziehe ich Ihre Gesellschaft vor. Bei Ihnen weiß ich wenigstens, woran ich bin.«

»Wissen Sie das wirklich?« fragte Doris und beugte sich zu ihr hinüber. Sie berührte mit dem Zeigefinger die beiden Krusten an ihrer Unterlippe und sagte: »Das sieht ja schon ganz gut aus. Nur Ihre Gesichtsfarbe gefällt mir heute morgen nicht. Haben Sie schlecht geschlafen?«

»Ich habe sehr gut geschlafen«, sagte Margot distanziert.

»Das freut mich«, sagte Doris. »Vielleicht schlafe ich heute nacht wieder bei Ihnen. Wenn ich es nicht tue, wird es mir nicht erspart bleiben, mit Ihrem Bruder zu schlafen.«

»Als hätten Sie das nicht schon längst getan«, sagte Margot. Doris nahm den Finger von ihrer Lippe. »Sie werden es mir nicht glauben, Margot, aber ich versichere Ihnen, daß es bis zur Stunde noch nicht der Fall war. Ich habe es ihm nur in Aussicht gestellt, aber erst dann, wenn ich die Fotos habe, und keinen Augenblick früher.«

Margot blickte prüfend in ihr Gesicht. »Zutrauen würde ich es Ihnen sogar. Sie wissen, wie man einen Mann am schnellsten willfährig macht.«

»Nicht nur einen Mann«, sagte Doris. »Aber Sie können unbesorgt sein; bei Ihnen versuche ich es gar nicht erst. Eine Zurückweisung, deren ich mir bei Ihnen sicher sein könnte, würde meinem Selbstbewußtsein einen irreparablen Schaden zufügen.«

Sie stand auf. »Ich lasse Sie jetzt wieder allein. Schade, daß Sie mich so gar nicht mögen. Bei Ihnen hätte ich mich vielleicht dazu überwinden können, den Preis, über den wir uns gestern abend unterhalten haben, nicht allein von Ihren Erwartungen abhängig zu machen.«

»Darauf hätten Sie, wenn mir etwas daran gelegen wäre, auch nicht den geringsten Einfluß«, sagte Margot.

»Ich glaube schon, daß Ihnen etwas daran gelegen ist«, sagte Doris. Sie ging zur Tür, schloß sie auf und trat auf den Flur hinaus. Dort wartete sie ein paar Sekunden, ob Margot versuchen würde, ihr zu folgen. Erst als sich hinter ihr nichts rührte, schloß sie die Tür ab. Die nächste Stunde verbrachte sie im Bad und mit Ankleiden. Über einen Tanga-Slip, der bereits Lindens Interesse geweckt hatte, streifte sie eine ihrer engen schwarzen Lederhosen, und für oben begnügte sie sich mit einem T-Shirt, dessen Korallenrot besonders auffällig zu ihrem hellblonden Haar kontrastierte. Danach machte sie sich an eine gründliche Besichtigung des ganzen Hauses, verweilte längere Zeit in dem großen Wohnraum mit seinen schweren Polstermöbeln in der Wohn- und den von Margot mitgebrachten Jugendstilmöbeln in der Eßhälfte. Da beide Hälften nicht fließend ineinander übergingen, sondern mittels eines bogenförmigen Durchbruchs verbunden waren und ein roter Samtvorhang es ermöglichte, sie optisch zu trennen, fiel dieser Stilbruch nicht ins Gewicht. Vom Wohnraum führte eine Tür in die sonnendurchflutete Loggia, in der leichte Korbmöbel und einige Grünpflanzen standen. Zum Garten gelangte man durch die

Loggia. Bei seiner Besichtigung, die auch den – zur Zeit noch leeren – Swimmingpool einschloß, sah Doris oben am Erkerfenster Margot stehen und zu ihr herabschauen. Sie trat jedoch, als ihre Blicke sich trafen, sofort zurück.

Weil sie sich plötzlich müde fühlte, kehrte Doris in das Haus zurück, stieg die Treppe hinauf und legte sich im Gästezimmer auf das Bett. Sie wollte sich nur ein paar Minuten ausruhen, aber irgendwann schlief sie ein, und als sie wieder aufwachte, stellte sie zu ihrer Bestürzung fest, daß sie über drei Stunden geschlafen hatte. Sie stand rasch auf. Als sie zu Margot kam, lag diese auf dem Bett und hielt ein Buch in der Hand. Anstelle des Pyjamas mit den widerspenstigen Knöpfen trug sie jetzt einen eleganten seidenen Hausmantel. Doris sagte: »Es tut mir leid. Ich bin auf meinem Bett eingeschlafen. Sind Sie sehr hungrig?«

»Ich habe einige Kekse gegessen«, sagte Margot. Sie musterte Doris von oben bis unten, ohne jedoch ein Wort zu verlieren. Doris setzte sich neben sie auf das Bett, nahm ihr das Buch aus der Hand, warf einen kurzen Blick hinein, gab es zurück und sagte: »Noch nie davon gehört. Kommt wenigstens etwas Sex darin vor?«

»Andere Bücher lesen Sie wohl nicht«, sagte Margot. »Sicher tragen die Protagonistinnen Ihrer Romane auch solche Lederhosen und sonst nichts auf der Haut.«

»Aber ich trage noch etwas auf der Haut«, sagte Doris. »Glauben Sie mir etwa nicht?«

»Es würde mich jedenfalls sehr wundern«, sagte Margot und vertiefte sich in ihr Buch. Doris streifte im Sitzen die halbhohen Lederstiefel von den Füßen, öffnete den Reißverschluß der Hose, stand auf und schob sie an den Hüften nach unten. »Ist das nichts?« fragte sie.

Margot musterte flüchtig den knappsitzenden Tanga-Slip. »In meinen Augen ist das so gut wie nichts. Sie haben die Tür nicht abgeschlossen.«

»Soll ich es tun?« fragte Doris.

Margot legte das Buch zur Seite und sagte kühl: »Sie haben mir jetzt gezeigt, wie Sie aussehen. Ich werde es bei dem, was ich meinem Bruder zu sagen habe, berücksichtigen.«

»Als mildernde Umstände?« fragte Doris lächelnd. »Wenn es Ihnen dabei hilft, nicht allzu streng mit ihm ins Gericht zu gehen, zeige ich Ihnen auch gerne noch den Rest.« Sie legte auch das T-Shirt ab, setzte sich wieder neben Margot auf das Bett und fragte: »Gefalle ich Ihnen?«

»Sie sind ja verrückt«, sagte Margot mit unvermittelt rauh klingender Stimme. »Was erhoffen Sie sich davon?«

»Vielleicht das«, sagte Doris und beugte sich über sie. Sie nahm ihr Gesicht in die Hände und hielt es, als Margot ihrem Mund auszuweichen versuchte, gewaltsam fest. Sie küßte sie so lange, bis ihr Widerstand erlahmte und sie mit geschlossenen Augen ihre Küsse duldete. Dann erst nahm sie die Hände von ihrem Gesicht, legte sich mit dem Oberkörper auf sie und streichelte mit den Lippen ihren Hals. Sie schob eine Hand in ihren Hausmantel, berührte ihre Brust und sagte: »Wenn Sie mir wieder ins Gesicht spucken, tu' ich Ihnen weh. Sie haben mir noch nicht gesagt, ob ich Ihnen gefalle.«

Margot öffnete die Augen und sagte leise: »Sie tun mir leid, das ist alles, was ich Ihnen darauf antworten kann.«

»Wirklich?« fragte Doris. »Warum wünschten Sie dann, daß ich mich vor Ihnen ausziehe? Nur um zu erleben, wie ich mich, um die Fotos zu bekommen, vor Ihnen erniedrige?«

»Ich habe nicht gewünscht, daß Sie sich ausziehen«, sagte Margot und versuchte, sich aufzurichten. Doris drückte sie sofort in das Kissen zurück und sagte: »Natürlich haben Sie es sich gewünscht. Das war eine indirekte Aufforderung und selbst für eine weniger ›durchtriebene‹ Frau, als ich es bin, gar nicht zu überhören. Seit wann wünschen Sie sich das? Schon bevor Sie Robert auf mich ansetzten?«

Margot blickte sie ein paar Sekunden lang schweigend an; dann sagte sie unnatürlich ruhig: »Sie sind nicht nur überheblich, Sie sind auch völlig gefühllos. Ein Grund mehr für mich, meinen Bruder vor Ihnen zu bewahren.«

»Und sein Geld auch«, sagte Doris. »Er hat sich mit mir bereits über seine Geschäftsanteile unterhalten.«

»Das glaube ich Ihnen nicht«, sagte Margot unverändert ruhig. »Dazu würde Robert sich niemals hinreißen lassen.«

Doris nahm die Hand von ihrer Brust und streichelte unter dem Hausmantel ihre knochigen Hüften. Sie sagte: »Fragen Sie ihn doch selbst. Er erzählte mir, wie hoch Ihr Stammkapital und Ihre Rücklagen sind und was er davon zu erwarten hat. Soll ich Ihnen, damit Sie mir glauben, auch noch die genauen Zahlen nennen?«

Margot blickte sie wortlos an. Sie reagierte auch nicht, als Doris, ihr

Gesicht im Auge behaltend, ihren Schoß berührte und dann mit der Hand wieder zu ihrer Brust zurückkehrte. Sie sagte: »Es liegt allein an Ihnen, ob es dazu kommen wird. Ihr Bruder würde mir jeden Wunsch erfüllen. Er hat mir sogar schon den Vorschlag gemacht, mein Haus in Livorno völlig neu einzurichten. Sie haben keinen Einfluß mehr auf ihn, Margot. Ich bin nicht an seinem Geld interessiert, aber wenn Sie die Fotos verschicken und mich dadurch zwingen, meine Arbeit aufzugeben, werde ich das Angebot Ihres Bruders annehmen. Er wird mit mir nach Livorno gehen und dort in meinem Haus leben. Sie werden ihn nicht nur als Teilhaber, Sie werden ihn auch als Bruder verlieren. Ist es da nicht besser, Sie geben mir die Fotos zurück? Nicht, wenn Sie mich weiterhin damit zu erpressen versuchen, haben Sie eine Chance, ihn zu behalten; eine Chance haben Sie nur, wenn wir beide uns verständigen. Ich werde ihm nichts davon erzählen und ihn in dem Glauben lassen, Sie besäßen die Fotos noch. Haben Sie sie hier in Ihrem Schlafzimmer?«

Margots Schweigen dauerte an. Erst als Doris sie wieder küßte, sagte sie: »Sie liegen in meinem Banksafe.«

»Kann auch Robert sie holen?«

»Nein; er hat seinen eigenen.«

»Dann werden wir uns jetzt ein Taxi kommen lassen und gemeinsam zu Ihrer Bank fahren«, sagte Doris. Sie blickte auf ihre Armbanduhr. »Oder ist es heute schon zu spät dafür?«

Margot nickte nur.

»Dann eben morgen vormittag, wenn Robert im Werk ist«, sagte Doris. »Es ist besser, ich lasse Sie jetzt wieder allein; er kann jeden Augenblick nach Hause kommen. Was werden Sie ihm erzählen? Daß ich bei Ihnen war und Sie sich von mir küssen und streicheln ließen?«

Statt ihr zu antworten, drehte Margot mit geschlossenen Augen das Gesicht zur Seite. Ihre Brustwarzen, die gestern abend kaum zu sehen waren, fühlten sich jetzt groß und hart an. Doris streichelte sie mit dem Daumen und sagte: »Sie machen es mir wirklich nicht leicht, Margot. Solange ich nicht weiß, woran ich mit Ihnen bin, kommen wir keinen Schritt weiter. Wenn Robert und meine Freundin hier eintreffen, werden wir vielleicht keine Gelegenheit mehr haben, uns so ungestört zu unterhalten wie jetzt. Wollen Sie, daß ich damit aufhöre und Sie allein lasse?«

»Sie werden die Fotos morgen bekommen«, sagte Margot mit abgewandtem Gesicht.

Doris legte sich zu ihr. Sie bettete den Kopf an ihre Schulter und fragte: »Woher weiß ich, daß es Ihnen ernst damit ist?«

»Genügt Ihnen das als Beweis noch nicht? Wie weit muß ich Ihnen noch entgegenkommen, bis Sie mir Glauben schenken?«

»Bis jetzt sind Sie mir noch nicht sehr weit entgegengekommen«, sagte Doris. »Empfinden Sie es etwas dabei, wenn ich Ihre Brust streichle?«

Margot gab keine Antwort.

»Oder erst dann, wenn ich es hier tue?« fragte Doris und legte die Hand, ohne ihren Schoß zu berühren, zwischen ihre Schenkel. Genau wie am Abend vorher fühlte sie ihr Erschauern. Sie schlug rasch Margots Hausmantel auf und sah, daß sie am ganzen Körper eine Gänsehaut hatte. Margot drehte ihr langsam das Gesicht zu und blickte sie unverwandt an.

»Jetzt hassen Sie mich noch mehr«, sagte Doris. »Sie hassen mich, obwohl Sie sich gleichzeitig wünschen, daß ich Sie streichle. Wenn Sie es sich morgen abend, wenn ich die Fotos habe, noch immer wünschen, komme ich Sie in der Nacht besuchen.«

Sie schickte sich an, ihre Hand zurückzunehmen. Noch ehe sie jedoch dazu kam, hielt Margot sie zwischen ihren Schenkeln fest, preßte sie mit beiden Händen gegen ihr Geschlecht und kam zu einem Orgasmus, wie Doris ihn in dieser Heftigkeit bei einer Frau in ihren Jahren nicht erwartet hatte. Ihr in Ekstase verzücktes Gesicht war für ein paar Sekunden lang kaum mehr zu erkennen, dann fiel sie mit den Hüften auf das Bett zurück, öffnete langsam die Beine, drehte die Fußspitzen nach außen und stieß mit geschlossenen Augen einen langanhaltenden Seufzer aus. So lag sie auch noch, als Doris sich aufrichtete und in einer Mischung von Verwunderung, Mitleid und Genugtuung auf sie hinabblickte. Sie stieg aus dem Bett und griff nach Hose und T-Shirt. Während sie sich anzog, vernahm sie ein Geräusch hinter sich. Sie drehte sich rasch um und sah, daß Margot sich aufgerichtet hatte und sie mit einem eigenartigen Ausdruck in ihren graublauen Augen unverwandt anschaute. Gleichzeitig fiel ihr ein kleines, undeutbares Lächeln in ihren leicht herabgezogenen Mundwinkeln auf. Sie setzte sich wieder zu ihr, bedeckte, weil sie es nicht selbst tat, mit dem Hausmantel ihr üppiges Schamhaar und sagte: »Ich habe Sie keinen Augenblick lang unterschätzt, Margot;

ich werde es auch jetzt nicht tun. Sie hatten es seit gestern abend bewußt darauf angelegt, eine Situation, wie wir sie jetzt haben, herbeizuführen. Ich bin, trotz Ihrer Einschätzung meiner Person, nicht überheblich genug, mir einzureden, Sie gegen Ihren Willen verführt zu haben, auch wenn Ihre kleinen Rückzugsgefechte dazu bestimmt waren, mir diesen Eindruck zu vermitteln. Sie sind eine viel zu starke Frau, als daß Ihnen so ein kleines Malheur wie eben gegen Ihren Willen passierte. Nur über Ihre Motive bin ich mir noch nicht im klaren. Entweder Sie hatten es so nötig, daß Sie sich die günstige Gelegenheit keinesfalls entgehen lassen wollten, oder Sie verfolgten einen anderen Zweck damit. Bleibt es bei unserer Absprache für morgen?«

Margot griff nach ihren Zigaretten und zündete sich eine an. »Ich erinnere mich nicht, daß wir schon eine getroffen hätten.«

»Ach so«, sagte Doris. Sie dachte ein paar Augenblicke lang nach, dann fragte sie: »Und wovon machen Sie eine Absprache zwischen uns abhängig?«

»Das weiß ich noch nicht«, sagte Margot. »Gestern abend erzählten Sie mir noch, daß Sie mich eher umbrächten als eine Veröffentlichung der Fotos zuzulassen. Das steht zu dem, was Sie mir vorhin erzählten, in einem nicht unbeträchtlichen Widerspruch. Ich glaube nicht, daß Ihnen mein Bruder und sein Geld Ihren Beruf ersetzen könnten.«

»Vorhin glaubten Sie es noch.«

Margot stieß ihr den Rauch ihrer Zigarette ins Gesicht. »Das war ihr Eindruck. Mich haben Sie nicht überzeugt, auch wenn es für Sie vielleicht so den Anschein hatte.«

»Sicher nicht ohne Ihr Zutun«, erwiderte Doris. »Ihnen mußte daran gelegen sein, Ihre rasche Nachgiebigkeit psychologisch glaubhaft erscheinen zu lassen, aber Ihr Orgasmus war echt. Falls Ihre diesbezüglichen Erwartungen doch höher liegen sollten, als ich bereit und fähig bin, zu entsprechen, werde ich Sie vielleicht doch umbringen müssen. Sie haben mir soeben eine gute Lektion erteilt. Andererseits: Wären Sie keine so ungewöhnliche Frau, so hätte es mich wahrscheinlich gar nicht gereizt, einen etwas tieferen Blick in die Abgründe Ihrer Seele zu tun.«

Margot lächelte. »Dann kann ich nur hoffen, daß Ihnen dieser Reiz jetzt nicht abhanden gekommen ist, Doris. Ich muß zu meiner Schande gestehen, daß ich nicht unempfindlich für ihn bin. Ich habe ihn in jedem Augenblick zutiefst genossen. Sich von einer Frau mit Ihren vielfältigen Begabungen verführen zu lassen, ist tatsächlich ein Erlebnis, das selbst für mich einer Bereicherung meiner erotischen Erfahrungen gleichkommt.«

Auch Doris lächelte. »Also gefalle ich Ihnen doch?«

»Sie haben einen exzellenten Körper«, sagte Margot. »Jeder, der etwas für Ästhetik übrig hat, wird Ihnen das gerne bestätigen.«

»Das war aber ein sehr hübsches Kompliment«, sagte Doris und stand auf. Sie verließ das Zimmer, schloß die Tür hinter sich ab und lehnte sich eine Weile mit dem Rücken dagegen. Von allen Niederlagen, die sie in ihrem Leben erlitten hatte, war diese eine der schmerzhaftesten.

12

Das Treffen zwischen Conrad und Ahler fand am frühen Abend in Conrads Wohnung statt. Weil die Sonne schien und das Wetter sich erstmals wieder mit frühlingshaften Temperaturen zeigte, konnten sie ihren Cognac diesmal in der kleinen Loggia mit Blick auf Frau Conrads Blumen- und Gemüsebeete trinken. Solange diese bei ihnen war, unterhielten Sie sich ein wenig über die große und die kleine Politik. Ahler sprach sich voller Genugtuung über eine Einladung der KPdSU an eine Bundestagsdelegation der Partei nach Moskau aus, worauf Conrad sie als im Grunde völlig überflüssig erklärte, weil sie an den weltpolitischen Gegebenheiten ebensowenig ändere wie alle schon vorausgegangenen Reisen anderer Bundestagsdelegationen. Er fuhr fort: »Diese würdelose Anbiederung und Verbrüderung an und mit kommunistischen Funktionären, die in ihren Ländern unsere Partei unterdrückt, die freien Gewerkschaften liquidiert und Zehntausende von Menschen in Zuchthäuser gesteckt oder umgebracht haben, nur weil diese genauso dachten wie du und ich, kotzt mich allmählich an. Sie entspricht auch nicht dem Auftrag unserer Wähler, die mit den Kommunisten nichts im Sinn haben.«

»Außerdem kosten solche Reisen auch immer viel Geld«, gab Frau Conrad zu bedenken.

Ahler wies auf die Wichtigkeit solcher Reisen hin und sagte: »Ich finde zwar auch, daß neuerdings etwas zuviel in den Osten gereist wird, aber wir müssen doch froh und dankbar sein, daß solche Gespräche überhaupt wieder möglich sind. Sie vertiefen das gegenseitige Verständnis und verringern die Kriegsgefahr.«

Conrad nickte. »Ich bin auch jedesmal fast zu Tränen gerührt, wenn einer unserer Spitzengenossen nach Moskau reist und den Machthabern dort zum ungezählten Male versichert, daß wir keine Angriffsabsichten gegen sie hegen. Das wird bei den nur fünf Millionen Soldaten, die sie zur Zeit unter Waffen stehen haben, den Herren im Kreml eine große Beruhigung sein, zumal sie im Falle unseres Angriffs vielleicht auch noch mit den kampfstarken Armeen der Niederländer, Dänen und Belgier zu rechnen hätten.«

Frau Conrad lachte. »Du hast die Franzosen und Italiener vergessen, Helmut.«

»Habe ich nicht«, erwiderte Conrad. »Die Franzosen werden sich im Falle unseres Angriffs auf Rußland in Baden-Baden einigeln, und die Italiener schon hinter ihrer Grenze. Sei ein Schatz und laß uns jetzt allein.«

Frau Conrad entfernte sich lächelnd aus der Loggia.

»Du kommst mir bedrückt vor, Walter«, sagte Conrad zu Ahler, »gibt es schlechte Nachrichten?«

»Teils, teils«, antwortete Ahler und kam zuerst auf die Informationen zu sprechen, die er in Wiesbaden von dem Betriebsratsvorsitzenden der Linden-Werke erhalten hatte; aber außer dem Umstand, daß Linden seit dem Tod seiner Frau keine Ehe mehr eingegangen war und sich seitdem auch nicht mehr regelmäßig im Betrieb sehen ließ, war für Conrads Informationsbedürfnis nur noch Ahlers Mitteilung von Interesse, daß Linden, das Wochenende nicht einbezogen, nach mehrtägiger Abwesenheit heute erstmals wieder in Vertretung seiner erkrankten Schwester ins Werk gekommen war. Daß die Zusammenarbeit zwischen Betriebsrat und Geschäftsleitung doch nicht immer so reibungslos vonstatten ging, wie die Bezirksleitung der IG-Metall zuerst hatte verlauten lassen, wobei die Hauptprobleme weniger von Linden als von der patriarchalischen Geschäftsführung seiner Schwester ausgingen, war für Conrad schon nicht mehr von Belang. Er sagte: »Mit anderen Worten: Wir sind jetzt so klug wie zuvor. Wenn er nicht verheiratet ist, hatte er auch keine heimliche Geliebte zu verstecken.«

»Vielleicht vor seiner Schwester«, meinte Ahler. »Angeblich soll sie die erste und er nur die zweite Geige spielen.«

Conrad winkte unlustig ab. »Immerhin ist er gleichberechtigter Gesellschafter. Daß die angeblich erste Geige seiner Schwester sogar noch in seinem Privatleben den Ton angäbe –«

Ahler unterbrach ihn: »Sag das nicht, Helmut. Wenn er wieder heiratet, ist seine zweite Frau für seine Schwester genauso wichtig wie seine erste. Sollte er vor seiner Schwester sterben, so hat sie sich mit seiner zweiten Frau herumzuschlagen, und wenn das eine leichte Biene mit extravaganten Allüren ist... Seine Schwester wird schon ein Auge darauf haben, mit wem er sich herumtreibt. So wie du mir die Schwarzhaarige geschildert hast, ist sie bestimmt nichts Seriöses. Dazu noch wesentlich jünger als er. Ein Typ wie die würde bestimmt nicht nach der Firma und nach den damit verbundenen Arbeitsplätzen fragen, sondern den ihr zufallenden Erbteil augenblicklich zu verscherbeln versuchen.«

»Mag sein«, nickte Conrad. »Vielleicht ist sie Schauspielerin oder in einem Nachtclub tätig. Für uns ist das jetzt aber unwichtig. Über die Rolle, die sie und Linden bei der ganzen Geschichte spielten, werden wir wohl nie absolute Klarheit erhalten. Über die Rolle der Frau Westernhagen wissen wir ja einigermaßen Bescheid, und Diedenhofens dürfte auch ziemlich klar sein. Wir müssen jedenfalls davon ausgehen, daß Frau Westernhagen ihn inzwischen darüber unterrichtet hat, wem der Hund gehörte und von wem er ausgesetzt wurde. Was er daraus macht, kannst höchstens du noch beeinflussen. Für mich war diese Sache schon in Livorno gelaufen. Da auch deine Informationen über Linden kein neues Licht auf sie werfen, worauf ich noch einige Hoffnungen setzte, kann ich sie für meine Person als abgeschlossen betrachten. Es tut mir leid, daß ich nicht mehr für euch dabei herausholen konnte.«

Ahler widersprach ihm entschieden: »Ohne deine Hilfe hätte Geßler den Hund nicht zurückbekommen, und wir hätten keine Ahnung, was sich in Bayern und in Livorno alles abspielte. Nein, Helmut, ich, die Fraktion und auch die Partei, wir wissen, was wir dir zu verdanken haben. Wir sind auch jetzt noch auf deine Hilfe angewiesen. Da ist nämlich eine merkwürdige Sache passiert. Dir ist doch sicher die Doris Neuhagen bekannt?«

Conrad horchte auf. »Die Fernseh-Moderatorin?«

»Ja. Schmidtborn hält große Stücke auf sie; sie steht eindeutig auf unserer Seite. Als ich aus Wiesbaden zurückkam, rief er mich wegen der nächsten Fraktionssitzung an und erzählte mir bei dieser Gelegenheit, beim Intendanten ihrer Anstalt sei heute vormittag ein in Zürich abgestempelter Brief eingetroffen, in dem behauptet wird, die Neuhagen sei entführt worden und würde erst nach Verlesung eines beigefügten Schreibens wieder freigelassen werden. Die angeblichen Entführer bestanden darauf, daß die Verlesung unmittelbar im Anschluß an die Tagesschau erfolgen müsse. Über den Inhalt dessen, was verlesen werden sollte, wollte Schmidtborn sich nicht äußern. Er selbst hat von dem Brief erfahren, weil er im Verwaltungsrat sitzt und mit dem Intendanten gut befreundet ist.«

Conrad, der ihm mit wachsendem Interesse zuhörte, fragte: »Wieso angebliche Entführer. Ist sie nun entführt worden oder nicht?«

»Das ist ja das Merkwürdige daran«, sagte Ahler. »Ich muß noch hinzufügen, daß Kopien des Briefes anscheinend an die Redaktionen mehrerer großer Zeitungen verschickt wurden, die beim Funkhaus anriefen und wissen wollten, ob an der Sache etwas Wahres sei. Tatsache ist, daß die Neuhagen am vergangenen Freitag zu einem dreiwöchigen Urlaub wegfuhr und daß von ihren Kollegen und Kolleginnen niemand weiß, wohin. Der Intendant ist zum Glück ein vorsichtiger Mann, der zuerst einmal in seinem eigenen Haus Nachforschungen über ihr Verbleiben anstellen ließ, bevor er sich an die Kripo wandte. Dabei kam ihm zu Ohren, daß die Neuhagen sehr gut mit Werner Westernhagen und dessen Frau stehen soll und daß sie auch privaten Kontakt haben. Weil Frau Westernhagen aus uns beiden begreiflichen Gründen in ihrem Haus telefonisch nicht zu erreichen war, setzte sich die Sekretärin ihres Mannes im Auftrag des Intendanten mit diesem in Verbindung –«

»Hast du mir nicht erzählt, er sei zu einer Kur verreist und ebenfalls nicht zu erreichen?« warf Conrad ein. Ahler nickte. »Er hält sich zur Zeit in Bad Kissingen auf. Seine Sekretärin hatte Anweisung von ihm, seinen Aufenthaltsort nur in Notfällen anzugeben, weil er während der Kur mit keinen beruflichen Problemen behelligt werden wollte. Aber jetzt lag ja ein augenscheinlicher Notfall vor. Und nun, Helmut, wird es eigentlich erst richtig interessant. Westernhagen teilte seiner Sekretärin nämlich am Telefon mit, daß es sich bei dem Brief nur um einen üblen Scherz handeln könne, weil er kurze Zeit zuvor einen Anruf seiner Frau aus Florenz erhalten habe, die dort zusammen mit Doris Neuhagen einen Urlaub verbringe. Damit war die Angelegenheit für den Intendanten erledigt. Er ließ die Nachforschungen nach ihr einstellen und die Anfragen der Zeitungsredaktionen entsprechend beantworten. Jetzt frage ich mich, was Frau Westernhagen dazu veranlaßt haben könnte, ihrem Mann zu erzählen, sie verbringe zusammen mit Doris Neuhagen in Florenz einen gemeinsamen Urlaub, obwohl wir beide wissen, daß sie ihn nicht in Florenz mit ihr, sondern mit Diedenhofen in Livorno verbringt. Hast du eine Erklärung dafür?«

Conrad ließ sich mit der Antwort Zeit. Schließlich fragte er: »Hast du Schmidtborn etwas davon erzählt?«

»Um Gottes willen, nein«, sagte Ahler. »Dann hätte ich ihm ja alles erzählen müssen. Außer mit dir habe ich noch mit keinem Menschen darüber gesprochen. Als ich das von der Neuhagen hörte, dachte ich sofort an die Schwarzhaarige, aber die Neuhagen ist nicht schwarz-haarig, sondern blond. Und daß ausgerechnet sie ein Verhältnis mit einem Mann wie Linden haben könnte, halte ich für völlig unwahr-scheinlich. Wie ich sie einschätze, hat sie für solche Großkapitalisten ebensowenig übrig wie du und ich. Ich nehme eher an, daß sie für Frau Westernhagen nur als Alibi gegenüber ihrem Mann dient, damit sie es um so ungestörter mit Diedenhofen treiben kann. Vielleicht ist das zwischen ihr und Doris Neuhagen sogar so abgesprochen. Wenn es darum geht, uns Männern Hörner aufzusetzen, halten die Weiber ja immer zusammen.«

»Kann sein«, sagte Conrad und dachte kurz nach. Dann stand er auf und sagte: »Entschuldige mich für einen Augenblick. Ich möchte kurz mit meiner Frau sprechen.«

Er blieb nicht lange fort und fragte beim Zurückkommen: »Hat sich Geßler schon bei dir gemeldet?«

»Gegen Mittag aus Reit im Winkl«, antwortete Ahler. »Er erzählte mir, daß du ihn in Oberammergau abgesetzt hast und daß er jetzt bei seiner Familie eingetroffen sei und nach dem Mittagessen die Rückreise nach Wiesbaden antreten werde. Anscheinend sind sie alle glücklich, den Hund wiederzuhaben; sie wollen ihn auch auf keinen Fall mehr hergeben.«

»Das hätten sie einfacher haben können«, knurrte Conrad. »Viel-leicht müssen wir Schmidtborn nun doch in die ganze Geschichte einweihen. Selbstverständlich darf er nicht wissen, daß Geßler den Hund ausgesetzt hat. Solange nicht feststeht, ob es tatsächlich Augenzeugen gibt, die beobachtet haben, wie er den Hund auf dem Autobahnrastplatz an einen Baum band, kann er sich ja seiner ursprünglichen Version bedienen, er sei ihm dort entlaufen. Falls Frau Westernhagen die Doris Neuhagen nur als Alibi benutzt, ist nicht auszuschließen, daß diese tatsächlich entführt wurde. Das Verlesen eines Briefes als Voraussetzung ihrer Freilassung erinnert mich verdammt unangenehm an ganz ähnliche Forderungen aus der Terroristenszene.«

Ahler nickte blaß. »Das stimmt, Helmut. Daran habe ich noch gar nicht gedacht. Ich werde noch heute abend versuchen, von Schmidt-born zu erfahren, was da verlesen werden soll. Nachträglich habe ich mich darüber gewundert, daß er nicht von selbst ausführlicher darauf zu sprechen kam.«

Er blickte Frau Conrad an, die mit einer Zeitschrift und einem

Bleistift die Loggia betrat und beides ihrem Mann auf den Tisch legte. Sie schlug die Zeitschrift auf und sagte: »Das Foto von ihr ist schon vor sechs Wochen erschienen; zum Glück bewahre ich auch die alten Illustrierten auf. Es ist ein sehr gutes Farbfoto von ihr. Sie ist eine sehr schöne Frau.«

»Du hast schon immer für sie geschwärmt«, sagte Conrad.

Sie lachte. »Besser für sie als für Dieter Thomas Heck. Den magst du ja nicht.«

»Vor allem die von ihm bevorzugte Musik nicht«, sagte Conrad und griff nach dem Bleistift. Seine Frau ließ sie wieder allein. Ahler beobachtete verständnislos, wie er sich mit dem Bleistift an dem Foto zu schaffen machte; er fragte: »Ist es von der Neuhagen?«

Conrad nickte. »In unserer Rundfunk-Illustrierten. Ich bin gleich fertig.«

Er legte den Bleistift zur Seite und blickte längere Zeit auf das Foto nieder. Dann schob er die Zeitschrift Ahler hin und sagte: »Sie wurde nicht entführt; das ist die Frau, die ich am Walchensee zusammen mit Frau Westernhagen und Linden in den Audi einsteigen sah. Nur trug sie damals eine Perücke und eine große dunkle Sonnenbrille.«

Ahler betrachtete mit angehaltenem Atem das von Conrad mit schwarzen Haaren und einer Sonnenbrille veränderte Foto von Doris Neuhagen. »Dich frage ich nicht, ob du dir auch sicher bist, Helmut«, sagte er gedehnt. »Wenn du so etwas sagst, dann weiß ich, daß es stimmt. In was für eine elende Sache sind wir denn da hineingeraten?«

»Das übersehe ich selbst noch nicht«, sagte Conrad. »Ich werde mich aber darum kümmern. Mein vorläufiger Eindruck ist der, daß Linden immer mehr zur Schlüsselfigur der ganzen Geschichte wird. Du unternimmst einstweilen nichts, Walter, und sprichst auch mit niemand darüber. Ich werde mich jetzt selbst um Linden kümmern. Seine Privatadresse dürfte im Telefonbuch stehen. Nach dem Abendessen fahre ich zu ihm und unterhalte mich mit ihm. Über das Ergebnis werde ich dich anschließend unterrichten. Es kann allerdings sehr spät werden, bis ich dich anrufe.«

Ahler stand auf. »Du kannst auch mitten in der Nacht bei mir anrufen, Helmut. Ich weiß wirklich nicht, was ich ohne deine Hilfe jetzt machen sollte.«

»Erhoff dir nicht zuviel davon«, sagte Conrad und begleitete ihn bis vor die Haustür.

Wie immer verzichtete er darauf, seiner Frau Einblick in das soeben geführte Gespräch zu geben. Das verunstaltete Konterfei der Doris Neuhagen erregte zwar, als sie die Illustrierte in die Hand nahm, ihr Befremden, sie stellte jedoch keine Fragen.

Unmittelbar nach dem Abendessen setzte sich Conrad in seinen Opel und fuhr nach Wiesbaden. Obwohl er heute morgen sehr früh aufgestanden war und schon eine lange Autoreise hinter sich hatte, fühlte er sich eher aufgedreht als müde. Da seine frühere Tätigkeit ihn des öfteren zum BKA nach Wiesbaden geführt hatte, bereitete es ihm keine Mühe, trotz der einsetzenden Dunkelheit das Haus von Robert Linden zu finden. Er betrachtete es, noch im Wagen sitzend, von der anderen Straßenseite aus und auch den vor der geschlossenen Garage stehenden Audi. Weil sich hinter den Fenstern trotz längeren Wartens kein Leben und auch kein Licht zeigte, stieg er aus, überquerte die Straße und betätigte die Glocke an der Gartenpforte. Er mußte noch zweimal läuten, bis sich über die Sprechanlage eine männliche Stimme meldete. Conrad nannte seinen Namen und sagte: »Wir haben uns schon einige Male gesehen, Herr Linden. Zuletzt am Walchensee, als Sie mit Frau Westernhagen und Frau Neuhagen vor dem Restaurant in Ihren Audi stiegen. Ich habe dringend mit Ihnen zu reden; es liegt in Ihrem eigenen Interesse.«

Für eine kurze Weile blieb es in der Sprechanlage still. Dann meldete sich Lindens Stimme wieder: »Kommen Sie herein.«

Conrad drückte beim Summen des elektrischen Türöffners das Gartentor auf und stieg die kurze Treppe zur Haustür empor. Linden öffnete sie im gleichen Augenblick, als er sie erreichte. Mit einer knappen Handbewegung forderte er ihn auf, einzutreten, und führte ihn in den großen Wohnraum. Dort bot er ihm einen Sessel an, nahm ihm gegenüber Platz und betrachtete ihn prüfend. »Womit kann ich Ihnen helfen?«

Seinen grauen Anzug hatte er nicht von der Stange gekauft. Conrad betrachtete nicht ohne Widerwillen die korrekt sitzende Krawatte und das kühle Zurückhaltung ausdrückende Gesicht. Sicher gehörte Linden zu jenen Männern, deren gutes Aussehen und pekuniäre Ausstattung auf viele Frauen unwiderstehlich wirken; daß auch eine Frau wie Doris Neuhagen darin keine Ausnahme machte, war eine neue Lebenserfahrung, auf die Conrad gerne verzichtet hätte. Er schlug, sich im Sessel zurücklehnend, die Beine übereinander und sagte im gleichen sachlichen Ton wie Linden: »Ich muß einige Fragen an Sie stellen, die Sie mir nicht zu beantworten brauchen, Herr Linden. Es wäre jedoch unklug, wenn Sie es nicht täten. Ich war lange Jahre für die Kripo tätig und müßte in diesem Falle meine früheren Kollegen bitten, sich der Angelegenheit anzunehmen.«

Obwohl seine Worte Linden zutiefst beunruhigten, fragte er unverändert kühl: »Bei der Wiesbadener Kripo?«

»Bei der Frankfurter«, antwortete Conrad und nahm eine Visitenkarte aus seiner Brieftasche. Er gab sie Linden und beobachtete, wie dieser sie mit unbewegtem Gesicht las. Dann gab er sie zurück und sagte: »Ich weiß zwar nicht, weshalb Sie mich, Frau Neuhagen und Frau Westernhagen in Bayern verfolgt haben, aber sicher werden Sie mir das noch verraten. Vielleicht kann ich einen Teil meiner Antworten auf Ihre Fragen schon vorwegnehmen. Frau Westernhagens Vater, Herr Ludwigsdorff, und ich sind Geschäftsfreunde. Durch ihn lernte ich Frau Westernhagen kennen, die wiederum mit Frau Neuhagen befreundet ist. Wir verbrachten gemeinsam einige Ferientage in Bayern. Es war vorgesehen, daß wir anschließend zusammen zu einem kurzen Urlaub nach Italien fahren wollten. Wegen einer Erkrankung meiner Schwester mußte ich vorzeitig die Heimreise antreten. Die beiden Damen sind dann allein nach Italien weitergereist. Sie werden dort noch einige Tage verbringen.«

»In Livorno?« fragte Conrad.

Linden nickte. »Im Haus eines Geschäftsfreundes von Herrn Ludwigsdorff. Sie wollten sich dort allerdings nur eine Nacht aufhalten und dann nach Florenz weiterfahren.«

»Wo sie jetzt noch sind?«

»Ich nehme es doch an«, sagte Linden und blickte auf seine Armbanduhr. »Ich wäre Ihnen dankbar, wenn Sie sich mit Ihren Fragen etwas beeilten, Herr Conrad. Ich bin erst vor einer Stunde nach Hause gekommen und muß mich wieder um meine Schwester kümmern, die mit einer Erkältung im Bett liegt. Vielleicht erklären Sie mir auch, um welche Angelegenheit es sich bei Ihren Fragen überhaupt handelt. Ich bin es nicht gewohnt, daß man mir so nachspioniert, wie Sie es in Bayern getan haben.«

»Was Sie nicht daran hinderte, Herrn Dr. Geßler nachzuspionieren«, sagte Conrad. »Oder sagt Ihnen dieser Name nichts?«

Linden lächelte. »Ich habe ihn erst gestern abend von Frau Westernhagen erfahren, als sie mich von Livorno aus anrief. Frau Neuhagen und ich wurden zufällig Augenzeuge, wie er auf der Autobahn einen

Hund aussetzte. Wir nahmen den Hund in meinen Wagen und fuhren nach Eschelmoos, wo wir uns für zwei Nächte einquartierten. Am darauffolgenden Tag hielten wir uns zu Einkäufen in Ruhpolding auf. Dabei kam es zu einer wiederum zufälligen Begegnung mit Herrn Dr. Geßler und seiner Frau, die von ihrem Hund erkannt wurden. Das war auch der Grund, weshalb wir uns dafür zu interessieren begannen, wer sie waren. Unser Bemühen, ihnen den Hund zurückzugeben, schlug in Reit im Winkl fehl. Da wir am nächsten Vormittag mit Frau Westernhagen in deren Skihütte bei Oberammergau verabredet waren, verloren wir Herrn Geßler und seine Frau aus den Augen. Wir freuen uns jedenfalls, daß das Tier wieder bei seinen rechtmäßigen Eigentümern ist. Haben Sie sonst noch eine Frage?«

Conrad stand auf. »Die wichtigsten haben Sie mir bereits beantwortet. Ist Ihnen auch ein Herr Diedenhofen bekannt?«

Linden lächelte wieder. »Leider nicht persönlich. Ich kenne seinen Namen von Frau Westernhagen. Er ist ein großer Verehrer von ihr und ihr immer gerne gefällig. Er hat sich auch bereit erklärt, sie wegen der katastrophalen Verkehrsverhältnisse am letzten Wochenende in seinem Wagen nach Garmisch zu fahren. Vielleicht nicht ganz uneigennützig, weil er hoffte, auch ihrem Mann zu begegnen, der ursprünglich vorhatte, in Garmisch zu uns zu stoßen. Das klappte jedoch wegen seines derzeitigen Gesundheitszustandes und auch wegen der schlechten Straßenverhältnisse nicht. Soviel mir bekannt ist, war Herr Diedenhofen aus persönlichen Gründen an einer Zusammenkunft mit ihm interessiert. Ich hoffe, damit alle Ihre Fragen beantwortet zu haben.«

Conrad nickte. »Sie waren sehr kooperativ, Herr Linden. Offensichtlich lag hier ein grobes Mißverständnis vor. Ihre Verhaltensweise Herrn Dr. Geßler gegenüber ließen bei ihm und seiner Familie den irrtümlichen Eindruck aufkommen, von Ihnen verfolgt und beobachtet zu werden. Da ich ihnen persönlich gut bekannt bin, baten sie mich festzustellen, wer Sie sind und welche Absichten Sie verfolgten. Im übrigen wurde der Hund von ihnen nicht ausgesetzt. Er ist ihnen auf einem Autobahnrastplatz entlaufen, und sie sind sehr froh, ihn jetzt wieder bei sich zu haben. Eine letzte Frage, die Sie mir selbstverständlich nicht zu beantworten brauchen, Herr Linden, betrifft Frau Neuhagen. In welcher Beziehung stehen Sie zu ihr?«

Auch Linden stand auf. »Leider nicht in der, die ich mir wünsche. Ich habe Frau Neuhagen über Frau Westernhagen kennengelernt. Die gemeinsame Fahrt nach Eschelmoos sollte einer längst fälligen Aussprache zwischen ihr und mir dienen. Sie verlief jedoch nicht so, wie ich es mir erhofft hatte. Frau Neuhagen verließ vorzeitig die von uns bewohnte Pension in Eschelmoos und fuhr nach Oberammergau, wo sie sich mit Frau Westernhagen treffen wollte. Ich folgte ihr am nächsten Tag dorthin nach, ohne jedoch an den zwischen uns bestehenden Meinungsverschiedenheiten noch etwas ändern zu können. Die Erkrankung meiner Schwester zwang mich dann zu einem vorzeitigen Aufbruch. Mehr möchte ich dazu nicht sagen.«

»Sie haben mir mehr gesagt, als ich erwartet hatte«, erklärte Conrad.

An der Haustür reichte er Linden die Hand und lächelte. »Sie waren mir bei der Aufklärung der bestehenden Mißverständnisse eine große Hilfe. Ich hoffe, Sie nicht mehr belästigen zu müssen, Herr Linden.«

»Das hoffe ich auch«, sagte Linden.

Conrad kehrte zu seinem Opel zurück, setzte sich hinein und behielt, während er sich eine Zigarre anzündete, die Fenster des Hauses im Auge. Einmal schien es ihm, als bewegte sich eine der Gardinen; er war sich dessen jedoch nicht sicher. Eine Stunde später war er wieder in seinem eigenen Haus und rief Ahler an, der sich sofort meldete. Früher, als er noch verheiratet war, hatte sich jedesmal zuerst seine Frau gemeldet. Vielleicht war dies einer der Gründe, weshalb er sich nach zehnjähriger Ehe von ihr getrennt hatte. Wie immer zog sich das Gespräch zwischen ihnen in die Länge. Ahler sagte erleichtert: »Aber das klingt doch alles recht überzeugend, Helmut. Die Neuhagen wird sich eben mal angehört haben, was Linden ihr zu sagen hatte, und als er versuchte, die Situation, allein mit ihr in der Pension zu sein, auszunützen, setzte sie sich in seinen Wagen und fuhr nach Oberammergau, wo sie mit Frau Westernhagen verabredet war. Ich muß sagen, diese Doris Neuhagen imponiert mir immer mehr. Die hat sich von seinem Geld und was er ihr sonst noch alles zu bieten hätte, nicht beeindrucken lassen. Hast du ihn gefragt, warum sie eine Perücke trug?«

»Vielleicht wollte sie an seiner Seite nicht erkannt werden«, sagte Conrad. »Hast du von Schmidtborn schon etwas über den Inhalt des Briefes, der verlesen werden sollte, erfahren können?«

Ahler lachte. »Muß ein Thema sein, das sogar ihm unangenehm war;

er rückte auch diesmal nicht richtig mit der Sprache heraus. Immerhin konnte ich seinen Worten entnehmen, daß es sich um ein Pamphlet auf die Rundfunkanstalt und auf die von ihr betriebene Politik handelt. Dem Absender steht sie offenbar viel zu weit links.«

»Mir gelegentlich auch«, sagte Conrad. »Manchmal habe ich den Eindruck, daß die Personalabteilung bei der Auswahl ihrer Aspiranten marxistisch indoktrinierte Jungakademiker Bremer und Hamburger Universitäten bevorzugt. Ich bin mit meinem Besuch bei Linden nicht ganz so zufrieden wie du, Walter. Der Mann war mir zu geschwätzig. Er hat mir Fragen beantwortet, die ich ihm gar nicht gestellt habe. Wenn einer sein Herz so auf der Zunge trägt wie er, dann hat er etwas zu verheimlichen. Dort, wo er versuchte, die Beziehungen der Westernhagen zu Diedenhofen zu verharmlosen, bin ich noch bereit, ihm zu folgen. Wenn aber ein Mann von seiner Statur auf seine eigenen Beziehungen zu Frau Neuhagen angesprochen wird und ohne Not erzählt, daß er sich bei ihr eine Abfuhr geholt habe, werde ich hellhörig.«

»Du glaubst doch nicht...« Ahlers Stimme brach ab.

»Nicht das, was du jetzt denkst«, sagte Conrad. »Wenn überhaupt, dann wurde die Neuhagen von ihm, ohne ihr Wissen, mißbraucht. Er wollte sie vielleicht für einige Tage von der Bildfläche verschwinden lassen, und als sie merkte, daß sich hinter seiner Einladung doch etwas mehr versteckte als der Wunsch nach einer Aussprache, hat sie ihm sein Konzept verdorben. Du bist mit Westernhagen bekannt; ich nicht. Wenn er weiß, daß seine Frau sich in Florenz aufhält, dann weiß er sicher auch, wo sie dort wohnt. Wäre doch eine schöne Geste, wenn einer von euch sich Sorgen um seine Gesundheit machte und ihm in Bad Kissingen ein paar Blümchen und die Genesungswünsche der Partei überbringt. Der anonyme Brief an die Rundfunkanstalt wäre ein guter Aufhänger, das Gespräch auch auf seine Frau und auf Florenz zu bringen. Ich verfahre bei solchen Gelegenheiten immer in der Weise, daß ich mich als guten Kenner der betreffenden Stadt ausgebe und mich ganz beiläufig nach dem Hotel der Leute erkundige, für die ich mich interessiere. Ich kann mir nicht denken, daß Westernhagen, wenn er weiß, wo seine Frau in Florenz wohnt, eine Mördergrube aus seinem Herzen macht.«

Ahler antwortete mit einer kleinen Verzögerung: »Du willst noch einmal mit seiner Frau reden?«

»Nicht mit ihr«, sagte Conrad. »Ich möchte mich mit Frau Neuhagen unterhalten, und je früher das geschieht, desto besser ist es für uns alle.«

13

Nach seinem in Margots Zimmer geführten Gespräch mit ihr, zu dem sich Linden sofort nach seinem Eintreffen aus dem Werk entschlossen hatte und das kaum länger als fünf Minuten währte, machte er auf Doris einen etwas geistesabwesenden Eindruck. Von ihr im Wohnzimmer darauf angesprochen, ließ er sich in einen Sessel fallen, griff nach ihrer Hand und zog sie auf seinen Schoß.

»Ich erkenne sie kaum wieder, Doris. Ich war darauf gefaßt, daß sie mich mit Vorwürfen überschüttete. Statt dessen sagte sie nur, wenn ich zu schwach sei, von dir loszukommen, müsse sie das eben als mein Schicksal hinnehmen und sich auch selbst damit abfinden. Wegen der Fotos ließ sie mich gar nicht erst zu Wort kommen; sie behauptete, da sei schon alles zwischen dir und ihr gründlich besprochen und sie habe dem nichts hinzuzufügen. Was habt ihr denn besprochen?«

»Eigentlich nicht viel«, sagte Doris. »War das alles, was sie zu dir sagte?«

»Ja. Sie lag in ihrem Bett, las in einem Buch und machte einen völlig ruhigen Eindruck auf mich.«

»Vielleicht geht sie jetzt ein wenig in sich«, sagte Doris. »Ich habe ihr verständlich zu machen versucht, wie wichtig die Fotos für mich sind. Möglicherweise ist etwas davon bei ihr hängengeblieben. Ich habe ganz offen als Frau zu Frau zu ihr gesprochen, und sie hat mir auch ganz vernünftig zugehört. Ist es möglich, daß sie die Briefe mit den Fotos in ihrem Banksafe aufbewahrt?«

»Hat sie dir das gesagt?« fragte er rasch.

»Sie machte so eine Andeutung. Ich bin mir fast sicher: Wenn wir sie noch zwei oder drei Tage in ihrem Zimmer eingeschlossen halten, wird sie sie herausgeben. Im Augenblick ist sie noch darum bemüht, wenigstens ihr Gesicht zu wahren. So schnell kann sie nicht zugeben, daß sie die Partie verloren und nichts mehr zu gewinnen hat, wenn sie die Fotos verschickt. Übrigens habe ich heute vormittag noch mit Irmgard telefoniert. Hans ist bereits nach Hause gefahren, und sie will allein nicht länger in Livorno bleiben. Bevor sie abreiste, hat sie noch rasch Werner angerufen und ihm gesagt, daß wir beide in Florenz seien und heute einen Ausflug nach Pisa machten. Ich schätze, daß sie in etwa einer Stunde hier sein wird. «

Er fragte betroffen: »Wo hier? Doch nicht etwa bei uns?«

»Wohin sollte sie sonst fahren? Nach Hause bestimmt nicht. Sie wird eben zusammen mit uns ein paar Tage hier wohnen. Jemand muß die Einkäufe für uns erledigen. Ich bin in Wiesbaden genauso bekannt wie in Frankfurt und darf das Haus nicht verlassen. Irmgard hingegen kennt hier kein Mensch. Ich habe heute viel nachgedacht, Robert. Vielleicht wurden wir nicht erst in Garmisch, sondern schon in Eschelmoos beobachtet. Ich bin mir jetzt auch nicht mehr sicher, ob der Mann im Boot wirklich nur ein harmloser Tourist war. Dieser Conrad scheint mir kein ungefährlicher Mensch zu sein; wir sollten ihn nicht unterschätzen. Eines muß auch dir klar sein: Wenn jemals herauskommt, daß ich dein Spiel freiwillig mitgespielt habe, kann selbst Werner mich nicht länger halten. «

Er blickte sie eine kurze Weile schweigend an. Dann fragte er: »Warum kommst du gerade jetzt darauf?«

»Weil inzwischen die Briefe beim Funkhaus und bei der Presse eingetroffen sind«, sagte sie. »Es beunruhigt mich, daran zu denken. Was mir bisher als möglich erschienen war, nämlich unsere Erklärung, wie Geßler und Conrad mein Haus gefunden haben könnten, indem sie Diedenhofen von Garmisch bis nach Livorno verfolgten, verliert, je länger ich darüber nachdenke, immer mehr an Wahrscheinlichkeit. Wenn sie es nur auf Sue Ellen abgesehen hätten, dann hätte sich ihnen bestimmt auch schon in Garmisch eine Gelegenheit geboten, sie in ihren Besitz zu bringen. Sie wäre Hans, sobald sie Geßlers Stimme gehört oder ihn gesehen hätte, in Garmisch genauso davongelaufen wie in Livorno. Mir war bei dieser simplen Erklärung, die wir uns ausgedacht haben, schon gestern nicht wohl, aber sie klang eben so schön beruhigend und man brauchte hinterher an nichts Schlimmeres mehr zu denken. Geßler und Conrad müssen schon zusammengearbeitet haben, als wir noch in Eschelmoos waren. Ich bin mir jetzt auch sicher, daß der Mann, den Irmgard und Hans vom Fenster ihrer Hütte aus gesehen haben, Geßler war. Da sie mein Haus in Livorno gefunden haben, werden sie, wenn sie erst einmal wissen, wer du bist, auch dein Haus hier finden. Sie brauchen sich nur danach zu erkundigen, wem der Audi gehört und an wen er von der Verleihfirma vermietet wurde. «

Linden nickte. »Das klingt alles einleuchtend, Doris, aber warum sollten Sie das jetzt noch tun?«

»Weil sie genau das befürchten, was ich vorhabe«, sagte Doris. »Sobald ich mir mit Margot über die Fotos einig geworden bin, setze ich mich mit Hans in Verbindung und kläre ihn über Geßlers Charakter auf.«

»Aber sie wissen doch gar nicht, wer du bist und welche Rolle du dabei spieltest«, gab Linden zu bedenken. »Auf deinen Namen werden sie bestimmt nicht stoßen.«

»Wenn sie es geschafft haben, auf mein Haus in Livorno zu stoßen, dann traue ich ihnen auch das zu. Als ich dort nach dem Wachwerden zusammen mit Irmgard badete, hatte ich keine Perücke auf. Wenn der Mann im Boot schon irgendwo in der Nähe war, vielleicht zwischen den Felsen versteckt, und uns beobachtete, muß er mich, wenn er mich schon einmal gesehen hat, erkannt haben. Hoffentlich hatte er wenigstens keinen Fotoapparat bei sich. Irmgard und ich hatten beim Baden nichts an. Wir müssen jedenfalls auf alle Eventualitäten vorbereitet sein, Robert. Ich habe dir schon einmal gezeigt, daß du in solchen Dingen kein Profi bist. Du bist mir viel zu unbekümmert und sorglos. Wenn Geßler und die Leute, die ihn als künftigen OB protegieren, nur für fünf Pfennige Verstand haben – und den traue ich ihnen zu –, werden sie, bevor sie nicht wissen, mit wem sie es bei deiner und meiner Person zu tun haben, keine Nacht ruhig schlafen. Sie müssen annehmen, daß wir es waren, die Diedenhofen Sue Ellen zuspielten. Daß er vorläufig nicht weiß, wem sie wirklich gehörte und was mit ihr geschehen ist, das können sie nun wirklich nicht voraussetzen.«

Linden nickte ernst. »Das ist richtig. Aber wenn sie sehen, daß Diedenhofen in dieser Sache nichts unternimmt, wird auch nichts passieren. Deine Absicht, ihn aufzuklären, halte ich nicht für gut, Doris. Geßler hat den Hund wieder und wird sich bestimmt hüten, ihn ein zweites Mal aus der Hand zu geben. Warum willst du nachträglich noch eine Affäre daraus machen? Wir können es uns in dieser Situation nicht leisten –«

Sie ließ ihn nicht ausreden: »Du kennst mich noch immer nicht, Robert. Wenn ich bei einer solchen Ungeheuerlichkeit, wie Geßler sie sich mit Sue Ellen geleistet hat, aus opportunistischen Motiven die Augen zudrückte, dann wäre ich auch nicht besser als die Leute, mit denen ich mich seit Jahr und Tag beruflich auseinandersetze. Versuche nicht, mich in diesem Punkt zu beeinflussen. Es bekäme unserem Zusammensein bestimmt nicht gut.«

Sie stand von seinem Schoß auf. »Ich muß mich wieder um Margot kümmern. Vielleicht wartet sie schon auf ihr Essen. Worauf hast du Appetit?«

»Nur auf ein paar Sandwichs«, sagte er. »Ich trinke ein Bier dazu.«

»Wie weltläufig du bist«, sagte sie lächelnd. »Bei uns daheim gab es nur belegte Brötchen. Darauf und auf ein Bier habe auch ich Appetit. Gib mir den Schlüssel für Margots Zimmer.«

Er nahm ihn aus einer Tasche seines Jacketts und sagte: »Sie schließt sich dem, was wir essen, sicher an. Ich kümmere mich darum.«

»Du bist der perfekte Hausmann«, sagte sie und stieg die Treppe zu Margot hinauf. Sie las noch immer in ihrem Buch und hob auch nicht den Blick, als Doris zu ihr kam. Diese setzte sich zu ihr, nahm ihr das Buch aus den Händen und sagte: »Robert erzählte mir, daß er ein nettes Gespräch mit Ihnen hatte. Zu mir waren Sie bei unserem letzten Gespräch nicht sehr nett. Hat es Ihnen schon leid getan?«

»Ich wüßte nicht, warum«, sagte Margot.

»Na hören Sie mal«, sagte Doris. »Zuerst machen Sie mir große Versprechungen, und dann wollen Sie sich nicht mehr daran erinnern. Dafür, daß wir uns schon so nahegekommen sind, könnten Sie ruhig auch zu mir ein bißchen netter sein. Ich war es schließlich auch zu Ihnen. Robert kümmert sich um das Abendessen; es gibt Sandwichs. Trinken Sie ein Bier dazu?«

»Erwarten Sie nicht noch Ihre Freundin?« fragte Margot.

Doris nickte. »Da Sie mich so häßlich behandelten, werden Sie künftig mit ihr vorliebnehmen müssen. Mich sehen Sie so rasch nicht mehr. Ich bin nur hier, um mich von Ihnen zu verabschieden.«

Margot richtete sich, offensichtlich unangenehm berührt, rasch auf. »Sie verlassen das Haus?«

»Ich muß mich wieder um mein eigenes kümmern«, sagte Doris. »Robert wird mich dort besuchen. In zwei oder drei Tagen schaue ich wieder bei Ihnen vorbei. Vielleicht haben Sie es sich bis dahin anders überlegt.«

»Ich werde von Ihrer Freundin nichts annehmen«, sagte Margot kühl. »Weder etwas zu essen noch etwas zu trinken.«

Doris lächelte. »Also Hungerstreik. Und was wollen Sie damit erreichen? Daß ich hierbleibe und heute nacht wieder bei Ihnen schlafe? Wenn Sie unsere kleine Vereinbarung nicht einhalten, warum sollte dann ich es tun?«

Margot blickte sie eine kurze Weile schweigend an. Dann sagte sie: »Verlassen Sie das Zimmer und warten Sie vor der Tür, bis ich Sie rufe.«

»Das ist ein hübscher Einfall«, sagte Doris. »Er erinnert mich an die Spiele, die ich als kleines Mädchen mit meinem Bruder spielte. Wollen Sie sich verstecken?«

Weil Margot ihr nicht antwortete und sie nur wieder schweigend ansah, ging sie achselzuckend hinaus. Es dauerte keine zwei Minuten, bis Margot sie hereinrief. Sie lag noch immer auf dem Bett, hielt jedoch statt des Buches einen weißen Briefumschlag in der Hand. Sie gab ihn Doris und sagte: »Das ist einer von vierzehn. Die anderen werden Sie erst bekommen, wenn ich es für richtig halte.«

Doris las die Adresse einer Boulevardzeitung in Köln und brach den Brief auf. Er enthielt die Reproduktion sämtlicher Fotos. Die meisten waren von ihrem geschiedenen Mann in der kleinen Bucht unterhalb des Hauses aufgenommen worden und zeigten sie unbekleidet auf dem Bauch und auf dem Rücken in der Sonne liegend. Gemessen an jenen, die er in kniender Haltung gemacht hatte, als sie, auf einem kleinen Felsen sitzend, die Beine baumeln ließ, waren sie noch relativ harmlos. Sie stellte fest, daß die Qualität durch die Reproduktion nicht gelitten hatte. Die übrigen Fotos mußten aus dem Pinienwald über die Straße hinweg geschossen worden sein. Sie zeigten sie mit dem Mercedes, vor dem großen Parktor stehend, als sie dieses gerade auf- oder zuschloß, und auch im Wagen selbst. Der Gedanke, daß noch dreizehn andere Briefe mit den gleichen Fotos existierten, ließ ihr heiß werden. Sie knüllte die Fotos zusammen, schob sie in die Tasche ihrer Lederhose und trat an Margots Nachtschränkchen. Sie öffnete die Schublade, wühlte darin herum und wandte sich, als sie nichts fand, den Einbauschränken zu. Sie öffnete einen und betrachtete Margots Dessous, die, auf insgesamt zehn Fächer verteilt, in ihrer reichhaltigen Auswahl von einer aufgeklärten Gesinnung zeugten. Als sie damit anfing, sie einzeln aus dem Schrank auf den Boden zu werfen, sagte Margot: »Dort finden Sie sie nicht. Ich habe sie in einem Wandsafe.«

Doris drehte sich nach ihr um. »Wo?«

Margot stieg vom Bett, rückte neben den Einbauschränken ein gerahmtes Aquarell mit einer Frühlingslandschaft zur Seite und ließ sie den Safe sehen. »Ohne Kenntnis der Zahlenkombination nützte er Ihnen selbst dann nichts, wenn ich Ihnen den Schlüssel gäbe«, sagte sie.

Doris setzte sich auf ihr Bett und sagte: »Sie bezahlen im voraus. Für jedesmal vier Briefe.«

Margot ließ sich neben ihr nieder. »Sie befinden sich hier in keinem Krämerladen. Bei meinen Geschäften geht es Stück um Stück und Zug um Zug. Wenn Ihnen das zu teuer erscheint, können Sie mich ja umbringen. Oder besser noch – sich selbst. Vielleicht muß ich Ihnen auch die angelaufenen Zinsen in Rechnung stellen. Das hängt allein davon ab, welche Mühe Sie sich geben.«

»Dann war der erste Brief also eine Vorauszahlung?« fragte Doris.

Margot griff nach ihren Zigaretten auf dem Nachtschränkchen, und zündete sich eine an. »Ausnahmsweise nicht«, sagte sie. »Den hatten Sie sich bereits verdient.«

»Das finde ich sehr generös«, sagte Doris. »Ich hatte heute morgen nicht den Eindruck, daß ich mir bei Ihnen sehr viel Mühe zu geben brauche. Oder schweben Ihnen jetzt höhere Ansprüche vor?«

»Im Gegenteil«, sagte Margot. »Ich habe mir für Sie eine mehr passive Rolle vorbehalten. Mit kleinen Zugeständnissen dann, wenn ich ihrer bedürftig werden sollte.«

»Das muß ich mir erst noch überlegen«, sagte Doris und stand auf.

Margot griff rasch nach ihrer Hand. »Seien Sie nicht kindisch. Sie wußten schon gestern abend und heute morgen, was Sie wollten, und Sie wissen es auch jetzt. Ich bin aber gerne bereit, Ihnen den Einstieg etwas zu erleichtern. Unter dem Kopfkissen liegt noch ein Brief. Sie können ihn sich verdienen, indem Sie sich ausziehen.«

Doris griff unter das Kopfkissen, nahm den Brief an sich und zerriß ihn unbesehen und ungeöffnet in viele kleine Stücke. Sie zerstreute sie durch das Zimmer und sagte: »Vielleicht habe ich ihn mir schon verdient.«

»Damit verstoßen *Sie* gegen unsere getroffene Vereinbarung«, sagte Margot. »Wenn Sie das tun, müßte ich sie als gegenstandslos betrachten und eine neue mit entsprechend erschwerten Bedingungen mit Ihnen treffen.«

»Eine solche kann ich mir gar nicht vorstellen«, sagte Doris und nahm den Zimmerschlüssel aus der Tasche ihrer Lederhose. Sie legte ihn Margot auf den Schoß. »Erzählen Sie das alles Robert. Er ist unten in der Küche.«

Sie verließ, ohne sich länger um sie zu kümmern, das Zimmer. Als sie auf den Flur trat, hörte sie die Türglocke läuten und gleich darauf Roberts und Irmgards Stimmen. Sie ging rasch zu ihnen hinunter, küßte Irmgard auf die Wange und sagte: »Du bist früh hier. Hattest du eine gute Fahrt?«

»Nein«, sagte Irmgard. »Die Italiener fahren wie die Säue, und auf der Brennerautobahn lag noch Schnee.« Zu Linden sagte sie: »Mein Gepäck ist noch im Wagen.«

»Ich kümmere mich darum«, sagte er.

Doris führte sie in den Wohnraum; die Tür zur Diele ließ sie hinter sich offen. Sie sagte: »Es ist gut, daß du da bist, Irmgard. Meine Probleme sind hier nicht kleiner geworden. Hast du mit Werner telefoniert?«

»Ist erledigt«, sagte Irmgard. »Er läßt dich grüßen.« Sie setzte sich in einen Sessel und blickte Doris prüfend an. »Probleme mit Roberts Schwester?«

Doris nickte. »Sie hat die Briefe mit den Fotos in einem Wandsafe ihres Schlafzimmers und will sie nicht herausrücken. Ich habe heute einen schlechten Tag und bei allem, was ich tue, ein ungutes Gefühl.«

»Ich habe nur noch solche Tage«, lächelte Irmgard. »Hat der Safe ein Kombinationsschloß?«

»Ja. Selbst wenn ich den Schlüssel in die Finger bekäme, wäre mir damit nicht geholfen. Ich dachte zuerst, wenn ich sie ein paar Tage lang in ihrem Zimmer einschließe, würde sie mürbe werden und die Briefe freiwillig herausgeben, aber das verfängt bei ihr nicht; sie ist aus härterem Holz geschnitzt als Robert.«

Irmgard lachte verwundert auf. »Du wolltest sie tatsächlich in ihrem Zimmer einschließen?«

»Sie war schon seit gestern abend eingeschlossen«, sagte Doris. »Es blieb ohne Wirkung auf sie. Ich möchte Robert nicht zu sehr einschalten; schließlich ist sie seine Schwester. Am liebsten brächte ich sie um.« Sie stand auf. »Ich glaube, ich habe vorhin einen Fehler gemacht; ich konnte sie plötzlich nicht mehr ertragen. Warte hier und beschäftige Robert ein paar Minuten. Er wird dir das Gästezimmer zeigen.«

»Was hast du vor?«

»Ich muß noch einmal mit ihr reden«, sagte Doris und kehrte zu Margot zurück. Sie traf sie, noch im Hausmantel, vor dem offenen

Safe an und mit den Briefen in der Hand. Als sie Doris hereinkommen sah, warf sie die Briefe rasch in den Safe, schlug die Tür zu und verstellte das Kombinationsschloß. Auf dem Bett stand eine offene Reisetasche. Daneben lagen zwei Kleider und ein Pyjama. Doris sah sich nach dem Zimmerschlüssel um. Sie fand ihn neben der Reisetasche auf dem Bett und nahm ihn an sich. Dann ging sie zu Margot hin, küßte sie leicht auf die Wange und sagte: »Meine Freundin ist eben eingetroffen. Wir sprechen uns später.«

Irmgard saß in Gesellschaft Lindens im Wohnraum; sie sagte: »Wir unterhalten uns gerade darüber, wie Dr. Geßler und dieser Conrad dein Haus gefunden haben könnten. Robert hat auch keine Erklärung dafür.«

»Wenigstens keine mich selbst überzeugende«, sagte Linden und blickte Doris forschend an. »Hast du sie wegen des Essens gefragt?«

Doris setzte sich zu ihnen. »Ja. Sie wird etwas essen.«

»Hast du sonst noch etwas mit ihr besprochen?«

»Ich war ja nur ein paar Augenblicke lang bei ihr«, sagte Doris mit einem Anflug von Ungeduld. »Wir müssen ihr noch etwas Zeit lassen. Können wir essen?«

Er stand auf. »Wenn es euch recht ist, in der Küche. Ich habe den Tisch bereits gedeckt und das Bier und die Sandwichs für Margot auf ein Tablett gestellt. Du brauchst es ihr nur noch hinaufzubringen.«

»Tu du es«, sagte Doris. »Ich schaue vor dem Schlafengehen noch einmal nach ihr.«

Irmgard lächelte. »So möchte auch ich einmal von euch verwöhnt werden.«

»Du bist nicht krank«, sagte Doris. Irmgard blickte sie betroffen an. »Davon hast du mir nichts gesagt. Was fehlt ihr?«

»Muß eine Art von Fieber sein«, sagte Doris und folgte Linden in die Küche. Irmgard schloß sich ihnen an. Während Linden das Tablett mit Margots Essen hinauftrug, öffnete Doris in der gemütlich eingerichteten Eßecke der Küche eine Bierflasche. Sie füllte die Gläser und fragte Irmgard: »Gefällt dir das Haus?«

»Das Haus schon«, sagte Irmgard. »Ich hätte es nur anders eingerichtet. Diese antiquierten Sideboards und Glasvitrinen sind nicht mein Fall.«

»Sie sind noch von seiner Frau«, sagte Doris. »Sie hat das Haus eingerichtet.«

»Hat er dir erzählt, woran Sie gestorben ist?«

Doris zuckte mit den Schultern. »Wenn sie eine Frau aus der Klinik nach Hause schicken, weil sie dort nichts mehr für sie tun können, ist es doch immer dasselbe. Ich habe ihn nicht danach gefragt. Vielleicht fällt es ihm schwer, darüber zu reden. Er spricht auch sonst nicht viel von ihr. In solchen Fällen ist es am besten, man reißt keine alten Wunden auf.«

Irmgard lächelte. »Zu den neuen, die *du* ihm schon hinzugefügt hast. Seid ihr euch bereits über den Hochzeitstermin einig?«

Doris trank einen Schluck Bier, wischte sich mit dem Zeigefinger den Schaum von den Lippen und sagte: »Wenn er mich in fünf Jahren auch noch liebt, unterhalte ich mich vielleicht mit ihm darüber. Bis dahin kann er sich noch überlegen, ob nicht du die bessere Frau für ihn bist. Ihr kommt beide aus dem gleichen Milieu. Für dich wäre er der ideale Partner. Deine Ehe mit Werner war nie etwas anderes als das, was euch auch zusammengeführt hat: ein Mißverständnis.«

»Genau wie bei dir auch«, sagte Irmgard.

Doris schüttelte den Kopf. »Als Bernd mich im Speisewagen eines Intercity ansprach, wußte er genau, wer ich war. Er hat mich nicht mit einer anderen verwechselt, wie das bei dir und Werner der Fall war. Vielleicht hat Werner dich aber auch gar nicht verwechselt und nur so getan.« Sie wurde ernst. »Ich wünschte, wir hätten in Livorno bleiben können, Irmgard. Mich bedrückt dieses Haus. Roberts Frau, die hier gestorben ist, seine Schwester, die mich haßt; hier kann ich nicht einmal unbefangen atmen. Ich bin auch Robert gegenüber nicht mehr unbefangen. In Eschelmoos und in deiner Hütte reizte es mich noch, etwas mehr über ihn zu erfahren. Jetzt habe ich das Gefühl, daß alles, was ich noch über ihn erfahren könnte, ihn mir wieder entfremden wird. Ich möchte auch nicht wissen, worüber er sich jetzt mit Margot unterhält. Er bleibt lange oben.«

»Das ist kein Grund, daß wir mit dem Essen auf ihn warten«, sagte Irmgard und griff nach einem Sandwich. Weil es bereits dunkel wurde, stand Doris auf und suchte nach einem Lichtschalter. Sie fand ihn in der Eßecke über der gepolsterten Sitzbank. Wenig später kam Linden zu ihnen. Er entschuldigte sich für sein langes Wegbleiben. Doris fiel auf, daß sein Gesicht ungewöhnlich ernst war. Sie fragte: »Gab es Ärger?«

Er setzte sich zu ihnen und griff nach einer Serviette. »Sie will morgen früh in ein Hotel ziehen. Sie drohte mir damit, uns, wenn wir sie noch länger hier festhalten, wegen Nötigung und Freiheitsberaubung anzuzeigen. Ich fürchte, wir müssen ihre Drohung ernst nehmen.«

»Diese Befürchtung habe ich nicht«, erwiderte Doris. »Das sagte sie nur, weil nicht ich ihr das Essen gebracht habe. Habt ihr euch auch über die Fotos unterhalten?«

Er nickte. »Sie meinte, sie könnten ihr und mir eines Tages noch nützlich sein. Wenn überhaupt, will sie sich nur mit dir darüber unterhalten. Ich weiß nicht, was sie vorhat, Doris. Sie kam mir auf eine beunruhigende Art verändert vor. Als sie sich eben mit mir unterhielt, geschah es in einem völlig unpersönlichen, beinahe feindseligen Ton. Ich habe versucht, ihr zu erklären, daß unser Vorhaben in dem Augenblick, als du ohne mein Wissen Irmgard eingeschaltet hast, nicht mehr durchführbar gewesen sei. Sie nahm das natürlich sofort zum Anlaß, mir vorzuhalten, daß eine solche Dummheit, dir Gelegenheit zu geben, unbeobachtet ein Telefon zu benutzen, auch nur mir passieren könne.«

»Worin sie nicht einmal so unrecht hat«, sagte Doris lächelnd. »Du hast dich zu sehr auf die Fotos verlassen; ihr wäre das nicht –«

Sie wurde durch das Läuten der Türglocke am Weiterreden gehindert. Linden stand rasch auf. »Ich sehe nach. Es ist ungewöhnlich, daß zu dieser Zeit bei uns geläutet wird.«

»Sieh lieber vorher nach, wer es ist«, sagte Doris. »Kannst du das?«

»Von den Flurfenstern aus«, antwortete er und lief aus der Küche. Es dauerte nicht einmal eine halbe Minute, bis er wieder zurückkam; er sagte mit blassem Gesicht: »Es ist wieder der Weißhaarige. Er muß herausgefunden haben, daß ich es bin, der den Audi gemietet hat.«

»Und jetzt steht er auch noch vor deiner Garage«, sagte Irmgard erschrocken. »Du willst ihm doch nicht aufmachen?«

»Doch, ich muß wissen, was er von mir will«, sagte Linden. »Ich führe ihn in den Salon und schließe die Küchentür. Seid leise, damit er euch nicht hört.«

Während er hinausging, läutete die Türglocke noch zweimal. Doris sagte zu Irmgard: »Er wollte mir nicht glauben, daß dieser Schnüffler auch hier auftauchen wird.«

»Du hast damit gerechnet?« fragte Irmgard überrascht.

Doris nickte. »Er brauchte sich bei der Verleihfirma nur nach dem Mieter des Audis zu erkundigen. Mir ist der Appetit vergangen.« Sie schob den Teller mit den Sandwichs von sich, stand auf und blickte durch das große Fenster in den Garten hinaus. Irmgard kam zu ihr. Sie legte die Hand auf ihre Schulter. »Mach dich nicht verrückt, Doris. Vielleicht will er nur wissen, wie ihr zu Sue Ellen gekommen seid. Mich hat er nicht danach gefragt; ich hätte ihm auch keine Antwort gegeben. Robert wird sich schon etwas einfallen lassen, wenn er mit ihm redet. Ich sage dir, an allem ist nur der Hund schuld. Ihr hättet euch nicht um ihn kümmern dürfen. Jedenfalls nicht in der Situation, in der ihr euch befandet.«

»Jetzt fang nicht auch du noch damit an«, sagte Doris. »Ich bin froh, daß wir uns um Sue Ellen gekümmert haben. Du fandest doch diesen Geßler und seine Frau so ungemein sympathisch. Sobald ich hier etwas Luft habe, kümmere ich mich persönlich um sie. Hast du dir überhaupt schon einmal Gedanken darüber gemacht, was so ein armes Tier empfindet, wenn es von den Menschen, an denen es hängt und für die es sich aufopfern würde, kaltherzig in einer wildfremden Gegend aus dem Auto geworfen wird? Ich werde nie begreifen, was in den Herzen und in den Köpfen solcher Leute vorgeht, wenn sie so etwas tun. Sie müssen völlig gefühllos sein. Daß einem Mann, der so etwas tut, das Wohl und das Wehe einer ganzen Stadt anvertraut wird, das werde ich mit allen mir zur Verfügung stehenden Mitteln verhindern.«

Irmgard schwieg. Sie nahm die Hand von Doris' Schulter, kehrte an den Tisch zurück und trank ihr Glas leer.

Als Linden wieder hereinkam, setzte er sich wie erschöpft auf seinen Stuhl, schüttelte den Kopf und sagte: »Der Mann wußte praktisch alles. Er muß dich trotz der Perücke und der Sonnenbrille erkannt haben, Doris. Es wäre zwecklos gewesen, dich zu verleugnen.«

Doris blickte ihn wortlos an. Auch Irmgard sagte nichts. Er trank einen Schluck Bier und berichtete ihnen ausführlich von seinem Gespräch mit Conrad. Abschließend sagte er: »Ob er mir alles geglaubt hat, kann ich nicht beurteilen. Es wird ihm allerdings auch schwerfallen, uns das Gegenteil zu beweisen. Mein Eindruck ist jedenfalls der, daß sich hinter seinem Besuch mehr verbirgt als das, womit er ihn mir gegenüber begründete. Geßler und die Leute, die hinter ihm stehen und die ihn zum OB machen wollen, müssen kalte Füße bekommen haben. Sie versuchen jetzt, die Sache so hinzustellen, als sei der Hund nicht ausgesetzt worden, sondern entlaufen. Ich nehme an, uns das wissen zu lassen, war der eigentliche Zweck seines Besuches.«

»Das höre ich gern«, sagte Doris. »Je mehr Leute in dieses Komplott gegen die Wahrheit verwickelt sind, desto besser. Ich muß mal telefonieren, Robert. Ich erledige es vom Gästezimmer aus.«

Sie stand auf und verließ die Küche.

Linden fragte beunruhigt: »Was hat sie jetzt schon wieder vor?«

»Das werden wir wohl erst erfahren, wenn es schon geschehen ist«, sagte Irmgard. »Mach jetzt keinen Fehler, Robert. Wenn sie sich etwas in den Kopf gesetzt hat, geht sie sogar über die Leichen ihrer besten Freunde. Sie ist dann ebensowenig aufzuhalten wie ein Schnellzug. Du kennst sie noch nicht so gut wie ich. Wer versucht, ihr bei ihrer Arbeit in die Arme zu fallen, den betrachtet sie als ihren Feind. Ihr geschiedener Mann hat das auch versucht. Es ist ihm genausowenig bekommen, wie es dir bekäme.«

»Manchmal ist sie mir direkt unheimlich«, murmelte Linden.

Irmgard lächelte. »Du wirst noch einige Überraschungen mit ihr erleben; sie ist nicht nur im Bett ein Vulkan.«

Er sah rasch in ihr Gesicht. »Woher weißt du, daß sie im Bett ein Vulkan ist?«

»Du hast dich ja auch schon an ihr verbrannt«, antwortete sie. »Oder etwa nicht?«

Er schwieg. Sie erhob sich von ihrem Stuhl, ging zu ihm hin und setzte sich auf seinen Schoß. Sie legte einen Arm um seine Schultern, küßte ihn und sagte: »Wenn sie dir hin und wieder zu anstrengend wird und du eine brauchst, bei der du dich ein wenig ausruhen kannst, dann hast du bei mir eine gute Adresse. Fünf Jahre Bewährungsprobe sind für einen Mann eine lange Zeit. Bis dahin hat sie vielleicht schon wieder einen kennengelernt, den sie nicht erst lange davon überzeugen muß, daß die besseren Argumente von ihr gepachtet wurden. Ich mag sie sehr, und ich würde nie etwas tun, was gegen sie gerichtet ist. Wie ich sie aber kenne, wäre es ihr sogar eine Erleichterung zu wissen, daß du nicht ausschließlich auf sie stehst. Ein Mann, der ausschließlich auf sie steht, neigt früher oder später zur Eifersucht, und wohin das bei ihr führt, hat sie dir mit Hans gezielt demonstriert.«

»Woher weißt du das mit den fünf Jahren? Von ihr?«

»Ja. Und wenn sie mir so etwas sagt, dann mit dem Hintergedanken, daß ich es dir weitererzähle. Das erspart ihr, es dir selbst sagen zu müssen.«

»Ich werde immer weniger klug aus ihr«, murmelte Linden.

Irmgard streichelte mit dem Daumen ihrer auf seiner Schulter liegenden Hand seine Wange. »Da stehst du nicht allein. Ich habe auch schon einiges mit ihr erlebt. Ich habe ihr schon angeboten, mich, wenn sie ihren Job aufgibt, von Werner scheiden zu lassen und mit ihr nach Livorno zu ziehen. Die richtigen Männer für dort hätten wir bestimmt gefunden. Mein Vater wartet nur darauf, daß ich mich von Werner trenne. Ich bekäme von ihm alles, was wir in Livorno brauchen. Sie würde aber eher das Haus verlieren, als ihren Job aufgeben. So wie manche Frauen auf die Liebe programmiert sind, ist sie auf ihren Job programmiert; sie kann ohne ihn nicht leben. Hat sie dir erzählt, daß Bernd schon ihr zweiter Mann war?«

Er starrte sie ungläubig an. »Mit keinem Wort.«

Irmgard lächelte. »Dann wird sie es sicher bei passender Gelegenheit nachholen. Sie ist gleich nach dem Abitur von daheim weggelaufen. Mit Bernd war sie drei Jahre verheiratet. Heute ist sie fünfunddreißig. Da liegen vierzehn Jahre dazwischen, und einige davon waren kein Honigschlecken für sie. Frag sie mal, wie sie die zwei Jahre auf der Schauspielschule und die drei Jahre auf der Volkshochschule finanziert und wer sie vor neun Jahren zum Sender gebracht hat, wo Werner, lange bevor ich ihn kennenlernte, sich ihrer annahm und sie zu dem machte, was sie heute ist. Mehr als kollegiale Freundschaft hat sich vor meiner Zeit zwischen ihnen aber nicht entwickelt. Sie fand zu seiner ersten Frau keinen Kontakt. Vielleicht war sie auf Doris eifersüchtig. Das behinderte auch die privaten Beziehungen. An mir fand sie sofort Gefallen, und ich an ihr. Wir sind uns in vielen Dingen sehr ähnlich. Übrigens fand ich das, was du diesem Conrad sagtest, sehr gut und sehr geschickt. Sie hätte wenigstens auch ein Wort dazu sagen können, aber als sie hörte, worauf Geßler sich hinauszureden versucht, war sie für den Rest gar nicht mehr aufnahmefähig. Wenn sie sich auf ihn einschießt, möchte ich nicht in seiner Haut stecken. Sie kann mit einer einzigen Reportage Leute so fertigmachen, daß sie sich ihr ganzes Leben lang nicht mehr davon erholen. Das Gefühl, Macht über andere Menschen zu haben, muß bei ihr. . .«

Sie brach ab, lauschte zur Tür und stand dann rasch von seinem Schoß auf. Auch Linden hatte Doris die Treppe herunterkommen hören. Als sie das Zimmer betrat, saß Irmgard bereits wieder auf ihrem Platz und füllte ihr Glas aus der Flasche nach. Doris setzte sich zu ihnen und sagte: »Es dauerte etwas; entschuldigt. Habt ihr euch gut unterhalten?«

»Doch«, sagte Irmgard. »Ich habe Robert inzwischen ein wenig über dich aufgeklärt und ihn darauf vorbereitet, daß er sich, wenn er etwas erreichen will, bei dir in Geduld üben muß. Hast du mit Hans telefoniert?«

Doris nickte. »Mit dem auch. Angeblich von München aus, wie es sich gehört. Es kann sein, daß ich übermorgen meinen Urlaub in Florenz für einen Tag unterbrechen und nach Wiesbaden reisen muß. Kommst du in Florenz solange ohne mich zurecht?«

»Nur ungern«, sagte Irmgard lachend. »Aber vielleicht ist es ganz gut, wenn sich deine Kollegen im Funkhaus selbst davon überzeugen können, daß du nicht gekidnappt wurdest.«

»Ins Funkhaus komme ich nicht«, sagte Doris und bediente sich, weil ihr eigenes leer war, aus Irmgards Glas. Sie blickte Robert an. »Du siehst blaß aus. Mußt du morgen früh wieder ins Büro?«

»Notgedrungen«, antwortete er. »Ich möchte dir in deine Pläne mit Margot nicht hineinreden, Doris, aber nach allem, was ich vorhin von ihr hörte –«

Sie ließ ihn nicht aussprechen: »Margot redet jetzt so, und fünf Minuten später wieder anders. Wenn ich es bis zum Wochenende nicht geschafft habe, sie zur Herausgabe der Briefe zu überreden, kann sie am Montag wieder in ihr Büro gehen. Bis dahin habe ich auch meine anderen Sachen erledigt, und wir fliegen zusammen mit Irmgard nach Livorno zurück.«

»Aber dann hättest du mit der Reise hierher überhaupt nichts gewonnen«, sagte er verständnislos.

»Das steht noch nicht ganz fest«, sagte sie und hielt, ein Gähnen unterdrückend, die Hand vor den Mund. »Ich bin todmüde. Dieser zweimalige Klimawechsel kurz hintereinander macht mich fertig. Vielleicht wollt ihr noch zusammen Fernsehen oder sonst was machen. Ich lege mich jedenfalls hin, und morgen früh möchte ich vor zehn Uhr nicht gestört werden. Die Tür schließe ich vorsichtshalber wieder ab.«

»Was heißt wieder?« fragte Irmgard.

»Was wieder normalerweise heißt«, sagte Doris und stand auf. Sie küßte Irmgard auf die Wange und Linden auf den Mund. »In Livorno«, sagte sie zu ihm, »werde ich wieder ein völlig normaler Mensch sein.«

»Warst du das schon einmal?« fragte er.

Sie verließ lächelnd die Küche. Irmgard stand rasch auf. »Sei nicht böse, aber ich bin nach der langen Autofahrt auch geschafft, Robert. Da auch ich morgen früh länger schlafen werde, sehen wir uns wohl erst beim Mittagessen wieder. Vielleicht können wir morgen abend unser kleines Gespräch fortsetzen. Wenn nicht, spätestens in Livorno. Doris ist eben immer für eine kleine Überraschung gut.«

»Du aber auch«, sagte er und erwiderte ihren Kuß.

Doris hatte ihre Tür offenstehen lassen und erwartete Irmgard auf dem Bett sitzend. »Hans hat mich nicht angehört«, sagte sie. »Als er meine Stimme erkannte, legte er sofort auf. Ich versuche morgen nachmittag, ihn in seiner Wohnung zu erreichen. Kommst du mit?«

Irmgard setzte sich zu ihr auf das Bett. »Wozu brauchst du mich dazu?«

»Nur vorsichtshalber; er ist mir zu unberechenbar. Trotzdem möchte ich mich vor diesem Besuch bei ihm nicht drücken. Was machen deine Fortschritte bei Robert?«

»Mir wäre lieber, ich wüßte, woran ich mit dir bin«, sagte Irmgard.

»Mir auch«, sagte Doris. »Was willst du von mir hören? Daß ich mich mit dem Gedanken trage, ihn eines Tages zu heiraten? Ich habe im Augenblick wahrlich ganz andere Probleme.«

»Und ich bekomme welche, wenn du die deinen gelöst hast«, sagte Irmgard. »Einen anderen Mann finde ich immer; eine Freundin wie dich nicht.«

Doris mußte lachen. Sie küßte sie rasch auf die Wange. »Laß dir deshalb keine grauen Haare wachsen. Hast du dich in ihn verliebt?«

»Und wenn es so wäre?«

»Dann soll *er* sich entscheiden«, sagte Doris. »Ich halte es für ziemlich unwahrscheinlich, daß ich jemals den Wunsch verspüren werde, eine dritte Ehe einzugehen. Was stört dich daran, wenn er uns beiden gehört?«

»Vielleicht stört es dich.«

»Bestimmt weniger als ihn«, sagte Doris. »Er dürfte wohl kaum der Typ für so etwas sein. Männer wie er ziehen klare Verhältnisse vor. Ich kann dir aber nicht versprechen, daß ich, falls seine Entscheidung zu deinen Gunsten ausfällt, sie immer respektieren werde.«

»Das gilt umgekehrt genauso«, sagte Irmgard. »Ich glaube nicht, daß ich mich in ihn verliebt habe, aber er gefällt mir.«

»Und was ist mit Werner? Ein Mann wie Robert wird ihn ebensowenig aus dem Kopf verlieren wie du selbst. In diesem Punkt bist du mir gegenüber sogar im Nachteil.«

»Wenn das zu einem Problem wird, lasse ich mich scheiden.«

»Nur deshalb?«

»Nein«, sagte Irmgard. »Nicht nur deshalb.«

Doris griff nach ihrer Hand. »Was Werner betrifft, so habe ich dich noch nie zu beeinflussen versucht. Das ist ein Problem, das du allein lösen mußt. Du warst mir auch diesmal wieder eine ganz große Hilfe, Irmgard. Ich weiß nicht, wie ich es ohne dich geschafft hätte, wenigstens das Schlimmste zu verhüten. Glaube nicht, daß ich dir das vergessen werde. Ich habe dich mit in diese Sache hineingezogen, und alles, was hier geschieht, fällt letztlich auf mich zurück. Robert muß selbst wissen, was er tut. Ich weiß nicht, ob er mir mehr bedeutet als damals Bernd, als ich ihn kennenlernte. Bei ihm redete ich mir auch ein, mich in ihn verliebt zu haben. Wenn es wegen Robert zwischen uns zu ernsthaften Problemen kommen sollte, werden wir zur gegebenen Zeit darüber reden. Vielleicht war er mir nur wichtig, um mir selbst etwas zu beweisen. Das halbe Jahr mit Hans hat mir wieder einmal gezeigt, daß ich spätestens seit meiner zweiten Ehe an einer festen Bindung nicht mehr interessiert bin. Warum lassen wir die Dinge nicht einfach so laufen, wie sie sich von selbst ergeben? In deiner Hütte hatten wir noch kein Problem damit.«

»Dort wolltest du ihm auch nur eine Lektion erteilen«, sagte Irmgard. »Vielleicht ist sie dir zu einer Lektion gegen dich selbst geraten.«

Doris nickte. »Das ist möglich. Aber was hat das mit dir zu tun? Ich kann dich doch nicht auf einen Mann ansetzen und dann, wenn du wider Erwarten Feuer fängst, die Schuld dir zuschieben.«

»In Livorno...«, begann Irmgard.

Doris verschloß ihr den Mund mit einem Kuß. »Ich war nur neugierig, wie weit du mit ihm bist. Das wird nicht mehr vorkommen. Sind wir uns einig?«

Irmgard lächelte. »An mir soll es nicht liegen. Wie ist das mit seiner Schwester? Vielleicht kann ich dir auch bei ihr behilflich sein.«

»Ich habe schon selbst daran gedacht«, sagte Margot. »Wenn sie ein paar Nächte lang in einem Keller statt in ihrem Zimmer eingesperrt wäre, ließe sie vielleicht schneller mit sich reden. Da würde aber Robert nicht mitspielen. Außerdem brächte ich es nicht über mich, physische Gewalt anzuwenden. Mit Margot muß ich allein klarkommen. Geh jetzt in dein Zimmer. Robert braucht nicht zu wissen, daß du noch bei mir warst. Vielleicht besucht er dich heute nacht. Wenn nicht, kannst du es tun.«

»Besser nicht«, sagte Irmgard. »Die Enttäuschung darüber, daß nicht du es bist, könnte seiner Männlichkeit abträglich sein.«

»Aber doch nur in den ersten fünf Minuten«, sagte Doris und schob sie zur Tür hinaus. Sie schloß sie hinter ihr ab und verbrachte die nächste halbe Stunde im Bad. Als Irmgard, nur mit einem Slip bekleidet, durch ihre eigene Tür zu ihr kam, lag sie noch in der Wanne. Irmgard sagte: »Sehr praktisch mit den beiden Türen finde ich das Bad nur, wenn die Leute in den Gästezimmern sich so gut kennen wie wir. Warum hast du meine Tür nicht abgeschlossen?«

»Wozu?« fragte Doris. »Bist du seit Livorno noch schlanker geworden, oder bilde ich es mir nur ein?«

Irmgard setzte sich lachend auf den Rand der Badewanne und spritzte Doris aus der hohlen Hand Wasser ins Gesicht. »Nicht schlanker als du. Wie lange brauchst du noch?«

»Ich habe nur auf dich gewartet«, sagte Doris. Sie richtete sich auf, stieg aus der Wanne und griff nach einem Badetuch. Während sie sich abtrocknete, vergewisserte sie sich mit einem raschen Blick, daß Irmgard kein Auge von ihr ließ. Zu wissen, daß es sie nur eine kleine Geste kosten würde, um sie sich gefügig zu machen, war ihr immer nur Mittel zum Zweck und niemals Anreiz gewesen, Irmgards latente Begehrlichkeit auch zu erwidern, zumal sie zu jenen Frauen gehörte, deren Stolz es nicht zugelassen hätte, den ersten Schritt zu tun. Das Gefühl, mittels ihres Körpers Macht über ihre Empfindungen und Wünsche und damit auch über ihre Person zu haben, war einer der Gründe, weshalb die Freundschaft mit ihr schon länger währte und ungleich tiefer war als mit jeder anderen Frau vor ihr. Solange ihre Begehrlichkeit andauerte, würde sie ihr in gleicher Weise nützlich sein können wie in den zurückliegenden Tagen. Ihr Einfluß auf sie reichte bereits so weit, daß selbst die Frage, ob sie sich von Werner trennen würde oder nicht, schon längst nicht mehr ihre alleinige Entscheidung war.

Weil sie noch immer auf dem Rand der Badewanne saß, ging Doris zu ihr hin, gab ihr einen Gutenachtkuß und sagte: »Ich bin zu müde, um noch das Badewasser abzulassen und die Wanne zu säubern. Tust du es für mich?«

»Warum stellst du mich nicht gleich als deine Zofe ein?« fragte Irmgard.

Doris lächelte. »Als Kammerkätzchen auch für intime Dienste? Vielleicht komme ich auf dein hübsches Angebot zurück.«

In ihrem Zimmer schloß sie die Tür zum Badezimmer hinter sich ab, entnahm ihrem Koffer ein Kurznachthemd mit Taillengürtel und zog es an. Danach hantierte sie an einem ebenfalls in ihrem Koffer liegenden kleinen Reisewecker, stellte ihn auf das Nachtschränkchen und legte sich ins Bett. Sie schlief sofort ein und wurde erst vom Summen des Weckers wach. Sie blieb noch ein paar Minuten schlaftrunken liegen. Schließlich knipste sie die Nachttischlampe an und stieg aus dem Bett. Sie trat auf den Flur hinaus und schloß die Tür hinter sich ab. Im Dunkeln tastete sie sich zu Margots Zimmer. Als sie es betrat, konnte sie hören, wie diese sich rasch im Bett aufrichtete. Sie hörte sie fragen: »Sind Sie es?«

»Wen erwarten Sie sonst noch?« fragte Doris zurück. Durch die Fenster des Erkers fiel Mondlicht ins Zimmer. Margot sagte: »Sie kommen spät.« Ihre Stimme klang eher konstatierend als vorwurfsvoll. Daß sie jedoch noch wach im Bett gelegen und bis weit nach Mitternacht auf sie gewartet hatte, verriet Doris mehr von ihren Empfindungen, als ihre Stimme es vermocht hätte. Sie trat zu ihr ans Bett und fragte: »Haben Sie den Brief?«

»Sie haben bereits einen bekommen.«

»Dann gute Nacht«, sagte Doris und wandte sich wieder der Tür zu. Margot sagte rasch: »Bleiben Sie hier. Hier ist er.«

Doris nahm ihr den Brief aus der Hand und ging in das Badezimmer. Sie schaltete das Licht ein, las die Adresse und riß den Brief auf. Sie überzeugte sich davon, daß keines der Fotos fehlte. Über dem WC zerriß sie sie in kleine Stücke und spülte sie hinunter. Als sie zu Margot zurückkam, hatte diese die Nachttischlampe eingeschaltet und erwartete sie aufrecht sitzend im Bett. Sie trug wieder den Pyjama mit den zwei widerspenstigen Knöpfen; ihr Gesicht sah blaß und übernächtigt aus. Doris legte sich zu ihr und sagte: »Bei meinem nächsten Besuch möchte ich zwei Briefe von Ihnen haben. Ziehen Sie sich aus. Oder worauf warten Sie noch?«

Margots Gesicht färbte sich dunkelrot; sie sagte mit rauh klingender Stimme: »Unterlassen Sie diesen Ton. Er steht Ihnen nicht zu.«

»Dann nehmen Sie sich, was *Ihnen* zusteht«, sagte Doris und legte sich zu ihr. Sie knipste die Nachttischlampe aus, verschränkte die Hände im Nacken und wartete auf sie. Es dauerte jedoch eine ganze Weile, bis sie Margots Hände fühlte und ihren Körper, der sich an sie schmiegte. Als sie mit dem Mund an ihre Wange kam und sie zu küssen versuchte, drehte sie rasch das Gesicht zur Seite und sagte: »Lassen Sie das.«

»Wer sind Sie schon«, murmelte Margot und griff nach dem Gürtel ihres Hemdes. Sie öffnete ihn, streifte das Hemd bis zum Hals hinauf und betastete ihre Brüste mit einer Gründlichkeit, als wollte sie sich der Unvollkommenheit ihrer eigenen vergewissern. Einen ganz ähnlichen Eindruck gewann Doris auch bei ihren nachfolgenden Berührungen; minutenlang verweilten ihre Hände bei ihren Hüften, ihren Lenden und ihren Beinen. Die Art, in geduldigen Fingerübungen die Glatthäutigkeit ihrer Schenkel, die Festigkeit ihres Fleisches und die Beschaffenheit ihres Schoßes zu erkunden, ließ eher auf neugieriges Interesse als auf Begehrlichkeit schließen. Nicht anders verfuhr sie, als sie in ihre Erkundungen auch ihr Geschlecht mit einbezog. Vielleicht lag es an der fast medizinisch anmutenden Gründlichkeit, sich Einblick in ihre Anatomie zu verschaffen, daß ihre Berührungen bei Doris noch keinen Widerwillen weckten. Jedoch ihr immer rascher und flacher werdender Atem verriet, daß sich hinter der scheinbar nüchternen Bestandsaufnahme ihrer Hände ein nur noch mühsam unterdrücktes erotisches Engagement verbarg. Ihr Widerwille setzte erst ein, als ihr offensichtlich wurde, daß Margots Interesse sich in zunehmenden Maße auf die Erfahrung ihrer Erregbarkeit konzentrierte. Ihren immer eindeutiger auf eine Klimax bedachten Bemühungen, die, je länger sie erfolglos blieben, beinahe schon die Form einer Bestrafung annahmen, bereitete sie dadurch ein Ende, daß sie sich, für Margot völlig unerwartet, auf sie warf, die Rollen vertauschte und binnen kürzester Frist ihren Orgasmus herbeiführte. Er erfolgte diesmal noch heftiger als beim erstenmal; sie fühlte, wie Margots Körper sich mehrfach unter ihr aufbäumte. Dann lag sie wie tot, und auch ihr zuvor keuchender Atem war für Doris nicht mehr zu hören. Sie blieb noch eine Weile neben ihr liegen, unfähig, etwas anderes zu empfinden als ein Gefühl blanken Überdrusses. Schließlich stieg sie aus dem Bett, streifte das Hemd über ihre Schenkel, fuhr in die Hausschuhe und sagte: »Sie können ab sofort das Zimmer und das Haus verlassen. Wenn ich Sie wieder besuche, möchte ich drei Briefe von Ihnen haben.«

»Gehen Sie noch nicht«, sagte Margot leise. »Ich möchte, daß Sie noch hierbleiben.«

»Wozu?« fragte Doris. »Was Sie sich wünschten, haben Sie bekommen. Wenn es Ihnen aber drei Briefe wert ist, bleibe ich noch eine Stunde hier.«

Sie konnte sehen, wie Margot sich im Bett aufrichtete und ihr das Gesicht zuwandte. Ihre Stimme klang bereits kalt: »Sie verkennen die Situation, mein Kind. Nicht Sie haben hier zu fordern, sondern ich. Wenn Sie jetzt gehen, wird es Ihnen noch leid tun.«

»Nicht mehr, als Sie mir schon leid tun«, sagte Doris und verließ das Zimmer. Den Schlüssel ließ sie innen stecken.

14

In seinem Verdacht, Doris Neuhagen sei von Robert Linden ohne ihr Wissen dazu mißbraucht worden, ihre Entführung vorzutäuschen, indem er in der Erwartung, sie dort zu einem längeren Verbleiben bewegen zu können, mit ihr nach Eschelmoos fuhr, sah sich Conrad nicht zuletzt auch durch den Umstand bestätigt, daß der Brief an den Intendanten des Senders Elemente enthielt, wie sie des öfteren aus Kreisen der Unternehmerverbände bei ihren unqualifizierten Beschuldigungen über eine angeblich einseitige Darstellung wirtschaftspolitischer Gegebenheiten gegen Rundfunkanstalten pauschalisierend erhoben wurden. Auch wenn Conrad keine Gelegenheit fand, persönlich Einblick in die Liste dieser Vorwürfe und Verdächtigungen zu nehmen, die dem Brief an den Intendanten beigelegen hatte, und er bei seiner Meinungsbildung auf das angewiesen war, was Ahler nach nochmaligem Anruf von Schmidtborn erfahren hatte, so reichten ihm diese neue Informationen doch aus, um sich ein eigenes Urteil über den Verfasser des an den Intendanten gerichteten Pamphlets zu bilden. Denn daß Linden etwas zu verbergen und sich bei seinem Gespräch mit ihm in Widersprüche verwickelt hatte, stand für Conrad außerhalb jeden Zweifels. Um ihn jedoch zu überführen, waren die Indizien, die seine Täterschaft belegen könnten, ebensowenig ausreichend wie Conrads sicherer Instinkt für die Hintergründe und Zusammenhänge von Ereignissen, die nur auf den ersten Blick nichts miteinander gemein hatten. Hier hätte allein ein Gespräch mit Doris Neuhagen über den Zweck ihrer Reise nach Eschelmoos und über die ursprünglich vorgesehene Dauer ihres Aufenthalts jene Klarheit bringen können, die Conrad vielleicht um einen guten Schritt weitergebracht hätte. Aber abgesehen davon, daß ein solches Gespräch ihre Bereitschaft hätte voraussetzen müssen, ohne Not einem wildfremden Menschen Auskünfte über ihr Privatleben zu geben, mußte Conrad auch davon ausgehen, daß sie keine freundlichen Gefühle für ihn hegte und, genau wie Linden und Frau Westernhagen, ihn sofort als den Mann erkennen würde, der sie und ihre Begleiter über längere Wegestrecken hinweg verfolgt hatte. Andererseits hoffte er auf ihre Einsicht in die Dringlichkeit eines solchen Gesprächs, wenn er ihr die Augen darüber öffnete, was Linden mit der Reise nach Eschelmoos in Wirklichkeit bezweckt hatte.

In seinen Erwartungen, Ahlers Besuch bei Werner Westernhagen in Bad Kissingen, den Ahler bereits am Tage nach ihrem letzten Gespräch ohne weiteren Zeitverlust in die Tat umgesetzt und bei dem er weder Blumen noch eine dem Zwecke angemessene Bonbonniere vergessen hatte, könnte ihm Auskunft über den genauen Wohnsitz seiner Frau und Doris Neuhagens in Florenz geben, sah er sich, als Ahler ihn sofort nach der Rückkehr von seiner Wohnung aus anrief, unangenehm enttäuscht. Auch Ahler machte aus seiner Enttäuschung kein Hehl; er sagte: »Auf die Blumen und auf die Bonbonniere käme es mir nicht an, Helmut. Mich ärgert nur, daß ich einen ganzen Tag für diese unnütze Sache vergeudet habe, denn natürlich bestand Westernhagen sofort darauf, daß wir das Mittagessen gemeinsam einnahmen. Nicht etwa in der Klinik, sondern im ›Steigenberger Kurhaushotel‹, wohin er als Patient gar nicht hätte gehen dürfen. Anscheinend schmeckt ihm das Essen in der Klinik nicht, und dort bekommt er auch keinen Tropfen Alkohol. Im ›Steigenberger‹ trank er schon vor dem Essen zwei Whisky, und hinterher noch zwei Cognac. Überflüssig zu erwähnen, daß er die Rechnung mich bezahlen ließ. Ich verstehe diesen Mann nicht. Wäre meine Frau, als ich noch verheiratet war, ohne mich nach Florenz gefahren, so hätte ich mir aber ausgebeten, wenigstens zu wissen, wo sie dort wohnt. Den Westernhagen scheint das überhaupt nicht zu interessieren. Als ich ihn scherzhaft fragte, ob er sich seiner Frau denn so sicher sei, meinte er nur, wenn die Neuhagen ihr Gesellschaft leiste, werde sie schon ein Auge auf sie haben. Über deren angebliche Entführung und den Brief an den Intendanten hat er nur gelacht und gemeint, da hätte sich ein Ultrarechter aus dem CDU-Lager einen üblen Scherz mit ihnen erlaubt. Ist es für dich so wichtig, mit Frau Neuhagen zu sprechen?«

»Das weiß ich noch nicht«, antwortete Conrad. »Wir müssen eben abwarten, bis sie und Frau Westernhagen wieder nach Hause kommen. Hast du wenigstens erfahren können, ob sie öfter zusammen nach Florenz fahren?«

»Daran habe ich leider nicht gedacht. Aber ich nehme es doch an. Wenn ich sonst noch etwas für dich tun kann. . .«

»Im Augenblick nicht«, sagte Conrad. »Es sei denn, du läßt bei deinem nächsten Zusammentreffen mit Schmidtborn beiläufig einfließen, daß Geßler bei seinem kurzen Skiurlaub beinahe den Hund verloren hätte, als er ihm auf einem Autobahnrastplatz weglief. Falls Diedenhofen in dieser Sache doch noch aktiv werden sollte, wäre Schmidtborn wenigstens schon darauf vorbereitet.«

Ahlers Stimme klang unbehaglich: »Dann muß ich ihm auch erzählen, daß Diedenhofen seine Hände mit im Spiel hatte. Und von Frau Westernhagens Rolle in dieser Sache ebenso.«

»Davon könntest du ja auch erst nachträglich erfahren«, sagte Conrad. »Es schadet jedenfalls nichts, wenn Schmidtborn schon in etwa Bescheid weiß.«

Ahler war einverstanden.

Den nächsten Tag verbrachte Conrad hauptsächlich mit Gartenarbeiten. Die Arbeitsteilung zwischen seiner Frau und ihm erfolgte in der Weise, daß sie sich um die Gemüse- und er sich um die Blumenbeete und um eine große Rosenhecke kümmerte, die den Garten vom Nachbargrundstück abgrenzte. Weil er sie vor vielen Jahren eigenhändig angepflanzt hatte, gehörte ihr sein ganzes Herz.

Ahlers Besuch am späten Nachmittag erfolgte unangemeldet. Er entschuldigte ihn damit, direkt aus Wiesbaden zu kommen, wo er mit Dr. Geßler ein längeres Gespräch geführt habe. Sein ernstes Gesicht verhieß Conrad gleich nichts Gutes. Damit seine Frau, die sich gerade eine von ihr geschätzte Familiensendung am Bildschirm ansah, nicht gestört wurde, führte er Ahler in sein Arbeitszimmer, dessen Wände vollgestellt waren mit Bücherregalen. Neben dem Schreibtisch stand am Fenster eine Sitzgruppe mit abgewetzten Polstermöbeln. Hier verbrachte Conrad seine Zeit, wenn ihn ein Problem beschäftigte und er allein sein wollte. Cognac und Gläser hatte er aus dem Wohnzimmer gleich mitgebracht. Er forderte Ahler zum Sitzen auf, füllte die Gläser und fragte: »Was ist bei Geßler schiefgelaufen?«

»Woher weißt du . . .?« Ahler brach ab und lächelte gezwungen. »Du siehst es mir natürlich an. Weißt du, Helmut, man lernt nie aus. Journalisten sind Journalisten, egal, für wen sie arbeiten und wo sie politisch stehen. Letztlich ist Frau Neuhagen in ihrer Eigenschaft als Moderatorin beim Fernsehen auch nichts anderes als eine Journalistin. Schmidtborn sagte einmal zu mir, Journalisten seien wie Bluthunde. Hätten sie erst einmal eine Spur aufgenommen, so könnte man sie nur noch davon abbringen, indem man sie mit einem Knüppel totschlägt. Wie es jetzt aussieht, heißt unser Problem nicht mehr Diedenhofen, sondern Doris Neuhagen. Ich weiß gar nicht, was im Kopf dieser Frau plötzlich vor sich geht. Bisher hatte ich immer den Eindruck, sie stünde hundertprozentig auf unserer Seite. Da sieht man wieder mal, wie man sich in einem Menschen täuschen kann. Um es kurz zu machen: Gestern nachmittag rief eine gewisse Frau Brandt bei Geßler an. Sie gab sich als Fernsehredakteurin aus, erzählte, sie sei heute vormittag mit einem Fernsehteam in Wiesbaden und würde diese Gelegenheit gerne dazu benutzen, wegen der bevorstehenden OB-Wahl auch mit ihm ein Interview zu machen. Geßler war natürlich sofort damit einverstanden. Seine Frau brachte die ganze Wohnung einschließlich der Kinder auf Hochglanz. Zur vereinbarten Zeit, Geßlers saßen gerade bei einem Nachmittagskaffee, fuhren zwei Wagen mit dem Aufnahmeteam vor ihrem Haus vor, alles Typen, von denen Frau Geßler mir sagte, sie würde sie als Frau nicht einmal mit einer Beißzange anfassen. Sie behaupteten, Frau Brandt käme noch nach, und bauten schon ihr Gerät in der Wohnung auf. Offensichtlich war alles, was und wie aufgenommen werden sollte, zwischen ihnen und dieser angeblichen Frau Brandt vorher bereits abgesprochen worden. Es dauerte aber dann noch eine halbe Stunde, bis es wieder an der Tür läutete. Jetzt rate einmal, wer das war.«

»Da du sie bereits erwähnt hast, nehme ich an, Frau Neuhagen«, sagte Conrad trocken.

Ahler nickte düster. »Die sich zur gleichen Zeit in Florenz aufhalten soll. Diesmal kam sie ohne schwarze Perücke. Sie erzählte, Frau Brandt sei kurzfristig wegen einer Familienangelegenheit verhindert und habe sie gebeten, für sie einzuspringen. Du kannst dir denken, wie Geßler und seiner Frau bei ihrem plötzlichen Erscheinen zumute war. Sie fühlten sich erst etwas beruhigt, als Frau Neuhagen eine ganz normale Show abzog, mit Fragen nach Herkunft, Elternhaus, Werdegang und künftiger Rathauspolitik, falls er gewählt werden sollte. Die beiden Kinder saßen bei dem Interview auf der Couch im Wohnzimmer, Geßler und seine Frau in Sesseln neben ihnen. Eine richtig schöne Familienidylle. Und als sie schon glaubten, jetzt sei alles vorüber und glücklich ausgestanden, ließ Frau Neuhagen wie beiläufig einfließen, sie habe gehört, daß sie auch große Tierfreunde seien und einen Hund besäßen. Den hatte Geßler vorher in der Küche eingesperrt. Frau Neuhagen bat ihn, den Hund zu holen, weil auch er mit zur Familie gehöre und ins Bild gebracht werden müsse. Er machte ein paar Ausflüchte, behauptete, ein Bekannter aus der Nachbarschaft sei mit ihm spazierengegangen, und ausgerechnet in diesem Augenblick, als hätte er nur auf sein Stichwort gewartet, fing der Hund in der Küche an zu bellen. Geßler versuchte noch, die Situation zu retten, indem er sagte, der Bekannte müsse inzwischen zurückgekommen sein. Er ging den Hund holen. Kaum sah dieser die Neuhagen, stürzte er auf sie los, sprang winselnd an ihr hoch und leckte ihr vor Freude das Gesicht ab.«

»Scheiße«, sagte Conrad und kippte seinen Cognac hinunter.

Ahler nickte wieder. »Das kannst du getrost aussprechen, Helmut. Es war ein richtig herzerweichendes Wiedersehen. Die muß mit dem Hund schon auf du und du stehen, so innig war die Begrüßung. Dann kam auch gleich für Geßler das dicke Ende. Als der Hund sich nämlich etwas beruhigt hatte, sagte die Neuhagen wie aus heiterem Himmel, sie habe noch immer nicht ganz verstanden, weshalb das Tier von ihnen in der Nacht vom vergangenen Donnerstag auf Freitag auf einem Rastplatz der Autobahn bei dichtem Schneegestöber ausgesetzt und von ihnen auch nicht mehr aufgenommen wurde, als es kilometerweit hinter ihrem Auto hergelaufen sei. Geßler und seine Frau waren so erstarrt, daß sie zunächst kein Wort herausbrachten. Frau Geßler bewies dann mehr Geistesgegenwart als ihr Mann, sie sagte, der Hund sei nicht ausgesetzt worden, sondern ihnen auf dem Rastplatz davongelaufen. Daraufhin fragte die Neuhagen sie, ob sie bei dieser Version auch noch bliebe, wenn es Augenzeugen dafür gäbe, die das alles ganz anders gesehen und den Hund in ihren eigenen Wagen genommen hätten, weil er sonst mit Sicherheit überfahren worden wäre. Du hast sie ja wohl selbst schon am Bildschirm erlebt, wenn sie in diesem Ton mit jemandem spricht. Man bekommt dann als unbeteiligter Zuschauer beinahe Mitleid mit den Leuten, die sie interviewt. Für Frau Geßler jedenfalls war das alles zuviel, sie brach bei ihrer Frage in Tränen aus, preßte ein Taschentuch an den Mund und rannte aus dem Zimmer. Um die Tragödie komplett zu machen, fingen dann auch noch die beiden Kinder an zu heulen, und das alles vor laufender Kamera. Geßler erzählte mir, ihn habe Frau Neuhagen völlig ignoriert und dem Kameramann ein Zeichen gegeben, auf sie zu schwenken. Was sie noch alles gesagt hat, wußte er nicht mehr genau, er war ja selbst völlig am Boden. Wenn ich es richtig behalten habe, erklärte sie ihren lieben Zuschauern, daß ihr dieser bedauerliche Vorfall wieder einmal als symptomatisch dafür erscheine, was sich hinter der angeblichen Tierliebe vieler Zeitgenossen in Wirklichkeit verberge. Sie soll dann auch noch auf ihre ironische Art gelächelt und hinzugefügt haben, daß ihre lieben Zuschauer zum Glück für alle uns Menschen anvertrauten Tiere selbstverständlich nicht zu diesen Zeitgenossen gehörten. Danach verließ sie, ohne sich von Geßler zu verabschieden, die Wohnung. Nur den Hund soll sie vorher noch gestreichelt und ihn sogar auf den Kopf geküßt haben. Auch von dem Aufnahmeteam verlor keiner mehr ein Wort. Sie packten das Gerät zusammen und verdrückten sich. Was sagst du nun?«

Conrad sagte vorläufig nichts, sondern trank noch einen Cognac. Erst dann fragte er: »War es eine Lifesendung?«

»Geßler sagt, nein. Sie hätten sonst mit einem Aufnahmewagen kommen müssen. Ich weiß, woran du denkst, aber erstens hat Frau Neuhagen in der Anstalt sehr viele Kollegen und Kolleginnen, die sich, wenn es wegen des Films im Funkhaus zu Problemen käme, sofort mit ihr solidarisierten, und zweitens hat Geßler vom Fenster aus noch beobachten können, wie sie sich auf der Straße von dem Kameramann die Filmrolle geben ließ, sie mit in ihren Wagen nahm und –«

»Was für ein Wagen war das?« fragte Conrad dazwischen.

»Danach habe ich Geßler nicht gefragt. Ist das wichtig?«

Conrad griff nach dem Telefon auf seinem Schreibtisch, nahm den Hörer ab und hielt ihn Ahler hin. »Ruf bei ihm an; ich möchte es wissen.«

»Moment«, sagte Ahler. Er holte ein Notizbuch aus seinem Jackett, blätterte es auf und wählte Geßlers Nummer. Anscheinend war dieser sofort am Apparat. Während Ahler mit ihm sprach, goß sich Conrad einen dritten Cognac ein. Das Gespräch zog sich in die Länge, weil Ahler es sich nicht versagen konnte, Dr. Geßler noch einige tröstende und beruhigende Worte zu spenden. Hinterher sagte er zu Conrad: »Der Mann ist völlig am Ende. Als ich heute nachmittag bei ihm war, kamen ihm fast die Tränen. Er hat mich nach dem Interview sofort angerufen. Seine Frau hatte sich, als ich vor drei Stunden zu ihnen kam, im Gegensatz zu ihm schon wieder einigermaßen gefaßt. Aber nun zu deiner Frage: Geßler wußte, mit was für einem Wagen Frau Neuhagen wegfuhr. Es war ein Audi, und zwar genau derselbe, mit dem wir es von Anfang an zu tun hatten. Der stand doch, als du ihn zuletzt sahst, vor Lindens Garage?«

Conrad nickte. »Und dort wird er auch jetzt wieder stehen.«

»Aber das würde doch bedeuten . . .« Ahler brach betroffen ab.

»Ich bin nicht mehr im Präsidium«, sagte Conrad. »Wäre ich es noch, so hätte ich Lindens Haus nach meinem Besuch rund um die Uhr beobachten lassen. Als ich mich mit ihm unterhielt, war mir einmal, als hörte ich irgendwo im Haus Frauenstimmen. Ich schenkte dem jedoch keine Beachtung, weil ich an seine Schwester dachte. Eines ist jedenfalls sicher, Walter: Kollegensolidarität hin, Kollegensolidarität her, wenn ihr es nicht irgendwie schafft, die Neuhagen abzublocken, erlebt ihr mit Geßler ein Fiasko. Ob das ein Schaden wäre, möchte ich nicht beurteilen. Ich hatte in den vergangenen Tagen ausreichend Gelegenheit, mir Geßler etwas näher anzuschauen. Der Mann ist ein typischer Bürokrat, völlig farblos und ohne jede persönliche Ausstrahlung. Für mich weder Fisch noch Fleisch, aber das ist euer Problem. Vielleicht hat es auch sein Gutes, daß Frau Neuhagen die Filmrolle an sich nahm. Ich an deiner Stelle würde jedenfalls umgehend Westernhagen anrufen. Er ist mit Frau Neuhagen nicht nur persönlich gut bekannt, er ist auch für ihre Reportagen und Interviews zuständig. Erzähle ihm aber nichts von seiner Frau und Diedenhofen. Vielleicht liegen sie, während sie sich angeblich in Florenz aufhält, jetzt schon wieder zusammen in seinem Bett. Das könnte der Rekonvaleszenz unseres Genossen Westernhagen leicht abträglich sein. Begnüge dich damit, ihm zu sagen, daß Frau Neuhagen mit Dr. Geßler ein Interview gemacht hat, das er sich, bevor es ausgestrahlt wird, einmal persönlich anschauen soll. Er kann ja seiner Sekretärin Anweisung geben, ihm die Filmrolle, sobald sie im Funkhaus auftaucht, zugänglich zu machen. Auch Schmidtborn muß jetzt in dem von mir gestern geäußerten Sinne informiert werden; er soll ja mit dem Intendanten befreundet sein. Ich nehme an, der Chefredakteur steht auf unserer Seite?«

»Soviel ich weiß, ja«, nickte Ahler. »Ich werde mich bei Schmidtborn aber erkundigen. Besser wäre es, er telefonierte selbst mit Westernhagen. Sein Wort wiegt für diesen schwerer als das meine. Wenn Schmidtborn als Mitglied des Verwaltungsrats sich der Sache annimmt, ist sie gleich in den richtigen Händen. Warum sagtest du vorhin, daß es vielleicht auch sein Gutes habe, daß Frau Neuhagen die Filmrolle an sich genommen hat?«

Conrad winkte ab. »Ist noch nicht spruchreif. Ich werde morgen auch nicht untätig bleiben. Mein Gefühl sagt mir, daß es zwischen der angeblichen Entführung der Neuhagen und dieser leidigen Hundegeschichte vielleicht einen Zusammenhang gibt, den ich noch nicht durchschaue. Halte dich hier nicht länger auf, Walter. Was du Schmidtborn zu sagen hast, kannst du nicht am Telefon erledigen. Hoffentlich ist er heute abend noch zu erreichen, und Westernhagen auch. Wenn nicht, trommle sie beide aus dem Bett. Bei Westernhagen wird sich zwar, fürchte ich, eine Nachtschwester der Klinik stur stellen. Wenn sie von dir oder Schmidtborn aber hört, daß es sich um eine dringende Familienangelegenheit handelt, kann sie nicht anders, als ihn zu wecken. Trink noch dein Glas leer. Du hast es völlig vergessen.«

»Kein Wunder«, sagte Ahler und trank es im Stehen aus. Conrad verabschiedete sich wieder an der Haustür von ihm und kehrte dann in sein Arbeitszimmer zurück. Er setzte sich in einen Sessel, zündete sich eine Zigarre an und blickte durch das Fenster in den Garten hinaus. Auf den Beeten lagen noch die Schneereste des späten Wintereinbruchs. Seit er pensioniert war, schienen die Sommer immer kürzer und die Winter immer länger zu werden; an ein schönes, warmes Frühjahr konnte er sich kaum mehr entsinnen. Bei schönem Wetter und im Sommer, wenn er die meiste Zeit im Garten verbrachte, vermißte er seine frühere Tätigkeit weniger. Nur den Winter über, wenn er mehr ans Haus gebunden war, wußte er oft nichts mit sich anzufangen, und die Tage und Wochen schlichen dann so träge dahin wie früher Monate und Jahre.

Er schenkte sich noch einen Cognac ein und versuchte, seine Gedanken zu ordnen und aus Ahlers neuestem Bericht auch neue Schlüsse zu ziehen. Der Umstand, daß Doris Neuhagen offensichtlich weiterhin engen Kontakt mit Linden hatte und, während sie durch Frau Westernhagen bei deren Mann den Eindruck erweckte, sich zusammen mit ihr in Florenz aufzuhalten, vielleicht sogar in Lindens Haus wohnte, stellte auch seine bisherige Annahme, sie sei unwissentlich von diesem zu einer Schein-Entführung benutzt worden, mehr oder weniger in Frage. Wenn er sich allerdings vergegenwärtigte, daß eine Frau wie Irmgard Westernhagen nicht davor zurückschreckte, ein Verhältnis mit einem Grünen wie Diedenhofen einzugehen, erschien ihm ein Verhältnis zwischen Doris Neuhagen und Robert Linden, aus der Perspektive einer verwöhnten und anspruchsvollen Frau gesehen, auch nicht aus der Welt zu sein, und wenn es zwischen den beiden eine intime Verbindung gab, so lag unverändert der Schluß nahe, daß Frau Neuhagen über die ihr von Linden zugedachte Nebenrolle nicht unterrichtet war. Näher jedenfalls als die andere Möglichkeit, sie könnte sie wissentlich übernommen haben und damit zu seiner Komplizin gegen ihre Arbeitgeber geworden sein. Ein Gedanke, der für Conrad, je länger er sich mit ihm beschäftigte, aufgrund seiner Kenntnisse ihrer Person und ihres politischen Engagements mehr und mehr an Wahrscheinlichkeit verlor, zumal es auch für seinen instinktiv gegen Linden gerichteten Verdacht vorläufig keinen konkreten Anhaltspunkt gab. Immerhin war nicht völlig auszuschließen, daß sich eine dritte Person die Reise der beiden nach Eschelmoos zunutze gemacht hatte, um ihr eigenes politisches Süppchen zu kochen, was allerdings voraussetzte, daß sie in unmittelbarem Kontakt zu ihnen stand. Zu den nachträglichen Informationen, die er von Ahler über den Brief an den Intendanten bekommen hatte, gehörte nicht nur der Umstand, daß er einen Züricher Poststempel trug; er wußte inzwischen auch, daß er auf einer handelsüblichen Maschine geschrieben worden war, die ebenso in einem der zahlreichen Büros der Linden-Werke wie auch an jedem anderen Platz auf der Welt stehen konnte. Wenn es überhaupt einen Weg gab, etwas mehr Licht in diese Sache zu bringen, so führte er unverändert über Doris Neuhagen und nicht über Robert Linden.

Weil ihm nichts verhaßter war als Untätigkeit dann, wenn er einmal nicht mehr weiterwußte, und er sein Haus tagsüber nur einmal zu einem kurzen Gang zum nächsten Postamt verlassen hatte, um dort einen Brief seiner Frau an die heute bei Hannover lebende einzige Tochter aufzugeben, entschloß er sich nach einem vorgezogenen kleinen Abendessen noch zu einer Ausfahrt. Daran gewöhnt, daß ihm seit seiner Pensionierung an manchen Abenden die Decke auf den Kopf fiel und er dann noch einmal das Haus verließ, verlor seine Frau kein Wort darüber.

Der Einfall, sich davon zu überzeugen, ob der Audi wieder vor Lindens Haus stand, kam ihm, als er den Motor seines Opels startete. Möglicherweise war er ihm auch schon etwas früher gekommen und jetzt erst bewußt geworden. Jedenfalls verlor er keine Zeit, und weil die Autobahn zu dieser Stunde schon relativ leer war und er, um zu Lindens Haus zu kommen, nicht erst durch die Stadt zu fahren brauchte, schaffte er die Strecke in knapp dreißig Minuten und noch vor Einbruch der völligen Dunkelheit. Es war kurz nach neunzehn Uhr, als er die letzten zweihundert Meter zu Fuß zurücklegte. Der

Anblick des neben der Garage stehenden Audi traf ihn so wenig überraschend, daß er nicht einmal Genugtuung in ihm auslöste. Auch diesmal brannte hinter den wenigen, straßenwärts gelegenen Fenstern kein Licht. Er erinnerte sich, bei seinem Gespräch mit Linden durch die Fenster des großen Wohnraums in den Garten geblickt zu haben. Bei den vermutlich im Obergeschoß liegenden Schlafzimmern dürfte es sich genauso verhalten. Vielleicht gehörten die relativ kleinen, zur Straße gewandten Fenster zu Hausarbeits- und Toilettenräumen sowie zu der ins Obergeschoß führenden Treppe und zu den beiden Fluren, von denen aus man in die Zimmer gelangte. Neugierige Einblicke in das Privatleben seiner Bewohner waren in diesem Haus nur von der Gartenseite her möglich, aber zur Jahrhundertwende, als es erbaut worden war, gab es auf der anderen Straßenseite außer Rüben-und Weizenäckern wohl nichts Sehenswertes zu betrachten. Die grüne Parklandschaft war erst viel später angelegt worden.

Mit einem leisen Gefühl von Melancholie erinnerte sich Conrad der Zeiten, als er in einer Situation wie dieser keinen Augenblick lang gezögert hätte, sich wieder Eintritt in das Haus zu verschaffen und sich der Anzahl und der Identität seiner Bewohner zu vergewissern, doch diese Zeiten lagen nun schon um einige Jahre zurück und waren unwiederbringlich Vergangenheit. Er blieb noch ein paar Sekunden lang unschlüssig vor dem Haus stehen, dann ging er wieder zu seinem Wagen. Etwa im gleichen Augenblick, als er sich hinter das Lenkrad setzte, sah er vor Lindens Haus ein Taxi vorfahren. Da unmittelbar vor dem Haus eine Straßenlaterne stand, konnte er beobachten, wie der Fahrer ausstieg, an das Gartentor trat und auf die Haustürglocke drückte. Gleich darauf setzte er sich wieder in sein Taxi und schien zu warten. Bei der blondhaarigen Frau, die wenig später in einem braunen Ledermantel und schmalen Hosen aus dem Haus kam und in das Taxi stieg, erkannte Conrad im Licht der Straßenlaterne auf den ersten Blick Doris Neuhagen. Sie trug eine kleine Reisetasche bei sich. Der Gedanke, sie könnte vielleicht doch in Florenz gewesen sein und ihren Aufenthalt dort nur wegen des Interviews mit Dr. Geßler vorübergehend unterbrochen haben, beschäftigte Conrad noch, als er den Motor startete und dem Taxi folgte, fest entschlossen, falls ihre Fahrt, wie er es zunächst vermutete, zum Flughafen führen sollte, sie dort anzusprechen und sich Klarheit über ihr Verhältnis zu Linden zu verschaffen. Erleichtert stellte er fest, daß es sich bei dem Taxi um einen älteren Mercedes-Diesel handelte, den im Auge zu behalten ihm keine Probleme bereitete. Auch als sie nach nur zehnminütiger Fahrt die Autobahn erreichten, wurde es nicht wesentlich schneller. Auf den Frankfurter Flughafen schien es Doris Neuhagen allerdings nicht abgesehen zu haben, und als das Taxi etwas später zu Conrads unangenehmer Überraschung auf der Siegerland-Autobahn in Richtung Köln weiterfuhr, fühlte er sich zeitweilig versucht, an der nächsten Ausfahrt kehrtzumachen und nach Frankfurt zurückzufahren. Daß er es dann doch nicht tat, gehörte mit zu jenen Entscheidungen seines Lebens, für die er, wäre er nach seinen Beweggründen gefragt worden, selbst keine gewußt hätte. Seine Befürchtung, der Kölner Flughafen könnte Frau Neuhagens endgültiges Ziel sein, erwies sich nämlich als unbegründet, denn das Taxi verließ an der Siegener Ausfahrt die Autobahn, jedoch nicht stadteinwärts, sondern einer Straße folgend, die sich in zahlreichen Windungen durch dichtbewaldetes, gebirgiges Gelände schlängelte. Später bog das Taxi auf eine andere Straße ein, bei der es sich um eine Privatstraße zu handeln schien; sie endete auf dem Parkplatz eines Hotels älteren Jahrgangs, das, umgeben von Wiesen und Wäldern, mit seinen halbrunden Balkonen und großen Bogenfenstern für Ruhe und Erholung suchende Menschen wie geschaffen schien. Auf dem Parkplatz standen allerdings kaum mehr als ein Dutzend Fahrzeuge. Conrad trat auf die Bremse und beobachtete, wie das Taxi unmittelbar vor dem Hoteleingang hielt und Frau Neuhagen, begleitet von dem Taxifahrer, der ihr die Reisetasche trug, hinter der Glastür verschwand. Der Fahrer kam gleich darauf wieder zurück, bestieg sein Taxi und fuhr davon. Nach der Ungewißheit über das Reiseziel von Frau Neuhagen, die Conrad so lange beunruhigt hatte, hätten sich die Dinge für ihn nicht günstiger entwickeln können, denn erstmals, seit er auf ihre Person gestoßen und an einem Gespräch mit ihr interessiert war, hatte er sie nun wie eine Maus in der Falle sitzen. Als er wenig später das Hotel betrat und sich nach ihr erkundigte, rieb er sich erwartungsvoll die Hände.

15

Für Doris begann der Tag wesentlich früher, als sie es vorgesehen hatte, weil Irmgard nicht erst um zehn, sondern schon kurz nach acht Uhr an ihre Tür klopfte. Jedoch in Anbetracht dessen, daß Irmgard sie aus einem Alptraum geweckt hatte, der ihr noch in den Gliedern steckte, als sie ihr die Tür aufschloß, hielt sich ihr Unmut in Grenzen; sie sagte nur: »Dein Wecker geht wohl vor?«

»Mein Wecker nicht, aber meine Blase«, sagte Irmgard. »Jeden Morgen um sieben muß ich neuerdings aufs Klo. Ob das normal ist?«

»Da bin ich überfragt«, sagte Doris und legte sich wieder ins Bett. Sie blickte Irmgard an, die trotz der frühen Stunde und wohl nur mit Rücksicht auf Roberts Schwester über ihrem duftigen Shorty bereits einen bis zum Hals geschlossenen seidenen Hausmantel trug. Sie setzte sich zu Doris auf das Bett und fragte: »Hast du es nicht läuten hören?«

»Wenn ich schlafe, höre ich es nie läuten«, sagte Doris. »Wer war es?«

»Ein Chauffeur«, antwortete Irmgard. »Ich hatte mich gerade wieder ins Bett gelegt. Als ich die Tür einen Spaltbreit öffnete, sah ich Margot hochelegant und mit Hut aus ihrem Zimmer kommen. Sie trug einen Koffer. Durch ein Flurfenster konnte ich sehen, wie sie aus dem Haus trat. Der Chauffeur nahm ihr den Koffer ab und riß ihr die Wagentür auf. Natürlich großer Mercedes, aber nicht der, den Robert in der Garage hat. Sicher auch ein Firmenwagen. Ich wollte dir noch Bescheid sagen, aber es ging alles so schnell, daß ich keine Zeit mehr dazu fand. Eben jetzt ist sie weggefahren. War ihr Zimmer nicht abgeschlossen?«

»Nein«, sagte Doris. »Ich bin froh, daß sie weg ist. Soll sie zum Teufel oder sonstwohin fahren. Schläft Robert noch?«

»Ich glaube, er ist im Bad«, sagte Irmgard. »Vorhin hörte ich irgendwo Wasser rauschen. Hast du die Fotos?«

Statt ihr zu antworten, setzte sich Doris aufrecht hin, griff mit beiden Händen an ihren Kopf und sagte: »Ich habe vielleicht einen Mist geträumt. Ich war dabei, als mein Haus in Livorno versteigert wurde.

Jemand drückte mir zehn Mark in die Hand und sagte, ich solle mitbieten. Ich glaube, ich werde es verkaufen.«

»Bist du verrückt?« fragte Irmgard schockiert.

Doris nickte. »Als ich es mir von Bernd schenken ließ, muß ich wohl verrückt gewesen sein. Das ist alles ein paar Nummern zu groß für mich. Ich werde nicht mehr damit fertig. Hast du nicht einmal gesagt, dein Vater würde es dir schenken, wenn du ihn darum bittest?«

»Nicht, solange ich mit Werner verheiratet bin«, sagte Irmgard. »Du, hör mal, ist das wirklich dein Ernst?«

»Ich weiß es noch nicht«, sagte Doris. »Außerdem würde ich es nicht an dich verkaufen. Irgendwann würde ich dich dafür hassen.«

»Dann verkauf es doch an Robert. Er ist sicher sofort damit einverstanden, wenn er dir damit einen Gefallen erweisen kann.«

»Keiner, der mir das Haus abkauft, erweist mir einen Gefallen damit«, sagte Doris. »Ich möchte ihn hinterher nicht mehr sehen, und das Haus auch nicht. Es ist wie ein Stück meines Lebens. Ein Stück von mir selbst, aber das wirst du nicht verstehen.« Sie stieg aus dem Bett, gähnte und sagte: »Da wir nun schon mal wach sind, können wir heute vormittag versuchen, Hans zu erreichen. Heute nachmittag habe ich . . .«

Sie beendete den Satz nicht, weil Linden an die Tür klopfte. Er streckte den Kopf ins Zimmer und sagte: »Ich hörte euch reden. Darf ich?«

»Wenn es sein muß«, sagte Doris und ging ins Badezimmer. Die Tür schlug sie hinter sich zu.

Er fragte betroffen. »Was hat sie?«

»Vielleicht hat sie sich wieder über deine Schwester geärgert«, sagte Irmgard. »Hast du sie vorhin auch weggehen hören?«

Er blickte sie ungläubig an. »Sie ist nicht mehr in ihrem Zimmer?«

»Nein«, sagte Irmgard und erzählte ihm, was sie schon Doris erzählt und was diese ihr darauf geantwortet hatte. Er setzte sich zu ihr auf das Bett und starrte eine Weile vor sich hin. Als Irmgard nach seiner Hand griff, wandte er ihr das Gesicht zu und sagte: »Eigentlich müßte ich froh darüber sein. Ich habe es zugelassen, daß sie von Doris in ihrem Zimmer eingesperrt wurde; das wird Margot mir nie verzeihen.«

»Um so besser für dich«, sagte Irmgard. »Du wolltest doch aus der Firma aussteigen. Jetzt brauchst du keine Rücksicht mehr auf Margot zu nehmen. Doris war in der vergangenen Nacht bei ihr. Ich konnte bis weit nach Mitternacht nicht einschlafen und hörte, wie sie ihre Zimmertür auf- und hinter sich zuschloß. Sie war mindestens eine Stunde bei ihr, und das so heimlich, daß wir es nicht mitbekommen sollten. Was hat sie mit ihr?«

Er starrte sie wieder ungläubig an. »Weißt du das genau?«

»Nicht hier«, sagte sie und winkte mit dem Kopf zur Badezimmertür hin. »Laß uns in dein Zimmer gehen. In meinem könnte sie uns genauso hören.«

Er führte sie in sein Schlafzimmer. Auf dem Erkertisch stand noch das Frühstücksgeschirr; er sagte: »Ich wußte nicht, daß ihr so früh aufstehen würdet und habe bereits gefrühstückt.«

»Und dich angezogen und das Zimmer aufgeräumt«, sagte sie mit einem Blick auf sein Bett. Sie setzte sich auf die gepolsterte Erkerbank und beantwortete seine letzte Frage: »Ich würde dir so etwas nicht erzählen, wenn ich es nicht genau wüßte. Als ich Doris aus ihrem Zimmer kommen hörte, stand ich auf und warf einen Blick in den Flur. Sie ist im Dunkeln in Margots Zimmer gegangen. Ich konnte hören, wie sie ihre Tür aufschloß und zu ihr hineinging. Ich habe ihr nichts davon gesagt. Wenn du klug bist, tust du es auch nicht. Sie macht im Augenblick eine Krise durch. Da kann jedes Wort, das man zu ihr sagt, falsch sein. Als sie sich von Bernd trennte, hatte sie seit einem halben Jahr nicht mehr mit ihm geschlafen. Ich war damals schon sehr eng mit ihr. Eines Morgens fragte er sie beim Frühstück, ob ich es ihr genauso gut besorgte wie er. Eine halbe Stunde später läutete sie an unserer Haustür. Ihre Sachen ließ sie durch mich abholen; sie hat Bernd seitdem nicht mehr gesehen.«

»Und hast du es ihr besorgt?« fragte Linden.

Sie lächelte. »Seit sie sich einredet, nicht nur freundschaftliche, sondern auch zärtliche Gefühle in mir wachzurufen, verstehen wir uns noch besser als vorher. Wenn eine Frau meint, von einer anderen heimlich begehrt zu werden, redet sie mit ihr auch über die intimsten Dinge. Daß sie trotz ihres komplizierten Wesens heute wie ein offenes Buch für mich ist, verdanke ich dem falschen Eindruck, den ich, nicht ganz unwissentlich, bei ihr geweckt habe.«

Er setzte sich zu ihr in den Erker. »Du bist ja noch gerissener als sie.«

Sie lächelte wieder. »Gerissener nicht; ich habe nur sehr viel von ihr gelernt und bei ihr abgeschaut. Als wir uns trafen, war ich noch ziemlich unbedarft und naiv. Bewundert habe ich sie vom ersten Tag an. Ihre Fähigkeit, in jeder Situation die Übersicht zu bewahren und sich auf andere Menschen einstellen zu können, hat mich immer beeindruckt. Vor dir hat sie in der Hütte ja auch eine ganz schöne Show abgezogen.«

Er nickte. »Du warst auch nicht schlecht. Ich nehme an, diesen Pornofilm, den Werner mit dir gedreht haben soll, den gibt es gar nicht?«

Sie lachte. »Hast du wirklich daran geglaubt? Ich werde mich hüten, mich einem Mann, selbst wenn ich mit ihm verheiratet bin, mit einem solchen Film auszuliefern. Was wir dir in der Hütte erzählt haben, war nur geflachst. Ich weiß, daß sie anfangs eine Stinkwut auf dich hatte. Als sie mich von Eschelmoos aus daheim anrief und mich aufforderte, zur Hütte zu kommen, ließ sie kein gutes Haar an dir.«

»Diesen Eindruck hatte ich eigentlich nicht.«

»Dann will ich es dir ersparen, dir zu erzählen, wie sie sich am Telefon über dich äußerte. Ich weiß nicht, wie sie es geschafft hat, dich so rasch umzudrehen. Ihre Situation war ja nicht so, daß sie es allein dir hätte überlassen können, anderen Sinnes zu werden. So viel Zeit hatte sie gar nicht. Ich fürchte, bei Margot verhält es sich ganz ähnlich. Je mehr sie sich aber bei ihr anstrengen muß, um die Fotos zu bekommen, desto wütender wird sie auch wieder auf dich. Schließlich warst du es, der die Fotos aus ihrem Haus geholt und sie Margot gegeben hat. Die Art, wie sie dich vorhin behandelte, hätte dir die Augen darüber öffnen müssen, woran du mit ihr bist. Ihr geht es jetzt nur noch um die Fotos. Um sie zu bekommen, wird sie vor nichts mehr zurückschrecken. Was für eine Frau ist eigentlich deine Schwester? Daß sie mit Männern kein Glück hatte, kann auch an ihr selbst liegen. Vielleicht ist sie mehr auf Frauen als auf Männer programmiert?«

Er widersprach ihr: »Das hätte ich mitbekommen. Wir wohnen jetzt seit zwei Jahren zusammen. Sie unterhält sich auch mit mir kaum einmal über ihre persönlichen Probleme. Möglich, daß sie nie damit fertig geworden ist, keinen passenden Mann zu finden. Das lag aber nicht zuletzt auch an ihrer Arbeit. In dieser Beziehung ist sie nicht anders als Doris. Sie lebt ausschließlich für die Firma. Ohne sie könnte sie nicht sein. Neben ihr gab es in Wirklichkeit nie Platz für einen Mann.«

»Eine Frau würde weniger Platz beanspruchen«, lächelte Irmgard.

»Ich bin mir, was das betrifft, bei Margot nicht so sicher wie du. Wenn sie erst seit zwei Jahren bei dir wohnt, kannst du ja nicht wissen, mit wem sie ihre Zeit davor verbracht hat. Oder hat sie dir das immer erzählt?«

Er schwieg.

»Ich möchte dir da nichts einreden«, sagte Irmgard. »In ihrer Position kann sie sich eine Freundin gar nicht leisten. Früher oder später spräche sich das auch in eurem Werk herum, dann wäre es mit ihrer Autorität vorbei. Männer haben nun mal was gegen Frauen, die ihnen beruflich übergeordnet sind. Wenn dann auch noch durchsikkert, daß sie lesbisch sind, opponieren sie erst recht gegen sie. Wenn du meine Meinung dazu hören willst: Du überläßt es zu sehr Doris, Margot umzustimmen. Bis jetzt warst du ihr bei der Beschaffung der Fotos keine große Hilfe. Sicher hat sie sich das etwas anders vorgestellt.«

»Sie hat mich ja nach meiner Meinung überhaupt nicht gefragt«, sagte Linden, unvermittelt gereizt. »Es war ihre Idee, hierherzukommen und Margot in ihrem Zimmer einzusperren. Daß ich es überhaupt zuließ und dabei auch noch mitspielte, war viel mehr, als sie von mir als Margots Bruder erwarten durfte. Ich kann Margot ebensowenig dazu zwingen wie sie, ihren Safe zu öffnen und die Fotos herauszugeben. Ich weiß gar nicht, was Doris sich dabei denkt.«

»Immerhin bist du Margots Teilhaber«, sagte Irmgard ruhig. »Da gäbe es sicher noch andere Möglichkeiten, Druck auf sie auszuüben.«

»Aber doch nur zu Lasten der Firma. Ich habe dabei nicht nur an sie und an mich zu denken. Du als Tochter eines Unternehmers müßtest selbst am besten wissen, welche nachteiligen Folgen durch eine größere Kapitalentnahme für ein Werk, das seine Produktionskosten auch heute noch mit Bankkrediten finanziert, entstehen kann. Wir haben in den letzten Jahren wegen der erforderlichen Kapazitätserweiterungen Investitionen in Millionenhöhe machen müssen. Wie ich Margot kenne, würde sie, wenn ich mir meine Anteile ausbezahlen ließe, die Schuld dafür allein Doris zuschieben und sich dann erst recht an ihr zu rächen versuchen. Ich habe sie gestern abend, als ich ihr das Essen brachte, auf eine Apanage angesprochen. Nicht einmal darauf will sie sich einlassen; ich könnte sie nur gerichtlich durchsetzen. Welche Folgen dies für den guten Ruf unserer Firma hätte, kannst du sicher selbst beurteilen.«

»Davon hast du Doris aber noch nichts gesagt?«

»Es ergab sich noch keine Gelegenheit dazu. Vielleicht rede ich heute abend mit ihr darüber. Im übrigen kenne ich meine Schwester gut genug, um zu wissen, daß jeder Gedanke, sie könnte sich die Fotos auf die von dir angedeutete Weise von Doris abhandeln lassen, vollkommen abwegig, ja geradezu absurd ist. Ich traue so etwas auch Doris nicht zu. Vielleicht erging es ihr gestern nacht genauso wie dir, daß sie nicht einschlafen konnte und deshalb noch einmal ein Gespräch mit meiner Schwester suchte. Etwas scheint dabei aber schiefgelaufen zu sein, sonst hätte Margot das Haus nicht mit einem Koffer verlassen. Ich muß mich mit Doris darüber unterhalten, und zwar sofort. Wenn du willst, kannst du hier auf mich warten.«

Irmgard stand auf. »Ich muß noch ins Bad und mich anziehen. Komme in mein Zimmer, wenn du mit ihr gesprochen hast. Sie will heute vormittag noch zu Hans fahren und sich mit ihm aussprechen.«

»Ist das nicht etwas riskant?« fragte Linden besorgt.

Irmgard lächelte. »Deshalb soll ich sie ja begleiten. Ich bringe sie schon wieder heil zurück. Sie ist eben ein gewissenhafter Mensch, und wenn sie etwas anfängt, dann führt sie es konsequent zu Ende.«

»Trotzdem habe ich kein gutes Gefühl dabei«, sagte Linden. Sie legte die Hände auf seine Schultern, küßte ihn und sagte: »Vielleicht fühlst du dich jetzt besser.«

Als er wenig später zu Doris kam, saß sie, nur mit einem Slip bekleidet, vor dem Frisierspiegel und kämmte sich. Sie wandte ihm flüchtig das Gesicht zu und sagte: »Du störst.«

»Darauf kommt es jetzt nicht an«, erwiderte er und zog einen Stuhl neben sie. Er setzte sich hin und fragte: »Ich muß wissen, woran ich bin, Doris. Warum hat Margot das Haus verlassen?«

»Das müßtest du besser wissen als ich«, sagte sie. »Hat sie dir gestern abend nicht erzählt, daß sie vorhabe, heute vormittag in ein Hotel zu gehen?«

Er griff nach einem auf ihrer Schulter liegenden Haar, schnippte es zu Boden und sagte: »Du hast dich zuletzt mit ihr unterhalten.«

»Wann zuletzt?« fragte sie, ohne ihn dabei anzusehen.

»Kurz nach Mitternacht«, antwortete er. »Ich hörte, wie du in ihr Zimmer gingst. Was wolltest du zu dieser späten Stunde noch bei ihr?«

»Natürlich mit ihr schlafen. Oder was hast du gedacht?«

Er sagte stirnrunzelnd: »Mir ist jetzt nicht nach scherzen zumute.«

»Mir auch nicht«, sagte sie. »Entweder du kümmerst dich ab sofort selbst um die Fotos, oder ich erledige es auf meine Weise. Als ich ihr sagte, daß du, wenn sie die Fotos nicht herausgibt, dir deinen Geschäftsanteil auszahlen läßt, erschrak sie fast zu Tode. Warum drohst du ihr nicht wenigstens einmal damit?«

»Weil sie es eher auf einen Prozeß ankommen ließe, als freiwillig ihre Einwilligung zu geben. Außerdem weiß sie, daß ich so etwas nicht tue.«

»Und warum nicht?«

In der Sonne, die warm durch das Erkerfenster schien, wirkte sie noch schöner. Er betrachtete ihr ebenmäßiges Gesicht, ihre makellos geformte Nase, ihre sonnengebräunten, schmalen Schultern, die hoch angesetzten, straffen Brüste über der schmalen Taille und ihre langen, von zartem Flaum bedeckten Oberschenkel. Er innerte sich, mit welcher Heftigkeit sie sich gesträubt hatte, als er in der Hütte ihr Geschlecht berührte, an ihre widerstrebende Enge und an den Augenblick, wo sie sich ihm jählings öffnete. Er konnte plötzlich nicht mehr anders, als ihre Schultern anzufassen, ihre Arme zu streicheln, ihre Brüste, den Mund auf ihren Hals zu legen und mit geschlossenen Augen ihre Hüften zu streicheln. Als er die Hände jedoch auch in ihren Slip schob, stand sie rasch auf und sagte: »Nicht jetzt. Irmgard und ich wollen gleich wegfahren. Auch hast du meine Frage nicht beantwortet.«

»Ich scheiße auf deine Frage«, sagte er. »Wie lange willst du dieses Drecksspiel noch mit mir treiben?«

Ihr Ton wurde augenblicklich kühl: »Darüber haben wir uns bereits ausführlich unterhalten. Schaff mir die Fotos herbei, und du kannst alles haben, was du willst.«

»Davon war bisher nicht die Rede«, sagte er. »In Irmgards Hütte nicht, in dem Restaurant am Walchensee nicht und in deinem Haus auch nicht. Vielleicht darf ich dich daran erinnern –«

Sie schnitt ihm das Wort ab: »Du brauchst mich an nichts zu erinnern. In Livorno und auch schon vorher ging ich noch davon aus, du könntest mir, wenn du es nur wolltest, die Fotos zurückgeben. Obwohl es nicht dein Verdienst sein wird, wenn ich sie trotzdem bekomme, gilt, was ich dir sagte, unverändert. Wir werden im Anschluß daran nach Livorno zurückfahren. Dort kannst du mich an mein Versprechen erinnern.«

»Und warum nicht hier? Jetzt, wo Margot weg ist –«

»Sie ist nicht weg«, unterbrach sie ihn schroff. »Für mich ist sie in diesem Haus überall gegenwärtig, selbst in deinem Schlafzimmer, wo du sonst mit ihr frühstückst. Ich rieche sie hier, auch wenn sie nicht im Haus ist. Mit diesem Geruch in der Nase kann ich nicht mit dir schlafen, Robert. Ich habe mich durch dein Telefonat, das du am Walchensee mit ihr führtest, täuschen lassen. In diesem Ton redest du nur dann mit ihr, wenn du ihr nicht in die Augen sehen mußt. Hier hattest und hast du nicht den Mut dazu. Du bist nicht fähig, ihr ernsthaft zu widersprechen und deinen Willen gegen den ihren durchzusetzen. Ich bin froh, nicht darauf bestanden zu haben, daß du mir die Pistole gibst. Vielleicht gäbe es dieses Problem sonst gar nicht mehr.«

»Wenn du mir noch etwas Zeit läßt –«

Sie ließ ihn wieder nicht aussprechen: »Darauf möchte ich mich jetzt nicht mehr verlassen. Ich verlasse mich lieber auf mich selbst. Weißt du noch, wie viele Reproduktionen du von den Fotos gemacht hast?«

»Etwa zwanzig. Es können auch neunzehn oder einundzwanzig gewesen sein.«

Sie nickte. »Es ist gut, daß ich dich danach fragte. Laß mich jetzt allein. Fährst du in die Fabrik?«

»Ja. Ich muß wissen, ob sie sich heute dort sehen läßt. Vorher kümmere ich mich noch um das Frühstück für euch.«

Sie trat zu ihm hin, küßte ihn und sagte: »Es ist nicht so, daß ich Margots Haß erwidere. In einem gewissen Sinn tut sie mir sogar leid. Sie kann sich aber für das, was sie in ihrem Leben versäumt hat, nicht an mir schadlos halten.«

Er fragte mit blassem Gesicht: »Willst du damit allen Ernstes behaupten, sie versuchte, mit dir etwas anzufangen?«

Sie lächelte. »Dazu gehören zwei. Ich lasse mit mir nichts anfangen. Ich hatte meine Gründe, in der vergangenen Nacht zu ihr zu gehen und ihr den Schlüssel zu geben. Mir gegenüber erwähnte sie mit keinem Wort, daß sie heute früh das Haus verlassen wolle. Ich bin sicher, sie wird sich bald wieder melden.«

»Mehr willst du mir nicht sagen?«

»Es gibt nicht mehr zu sagen.«

»Du mußt es wissen«, sagte er und wandte sich der Tür zu. Dort blieb er noch einmal stehen und fragte: »Du willst mit Irmgard zu Diedenhofen fahren?«

Sie nickte. »Wir brauchen den Audi. Laß uns die Schlüssel hier.«

»Was wirst du ihm sagen?«

»Die Wahrheit. Ich habe diese ewige Lügerei satt.«

»Das läßt mich wieder hoffen«, sagte Linden und verließ das Zimmer.

Irmgard war noch mit dem Lackieren ihrer Nägel beschäftigt. Sie saß mit überkreuzten Beinen auf dem Bett. Ihr tüllbestickter Tanga-Slip wölbte sich straff über dem kupferfarbenen Haar. Mehr trug auch sie nicht auf der Haut. Daß sie sich figürlich mit Doris messen konnte, hatte er bereits in der Hütte festgestellt. Er setzte sich zu ihr auf das Bett und sagte: »Jedesmal, wenn ich zu einer von euch ins Zimmer komme, seid ihr entweder halb oder beinahe ganz ausgezogen. Wozu trägt man diese Dinger überhaupt, wenn sie doch so gut wie nichts verbergen?«

Sie lachte. »Das Wichtigste, worauf es euch Männern ankommt, schon. Hast du von Doris erfahren, was du erfahren wolltest?«

»Ja und nein.«

»Das ist eine gute Antwort«, sagte Irmgard, ihre Maniküre fortsetzend. »Kurz und knapp und dennoch nichtssagend. Vielleicht war ich vorhin etwas voreilig mit meiner Meinung, Robert. Ich habe mir inzwischen überlegt, daß die Situation für dich im Hinblick auf Margot genauso schwierig, wenn nicht noch schwieriger ist als für Doris. Einerseits ist sie deine Schwester, andererseits setzt sie Doris, die dir ja auch nicht gleichgültig ist, mit den Fotos unter Druck. Mir ist nur noch nicht ganz klar, was sie damit erreichen will.«

»Mir schon«, sagte er. »Sie will uns auseinanderdividieren und zugleich verhindern, daß ich aus der Firma aussteige. Ich weiß, daß ich in deinen und auch in den Augen von Doris in diesem Spiel keine sehr gute Figur abgebe, aber wenn man als Mann von einer Frau so hingehalten wird, wie Doris es bei mir tut, habe ich für meine Person kein brauchbares Rezept dagegen. Ich weiß auch nicht, wie ich meine Schwester dazu zwingen könnte, die Fotos herauszugeben. Auf einen Bruch mit ihr käme es mir jetzt nicht mehr an. Ich frage mich nur, wofür? Für die Versprechungen einer Frau, die heute so und morgen völlig anders redet? Wären die Fotos nicht und fühlte ich mich nicht für sie verantwortlich, so wäre ich spätestens in Livorno ohne Doris nach Hause geflogen und hätte es ihr überlassen, sich darüber schlüssig zu werden, was sie eigentlich will. Allmählich habe ich die Nase voll von ihr.«

»Das kann ich verstehen«, sagte Irmgard und beendete ihre Maniküre. Sie stellte das Fläschchen mit dem Nagellack neben sich auf das Nachtschränkchen. »Warum setzt du dich nicht zu mir?«

Er gehorchte schweigend. Sie griff nach seiner Hand und sagte: »Ich habe dich vor ihr gewarnt. Sie ist jetzt nur noch auf die Fotos scharf und auf sonst nichts mehr. Ich kenne die Aufnahmen; sie hat sie mir einmal gezeigt, als wir zusammen ihr Fotoalbum anschauten. Auf mindestens dreien davon sieht man einiges mehr, als sie es sich bei ihrem Bekanntheitsgrad leisten kann. Hätte ich so dünne Schamhaare wie sie, ich hätte mich in dieser Position selbst von meinem Mann nicht knipsen lassen. Wenn ihr Intendant und die Herren vom Rundfunk- oder Verwaltungsrat die Fotos zu Gesicht bekämen, hätten sie bestimmt ihre helle Freude daran; aber für die Anstalt wäre Doris vom gleichen Augenblick an untragbar geworden. Das weiß sie natürlich selbst. Wie ist das eigentlich mit dir und Margot? Braucht sie dich in der Firma?«

Er zuckte mit den Schultern. »Eigentlich nicht. Wir haben uns die Arbeit geteilt, sie ist für das Finanz- und Rechnungswesen sowie für Personalfragen zuständig, ich für die Produktion und den Vertrieb. Für letztere haben wir heute aber einen sehr tüchtigen Mann, der auf meine Hilfe schon längst nicht mehr angewiesen ist. Seit dem Tod meiner Frau beschränkt sich meine Aufgabe immer mehr darauf, die Entscheidungen, die er trifft, mit Margot zu diskutieren und sie pro forma abzusegnen. In Wirklichkeit geht es Margot bei Doris hauptsächlich darum, daß sie sich mit dem Gedanken, sie könnte ihre Schwägerin werden, niemals anfreunden wird. Die Fotos dienen ihr nur noch als Mittel, um es zu verhindern. Als sie mich gestern abend fragte, ob ich vorhätte, Doris zu heiraten, habe ich ihr klipp und klar gesagt, daß sie der letzte Mensch auf Erden sei, der mich daran hindern könnte. Weil sie jetzt weiß, daß sie bei mir nichts erreichen wird, läßt sie ihren Haß und ihre Enttäuschung eben an Doris aus. Ich weiß nicht, was in Doris vor sich geht und welche Pläne sie hat. Sie spricht nicht darüber. Vielleicht war es ein Fehler, sie mit Margot zusammenzubringen. Als sie mich aber in Livorno darum bat, konnte ich ihr diesen Wunsch nicht abschlagen. Ich stand mit Margot immer gut. Sie war für mich immer so etwas wie eine Ersatzmutter. Als ich es zuließ, daß Doris sie vorgestern abend in ihr Zimmer einschloß, habe ich das Äußerste getan, was ich in dieser Situation für Doris tun konnte. Ich hätte ihr gleich sagen können, daß sie bei Margot damit genau das Gegenteil dessen erreicht, was sie sich davon versprochen hat.«

»Dessen bin ich mir nicht sicher«, sagte Irmgard.

Er blickte rasch in ihr Gesicht. »Wie meinst du das?«

»Du kennst Margot besser, als Doris sie kennt, und ich kenne Doris besser, als du sie jemals kennenlernen wirst. Wenn es um ihren Job geht, kennt sie sich vermutlich selbst nicht mehr. Daß Margot das Haus mit einem Koffer verlassen hat, sieht für mich mehr nach einer Flucht als nach einem Sieg über Doris aus. War es ihre Idee, daß du dich in deren Bungalow umschauen solltest?«

Er schüttelte den Kopf. »Höchstens indirekt. Als wir über die Detektei von dem Haus in Livorno erfuhren, war sie sofort davon überzeugt, daß auch Doris vor ihrer Umwelt etwas zu verbergen habe. Mein ganzer Plan basierte ja nicht auf einer gewaltsamen Entführung, sondern darauf, etwas in die Hand zu bekommen, was sich gegen sie verwenden ließe. Als ich am nächsten Morgen beim Frühstück Margot die Fotos zeigte und ihr erzählte, wie ich sie mir beschafft habe, war sie, glaube ich, zum erstenmal in ihrem Leben von mir beeindruckt.«

»Und das tat dir gut?« fragte Irmgard.

Sie saß so dicht neben ihm, daß sein Arm ihre Brüste berührte. Sie waren etwas voller als die von Doris. Er stellte mehr unbewußt fest, daß ihre Warzen erigiert wirkten. »Vielleicht tat es mir gut«, sagte er. »Jedenfalls hatte sie es mir nicht zugetraut. Wie so manches andere auch nicht.«

Irmgard lächelte. »Mir wäre es an ihrer Stelle vielleicht genauso ergangen. Du bist so gar nicht der Typ für so etwas. Wie hast du erfahren, daß Doris in jener Nacht in Livorno war? Auch von der Detektei?«

Er nickte. »Damals wußten Margot und ich über ihr Haus dort schon Bescheid. Wir wußten nur noch nicht, ob es ihr oder ihrem geschiedenen Mann gehörte. Mit ihrem italienischen Makler setzte ich mich erst in Verbindung, als ich in ihrem Bungalow nichts fand, was uns über die Besitzverhältnisse Aufschluß gegeben hätte. Statt dessen stieß ich auf das Fotoalbum.«

Sie blickte neugierig in sein Gesicht. »Und du hattest keine Angst, dabei erwischt zu werden?«

»Eigentlich nicht. Es war in jener Nacht stockdunkel. Außerdem ging alles sehr rasch. Sie hat ja nicht einmal ein Sicherheitsschloß an der Tür. Schon der zweite Schlüssel, den wir im Werk als Universalschlüssel für Notfälle benutzen, paßte. Da sämtliche Läden geschlossen waren, konnte ich drinnen das Licht einschalten und mich in aller Ruhe umsehen.« Er stand auf. »Ich muß ins Büro. Vielleicht erfahre ich von Margots Sekretärin, wo sie steckt. Wird dein Mann dir glauben, daß du dich noch in Florenz aufhältst?«

Sie zuckte gleichgültig mit den Schultern. »Soll er doch glauben, was er will. Ich ertappe mich in letzter Zeit immer öfter dabei, daß ich mir wünsche, wieder genauso unabhängig zu sein wie Doris. Irgendwann werde ich mir diesen Wunsch auch erfüllen.«

»Wie wird er darauf reagieren?«

»Vielleicht etwas überrascht, nehme ich an. Solange er aber Aussichten hat, eines Tages Fernsehdirektor zu werden, wird es ihn nicht länger beschäftigen als eine Flasche Whisky. Ist noch etwas zum Frühstücken im Haus?«

»Darum werde ich mich noch rasch kümmern.«

Sie stand auf, küßte ihn und lächelte. »Mit dir verheiratet zu sein, stelle ich mir sehr angenehm und auch kurzweilig vor.«

Es klang ihm noch in den Ohren, als er sich in der Küche mit dem Frühstück beschäftigte und Doris zu ihm kam. »Ist Irmgard noch nicht hier?« wunderte sie sich. Sie trug heute keine Lederhose, sondern einen engen, bis Handbreit über die Knie reichenden braunen Rock und ein beigefarbenes Rollkragen-Shirt. Er sagte: »Hübsch siehst du aus, und zehn Jahre jünger.«

»Erinnere mich nicht an diese schreckliche Zeit«, sagte sie. »Ich möchte nie wieder Fünfundzwanzig sein.«

»Das bleibt dir bestimmt erspart«, sagte er. »Der Schlüssel für den Audi liegt auf dem Küchentisch. Kann ich sonst noch etwas für dich tun?«

»Ja«, sagte sie und küßte ihn.

»Scheint heute direkt mein Glückstag zu werden«, brummte er und ließ sie allein. Gleich darauf hörte sie die Haustür zufallen.

Auch Irmgard hatte ihn fortgehen hören; sie sagte beim Hereinkommen: »Endlich allein. Wir finden hier kaum mehr Gelegenheit, uns auch einmal wieder unter vier Augen zu unterhalten.«

»Hast du etwas auf dem Herzen?« fragte Doris und schenkte Kaffee ein. Irmgard nahm am Tisch Platz. Für den Besuch bei Diedenhofen hatte auch sie sich für einen engen Rock und einen engen Pulli entschieden; sie sagte: »Robert weiß nicht mehr, wie er dir bei den Fotos noch behilflich sein könnte. Ich an seiner Stelle wüßte es auch nicht. Eine kleine Aufmunterung täte ihm jetzt bestimmt gut. Warum versagst du ihm, was du seiner Schwester gewährst?«

»Er hat dir also erzählt, daß ich heute nacht bei ihr war?« fragte Doris. Irmgard stutzte. Dann lächelte sie. »Ein echter Kavalier alter Schule. Nicht er, sondern ich habe beobachtet, wie du auf leisen Sohlen und kurz gewandet für eine gute Stunde in ihrem Zimmer verschwandest. Schade, daß ich mir damals, als du mir die Fotos zeigtest, keines heimlich in den Slip steckte. Vielleicht wäre auch ich dir dann einen nächtlichen Besuch wert.«

»Willst du eins haben?« fragte Doris. »Die Originalfotos hat Robert mir zurückgegeben.«

»Trotzdem wäre ich gegenüber Margot im Nachteil«, sagte Irmgard. »Sie hat mehr als nur ein Foto von dir. Einige davon könnten sogar mich stimulieren, obwohl ich keine ältliche Jungfrau und nicht unbedingt auf jede Hilfe angewiesen bin. Was erwartest du eigentlich von Robert? Daß er sie umbringt und als ihr Alleinerbe auch in den Besitz ihres Schlafzimmersafes gelangt?«

»Darum geht es nicht«, sagte Doris. »Er, und nicht seine Schwester, hat mich in diese Situation gebracht. Wäre er nicht in mein Haus eingedrungen, so hätte ich dieses Problem nicht. Je mehr Mühe es mich kostet, Margot die Fotos abzuhandeln, desto wütender werde ich auch auf ihn.«

Irmgard musterte sie prüfend. »Hat sich die Mühe wenigstens schon gelohnt?«

»Von unwesentlichen Teilergebnissen abgesehen, noch nicht«, sagte Doris. »Sie ist eine eiskalte Geschäftsfrau und versteht es, bei ihren Transaktionen so viel wie möglich für sich herauszuholen.«

»Typische Profitmaximierung«, lächelte Irmgard. »Ist doch eines deiner Lieblingsklischees, wenn ich mich recht entsinne. Jetzt erfährst du einmal am eigenen Leibe, wie es ist, von diesen Typen, wie auch mein Vater einer ist, skrupellos ausgebeutet zu werden. Deine bisherigen Kenntnisse zu diesem Thema hast du sonst immer nur aus dritter Hand bekommen.«

Doris hob verwundert den Kopf. »Das sind ja ganz neue Töne bei dir. Soll ich das als Kritik verstehen?«

»Nicht unbedingt«, sagte Irmgard lächelnd. »Wenngleich auch ich manchmal den Eindruck habe, daß in eurem Funkhaus mehr Demagogen als Leute mit wirtschaftlichem Sachverstand sitzen.«

»Ich verstehe«, sagte Doris. »Der ständige Umgang mit Robert färbt auch schon auf dich ab. Ich habe nie behauptet, daß er mit allem, was er sagt, falsch liege. Für seine simplifizierende Art, die Dinge zu sehen, habe ich trotzdem kein Verständnis. Das ist aber nicht mein Problem. Mein Problem ist Margot. Wäre es damit getan, sie mit einem einmaligen Entgegenkommen zufriedenzustellen, so bräuchte ich keinen, mit dem ich darüber rede. So, wie es jetzt aussieht, hat sie es aber lieber in kleinen Portionen und dafür möglichst oft. Mir ist es auch nicht gleichgültig, wie Robert sich dabei fühlt. Ich gebe mir alle Mühe, ihn fair zu behandeln, aber jedesmal, wenn ich ihn küsse oder er mich, habe ich das Bild seiner Schwester vor Augen.«

Irmgard wurde ernst. »Dann hat sie bei dir schon mehr erreicht, als du bei ihr. Du kannst aber nicht Robert dafür verantwortlich machen, wenn sich dein Erfolgsrezept nicht auch auf Margot übertragen läßt. Ich habe sie heute morgen zwar nur ganz flüchtig gesehen. Wenn aber eine Frau von ihrem Aussehen sich schon auf so etwas einläßt, dann tut sie es bestimmt nicht ohne Hintergedanken. Sie ist genau der Typ von Frau, der es versteht, das Angenehme mit dem Nützlichen zu verbinden. Vielleicht war es ihr auch gar nicht angenehm, und sie hat nur so getan.«

»Ich bin auch nicht von gestern«, sagte Doris. Sie schob angewidert den Frühstücksteller von sich. »Die hatte doch nur auf so etwas gewartet, Irmgard. Wenn ich sie falsch einschätzte, dann bestimmt nicht darin. Ich war nur nicht darauf gefaßt, daß sie gleich so voll einsteigt. Für so etwas erschien sie mir anfangs als viel zu verklemmt. Falls sie es wirklich schafft, mir Robert auf diese Weise madig zu machen, dann nur so lange, bis ich die Fotos habe.« Sie stand auf. »Ich muß noch einmal telefonieren. Gestern abend traf ich im Funkhaus von meiner Crew keinen mehr an. Räumst du das Geschirr weg?«

»Nein«, sagte Irmgard. »Diesmal bist du an der Reihe.«

»Dann lassen wir es eben stehen«, sagte Doris und ging in ihr Zimmer hinauf. Sie telefonierte etwa eine Viertelstunde lang und sagte beim Zurückkommen, weil Irmgard das Frühstücksgeschirr doch weggeräumt hatte: »Wenn ich dich nicht hätte, wüßte ich oft nicht mehr, was anfangen. Liebst du mich?«

»Aber das weißt du doch«, sagte Irmgard und küßte sie lächelnd auf den Mund. »Was hattest du mit dem Funkhaus zu telefonieren?

Wolltest du dich nur einmal persönlich bei deinen Kollegen melden?«

»Das auch«, sagte Doris.

Im Audi überließ sie Irmgard das Lenkrad. Der Himmel hatte sich im Laufe des Vormittags wieder bewölkt; es sah nach Regen aus. Irmgard sagte: »Ich habe nicht nur Werner, ich habe auch das Klima hier satt. In Livorno könnten wir jetzt baden.«

»Wir werden noch oft zusammen in Livorno baden«, sagte Doris.

Die kurze Autobahnstrecke nach Frankfurt legten sie in einer knappen halben Stunde zurück. Irmgard sagte: »Der Audi ist viel schneller als mein Passat und Werners Mustang. Vielleicht lasse ich mir von meinem Vater zum nächsten Geburtstag einen schenken.«

»Da wird Werner sich aber freuen«, sagte Doris.

Irmgard lächelte.

Sie trafen Diedenhofen in der Einliegerwohnung eines unmittelbar an der Autobahn nach Bad Homburg stehenden Einfamilienhauses an. Es gehörte einem Straßenbahnoberschaffner, der das Haus wegen der immer stärker werdenden Lärmbelästigung schon mehrfach zum Verkauf inseriert, jedoch noch keinen ernsthaften Interessenten gefunden hatte. Die nur aus einem Zimmer mit Kochnische und Bad bestehende und im Souterrain gelegene Einliegerwohnung hatte einen separaten Eingang, so daß Diedenhofens Besucher mit der fünfköpfigen Straßenbahnoberschaffnerfamilie nicht in Berührung kamen. Ein Vorzug, den Doris bei ihren bisherigen Visiten immer zu schätzen gewußt hatte. Für einen seit zwei Jahren stellungssuchenden und auf Sozialhilfe angewiesenen Lehrer wäre auch diese Wohnung ohne die zusätzlichen Bezüge eines Stadtrats unerschwinglich gewesen. Beim Anblick des vor dem Haus stehenden Opel Kadetts sagte Irmgard lachend: »Das Schlimmste an der Fahrt nach Garmisch war seine alte Rostlaube von einem Auto. Mein Angebot, mit meinem Passat zu fahren, lehnte er ab. Vielleicht traute er meinen Fahrkünsten nicht.«

»Mir ist auf der Fahrt hierher auch ein paarmal warm geworden«, sagte Doris. »Warte im Wagen auf mich.«

Hans mußte sie durch das Souterrainfenster bereits gesehen haben; er öffnete ihr die Tür, bevor sie zu läuten brauchte. Seine Stimme klang abweisend: »Was willst du?«

»Mit dir reden«, antwortete Doris und schob ihn kurzerhand zur Seite. In seinem Zimmer setzte sie sich auf die Bettcouch, auf der sie im Laufe der vergangenen sechs Monate einige Dutzend Male mit ihm geschlafen und sich zeitweilig sogar eingeredet hatte, ihn zu lieben. Sie wunderte sich nun selbst darüber, denn abgesehen davon, daß er ein sympathischer junger Mann war und in vielen Dingen genauso dachte wie sie selbst, hatte sich in dieser Zeit nichts zwischen ihnen entwickelt, was von Bestand hätte sein oder ihn für sie unentbehrlich hätte werden lassen können. Sie zog die Nase kraus und sagte: »Jedesmal, wenn man dich besucht, riecht es nach Gemüsesuppe bei dir. Warum hast du gestern das Telefon aufgelegt, als ich bei dir anrief?«

»Weil ich mich von dir nicht zum Hampelmann machen lasse«, erwiderte er laut. »Wenn du mit mir Schluß machen willst, dann sag es mir persönlich und versteck dich nicht hinter Frau Westernhagen.«

»Deshalb bin ich ja hier«, sagte sie. »Du hast einen Fehler gemacht, Hans. Als ich dich vergangene Woche durch Irmgard wissen ließ, daß mir etwas anderes dazwischen gekommen ist –«

»Du meinst wohl, etwas anderes zwischen die Beine gekommen?« fiel er ihr schroff ins Wort. »Warum hast du mich am Donnerstagabend nicht selbst angerufen und mir gesagt –«

Sie unterbrach ihn kühl: »Ich hatte meine Gründe dafür. Falls du es vorziehst, dich auf diesem Niveau mit mir zu unterhalten, kann ich gleich wieder gehen.«

»Ich habe dich nicht eingeladen, hierherzukommen«, sagte er mit fleckigem Gesicht. »Außerdem hatte ich es schon lange satt, mich vor deinen Bekannten und sonstigen Liebhabern noch länger von dir verstecken zu lassen. Wenn ich dir nur zum Bumsen gut genug bin, findest du auch einen anderen dafür.«

Sie stand auf. Ihre Stimme klang unverändert kühl: »Dann wäre ja alles gesagt. Mit dem gemeinsamen Urlaub in Livorno wäre es ohnedies nichts mehr geworden. Das Haus ist bereits verkauft. Mein geschiedener Mann hatte gleich zwei Interessenten dafür. Da ist übrigens noch etwas. Der Hund gehörte nicht mir, sondern Dr. Geßler. Als er mit seiner Familie zum Skiurlaub nach Reit im Winkl fuhr, haben sie ihn, weil er ihnen lästig geworden war, unterwegs auf einem Autobahnrastplatz ausgesetzt. Mein geschiedener Mann und ich haben es zufällig beobachtet und Sue Ellen in unseren Wagen genommen. Als ich dich durch Irmgard wissen ließ, er sei ein Geschenk von ihm, wußte ich noch nicht, wer die Leute waren, die ihn ausgesetzt hatten. Das erfuhr ich erst später. Ihr wollt doch mithelfen, Dr. Geßler zum OB zu machen? Oder hat sich daran schon etwas geändert?«

Er blickte sie ungläubig an. »Was erzählst du da?«

»Was du gehört hast«, antwortete sie ruhig. »Geßler hat nachträglich erfahren, daß er von uns beobachtet wurde, als er Sue Ellen aussetzte. Er bekam es mit der Angst zu tun und fuhr uns bis nach Livorno nach. Sue Ellen ist dort nicht weggelaufen, wie Frau Westernhagen dir erzählte, sondern wurde von Geßler in Begleitung eines anderen Mannes abgeholt. Jetzt versucht er die Sache so hinzudrehen, als sei Sue Ellen auf dem Autobahnrastplatz ihm weggelaufen, aber damit kommt er bei mir nicht durch, und bei dir und deiner Fraktion hoffentlich auch nicht. Wenn du mir nicht glaubst, brauchst du nur nach Wiesbaden zu Geßler zu fahren. Dort wirst du auch Sue Ellen wieder antreffen.«

Sie ging zur Tür, öffnete sie und drehte sich noch einmal nach ihm um. »Es tut mir leid, daß es zwischen uns so gelaufen ist, Hans. Ich hätte dir schon früher sagen müssen, daß ich in unserer Feundschaft immer nur eine Sache auf Zeit sah. Ich habe zwei kaputte Ehen hinter mir und denke nicht daran, mich noch einmal fest an einen Mann zu binden oder mich von ihm als sein Eigentum betrachten zu lassen. Daß wir uns nicht öfter sahen, hatte mit meinem Beruf zu tun. Ich habe dich nie im unklaren darüber gelassen, daß er mir wichtiger ist als alles andere. Es gab keinen anderen Mann, vor dem ich dich hätte verstecken müssen. Ich wollte dir mit unserem losen Kontakt nur zu verstehen geben, daß ich nicht bereit war, aus dieser Verbindung mehr werden zu lassen, als sie in Wirklichkeit war. Können wir sie nicht wie zwei erwachsene Menschen beenden?«

Er blickte sie eine Weile finster und mit zuckenden Lippen an. Dann sagte er leise: »Du bist auch nicht anders als all die exaltierten Weiber in deinem Scheiß-Funkhaus. Ich hätte es wissen müssen. Scher dich zum Teufel.«

Sie verließ achselzuckend die Wohnung.

Irmgard rauchte im Wagen eine Zigarette. Doris setzte sich zu ihr, nahm ihr die Zigarette aus der Hand und zog daran. Sie mußte husten und sagte keuchend: »Bin ich froh, daß ich mir das blöde Rauchen abgewöhnt habe. Du bringst dich eines Tages noch damit um.«

»Jeder auf seine Weise«, sagte Irmgard. »Du siehst im Augenblick auch ohne Nikotinvergiftung nicht wie das blühende Leben aus. War es denn so schlimm?«

Doris gab ihr die Zigarette zurück. »Nicht schlimmer, als ich es erwartet habe. Fahr los. Du kannst mich vor meinem Haus absetzen. Ich möchte heute keinen mehr sehen, auch Robert nicht. Wir treffen uns morgen nachmittag wieder bei ihm. Vielleicht hat sich bis dahin auch Margot gemeldet.«

»Und was soll *ich* tun? Robert allein Gesellschaft leisten?«

»Wenn ich mich recht entsinne«, sagte Doris, »hast du am anderen Ende der Stadt ein eigenes Haus, das dich, nachdem du acht Tage verreist warst, sicher ausreichend beschäftigen wird. Du kannst vorher noch einmal bei Robert vorbeifahren und ihm Bescheid sagen. Er hat uns zwei Schlüssel für die Haustür hinterlassen. Ich weiß nicht, ob er noch einen dritten hat. Nimm vorsorglich einen mit.« Sie gab ihr den Schlüssel und sagte: »Ich fühle mich nicht gut, Irmgard. Tu mir den Gefallen und bring mich nach Hause.«

»Dich hat es ganz schön erwischt«, sagte Irmgard und fuhr los.

Um zu dem Bungalow zu kommen, mußten sie erst noch die ganze Stadt durchqueren. Irmgard betrachtete den Waldrand auf der anderen Straßenseite und sagte: »Wenn du Robert vorher nicht bemerkt hast, kann er nur unter den Bäumen auf dich gewartet haben. Du solltest dir wirklich ein anderes Türschloß zulegen. So dicht am Wald möchte ich nicht wohnen.«

»Mit einem Vater, wie du ihn hast, würde auch ich nicht hier wohnen«, sagte Doris und verabschiedete sich mit einem Kuß von ihr. Irmgard fuhr sofort weiter und auf dem direkten Weg nach Wiesbaden zurück. Als sie vor Lindens Haus hielt, sah sie den schwarzen Mercedes in der offenen Garage stehen. Sie stellte den Audi vor der Garage ab, schloß die Haustür auf und sagte zu Linden, der ihr in der Diele entgegenkam: »Doris zieht es vor, heute in ihrem Bungalow zu schlafen. Sie kommt erst morgen nachmittag wieder. Hast du etwas von Margot gehört?«

Seine Enttäuschung war so groß, daß er nur den Kopf schütteln konnte. Sie küßte ihn auf die Wange und sagte: »Nimm es nicht zu tragisch. Sie scheint sich über Hans wahnsinnig geärgert zu haben; sie war auch nur ein paar Minuten bei ihm. Laß ihr etwas Zeit, damit fertig zu werden. Auch wenn man eine so robuste Seele hat wie sie, kommt bei ihr jetzt doch reichlich viel zusammen. Wonach riecht es hier? Nach Hammelkeule?«

»Ich habe vorsorglich auch für euch mitgekocht«, sagte Linden. »Wenn du willst, kannst du sofort essen. Ich habe es schon hinter mir.«

»Du bist ein richtiger Schatz«, sagte sie lächelnd. »Vom Kochen weiß Werner nur so viel, daß man einen Herd und einen Topf dazu braucht.«

Er servierte ihr das Essen mit einer Flasche Rotwein in der Küche, setzte sich zu ihr an den Tisch und sah ihr dabei zu. Sie sagte: »Eigentlich wollte auch ich gleich nach Hause fahren und nach dem Rechten sehen, aber Doris war sich nicht sicher, ob du noch einen Hausschlüssel hast. Du kochst besser als ich, Robert. Mein Kompliment.«

Er lächelte flüchtig. »Ich habe es wegen der Erkrankung meiner Frau notgedrungen lernen müssen. Sie hat also mit Hans Schluß gemacht?«

»Deshalb ist sie ja hingefahren«, sagte Irmgard kauend. »Scheint nicht ganz so einfach gewesen zu sein, wie sie es sich vielleicht vorgestellt hatte. Sie sah hinterher ziemlich mitgenommen aus. Sich einen Mann unter den Nagel zu reißen, ist für eine Frau wie sie immer leichter, als ihn wieder loszuwerden. Zum Glück hatte sie ihn nicht allzusehr verwöhnt, sonst wäre es noch schwieriger geworden. Hans ist, glaube ich, auch nicht der Typ, der deshalb in Tränen ausbricht oder sich an eine Frau festklammert. Sie war wohl eher darauf gefaßt, daß er sie verprügelt und dann zur Tür hinausgeworfen hätte. Dazu ist es glücklicherweise nicht gekommen. Du hast also nichts von Margot gehört? Wo kann sie nur stecken?«

»Ich weiß es nicht, aber es macht mir Sorgen. Wenn ich wüßte, was zwischen ihr und Doris vorgefallen ist, wäre mir wohler.«

Irmgard lächelte. »Ich dachte, du wüßtest es schon. Ich weiß nicht, ob du wirklich so naiv bist oder nur so tust, Robert. Wenn in euren Kreisen ein Geschäft abgewickelt wird, so besteht es nicht nur aus Nehmen, sondern auch aus Geben. Und Doris gibt eben Margot, was dieser die Fotos wert sind.«

»Das glaube ich nicht«, sagte er rauh.

Sie verstärkte ihr Lächeln. »Von wem glaubst du es nicht? Von Doris oder von deiner Schwester? Wenn Doris eine Frau, die ihr Probleme macht, damit demütigen kann, erledigt sie das aus dem linken Handgelenk heraus. Ich glaube jetzt auch nicht mehr, daß deine Schwester Doris jemals richtig gehaßt hat. Für sie muß Doris die

Inkarnation dessen sein, wovon sie als Frau immer nur träumen konnte. Wieso hältst du es noch immer für so unwahrscheinlich, daß ihre Gefühle mehr Frauen als Männern zugewandt sind? Nur weil sie deine Schwester ist?«

»Ich kann es einfach nicht glauben«, murmelte er erschüttert. »Es geht nicht in meinen Kopf. Aber bei Margot könnte ich es in ihren Jahren vielleicht noch verstehen; bei Doris jedoch nicht. Ich frage mich, wie die Seele einer Frau beschaffen sein muß, die sich, um ihr Ziel zu erreichen, über jedes Schamgefühl hinwegsetzt.«

Irmgard beendete ihre Mahlzeit und trank ihr Glas leer. Dann erst frage sie: »Hat sie das nicht auch schon bei dir getan?«

Er blickte schweigend in ihr Gesicht.

Sie schüttelte verwundert den Kopf. »Ich weiß nicht, in welcher Zeit und in welcher Welt du noch lebst, Robert. Ganz abgesehen davon, daß sich die meisten Frauen, um ihr Ziel zu erreichen, irgendwann in ihrem Leben über ihr Schamgefühl hinwegsetzen. Als Werner mich zum zehnten- oder zum zwölftenmal zum Essen in ein Restaurant einlud, ohne sich mehr zu getrauen, als meine Hand zu küssen, fragte ich ihn, ob er mich nicht lieber zum Schlafen als zum Essen einladen möchte. Doris wußte nicht, wann du die Briefe abschicken wolltest. Schon von daher gesehen konnte sie es sich gar nicht leisten, mit dir viel Zeit zu vergeuden. Und als sie merkte, daß sie es in Wirklichkeit mit Margot und nicht mehr mit dir zu tun hatte, verlor sie auch bei ihr keine Zeit. Ich will ihre Handlungsweise weder entschuldigen noch irgendwie rechtfertigen. Für mich wäre das, was sie mit Margot treibt, als Frau genauso unvorstellbar wie für dich. Aber so, wie manche Männer, wenn es um ihre politische Karriere geht, zu Dingen fähig sind, die man ihnen vorher nicht zutraute, so ist Doris, wenn es um ihren Job geht, für moralische Bedenken nicht mehr ansprechbar. Vielleicht macht es ihr bei Margot sogar Spaß; wer weiß. Sie ist ihrer Ehen jedesmal relativ rasch überdrüssig geworden. Ihre erste dauerte nur sechzehn Monate. Und Hans hatte sie bereits nach einem halben Jahr über.«

Sie stand auf. »Ich rede zuviel, weil ich zuviel gegessen und getrunken habe. Wenn du nichts dagegen hast, lege ich mich jetzt eine halbe Stunde hin und fahre anschließend nach Frankfurt in meine Wohnung. Du wirst sicher auch noch einmal in die Fabrik müssen.«

»Danach steht mir heute wirklich nicht mehr der Sinn«, sagte er. »Ich möchte noch mehr von dir wissen, Irmgard. Doris hat mir von ihrer ersten Ehe noch nichts erzählt. Ich weiß ja nicht einmal, womit ihr zweiter Mann so viel Geld verdiente, daß er ihr das Haus in Livorno kaufen konnte. Weder Margot noch ich haben ein Konto in der Schweiz.«

Sie lachte. »Dann habt ihr es eben falsch angefangen. Bernd hatte damals eine Importfirma für Nahrungsmittel aus der dritten Welt, die er vorzugsweise aus Ländern mit einem Staatsmonopol bezog und die ihm für den Weiterverkauf an deutsche Grossisten und Supermärkte eine gute Provision bezahlten. Von der ließ er sich aber nur einen Teil auf sein deutsches Bankkonto überweisen, den Rest auf ein Schweizer. Was er heute treibt, weiß ich nicht. Angeblich sollen seine Geschäfte nicht mehr so gut gehen wie früher. Er hat sich ja auch von Frankfurt und Hamburg, wo er seinen Vertrieb ursprünglich aufgebaut hatte, inzwischen nach München abgesetzt. Aber ich muß mich jetzt wirklich eine halbe Stunde hinlegen, Robert. Wenn du heute nicht mehr in dein Büro gehst, können wir uns anschließend noch ein wenig unterhalten. Klopfe einfach an meine Tür, dann wirst du ja hören, ob ich schon wieder fit bin. Ja?« Sie beugte sich zu ihm nieder, berührte mit den Lippen seinen Mundwinkel und ging dann in ihr Zimmer hinauf. Sie zog sich aus, nahm ein heißes Bad und legte sich, nur mit einem Hausmantel bekleidet, auf das Bett. Als Linden nach einer Stunde an ihre Tür klopfte, hatte sie ihn bereits ungeduldig erwartet. Sie rief ihn herein und sagte lächelnd: »Entschuldige bitte, wenn ich noch nicht angezogen bin. Ich muß ganz plötzlich eingenickt sein. Setz dich irgendwohin; ich bin gleich fertig.«

Sie stand auf, griff nach ihrem auf einem Stuhl liegenden Slip, stieg hinein und streifte ihn, ohne den Hausmantel zu öffnen, die langen Beine hinauf. Dann erst legte sie den Mantel ab und sagte: »Vor allem muß ich zu Hause nach meinen Blumen sehen. Wir haben zwar eine Reinmachefrau, die sich, wenn wir beide verreist sind, darum kümmert, aber du weißt ja selbst am besten, wie wenig man sich auf diese Leute noch verlassen kann. Hast du auch geschlafen?«

Weil er keine Antwort gab, drehte sie sich nach ihm um und sah, daß er noch immer in der offenen Tür stand und sie unverwandt anschaute. Sie setzte sich auf das Bett, streckte ihm die Hand hin und sagte: »Ich habe nicht vor, mit dir zu schlafen, Robert. Es täte dir hinterher doch nur leid. Außerdem. . .« Sie brach ab.

Er ging zu ihr hin, setzte sich neben sie und sagte: »Außerdem bist du indisponiert.«

»Das ist es nicht«, sagte sie und legte einen Arm um seine Taille. »Wenn ich sicher sein könnte, daß du es Doris nicht erzählst, würde ich es dir vielleicht sagen.«

»Du kannst sicher sein«, sagte er ruhig. »Ich gebe dir mein Wort.«

»Deinem Wort glaube ich«, sagte sie. »Eigentlich ist es lächerlich, aber Doris und ich sind so gut befreundet, daß ich ihr gegenüber nicht wortbrüchig werden möchte. Ich habe ihr versprochen, mit dir nichts anzufangen, solange sie sich nicht selbst entschieden hat. Sie hat nun mal so etwas wie eine Option auf dich. Wenigstens redet sie sich das ein. Ob du das genauso siehst wie sie, interessiert sie nicht.«

Sein Gesicht rötete sich vor Äger; er sagte: »Sie hat von mir keinen Vertrag für eine Option in der Tasche. Ich habe auch nicht die Absicht, noch länger darauf zu warten, wie ihre Entscheidung ausfällt. Wenn ihr die Fotos wichtiger sind als ich, dann soll sie sich eben an Margot halten. Mir hat diese Sache mit ihr den Rest gegeben. Ich könnte sie nicht einmal mehr anfassen, ohne daran zu denken, daß sie mit meiner Schwester im Bett gelegen und dort für diese Scheißfotos Gott weiß was mit ihr getrieben hat. Es widert mich an, es mir auch nur vorzustellen.«

Irmgard nahm den Arm von seiner Taille. »Das ist unfair, Robert«, sagte sie mit ruhig klingender Stimme. »Du kannst mir nicht einreden, erst durch mich auf diesen Gedanken gebracht worden zu sein. Sie war schon in Margots Schlafzimmer, als ich noch gar nicht hier war. So blind, dir nichts dabei zu denken, kannst du nicht sein. Wenn es zwischen euch beiden aus sein sollte, so berufe dich bitte nicht auf das, was du von mir gehört hast. Ich habe nicht das geringste Interesse daran, daß du mit ihr Schluß machst. Ich möchte auf keinen Fall bei ihr den Eindruck erwecken, ich könnte gegen sie intrigiert haben. Das wäre aber zwangsläufig der Fall, wenn sie morgen nachmittag hier auftaucht und du ihr zu verstehen gäbest, auf ihre weitere Gesellschaft keinen Wert mehr zu legen. Schließlich hat sie das alles dir und nicht sich selbst zu verdanken. Das ist doch so?«

Er blickte eine Weile schweigend vor sich hin. Dann nickte er. »Vielleicht hast du recht. Ich wünschte nur, sie wäre so wie du. Sie hat deine Freundschaft gar nicht verdient. Wenn man ihr Glauben schenken wollte, so wartest du nur darauf, daß sie sich für dich auszieht und ins Bett legt.«

Irmgard lächelte. »Das ist doch gut so. Laß sie doch glauben, was sie will. Tu mir einen Gefallen, Robert: Laß sie morgen nicht merken, was und wie du von ihr denkst. Ihr steckt jetzt beide in einer schwierigen Situation. Warte doch erst einmal ab, bis sie die Fotos hat. Vielleicht ergeht es ihr dann ganz ähnlich wie dir, daß der Gedanke an deine Schwester auch sie zu der Einsicht bringt, mit dieser Erinnerung dir nie wieder unbefangen in die Augen sehen zu können. Dann löst sich das ganze Problem von allein. Immerhin war sie dir einmal wichtig genug, dich auf dieses Abenteuer überhaupt einzulassen. Ich habe noch immer nicht ganz mitbekommen, von wem der Anstoß dazu ausging. Von dir oder von Margot?«

Er zuckte mit den Schultern. »Ich weiß es heute selbst nicht mehr genau. Ich erinnere mich aber an ein Gespräch zwischen ihr und mir, als wir uns wieder einmal über eine Reportage von Doris wahnsinnig geärgert hatten. Damals sagte Margot zu mir, es sei schade, daß man so gar nichts gegen sie unternehmen könne. Vielleicht war das der Augenblick, wo der Gedanke in mir geboren wurde, sie zu entführen. Anfangs trug ich mich sogar mit der Absicht einer wirklichen Entführung. Sie erschien mir in meiner Position dann aber doch als zu riskant, zumal auch Margot sofort dagegen war. Heute weiß ich, daß ich für diese und auch für die spätere Lösung niemals den Mut aufgebracht hätte, wäre der Wunsch, Doris persönlich kennenzulernen, nicht noch stärker gewesen als mein Bedürfnis, ihr für ihre Sendungen einen Denkzettel zu verabreichen. Bei keiner anderen Frau an ihrer Stelle hätte ich mich zu einer so abenteuerlichen Handlungsweise überwunden.«

»Du warst also schon damals in sie verliebt?«

»Ich weiß nicht, ob das etwas mit Liebe zu tun hatte. Ich habe mir unzählige Male vorzustellen versucht, wie sie ohne ihre engen Lederhosen aussieht. Als ich dann die Fotos fand, wußte ich es. Ich habe über Wochen und Monate hinweg nicht nur meine Schwester, sondern auch mir selbst etwas vorgemacht. Ich wollte verdrängen, daß sie mich sexuell reizte wie keine andere Frau vor ihr. Ich konnte nachts kaum mehr richtig schlafen, und wenn ich schlief, träumte ich von ihr. Der Augenblick, als ich ihr in ihrer Garage gegenüberstand, war wie eine Erlösung für mich. Plötzlich erschien sie mir gar nicht mehr so begehrens-, sondern eher wieder hassenswert. Das änderte sich aber sehr rasch, als sie es ganz unverblümt darauf anlegte, mich erotisch zu provozieren.«

Irmgard lachte. »Das kann sie wie kaum eine andere; ich weiß selbst ein Lied davon zu singen. Sie gehört zu den seltenen Frauen, von denen manche Männer behaupten, es gäbe sie gar nicht, weil es ihrem Ego widerstrebt, einzuräumen, daß auch sie scharf auf sie sind. Und du bist ihren Verführungskünsten natürlich sofort erlegen.«

»Erlegen nicht. Erliegen kann man nur gegen seinen Willen. Ich hatte es mir, wenn auch mehr unbewußt, herbeigewünscht. Die künstliche Mauer des Hasses, hinter der ich mich gegen sie verschanzt hatte, erwies sich als eine Papiermauer. Ich habe, auch als meine Frau noch lebte, sehr vielen Frauen, die es mehr auf den Firmennamen und auf mein Geld abgesehen hatten, ohne große Mühe widerstanden. Bei Doris war das anders. Bei ihr war ich wirklich wie Wachs in ihren Händen. Du wolltest mir noch etwas über ihre erste Ehe erzählen.«

Sie griff nach dem neben ihr auf dem Bett liegenden Hausmantel, nahm aus einer Tasche Zigaretten und Feuerzeug und zündete sich eine an. Linden ertappte sich dabei, daß der ständige Anblick ihres fast nackten, sehnigen Körpers den Wunsch in ihm weckte, sie in die Arme zu nehmen und zu küssen. Es war weniger der Gedanke an Doris, als der Gedanke an ihren Mann, der ihn noch daran hinderte. Für Männer, die sich bedenkenlos darüber hinwegsetzten, ob eine Frau verheiratet war oder nicht, hatte er noch nie viel Verständnis aufgebracht. Ihre Handlungsweise erschien ihm nicht minder verwerflich als jede Bereicherung an fremdem Eigentum. Wenigstens so lange, wie es noch fremdes Eigentum war. Als hätte Irmgard seine Gedanken erraten, sagte sie, seine Frage beantwortend: »Etwas Genaues weiß ich auch nicht. Wenn sie mir gegenüber einmal auf jene Zeit zu sprechen kam, dann geschah es immer nur in Andeutungen. Ich nehme an, sie hat damals den gleichen Fehler gemacht wie ich und den erstbesten Mann geheiratet, von dem sie meinte, er sei der richtige. Mich hat bei Werner fasziniert, daß er in einem kreativen Beruf tätig war und sich allein schon darin von den Männern unterschied, die ich vorher im Umfeld meines Elternhauses kennenlernte. Bei Doris war es ähnlich. Sie kommt aus einer kleinbürgerlichen Familie. Auf der Schauspielschule traf sie mit jungen Männern zusammen, die ganz ähnliche Ambitionen hatten wie sie. Einer von ihnen scheint aus betuchter Familie gewesen zu sein. Mir erzählte sie, sie habe sich sofort in ihn verliebt. Wie ich das sehe, hatte sie in ihrer damaligen Situation gar keine andere Möglichkeit, als den erstbesten Mann zu heiraten. Seit sie von zu Hause weggelaufen war, stand sie mittellos auf der Straße und mußte auch noch das Geld für die Volkshochschule und für die Schauspielschule aufbringen. Ihr eigentliches Ziel war es aber immer, eines Tages beim Fernsehen zu landen. Von Werner weiß ich, daß der Mann, der ihr zu einer Probeaufnahme verhalf, damals im Rundfunkrat saß. Wie sie sich an ihn rangemcht hat, darüber hat sie nie gesprochen. Für Männer interessierte sie sich immer nur so lange, wie sie ihr nützlich sein konnten, um ihr Ziel zu erreichen. Auch ein bekannter Theaterregisseur soll in ihrem Leben einmal eine Rolle gespielt haben. Als ich sie kennenlernte, war sie im Funkhaus bereits das, was sie heute ist.«

»Dann mußt du doch auch Bernd, ihren zweiten Mann gekannt haben«, sagte Linden. Sie schüttelte den Kopf. »Nicht persönlich. Obwohl wir damals schon eng befreundet waren. Mir sagte sie einmal: ›Meine Ehe ist eine, und meine Freundschaft mit dir ist eine andere Sache.‹ Ich glaube, sie hatte mit Bernd ein ganz ähnliches Problem wie mit ihrem Haus in Livorno. Beide paßten nicht zu dem Image, das sie sich im Sender und bei ihren Zuschauern erworben hatte. Als sie ihn kennenlernte, muß sie so heftig in ihn verliebt gewesen sein, daß sie sich über diesen Widerspruch hinwegsetzte. Daß es auf die Dauer nicht gutgehen konnte, hätte sie eigentlich wissen müssen. Bernd muß dir und meinem Vater in vielen Dingen sehr ähnlich sein. Auch in seiner politischen Einstellung.« Sie lachte. »Meinem Vater habe ich nie erzählt, daß ich mit Doris befreundet bin. Er mag sie ganz sicher nicht, so wenig, wie deine Schwester sie mag.«

Linden nickte. »Das ist ja auch mein Problem mit ihr. Jedesmal, wenn sie in meiner Nähe ist, verspüre ich den Wunsch, sie immer neben mir zu haben. Dabei weiß ich genau, daß es mit uns beiden nicht gutgehen kann. Ich bin nicht der Mann, der sich, wenn er sich seiner Empfindungen sicher zu sein glaubt, von einer Frau so hinhalten läßt, wie sie es mit mir tut. Wenn man aber das Gefühl hat, sich am Ende doch nur die Finger zu verbrennen, wird alles, was man unternimmt, irgendwie sinnlos. Seit ich sie persönlich kenne, ertappe ich mich immer öfter dabei, daß ich nicht mehr fähig bin, etwas zu unternehmen, von dessen Wert ich überzeugt bin. Ich lasse mich treiben wie ein Stück Holz im Wasser. Ich kann sie für das, was sie mit Margot tut, von ganzem Herzen verachten. Trotzdem weiß ich: Wenn sie heute nacht in mein Zimmer käme, wäre es für mich noch immer das, was ich mir schon gewünscht habe, als ich sie zum erstenmal im Fernsehen sah.«

Sie griff mitfühlend nach seiner Hand. »Ich kann das verstehen, Robert. Das ist wie ein Teufelskreis, aus dem man nicht mehr herausfindet. Vielleicht würde es dir helfen, wenn du sie einmal acht oder vierzehn Tage lang nicht mehr siehst. Ihre Art, dich psychisch fertigzumachen, geht auch mir auf die Nerven. Ich möchte das nicht mehr lange mit ansehen müssen. Da auch sie sich über ihre Empfindungen zu dir offenbar noch nicht klargeworden ist, wäre es für euch alle beide das beste, etwas Abstand zu gewinnen. Solange sie aber jederzeit bei dir aufkreuzen kann und du selbst Stunde um Stunde hier herumsitzt und auf sie wartest, funktioniert das nicht. Du hast doch noch dieses Haus in der Bretagne gemietet. Warum fährst du über das Wochenende nicht einfach hin? Wenn du ihr wichtiger bist als deine Schwester und die Fotos, wird sie dir nachkommen. Wenn nicht, dann weißt du endgültig, woran du mit ihr bist. Für dich hätte es auch den Vorteil, daß du dir nicht länger Gedanken darüber zu machen brauchst, wo Margot sich jetzt aufhält. Sobald sie nämlich merkt, daß auch du das Haus verlassen hast, wird sie mit Sicherheit zurückkommen. Auf das, was sich zwischen ihr und Doris tut, hast du doch keinen Einfluß. Außerdem ist es besser für dich, du erlebst es nicht länger mehr aus unmittelbarer Nähe.«

Ihr Vorschlag klang so vernünftig und einleuchtend, daß Linden sich wunderte, nicht selbst darauf gekommen zu sein. Er dachte ein paar Augenblicke lang nach. »Und was wird aus dir?«

Sie lächelte. »Wenn du willst, komme ich mit dir. Wie ich Doris kenne, würde das den Entscheidungsprozeß bei ihr wesentlich beschleunigen. Ganz abgesehen davon, daß ich dich jetzt nicht allein lassen möchte. Du könntest sonst nur auf dumme Gedanken kommen. Nur mache nicht den Fehler, Doris schon vorher davon zu verständigen. Sie darf es erst erfahren, wenn wir bereits in der Bretagne sind. Sie hat noch einen Schlüssel für dein Haus. Am besten ist es, wenn du ihr hier eine schriftliche Nachricht hinterläßt. Sie wird sie morgen nachmittag lesen und kann dann tun oder lassen, was sie für richtig hält.«

»Dann müßten wir morgen früh fahren«, sagte er unschlüssig.

Sie ließ seine Hand los. »Doris weiß, daß ich zu dir gefahren bin. Wenn es ihr in den Sinn kommt, kreuzt sie nicht erst morgen nachmittag, sondern schon heute abend oder mitten in der Nacht hier auf, um sich zu vergewissern, ob ich mein Versprechen einhalte. Was hindert dich daran, schon jetzt zu fahren? Länger als zehn Stunden brauchen wir für die Fahrt bestimmt nicht. Wir könnten also noch vor Mitternacht in der Bretagne sein.«

»Du hast gewonnen«, sagte er und stand auf. »Ich muß nur noch rasch mit meinem Büro telefonieren. Du bist nicht nur sehr schön, du bist auch sehr klug, Irmgard. Ich wünschte, wir wären uns schon einige Tage früher und unter anderen Umständen begegnet.«

Sie lächelte wieder. »Obwohl ich verheiratet bin?«

»Wenn ich dich richtig verstanden habe, wäre das für dich kein Problem mehr.«

»Nein«, sagte sie. »Es war immer nur ein Problem der Motivation.«

16

Bevor Doris zu Margot in den Speisesaal ging, machte sie sich in dem für sie beide reservierten Doppelzimmer etwas frisch und las noch einmal Lindens kurzen Brief durch, den sie bei ihrem abendlichen Eintreffen in seinem Haus vorgefunden hatte. Er teilte ihr unter einer genauen Adressenangabe mit, daß er zusammen mit Irmgard über das Wochenende in die Bretagne gefahren sei, um ihr bei dem, was sie mit Margot noch zu regeln habe, nicht länger mehr im Wege zu stehen. Genau wie bei der ersten Lektüre lösten seine knappen und sachlichen Worte auch diesmal keine Empfindungen in ihr aus. Seit Margot sie am Nachmittag in ihrer Frankfurter Wohnung angerufen und sie unter der Androhung, andernfalls bereits am nächsten Morgen einen der Briefe abzusenden, per Taxi hierher bestellt hatte, waren ihre Gedanken so ausschließlich auf dieses Zusammentreffen und auf Margots weitere Absichten fixiert, daß alles andere für sie an Gewicht und Bedeutung verlor. Sie steckte den Brief in die Handtasche zurück und sah sich im Zimmer um. Außer den beiden nebeneinanderstehenden Betten gab es an der Balkontür noch eine bequeme Sitzgruppe. Im Schrank hingen Margots Kleider. Auf eine Durchsuchung ihres Koffers verzichtete Doris. Als sie kurze Zeit später zu ihr in den Speisesaal kam, hatte Margot bereits gegessen. In ihrem grauen Kostüm mit der weißen Seidenbluse sah sie wie eine Frau von Welt aus, die sich nach dem Tod ihres vermögenden Mannes in die Waldeinsamkeit des Rothaargebirges zurückgezogen hatte, um sich hier noch ungestörter ihrem Schmerz hinzugeben. Außer ihr waren noch ein oder zwei Dutzend Gäste anwesend, die jedoch, weil sie in kleinen Nischen zwischen halbhohen Trennwänden saßen und der Kellner sie sofort an Margots Tisch führte, von Doris kaum wahrgenommen wurden. Sie setzte sich wortlos und schlug eine Speisekarte auf. Margot sagte: »Sie kommen spät.«

»Sie haben spät bei mir angerufen«, sagte Doris. »Ach ja, damit ich es nicht vergesse. . .« Sie legte die Speisekarte zur Seite, öffnete die Handtasche und nahm zwei Quittungen heraus. »Einmal ein Taxi von Frankfurt nach Wiesbaden, und einmal ein Taxi von Wiesbaden hierher. Sie sagten mir am Telefon zu, für die Fahrkosten aufzukommen.«

»Nicht für eine Fahrt auch nach Wiesbaden«, sagte Margot. »Bevor ich Sie in Frankfurt anrief, hatte ich mehrfach versucht, Sie in unserem Haus zu erreichen. Da weder Sie noch mein Bruder, noch Ihre Freundin sich dort meldeten, rief ich ebenso oft bei Ihnen in Frankfurt an.«

»Ich war den ganzen Nachmittag mit einem Interview in Wiesbaden beschäftigt«, sagte Doris und wandte ihr Augenmerk wieder der Speisekarte zu. Margot betrachtete die beiden Quittungen. »Warum sind Sie vorher noch einmal nach Wiesbaden gefahren? Wollten Sie meinem Bruder erzählen, daß wir hier verabredet sind?«

Doris nickte. »Er hätte sich sonst Sorgen gemacht. Ich hatte ihn seit gestern vormittag nicht mehr gesehen. Er läßt Sie grüßen.«

Sie winkte dem Kellner und gab ihre Bestellung auf. Margot zündete sich eine Zigarette an. »Sie sind also schon wieder im Dienst?«

»Ich bin immer im Dienst«, sagte Doris und lehnte sich in ihrem Stuhl zurück. »Wozu haben Sie mich hierher bestellt?«

Margot lächelte. »Wozu wohl? Sie haben noch vierzehn Tage Urlaub. Ich wohnte schon öfter in diesem Hotel. Nicht weit von hier steht eine Jagdhütte meines verstorbenen Vaters, die wir noch gelegentlich benutzen. Hat Robert Ihnen nicht davon erzählt?«

»Ich erinnere mich nicht«, sagte Doris.

»Vielleicht bedeutet sie ihm heute nichts mehr«, sagte Margot. »Für mich ist sie mit vielen Erinnerungen verbunden. Als Kinder haben wir zusammen mit unseren Eltern so manches Wochenende dort verbracht. Tagsüber in der Hütte, und die Nächte hier im Hotel. Zur Not kann man in der Hütte auch schlafen; ich habe vor einiger Zeit ein Bett hineinstellen lassen.«

»Ich habe nicht viel für Jagdhütten übrig«, sagte Doris. »Schon gar nicht für solche Zwecke, wie Ihnen das offensichtlich vorschwebt.«

Margot lächelte wieder. »Es liegt ja kein Notfall vor, der uns dazu zwänge, unsere kleinen Geschäfte in der Hütte abzuwickeln. Ich habe Sie an der Rezeption als meine Nichte ausgegeben, die mir hier Gesellschaft leisten und mich bei meinen täglichen Wanderungen begleiten wird. Ich stelle es mir so vor, daß Sie für jeden Tag, den Sie hierbleiben, einen Brief erhalten.«

»Darauf bin ich nicht vorbereitet«, sagte Doris. »Ich habe nur eine Reisetasche mit dem Nötigsten für eine Nacht mitgebracht.«

Margot schnippte die Asche von ihrer Zigarette. »Das ist kein Problem. Wir fahren morgen gemeinsam in Ihre Wohnung und holen, was Sie brauchen. Ich bin mit meinem Wagen hier. Deshalb mein Wunsch, daß Sie mit einem Taxi kommen. Sicher haben Sie auch noch Gepäck in unserem Haus. Das können wir bei der Gelegenheit gleich mitbringen.«

Der Kellner servierte Doris das Essen. Margot sagte: »Die Küche ist ausgezeichnet, der Service auch. Das Frühstück wird aufs Zimmer gebracht.«

»Das wären also noch elf Tage«, sagte Doris und griff nach dem Besteck. »Oder waren es vielleicht mehr Briefe als nur vierzehn?«

»Nein«, sagte Margot. »Drei haben Sie bekommen. Also sind es noch korrekt elf.«

»Sie lügen«, sagte Doris, ohne sie dabei anzusehen. »Robert erzählte mir, daß es zwanzig Briefe waren. Ich mache Ihnen ein letztes Angebot, Margot. Ich bleibe heute nacht bei Ihnen, und Sie geben mir morgen früh die Briefe, und zwar alle. Wenn Sie nicht darauf eingehen, lasse ich die Kripo ins Hotel kommen und zeige Sie an.«

Margot lächelte nachsichtig. »Werden Sie nicht schon wieder kindisch, Doris. Selbstverständlich habe ich auch diese Möglichkeit in Betracht gezogen. Ich werde einfach ableugnen, irgendwelche Fotos von Ihnen zu besitzen. Ich kann mir auch nur sehr schlecht vorstellen, daß Sie darauf erpicht sind, sie als Beweismaterial gegen mich durch die Hände einiger lüsterner Kriminalbeamter, Staatsanwälte, Richter und ihren Büroschreibkräften gehen zu lassen. Bei einem Prozeß bekäme auch die Presse Wind davon und würde sehr rasch im Besitz eigener Fotos Ihres schönen Hauses in Livorno sein. Ich hatte ohnedies vor, die Osterfeiertage zu einem längst überfälligen Urlaub zu nutzen. Gefällt Ihnen unser Zimmer etwa nicht?«

»Nein, wenn ich es mit Ihnen teilen muß«, sagte Doris. »Es hätte auch genügt, wenn Sie mich in einem anderen untergebracht hätten.«

»Mir nicht«, sagte Margot. »Es beunruhigt mich, Ihrer erotischen Sensibilität nicht in gleichem Maße kundig geworden zu sein, wie Sie der meinen. Je länger und je öfter Sie mir Gelegenheit geben, mich ihrer zu vergewissern, desto rascher werden wir zu einem beiderseits befriedigenden Ergebnis kommen. Vielleicht verfüge ich in solchen Dingen noch nicht über die gleiche Erfahrung wie Ihre ehemalige Freundin, von der Sie mir erzählten. Ich bin aber auf dem besten Wege, bei Ihnen zu lernen, was sie vor mir auszeichnete.«

»Die Freundin habe ich nur erfunden«, sagte Doris und schob sich ein Stückchen Lammfleisch in den Mund.

Margot drückte ihre Zigarettte im Aschenbecher aus. »Das glaube ich Ihnen nicht. Ihre Liebesfertigkeit, auch mit Frauen umzugehen, läßt da ganz andere Schlüsse zu. Verhältnisse dieser Art gab es zwar auch schon zu meiner Zeit. Es mangelte jedoch an der Bereitschaft, sich zu ihnen zu bekennen.« Sie stand auf. »Essen Sie in Ruhe zu Ende. Ich möchte vor dem Schlafengehen noch ein Bad nehmen. Sie werden das vielleicht auch tun wollen. Ich nehme an, Sie haben den Schlüssel an der Rezeption abgegeben. Klopfen Sie an die Tür. Ich werde Ihnen öffnen.«

»Das ist nett von Ihnen«, sagte Doris. Sie beobachtete, wie Margot sich mit einem freundlichen Kopfnicken von den dienernden Kellnern verabschiedete und aufrechten Gangs den Speisesaal verließ. Als eine männliche Stimme zu ihr sagte: »Sie scheinen Frau Linden nicht zu mögen?«, fuhr sie ertappt zusammen. Conrad setzte sich unaufgefordert zu ihr und lächelte. »Ihre Art, ihr nachzusehen, läßt sogar auf noch unfreundlichere Empfindungen schließen. Meinen Namen werden Sie von Frau Westernhagen und von Herrn Linden bereits erfahren haben, Frau Neuhagen. Ich brauche mich Ihnen also nicht erst bekannt zu machen. Wie ich sehe, sind Sie mit dem Essen noch nicht ganz fertig. Entschuldigen Sie bitte, daß ich nicht länger gewartet habe. Ich wollte vermeiden, daß Sie plötzlich aufstehen und mir damit die Möglichkeit nehmen, mich mit Ihnen zu unterhalten.«

»Mir ist ohnehin der Appetit vergangen«, sagte Doris und lehnte sich im Stuhl zurück. Conrads plötzliches Erscheinen löste merkwürdigerweise eher Erleichterung als Bestürzung in ihr aus. Sie musterte ihn prüfend und fragte: »Sie sind mir also wieder einmal nachgefahren?«

»In meinem Alter hat man nicht mehr viel zu tun und ist dankbar für jede kleine Zerstreuung«, lächelte Conrad. »Ich habe hier ausgezeichnet gegessen, und mit so attraktiven Frauen, wie Sie eine sind, komme ich kaum mehr in Berührung. Ich wußte übrigens vorher nicht, daß es sich bei Ihrer Tischdame um die Schwester von Herrn Linden handelte. Der freundliche Tischkellner hat mir ihren Namen verraten. Während Sie aßen, hatte ich Gelegenheit, Sie zu beobachten. Auch Ihr Gespräch mit Frau Linden scheint nicht Ihren ungeteilten Beifall gefunden zu haben. Aufgrund langjähriger Erfahrung im Umgang mit sehr vielen Menschen drängt sich mir der Eindruck auf, daß Sie sich in Schwierigkeiten befinden. Ich möchte Ihnen meine Hilfe nicht aufdrängen, Frau Neuhagen. Meine Frau und ich schätzen Sie und Ihre Sendungen sehr. Ich persönlich habe die größte Hochachtung vor Ihnen. Es ist mir eine Ehre und eine Freude«, er lächelte wieder, »mit Ihnen – wenn auch uneingeladen – an einem Tisch sitzen zu dürfen.«

»Sie sind bei der Kripo?« fragte Doris.

Er schüttelte den Kopf. »Nicht mehr. Ich wurde, wie man so schön sagt, nach Erreichen des Pensionsalters zur Ruhe gesetzt, bin jedoch für Freunde und gute Bekannte, die sich in ähnlichen Situationen befinden wie Sie, hin und wieder noch etwas tätig.«

»Und woraus schließen Sie, daß ich mich in Schwierigkeiten befinde?« fragte Doris. »Nur aus der Art, wie ich Frau Linden nachgesehen und mich mit ihr unterhalten habe?«

Statt ihr zu antworten, fragte er: »Erlauben Sie mir, daß ich eine Zigarre rauche?«

Sie nickte und beobachtete, wie er ein großes schwarzes Etui aus der Tasche nahm und sich die Zigarre anzündete. Dann erst sagte er: »Nicht nur deshalb, Frau Neuhagen. Ich bin in der etwas unglücklichen Lage eines Mannes, der vorläufig nur auf Vermutungen und Hypothesen angewiesen ist. Zu diesen Hypothesen gehört auch, daß Sie mit dem Bruder von Frau Linden eng befreundet sind und von ihm, ohne Ihr Wissen, dazu mißbraucht wurden, zum Zwecke einer Nötigung Ihrer Rundfunkanstalt einen Entführungsfall vorzutäuschen. Kennen Sie Herrn Linden gut genug, um eine solche Möglichkeit rundweg auszuschließen?«

Sie war so überrascht, daß sie keinen Laut hervorbrachte.

»Damit wir uns nicht mißverstehen«, sagte Conrad, »mir liegt in keiner Weise daran, Herrn Linden einer Straftat zu überführen. Das läge nicht nur außerhalb meiner heutigen Zuständigkeit, ich würde es auch allein schon mit Rücksicht auf Ihre Person als inopportun empfinden, aus dieser Sache eine Affäre zu machen. Mir geht es einzig und allein darum, falls ich mit meiner Hypothese richtig liege, Ihnen die Augen über einen möglichen Mißbrauch Ihrer Person zu öffnen. Mein ursprüngliches Interesse diente, wie Ihnen bekannt sein dürfte, einer ganz anderen Angelegenheit, die mit der Person von

Herrn Dr. Geßler und seinem entlaufenen Hund zu tun hatte. Auf die vorgetäuschte Entführung stieß ich sozusagen nur als Nebenergebnis meiner verschiedenen Recherchen, die ausschließlich der Wiederbeschaffung des Hundes dienten. Nach langen Überlegungen bin ich zu der Annahme gekommen, daß dem reibungslosen Ablauf dessen, was Herr Linden mit der angeblichen Entführung bezweckte, Probleme dadurch entstanden, daß Sie zufällig Augenzeuge einer scheinbaren Aussetzung des Hundes durch Herrn Geßler wurden, sich seiner annahmen und dadurch die weiteren Pläne Herrn Lindens, soweit sie Ihre Person betrafen, in Frage stellten. Nun können Sie mir antworten, daß dies alles nur Hirngespinste eines alten Mannes seien, der mit seiner Zeit nichts Besseres anzufangen wußte, als so integre Persönlichkeiten, wie auch Herr Linden mit Sicherheit eine ist, unlauterer Absichten zu verdächtigen. In diesem Falle bitte ich Sie, meine Aufdringlichkeit zu entschuldigen und unser kleines Gespräch als beendet zu betrachten.« Er stand von seinem Stuhl auf. Doris blickte ihn eine kurze Weile schweigend an. Dann sagte sie: »Setzen Sie sich wieder hin, Herr Conrad.«

Er nahm wortlos Platz.

Sie winkte einem Kellner und bestellte für sich ein Kännchen Kaffee. Conrad schloß sich ihr an. Doris sagte: »Sie sind ein merkwürdiger Mensch, Herr Conrad. Wenn Sie nicht die Absicht haben, Herrn Linden einer Straftat zu überführen: Wo liegt dann Ihr Nutzen in dieser ganzen Sache? Nur in dem Gedanken, mir damit einen Gefallen zu erweisen?«

Er antwortete ruhig: »Ich habe Ihnen meine Gründe bereits genannt. Ich bewundere Sie nicht nur Ihrer Arbeit wegen, ich stimme auch in fast allen Ihren politischen Argumenten mit Ihnen überein. Ich bin seit Kriegsende Parteimitglied der SPD und nehme auch heute noch regen Anteil an dem, was sich hierzulande und in der Welt auf der politischen Bühne tut.«

Sie lächelte. »Und trotzdem eine kleine Einschränkung?«

»Nur was die Grünen betrifft«, sagte er. »Ich habe nichts Persönliches gegen diese Leute, aber mit argloser Naivität allein, auf die sie sich ja besonders viel zugute halten, ist in diesem Land und auf dieser Welt nichts zum Besseren zu verändern. Die Arglosen und Naiven enden früher oder später immer unter den Fußstiefeln der Mächtigen. Sie scheinen, was die Grünen betrifft, und wenn ich Ihre Sendungen richtig verfolgt habe, anderer Meinung zu sein als ich. Ich möchte sie Ihnen auch nicht auszureden versuchen. Für mich ist sie jedenfalls nicht akzeptabel.«

»Dann wollen wir uns auch nicht darüber streiten«, sagte sie. »Ich finde, die Grünen tun unserer verkrusteten Parteienlandschaft schon deshalb gut, weil sie auch innerhalb der etablierten Parteien neue Impulse und Denkanstöße auslösten. Bei einem so großen Politiker wie Konrad Adenauer hatte man zuweilen auch den Eindruck einer herzerfrischenden Naivität. Zu Ihrer Hypothese, was Herrn Linden betrifft, möchte ich mich im Augenblick nicht äußern. Er ist auch nicht mein Problem. Mein Problem ist seine Schwester.«

»Wenn ich Ihnen irgendwie dabei behilflich sein kann...«, sagte Conrad, ohne den Satz zu beenden. Doris taxierte ihn mit einem prüfenden Blick. »Es handelt sich um eine sehr persönliche und auch vertrauliche –«

»Das können Sie sich bei mir sparen«, unterbrach Conrad sie beinahe schroff. »Es ist selbstverständlich, daß ich nirgendwo davon Gebrauch mache. Werden Sie von Frau Linden erpreßt?«

»Wie kommen Sie darauf?« fragte sie rasch.

Er lächelte flüchtig. »Berufserfahrung. Ich vermute, Frau Linden verfügt über Dokumente, die Sie belasten könnten. Wenn Sie mir jetzt noch sagen, welcher Art sie sind, kann ich Ihnen sagen, ob ich Ihnen helfen kann oder nicht.«

Obwohl noch ein Rest von Zweifel in ihr war, sagte sie: »Es handelt sich nur um Fotos, sogar relativ harmloser Natur. Mein geschiedener Mann hat sie an einem Badestrand aufgenommen, als ich keinen Bikini trug. Trotzdem wäre ihre Veröffentlichung in einer Boulevardzeitung tödlich für mich.«

»Und was verlangt Frau Linden dafür?«

Sie erwiderte seinen Blick. »Mich.«

»Dann verstehe ich die Rolle ihres Bruders nicht«, sagte Conrad, ohne eine Miene zu verziehen. »War er nur der Vermittler bei diesem Geschäft?«

»Nein«, sagte sie. »Das ist ein völlig anderes Thema. Ich sagte Ihnen bereits, daß ich mit ihm keine Probleme habe. Was es zwischen ihm und mir an Problemen gab, habe ich selbst aus der Welt geschafft.«

Conrad nickte. »Der Anruf von Frau Westernhagen bei ihrem Mann.« Er zog an seiner Zigarre und dachte ein paar Augenblicke lang nach. Dann sagte er: »Ich will Ihnen mal vortragen, wie ich das alles sehe, Frau Neuhagen. Mit den Fotos hat man Sie dazu gezwungen, bei der angeblichen Entführung mitzuspielen, und als Herr Linden, aus welchen Gründen auch immer, aus der Sache ausstieg, waren die Fotos für seine Schwester noch immer gut genug, um ihr eigenes Süppchen damit zu kochen. Wie läuft die Transaktion ab?«

»Zug um Zug«, sagte Doris. »Reproduktionen der Fotos stecken in etwa siebzehn an verschiedene Zeitungen adressierten Briefen.«

»Und die Originalfotos?«

»Habe ich wieder.«

Der Kellner brachte den Kaffee. Als er serviert hatte, sagte Doris: »Ich habe nichts von dem, was Sie mir eben vortrugen, bestätigt.«

»Ist mir klar«, sagte Conrad und goß Sahne in seinen Kaffee. Er verrührte sie mit dem Löffel und sagte: »Sie haben heute nachmittag ein Interview mit Herrn Dr. Geßler gemacht. Wären Sie bereit, mit mir darüber zu verhandeln?«

Sie blickte ihn längere Zeit wortlos an. Dann lehnte sie sich wieder in ihren Stuhl zurück und fragte ganz ruhig: »Ist das Ihre Einschätzung von mir?«

»Ich wollte nur ganz sichergehen«, sagte er. »Sie werden mit dem Film trotzdem Probleme bekommen.«

»Das lassen Sie meine Sorge sein.«

Er mußte lachen. »Sie sind genau so, wie ich Sie mir vorgestellt habe. Wann findet die nächste Übergabe statt?«

Sie blickte auf ihre Armbanduhr. »Wann wäre es Ihnen denn am liebsten?«

»In genau einer Stunde«, sagte er. »Richten Sie es ein, daß Ihre Zimmertür nicht abgeschlossen ist und auch kein Licht brennt. Welches Zimmer haben Sie?«

Sie sagte es ihm.

»Ich werde versuchen, im gleichen Stockwerk ein Zimmer zu bekommen«, sagte er. »Ich bin zwar nicht darauf vorbereitet, die Nacht in einem Hotel zu verbringen, aber irgendwie wird es schon gehen. Mit einem Rasierapparat kann die Rezeption mir vielleicht aushelfen. Ich werde erzählen, daß der Motor meines Wagens nicht anspringt. Meiner Frau sage ich telefonisch Bescheid.« Er griff wieder in seine Tasche, nahm ein Notizbuch und einen Kugelschreiber heraus und sagte: »Zeichnen Sie mir den Grundriß Ihres Zimmers auf. Ich muß wissen, wo die Betten stehen. Kommt man vom Flur aus direkt in das Zimmer?«

Sie schüttelte den Kopf. »Über eine kleine Diele mit drei Türen. Zwei davon führen in Bad und WC.« Sie zeichnete auch den Grundriß der Diele auf und gab ihm Notizbuch und Kugelschreiber zurück. Er lächelte zufrieden. »Besser hätte es selbst ein technischer Zeichner nicht machen können; Sie sind ein Naturtalent. Vielleicht können Sie es einrichten, in einer Stunde im Bad zu sein. Was die Übergabe der Fotos betrifft –«

»Sie werden alles zu hören bekommen«, sagte sie, ihm ins Wort fallend. Sie trank ihren Kaffee aus und stand auf. »Ich darf sie nicht länger warten lassen, sonst wird sie mißtrauisch. Bis später.«

Auch bei ihr dienerten die Kellner.

Das Zimmer lag im zweiten Obergeschoß; Margot öffnete ihr im Pyjama die Tür. »Sie blieben lange«, sagte sie verstimmt.

»Wird auch so noch eine lange Nacht«, sagte Doris und küßte sie auf den Mund. »Schon etwas angewärmt?«

Margot errötete. »Sie sind wirklich schamlos.«

»Das bringe ich Ihnen auch noch bei«, sagte Doris. »Sie riechen fein. Was ist das? Chanel Nr. 5?«

»Sie haben eine gute Nase«, sagte Margot. Doris nickte. »Die brauche ich für meinen Job.« Sie ging an ihr vorbei ins Zimmer und sagte: »Wenn es Ihnen recht ist, schlafe ich auf der Türseite. Zu nahe am Fenster kann ich nie einschlafen.«

»Ich schlafe auf beiden Seiten gut«, sagte Margot. Sie setzte sich auf das Bett und beobachtete, wie Doris sich bis auf den Slip auszog. »Kommen Sie her«, sagte sie.

Doris blickte verwundert in ihr noch immer gerötetes Gesicht. »Eilt es heute so sehr?«

»Sie sollen keine dummen Fragen stellen, sondern gehorchen«, sagte Margot. Sie drehte Doris, als sie zu ihr ans Bett trat, an den Hüften um die eigene Achse, legte die Hände in ihre Achselhöhlen und das Gesicht mit dem Mund an ihren Rücken. »Ihre Haut fühlt sich immer so kühl an«, sagte sie. »Was denken Sie von mir?«

»Seit wann interessiert Sie das?« fragte Doris.

»Vom Augenblick an, als Sie in mein Schlafzimmer kamen«, sagte Margot und fing an, mit dem Gesicht ihren Rücken zu streicheln. »Sie brauchen es mir nicht zu sagen; ich weiß, wie Sie über mich denken. Ich hatte mich damit abgefunden, daß solche Dinge in meinem Leben keine Rolle mehr spielten. Der Wunsch danach wurde erst durch Sie wieder in mir wachgerufen.«

»Und jetzt wollen Sie von mir bemitleidet werden?« fragte Doris.

»Dafür fehlt Ihnen jegliches Gefühl«, sagte Margot. »Was Sie Ihren Zuschauern vorspielen, ist alles nur Show. In Wirklichkeit berührt Sie das Schicksal anderer Menschen nicht. Sie sind eiskalt, egoistisch und zutiefst berechnend. Sie haben nie erfahren müssen, was es heißt, sich einsam zu fühlen. Ihnen wurde alles im Überfluß zugeteilt, einmal etwas davon abzugeben, ist Ihnen nie in den Sinn gekommen. Ihr Gebertum erschöpft sich in unverbindlichen Worten und leeren Worthülsen aus dem verstaubten Vokabular einer längst überholten Zeit. Soll ich Ihnen verraten, was mich am meisten an Ihnen fasziniert?«

»Sie werden es bestimmt tun, auch wenn ich es nicht hören möchte«, sagte Doris.

»Ja«, sagte Margot. »Es ist diese unsägliche Diskrepanz zwischen Ihrem vollkommenen Körper und Ihrer totalen Unfähigkeit zum logischen Denken. Darin sind Sie den meisten schönen Frauen in bestürzender Weise nicht nur sehr ähnlich, sondern sogar überlegen.«

Doris mußte lachen. »Wenn das aus Ihrem Mund kein Kompliment ist...«

»Soweit es Ihren Körper betrifft, ist es ein Kompliment«, sagte Margot und nahm die Hände aus ihren Achselhöhlen. Sie streichelte ihre schmale Taille, die Hüften und tastete sich, ihren Leib kosend, zu den Brüsten hinauf. Sie umfaßte sie mit ihren Händen und fragte: »Weckt das keine Gefühle in Ihnen?«

»Nein«, sagte Doris. »Tut mir leid. Wenn Sie mir die Fotos herausgäben, ohne sich auf diese Weise dafür bezahlen zu lassen, könnte ich etwas dabei empfinden.«

Margot lachte leise. »Bestimmt nicht mehr als jetzt. Vielleicht ist es gerade der Abscheu, den Sie gegen meine Berührungen haben und die sie dennoch erdulden müssen, der mir Ihren Körper so begehrenswert werden läßt. Langweile ich Sie sehr mit meinem Gerede?«

Als langweilig empfand Doris ihre Worte nicht, und seit sie wußte, daß sie ihr mit jeder Minute, ohne es zu wissen, immer mehr zum Schwanengesang gerieten, lösten auch ihre Liebkosungen keinen Abscheu mehr in ihr aus. Auch dann nicht, als Margot ihr den Slip hinabstreifte und mit sanftem Druck ihren Po massierte. Erst als ihre Hand auch zwischen ihre Schenkel glitt und ihren Schoß berührte, sagte sie: »Nicht jetzt. Ich möchte vorher noch ins Bad.«

»Mich stört nicht, daß Sie noch nicht im Bad waren«, sagte Margot und streichelte mit der Zunge ihren Rücken. Ihr sanftes Tasten nach ihrer Klitoris beendete Doris damit, daß sie sich rasch nach ihr umdrehte. Margot fragte lächelnd: »Hatten Sie Sorge, ich könnte Sie vielleicht doch erregen?«

Statt ihr zu antworten, bückte sich Doris nach dem Slip, streifte ihn hinauf und blickte eine Weile schweigend in Margots erhitztes Gesicht und in ihre glänzenden Augen. Dann beugte sie sich zu ihr nieder, küßte sie leicht auf den Mund und sagte: »Vielleicht könnte ich wirklich Mitleid mit Ihnen haben, Margot. Ich kenne Ihre Probleme aus eigenem Erleben besser, als Sie es mir zutrauen.«

»Welche Probleme?«

»Allein zu sein und sich nach etwas Liebe und Zärtlichkeit zu sehnen«, sagte Doris. »Hätten Sie kein Geschäft daraus gemacht, so wäre ich vielleicht wirklich fähig gewesen, Ihnen beides zu geben und auch selbst etwas dabei zu empfinden.«

»Wir haben ja noch sehr viel Zeit füreinander«, sagte Margot. Doris lächelte. »Wenn Sie meinen, Margot.«

Sie trat auf die kleine Diele hinaus, zog die Tür hinter sich zu und ging ins Bad. Sie ließ Wasser einfließen, kehrte in die Diele zurück und schloß leise die Tür zum Flur auf. Wieder im Bad, stellte sie mit einem Blick auf ihre Uhr fest, daß ihr noch zwanzig Minuten blieben. Sie setzte sich in die Wanne und dachte darüber nach, ob sie nicht zu voreilig gehandelt haben könnte, als sie Conrads Worten Vertrauen schenkte. Sie hatte jedoch inzwischen einen Punkt erreicht, wo ihr ein rasches Ende mit ungewissem Ausgang noch immer besser erschien, als sich noch länger Margots unberechenbarer Begehrlichkeit auszuliefern, zumal es auch dann eine Sache mit ungewissem Ausgang geblieben wäre. Einmal beschäftigten sich ihre Gedanken auch wieder mit Roberts Brief, aber auch diesmal verschob sie dieses Problem sofort wieder auf einen späteren Zeitpunkt. Sich darüber schlüssig zu werden, wie sie seine Verhaltensweise, sie in dieser Situation mit Margot allein zu lassen, einzuschätzen habe und gleichzeitig auch Irmgards Entschluß, ihn auf dieser Reise zu begleiten, ohne sich vorher mit ihr darüber abzusprechen, seelisch zu verarbeiten, fühlte sie sich im Augenblick außerstande.

Sie hielt sich nur zehn Minuten in der Wanne auf. Weil sie es versäumt hatte, auch einen Bade- oder Hausmantel in ihre Reisetasche zu packen, schlang sie sich nach dem Abtrocknen ein Frottiertuch um die Hüften. Es geschah etwa im selben Moment, als von der

Diele her ein Geräusch an ihre Ohren drang. Sie zog das Frottiertuch bis über die Brust hinauf und wäre an der Tür beinahe mit Conrad zusammengeprallt. Sie führte ihn an der Hand rasch in das Badezimmer, schloß die Tür hinter sich und sagte leise: »Sie kommen früher als verabredet. Warten Sie hier, bis ich im Zimmer bin. Wenn ich die Tür einen Spaltbreit offenlasse, können Sie von der Diele aus hören, was gesprochen wird.«

Er nickte nur.

Sie kehrte in die Diele zurück, löschte das Licht aus und ging zu Margot in das Zimmer. Sie lag bereits im Bett und blätterte in einer Zeitung. Als Doris das Frottiertuch fallen ließ und einen Pyjama aus ihrer Reisetasche nahm, lies sie die Zeitung sinken und fragte: »Wozu brauchen Sie den?«

»Sie haben ihn ja auch noch an«, sagte Doris. »Ich möchte vorher den Brief sehen.«

»Er liegt wieder unter Ihrem Kopfkissen«, sagte Margot. »Lassen Sie den Pyjama aus; er stört mich.«

»Mich nicht«, sagte Doris und zog ihn an. Sie trat an das Bett, griff unter das Kopfkisssen und las die Briefadresse auf dem Umschlag. Sie riß ihn auf, nahm die Fotos heraus und sagte: »Ein übleres Heft haben Sie wohl nicht finden können?«

Margot lächelte. »Es wird auch sehr viel von Frauen gekauft, denen die ausgesprochenen Herrenmagazine zu teuer und zu einseitig sind, weil sie nur nackte Frauen und nicht auch nackte Männer abbilden. In diesem Heft finden sie beides.«

»Sie scheinen es sehr gut zu kennen«, sagte Doris. »Liegen die anderen Briefe noch in Ihrem Schlafzimmersafe?«

»Das wäre zu umständlich«, sagte Margot. »Ich habe sie nicht weit von hier sehr sicher deponiert.«

Doris blickte in ihr Gesicht. »Vielleicht im Hotelsafe?«

»Das wiederum wäre zu auffällig«, sagte Margot. »Geben Sie sich keine Mühe; Sie erraten es doch nicht. Ich habe übrigens, während Sie badeten, den Brief meines Bruders in Ihrer Handtasche gelesen. Sie haben mich vorhin belogen. Was haben Sie ihm von uns beiden erzählt?«

»Das sieht Ihnen ähnlich«, sagte Doris. Sie unterdrückte rasch ihren Ärger und setzte sich neben sie auf das Bett. »Ich habe ihm erzählt, was er wissen mußte.«

»Daß Sie mit mir schlafen?« fragte Margot.

»Daß Sie mich dazu zwingen«, sagte Doris. »Daß Sie scharf auf mich sind und mir jedesmal, wenn ich es Ihnen besorge, einen Brief zurückgeben wollen. War daran etwas falsch?«

Margot lächelte wieder. »Das glaube ich Ihnen nicht. Robert ist in solchen Dingen sehr konservativ. Er hätte kein Verständnis dafür, daß Sie sich, nur um an die Fotos zu kommen, zu so etwas hergeben. Ganz abgesehen davon, daß er auch mir so etwas nicht zutraut. Aber Sie haben recht: Ich begehre Sie mehr, als ich es Ihnen bisher eingestanden habe, und weil ich Sie begehre und wie besessen nach Ihren Zärtlichkeiten und nach Ihrem Körper bin, möchte ich, daß Sie den Pyjama ausziehen und sich neben mich legen. Andernfalls lassen wir wieder einige Tage verstreichen, ehe Sie sich den nächsten Brief verdienen können.« Sie brach ab und starrte mit kreideweißem Gesicht Conrad an, der in diesem Augenblick zur Tür hereinkam.

Doris sagte: »Das ist Herr Conrad von der Frankfurter Kripo. Er hat unser Gespräch mitgehört und wird Ihnen sicher einiges dazu zu sagen haben.« Sie wandte ihm das Gesicht zu. »Konnten Sie alles verstehen?«

»Jedes Wort«, sagte er und setzte sich an den kleinen Tisch neben der Balkontür. Er nahm sein Notizbuch und den Kugelschreiber aus der Tasche und sagte: »Es dauert nur eine Minute. Dann können wir uns in Ruhe unterhalten.«

Während er schrieb, stand Doris vom Bett auf und fragte Margot, die mit geschlossenen Augen dalag und kaum mehr zu atmen schien: »Soll ich Ihnen ein Glas Wasser holen?«

Margot öffnete langsam die Augen und blickte sie, ohne ein Wort zu sagen, mit einem Ausdruck unversöhnlichen Hasses an. Doris zuckte mit den Schultern. »Sie haben sich das selbst eingebrockt, Margot. Machen Sie jetzt nicht mich dafür verantwortlich. Ich bin Ihnen mehr entgegengekommen, als ich es bei jedem anderen Menschen in der gleichen Situation getan hätte. Herr Conrad ist über alles unterrichtet, auch über die angebliche Entführung. Er weiß, daß der Brief an das Funkhaus von Ihnen und von Robert kommt. Welche Konsequenzen er daraus zieht, ist allein seine Sache. Ich habe jetzt keinen Einfluß mehr darauf. Seien Sie froh, daß ich es Ihnen wenigstens erspart habe, sich von ihm auch noch dabei erwischen zu lassen, wie Sie wieder an mir herumfummelten. Wo haben Sie die restlichen Briefe?«

»Lassen Sie das mich erledigen«, sagte Conrad und klappte das

Notizbuch zu. Er blickte Margot an und sagte: »Sie können wählen, Frau Linden: Entweder eine Anzeige mit der sofortigen Folge einer einstweiligen Verfügung, die es Ihnen unter Androhung einer hohen Geldstrafe untersagt, die Fotos in der von Ihnen beabsichtigten Form gegen Frau Neuhagen zu verwenden, oder eine freiwillige Herausgabe der Briefe. In diesem Fall wird Frau Neuhagen auf eine Anzeige verzichten, und ich werde die Angelegenheit nicht weiterverfolgen. Die Entscheidung liegt. . .«

Er sprach nicht weiter, weil Margot plötzlich rasch vom Bett aufstand und mit an den Mund gepreßter Hand zur Tür stürzte. »Bleiben Sie hier«, sagte er zu Doris und lief hinter Margot her. Doris konnte hören, wie in der Diele die Badetür aufgerissen wurde und gleich darauf das würgende Geräusch, als Margot sich fast endlos erbrach. Sie ließ sich in einen Sessel fallen und betrachtete empfindungslos die offenstehende Tür zur Diele. Als kurze Zeit später Conrad zurückkam, sagte er: »Ich habe vorsichtshalber den Schlüssel zur Badezimmertür abgezogen, damit sie sich nicht einschließen kann. Wo ist ihre Handtasche?«

»Irgendwo«, sagte Doris. »Haben Sie nur geblufft oder war es Ihnen mit der einstweiligen Verfügung ernst?«

»Ich hätte sie ihr sogar persönlich überbracht«, sagte Conrad und machte sich auf die Suche nach Margots Handtasche. Er entdeckte sie unter dem Bett, öffnete sie und schüttete ihren Inhalt auf das Laken. Ein kleiner Schlüssel erregte seine Aufmerksamkeit. Er nahm ihn in die Hand, betrachtete ihn und sagte: »Von einem Gepäckschließfach der Bundesbahn. Der nächste Bahnhof mit Schließfächern dürfte in Siegen zu finden sein. Ich kümmere mich morgen vormittag nach dem Frühstück darum.«

»Sie glauben, daß sie dort die Briefe aufbewahrt?« fragte Doris.

Er nickte. »Sie mußte darauf bedacht sein, sie an einem sicheren Ort aufzubewahren, den sie trotzdem jederzeit rasch erreichen konnte. Darf ich die Fotos einmal sehen?«

Sie überreichte sie ihm wortlos. Er sah sie nur flüchtig an und fragte: »Das Haus in Livorno gehört Ihnen?«

»Ein Hochzeitsgeschenk meines geschiedenen Mannes«, sagte sie. »Ich wollte nicht, daß es bekannt wird.«

Er gab ihr die Fotos zurück. »Ich weiß nichts von diesem Haus. Werden Sie sich für heute nacht ein anderes Zimmer nehmen?«

Sie schüttelte den Kopf. »Es ist besser, ich bleibe bei ihr. Sie ist in einer Verfassung, in der sie zu allem fähig ist. Wie soll ich mich bei Ihnen bedanken, Herr Conrad?«

Er grinste. »Wäre ich unverheiratet und dreißig Jahre jünger, könnte ich auf ähnliche Wünsche kommen wie Frau Linden. Passen Sie gut auf sie auf. Sobald ich die Briefe habe, melde ich mich morgen vormittag bei Ihnen. Angenehme Ruhe.«

Er verließ das Zimmer. Weil sie sich wegen Margot Sorgen machte, ging Doris zu ihr ins Bad. Sie saß in sich zusammengekrümmt auf einem Hocker neben der Badewanne. Das Gesicht hatte sie in den Händen vergraben. Als Doris sie mit ihrem Namen ansprach und ihre Schulter berührte, fuhr sie so rasch hoch, daß Doris ihrer Hand nicht ausweichen konnte. Der Schlag traf sie mitten auf den Mund. Noch während sie den Schmerz spürte, schlug sie in der gleichen Sekunde so heftig zurück, daß Margot mit einem heiseren Aufschrei über den Hocker stolperte und mit dem Rücken hart gegen die Wand prallte. Ohne sich länger um sie zu kümmern, wandte sich Doris einem Waschbecken zu, drehte kaltes Wasser auf und ließ es über ihren schmerzenden Mund fließen. Als sie sich aufrichtete und nach einem Handtuch griff, hatte Margot das Badezimmer bereits verlassen. Doris folgte ihr ins Zimmer und sah, daß sie damit beschäftigt war, ihre Kleider aus dem Schrank zu nehmen. Sie griff nach ihrem leeren Koffer, und stellte ihn auf das Bett. Doris sagte: »Sie machen immer wieder den gleichen Fehler, Margot. Ich lasse mir weder ungestraft ins Gesicht spucken, noch mich ungestraft schlagen. Ihren Schlüssel für das Schließfach hat Herr Conrad mitgenommen. Er wird sich morgen vormittag um die Briefe kümmern und sie mir zurückgeben. Seien Sie froh, daß ich in ihm einen Menschen gefunden habe, der es mir ersparte, Ihnen noch etwas Schlimmeres zufügen zu müssen als das, was Sie soeben erlebten. Sie hätten das alles auch ohne die Briefe haben können. Sie hätten mir, als ich zum erstenmal in Ihr Schlafzimmer kam, nur zu sagen brauchen, wie sehr Sie mich begehrten und wieviel Ihnen daran gelegen war, von mir geliebt zu werden. Es sind immer nur Frauen wie Sie, die unser Leben in einem nicht unwichtigen Bereich zu einer Lüge machen. Frauen, die sich in der Öffentlichkeit über Sex mokieren und in ihren einsamen Nächten davon träumen. Was haben Sie jetzt vor? In Ihr Haus zurückzufahren?«

»Das geht Sie einen Scheißdreck an«, sagte Margot und warf ihre Kleider in den Koffer. Doris lächelte. »Aus Ihrem Mund klingt das viel obszöner, als wenn ich es sagte. Daß es künftig außer uns beiden noch einen Mitwisser Ihrer heimlichen Wünsche gibt, wühlt mehr von Ihrem Seelenschlamm auf, als aufzuwühlen ich jemals vermocht hätte; aber Sie können beruhigt sein, Herr Conrad wird bestimmt keinen Gebrauch davon machen. Für ihn sind Sie nur ein Fall von vielen; ihm ist nichts Menschliches mehr fremd. Er weiß, daß auch in Ihren Kreisen der Unterleib eine genauso wichtige Rolle spielt wie in den meinen. Was werden Sie dem Nachtportier sagen? Daß Ihre Erwartungen, Ihre Nichte würde Ihnen im Bett gefällig sein, sich nicht erfüllt hätten?«

Statt ihr zu antworten, griff Margot nach einem Kleid, nach Wäsche, Strümpfen und Schuhen und ging aus dem Zimmer. Während sie sich im Bad anzog, trat Doris an eines der großen Fenster und betrachtete den Sternenhimmel über den dunklen Wäldern. Genugtuung empfand sie keine. Ihr einziges Empfinden war eine mit einer unklaren Resignation gemischte Erleichterung.

So stand sie auch noch, als Margot aus dem Bad zurückkam; ihr Gesicht war noch immer ohne Farbe. Sie nahm einen pastellfarbenen Nerzmantel aus dem Kleiderschrank, zog ihn an und sagte mit Kälte: »Sie können meinem Bruder bestellen, daß ich sein Haus verlassen werde. Was seine von Ihnen erwähnten Geschäftsanteile betrifft, so wird er von unserem Anwalt hören. Ich möchte ihn auch in der Firma nicht mehr sehen.«

»Das liegt wohl nicht allein in Ihrem Ermessen«, sagte Doris. »Ich bin weder an seinem Geld noch an seinem Haus interessiert. Im übrigen haben Sie nicht den geringsten Anlaß, ihm etwas vorzuwerfen, das nicht auch auf Sie selbst zuträfe. Ich schließe nicht aus, daß Sie ursprünglich etwas ganz anderes mit mir im Sinn hatten, aber das ist Ihnen ebenso schiefgelaufen wie Ihrem Bruder.«

»Sie irren sich«, erwiderte Margot unverändert kalt. »Bevor Sie diesen Herrn Conrad einschalteten, verlief alles genauso, wie ich es vorgesehen hatte. Ihre hübsche Geschichte eines Verhältnisses zwischen Ihnen und einer angeblichen Freundin habe ich Ihnen keinen Augenblick lang abgenommen. Sie sind auf Männer und nicht auf Frauen scharf. Ihr kleines Spiel war für mich leichter zu durchschauen, als Sie es für möglich halten.«

Doris lächelte. »Aber Spaß hat es Ihnen gemacht. Oder etwa nicht?«

»Nur anders, als Sie denken«, sagte Margot. »Eine so stark auf Männer fixierte, überhebliche, politisch arrogante und von ihrer eigenen Unwiderstehlichkeit überzeugte Frau, wie Sie es in meinen Augen sind, zu Handlungen zu bewegen, die Sie ebensoviel Selbstüberwindung kosteten, wie sie mir Spaß machten, bedeutete mir viel mehr, als Sie jemals begreifen werden. Wie alle Frauen, die nur mit einer durchschnittlichen Intelligenz ausgestattet sind, setzten Sie, um Ihre Ziele zu erreichen, bei meinem Bruder und mir eben jene Mittel ein, deren Sie sich ungleich sicherer fühlen als einer intellektuellen Auseinandersetzung mit Argumenten, denen Sie keine besseren entgegenzusetzen haben. Sie haben es weder bei ihm noch bei mir mit einem Menschen zu tun, der mit dem mangelhaften Geschichtsbewußtsein politischer Analphabeten zum kritiklosen Nachbeter linker oder grüner Scharlatane wird, zu denen auch Sie gehören. Ich bin sicher, Sie haben bei meinem Bruder nicht einmal den leisesten Versuch unternommen, ihn mit anderen Argumenten für sich einzunehmen als mit solchen, die Sie auch bei mir einsetzten. Er mag zwar, wenn er es mit Frauen Ihres Naturells zu tun bekommt, ein ahnungsloses Schaf sein, in seinen politischen Ansichten und in seinem Urteilsvermögen ist er es jedenfalls nicht. Früher oder später werden auch Sie das mitbekommen.«

Sie griff nach ihrem Koffer, klemmte sich die Handtasche unter den Arm und wandte sich der Tür zu. Noch ehe sie diese jedoch ganz erreicht hatte, stand Doris neben ihr und vertrat ihr den Weg. Sie drückte die Tür ins Schloß, lehnte sich mit dem Rücken dagegen und sagte: »Sie halten mich also für dumm, arrogant und überheblich?«

»Ja«, sagte Margot. »Womit noch nicht einmal alles ausgesprochen ist, wofür ich Sie sonst noch halte. Gehen Sie von der Tür weg.«

»Vielleicht wollen Sie gar nicht, daß ich von der Tür weggehe«, sagte Doris. »Vielleicht wollen Sie, daß ich Sie bitte, hierzubleiben. Wollen Sie es?«

»Damit beweisen Sie nur wieder einmal mehr, wie sehr Sie von sich einge...« Sie sprach nicht weiter.

Doris hatte eine Hand in ihren Mantel geschoben, sie berührte ihre Brust und fragte: »Warum sprechen Sie nicht weiter? Haben Sie wieder das Gefühl, daß es mich Selbstüberwindung kostet?«

»Sie sind...« Margot führte auch diesmal den Satz nicht zu Ende.

»Sie brauchen nicht auszusprechen, daß Sie gerne hierbleiben möchten«, sagte Doris. »Es genügt, wenn Sie den Koffer abstellen, dann weiß ich es. Tun Sie es?«

Sie beobachtete, wie Margot den Koffer langsam auf den Boden stellte. Während sie ihre Brust streichelte, sagte sie: »Eines habe ich wirklich nicht verstanden. Warum es Ihnen soviel bedeutet, wenn es mich Überwindung kostet. Empfinden Sie dann mehr Lust dabei?«

Margot erwiderte wortlos ihren Blick. Die Haut neben ihrem Mund, wo Doris sie mit der Faust getroffen hatte, war gerötet und angeschwollen. Doris berührte sie leicht mit den Lippen und sagte: »Spucken Sie mir jetzt nicht wieder ins Gesicht, wenn ich Ihnen etwas verrate, Margot. Es kostet mich nämlich keine Überwindung bei Ihnen. Es ist nicht viel anders, als wenn ich einen Hund streichle. Und jetzt können Sie gehen.«

Sie zog ihre Hand zurück und trat rasch von der Tür weg. Zu ihrer Verwunderung blieb Margot jedoch völlig ruhig. Sie nahm den Koffer wieder auf und sagte: »Genau das hatte ich von Ihnen erwartet. Was sind Sie nur für eine eingebildete, kleinkarierte und rachsüchtige Frau, Doris. Haben Sie wirklich geglaubt, ich bliebe nach allem, was hier vorgefallen ist, auch nur noch eine Minute länger bei Ihnen?«

Es war weniger ihre unerwartete Reaktion, die Doris beeindruckte, als das Gefühl, daß es ihr ernst war. Sie öffnete ihr die Tür und sagte: »Eigentlich tut es mir leid, daß wir keine echten Freundinnen sein können, Margot. Ihnen nicht auch?«

Margot lächelte abfällig. »Und worüber sollte ich mich mit Ihnen, außer über Sex, sonst noch unterhalten?« Sie wartete keine Antwort ab und verließ das Zimmer.

Sich selbst überlassen, legte sich Doris auf das Bett und versuchte, auch mit dieser neuen Niederlage fertig zu werden. Am Ende überwog jedoch ihre Erleichterung darüber, des größten Problems ledig geworden zu sein. Nach der tagelangen Nervenbelastung empfand sie die Erleichterung wie ein warmes Bad nach einer mühsamen Wanderung. Sie schloß die Augen und schlief innerhalb weniger Sekunden so plötzlich ein, daß sie keinen Gedanken mehr fassen, ja nicht einmal mehr die Tür abschließen oder ins Bad gehen konnte. Wäre sie durch das anhaltende Läuten des Telefons nicht geweckt worden, so hätte sie vielleicht auch noch den ganzen Tag verschlafen. Sie tastete nach dem Hörer, wurde jedoch, als Conrad sich mit seinem Namen meldete, sofort hellwach. Er sagte: »Wie ich an der Rezeption hörte, haben Sie noch nicht gefrühstückt. Es ist bereits nach zehn Uhr. Ist alles in Ordnung bei Ihnen?«

»Ja«, sagte sie.

Seine Stimme klang erleichtert: »Ich habe mir etwas Sorgen gemacht, weil Sie nicht herunterkamen. Daß Frau Linden noch am späten Abend abgereist ist, habe ich bereits erfahren. Gab es Probleme?«

»Nein, überhaupt nicht«, sagte sie. »Haben Sie die Briefe?«

»Ja. Sie steckten, wie ich es erwartet hatte, in dem Schließfach. Soll ich sie Ihnen hinaufbringen oder kommen Sie zum Frühstück herunter?«

»Kommen Sie in zehn Minuten herauf«, sagte sie. »Veranlassen Sie doch bitte, daß mir das Frühstück aufs Zimmer gebracht wird. Sie können mir dabei Gesellschaft leisten. Haben Sie schon gefrühstückt?«

Er lachte. »Das liegt schon einige Stunden zurück.«

»Dann bestellen Sie auch für sich noch ein Frühstück«, sagte sie. »Die Tür ist nicht abgeschlossen. Vielleicht bin ich noch im Bad, wenn Sie anklopfen. Warten Sie im Zimmer auf mich.«

Obwohl sie sich mit dem Baden beeilte, waren Conrad und auch das Frühstück schon eingetroffen, als sie, nur mit einem Hausmantel bekleidet, ins Zimmer zurückkam. Conrad stand von einem Sessel auf und gab ihr die Hand. »Sieht so aus, als hätte ich Sie mit meinem Anruf geweckt«, sagte er.

»Mit so guten Nachrichten dürfen Sie mich auch mitten in der Nacht wecken.« Sie betrachtete einen kleinen, neben seinem Sessel stehenden schwarzen Aktenkoffer. Ihren Blick bemerkend, sagte er: »Ich mußte die Riegel aufbrechen. Den Schlüssel dafür wird Frau Linden vielleicht an ihrem Schlüsselbund tragen, dem ich gestern abend keine Beachtung schenkte. Es sind insgesamt sechzehn Briefe. Entspricht das Ihren Erwartungen?«

Sie nickte erleichtert. »In etwa. Vielleicht hat sie einige der Fotos für sich behalten. Die tun mir jetzt aber nicht mehr weh. Setzen Sie sich, Herr Conrad, und greifen Sie zu. Ich weiß nicht, was ich ohne Ihre Hilfe getan hätte. Ich habe zwar schon einmal an die Kripo gedacht, konnte mich jedoch nicht dazu aufraffen. Es wäre unter anderen Umständen auch viel zu schwierig gewesen, ihr den Besitz der Fotos und die damit verbundenen Absichten nachzuweisen. Auch wollte ich nicht, daß sie in die Hände von Leuten kämen, die es mir bestimmt nicht so leichtgemacht hätten wie Sie, ihnen die näheren Zusammenhänge zu erklären.«

Er lächelte. »Leicht habe auch ich es Ihnen nicht gemacht, aber Sie waren eine vortreffliche Mitspielerin.«

Sie erinnerte sich, worüber sie, während Conrad von der Diele aus zuhörte, mit Margot gesprochen hatte, und wurde ein wenig rot. »Sie durfte keinen Verdacht schöpfen«, sagte sie und schenkte zuerst ihm und dann sich Kaffee ein. »Auf den Einfall mit dem Schließfach wäre ich bestimmt nicht gekommen. Wie haben Sie von dem Brief an das Funkhaus erfahren?«

»Aus der gleichen Quelle, von der auch meine Informationen über Geßler und den Hund stammen«, antwortete Conrad. »Seit wann kennen Sie Herrn Linden? Schon länger?«

Sie strich sich Butter und Marmelade auf ein Brötchen. »Müssen wir darüber reden?«

Er schüttelte den Kopf. »Nicht, wenn Sie es nicht wollen. Mir ist der genaue Inhalt des Briefes nicht bekannt. Was mich wundert, ist, wie sich ein Mann in Herrn Lindens Position dazu hinreißen lassen konnte, in eine so riskante Geschichte einzusteigen. Der Wunsch, meinem Herzen über eine Sendung, die mir mißfällt, durch einen Anruf beim Sender Luft zu machen, ist zwar auch mir nicht fremd, nur hält er bei mir nie lange an.«

»Bei ihm kamen noch einige andere Dinge hinzu«, sagte Doris. »Er steht, glaube ich, gar nicht so arg weit rechts, wie man es aufgrund des Briefes annehmen könnte. Angeblich war er sogar für die sozialliberale Koalition. Sein Hauptärgernis scheinen die Grünen und ihre Sympathisanten in der SPD zu sein und daß ihnen von unserer Seite angeblich zuviel Aufmerksamkeit gewidmet wird. Vielleicht war das damals, als die Grünen aufkamen, hin und wieder auch der Fall. Heute hat sich das gelegt. Heute sind sie eine Partei wie jede andere auch.«

»Für mich leider nicht«, sagte Conrad. »Wären sie wie jede andere Partei, so hätte auch ich keine Bedenken gegen sie. In einem gewissen Sinne kann ich mich sogar mit den von Ihnen genannten Motiven des Herrn Linden identifizieren. Ich bin gewiß kein Unternehmerfreund und war lange genug in einer Gewerkschaft, um zu wissen, wovon ich rede. Wenn ich mir jedoch die wirtschaftspolitischen Utopien der Grünen anschaue und mit anhören muß, mit welchen Argumenten einige unserer Gewerkschaftsführer ihren ideologischen Schulterschluß mit ihnen zu begründen versuchen, muß ich mich fragen, ob sie noch alle Sinne beisammen haben. Die Öffnung der Gewerkschaften auch für Kommunisten und für marxistische Scharfmacher halte ich für die verhängnisvollste Entscheidung, die jemals von einer freien Gewerkschaft getroffen wurde, aber das ist schon wieder ein Thema für sich und nicht unser beiderseitiges Problem. Ich hatte heute morgen Gelegenheit, mit meinem Informanten zu telefonieren. Er teilte mir unter anderem mit, daß Sie den Film mit dem Geßler-Interview zusammen mit einem Begleitschreiben noch gestern nachmittag bei der Sekretärin von Herrn Westernhagen abgegeben haben. Ist das bei Ihnen der übliche Weg?«

Sie blickte rasch in sein Gesicht. »Woher wußte Ihr Informant das?«

Er lächelte. »Es gibt da gewisse Querverbindungen, die bis in Ihr Funkhaus reichen. Er sagte mir auch, daß dies durchaus nicht der übliche Weg sei, aber ich nehme an, Sie wähnten den Film bei Herrn Westernhagen in den besseren Händen. Inzwischen dürfte er schon entwickelt worden sein und von Herrn Westernhagen, der auf persönlichen Wunsch des Intendanten seinen Kuraufenthalt gestern abend unterbrochen hat, gemeinsam mit diesem und Ihrem Chefredakteur auf seinen Inhalt hin begutachtet werden. Eigentlich dürfte ich das alles gar nicht wissen und Ihnen auch nicht erzählen. Warum sind Sie sich denn so sicher, daß Ihnen aus dem Interview keine Probleme entstehen werden? Nur weil Sie mit Herrn Westernhagen und seiner Frau eng befreundet sind?«

Sie gab keine Antwort und blickte ihn nur weiterhin an. Schließlich griff sie nach ihrer Tasse, trank sie leer und stellte sie langsam auf den Unterteller zurück. Erst dann fragte sie: »Was wissen Sie sonst noch?«

»Ich möchte keinen Ärger bekommen«, sagte er. »Bei allem, was mir bekannt ist, handelt es sich um vertrauliche Mitteilungen.«

»Ich werde ebensowenig Gebrauch davon machen wie Sie von dem, was ich Ihnen erzählte«, sagte sie mit ruhig klingender Stimme. »Ich möchte nur rechtzeitig wissen, woran ich bin.«

Conrad hatte sein Frühstück bereits beendet. Er nahm sein Zigarrenetui aus der Tasche und fragte: »Sie erlauben?«

Sie nickte und beobachtete, wie er sich mit einem Streichholz die Zigarre anzündete. Er legte das Streichholz in einen Aschenbecher und sagte: »Woran Sie sind, können Sie nur von Herrn Westernhagen erfahren. Ich empfehle Ihnen, sich baldmöglichst mit ihm in Verbindung zu setzen. Sagt Ihnen der Name Schmidtborn etwas?«

»Selbstverständlich«, sagte sie. »Er sitzt bei uns im Verwaltungsrat. Ihm und Herrn Westernhagen verdanke ich es, daß ich, als ich ins Funkhaus kam, die Fernsehschule besuchen konnte und für meine heutigen Tätigkeiten die entsprechende Ausbildung erhielt. Steckt er dahinter?«

»Ich habe lediglich seinen Namen erwähnt«, sagte Conrad. »Im übrigen soll er ein Duzfreund des Intendanten und an der Wahl von Herrn Dr. Geßler zum OB persönlich sehr interessiert sein. Welche Schlüsse Sie daraus ziehen, ist Ihre Sache. Für wann hatten Sie die Sendung des Interviews vorgesehen?«

»Darüber wollte ich erst noch mit Herrn Westernhagen reden. Ich moderiere unter anderem auch eine Nachmittags-Familiensendung, für die ich im April noch zwei andere Interviews vorgesehen habe.«

Conrad nickte. »Ich kenne diese Sendung. Seit ich pensioniert bin, habe auch ich Zeit, sie mir anzusehen. Ihre letzte beschäftigte sich mit einem Rheinschiffer, der von der Wasserpolizei dabei erwischt wurde, wie er verbotenerweise sein Altöl abließ, und das keine zehn Kilometer von Mainz entfernt. Er behauptete, es auf Anordnung des Bootseigentümers getan zu haben, den Sie anschließend auch inter-viewen wollten und der Ihnen die Haustür vor der Nase zuschlug. So wütend wie damals habe ich Sie am Bildschirm noch nie erlebt, aber das hat Ihnen unter Ihren Zuschauern eine Menge neuer Sympathien eingebracht. Immerhin ist es Ihrem Kameramann noch gelungen, das Gesicht des Mannes, bevor er die Haustür zuschlug, auf den Film zu bringen. Er sah genauso wütend aus wie Sie.«

Sie mußte lächeln. »Er hat seinen Wohnsitz inzwischen gewechselt. Seine Nachbarn erzählten mir, er hätte sich nach der Sendung nicht mehr auf die Straße getraut.«

»Dr. Geßler erginge es genauso«, meinte Conrad. »Schließlich geht es bei dieser Geschichte nicht nur um einen Hund, sondern um seine und um die Existenz seiner Familie, aber das berührt Sie wohl nicht?«

Sie wurde sofort reserviert: »Die SPD wird bestimmt eine andere Verwendung für ihn finden. Als OB einer Großstadt, wo unzählige Haustiere gehalten werden, ist er mit seiner Gefühlsarmut für Tiere jedenfalls nicht geeignet. Mir geht es auch nicht um ihn, sondern um einen Präzedenzfall, der auf die Fernsehzuschauer eine pädagogische Wirkung haben kann und abschreckend sein wird für alle, die sich selbst mit dem Gedanken tragen, ihren Hund oder ihre Katze, nur weil sie ihnen eines Tages lästig werden, irgendwann und irgendwo auszusetzen. Sie kennen Herrn Dr. Geßler persönlich; ich nicht. Können Sie mir auch nur einen einzigen Grund nennen, der seine Verhaltensweise für einen Menschen, der ein Herz für Tiere hat, verständlich erscheinen ließe?«

Conrad zog an seiner Zigarre. »Er hatte ein Problem. Der Hund war das Geschenk eines Mannes, dem er es nicht zurückweisen konnte.«

»Warum nicht?«

»Er verdankt ihm viel.«

»Vielleicht auch seine politische Karriere?« fragte Doris. »Konnte er den Hund deshalb nicht in andere Hände oder in ein Tierheim geben, weil der Mann, dem er so viel verdankt, vielleicht davon erfahren und dies wiederum Herrn Geßlers Karriere geschadet hätte?«

»Sie sind nicht nur sehr schön, Sie sind auch sehr scharfsinnig«, sagte Conrad. »Ich habe kein Interesse daran, mich zu Herrn Geßlers Anwalt zu machen. Ich halte ihn, wenn auch aus völlig anderen Gründen als Sie, für den Posten eines Frankfurter Oberbürgermeisters für völlig ungeeignet. Pikanterweise gehören zu den Bedingungen, unter denen die Grünen bereit sind, ihm bei der Wahl ihre Stimmen zu geben, neben einem sonntäglichen Fahrverbot im gesamten Stadtzentrum und der Wiederzulassung des öffentlichen Gewerbes im Bahnhofsviertel auch ein vergrößertes städtisches Tierheim. Alles Forderungen, die Sie sicher mit unterschreiben könnten.«

»Bis auf das sonntägliche Fahrverbot im gesamten Stadtzentrum«, sagte Doris. »Damit würde man die dort wohnenden bedauernswerten Autofahrer sonntags daran hindern, ihre gewohnte Spazierfahrt zu machen oder nach einem schon am Freitag oder Samstag begonnenen Wochenendausflug wieder ihre Wohnungen zu erreichen. Gegen eine Rückkehr des öffentlichen Gewerbes ins Bahnhofsviertel habe ich aus humanitären Gründen keine Einwände. Gemessen daran, was die Grünen an vernünftigen Forderungen in der Regel stellen, wiegen solche Kinkerlitzchen nicht schwer. Sie wohnen doch auch in Frankfurt, Herr Conrad. Vielleicht besuchen Sie mich dort einmal in meiner Wohnung. Ich bin aufgeschlossen auch für andere Meinungen. Mit Männern, die schon so lange Mitglied in der SPD sind wie Sie, komme ich eigentlich kaum zusammen. Herr Westernhagen steht zwar auch seit fünfzehn Jahren in Ihrem Lager. Bei ihm und auch bei anderen Parteimitgliedern im Funkhaus habe ich jedoch den Eindruck, sie vertreten keine eigene, sondern immer nur die jeweils gängige Meinung aus der Parteizentrale. Werden Sie mich in Frankfurt besuchen?«

»Warum nicht? Darf ich kurz Ihr Telefon benutzen? Mein Hotelzimmer habe ich bereits geräumt.«

Sie erhob sich. »Ich ziehe mich derweil im Bad an. Falls Sie noch eine Tasse Kaffee trinken wollen, so bedienen Sie sich.«

Das Telefon stand auf einem der beiden Nachtschränkchen. Wie immer war Ahler sofort am Apparat; er sagte: »Gut, daß du anrufst, Helmut. Ich habe versucht, dich in deinem Hotelzimmer zu erreichen, aber dort warst du nicht mehr. Hattest du inzwischen Gelegenheit, dich mit Frau Neuhagen zu unterhalten?«

»Nur ganz kurz«, antwortete Conrad. »Was ich dir über Linden sagte, kannst du vergessen. Es ging den beiden nur um den Hund. Mit dem Brief an den Intendanten hatte er nichts zu tun. In Eschelmoos haben er und Frau Neuhagen sich gestritten, und in Garmisch haben sie sich wieder versöhnt. Wie das eben so üblich ist.«

Ahlers Stimme klang enttäuscht: »Schade, hätte doch alles so schön zusammengepaßt. Ich hatte auch gehofft, eine Frau wie sie, die uns politisch so nahesteht, ließe sich in ihrem privaten Umgang etwas Besseres einfallen. Wozu trifft sie sich mit seiner Schwester in einem Hotel?«

»Sie verbringen hier ein gemeinsames Wochenende«, sagte Conrad. »Gibt es etwas Neues?«

»Deshalb rufe ich dich an«, sagte Ahler. »Schmidtborn hat sich wieder bei mir gemeldet. Das Interview kommt zwar ins Programm, aber nur bis zu der Stelle, wo Geßler den Hund in das Zimmer bringt und dieser an Frau Neuhagen hochspringt und ihr das Gesicht leckt. Der Intendant meint, das sei ein gutes Schlußbild für das Interview. Mehr konnte Schmidtborn vorläufig nicht erfahren. Er und der Intendant haben nur ganz kurz miteinander telefoniert, weil sie beide in Eile waren.«

»Und wer bringt das Frau Neuhagen bei?« fragte Conrad.

Ahler lachte. »Das wird man wohl vorsichtshalber Westernhagen überlassen. Sicher wird er Frau Neuhagen irgendwann anrufen. Er ist im Anschluß an das Gespräch mit dem Intendanten sofort wieder nach Bad Kissingen zurückgefahren, um dort seine Kur fortzusetzen. Mir ist ein Stein vom Herzen gefallen, Helmut. Das darfst du mir glauben. Schmidtborn ist eben der richtige Mann für so etwas. Als ich ihm gestern abend die zwischen uns vereinbarte Geschichte mit dem Hund erzählte, meinte er nur, Geßler müsse eben künftig besser auf ihn aufpassen. Und noch eine erfreuliche Nachricht: Ich habe nach Schmidtborns Anruf sofort mit Diedenhofen telefoniert, um ihm etwas auf den Zahn zu fühlen. Er war höflich und freundlich wie immer, erkundigte sich sogar von selbst nach Geßler und läßt ihm durch mich einen Gruß bestellen. Über den Hund verlor er kein Wort. Ich bin jetzt fast sicher, daß er mit Rücksicht auf Frau Westernhagen den Kopf bedeckt hält und den Hund Hund sein läßt. Er wird sich inzwischen ausgerechnet haben, daß seiner Fraktion mit einem größeren Tierheim mehr gedient ist als mit einem anderen OB, der dort alles beim alten läßt. Wenn ich mir nachträglich überlege, was durch diese saublöde Geschichte alles hätte passieren können, fühle ich mich wie der Reiter über den Bodensee.«

»So werde ich mich erst fühlen, wenn wir die Grünen ausgestanden haben«, brummte Conrad ins Telefon. Er vereinbarte für den kommenden Tag wegen der Spesenabrechnung noch ein Treffen in seiner Wohnung und verabschiedete sich von ihm. Als Doris aus dem Bad kam, stand er mit auf dem Rücken verschränkten Händen am Fenster und betrachtete die von grauen Regenschleiern überzogene Waldlandschaft. »Ein richtiges Frühjahr erlebe ich wohl nicht mehr«, seufzte er. »In meinen Jahren vertröstet man sich nur noch von einer Jahreszeit auf die nächste. In Livorno ist das anders.«

»Deshalb möchte ich das Haus auch behalten«, sagte Doris und trat neben ihn. »Vermissen Sie Ihren Beruf?«

»Nein, aber dieser dauernde Regen schlägt mir aufs Gemüt.«

»Dann sollten Sie mit Ihrer Frau hin und wieder nach Livorno fahren«, sagte sie. »Sie können dort jederzeit in meinem Haus wohnen. Es ist zwar nur provisorisch eingerichtet, aber vermissen werden Sie nichts. Eines müssen Sie mir noch verraten, Herr Conrad: Woher Sie von meinem Haus wußten.«

Er lachte. »Das hat mir, wenn auch völlig ahnungslos, Herr Diedenhofen erzählt, als ich mich in Garmisch im Speisesaal seines Hotels zu ihm an den Tisch setzte und mich ihm gegenüber als Frankfurter Mitbürger und aufrichtiger Bewunderer seiner kommunalen Tätigkeit ausgab. Er erzählte mir, daß er vorhabe, am nächsten Morgen nach Livorno zu fahren, wo er von italienischen Freunden in deren Haus eingeladen sei. Da er mir auch die ungefähre Lage des Hauses beschrieb, bereitete es mir keine großen Schwierigkeiten, es selbst zu finden. Ich mietete mir ein Boot und –«

»Dann waren Sie das also«, fiel sie ihm ins Wort. »Wir haben Sie gesehen, konnten aber wegen der großen Entfernung nicht erkennen, wer im Boot saß.«

Er fragte überrascht: »Sie waren auch mit im Haus?«

»Ich, Herr Linden und Frau Westernhagen. Herr Diedenhofen traf erst ein, als Herr Linden und ich bereits auf dem Weg zum Flughafen in Genua waren. Ich hatte mich kurzfristig dazu entschlossen, mit ihm nach Frankfurt zu fliegen und von dort aus mit einem Taxi zu seiner Schwester nach Wiesbaden zu fahren, weil ich persönlich mit ihr reden wollte.« Sie schüttelte verwundert den Kopf. »Auf die Idee, daß Diedenhofen Ihnen von meinem Haus erzählt haben könnte, wäre ich wirklich nicht gekommen. Wenn Sie mir jetzt noch sagen, wie Sie uns in Garmisch aufgespürt haben...«

»Nicht erst in Garmisch. Herr Geßler und ich waren schon in Eschelmoos hinter Ihnen her. Ihre Adresse dort fand er heraus, als er Ihnen nach Ihrer mißglückten Kontaktaufnahme vor seinem Ferienhaus in Reit im Winkl mit seinem Wagen bis nach Eschelmoos folgte. Auf Herrn Lindens Spur nach Oberammergau stieß ich durch den Taxifahrer, der ihn dorthin gebracht hatte.«

»Dann wußten Sie auch über Frau Westernhagens Hütte Bescheid?«

»Ja. Und da wir schon einmal bei dem Thema sind, können Sie mir vielleicht auch noch sagen, welche Rolle Herr Diedenhofen bei der ganzen Geschichte spielte. Nur die eines Liebhabers von Frau Westernhagen?«

Sie mußte lachen. »Wie kommen Sie denn darauf?«

Er runzelte die Stirn und fragte: »Ist er das etwa nicht?«

»Nein. Das ist aber eine zu lange Geschichte, um sie Ihnen zu erzählen. Diedenhofen war mit mir und nicht mit Frau Westernhagen befreundet. Ich habe diese Verbindung vorgestern aus persönlichen Gründen gelöst. Bei dieser Gelegenheit erzählte ich ihm auch von Herrn Geßlers Hund und daß er ihn auf der Autobahn ausgesetzt hatte. Vorher war er des Glaubens, der Hund gehörte mir.« Sie musterte ihn lächelnd. »Sie machen so ein erstauntes Gesicht. Ich dachte, Sie wüßten das alles.«

»Das dachte ich auch«, murmelte er und versank in sekundenlanges Grübeln. Dann schüttelte er den Kopf und sagte: »Trotzdem verstehe ich einiges nicht, aber darüber können wir uns vielleicht unterhalten, wenn ich Sie gelegentlich in Frankfurt besuche. Sie haben im Augenblick auch ganz andere Probleme, Frau Neuhagen. Ich habe leider keine gute Nachricht für Sie. Ihr Interview mit Geßler wird zwar gebracht, jedoch ohne die Hundegeschichte. Ich fürchte, diese Entscheidung ist endgültig; sie wurde von Ihrem Intendanten in Anwesenheit des Chefredakteurs und von Herrn Westernhagen getroffen. Ist das sehr schlimm für Sie?«

Weil sie nicht antwortete, blickte er sie an und sah, daß ihr Gesicht ohne Farbe war. Sie blieb eine Weile reglos neben ihm stehen, dann drehte sie sich um, ließ sich in einen Sessel fallen und blickte durch das Fenster in den wolkenverhangenen Himmel. Er ging zu ihr hin, legte die Hand auf ihre Schulter und sagte: »Auch ich habe in meinem Beruf lernen müssen, daß man nicht immer gewinnen kann. Ein OB mehr in diesem Land von Geßlers Sorte, was macht das schon aus? Er ist mir immer noch lieber als der derzeitige. Für Sie ist das sicher nicht Ihre erste Enttäuschung, die Sie im Funkhaus erleben.«

»Das verstehen Sie nicht«, sagte sie. »Wer mir so etwas antut, der ist tot für mich. Tot, tot, tot.« Sie stieß die Worte wie Geschosse aus dem Mund. Conrad nahm die Hand von ihrer Schulter. »Vielleicht muß es in unserer Zeit auch noch ein paar Menschen geben, die genauso denken und empfinden wie Sie, und nicht nur die anderen, die sich jedesmal rechtzeitig anzupassen verstehen. Was werden Sie jetzt tun?«

Sie stand auf und ging zum Telefon. Weil sie die Durchwahlnummer von Westernhagens Büro im Kopf hatte, meldete sich seine Sekretärin. Doris sagte: »Neuhagen, ich habe Ihnen gestern eine Filmrolle für Herrn Westernhagen übergeben, Christa. Liegt sie noch bei Ihnen?«

Die Stimme der Sekretärin klang bedrückt: »Leider nicht mehr, Frau Neuhagen; der Film wurde gestern am frühen Abend von Herrn Petersen abgeholt. Ich hatte ihn zusammen mit Ihrem Brief auf Herrn Westernhagens Schreibtisch gelegt und erfuhr erst heute morgen davon, aber es ist gut, daß Sie anrufen. Herr Westernhagen hat mich gebeten, sobald Sie sich wieder bei mir melden, Ihnen mitzuteilen, Sie möchten ihn in Bad Kissingen anrufen. Er hat schon versucht, sich mit Ihnen in Verbindung zu setzen, konnte Sie in Ihrer Wohnung aber nicht erreichen. Ich kann Ihnen seine Kissinger Rufnummer geben.«

Petersen war der Chefredakteur und Doris seit sechs Jahren persönlich gut bekannt. Sie sagte: »Einen Augenblick.« Aus ihrer Handtasche holte sie Notizbuch und Kugelschreiber und schrieb sich die Kissinger Nummer auf. Sie beendete das Gespräch und versuchte sofort, Westernhagen zu erreichen. Von der Vermittlung der Klinik erfuhr sie, daß er sich im Augenblick nicht in seinem Zimmer aufhielt. Sie hinterließ ihre Telefonnummer und bat um seinen Rückruf. Bei Diedenhofen hatte sie mehr Glück; er meldete sich schon nach dem dritten Läuten; sie sagte: »Hör zu, Hans. . .« Dann war die Leitung tot. Er mußte auch diesmal, als er ihre Stimme erkannte, sofort aufgelegt haben. Sie drehte sich nach Conrad um, der wieder in einem der Sessel neben der Balkontür Platz genommen und ihre Gespräche aufmerksam verfolgt hatte: »Sie fahren doch sicherlich nach Frankfurt zurück, Herr Conrad. Können Sie mich mitnehmen?«

Ihr Gesicht war noch immer ohne Farbe. Er sagte: »Ich habe nichts Besseres vor. War das Herr Diedenhofen, mit dem Sie zuletzt gesprochen haben?«

Sie nickte. »Er ließ mich nicht aussprechen. Trotzdem muß ich mit ihm reden. Würden Sie mich vor seiner Haustür absetzen?«

»Ich würde Ihrem Gespräch mit ihm gerne beiwohnen«, sagte er. »Selbstverständlich nur, wenn Sie damit einverstanden sind und meine Anwesenheit Ihre Unterhaltung mit ihm nicht erschwert oder gar unmöglich macht.«

»Im Gegenteil«, sagte sie. »Er wird mich dann wenigstens anhören. Herr Westernhagen war nicht in seinem Zimmer; ich muß auf seinen Rückruf warten. Haben Sie noch etwas Zeit?«

»Meine Frau erwartet mich erst gegen Abend zurück. Konnten Sie erfahren, was mit dem Film passiert ist?«

Sie setzte sich zu ihm in den zweiten Sessel. »Er wurde noch gestern abend von unserem Chefredakteur ohne Wissen von Westernhagens Sekretärin aus dessen Büro geholt. Woher wußte er, daß der Film dort liegt? Von der Sekretärin hat er es nicht erfahren.«

»Ist sonst niemand in seinem Büro?«

»Seine Sachbearbeiterin, aber ich kann mir nicht denken. . .« Sie brach ab und dachte nach. »Ich hatte bei dem Interview nicht mein eigenes Fernsehteam. Vielleicht hat der Abteilungsleiter nach Rückkehr des Teams mit einem von ihnen gesprochen und seine Informationen an Petersen, den Chefredakteur, weitergegeben. Mit dem

Abteilungsleiter hatte ich wegen meiner Reportagen schon einige Kontroversen. Er ist ein Mann, der nach allen Seiten Wasser trägt. Westernhagen konnte ihn aber jedesmal zurückpfeifen, wenn er sich bei einem meiner Filme querlegte. Er ist so etwas wie ein V-Mann des Intendanten und trägt ihm alles zu.«

Conrad grinste. »Solche Typen gab es auch in meinem früheren Amt, nur war dort die Hierarchie übersichtlicher als bei Ihnen.«

»Bei uns ist das kein Problem der Hierarchie, sondern ein Problem der Denunziation und des Parteienproporzes. Man weiß als Redakteur nie mit letzter Sicherheit, wen man zum Freund und wen man zum politischen Gegner hat. Von neidischen Kollegen und Kolleginnen ganz abgesehen. Mir sagte einmal ein sehr kluger Kollege, die Unzulänglichkeiten bei uns hätten weniger mit der menschlichen Natur als mit dem System zu tun, das sie zwangsläufig produziere. Ich glaube, er hatte recht. Seit ich für das Fernsehen arbeite, habe auch ich mich verändert. Vielleicht liegt das daran, daß wir und unsere Sendungen von den Zuschauern ernster genommen werden, als es bei der Subjektivität der Berichterstattung angebracht wäre.«

»Aber doch nur von den weniger kritischen Zuschauern«, warf Conrad ein.

Sie zuckte mit den Schultern. »Kritisch sind nur jene, die sich durch eine Sendung persönlich auf den Fuß getreten fühlen, und das ist in den meisten Fällen nur eine Minderheit. Ich habe mich schon oft gefragt, was aus uns allen, die wir für den Rundfunk und für das Fernsehen arbeiten, ohne diese Medien geworden wäre. Bestimmt nicht das, als was wir uns heute fühlen. Ich habe mich immer darum bemüht, mir nichts von der Selbstgefälligkeit und von dem Pharisäertum anzueignen, die bei uns ungleich stärker verbreitet sind als in jedem anderen Job. Ganz frei davon bin auch ich nicht geblieben; aber im Gegensatz zu jenen Redakteuren, die direkt von den Universitäten und von der Fernsehschule zu uns kamen, habe ich vorher wenigstens noch etwas von dem mitbekommen, was sich außerhalb der Rundfunkanstalten abspielt und worüber sich mancher bei uns ein Urteil anmaßt, ohne es jemals aus eigener Anschauung kennengelernt zu haben. Ich verdanke, was ich bin, auch keinem politischen Opportunismus, vielmehr hatte ich schon als junges Mädchen die gleiche Einstellung wie heute. Mit den politischen Scharfmachern, die vor allem für die Magazinsendungen verantwortlich sind, habe ich nichts gemein. Es ist mir noch nie passiert, daß eine Reportage abgelehnt oder ein Interview im Schneideraum manipuliert wurde, auch wenn nicht alles bei allen ungeteilten Beifall fand. Westernhagen weiß genau, daß ich da nicht mitspiele, und der Intendant weiß es auch.«

»Ich sehe nur nicht, was Sie dagegen tun könnten«, sagte Conrad ernst. »Selbst wenn es Ihnen gelänge, Westernhagen doch noch umzustimmen –«

»Das ist nicht meine Absicht«, fiel sie ihm ins Wort. »Ich möchte nur aus seinem eigenen Mund bestätigt bekommen, daß er sich mit Rücksicht auf Schmidtborn zu Geßlers Komplizen hat machen lassen. Das wird ihn etwas mehr als nur eine beliebig austauschbare Redakteurin kosten.«

»Sie wollen kündigen?«

»Wenn es zutrifft, was Sie mir sagten, habe ich bereits gekündigt«, antwortete sie. »Es geht hier nicht um Geßler, es geht darum, daß ich fortan nicht mehr unbefangen arbeiten könnte und immer gewärtig sein müßte, daß man, im Vertrauen darauf, meine Nachgiebigkeit erfolgreich getestet zu haben, auch vor künftigen Manipulationen meiner Filme nicht zurückschrecken würde. Wer sich das als Redakteur einmal gefallen läßt, der hat für seine Person genauso einen Präzedenzfall geschaffen, wie ich es mit Geßler vorhatte.«

Conrad nickte. »Das leuchtet mir ein. Aber wie geht es nun weiter mit Ihnen?«

»Das weiß ich noch nicht. Es gibt noch andere Rundfunkanstalten, und neuerdings sogar eine Alternative. Ich bin heute nicht mehr irgendwer. Von meinen Ersparnissen kann ich drei oder vier Jahre leben, in Livorno sogar noch länger, wenn ich meinen Wohnsitz in Frankfurt aufgebe. Das bereitet mir vorläufig kein Kopfzerbrechen. Was es so wahnsinnig schwer für mich macht, ist der Gedanke, mich von einem Sender zu trennen, mit dem ich so gut wie verheiratet war und in dem ich, trotz aller Mißstände und Unzulänglichkeiten, so etwas wie eine geistige Heimat gefunden hatte. Egal, wo ich auch landen werde, es wird nicht mehr dasselbe sein, was es bisher für mich war.«

Mehr noch als durch ihre Worte fühlte sich Conrad von ihrer ruhigen Entschlossenheit beeindruckt. Auch ihrem Gesicht war kaum mehr etwas von ihren Empfindungen anzumerken. Als das Telefon läutete, nahm sie es ohne Eile ab. Es war Westernhagen; er fragte: »Wo, zum Teufel, steckst du eigentlich? Ist Irmgard nicht mehr bei dir?«

»Das soll sie dir selbst erzählen«, antwortete sie. »Was ist mit meinem Film passiert, Werner? Christa sagte mir, Petersen habe ihn ohne ihr Wissen aus deinem Büro geholt. Geschah es in deinem Auftrag?«

Sie konnte hören, wie er sich räusperte. Während sie mit ihm sprach, hatte sie sein dank eines Solariums auch im Winter sonnengebräuntes Gesicht mit den etwas abstehenden Ohren und den in die Stirn gekämmten blonden Haaren vor Augen, die ihm ein ebenso jugendliches wie intellektuelles Flair verliehen. Auch in seiner Garderobe legte er Wert auf lässige Boheme. Wenn er in Frankfurt ein Lokal betrat, sahen nicht nur Insider auf den ersten Blick, daß er im Funkhaus tätig war. Er sagte: »Was heißt in meinem Auftrag? Ich erfuhr ja auch erst davon, als er den Film schon abgeholt hatte.«

»Ohne dein Wissen?«

Seine Stimme klang unvermittelt gereizt: »Ich bin hier zur Kur, verdammt noch mal. Hättest du den Film gleich in die richtigen Hände gegeben, wäre das gar nicht passiert. Ich kann hier nicht kuren und mich gleichzeitig um deinen Film kümmern. Petersen rief mich jedenfalls an und sagte, daß es sich, bis auf den Schluß, um ein gutes Interview handle und daß er die Bedenken, die von einigen Seiten dagegen erhoben worden seien, zum größten Teil als gegenstandlos betrachte.«

»Du hast den Film nicht selbst gesehen?«

Sein Lachen klang gekünstelt. »Hör mal, rufst du mich in Bad Kissingen oder in Frankfurt an?«

»Es ist gut«, sagte sie. »Ich wollte es ja auch nur wissen. Ich sollte dich anrufen. Warum eigentlich?«

»Das habe ich dir gerade erklärt«, sagte er.

»Erklärt hast du mir überhaupt nichts«, sagte sie. »Wenn ich dich richtig verstanden habe, soll die Schlußszene wegfallen?«

»Petersen deutete so etwas an«, sagte er. »Da ich den Film nicht kenne, kann ich mich auch nicht dazu äußern. Warum rufst du ihn nicht an? Er kann dir genau sagen, wie seine Äußerung gemeint war. Was ich dir sagen wollte, ist, wie es dazu kam, daß er den Film abholte. Es gab da irgendwelche Bedenken, aber von welcher Seite, hat er mir nicht verraten. Ich habe auch deinen beiliegenden Brief noch nicht gelesen. Ist er wichtig?«

»Nein«, sagte sie. »Jetzt nicht mehr.«

Sie legte auf, setzte sich wieder zu Conrad und überkreuzte die Beine.

»Fehlanzeige?« fragte Conrad.

Sie nickte. »Er will den Film nicht einmal gesehen haben und schiebt alles auf den Chefredakteur ab. Warten Sie.« Sie kehrte zum Telefon zurück und bat die Rezeption, keine Gespräche mehr aufs Zimmer zu legen. Zu Conrad sagte sie: »Er wird sicher noch ein paarmal anrufen. Daß er alles abstreiten würde, hatte ich nicht erwartet. Ohne Ihre Information wüßte ich jetzt gar nicht, woran ich mit ihm bin.«

»Mir fällt auf, daß Sie nicht den geringsten Versuch machen, gegenzusteuern«, sagte Conrad. »Stehen Ihnen keine Möglichkeiten offen?«

»Wenn eine Sache so gelaufen ist wie jetzt, nicht«, sagte sie. »Normalerweise könnte ich Beschwerde beim Redakteurausschuß einlegen, aber damit komme ich nach Lage der Dinge nicht durch. Der Chefredakteur wird den Nachweis einer Unverhältnismäßigkeit meiner Mittel gegen Herrn Dr. Geßler führen, und da dies in Übereinstimmung mit dem Intendanten geschieht, der grundsätzlich das letzte Wort hat, wird sich auch der Redakteurausschuß seiner Meinung anschließen. Ich hatte damit gerechnet, daß es wegen des Interviews zu Problemen kommen könnte. Deshalb wollte ich zuerst mit Westernhagen über den Film sprechen und seine Zustimmung einholen. Auf ihn konnte ich mich bisher immer verlassen. Daß er sich gegen den Chefredakteur und den Intendanten nicht durchsetzen konnte, nehme ich ihm nicht übel. Er ist genauso von ihrer Zustimmung abhängig wie ich von der seinen. Gegen eine vom Intendanten persönlich getroffene Entscheidung sind wir alle machtlos. Wenn ich versuchte, diesen umzustimmen, würde ich mich nur unbeliebt machen und vielleicht irgendwohin auf einen zweitklassigen Korrespondentenposten abgeschoben werden. Was ich so erbärmlich finde, ist diese billige Art, in der sich Westernhagen jetzt aus der Affäre zu ziehen versucht.« Sie stand auf. »Ich bin gleich fertig, Herr Conrad, dann können wir fahren.«

Sie holte ihre Sachen aus dem Bad, packte sie in die Reisetasche und nahm die Briefe aus dem Aktenkoffer. Sie steckte sie ebenfalls in die Reisetasche und fragte: »Was machen wir mit dem Koffer?«

»Kommen Sie noch einmal in Frau Lindens Haus?«

»Nein. Aber mit ihrem Bruder habe ich noch ein Wörtchen zu reden. Ich werde den Koffer ihm übergeben.«

An der Rezeption erfuhr sie, daß das Zimmer von Frau Linden bereits bezahlt worden sei. »Schließlich hat sie es ja auch bestellt«, sagte sie zu Conrad, als sie neben ihm im Wagen saß. »Sie erzählte mir, daß sie schon öfter hier gewohnt hat. Nicht weit entfernt soll noch eine Jagdhütte ihres Vaters stehen.«

Conrad lächelte. »Wie sinnig von ihr, Ihnen das zu erzählen.«

»Etwas wird sie sich schon dabei gedacht haben.« Sie lehnte sich in ihrem Sitz zurück und schloß die Augen. Conrad fragte besorgt: »Ist Ihnen nicht gut?«

»Nur etwas erschöpft«, sagte sie. »Ich mute mir oft mehr zu, als ich vertrage.«

»Noch weiß man im Funkhaus von Ihrer beabsichtigten Kündigung nichts«, sagte Conrad. »Sie können es sich noch immer anders überlegen.«

Sie wandte ihm das Gesicht zu und öffnete die Augen. »Sie haben mich nicht verstanden.«

»Doch. Aber ich wehre mich noch immer gegen den Gedanken, daß wir Sie in Frankfurt verlieren werden. Wenn schon, dann hätte ich es mir mit einem lauten Knall gewünscht. Ich muß mich erst an die Vorstellung gewöhnen, daß Sie eine solche Entscheidung, die immerhin einen gravierenden Einschnitt in Ihr Leben bedeutet, im Laufe eines kurzen Telefonats und ohne ersichtlich Gemütsregung treffen.«

»Das sieht nur so aus«, sagte sie. »Für mich stand schon immer fest, in einem solchen Fall, wie er jetzt eingetreten ist, augenblicklich die Konsequenzen zu ziehen. Das Beispiel derer, die im Funkhaus ähnliches erlebten wie ich und die trotzdem weitermachten, hat auf mich jedesmal so abstoßend gewirkt, daß ich mich schon deshalb nicht bei ihnen einreihen möchte. Je schwerer mir etwas fällt, von dessen Richtigkeit ich überzeugt bin, desto weniger lasse ich mir ein Zurückweichen durchgehen. Ob das immer klug ist, das ist eine andere Frage. Klugheit allein war für die wichtigsten Entscheidungen meines Lebens noch nie ein ausschlaggebendes Kriterium. Es war auch nicht klug, mich ausgerechnet jetzt von Hans – ich rede von Herrn Diedenhofen – zu trennen. Vielleicht hätte er mir in dieser Situation, die mich, von Westernhagens Verhaltensweise mal abgesehen, nicht völlig unvorbereitet trifft, noch nützlich sein können. Aber auch diese Entscheidung war überfällig und wurde auch weniger durch Herrn Linden als durch Hans selbst ausgelöst. Das Haus in Livorno war, wie ich Ihnen bereits sagte, das Hochzeitsgeschenk meines geschiedenen Mannes. Seit Hans davon weiß, liegt er mir damit in den Ohren, es zu verkaufen und den Erlös wohltätigen Zwecken zuzuführen. Er hätte statt zu den Grünen, zu den Pfadfindern gehen sollen. Bei denen ist es angeblich obligatorisch, täglich ein gutes Werk zu verrichten. Würden Sie einen solchen Besitz ohne Not verkaufen?«

Conrad lachte. »Das würde allein schon meine Frau zu verhindern wissen. Diedenhofen war für Sie wohl ebensowenig der richtige Umgang wie es, wenn ich Sie richtig einschätze, schon bei Ihrem geschiedenen Mann der Fall gewesen sein dürfte.«

»Wobei Sie natürlich auch an Herrn Linden denken«, sagte Doris und betrachtete die noch kahlen Laubwälder beiderseits der Straße. »Welchen Eindruck haben Sie von ihm?«

Er zuckte mit den Schultern. »Wenn Sie auf ein unvoreingenommenes Urteil Wert legen, richten Sie diese Frage bei mir an den falschen Mann. Obwohl ich nicht der gleichen Gewerkschaft angehöre wie die Kollegen, die für ihn arbeiten, stehen sie mir gefühlsmäßig doch näher als er und seinesgleichen. Leute, die ihr Geld auf dem Rücken anderer verdienen, waren mir schon immer suspekt.«

»Aber das ist doch auch nur ein Klischee«, sagte sie.

Er grinste. »Ich weiß. Aber ich kann nun mal nicht gleichzeitig für die Gewerkschaften und für die Unternehmer sein. Wenn ich erst mal damit anfange, Männer wie ihn sympathisch zu finden, kann ich gleich CDU wählen.«

Sie mußte lächeln. »Da ergeht es Ihnen wie den meisten meiner Kollegen und Kolleginnen, die für ihre Motivation ein vorgefaßtes Feindbild brauchen. So einfach habe ich es mir nie gemacht. Ich habe mich immer darum bemüht, zu differenzieren. Auch dann, wenn ich es beruflich mit Leuten zu tun bekam, die nicht im gleichen Lager standen wie ich.«

Er blickte von der Seite in ihr Gesicht. »Würden Sie das auch bei der Schwester von Herrn Linden für sich in Anspruch nehmen?«

»Bei der erst recht«, sagte sie. »Sie ist im Grunde eine bedauernswerte Frau, die nicht nur Probleme mit ihrem Bruder, sondern auch Probleme mit sich selbst hat.«

»Sie erstaunen mich«, sagte Conrad.

Sie lächelte wieder. »Und Sie unterschätzen mich. Sie glauben doch nicht im Ernst, ich sei ahnungslos in diese Sache hineingestolpert? Ich wollte die Fotos haben, zu welchem Preis auch immer. Eine Frau wie sie tritt erst dann in ein Geschäft ein, wenn ihr zuvor eine gute

Offerte gemacht wird. Für mich war es nicht viel mehr als ein Schachspiel, das ich selbst eröffnete, und anfangs lief auch alles ganz gut für mich, bis sie dann einen Zug tat, den ich übersehen oder besser, mit dem ich nicht gerechnet hatte. Ohne Ihre Hilfe wäre es eine für mich verlorene Partie gewesen, weil ich nicht genau wußte, wie viele Briefe mit Fotos sie hatte.«

Ihre Offenheit, darüber zu reden, überraschte ihn; er fragte: »Hatten Sie irgendwelche Anhaltspunkte dafür, daß sie für eine solche Offerte überhaupt ansprechbar war?«

»Nicht, was ihr Verhältnis zu Frauen betrifft. Erst ihre Art zu reagieren, gab mir Gewißheit. Erst später wurde mir bewußt, daß sie noch einen Hintergedanken damit verband.«

»Über den Sie nicht reden wollen?«

Sie erwiderte seinen Blick. »Wären Sie ihr Bruder und in mich verliebt, wie würden Sie darüber denken?«

Er nickte. »Das ist eine gute Frage. Wenn ich Sie so verstehen darf, daß seine Schwester grundsätzlich gegen diese Verbindung ist, habe ich ihr sogar etwas abzubitten.«

»Weil das, was Sie ihr abzubitten haben, so gut in Ihre vorgefaßte Meinung über solche Leute paßt? Ich hatte es schon einige Male mit beruflich selbständigen Frauen zu tun, auch mit Unternehmerinnen. Die meisten waren verheiratet und führten, soweit ich das beurteilen konnte, nebenberuflich ein normales Familienleben. Margot ist da eher atypisch. Sicher liegt das auch an ihrem Verhältnis zu ihrem Bruder und zu Männern im allgemeinen. Vielleicht ist ihr Bruder der einzige Mann in ihrem Leben, den sie geheiratet hätte. Der Gedanke, ihn ausgerechnet an eine Frau wie mich zu verlieren, muß ihr unerträglich sein.«

»Wird sie ihn an Sie verlieren?«

»Es sieht nicht so aus«, sagte sie. »Aber so genau weiß ich das noch nicht.«

Sie hatten die Autobahn erreicht. Conrad blickte auf seine Armbanduhr. »Was tun Sie, wenn wir Diedenhofen nicht antreffen?«

»Über die Mittagszeit ist er fast immer zu Hause«, sagte sie. »Wenn nicht, können Sie mich vor meiner Wohnung absetzen. Meine Kündigung werde ich noch heute schreiben und zur Post geben. Im Funkhaus werde ich mich nicht mehr sehen lassen. Meinen Schreibtisch lasse ich von einer Kollegin aufräumen.«

»Kommen Sie damit so ohne weiteres durch?«

»In diesem Fall bestimmt. Mein Kündigungsgrund ist für den Intendanten kein Thema für ein Arbeitsgericht. Ich habe noch zwei Wochen Urlaub. Bis dahin bin ich im Funkhaus schon halb vergessen.«

»Bei Ihren Zuschauern bestimmt nicht«, sagte Conrad.

Wie Doris es nicht anders erwartet hatte, trafen sie Diedenhofen in seiner Wohnung an. Auch der verrostete Opel Kadett stand wieder vor der Haustür. Sie sagte: »Wie ich ihn kenne, wird er mir, sobald er mich sieht, die Tür vor der Nase zuschlagen. Es ist besser, Sie läuten.«

»Da wird er sich aber wundern«, sagte Conrad und drückte auf die Klingel. Tatsächlich starrte Diedenhofen beim Öffnen der Tür zuerst ungläubig und dann unangenehm überrascht in Conrads Gesicht. Danach erst fiel sein Blick auf Doris, die, etwas hinter Conrad stehend, von diesem halb verdeckt wurde. »Was soll das?« fragte er.

Conrad lächelte. »Vielleicht erinnern Sie sich noch an mich, Herr Diedenhofen. Schmidt ist mein Name. Wir lernten uns in Ihrem Hotel in Garmisch kennen. Es hat sich zufällig gezeigt, daß wir in Frau Neuhagen eine gemeinsame gute Bekannte haben. Dürfen wir eintreten? Wir werden Sie nicht lange aufhalten.« Er schob sich, genauso wie Doris es bei ihrem letzten Besuch gemacht hatte, ohne eine Antwort abzuwarten an Diedenhofen vorbei in die Diele. Doris folgte ihm sofort und sagte: »Wir werden dich wirklich nicht lange aufhalten, Hans. Herr Schmidt war so freundlich, mich herzufahren. Wie geht es dir?«

Er gab keine Antwort. Möglicherweise hatte ihm die Verblüffung darüber, nicht nur Herrn Schmidt wiederzusehen, sondern ihn neuerdings auch noch in seiner Eigenschaft als guten Bekannten von Doris kennenzulernen, die Sprache verschlagen. Er fand sie auch im Zimmer nicht sofort wieder, so daß es ihr überlassen blieb, Conrad einen Stuhl anzubieten. Sie selbst setzte sich auf die Bettcouch und sagte: »Ich habe Herrn Schmidt gebeten, mitzukommen, weil er ein großer Bewundere deiner politischen Arbeit ist. Hast du bezüglich Dr. Geßler schon etwas unternommen?«

Statt ihr zu antworten, setzte er sich zu Conrad an den Tisch und fragte: »Wollten Sie nicht nach Italien fahren?«

»Meine Frau fühlte sich plötzlich unpäßlich«, sagte Conrad. »Wir mußten unsere geplante Reise verschieben. Heute vormittag kam ich zufällig am Haus von Frau Neuhagen vorbei und wollte ihr nur rasch wieder einmal guten Tag sagen. Sie sagte mir, daß sie gerade im Begriffe sei, Sie zu besuchen. Als ich ihr von unserer Bekanntschaft in Garmisch und von dem netten Gespräch erzählte, das ich mit Ihnen führen durfte, meinte sie, daß Sie sich bestimmt freuen würden, wenn ich mitkäme. Ich jedenfalls freue mich sehr, Ihnen schon so bald wieder zu begegnen, Herr Diedenhofen. Frau Neuhagen unterrichtete mich auf der Fahrt hierher auch über diese schlimme Hundegeschichte. Da Sie selbst einen Hund haben –«

»Das in Garmisch war nicht sein Hund«, unterbrach Doris ihn. »Das war der Hund von Dr. Geßler. Herr Diedenhofen war so freundlich, ihn uns nach Livorno nachzubringen, weil wir im Auto keinen Platz mehr für ihn hatten.«

»Ich verstehe«, nickte Conrad. »Dann war das sicher auch der gleiche Hund, den sich Herr Dr. Geßler ohne Ihr Wissen und gegen Ihren Willen in Livorno wieder angeeignet hat?«

»Genauso war es«, sagte Doris. »Und jetzt versucht er, die Sache so hinzustellen, als sei der Hund ihm auf einem Rastplatz davongelaufen.«

»Es ist unerhört«, sagte Conrad. »Aber ich bin sicher, Herr Diedenhofen wird wissen, was er von seiner Geschichte zu halten hat.« Diedenhofen blickte Doris an. »Kann ich allein mit dir reden?«

Conrad stand sofort auf. »Ich warte im Wagen auf Sie, Frau Neuhagen.« Er reichte Diedenhofen die Hand. »Es war mir eine ganz große Freude, Sie wiederzusehen.«

»Mir auch«, sagte Diedenhofen. Er wartete, bis Conrad die Wohnung verlassen hatte. Dann fragte er: »Woher kennst du diesen Idioten?«

»Er ist kein Idiot, sondern ein sehr netter Mann«, sagte sie. »Was hast du gegen ihn?«

»In Garmisch hat er sich jedenfalls wie ein Idiot aufgeführt«, sagte Diedenhofen. »Es ist mir auch egal, woher du ihn kennst. Ich habe noch am gleichen Tag, als du bei mir warst, mit Geßler telefoniert. Er und seine ganze Familie könnten beschwören, daß ihnen der Hund entlaufen ist.«

»Und was sagt dir das?«

»Nicht mehr und nicht weniger als das, was du mir sagst. Kannst du mir vielleicht einen Grund nennen, weshalb ich dir mehr glauben soll als ihm?«

Sie stand auf und griff nach ihrer Handtasche. Als sie sich der Tür zuwandte, vertrat er ihr den Weg und sagte: »Selbst wenn es so wäre, wie du es mir erzählt hast: Für uns ist ein Mann wie Geßler wichtiger als ein Hund. Auch wenn ich es wollte, käme ich bei unserer Basis mit deiner Geschichte gar nicht durch. So sehr beliebt, wie du es dir vielleicht einredest, bist du dort gar nicht. Da gibt es einige, die dir Starallüren und einen übertriebenen Hang zur Selbstdarstellung vorwerfen. Auch deine Art, dich anzuziehen, schmeckt vielen nicht. Sie empfinden dich als extravagant und zu sehr von dir selbst eingenommen. Was sonst noch, vor allem bei den Frauen, über dich erzählt wird, möchte ich lieber gar nicht erst sagen. Ich habe mir mehr als einmal den Mund verbrannt, als ich dich gegen solche Verdächtigungen in Schutz zu nehmen versuchte.«

Sie blickte ruhig in sein Gesicht. »Gegen welche Verdächtigungen? Daß ich mich im Funkhaus emporgeschlafen hätte?«

»Hast du es nicht?«

Sie lächelte. »Es gibt auch bei uns welche, die das meinen. Von dir hätte ich es allerdings nicht erwartet. Wie konntest du mich dagegen in Schutz nehmen, wo du doch selbst daran glaubst?«

»Ich glaube nicht daran«, sagte er. »Ich habe das nur gefragt, weil ich mich über dich geärgert habe. Es ist jedenfalls nicht so, daß man deiner Version bei uns mehr Glauben schenken wird als der von Dr. Geßler. Man wird dir vielmehr unterstellen, daß du nur wieder einmal eine neue Leiche brauchst, um dich vor deinen Zuschauern selbst ins rechte Licht zu rücken. Damit wirst du diesmal aber kein Glück haben.«

»Woher weißt du das?«

»Ich habe so etwas läuten hören. Was ist mit deinem geschiedenen Mann? Wirst du zu ihm zurückkehren?«

»Weder zu ihm noch zu dir. Nach allem, was du mir eben gesagt hast, müßtest du doch eigentlich froh darüber sein. Auch froh darüber, daß ich es dir erspart habe, bei eurer Basis selbst ins Gerede zu kommen. Wem von deinen Parteifreunden hast du von uns beiden erzählt?«

Er schwieg.

»Ich habe mich oft darüber gewundert, weshalb du dieses Thema nicht schon früher zur Sprache brachtest«, sagte sie. »Du warst genauso daran interessiert wie ich, daß es in der Familie blieb.«

»Wenn du mich geheiratet hättest. . .« Er sprach nicht zu Ende.

Sie schüttelte den Kopf. »Das ist doch nicht dein Ernst, Hans. Wenn es sich so verhält, daß ich bei Teilen eurer Basis keinen guten Ruf habe, hätte sich eine Heirat für dich nachteilig ausgewirkt. Ich kann mir nicht vorstellen, daß, bei deinem politischen Ehrgeiz, dich die Rolle eines Hausmanns auf die Dauer befriedigt hätte. Ich habe dich nie danach gefragt, warum du nach deinem Examen als Lehrer keine Stellung gefunden hast. Was du heute bist, verdankst du ausschließlich den Grünen. Bei dem, was du sonst noch alles bei ihnen werden und erreichen kannst, wäre ich dir nur im Weg. Das weißt du so gut wie ich. Du hast also nicht den geringsten Anlaß, den eifersüchtigen und enttäuschten Liebhaber zu spielen. Wenn einer von uns beiden Grund hätte, vom anderen enttäuscht zu sein, so wäre ich es. Du läßt dich, wenn Parteiinteressen im Spiele sind, genauso korrumpieren wie alle anderen auch.«

Sein Gesicht rötete sich. »Ich lasse mich nicht korrumpieren. In diesem Falle steht dein Wort gegen das von Dr. Geßler und seiner Familie. In Garmisch war es angeblich dein Hund. Du hast es dort ja nicht einmal für nötig gefunden, mir Gelegenheit zu geben, mich mit dir zu unterhalten. Du hast dich immer nur hinter Frau Westernhagen versteckt. Fandest du das sehr fair?«

»Nein«, sagte sie. »Aber in Garmisch ging es noch um etwas mehr als nur um den Hund. Ich hatte meine Gründe, die nichts mit deiner Person zu tun hatten.«

»Um so mehr mit der Person deines geschiedenen Mannes«, nickte er. »Ging es um eine angemessene Provision dafür, daß du in den Verkauf des Hauses eingewilligt hast? Ich hoffe, es hat sich für dich gelohnt.«

»Nicht ganz so sehr wie dieses Gespräch mit dir«, sagte sie und schob ihn zur Seite. Diesmal hinderte er sie nicht daran, die Wohnung zu verlassen. Conrad erwartete sie im Wagen sitzend und mit einer Zigarre im Mund. »Tut mir leid, daß ich Ihnen keine größere Hilfe sein konnte«, sagte er.

»Sie waren mir sogar eine sehr große Hilfe«, sagte sie. »Wären Sie nicht mitgekommen, so hätte er mich gar nicht erst angehört. Ich habe in diesen zehn Minuten mehr über ihn und auch über mich selbst erfahren, als in dem halben Jahr meiner näheren Bekanntschaft mit ihm. Bringen Sie mich noch zu meiner Wohnung?«

Er ließ den Wagen anrollen und sagte, mit der Zigarre im Mund: »Nach Ihrem Gesicht zu schließen, kann es nichts Erfreuliches gewesen sein.«

»Wie man es nimmt«, sagte sie. »Auch unerfreuliche Erfahrungen können sich irgendwann als nützlich erweisen. Warum haben Sie sich Diedenhofen in Garmisch unter falschem Namen vorgestellt?«

Er nahm die Zigarre aus dem Mund. »Er hatte wohl keine sehr hohe Meinung von mir?«

»So könnte man es auch formulieren«, sagte sie. »Er hält sie schlichtweg für einen Idioten.«

Conrad lachte. »Das spricht eigentlich nicht unbedingt gegen ihn. Ich äußerte in meinem Gespräch mit ihm ganz ähnliche Ansichten, wie sie auch von den Anarchisten und Fundamentalisten seiner eigenen Partei vertreten werden: Ausstieg aus der NATO, Abzug der Amerikaner und ein separater Friedensvertrag mit den Russen. Alles Forderungen, die von Teilen der Grünen bei den uns ins Haus stehenden Osterfriedensmärschen sicher auch wieder erhoben werden.«

»Nicht nur von den Grünen«, sagte sie. »Teile Ihrer Partei und der Gewerkschaften sind genauso dafür.«

Er winkte verdrossen ab. »Ich bin auch für Abrüstung und Friedensgespräche, aber nicht zu den ausschließlichen Bedingungen eines blutbefleckten Systems, das den handfesten Beweis für seine angebliche Friedensliebe der Welt bis heute mehr als schuldig geblieben ist. Es gab in meiner Partei und auch in den Gewerkschaften schon immer Funktionäre, die ihren östlichen Pendants im Kreml geistig näherstehen als der überwiegenden Mehrheit ihrer Mitglieder und Wähler, zu denen auch ich gehöre. Das sind die gleichen Leute, die, indem sie ausgerechnet den Amerikanern Kriegsabsichten unterstellen, hierzulande einem neuen Nationalismus provinzieller Prägung Vorschub leisten und einen so hochgabten Politiker und Staatsmann wie Helmut Schmidt dazu nötigten, innerhalb der Partei das Handtuch zu werfen.«

»Aber doch nicht nur deshalb«, gab sie zu bedenken.

»Ich sagte, innerhalb der Partei«, erwiderte Conrad. »Wäre ich an Ihrer Stelle und im Funkhaus tätig, so würde ich bei den Ostermärschen nicht nur die ohnehin manipulierten Zahlen jener publizieren, die sich daran beteiligen, sondern sie auch einmal in eine Relation zu der Anzahl derer setzen, die zu Hause bleiben und die deshalb nicht weniger für den Frieden sind als die anderen, die mitmarschieren. Helmut Schmidt war für die Nachrüstung, und er ist es auch heute noch. Ich habe von Ihrer Rundfunkanstalt noch kein Interview mit ihm gesehen oder gehört, in dem er befragt worden wäre, weshalb er seine Meinung seitdem nicht geändert hat. Finden Sie das richtig?«

»Vielleicht wollte er ein solches Interview gar nicht.«

»Bei seinen Reisen ins Ausland hat er sich mit seiner Meinung noch nie zurückgehalten«, sagte Conrad. »Falls es in Bonn eines Tages zu einer Koalition zwischen SPD und Grünen kommen sollte, ziehe ich vielleicht entsprechende Konsequenzen und trete aus der Partei aus. Haben Sie Diedenhofen gesagt, daß Sie Ihre Stellung kündigen?«

Sie schüttelte den Kopf. »Er hätte es ebensowenig verstanden, wie Westernhagen es verstehen wird. Mir stand nicht der Sinn danach, mit ihm über meinen Entschluß zu diskutieren. Eines wundert mich, Herr Conrad: Ihnen dürfte ja bekannt sein, wie ich zu den Grünen stehe und daß ich mich in meinen Sendungen ihnen gegenüber immer sehr wohlwollend verhalten habe. Bei Ihrer Einstellung zu ihnen müßte ich Ihnen eigentlich ein genauso großes Ärgernis sein wie sie. Und trotzdem helfen Sie mir, wo Sie nur können. Ist das nicht ein Widerspruch?«

»Sie sind ja nicht nur für die Grünen, Sie sind im Herzen auch für die Partei, die ich genauso als meine geistige Heimat betrachte, wie Sie das bei Ihrer Rundfunkanstalt taten. Es geht mir auch gar nicht so sehr um die Grünen, Frau Neuhagen. In meinen Augen sind sie nicht mehr als eine vorübergehende Zeiterscheinung. Mir geht es darum, daß viele unserer Spitzenfunktionäre, um nicht noch mehr Wähler an die Grünen zu verlieren oder um bereits verlorene Wähler zurückzugewinnen, immer mehr dazu neigen, riskante wirtschafts-, verteidigungs- und sicherheitspolitische Positionen zu übernehmen, von denen die SPD, will sie ihre Glaubwürdigkeit bewahren, auch hinterher nicht mehr abrücken kann. Solange sich aber das Wählerpotential der Grünen nicht zuletzt aus jungen Menschen zusammensetzt, deren Demokratieverständnis sich in einer nebulösen Protesthaltung gegen den Staat und seine Institutionen, einschließlich seiner Ordnungs- und Sicherheitsorgane, erschöpft, sind diese für mich, der ich vierzig Jahre lang, oft sogar unter Einsatz meines Lebens und meiner Gesundheit, diesem Staat gedient habe, bei den Grünen besser aufgehoben als bei der Partei, der ich mich zugehörig fühle.«

»Das kann ich verstehen«, sagte sie. Er blickte rasch in ihr Gesicht. »Sie erstaunen mich schon wieder.«

»Ich mache zur Zeit einen Lernprozeß durch«, sagte sie. »Er wird an meiner grundsätzlichen Einstellung zwar nichts ändern, mich manche Dinge aber doch etwas distanzierter sehen lassen. Eigentlich hatte ich es bisher immer nur mit Menschen zu tun, die mich enttäuschten. Beruflich ebenso wie privat. Privat hatte ich mir das selbst zuzuschreiben, im Beruf nicht. Dort habe ich mir die Leute, mit denen ich es zu tun hatte, nicht aussuchen können. Solange man mit ihnen und mit ihrer Meinung konform geht, gibt es keine Probleme. Sie entstehen erst dann, wenn man sich anmaßt, eine abweichende Meinung zu haben. Dann ziehen sie ihre Hand, auf die man sich im Bedarfsfall zu stützen hoffte, rasch zurück, wie Westernhagen es getan hat. Ich bin froh, in Ihnen einen ganz anderen Menschen kennengelernt zu haben, und das nicht nur, weil Sie mir eine große Hilfe waren.«

»Mir ergeht es genauso, obwohl Sie mir in den zurückliegenden Tagen nicht immer eine große Hilfe waren. Eines ist mir noch unklar: War Diedenhofen über Ihr Arrangement mit Herrn Linden informiert?«

»Nein. Nur Frau Westernhagen wußte Bescheid, aber das ist eine Geschichte für sich. Ich erzähle sie Ihnen später einmal. Im Augenblick steht mir nicht der Kopf danach.«

»Das kann ich Ihnen nachfühlen«, sagte er. »Ist Ihnen schon aufgefallen, daß die Leute, einschließlich der Autofahrer, immer wieder den Kopf nach Ihnen umdrehen?«

»Aber doch nur, wenn wir an einer Verkehrsampel halten müssen«, sagte sie lächelnd. Dann fiel ihr etwas auf. »Sie haben mich noch gar nicht gefragt, wo ich wohne, und fahren trotzdem richtig.«

»Bei Menschen , die mir so sympathisch sind wie Sie, weiß ich immer, wo sie wohnen«, sagte er. »Erzählen Sie das aber meiner Frau nicht.«

»Ehrenwort«, sagte sie.

Als der Wagen vor ihrem Bungalow hielt, fragte sie: »Darf ich Sie noch zum Mittagessen einladen, Herr Conrad?«

Er schüttelte den Kopf. »Sie werden jetzt lieber allein sein wollen; ich kann mir vorstellen, wie Ihnen heute zumute ist. Besuchen Sie mich, sobald Sie einmal Zeit und auch wieder den Kopf frei dafür haben. Meine Adresse finden Sie im Telefonbuch.«

»Und Sie werden mich zusammen mit Ihrer Frau in Livorno besuchen«, sagte sie. »Lachen Sie mich nicht aus, aber ich habe Sie seit gestern abend richtig liebgewonnen. Bleiben Sie sitzen; ich finde den

Weg zu meiner Haustür allein.« Sie beugte sich zu ihm hinüber, küßte ihn auf die Wange und stieg dann rasch aus dem Wagen. Er beobachtete, wie sie durch den kleinen Vorgarten ging und die Haustür aufschloß. Sie drehte sich noch einmal nach ihm um und lächelte.

Als Conrad wenig später nach Hause fuhr, fühlte er sich froh und melancholisch zugleich.

17

Das Haus stand oberhalb einer Felsklippe und etwa achthundert Meter von dem kleinen, nur einige Dutzend Häuser zählenden Fischerdorf entfernt. Ein unbefestigter Fahrweg, rechtsseitig flankiert von den Masten einer Starkstromleitung, die das Haus mit Elektrizität versorgte, führte über hügeliges Heidegelände vom Ortsende des Dorfes bis unmittelbar vor die Haustür, wo er unwiderruflich endete. Etwas im Hintergrund, inmitten einer von kleinen Wäldern aufgelockerten, einsamen Moorlandschaft, stand ein Wasserturm. Außer einigen Möwen, die unter einem hohen, leeren Himmel gegen den Wind segelten, war von den Fenstern des Hauses aus kein lebendes Wesen zu entdecken. Für Lindens ursprüngliche Zwecke hätte es sich ungleich besser geeignet als die in Eschelmoos gemietete Pension, ein Eindruck, der sich in ihm noch festigte, als er am späten Vormittag einen ersten Blick aus dem Fenster seines Zimmers warf. Da sein und Irmgards Eintreffen lange nach Mitternacht erfolgte, hatten sich seine bisherigen Eindrücke zwangsläufig in Grenzen gehalten und ohne die freundliche Hilfe des im Dorf wohnenden Hausverwalters, den Linden für die nächtliche Störung mit einem angemessenem Trinkgeld entschädigte, wäre es ihnen in der Dunkelheit kaum möglich gewesen, das Haus zu finden. Von Margot, die sich in Rennes bei einem Immobilienmakler nach einem einsam gelegenen Ferienhaus erkundigt hatte, wußte er, daß das Haus bis vor acht Jahren von einem Hochseeschiffahrtskapitän aus Le Havre bewohnt worden war, der auch nach seiner Pensionierung die Einsamkeit einer Kapitänsbrücke ebensowenig missen wollte wie den vertrauten Blick auf die Unendlichkeit des Meeres. Erst sein plötzlicher Tod hatte ihm den geliebten Anblick für immer erlöschen lassen. Seine an Einsamkeit weniger interessierten Erben verkauften das Haus an den Immobilienmakler in Rennes, der es für großstadtmüde Touristen in ein Ferienhaus umwandelte. Mit einem im Erdgeschoß liegenden geräumigen Wohnraum, drei Schlafzimmern, zwei Bädern und einer Küche genügte es auch den Ansprüchen einer sechsköpfigen Familie. Weniger Ansprüche durfte man an das Mobiliar stellen, das mehr auf Zweckmäßigkeit als auf Komfort ausgerichtet war, aber dafür bot das Haus nicht nur eine Ölzentralheizung und im Wohnraum einen offenen Kamin. Der Blick durch die großen Fenster auf die Weite des Meeres nach der einen, und auf die Einsamkeit der Heide- und Moorlandschaft nach der anderen Seite, entschädigte die Feriengäste reichlich für die schlichte Schlafzimmerausstattung ebenso wie für die schon reichlich durchgesessenen Sitzmöbel im Wohnraum. Nur die steil abfallende Felsenküste unterhalb des Hauses war für des Schwimmens weniger kundige Feriengäste beim Baden mit einigen Problemen verbunden, zumal die starke Brandung allein schon den unbeschadeten Einstieg in das Wasser zu einem reinen Glücksfall werden ließ. Weil es jedoch jahreszeitlich für ein Meeresbad noch immer viel zu kühl und Linden nicht zum Baden in die Bretagne gefahren war, bereitete ihm dieser Umstand kein Kopfzerbrechen. Auch Irmgard, die kurze Zeit später an seine Tür klopfte, fand das Haus und seine einsame Lage wahnsinnig romantisch und erzählte ihm, das donnernde Geräusch der Brandung, wenn sie gegen die Klippen und Felsen schlägt, habe sie nur in den ersten zehn Minuten gestört und dann wie ein Schlafmittel auf sie gewirkt. In ihrem hellgrauen Hausmantel mit dem rosafarbenen Schalkragen – sie war bereits im Bad gewesen und auch schon gekämmt – wirkte sie auf ihn kaum weniger begehrenswert als nur mit einem durchsichtigen Slip bekleidet. Wäre ihr gemeinsames Eintreffen nicht zu so später Stunde erfolgt, vielleicht hätte er es sich nicht versagen können, in der Erwartung, sie werde ihn dann nicht wieder weggehen lassen, ihr noch vor dem Schlafengehen in ihrem Zimmer einen Besuch abzustatten. Es gehörte zu seinen erstaunlichen Erfahrungen der vergangenen Tage, daß sie mit ihrer vor der Reise sinngemäß geäußerten Vermutung, er werde hier eine größere Distanz auch zu Doris gewinnen, recht behalten hatte. Tatsächlich beschäftigten sich seine Gedanken nicht erst seit dem Wachwerden öfter mit ihr als mit Doris. Auch ihre Zurückhaltung, deren Abwesenheit auf der langen Fahrt hierher nicht zu einem abwertenden neuen Gespräch über sie zu nutzen, war nicht ohne Eindruck auf ihn geblieben. Diese Zurückhaltung hatte jedoch gleichzeitig zur Folge, daß er sich in zunehmendem Maße über das ihr von Doris abgenötigte Versprechen ärgerte, nichts mit ihm anzufangen, solange diese sich nicht selbst über ihre Empfindungen für ihn schlüssig geworden war. Allein der Gedanke, sie könnte ihre Nachgiebigkeit später bereuen und ihn dafür verantwortlich machen, ihre Zusage an Doris gebrochen zu haben, hinderte ihn auch jetzt wieder daran, seinem Bedürfnis nachzugeben und sie in die Arme zu nehmen und zu küssen. Je länger aber dieser unerfreuliche Zustand andauerte, desto unnachsichtiger wurde er in seiner Beurteilung dessen, was Doris ihm an Enttäuschungen in den vergangenen Tagen zugefügt hatte, wobei ihre unbelehrbare Art, auf geistigen und politischen Positionen zu beharren, die für ihn unverändert indiskutabel waren, in seinen Augen nicht minder schwer wog als ihre Skrupellosigkeit, sich um der Fotos willen bei Margot der gleichen Mittel zu bedienen, die sie auch bei ihm so erfolgreich angewendet hatte. Allerdings waren, was letzteres betraf, seine Zweifel noch nicht völlig ausgeräumt, wenngleich die bloße Vorstellung, sie könnte auch Margots Verführbarkeit ebenso kaltblütig auf die Probe gestellt haben wie seine eigene, ihn, je länger er Gelegenheit fand, darüber nachzudenken, in einen Zustand tiefer Depression versetzte. Denn wem immer auch er die Schuld daran zuweisen wollte, so stand doch außer Zweifel, daß er es selbst gewesen war, der alle diese Ereignisse durch seine Handlungsweise ausgelöst hatte. Ein Umstand, über den ihm nicht erst Irmgard die Augen hätte zu öffnen brauchen, als sie gestern die Sprache darauf brachte.

Daß sie an diesem Morgen nicht nur bereits im Bad gewesen war, sondern sich auch schon um das Frühstück gekümmert und im Wohnzimmer serviert hatte, gehörte auch zu jenen Dingen, in denen sie sich von Doris in vorteilhafter Weise unterschied. Was sie für das Frühstück und für die übrigen Mahlzeiten in den nächsten Tagen benötigten, hatten sie mit Rücksicht auf die einsame Lage des Hauses vorsorglich aus Margots Kühlschrank und Speisekammer mitgebracht und ihre Vorräte durch Einkäufe in Wiesbaden noch ergänzt. Während Irmgard ihm Kaffee einschenkte, fragte sie: »Hast du es schon bereut, daß wir hierhergefahren sind?«

»Wie kommst du darauf?«

»Du siehst heute morgen nicht sehr fröhlich aus«, sagte sie. »Wenn Doris Anlaß hat, wegen dieser Reise auf einen von uns beiden sauer zu sein, so vor allem auf mich. Dir kann sie nicht übelnehmen, daß du dir als Margots Bruder nicht länger mit ansehen wolltest, was sich zwischen den beiden abspielt. Bei mir ist das anders. Für sie muß mein Entschluß, dich zu begleiten, eine riesengroße Enttäuschung sein.«

»Warum hast du es dann trotzdem getan, wenn du das weißt?«

»Weil du ohne mich nicht gefahren wärst«, sagte sie. »Ich hoffte, die Umgebung hier brächte dich auf andere Gedanken. Wenn das nicht der Fall ist, mußt du es mir sagen. Wir können jederzeit aufbrechen und nach Wiesbaden zurückfahren. Wenn du es willst, sofort nach dem Frühstück.«

Er blickte über den Tisch hinweg in ihr Gesicht. »Warum sagst du das?«

»Vielleicht fehlt Doris dir. Ich könnte das verstehen. Mir fehlt sie in einem gewissen Sinne auch. Als ich dir die Fahrt hierher vorschlug, habe ich mehr an dich als an mich gedacht. Es ist durchaus möglich, daß sie mir das nie verzeihen wird. Da sie weiß, wieviel dir noch immer an ihr liegt, wird sie überzeugt sein, daß ich es war, die dich zu der Reise überredet hat. Ich bin mir jetzt auch nicht einmal mehr sicher, ob sie uns tatsächlich nachkommen wird.«

Obwohl sie sich mit dem Frühstück Mühe gegeben hatte und auch ihr Kaffee nach seinem Geschmack war, verspürte er plötzlich keinen Appetit mehr; er sagte: »Gestern warst du dir noch sicher. Es ist mir aber völlig egal, ob sie uns nachkommt oder nicht. Vielleicht gab es einmal einen Zeitpunkt, wo ich sie akzeptiert hätte, wie sie ist, aber der ist jetzt vorbei. Ihre Art, mit Menschen umzuspringen, auch mit diesem Dr. Geßler, hat mir die Augen über sie geöffnet. Ich habe selbst etwas für Tiere übrig, aber ihr Haß auf ihn und auf seine ganze Familie, nur weil sie einen Hund, der ihnen zuviel geworden war, loszuwerden versuchten, mutet schon pathologisch an. Es kommt mir fast so vor, als reagiere sie ihre Enttäuschungen, die sie mit Männern erfahren hat, an anderen ab.«

»Tut deine Schwester das nicht auch bei ihr?« fragte Irmgard.

Er sagte ungeduldig: »Das ist keine Entschuldigung für ihr eigenes Verhalten. Mit Margot werde ich mich unterhalten, sobald sich Gelegenheit dazu ergibt. Falls an deinen Vermutungen etwas Wahres sein sollte, wird das nicht ohne Folgen auf mein Verhältnis zu ihr bleiben. Doris gab mir ja überhaupt keine Chance, vorher mit Margot zu reden. Vom Augenblick an, wo sie sich ohne mein Wissen in ihr Zimmer eingeschlossen hat und Margot davon ausgehen mußte, daß es mit meinem Einverständnis geschah, war sie für mich nicht mehr ansprechbar. Wir bleiben hier, Irmgard, auch wenn Doris uns nicht nachkommt. Ich bin froh darüber, daß ich mich von dir zu der Fahrt habe anregen lassen und daß du bei mir bist. Ich kann nur hoffen, daß der Gedanke, dir damit vielleicht ihre Freundschaft verscherzt zu haben, nicht dazu führt, daß *du* die Fahrt bereust. Ich jedenfalls bereue sie nicht.«

»Dann ist ja alles in Ordnung«, lächelte sie. »Was mich betrifft, so kannst du ganz beruhigt sein. Die Freundschaft mit dir ist mir heute schon genauso wichtig wie die Freundschaft mit Doris. Du bist der erste Mann in meinem Leben, mit dem ich mich, obwohl wir uns erst seit zehn Tagen kennen, auch über meine persönlichen Probleme unterhalten kann. Mit Werner kann ich das schon lange nicht mehr; er interessiert sich gar nicht erst dafür.«

»Aus Gleichgültigkeit nicht?«

Sie zuckte mit den Schultern. »Er gehört zu jenen Männern, die von ihrer Frau erwarten, daß es ihr genügt, mit einem so tollen Burschen – für den sie sich halten – verheiratet zu sein. Weißt du, Robert, wenn heute einer beim Rundfunk oder beim Fernsehen beschäftigt ist, besonders dann, wenn er es wie Werner zum Hauptabteilungsleiter gebracht und Aussichten hat, eines Tages vielleicht auch noch Direktor oder gar Intendant zu werden, fühlt er sich ohnedies als etwas Besonderes und nicht mehr zu vergleichen mit jedem anderen Berufstätigen. Daran sind nicht zuletzt, glaube ich, unsere Politiker schuld, die ihm das Gefühl geben, Macht auch über sie zu besitzen. Ich kenne niemanden, der sich nicht etwas darauf einbilden würde, einmal auf dem Bildschirm zu erscheinen. Das weiß Werner genauso, wie es die anderen wissen, die mit ihm im Funkhaus arbeiten. Sie können einen heute noch völlig Unbekannten buchstäblich über Nacht im ganzen Land berühmt machen, und einen anderen, der schon berühmt ist, innerhalb kürzester Zeit in Vergessenheit geraten lassen, indem sie ihn in einer Sendung fertigmachen oder ihn einfach totschweigen. Soviel Macht ist eine große Verführung und verändert zwangsläufig den Charakter. Doris meinte einmal, das sei wie eine Krankheit, von der auch sie nicht verschont geblieben sei. Sie nannte sie das Mediensyndrom. Im Falle von Werner kommt noch hinzu, daß er zwischen Beruf und Privatleben nicht mehr trennen kann. Was ihn im Büro beschäftigt, das beschäftigt ihn auch noch, wenn er nach Hause kommt, und die Leute, mit denen er privat zusammentrifft, sind die gleichen, mit denen er es im Funkhaus zu tun hat. Auch die Gesprächsthemen bschränken sich zumeist auf aktuelle Programm- und Personalentscheidungen.«

»Nicht gerade aufregend für eine Ehefrau«, sagte Linden.

Irmgard betrachtete durch das Fenster das mit weißen Schaumkronen bedeckte, graufarbene Meer und sagte: »Wenn man sich mit dem Funkhaus nicht so sehr verheiratet fühlt wie Werner. Ihn interessiert auch der Klatsch und der Tratsch, die dort kursieren. Mich nicht. Selbst die Partys geraten am Ende meistens zu einer Art von Handelsbörse über die neuesten Gerüchte, die gerade im Umlauf sind. Mich erinnert das jedesmal an eine geschlossene Gesellschaft, zu der Außenstehende keinen Zutritt haben. Wenn man mit einem Mann in Werners Position verheiratet ist, kommt man zwangsläufig auch immer nur mit Frauen, die mit ihm zusammenarbeiten, oder mit den Frauen seiner Mitarbeiter in Berührung, die auch kein anderes Thema als das Funkhaus kennen. Doris war für mich die große Ausnahme und die einzige, mit der ich mich angefreundet habe.«

Sie beendete ihr Frühstück und sagte: »Du hast kaum etwas gegessen.«

»Ich habe heute morgen keinen rechten Appetit. Wie wäre es mit einem kleinen Spaziergang? Es sieht allerdings nach Regen aus.«

»Dann nehmen wir unsere Schirme mit«, sagte sie. »Etwas Bewegung und frische Luft werden uns guttun. Ich ziehe mich nur rasch an.«

Tatsächlich regnete es schon, als sie das Haus verließen und einen schmalen Weg einschlugen, der zwischen den noch schwarzen Sträuchern des Heidekrauts über hügeliges Gelände zu dem Wasserturm führte. Außer dem heiseren Ruf der Möwen und dem Geräusch der Brandung war nur noch das Trommeln des Regens auf ihren Schirmen zu hören. Irmgard schob eine Hand unter Lindens Arm und sagte: »Es war ein Glück, daß du mit Doris nicht in die Bretagne gefahren bist. Hier hätte sie keine Möglichkeit gehabt, mich heimlich anzurufen, und wir hätten uns vielleicht nie kennengelernt.«

»Das stimmt«, sagte er überrascht. »Daran habe ich noch gar nicht gedacht.«

»Ich denke schon daran, seit wir hier sind«, sagte sie. »Du mußt noch etwas wissen, Robert. Was ich dir von Werner erzählte, ist nicht alles.«

»Doris deutete einmal an, daß er es auch mit anderen Frauen hat«, sagte Linden. »Hast du Beweise dafür?«

»Dazu ist er zu vorsichtig. Mein Problem ist das Problem aller Frauen, die sich von ihrem Mann vernachlässigt fühlen, und das nicht nur, was kleine Aufmerksamkeiten betrifft, wenn du verstehst, was ich meine. Ich betrachte mich daheim jeden Tag im Spiegel und frage mich, was ihn daran hindert, mich noch immer begehrenswert zu finden. Ich weiß, daß ich mich mit Doris nicht messen kann –«

Er unterbrach sie: »Das ist nicht wahr. Ich finde dich genauso begehrenswert wie sie. Wenn dein Mann es nicht mehr tut, liegt es keinesfalls an dir. Seit wann klappt es nicht mehr zwischen euch?«

»Seit etwa einem Jahr. Davon weiß nicht einmal Doris etwas. Mit dir kann ich darüber reden. Das ist es, was ich vorhin meinte. Mir gegenüber begründet er es mit beruflichem Streß. Ich bin aber sicher, bei einer anderen Frau, zumal dann, wenn sie jünger ist als ich, hat er keine Probleme.«

Er blickte von der Seite in ihr Gesicht. »Wieviel jünger, als du ohnedies noch bist, möchtest du denn sein?«

»Dreißig ist für eine Frau auch schon ein kritisches Alter«, sagte sie. »Doris wird leichter damit fertig; sie hat ihren Job. Ich habe dich belogen. Es gab in diesem Jahr oft Tage, wo ich, wenn sie darauf aus gewesen wäre, ihr vielleicht nicht widerstanden hätte. Und sei es nur, um wieder einmal zu fühlen, wie es ist, von einem Menschen, den man mag, gestreichelt zu werden. Muß ich mich deshalb schämen?«

Statt ihr zu antworten, blieb er stehen, legte unter den Schirmen einen Arm um ihren Rücken und küßte sie. Sie erwiderte seinen Kuß, streichelte mit der Zunge seine Lippen und murmelte. »Ich mag dich wirklich, Robert.«

»Ich dich auch«, sagte er. »Ich möchte nur nicht, daß es dir hinterher leid tut.«

»Die gleiche Sorge habe ich auch bei dir«, sagte sie. »Bei einem Menschen, den ich gern habe, sehe ich für meine Person keinen Grund, es hinterher zu bereuen. Wollen wir noch bis zum Wasserturm gehen?«

Den Weg dorthin legten sie schweigend zurück. Sie hatte wieder die Hand unter seinen Arm geschoben, und er hielt ihre Hand fest und streichelte sie. Beim Näherkommen sahen sie, daß der Turm größer war, als es vom Haus aus den Anschein gehabt hatte. Er stand auf einem kreisrunden Betonsockel. Linden schätzte seine Höhe auf etwa dreißig Meter. Eine massive Eisentür verschloß den Zugang. Oberhalb der Tür, die von einem kleinen Vordach gegen den Regen geschützt war, befanden sich drei übereinanderliegende Fensteröffnungen. In Verlängerung des Weges, auf dem sie gekommen waren, tat sich ihren Blicken eine mit mannshohem Schilf bewachsene Moorlandschaft auf. Zwischen den Halmen schimmerte hier und dort grün-bräunliches Wasser. Hinter dem Moor, im Regen nur unklar zu erkennen, stand eine lange Baumreihe, in deren kahlen Ästen sich der Wolkennebel verfangen hatte. Auch von ihrem Ferienhaus war wegen des hügeligen Heidegeländes von hier aus nur der spitze Giebel zu erkennen. Sie traten unter das kleine Vordach. Irmgard klappte ihren Schirm zusammen und sagte lächelnd: »Wenn ich einmal ganz allein sein und die Welt vergessen möchte, werde ich hierherfahren und das Haus mieten.«

»Ob dir das nicht doch zu einsam wird?« sagte er.

»Nicht, wenn ich mich an diesen Tag und an diese Stunde erinnere. Es ist merkwürdig. Heute nacht und auch vorhin beim Frühstück hatte ich immer das Gefühl, als müßte jeden Augenblick die Tür aufgehen und Doris hereinkommen. Ich fühlte ihre Nähe genauso wie in Livorno und auch in deinem Haus in Wiesbaden.«

»Und hier fühlst du sie nicht?« fragte er.

Sie schüttelte den Kopf. »Als hätte es sie nie gegeben.« Sie betrachtete das kleine, grünlackierte Vordach zu ihren Köpfen. »Wofür der Wasserturm wohl gebraucht wird? Für das Ferienhaus?«

Er mußte lächeln. »Sicher nicht für das Haus allein. Die Leute im Dorf brauchen das Wasser genauso wie du und ich. Vielleicht gibt es in der Nähe auch noch andere Gehöfte oder kleine Streusiedlungen, die von hier aus versorgt werden.«

»Wie klug du bist«, sagte sie und stellte den Schirm neben sich auf den Boden. Sie legte die Arme auf seine Schultern, verschränkte die Hände in seinem Nacken und sagte: »Ich höre es gern, wenn der Regen über mir auf ein Dach trommelt. Brauchst du den Schirm, um dich daran festzuhalten?«

»Hättest du einen besseren Vorschlag?« fragte er.

»Du könntest dich auch an mir festhalten«, sagte sie und nahm ihm den Schirm aus der Hand. Sie stellte ihn zu ihrem eigenen, verschränkte wieder die Hände in seinem Nacken und sagte: »Wenn ich Doris versprochen habe, mit dir nichts anzufangen, so gilt das nur für mich selbst. Vorhin, als du mich geküßt hast, warst du es, der damit angefangen hat. Hat es dir nicht gefallen?«

»Doch«, sagte er und nahm sie wieder in die Arme. Während sie sich küßten, lehnte sie sich mit dem Rücken gegen die Eisentür und schloß die Augen. Als ihre Küsse immer leidenschaftlicher wurden, schob er eine Hand in ihren Trenchcoat und streichelte ihre Brust. Er erinnerte sich, wie sie in Livorno nackt neben ihm auf seinem Bett gelegen und welche Überwindung es ihn gekostet hatte, die Gelegenheit, mit ihr zu schlafen, nicht wahrzunehmen. Der Wunsch, ihren ganzen Körper zu streicheln, wurde mit jedem Kuß, den sie ihm zurückgab, immer stärker, so daß er ihm, obwohl ihn noch ein Rest von Besinnung zögern ließ, nicht länger mehr widerstehen konnte. Er knöpfte ihren Trenchcoat auf, streifte ihren Pullover bis zu ihrem Hals hinauf und bedeckte ihre Brüste mit Küssen. Als er versuchte, auch unter ihren engen Rock zu greifen, flüsterte sie: »Warte, so geht es leichter.« Sie zog den Reißverschluß auf und ließ den Rock auf ihre Schuhe fallen. Der Anblick ihrer langen, sehnigen Schenkel und des winzigen Slips, der kaum ihr dichtes Schamhaar bedeckte, ließ ihn seine letzten Bedenken vergessen, zumal sie, je länger ihre leidenschaftlichen Küsse und Zärtlichkeiten andauerten, selbst die Initiative ergriff, seinen Gürtel öffnete und ungeduldig sein erigiertes Glied umfaßte. Auch ihre Art, seine Erregung noch zu steigern, indem sie, ein angewinkeltes Bein an seine Hüfte lehnend, ihr Geschlecht an ihm streichelte, war kaum dazu angetan, ihn erst noch lange darüber nachdenken zu lassen, ob der Ort und der Zeitpunkt für einen Liebesvollzug richtig gewählt waren. Für eine Frau, deren eigene Liebeserfahrungen sich auf das Zusammenleben mit einem Mann beschränkten, der sich seinen ehelichen Pflichten mehr und mehr entzogen hatte, war ihr Einfallsreichtum, selbst unter so widrigen Umständen einen Liebesakt bis zur Neige auszukosten, nur eine der zahlreichen Überraschungen, die Linden im Umgang mit ihr zuteil geworden waren. Erlebte er doch nach all den immer neuen und hinhaltenden Verzögerungen, mit denen sie sein Eindringen in die feuchtwarme Enge ihres Schoßes eigenhändig vollzog, die letztendliche Vereinigung wie eine Erlösung von lustvoller Qual. Für eine Weile verharrten sie in regloser Umschlingung, während über ihnen der Regen auf das kleine Vordach prasselte und ein aufkommender Wind das Schilf durchkämmte und seine welken Halme schwanken ließ. Ihre Bewegungen setzten erst ein, als ihre beiderseitige Erregung sie wie von selbst herbeiführte. Sie wurden um so schneller und heftiger, je mehr sie sich dem Höhepunkt näherten, und endeten erst, als Irmgard sich mit einem kehligen Laut plötzlich an ihn preßte und er fühlte, wie ihre Nässe seine Schenkel benetzte. Sie blieben noch eine Weile eng umschlungen stehen, während sie sich ohne Unterlaß küßten und Irmgards Hände seinen Nacken und sein Haar streichelten. Irgendwann legte sie die Hände auf seine Brust, schob ihn sanft von sich und blickte ihn unverwandt an. Er berührte mit dem Zeigefinger ihre nassen Augen und fragte: »Weinst du jetzt, weil du an Doris denkst?«

Sie schüttelte den Kopf.

»Dann sollten wir uns vielleicht besser wieder anziehen«, sagte er. »Wir werden uns sonst erkälten. Auch biete ich, wenn mich nicht alles täuscht, im Augenblick keinen sehr erotischen Anblick für eine Frau.«

Sie blickte auf seine Hose und auf seinen Slip nieder, die sich ebenso faltenreich um seine Schuhe kringelten, wie ihre eigenen Sachen sich um die ihren. Der Anblick wirkte um so befremdlicher, als sie beide ihren Trenchcoat anbehalten hatten. Sie betrachtete auch seine behaarten Beine, seinen erschlafften Penis und sein bis über den Nabel hochgerutschtes Hemd. Sie erinnerte sich, daß sie es selbst gewesen war, die ihm, um seinen Körper besser zu fühlen, das Hemd hinaufgestreift hatte. Nur seine Krawatte baumelte noch ungefähr dort, wo normalerweise ihr Sitz war. Sie lächelte ein wenig. »Mir gefällst du auch so.«

Sie brachten ihre Kleider in Ordnung. Irmgard lehnte sich wieder mit dem Rücken an die Eisentür und zündete sich eine Zigarette an. »Willst du auch eine?« fragte sie.

Er nickte. Sie gab ihm Feuer und sagte: »Ich habe dich noch nie rauchen sehen.«

»Ich rauche auch nur ganz selten«, sagte er und betrachtete den wolkenverhangenen Himmel. »Der Regen wird immer schlimmer.«

»Ja«, sagte sie. »Aber im Haus stört er uns nicht. Ich werde ein heißes Bad nehmen und bis zum Mittagessen schlafen.«

»Das werde ich auch tun«, sagte er. »Aber ich glaube nicht, daß ich jetzt schlafen kann. Wenn du es erlaubst, werde ich mich neben deinem Bett auf einen Stuhl setzen und dich betrachten, während du schläfst.«

»Du darfst mich auch betrachten, während ich bade«, sagte sie. »Was werden wir Doris sagen, falls sie doch noch kommen sollte?«

»Fällt dir die Wahrheit so schwer?«

»Nein. Ich wollte nur wissen, wie du darüber denkst. Ich möchte keine Unklarheiten zwischen uns aufkommen lassen, Robert. Was eben war und vielleicht auch noch zwischen uns sein wird, verpflichtet dich zu nichts. Ich hatte es mir gewünscht, sonst wäre es nicht dazu gekommen. Diesmal war ich es, die dich wissen ließ, daß ich es mir wünschte. Ein zweites Mal werde ich es nicht mehr tun.«

»Ich kann dir nicht folgen«, sagte er.

Sie lächelte wieder. »Solange es von dir kommt, weiß ich, daß auch du es dir wünschst. Ich habe in meiner Ehe gelernt, wie demütigend es für eine Frau sein kann, sich für einen Mann auszuziehen, der insgeheim hofft, sie täte es nicht. Eine solche Erfahrung mute ich mir bei keinem anderen Mann mehr zu. Auch bei dir nicht.«

»Das ist nicht dein Problem bei mir«, sagte er ruhig. »Mich beschäftigt jetzt ein ganz anderes.«

»Daß du mit einer verheirateten Frau geschlafen hast?«

»Nur insofern, als es dich dazu motiviert haben könnte, etwas zu tun, wozu du dich vielleicht nur mit halbem Herzen entschließen würdest.«

»Um früher oder später auch noch von dir enttäuscht zu werden?«

Er warf die Zigarette zu Boden und trat sie aus. »Du gehörst nicht gerne zu den Frauen, die sich für einen Mann ausziehen, der hofft, sie möge es nicht tun, und ich gehöre nicht gerne zu den Männern, die sich in einer Situation wie dieser hinter Unverbindlichkeiten verstecken. Ich habe das Alleinsein satt. Du wärst genau die richtige Frau für mich. Auch die richtige Frau in den Augen meiner Schwester. Ich möchte nicht, daß du dich meinetwegen von deinem Mann trennst. Wenn du es trotzdem tust, werde ich dich noch am gleichen Tag fragen, ob du meine Frau werden willst. Eine bessere wie dich finde ich nicht.«

Sie schüttelte wieder den Kopf. »Das kommt mir zu plötzlich, Robert. Nicht, weil ich es mir nicht auch wünschte, sondern weil dies nicht der richtige Augenblick dafür ist. Es hat mir eben genausoviel Spaß gemacht wie dir, aber ich bin nicht mit dir hierhergefahren, um dich Doris hinter ihrem Rücken auszuspannen. Daß wir beide auch einmal zusammen schlafen, damit hat sie schon in meiner Hütte und auch in Livorno gerechnet. Das wird sie nicht umwerfen und auch ihre eigenen Pläne mit dir nicht beeinflussen. Gestern sagtest du mir noch, wenn sie heute nacht zu dir ins Zimmer käme, dann wäre es für dich immer noch das, was es schon war, als du sie zum erstenmal im Fernsehen sahst. Solange das so ist, wirst du nie ganz von ihr loskommen und alles, was du dagegen unternimmst, eines Tages bereuen. Auf einem so unsicheren Boden möchte ich keine neue Verbindung eingehen.«

»Und was stellst du dir vor?«

»Daß du dich einmal gründlich mit ihr aussprichst und dir darüber klar wirst, ob ihre Art, sich von Margot die Fotos zu beschaffen, dich wirklich so sehr stört, daß deine Gefühle für sie dadurch beeinflußt werden. Danach kannst du dir noch immer überlegen, wie du dich entscheiden wirst. Auf meinen eigenen Entschluß, mich von Werner zu trennen, wird deine Entscheidung keinen Einfluß mehr haben. Der stand schon fest, als wir beide uns kennenlernten. Ich hätte dir das schon früher sagen können, aber ich wollte nicht, daß du die Frage, ob du mit mir schlafen willst oder nicht, davon abhängig machst.«

Er lächelte. »Wie du siehst, hat mich diese Ungewißheit nicht daran gehindert, es mir zu wünschen. Nun gut, ich werde mit Doris sprechen, immer vorausgesetzt, sie gibt mir noch einmal eine Gelegenheit dazu. Vielleicht redest du dir ein, ich stünde zu sehr unter dem Eindruck unseres gemeinsamen Erlebnisses, um meine Entscheidung so zu treffen, daß ich sie später nicht bereue. Für mich war es nur eine Bestätigung dessen, was ich, wenn auch noch nicht so bewußt wie gestern und heute, vom ersten Tag an für dich empfunden habe. Mit dir kann ich mich nicht nur vernünftig unterhalten, du bist auch in der Liebe bewandert.«

»Man kann sich auch mit Doris vernünftig unterhalten«, sagte sie. »Und von der Liebe versteht sie noch einiges mehr als ich. Mir erzählte sie, mit Bernd hätte sie sämtliche Positionen ausprobiert.«

»Mit Hans und ihrem ersten Mann vielleicht auch«, sagte er. »Was sie sonst noch alles mit ihnen ausprobiert hat, möchte ich gar nicht erst wissen. Gehen wir?«

Sie griff nach ihrem Schirm. Auf dem Weg zum Haus blieben sie ein paarmal stehen und küßten sich. Sie küßten sich auch, als Irmgard schon in der Badewanne saß, und nach dem Bad küßten sie sich in ihrem Bett und schliefen wieder miteinander. Nach dem Mittagessen legten sie sich, weil es unverändert regnete und sie beide einer Ruhepause bedurften, richtig schlafen. Der Einfachheit halber wieder in einem Bett und Haut an Haut. Ihr Erwachen erfolgte gleichzeitig; Irmgard richtete sich rasch auf und sagte: »Das muß die Haustürglocke gewesen sein. Ob das schon Doris ist?«

»Ich sehe nach«, sagte er und stieg aus dem Bett. Er zog nur einen

Hausmantel und Hausschuhe an. Bis er die Haustür erreichte, wurde noch dreimal geläutet. Als er sie öffnete, fragte Margot: »Warum dauert das so lange?«

Ihre Ankunft überraschte ihn so sehr, daß er ihr nicht antworten konnte. Sie kam die Treppe herauf und fragte: »Kümmerst du dich um mein Gepäck?«

Erst jetzt fand er die Sprache zurück. »Was willst du hier?« fragte er. Dann fiel ihm auf, daß ihr Blick zu den oberen Fenstern gerichtet war. Er drehte sich rasch um und sah, wie Irmgard gerade vom Fenster zurücktrat. Margot fragte: »Wer ist diese schamlose Person?« Ihre Worte bezogen sich wohl darauf, daß Irmgard, als sie sich über die Identität der Besucherin vergewisserte, unbekleidet war. Er sagte: »Eine gute Bekannte. Vielleicht werde ich sie heiraten. Ich habe dich gefragt, was du hier willst.«

»Ich habe mit dir zu reden«, sagte sie. »Ich warte im Wohnzimmer auf dich.« Ohne sich länger um ihn oder um ihr Gepäck zu kümmern, betrat sie das Haus. Er ging zu ihrem Mercedes, öffnete den Kofferraum und nahm ihr Gepäck heraus. Er trug es in die Diele und stieg dann die Treppe zu Irmgard hinauf. Sie erwartete ihn, bereits angezogen auf dem Bett sitzend. Zu seiner Erleichterung sah er sie lächeln; sie sagte: »Nicht nur Doris, auch deine Schwester ist immer für eine Überraschung gut. Woher weiß sie, daß wir hier sind?«

»Sie kann es nur von Doris erfahren haben«, sagte er und streifte den Hausmantel ab. Während er sich rasch anzog, sagte Irmgard: »Sie sah im gleichen Augenblick herauf, als ich an das Fenster trat. Hast du ihr gesagt, wer ich bin?«

»Eine gute Bekannte von mir, die ich gerne heiraten möchte«, antwortete er. »Sie ist angeblich hier, um mit mir zu reden. Komme in einer halben Stunde hinunter. Bis dahin habe ich das Wichtigste mit ihr besprochen. Darf ich dich so lange allein lassen?«

Sie stand auf und küßte ihn.

Margot erwartete ihn rauchend in einem Sessel. Die lange Autofahrt war ihr nicht anzumerken. Sie machte einen ausgeruhten und – wie er fand – auch ausgeglichenen Eindruck. Er setzte sich ihr gegenüber und fragte: »Wo ist Doris?«

»Ich dachte, sie sei hier«, sagte sie. »Diese Frau in deinem Zimmer, ist das ihre Freundin, die bei uns im Haus wohnte?«

Er nickte.

»Doris scheint mit ihren Freundinnen ebensowenig Glück zu haben wie mit ihren Freunden«, sagte sie. »Weiß sie, daß du mit ihr schläfst?«

»Vielleicht kommt sie noch, dann kannst du es ihr ja erzählen«, sagte er. »Bei dir jedenfalls scheint sie mehr Glück gehabt zu haben. Wie viele der Fotos hat sie dir schon abhandeln können?«

»Alle«, sagte sie. »Sie hat sie gestern abend von mir bekommen. Wie weit bist du mit ihr?«

»Das wollte ich eigentlich dich fragen«, sagte er. »*Ich* hatte bisher noch keine Gelegenheit, mit ihr zu schlafen.«

Sie blickte kühl in sein Gesicht: »Wovon redest du?«

Noch während sie es fragte, wurde ihm klar, daß er sich bis zum letzten Augenblick gegen den Gedanken gesträubt hatte, sie könnte fähig sein, mit Doris sexuelle Beziehungen aufzunehmen. Er sagte: »Was hat dich dazu bewogen, ihr die Briefe mit den Fotos zu geben?«

»Ich hatte ebensowenig wie du ernsthaft die Absicht, sie abzusenden«, antwortete sie. »Auch habe ich bei meinen verschiedenen Gesprächen mit ihr den Eindruck gewonnen, daß ich sie vielleicht falsch eingeschätzt hatte. Wenn man sie näher kennenlernt und nicht nur auf dem Bildschirm erlebt, vertritt sie ganz vernünftige Ansichten. Es liegt sicher nur an ihrem Sender, wenn sie sich dem dort vorherrschenden politischen Klima anpaßt. Eine Frau von ihrem Aussehen und mit ihren Talenten käme auch bei einer anderen, weniger linksorientierten Rundfunkanstalt unter. Hast du schon einmal mit ihr darüber gesprochen?«

Ihr plötzlicher Sinneswandel kam nicht weniger überraschend für ihn als ihr Besuch. Er sagte: »Als ich mich zuletzt mit dir über sie unterhielt –«

Sie fiel ihm dazwischen: »Das hattest du dir selbst zuzuschreiben. Von dir als meinem Bruder hätte ich erwarten können, daß du sie daran hinderst, mich in deinem Haus wie eine Gefangene zu behandeln. Sie hatte aber, im Gegensatz zu dir, wenigstens ein plausibles Motiv dafür, weil die Fotos tatsächlich sehr wichtig für sie waren. Du hattest außer deiner Schwäche für sie keines, und nicht einmal die war von Bestand, sonst brächtest du es nicht fertig, die erste sich bietende Gelegenheit zu nutzen, um mit ihrer Freundin ins Bett zu gehen. Eine schöne Freundin ist das. Du hast dich in den vergangenen zwei Jahren sehr zu deinem Nachteil verändert, Robert. Ich muß dir das leider sagen, obwohl es mir schwerfällt. Was du auch anfängst, zerrinnt dir zwischen den Fingern, weil du unfähig bist, eine begonnene Sache auch zu Ende zu führen. Du weißt, wie ich über Doris Neuhagen denke. Hätte ich jedoch die Überzeugung gewonnen, daß deine Gefühle für sie echt sind und daß sie dir eine Hilfe gewesen wäre, einen Schlußstrich unter die Vergangenheit zu ziehen, so hätte ich mich mit dieser Verbindung abgefunden und auch selbst versucht, mich gut mit ihr zu stellen. Sie mag eine sehr eigenwillige Frau sein, aber sie besitzt Charakter, was man von ihrer Freundin sicher nicht behaupten kann. Sie ist nicht zufällig die Tochter eines Großindustriellen?«

»Wie kommst du darauf?«

»Doris erzählte mir von einer Freundin, deren Vater ein Großindustrieller ist und mit der sie nach ihrer Scheidung aus Enttäuschung über die Männer ein Verhältnis einging. Dafür hätte ich, nach meinen eigenen Enttäuschungen mit Männern, sogar Verständnis. Für dich scheint sie jedenfalls mehr zu empfinden, als du es verdienst. Auch ihrer Freundin gegenüber scheint sie völlig arglos zu sein. Sie erzählte mir noch, daß ihr beide in die Bretagne gefahren seid, um ihren Gesprächen mit mir nicht im Wege zu sein.«

»Wann erzählte sie dir das?«

Margot drückte ihre Zigarette aus. »Als ich sie gestern abend in mein Hotel kommen ließ, um ihr die Fotos zu übergeben. Das ist auch der Grund, weshalb ich hier bin. Ich wollte dir sagen, daß sich die Sache mit den Fotos erledigt hat. Morgen früh fahre ich wieder nach Hause. Ich möchte dein neues Glück hier nicht länger als unbedingt stören. Und jetzt möchte ich ein heißes Bad nehmen und mich vor dem Abendessen noch ein wenig hinlegen. Hast du mein Gepäck schon oben?«

»Es steht noch in der Diele«, sagte er. »Warte, ich hole es und bringe es dir hinauf.«

Während er mit dem Gepäck hinter ihr die Treppe hinaufstieg, stellte er wieder einmal fest, daß sie in ihrem hellgrauen Kostüm mit ihren schmalen Hüften und den langen, wohlgeformten Beinen noch immer eine attraktive Frau war. Oft schien es ihm, als hätte sie sich in den letzten zehn oder fünfzehn Jahren kaum mehr verändert. Ihr Bemühen, durch strenge Diät auch noch in den reiferen Jahren ihre Figur zu bewahren, war in ihrem Fall wohl weniger der Erwartung zuzuschreiben, vielleicht doch noch einem Mann zu begegnen, der ihren Ansprüchen genügte, als dem Bestreben, wenigstens von ihrem

Äußeren her im Verwaltungsgebäude der Firma dem Personal keinen Anlaß für hämisch oder abfällig hinter ihrem Rücken geäußerte Bemerkungen zu geben. Allerdings lagen die Zeiten, wo sie es ungleich schwerer hatte als er selbst, von diesem ernstgenommen und als Respektsperson betrachtet zu werden, schon lange zurück. Heute genügte ihr bloßes Erscheinen in einem der zahlreichen Büros oder in einer der Werkshallen, um ihr auch gegenüber den gewählten Vertretern des Betriebsrats jene Autorität zu verschaffen, ohne die eine Firma in der Größenordnung der Linden-Werke nicht zu führen war.

Weil sie das Haus, als sie es mietete, selbst in Augenschein genommen hatte, kannte sie sich in seinen Räumlichkeiten bereits aus. Er führte sie in das noch freie Gästezimmer und sagte: »Du kannst das Bad gegenüber benutzen. Ich werde mir das andere mit Frau Westernhagen teilen.«

»Warum nicht, wo du ja auch schon das Bett mit ihr teilst«, sagte sie.

In Anbetracht dessen, daß sie Irmgard hüllenlos am Fenster hatte stehen sehen und es ihr kaum entgangen sein konnte, daß auch er außer seinem Hausmantel nichts auf der Haut trug, hätte er es allein schon mit Rücksicht auf Irmgard als seiner unwürdig empfunden, ihr zu widersprechen. Er sagte: »Wenn sie sich dazu entschließen sollte, meine Frau zu werden, wirst du dich daran gewöhnen müssen. Im übrigen geschieht hier nichts, was Doris überraschen könnte.«

Sie lächelte flüchtig. »Vielleicht wollte sie dich und deine Gefühle für sie auf die Probe stellen. Bei ihren schlechten Erfahrungen mit Männern wird sie deinen Liebesschwüren allein wohl nicht ganz trauen. Wir sehen uns beim Abendessen. Dann kannst du mir auch deine neue Freundin vorstellen.«

Er verließ wortlos das Zimmer. Irmgard kam ihm schon an ihrer Zimmertür entgegen. »Das dauerte keine halbe Stunde«, sagte sie. »Ich hörte euch die Treppe heraufkommen, wußte jedoch nicht, ob es dir recht wäre, wenn ich mich jetzt schon sehen ließe. Was will sie hier? Dich heimholen?«

Er griff nach ihrer Hand, setzte sich auf das Bett und zog sie neben sich. »Irgendwas stimmt hier nicht«, sagte er. »Sie hat plötzlich keine Einwände mehr gegen Doris und will sich gestern abend mit ihr in einem Hotel getroffen und ihr sämtliche Briefe mit den Fotos zurückgegeben haben. Verstehst du das?«

Sie blickte mit gerunzelter Stirn in sein Gesicht. »Was hat sie sonst noch gesagt?«

Er erzählte es ihr in knappen Worten, wobei er Margots Äußerungen über sie ausklammerte. Sie fragte auch sofort: »Über mich habt ihr nicht gesprochen?«

»Nur ganz kurz. Ich sagte ihr, daß ich dich, wenn du einverstanden bist, heiraten möchte. Doris hatte ihr von dir erzählt. Sie wußte also, daß du ihre Freundin bist und zusammen mit ihr in unserem Haus warst. Selbstverständlich wunderte sie sich darüber, daß du als ihre Freundin mit mir schläfst.«

»Hast du ihr das erzählt?«

Er grinste unfroh. »Das war nach deinem Anblick am Fenster nicht mehr nötig. Sie will jetzt ein Bad nehmen und sich dann bis zum Abendessen ausruhen. Ich schaue da immer weniger durch. Eigentlich hätte sie doch erleichtert darüber sein müssen, daß ich mit einer anderen Frau zusammen bin. Ich habe ihr auch gesagt, daß Doris davon unterrichtet ist. Warum diese ihr erzählte, daß wir hier sind, habe ich sie noch nicht gefragt.«

»Ich glaube nicht, daß Doris ihr die Gründe dafür genannt hat«, sagte Irmgard. »Ich möchte dir nichts einreden, Robert, aber für mich sieht das alles ein wenig so aus, als legte sie plötzlich großen Wert darauf, Doris als Schwägerin zu bekommen. Ich möchte nicht darüber spekulieren, was ihren Gesinnungswandel herbeigeführt haben könnte. Ich kann nur in deinem Interesse hoffen, daß es nicht das ist, was ich befürchte.«

»Und was befürchtest du?«

»Darüber möchte ich, solange meine Befürchtung nur auf einer Hypothese beruht, nicht reden.«

»Hast du dich noch einmal mit Doris über sie unterhalten?«

Sie nickte. »Gestern morgen beim Frühstück. Was sie mir erzählte, hörte sich alles ganz anders an als das, was deine Schwester jetzt sagt. Und ich sehe keinen Grund, weshalb Doris mich hätte belügen sollen.«

»Sie hat auch Margot belogen. Sie erkundigte sich eben bei mir, ob du die Tochter des Großindustriellen bist, von der Doris ihr erzählte, daß sie nach ihrer Scheidung ein Verhältnis mit ihr hatte. Kennt sie außer dir noch eine Tochter eines Großindustriellen?«

Ihr Gesicht verfärbte sich. »Wenn sie ihr so etwas erzählt hat, dann doch nur, um sie anzumachen. Da wir die Dinge aber schon beim

Namen nennen, will ich dir sagen, was ich befürchte. Ich befürchte, daß sie es geschafft hat, Margot bereits so weit zu bringen, daß sie dich lieber mit ihr teilt als künftig ganz auf sie zu verzichten. Vielleicht war dies auch der Grund, weshalb sie ihr die Fotos zurückgab. Ich sehe keinen anderen, der mich überzeugen könnte. Daß sie sich gestern abend in einem Hotel trafen, war bestimmt schon zwischen ihnen vereinbart, bevor Margot dein Haus verließ. Sicher in der Nacht davor, als Doris bei ihr war. Mich hat gleich gewundert, wie relativ gleichgültig sie auf Margots Verschwinden reagierte. Daß Margot nun versucht, mich bei dir in ein schlechtes Licht zu bringen, bestätigt meine Befürchtung nur noch. Solange Doris dich nicht heiratet – ich bin unverändert davon überzeugt, daß dies, wenigstens vorläufig, nicht ihre Absicht ist –, kann sie sich einmal mit dir in deinem Haus und das nächstemal mit Margot in einem Hotel treffen. Das könnte ein Agreement zwischen den beiden sein, von dem du gar nichts mitbekämst. Hauptsache, Doris hat die Fotos.«

Er stand auf, trat ans Fenster und blickte eine Weile in den Regen hinaus. Schließlich sagte er: »Die Einhaltung eines solchen Agreements kann nicht eingeklagt werden. Selbst wenn es so wäre, wie du sagst: Wer garantiert Margot, daß sich Doris nun, wo sie die Fotos hat, auch daran hält?«

Sie lächelte bereits wieder. »Das fragst du am besten sie selbst. Ich nehme doch an, sie hat sich darüber schon Gedanken gemacht. Vielleicht hat sie Anlaß, sich auch ohne notariell beglaubigte Vereinbarung ihrer sicher zu sein. Vielleicht schmeichelt es Doris, nicht nur Macht über Männer, sondern auch Macht über Frauen zu haben, und Margot ist ja nicht irgendeine Frau. Auch sie hat Macht über Menschen, dazu noch über solche, die Doris von ihrer sozialen Einstellung her schon immer näherstanden als jene, für die sie, um existieren zu können, arbeiten müssen. Eine Frau wie Margot, die auch vom Schweiß eurer Lohnabhängigen profitiert, sich hörig zu machen, müßte ihr wie eine ausgleichende Gerechtigkeit erscheinen. Sicher sind auch das nur Hypothesen, Robert, aber manchmal kommt es mir so vor, als ob ihre Art, dich zu behandeln, mit ihrer Herkunft und mit ihrem sozialen Engagement zu tun hat. Schließlich gehörst auch du zu jenen Profithaien, für die sie im Grunde genausowenig übrig hat wie die meisten ihrer Kollegen im Funkhaus. Selbst Werner macht darin keine Ausnahme, obwohl er bei seinem Einkommen auch schon zu den sogenannten Besserverdienenden gehört, die

seiner Partei und seiner angeblich politisch unabhängigen Rundfunkanstalt ein permanentes Ärgernis sind.«

Er drehte sich nach ihr um. »Das mag alles für Doris gelten. Für
Margot nicht. Wenn sie Anlaß hat, sich der Einhaltung einer solchen
Vereinbarung durch Doris sicher zu sein, so müssen die Gründe
woanders liegen. Eine Hörigkeit, wie du sie bei ihr für denkbar hältst,
wäre nur für Doris eine Sicherheit; für Margot nicht.«

Sie zündete sich eine Zigarette an. »Du machst es mir nicht leicht,
Robert. Es könnte ja sein, daß Doris aus den eben von mir genannten
Gründen Gefallen daran gefunden hat, ihre Macht über Margot
weiterhin auszukosten. Das müßte bei deiner Schwester einen völlig
falschen Eindruck über ihre Motive wecken.«

»Vorausgesetzt, es sind ihre Motive«, sagte er und setzte sich wieder
zu ihr auf das Bett. »Vielleicht hat sie nicht allein deshalb Gefallen
daran gefunden.«

»Das sind deine Worte«, lächelte Irmgard.

Er starrte eine Weile düster vor sich auf den Boden. Sie berührte seine
Hand und sagte: »Was immer auch dahintersteckt, Robert: Ich
glaube nicht daran, daß Margots grundsätzliche Bedenken gegen sie
als Schwägerin für sie an Gewicht verloren haben. Doris wird sich in
ihren politischen Ansichten nie ändern, und Margot auch nicht.
Wenn sie trotzdem plötzlich bereit ist, darüber hinwegzusehen, dann
muß es schon sehr triftige Gründe dafür geben, die gerade dir nicht
fremd sein dürften. Du bist oder du warst ja auch bereit, dich in das
Abenteuer einer Ehe zu stürzen, in der es außer dem Schlafzimmer
keine Gemeinsamkeiten gibt. Ganz abgesehen davon, daß Doris bei
ihren Reportagen und für die Vorbereitungen ihrer Talk-Shows oft
tagelang unterwegs ist und du dann bestimmt nichts von ihr hören
wirst, weil sie alles andere darüber vergißt. Das war ja auch einer der
Gründe, weshalb ihre Ehe mit Bernd kaputtging, es waren nicht nur
die politischen Meinungsverschiedenheiten. Er wußte oft gar nicht,
wo sie sich gerade herumtrieb. Ich habe dir heute vormittag gesagt,
daß du dich mir gegenüber zu nichts verpflichtet zu fühlen brauchst.
Wenn dir eine Ehe mit Doris heute als zu riskant erscheint und du es
vorziehst, eine ähnliche Rolle in ihrem Leben zu spielen, wie das bei
Hans der Fall war, dann kommt das ihren eigenen Plänen, die sie mit
dir hat, nur entgegen. Auch in diesem Fall brauchst du auf mich keine
Rücksicht zu nehmen. Eine Trennung von Werner wird für mich zur
Folge haben, daß ich wieder in das Haus meines Vaters in Darmstadt

zurückkehre. Wenn dir einmal danach zumute ist, mich zu sehen, wirst du mich dort jederzeit erreichen. Das einzige, worum ich dich bitte, ist, mit mir nicht mehr über eine Heirat zu reden, solange du dir über deine Empfindungen für Doris nicht endgültig –«

Er schnitt ihr das Wort ab: »Ich bin mir über meine Empfindungen für sie spätestens seit gestern oder vorgestern schlüssig geworden, Irmgard. Ich weiß so gut wie du, daß sie, von Margot jetzt einmal ganz abgesehen, keine Frau für mich ist. Also brauchen wir uns über dieses Thema auch nicht mehr zu unterhalten. Daß hinter Margots totaler Kehrtwendung mehr stecken muß als eine mirakulöse Selbstbesinnung, ist auch mir klar. Wenn es sich aber so verhält, wie du es befürchtest, würde sie sich eher die Zunge abbeißen, als mir gegenüber die Wahrheit einzugestehen. Die Erklärung, die sie mir vorhin für ihren Gesinnungswandel gab, hörte sich im ersten Augenblick für mich sogar plausibel an. Vielleicht deshalb, weil sie auch für mich die bequemste war und ich meine Erleichterung darüber, daß diese elende Fotogeschichte, für die ich mich verantwortlich fühlte, endlich ausgestanden ist, mit keinen neuen Zweifeln belasten wollte. Ich fühle mich dieser beschissenen Situation einfach nicht mehr gewachsen. Von Doris werde ich ebensowenig die Wahrheit erfahren wie von Margot, und es darauf ankommen zu lassen, die beiden in flagranti zu erwischen, danach steht mir wirklich nicht der Sinn. Am liebsten wäre es mir, ich würde Doris überhaupt nicht mehr begegnen. Wenn dein Mann nicht wäre, würde ich dich bitten, einige Wochen mit mir zu verreisen. Sozusagen eine vorweggenommene Hochzeitsreise, vielleicht nach Indien oder sonstwohin, je weiter weg, desto besser.«

»Ist das wirklich dein Ernst?« fragte sie ruhig.

»Ernster geht es gar nicht«, sagte er und legte einen Arm um ihre Taille. Die Erinnerung an sein vormittägliches Erlebnis mit ihr, als der Regen auf das kleine Vordach des Wasserturms trommelte, das, gemessen an den nachfolgenden Erlebnissen im Badezimmer und in ihrem Bett, nur ein kleiner Vorgeschmack dessen war, was sie an Liebesfertigkeiten unter weniger widrigen Umständen aufzuweisen hatte, erhitzte ihn auch jetzt wieder. Er küßte sie und sagte: »Es liegt nur an dir und an deinem Mann, ob aus dieser Reise etwas wird.«

»Ihn kannst du dabei vergessen«, sagte sie, unverändert ruhig. »Ich brauche etwa acht Tage, um alles mit ihm zu klären. Wenn er Schwierigkeiten macht, werden die Anwälte meines Vaters sich der

Sache annehmen. Natürlich wäre es gut, ich könnte ihm seine Seitensprünge nachweisen, aber darauf kommt es ja nicht mehr an. Ich glaube auch nicht, daß er daran interessiert ist, andere Scheidungsgründe, die ich benennen könnte, vor einem Gericht bestätigen zu müssen. Viel schwieriger ist es für mich, ihm selbst zu erklären, was mich ihm entfremdet hat. Man räumt als Frau nach sechs Ehejahren gegenüber dem eigenen Mann nicht gerne ein, daß man seine Liebesfähigkeit und seine Zärtlichkeiten vermißt hat. Wenn es dir mit der Reise wirklich ernst ist, wird sie jedoch auch daran nicht scheitern. Bist du dir ganz sicher, daß du Doris nicht mehr begegnen willst?«

»Ja. Jetzt bin ich mir ganz sicher.«

»Dann ist es besser, wir warten hier nicht länger auf sie und fahren morgen, sobald deine Schwester abgereist ist, auch weg. Ich war lange nicht mehr in Paris. Vielleicht können wir dort noch ein paar Tage bleiben. Das hilft uns beiden, eine etwas größere Distanz zu den Ereignissen der letzten Tage zu gewinnen.«

Linden war sofort einverstanden.

Sie stand auf. »Dann kümmere ich mich jetzt um das Abendessen. Wenn wir schon deine Schwester zu Gast haben, muß ich mir etwas mehr einfallen lassen als nur ein Fertiggericht aus der Dose.«

»Ich helfe dir dabei«, sagte er.

Zum Glück gehörten zu den Lebensmitteln, die sie vor ihrer Abreise in Wiesbaden eingekauft hatten, auch Filetsteaks, deren Zubereitung nicht viel Zeit in Anspruch nahm. Während Irmgard sich darum kümmerte, befaßte sich Linden mit einem Tomatensalat, der ebenso seinen eigenen wie auch Irmgards Beifall fand. Auch eine Kostprobe des mitgebrachten Rheinweins fiel zu beider Zufriedenheit aus. An dem erforderlichen Eßgeschirr fehlte es in der Küche nicht. Weil es draußen bereits dunkel wurde, schalteten sie das Licht ein. Derweil Irmgard im Wohnzimmer den Tisch deckte, stieg Linden die Treppe hinauf und klopfte an Margots Zimmertür. Als hätte sie nur darauf gewartet, öffnete sie ihm sofort; er sagte: »Wir können in fünf Minuten essen.«

Sie hatte sich bereits umgezogen. In ihrem betont jugendlichen, eng auf Taille geschnittenen dunklen Kleid, mit dem dezent aufgetragenen Make-up und dem kurzgeschnittenen Haar mit den eingefärbten grauen Strähnen gehörte sie noch immer zu jenen Frauen, die ihn, wenn er ihnen auf der Straße oder in einem Restaurant begegnete, neugierig auf ihre soziale Stellung werden ließen. Zu ihren Eigenarten gehörte auch, daß sie keinen Wert auf kostbaren Schmuck legte. Auch jetzt trug sie nur eine dünne, goldene Halskette. Sie sagte: »Ich hole meine Handtasche und komme gleich mit dir.«

Irmgard war noch mit dem Decken des Tisches beschäftigt, als sie zu ihr kamen. Margot reichte ihr die Hand und sagte: »Da wir durch Robert bereits voneinander gehört haben, sind wir uns nicht mehr völlig unbekannt, Frau Westernhagen. Wie ich an Ihrem Ring sehe, sind Sie schon verheiratet?«

Irmgard lächelte. »Noch verheiratet.«

»Davon hat mein Bruder mir nichts erzählt«, sagte Margot. »Wohin darf ich mich setzen?«

»Vielleicht ans Kopfende«, schlug Linden vor und rückte ihr einen Stuhl zurecht. Während Irmgard das Essen holen ging, nahm auch er Platz und sagte: »Sie wird sich so rasch wie möglich scheiden lassen. Das war schon ihre Absicht, bevor ich sie kennenlernte. Die Firma ihres Vaters wird auch dir bekannt sein. Er heißt Ludwigsdorff und stellt in Darmstadt Laborbedarf her.«

Sie nickte. »Ein guter Name und eine gute Firma. Warum will sie sich scheiden lassen?«

»Es kam zwischen ihrem Vater und ihrem Mann aus politischen Gründen zu einem Zerwürfnis. Da sie sehr an ihrem Vater hängt, möchte sie diesem für sie auf die Dauer unerträglichen Zustand ein Ende bereiten. Ihr Mann arbeitet im gleichen Funkhaus wie Doris Neuhagen; er ist dort deren Vorgesetzter und denkt politisch genauso wie sie. Entschuldige bitte.« Er griff nach der Weinflasche, schenkte Margot einen kleinen Schluck ein und sagte: »Vielleicht willst du ihn vorher probieren?«

»Ich kenne ihn«, sagte sie mit einem Blick auf das Flaschenetikett. Er füllte ihr Glas und danach auch die beiden anderen Gläser. Margot fragte: »Trotzdem ist sie mit Doris Neuhagen befreundet? Ist das nicht ein Widerspruch?«

»In diesem Fall nicht. Im Gegensatz zu ihrem Mann ist Irmgard durchaus fähig, die Meinung anderer zu tolerieren. Zwischen Frauen wiegen politische Meinungsverschiedenheiten auch nicht so schwer wie zwischen Männern.«

Irmgard kam mit dem Essen herein. »Der Salat ist Roberts Werk«, sagte sie. »Ich hoffe, das Essen schmeckt Ihnen, Frau Linden.«

»Sieht doch alles sehr gut aus«, sagte Margot. »Kochen Sie gern?«

»Wenn es der richtige Mann ist, für den ich koche«, sagte Irmgard. Sie verteilte das Fleisch und sagte: »Das Kartoffelpüree war schon kochfertig. Wir sind noch nicht mit allem versorgt, was ich für die Küche brauche.«

»Das lohnt sich auch nicht«, sagte Linden. »Irmgard und ich haben vor, morgen für einige Tage nach Paris zu fahren. Im Anschluß daran wird sie sich um ihre Scheidung kümmern. Falls die Heimfahrt dich morgen wieder über Rennes führt, kannst du vielleicht dem Makler Bescheid sagen, daß er anderweitig über das Haus verfügen kann. Da du es im voraus bezahlt hast, wird ihm kein Schaden entstehen.« Er griff nach seinem Glas und lächelte. »Ich trinke auf das Wohl aller schönen Frauen.«

»Doris eingeschlossen?« fragte Margot.

Irmgard betrachtete ihre schlanken Finger mit den dezent lackierten Nägeln. »Finden Sie Doris nicht schön?« fragte sie lächelnd.

»Sie ist eine sehr attraktive Frau«, sagte Margot und kostete von dem Wein. Sie behielt ihn einen Augenblick lang auf der Zunge und nahm dann einen kleinen Schluck. »Er hat gerade die richtige Temperatur«, sagte sie. »Wird Ihr Mann mit der Scheidung einverstanden sein?«

»Ich habe keinen Anlaß, daran zu zweifeln«, sagte Irmgard. »Wir haben uns in den letzten Jahren auseinandergelebt. Er war mehr mit seinem Beruf als mit mir verheiratet. Schmeckt es Ihnen?«

»Doch, sehr«, sagte Margot. »Und wie ist das mit Frau Neuhagen? Wird auch sie damit einverstanden sein?«

Irmgard lachte. »Mit der bin ich ja nicht verheiratet.«

»Aber immerhin befreundet«, sagte Margot. »Oder bin ich da falsch unterrichtet?«

Linden sagte mit gerötetem Gesicht. »Ich weiß wirklich nicht, was dich das angeht.«

»Beruhige dich«, sagte Irmgard und griff nach seiner Hand. Zu Margot sagte sie: »Es gibt zwischen Doris und mir keine Geheimnisse. Wir waren uns auch, was Robert betrifft, von Anfang an darüber einig, daß wir es ihm überlassen müssen, für wen von uns beiden er sich entscheiden wird. Doris wird diese Entscheidung ebenso respektieren, wie ich es im umgekehrten Falle getan hätte. Ich liebe Robert, und er liebt mich. Ich wäre sehr froh, wenn es auch zwischen Ihnen und mir zu einem guten Verhältnis käme. An mir soll es jedenfalls nicht liegen.«

»Haben Sie noch Geschwister?« fragte Margot und schob sich eine Gabel mit Kartoffelpüree in den Mund.

Irmgard schüttelte den Kopf. »Zum Leidwesen meines Vaters nicht. Sollte ihm eines Tages etwas zustoßen, so bin ich seine Alleinerbin. Schon deshalb war ihm meine Ehe mit einem Mann, der fürs Fernsehen arbeitet, dazu noch für eine Rundfunkanstalt, die ihm ebenso wie Ihnen nicht von ungefähr ein ständiges Ärgernis ist, alles andere als willkommen. Es ist schon lange sein Wunsch, daß ich mich scheiden lasse. Mit Robert wird er sich bestimmt verstehen.« Sie lächelte wieder. »Mit Ihnen auch, Frau Linden. Ihre Firma und Ihr Name sind ihm wohl ebenso bekannt wie. . .«

Sie brach ab, weil draußen die Türglocke anschlug. Ihr Gesicht wurde kreideweiß. Sie blickte Linden an und sagte: »Das kann nur Doris sein.«

Er wischte sich mit der Serviette den Mund ab und stand auf. Seine Stimme klang völlig ruhig: »Falls sie es ist, wirst du noch ein Gedeck auflegen müssen. Sie hat sicher noch nicht gegessen.«

Irmgard blickte Margot an, die, ein undefinierbares Lächeln in den Mundwinkeln, nach ihrem Glas griff und es leertrank. »War das zwischen ihr und Ihnen so vereinbart?« fragte sie.

»Vielleicht ist sie es auch gar nicht«, sagte Linden und verließ das Zimmer. Er schloß die Haustür auf und fragte, sich seine unangenehme Überraschung nicht anmerken lassend: »Hattest du eine gute Fahrt?«

»Bis auf das Scheißwetter«, sagte Doris. »Ist das Margots Wagen, der neben dem deinen steht?«

»Ja. Sie traf vor zwei Stunden hier ein.«

In der Diele half er ihr aus dem Mantel und hängte ihn über einen Bügel. »Wir sitzen noch beim Essen«, sagte er. »Du wirst sicher auch hungrig sein.«

»Ist das alles?« fragte sie. Sie drehte ihm, ohne seine Antwort abzuwarten, den Rücken zu, betrat das Zimmer und küßte Irmgard, die sich mit noch immer blutleerem Gesicht von ihrem Stuhl erhoben hatte, auf die Wange. Dann ging sie auch zu Margot hin, reichte ihr lächelnd die Hand und sagte: »In Ihrem schönen Mercedes wäre die Reise viel angenehmer gewesen, Margot. Warum haben Sie mir gestern abend nicht erzählt, daß Sie vorhaben, hierherzufahren?«

»Sie haben mich nicht danach gefragt«, antwortete Margot und musterte sie prüfend. »Sie sehen müde und blaß aus.«

»Ich habe in der letzten Nacht schlecht geschlafen«, sagte Doris. Sie richtete das Wort an Irmgard: »Ich habe schon unterwegs gegessen, aber gegen ein Glas Wein hätte ich nichts einzuwenden. Darf ich mich zu euch setzen?«

Sie trug wieder ihre enge schwarze Lederhose und einen Pullover mit weitem Rollkragen. Linden, der ihr sofort ins Zimmer gefolgt war, rückte auch ihr einen Stuhl zurecht und sagte: »Du kannst auch einen Kaffee haben, wenn dir das lieber ist.«

»Nein«, sagte sie. »Ein Glas Weißwein ist jetzt gerade das richtige für mich. Es tut mir leid, daß ich euch beim Essen gestört habe.«

»Wir waren schon fast fertig«, sagte Irmgard mit belegt klingender Stimme. Linden holte ein viertes Glas aus der Küche und schenkte Doris ein. »Wann bist du aus Frankfurt weggefahren?« fragte er.

»Kurz nach eins«, antwortete sie. »Hätte ich mich unterwegs nicht zweimal verfahren, wäre ich schon früher hiergewesen. Bitte eßt weiter. Wir können uns später unterhalten.«

Sie griff nach dem Glas, nahm einen großen Schluck und blickte dann Margot an, die kein Auge von ihr ließ. »Sicher haben Sie Robert schon erzählt, daß wir uns verständigt haben«, sagte sie.

Margot lehnte sich in ihren Stuhl zurück. »Er weiß, daß ich Ihnen die Fotos zurückgegeben habe, falls es das ist, was Sie meinen.«

»Was weiß er sonst noch?«

»Daß wir uns verständigt und Frieden miteinander geschlossen haben«, sagte Margot mit einem kleinen Lächeln. »Gibt es vielleicht sonst noch etwas, was er wissen müßte?«

Doris schüttelte den Kopf. »Genau das wollte auch ich ihm sagen. Da Sie es schon getan haben, können wir dieses Thema endgültig begraben.« Zu Linden sagte sie: »Du hättest mit Irmgard nicht hierherzufahren brauchen. Margot und ich hatten uns schon in deinem Haus darüber verständigt, daß sie mir die Briefe mit den Fotos geben wird. Trotzdem war es sehr rücksichtsvoll von euch, unseren Gesprächen nicht im Weg stehen zu wollen.«

»Wir sind nicht nur deshalb hierhergefahren«, sagte er.

Sie runzelte die Stirn. »Nein? Weshalb sonst noch?«

»Ich habe Irmgard gebeten, meine Frau zu werden«, sagte er. »Sie ist damit einverstanden. Sobald sie geschieden ist, werden wir heiraten.«

Sie blickte ihn eine kleine Weile verwundert an. Dann lachte sie und sagte: »Das ist aber eine nette Überraschung; da kann ich euch beiden nur von Herzen gratulieren.« Sie richtete das Wort wieder an Irmgard, die mit unverändert blassem Gesicht und kerzengerade aufgerichtet auf ihrem Stuhl saß: »Falls du noch nicht recht weißt, wie du es Werner beibringen sollst, kann ich dir vielleicht dabei helfen, Irmgard. Für mich ist er nämlich gestorben; ich habe meine Stellung heute gekündigt. Einem so schäbigen Typ wie ihm bin ich in meinem ganzen Leben noch nicht begegnet.«

Sie starrten sie alle drei in wortloser Überraschung an. Linden faßte sich zuerst: »Du hast deine Stellung gekündigt?«

»Sogar schriftlich«, nickte sie. »Ich hatte mit Geßler ein Interview gemacht und dabei auch die Aussetzung des Hundes zur Sprache gebracht. Heute vormittag erfuhr ich nun, daß Werner mit Rücksicht auf Schmidtborn sich hinter meinem Rücken beim Intendanten gegen eine Ausstrahlung des Interviews ausgesprochen und bei ihm erreicht hat, daß es nicht gebracht wird. Mir gegenüber tat er am Telefon so, als wüßte er nicht, worum es sich bei dem Interview überhaupt handelte.«

»Das werde ich ihm nie verzeihen«, sagte Irmgard leise. »Woher hast du es erfahren?«

»Aus einer hausinternen Quelle, die nicht genannt werden möchte«, sagte Doris. Linden, der auch diesmal von einem Schreck in den nächsten fiel, fragte benommen: »Was wirst du jetzt tun?«

Sie zuckte mit den Schultern. »Jedenfalls nicht mehr für einen Sender arbeiten. Ich habe einige Ersparnisse. Wenn ich das Haus in Livorno gut verkaufen kann, komme ich die nächsten zehn oder fünfzehn Jahre bequem über die Runden. Vielleicht finde ich auch irgendwo eine Stellung als freie Mitarbeiterin. Ich habe einige Kontakte, die mir dabei nützlich sein können.«

»Aber wir wissen doch alle, wie sehr du an diesem Haus hängst«, sagte Linden.

»Vielleicht zu sehr«, sagte sie. »Dinge, die man zu sehr liebt, sollte man sich beizeiten aus dem Herzen reißen, damit man sich nicht völlig abhängig von ihnen macht. Natürlich wird das alles nicht einfach für mich. Ich hänge nicht nur an meinem Haus, ich hing auch an meinem Job. Ich hing sogar an der Rundfunkanstalt. Wie es aber jetzt aussieht, war sie es nicht wert.«

Sie trank ihr Glas leer und stand auf. »Ich muß noch mein Gepäck hereinholen. Habt ihr ein Bett für mich frei?«

»Du kannst bei mir schlafen«, sagte Irmgard rasch.

»Das ist lieb von dir«, sagte Doris und wandte sich der Tür zu. Linden folgte ihr unaufgefordert.

Ihr alter VW stand unmittelbar vor der Haustür. Linden hatte einen Schirm mitgebracht. Als Doris sich anschickte, ihr Gepäck aus dem VW zu nehmen, griff Linden nach ihrem Arm und sagte: »Ich muß mit dir reden, Doris, unter vier Augen. Im Haus wird das kaum möglich sein. Wir setzen uns in meinen Wagen; dort haben wir mehr Platz.«

»Es wird Irmgard auffallen, wenn wir nicht sofort zurückkommen«, sagte sie.

»Das ist mir egal«, sagte er.

Weil es vor dem Haus stockfinster war, führte er sie an der Hand zu seinem Mercedes. Er öffnete ihr die Tür, half ihr beim Einsteigen und nahm neben ihr Platz. »Ich weiß, was du jetzt von mir denken mußt«, sagte er mit ruhig klingender Stimme. »Ich sah aber keine Möglichkeit mehr, mich mit dir zu arrangieren. Du warst so besessen von deinem Beruf, daß ich neben ihm immer nur eine untergeordnete Rolle in deinem Leben gespielt hätte. Ich rede jetzt gar nicht von unseren politischen Meinungsverschiedenheiten. Womit ich mich nicht abfinden konnte, war deine Umgebung im Funkhaus, diese linken Spinner, mit denen du es dort tagein, tagaus zu tun hattest und die, wenn bei ihnen erst einmal bekannt geworden wäre, mit wem du neuerdings Umgang pflegst, dich mit Sicherheit gegen mich eingenommen hätten. Menschen sind immer nur das Produkt ihrer Umgebung. Ich glaube auch gar nicht, daß du so arg weit links stehst, wie du immer tust.«

»Hat Irmgard dir das gesagt?«

»Nein, das ist mein persönlicher Eindruck. Vielleicht hat dir deine jüngste Erfahrung mit Irmgards Mann selbst die Augen darüber geöffnet, was für Leute das in Wirklichkeit sind. Für mich unterscheiden sie sich in ihrer überheblichen und menschenverachtenden Art, auf Andersdenkende herabzuschauen, sie lächerlich zu machen und den Stab über sie zu brechen, in nichts von den geifernden Kommentatoren im DDR-Fernsehen. Sie widern mich nicht nur psychisch, sie widern mich auch physisch an. Ständig daran denken zu müssen, daß sie zu deinem täglichen Umgang gehören, war mir einfach unerträglich.«

Sie blickte von der Seite in sein Gesicht. »Dann war das Funkhaus unser einziges Problem, das wir miteinander hatten?«

»Vielleicht nicht unser einziges, aber sicher unser größtes. Mit allem anderen hätte ich mich abfinden können, nur damit nicht. Was hier zwischen Irmgard und mir geschehen ist, wäre ohne deinen verdammten Job nicht denkbar gewesen. Sie weiß, wie sehr ich unverändert an dir hänge und daß es nur deine Arbeit für diesen beschissenen Sender war, der uns nicht recht zusammenkommen ließ.«

»Nicht auch die Fotos?«

»Du hast vorhin selbst gesagt, daß dieses Thema erledigt ist«, sagte er. »Also brauchen wir uns auch nicht mehr darüber zu unterhalten. Es tut mir leid, daß ich es war, der dir diese Suppe mit Margot eingebrockt hat. Zum Glück scheint auch sie ihre Meinung inzwischen revidiert zu haben. Ihre Art, heute abend über dich zu reden, läßt jedenfalls darauf schließen. Vielleicht habe ich mich, was Margot betrifft, auch zu sehr von Irmgard beeinflussen lassen. Es interessiert mich jetzt nicht mehr, wie du sie dazu gebracht hast, dir die Briefe mit den Fotos auszuhändigen.«

Sie überkreuzte die Beine, verschränkte die Hände im Schoß und sagte: »Vielleicht sollte dich das aber interessieren, Robert. Sie wird es mit Sicherheit eines Tages gegen mich ausspielen. Und Irmgard auch. Denn ihr habe ich gesagt, wie dieses Geschäft zwischen Margot und mir abgelaufen ist. Hat sie es dir noch nicht erzählt?«

Linden schwieg.

Sie beugte sich zu ihm hinüber, berührte mit dem Mund seine Wange und sagte: »Es war nicht anders und auch nicht mehr und nicht weniger als bei dir. Wenn du damit nicht leben kannst, so ist das dein Problem. Für mich war es keinen Augenblick lang eins und wäre es auch in Zukunft nicht geworden. So etwas tut man und vergißt es wieder. Hätte ich schon vorgestern gewußt, daß ich meinen Job verliere, so hätte ich mir und auch dir so manches ersparen können. Jetzt sind mir die Fotos genauso unwichtig geworden wie alles andere auch. Ich glaube, damit wäre gesagt, was zwischen uns noch zu sagen war. Irmgard und deine Schwester erwarten uns sicher schon mit Ungeduld.«

»Das ist mir scheißegal«, sagte er.

Sie lächelte überrascht. »Wie kann dir das scheißegal sein, wo du Irmgard heiraten willst?«

Es war wie immer. Jedesmal, wenn sie neben ihm saß und er ihre Stimme hörte, konnte er an nichts anderes mehr denken, als nur noch an sie. Sie unwiderruflich zu verlieren, ohne sie jemals richtig besessen zu haben, war ihm plötzlich wieder unvorstellbar. Als er sie in die Arme nahm und den Mund auf ihre Lippen preßte, war er nur noch erfüllt von dem Wunsch, sie für immer zu behalten. Sie ließ ihn eine Weile gewähren, dann nahm sie den Kopf zurück und sagte: »Wir sollten vernünftig sein, Robert. Es geht jetzt nicht mehr nur um uns beide, es geht auch um Irmgard. Wie willst du ihr das erklären?«

»Sie wird es verstehen«, sagte er. »Sie wird verstehen, daß ich dich in dieser Situation nicht allein lassen kann. Sie wird damit fertig werden. Ich wäre, hätte ich dich verloren, mein ganzes Leben lang nicht damit fertig geworden. Ich habe immer nur dich geliebt, Doris. Bitte, glaub es mir. Irmgard war mir eine Hilfe, deinetwegen nicht völlig durchzudrehen. Mehr war sie zu keiner Stunde. Was immer auch sie und meine Schwester mir sagen werden, es hat kein Gewicht mehr für mich. Und was immer auch zwischen dir und Margot geschehen ist, war nicht deine, sondern meine Schuld. Wir werden nie mehr darüber reden. Wir werden alles so machen, wie wir es schon einmal besprochen haben. Wir werden zusammen nach Livorno gehen, dein Haus einrichten und nur noch für uns beide dasein. Du wirst dort auch keine finanziellen Probleme haben. Überlasse das alles mir. Ich bitte dich von Herzen, mir eine Chance zu geben, dir zu beweisen, daß es mir aufrichtig damit ist und daß ich alles gutmachen werde, was du meinetwegen hast durchstehen müssen. Wirst du mir diese Chance geben?«

»Darf ich es mir bis morgen früh überlegen?« fragte sie.

»Ich dränge dich nicht«, sagte er. »Ich bitte dich nur, mir zu glauben, daß ich dich mehr liebe als alles andere auf der Welt.«

Sie nickte. »Einverstanden. Du wirst meine Antwort morgen früh erfahren.« Sie stieg rasch aus dem Wagen. Aus ihrem VW nahm sie nur eine kleine Reisetasche mit; er fragte: »Brauchst du nicht auch den Koffer?«

»Nein«, sagte sie. »Den können wir morgen vormittag holen.«

An der Haustür griff er noch einmal nach ihrem Arm und fragte: »Was wirst du Irmgard sagen?«

»Willst du, daß ich ihr etwas sage?«

»Nein. Das werde ich selbst tun. Aber erst morgen, wenn ich deine Antwort kenne. Ich finde es nicht gut, daß du heute nacht bei ihr schläfst.«

Sie wandte ihm das Gesicht zu. »Hast du Sorge, sie könnte mir etwas erzählen, was ich nicht wissen dürfte?«

»Ich habe hier mit ihr geschlafen«, sagte er. »Ich möchte nicht, daß du es von ihr erfährst.«

Sie lächelte. »Du hättest schon in ihrer Hütte und auch in Livorno mit ihr schlafen können. Du erwartest doch nicht ernsthaft von mir, daß ich daran nicht schon gedacht hätte, als ich hierherfuhr?«

»Ich habe dir erklärt, weshalb es dazu gekommen ist.«

»Dann können wir auch dieses Thema begraben«, sagte sie.

Im Wohnraum trafen sie nur Irmgard an. Sie war damit beschäftigt, den Tisch abzuräumen. »Margot läßt sich entschuldigen«, sagte sie. »Sie hat sich schon schlafen gelegt. Sobald ich hier fertig bin, mache ich es genauso. Du kannst Doris schon das Zimmer zeigen, Robert. Sicher will sie vorher noch ins Bad.«

»Kann ich dir noch etwas helfen?« fragte er, ohne sie dabei anzusehen.

»Nein. Du wirst sicher auch müde sein.« Sie ging zu ihm hin, küßte ihn und sagte: »Falls wir uns erst morgen früh sehen. Schlaf gut.«

»Du auch«, sagte er.

Er stieg mit Doris die Treppe hinauf und zeigte ihr das Zimmer und das zweite Bad. Sie sah sich flüchtig um und sagte: »Die Pension in Eschelmoos gefiel mir besser. Hier hast du mich also vierzehn Tage lang festhalten wollen?«

»Können wir nicht auch das begraben?« fragte er.

»Ist schon geschehen«, sagte sie und berührte mit den Lippen leicht seinen Mund. »Gute Nacht, Robert. Irmgard war sauer, als wir hereinkamen. Halte dich nicht länger hier auf.«

Ihm war an Irmgards Verhalten nichts Ungewöhnliches aufgefallen; er fragte: »Redest du dir das nicht ein?«

»Ich kenne sie besser als du«, sagte sie und schob ihn zur Tür hinaus. Sie zog sich aus, nahm einen seidenen Hausmantel aus ihrer Reisetasche und streifte ihn über. Im Bad hielt sie sich nur zehn Minuten auf. Als sie ins Zimmer zurückkam, war auch Irmgard bereits damit beschäftigt, sich auszuziehen. Sie sagte, Doris den Rücken zukehrend: »War ein langes Gespräch zwischen euch.«

»Wundert dich das?« fragte Doris und setzte sich auf das breite Doppelbett. Sie beobachtete, wie Irmgard ihre Wäsche auf einen Stuhl legte; eine Antwort gab sie nicht. Sie kramte in einem Koffer und sagte: »Ich finde meinen Hausmantel nicht.«

»Vielleicht liegt er noch in Roberts Zimmer«, sagte Doris. »Du kannst meinen haben.« Sie zog ihn aus und warf ihn ihr zu. Aus ihrer

Reisetasche nahm sie ein Kurznachthemd und streifte es über. Irmgard fragte: »Hast du wieder vor, Margot zu besuchen?«

»Wie kommst du darauf?«

»Es ist das gleiche Hemd, mit dem du vorgestern nacht heimlich in ihrem Zimmer verschwandest.«

Doris lächelte. »Diesmal habe ich es nur für dich angezogen. Beeile dich im Bad; ich bin müde.«

Tatsächlich blieb Irmgard auch nicht länger als zehn Minuten weg. Sie legte den Hausmantel zu ihrer Wäsche auf den Stuhl, wühlte in ihrem Koffer und nahm einen Pyjama heraus. Dann besann sie sich eines anderen und entschied sich für ein Kurznachthemd, wie auch Doris eins trug. Sie legte sich zu ihr ins Bett, verschränkte die Hände im Nacken und sagte: »Und jetzt wartest du natürlich auf eine Erklärung von mir.«

»Wofür?« fragte Doris. »Wir waren uns beide darüber einig, daß wir es ihm überlassen.«

»Trotzdem habe ich dir gegenüber ein schlechtes Gewissen«, sagte Irmgard. »Er wird dir sicher erzählt haben, daß es meine Idee war, hierherzufahren. Ich hoffe, er hat dir auch gesagt, daß er sofort damit einverstanden war. Es tut mir leid wegen deines Jobs, Doris. Werner ist für mich erledigt. Ich weiß jetzt auch nicht mehr, wie es zwischen Robert und mir weitergehen soll. Plötzlich ist alles so kompliziert.«

»War es das nicht auch schon in Livorno?« fragte Doris.

»Dort hatte ich dir gegenüber noch kein schlechtes Gewissen. Ich wünschte, wir hätten auch diesmal wieder deinen Urlaub allein in Livorno verbringen können. Als du mir sagtest, daß du Hans mitnehmen willst, war das eine große Enttäuschung für mich.«

»Davon hast du dir aber nichts anmerken lassen«, lächelte Doris. Sie drehte sich, ihr das Gesicht zuwendend, auf die Seite, legte unter der Bettdecke einen Arm um ihre Taille und sagte: »Aus dir bin ich nie recht klug geworden, Irmgard. Ich weiß heute noch nicht, was du dir von deinem Vorschlag versprochen hast, zusammen mit mir in Livorno zu leben und dort mit dem Geld deines Vaters für unseren gemeinsamen Lebensunterhalt aufzukommen. Das hätte mich doch zwangsläufig in eine völlige Abhängigkeit von dir gebracht.«

»Wäre das so schlimm für dich gewesen?«

Doris küßte sie auf die Wange. »Nicht, wenn ich in Livorno auch für dich etwas hätte tun können. Du hast es mir aber immer sehr schwer gemacht, deine Wünsche zu erraten.«

»Bei Margot hattest du keine Probleme, ihre Wünsche zu erraten.«

»Sind das auch deine Wünsche?«

Irmgard errötete. »Ich bin nicht so wie sie.«

»Wirklich nicht?« fragte Doris und küßte sie auf den Mund. »Vielleicht weißt du es nur noch nicht.«

»Ich glaube schon, daß ich es weiß.«

»Aber ganz sicher bist du dir nicht?«

Irmgard erwiderte wortlos ihren Blick.

»Wenn du dir selbst nicht ganz sicher bist«, sagte Doris, »ist es für mich erst recht schwierig, deine Wünsche zu erraten. Ist dir kalt?«

»Wie kommst du darauf?«

»Weil du zitterst«, sagte Doris und schmiegte sich noch enger an sie. Sie berührte unter der Decke ihre sehnigen Schenkel, streichelte sie von den Knien an aufwärts und sagte: »Wenn es unverändert dein Wunsch ist, könnten wir nun, da ich beruflich nicht mehr an Frankfurt gebunden bin, noch einmal über Livorno reden. Was meinst du?«

»Wenn du es willst«, sagte Irmgard.

»Dann sollten wir uns aber auch gleich über deine sonstigen Wünsche unterhalten«, sagte Doris. »Wenn ich mich schon für dich und für Livorno entscheide, wäre es mir natürlich lieb, vorher zu wissen, woran ich mit dir bin. Auch für dich wäre es gut, zu wissen, woran du mit dir selbst bist.«

»Ich habe keine Ahnung, wovon du redest«, sagte Irmgard.

»Vielleicht davon«, sagte Doris und legte die Hand auf ihren Schoß. »Sind das deine Wünsche?«

Irmgard errötete wieder, zog es jedoch vor, auch diesmal keine Antwort zu geben.

»Du hast nicht mehr viel Zeit, sie mich erraten zu lassen«, sagte Doris.

»Warum nicht?«

»Das erkläre ich dir, sobald wir beide wissen, was deine Wünsche sind. Ich habe dir eben eine ganz einfache Frage gestellt. Vielleicht kannst du mir ebenso einfach darauf antworten.«

»Solange du mir die Antwort darauf nicht noch etwas leichter machst als nur so, ist es für mich keine einfache Frage«, sagte Irmgard.

»Wieviel leichter willst du es denn noch haben?« fragte Doris. »Vielleicht so?« Sie küßte sie wieder und streichelte, ohne daß Irmgard sie daran zu hindern versuchte, ihr Geschlecht. Sie beobachtete dabei ihr Gesicht, und als nach einer Weile Irmgards Atem plötzlich rascher ging, fragte sie: »Wird es jetzt leichter für dich?«

»Ich weiß es noch nicht«, sagte Irmgard mit geschlossenen Augen. »Gib mir noch etwas Zeit.«

»Dafür kannst du Zeit haben, so viel wie du brauchst«, sagte Doris. »Falls du aber merken solltest, daß es nicht deine Wünsche sind, mußt du es mir ganz schnell sagen, bevor ich selbst Gefallen daran finde und gar nicht mehr erst berücksichtigen kann, was du dir wirklich wünschst.« Und weil sie fühlte, wie Irmgards Hand unter ihr Hemd glitt, fragte sie: »Ist das schon deine Antwort?«

»Ich werde es dir sagen, wenn ich es weiß«, flüsterte Irmgard. Sie streichelte mit der Zunge Doris' Lippen. »Findest du schon Gefallen daran?«

»Ich bin mir dessen vorläufig ebensowenig sicher wie du«, sagte Doris und verschränkte, Irmgards Hand zuvorkommend, rasch die Beine. Sie sagte: »Wir unterhalten uns vorläufig noch immer über deine Wünsche, nicht über die meinen. Allmählich habe ich auch den Eindruck, du weißt schon, was deine Wünsche sind.«

»Vielleicht weiß ich es gleich«, murmelte Irmgard mit geschlossenen Augen. Sie öffnete sie erst, als Doris plötzlich ihre Hand zurücknahm. »Warum hörst du auf?«

»Weil du schon fast am Kommen bist«, sagte Doris. »Wenn du das willst, sollten wir uns vorher noch kurz über Robert unterhalten. Du wirst dich für das eine oder für das andere entscheiden müssen. Beides zusammen geht nicht.«

Irmgard richtete sich langsam auf. Mit vor Ärger und Enttäuschung heiserer Stimme sagte sie: »Das war nicht fair, Doris.«

»Warst du fair zu mir?«

Irmgard griff nach ihren Zigaretten auf dem Nachtschränkchen und zündete sich eine an. Erst dann sagte sie, mit wieder normal klingender Stimme: »Du hast leicht reden. Ich glaube nicht, daß ich diese Wahl überhaupt noch habe. Du bist ihm hundertmal wichtiger als ich. Als ihr vorhin ins Zimmer kamt, hat er mich kein einziges Mal angesehen.«

»Damit wäre die Frage nach deinen Wünschen wohl geklärt«, sagte Doris. »Hast du einen Wecker in deinem Gepäck? Ich habe meinen vergessen.«

»Wozu brauchst du ihn?«

»Ich möchte morgen früh, wenn Robert und Margot noch schlafen, das Haus verlassen. Er ist für mich heute abend genauso gestorben wie Werner.«

»Weil er mit mir geschlafen hat?«

»Nein, nicht deshalb. Seit er weiß, daß ich meinen Job los bin, kümmert es ihn plötzlich nicht mehr, ob ich es mit seiner Schwester getrieben habe oder nicht. Ich habe nicht gekündigt, weil mir die politische Richtung im Funkhaus nicht mehr paßte, sondern weil ich mit einem Mann wie Werner nicht länger zusammenarbeiten kann. Robert paßt das ganze Funkhaus nicht, die Leute, mit denen ich es dort zu tun hatte. Ich werde es aber auch in Zukunft nur mit solchen Leuten zu tun haben. Es wäre mir bei Robert genauso ergangen wie bei Bernd; wir hätten uns den ganzen Tag nur gestritten. Wenn ich mich zwischen einem Mann und meinem Beruf entscheiden muß, ist der Mann für mich gestorben. Du wirst es mit Robert viel einfacher haben als ich, auch einfacher mit Margot. Für dich ist es besser, dich an einen Mann wie ihn, als an eine Frau wie mich zu binden. Hast du einen Wecker?«

Irmgard stieg aus dem Bett und nahm ihn aus ihrem Koffer. »Auf wann soll ich ihn stellen.«

»Auf fünf Uhr, dann schläft er bestimmt noch. Enttäuscht es dich sehr, daß er noch immer an mir interessiert war?«

»Nein. Du bist die einzige Frau, die ihn mir jetzt noch ausspannen könnte. Darüber war ich mir auch im klaren, als ich schon mit ihm geschlafen hatte. Als du vorhin an der Haustür geläutet hast, blieb mir beinahe das Herz stehen, weil ich wußte, daß er sofort wieder auf dich fliegen würde.«

»Das liegt nicht an dir«, sagte Doris. »Er war schon zu lange auf mich fixiert, um sich nun, da er sich seinem Ziel so nahe wähnte, noch aus eigener Kraft von mir loszureißen. Wenn er morgen früh von dir erfährt, daß meine Antwort für ihn negativ ausgefallen ist, wird er dich brauchen. Er wird dich überhaupt sehr brauchen, und eines Tages wird er wissen, daß du die bessere Frau für ihn bist, so wie er der bessere Mann für dich ist. Sicher auch ein besserer Liebhaber als Werner. Oder etwa nicht?«

Irmgard lächelte ein wenig. »Er hat mich nicht enttäuscht.«

»Du ihn hoffentlich auch nicht?«

»Das verrate ich dir nicht. Willst du dein Haus wirklich verkaufen?«

»Nein. Das habe ich nur für Robert gesagt. Und jetzt müssen wir schlafen. Das wird für mich wieder eine kurze Nacht.«

»Ich möchte auch dich nicht verlieren«, sagte Irmgard. »Er braucht ja nicht zu wissen, daß wir uns hin und wieder sehen.«

»Das läßt sich sicher einrichten«, sagte Doris.

Noch während sie es sagte, wußte sie, daß sie Irmgard nie mehr zu sehen wünschte.

Sie schlief dann sehr rasch ein, wachte jedoch schon vor der Zeit auf, so daß sie des Weckers nicht bedurfte. Sie stellte seine Glocke ab, stieg, ohne das Licht einzuschalten, leise aus dem Bett und nahm ihre Kleider mit ins Bad. Irmgard schlief auch noch, als sie von dort zurückkam. Sie lag halb auf dem Bauch und hatte das Gesicht im Kopfkissen vergraben. Sie wachte auch nicht auf, als Doris das Zimmer verließ. Sie stieg die Treppe hinunter. Ihr Mantel hing noch in der Diele. Sie zog ihn an und wandte sich der Haustür zu. Der Schlüssel steckte innen im Schloß. Sie stellte fest, daß die Tür nicht abgeschlossen war. Bevor sie das Haus verließ, schaltete sie das Licht in der Diele aus. Als sie ins Freie trat, hatte der Regen aufgehört. Nur die Luft war noch unangenehm feucht und diesig, vielleicht von der schweren Dünung, die unterhalb des Hauses mit donnerartigem Geräusch gegen die Steilküste brandete. Sie setzte sich in den VW und startete den Motor. Die Scheinwerfer schaltete sie erst ein, als sie bereits auf dem schmalen, unbefestigten Weg zum Dorf fuhr. Schon nach einigen Dutzend Metern sah sie plötzlich eine Frau mit einem Pelzmantel am Straßenrand stehen. Sie fuhr unwillkürlich langsamer. Beim Näherkommen erkannte sie zu ihrer Überraschung Margot. Fast gleichzeitig fiel ihr die unverschlossene Haustür ein. Sie brachte den Wagen neben ihr zum Stehen, kurbelte das Fenster herunter und fragte: »Was treiben Sie hier? Konnten Sie nicht mehr schlafen?«

Statt ihr zu antworten, kam Margot auf die andere Wagenseite, öffnete die Beifahrertür und setzte sich neben sie. Sie nahm Zigaretten aus ihrer Manteltasche, zündete sich eine an und sagte: »Ich war schon wach und konnte von meiner Tür aus beobachten, wie Sie mit Ihren Kleidern ins Bad gingen. Wem wollen Sie Ihren Abschied so leichtmachen? Sich selbst oder meinem Bruder?«

Doris schaltete die Scheinwerfer aus, stellte den Motor ab und blickte schweigend in ihr Gesicht.

»Sie sind eine eigenartige Frau«, sagte Margot. »Sie tun zwar so, als ginge Ihnen nichts unter die Haut. Sobald jedoch Probleme auftauchen, setzen Sie sich mit ihnen nicht auseinander, sondern laufen davon. Von Ihnen hätte ich nicht erwartet, daß Sie Ihrer Freundin so rasch das Feld überlassen.«

»Ist das nicht auch in Ihrem Sinne?«

»Ich habe Sie nie im Zweifel darüber gelassen, wie ich über eine Verbindung zwischen meinem Bruder und Ihnen denke. Ich bin auch über seine neue Wahl nicht glücklich. Eine verheiratete Frau, die sich seinetwegen scheiden läßt, wird immer einen Anlaß finden, ihm das unter die Nase zu reiben.«

»Sie läßt sich nicht nur seinetwegen scheiden«, sagte Doris. »Wäre sie nicht verheiratet, so hätten Sie bestimmt etwas anderes an ihr auszusetzen. Die Frau, die Sie als Schwägerin vorbehaltlos akzeptierten, gibt es nicht. Eine aus noch besserem Stall als Irmgard werden Sie für Robert nicht finden. In einem Punkt hatten Sie recht: Er war für mich ebensowenig der richtige Mann, wie ich für ihn die richtige Frau gewesen wäre. Ich hatte auch nie ernsthaft die Absicht, ihn zu heiraten. Ihre Sorge war also völlig unbegründet.«

»Warum dann dieser heimliche Aufbruch? Oder laufen Sie nur vor sich selbst davon?«

»Warum nicht auch vor Ihnen? Das einzige, was mich gestern abend wirklich überrascht hat, war Ihre Anwesenheit. Aber sicher ging es Ihnen in erster Linie darum, Roberts neue Freundin persönlich kennenzulernen.«

»Das auch«, sagte Margot. »Jedoch nicht in erster Linie. Ich wußte aus Roberts Brief, daß Sie hier erwartet wurden. Sie haben sich außerhalb des Hauses längere Zeit mit ihm unterhalten. Auch über die Übergabe der Fotos?«

»Auch darüber«, sagte Doris. »Nicht aber über die besonderen Umstände. Er weiß lediglich, daß wir uns in einem Hotel trafen, dessen Name ich nicht erwähnt habe, und daß Sie mir dort die Briefe aushändigten.«

»Zu welchen Bedingungen?«

»Zu den gleichen, die auch ihn dazu bewogen, von den ursprünglichen Absichten, die er mit mir verfolgte, Abstand zu nehmen. Sie werden ihm um so glaubhafter erscheinen, als sie auch für Ihre geänderte Einstellung mir gegenüber ein psychologisch einleuchtendes Motiv hergeben. Ich bin mir aber fast sicher, daß dies in Ihrer Absicht lag und daß Sie sich in diesem Fall für das in Ihren Augen kleinere Übel entschieden.«

»Wenn es kein großes gab, war auch das kleinere überflüssig«, sagte

Margot. »Hätte ich Ihre wirkliche Einstellung zu meinem Bruder gekannt, so wäre mir manches erspart geblieben.«

Doris lächelte. »Aber es waren doch nicht nur unangenehme Erlebnisse. Immerhin sind Ihnen als kleine Entschädigung dafür, daß Robert nun weiß, zu welcher Art von Geschäften Sie sonst noch fähig sind, auch ein paar Erinnerungen weniger unangenehmer Art geblieben. Mir übrigens auch. Einige davon würde ich trotz der besonderen Umstände nur ungerne missen. Was mich ihrer trotzdem nicht recht froh werden läßt, ist die Ungewißheit darüber, welche Gesichtspunkte für Ihre Handlungsweise maßgebend waren: die mehr praktischen oder die mehr auf Ihr persönliches Vergnügen bezogenen. Ich fände es nicht sehr nett von Ihnen, ließen Sie mich den Rest meines Lebens in dieser Ungewißheit verbringen.«

»Ich fürchte, das wird Ihnen nicht erspart bleiben«, sagte Margot und drückte ihre Zigarette im Ascher aus. Sie betrachtete die sich allmählich in der Morgendämmerung unklar abzeichnenden Konturen der kargen Landschaft. »Werden Sie mich in meinem Büro einmal anrufen? Sie brauchen keinen Namen zu nennen, es genügt, wenn Sie der Vermittlung sagen, daß es sich um ein persönliches Gespräch handelt.«

»Wünschen Sie das?«

Margot wandte ihr das Gesicht zu. »Ich weiß es nicht.«

»Dann sollten wir besser darauf verzichten«, sagte Doris. »Ich habe Ihre Worte, mit denen Sie sich im Hotel von mir verabschiedeten, nicht vergessen.«

»Ich hoffte, Sie könnten es jetzt tun«, sagte Margot. »Nach meinen bisherigen Erfahrungen mit Ihnen war das allerdings nicht zu erwarten. Ich weiß jetzt nicht mehr, was mich dazu bewogen hat, noch einmal mit Ihnen sprechen zu wollen.«

Doris lächelte wieder. »Aber sicher wissen Sie das, Margot. Sie wollten von mir hören, was ich Ihrem Bruder von uns beiden erzählt habe.«

»Das hätte ich auch von ihm erfahren«, sagte Margot. »In meinem Alter tut man oft Dinge, für die man hinterher selbst keine Erklärung findet. Ich werde mich in den nächsten Tagen wieder um eine eigene Wohnung kümmern. Das Zusammenleben mit Robert wird nach allem, was vorgefallen ist, nicht mehr dasselbe sein wie bisher. Er wird für Ihren Entschluß, ihn nicht mehr sehen zu wollen, nicht zuletzt mich verantwortlich machen. Auch daß er nun aus Ihrem

Munde erfahren hat, was eigentlich nur Sie und ich wissen sollten, wird unser Verhältnis künftig ebenso belasten wie mein künftiges Verhältnis zu Frau Westernhagen, die sicher ebenfalls kein Verständnis dafür aufbringen wird.«

»Dessen bin ich mir aus guten Gründen nicht ganz so sicher wie Sie«, sagte Doris.

Margot nickte, als hätte sie keine andere Antwort erwartet. »Ich werde zwar nie davon Gebrauch machen. Trotzdem kann es mir im Umgang mit ihr und mit meinem Bruder vielleicht eine Hilfe sein. Ich bin Ihnen für diesen Hinweis dankbar.«

»Ich erinnere mich nicht, Ihnen einen gegeben zu haben«, sagte Doris. »Es ist besser, Sie kehren jetzt ins Haus zurück. Robert braucht nicht zu wissen, daß Sie noch einmal mit mir gesprochen haben. Ich trage Ihnen nichts nach, Margot. Was mich wirklich belastet hat, war weniger unsere kleine Geschäftsbeziehung als die Ungewißheit darüber, ob unter dem Strich auch für mich etwas dabei herauskommt. Wie es nun aussieht, ist dies der Fall. Ich bin ganz froh, daß Sie mir Gelegenheit gaben, Ihnen das noch zu sagen. Leben Sie wohl.« Sie beugte sich zu ihr hinüber, küßte sie und setzte lächelnd hinzu: »Damit Sie mich nicht so schnell vergessen.«

»Sie sind noch gefühlskälter, als ich es bisher annahm«, sagte Margot und stieg aus dem Wagen. Im Rückspiegel beobachtete Doris, wie sie sich zuerst langsam und dann immer rascher entfernte, bis sie in der feuchtklebrigen Dämmerung des frühen Morgens ihren Augen entschwand. Dann startete sie den Motor, schaltete die Scheinwerfer ein und ließ den Wagen anrollen. Margots letzte Worte gingen ihr nicht aus dem Kopf. Ihr war unverständlich, warum sie das gesagt hatte. Sich noch freundlicher zu verabschieden, als sie es getan hatte, wäre nun wirklich nicht am Platz gewesen. Oder etwa doch?

Die Frage beunruhigte sie noch, als sie das kleine Fischerdorf schon weit hinter sich gelassen hatte.

Willi Heinrich

Zeit der Nymphen

Roman

Herbig

Ein erotisch aufgeladenes Psychodrama, das in Deutschland, Italien und an der Côte d'Azur spielt. Hauptperson, der männliche Held mit der Schwachstelle für attraktive Frauen, ist der ehemalige Oberleutnant der Luftwaffe Rainer Berghoff. Alle Zutaten eines Bestsellers, eines brillant geschriebenen Spannungsromans sind wieder mit dabei: Sex and crime, schöne Frauen, Geld und Liebe…

Willi Heinrich

GOLDMANN

Harold Robbins

Harold Robbins
Die Aufsteiger
6407

Harold Robbins
Der Seelenfänger
6830

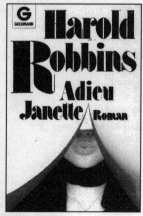

Harold Robbins
Adieu Janette
8400

Harold Robbins
Die Unsterblichen
8516

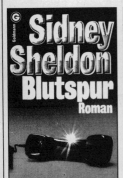

Goldmann
Taschenbücher

Allgemeine Reihe
Unterhaltung und Literatur
Blitz · Jubelbände · Cartoon
Bücher zu Film und Fernsehen
Großschriftreihe
Ausgewählte Texte
Meisterwerke der Weltliteratur
Klassiker mit Erläuterungen
Werkausgaben
Goldmann Classics (in englischer Sprache)
Rote Krimi
Meisterwerke der Kriminalliteratur
Fantasy · Science Fiction
Ratgeber
Psychologie · Gesundheit · Ernährung · Astrologie
Farbige Ratgeber
Sachbuch
Politik und Gesellschaft
Esoterik · Kulturkritik · New Age

Goldmann Verlag · Neumarkter Str. 18 · 8000 München 80

Bitte
senden Sie
mir das neue
Gesamtverzeichnis.

Name: _____

Straße: _____

PLZ/Ort: _____